劍如時光
沈默

【出版緣起】

長篇小說創作發表專案

——作品出版（二〇一九年）

林曼麗（國家文化藝術基金會董事長）

國藝會一向鼓勵藝術家與社會有更多連結、更多關懷，藉由「藝企合作」平台，鼓勵企業參與藝文、挹注資源，讓國藝會能擴大有限的資源、支持臺灣原創作品，建構國內健全的藝文生態系統，達成「Arts to Everyone」的目標。啟動於二〇〇三年的「長篇小說創作發表專案」，便是透過藝企平台媒合，由和碩聯合科技股份有限公司贊助。透過全面性的機制規劃，協助作品的創作、出版、推廣。長篇專案推動十六年來，出版多部重要作品，並獲獎肯定及外譯發行海外版權。

二〇一七年，更進一步深耕高中校園，與第一線教師合作，透過閱讀與教學，形成教師社群的連結，從學校為出發點，尋找下一個世代的讀者。也透過「小說青年培養皿」計畫，讓參與師生自由揮灑創意，在教學分享會、課程討論、校際交流、書展講座等不同場域中實踐長篇作品的閱讀創意。

本書《劍如時光》是長篇專案第一部以武俠為題材的作品，於二〇一四年獲得補助，以二年多的時間，完成四十二萬字大作。作者沈默目前專職寫作，是全方位的新生代創作者，包含寫詩、散文、小說、評論，特別是在武俠小說領域表現突出，曾連續三年獲得溫世仁武俠小說大獎，也出版多部武俠作品。沈默在本書創作過程，歷經結婚生子、身體狀態等挑戰，克服障礙，突破關卡，與時間作戰，完成作品。國藝會未來也會持續扮演創作者的堅實後盾，提供穩固的創作平台，讓更多優秀作品得以被閱讀、重視。

一本書的出版製作，需集合眾人之力，才能呈現作品最精采的一面。最後，要向本書的編輯團隊及所有參與者，表達最誠摯的謝意！

媧

這是我為妳而寫的
生命之書
而我們存在
而我們愛
在所有的時光

默

目次

上卷：驚奇

劍如時光

下卷：盡頭

照之五

甜美的情話，在她腦中響起，（妳這麼美，妳怎麼可能只屬於我，）初雪照憶著鳳雲藏對她的鍾愛自白，（妳的美，比我們所處的天地洪荒還要大，）很久以前，他那樣癡癡迷迷地對著她表訴衷情，（但願，此生此世，妳始終與我相伴廝守。）彼時，照還覺得他好笑誇張呢。而到或要死別的此刻，這些話卻莫名其妙又轉回心底，讓她異常難受。（雲藏啊，）她千萬塊碎片一樣的分裂著支解著，（你就徹底地忘了多年前自己說過的話了嗎？）

而照並不清楚自己能夠怎麼做，怎麼做，他才會回心轉意。（雲藏啊，鳳雲藏，你究竟要折磨我到什麼地步？）她是不是還有機會能夠再聽一次，一聲他蜜蜜甜甜喚她照呢？直到此時此刻，她心底依舊疑雲飄飄，不知如何是好。為什麼她的男人，就會變成現在的死敵模樣？為什麼他們會走到這般生死相對田地？這一切究竟是誰的錯？是她？還是他？究究竟竟有什麼道理？如果可以的話，他們是不是能重新來過？有可能嗎？可是，可是他們曾經是如此熱熱烈烈的愛慕需索著彼此，（我們的七年情愛時光，）他們怎麼可能變成眼下這般針鋒相對的模樣呢？（都是虛假的嗎？）

暗沉的天空之下，初雪照的心，也變得陰陰翳翳，甚至苦苦的，有著焦味。興許是被愛情之焰過久燃燒所致，就要成飛灰。明明是白晝，她的心卻恍若夜墨臨降，黑雲密布，似將被侵吞視野的暴風狂雨徹底肆虐。一切黑白，無光無彩。

站在照一旁的雲圖，靜靜看著照的一舉一動。她是照的閨中密友。墨雲圖，一名使刀的藍眼、短髮女子，在各種奇人異事不乏所見的獨犢裡頭，她仍是個顯眼的異數。而人人都喜歡溫柔謙和的雲圖。她獲得初雪家族的信任。甚至初雪鴻風有意讓自己的兒子初雪空晴迎娶雲圖。照的兄長空晴，也確實具有這份心思，但從未公開說破。

照老是喜歡開玩笑地喊雲圖嫂子、嫂子的。不過，雲圖至今仍未首肯認同與空晴締結百年好合的可能性。照還私底下追問過，究竟雲圖是不是討厭自己的哥哥？雲圖表示沒有。誰都曉得，初雪空晴是江湖馳名的青年劍客，長得一表人才不用說，就是他的武藝吧，有人論斷空晴的劍術造詣，應當能與天驕三絕頂一較高下比個長短，墨雲圖又有什麼理由討厭？只不過，她尚無這方面的意願，只想樂得一個人自由自在。她總是這樣回覆。

縱然墨雲圖暫無意願，初雪家族還是把她視為親密家人，毫不怪怨，就如照一樣，曾經她背棄初雪家族，奔赴情人懷中，為愛一切願捨不顧，到頭來只有得到滿胸坎的飛灰，回到獨犢，而父兄家人族親，無一人有棄她之念。

因此，眼前這一役，雲圖不會走，也不能走。照與空晴都找過她，大力勸解，要她先離開，或可等局勢平穩後再回來。就連初雪鴻風也公開向雲圖說，希望雲圖先避一陣子，實在沒有必要和初雪人同葬獨犢，云云。

但話還沒有說完呢，平常總是溫溫和和的雲圖，卻一反常態截斷初雪家族之首的發言，聲音與表情都嚴厲得教人寒慄。她斷然說：「這裡，我也住了四年，這地方，幾乎是我的家。你們不能把我趕走，除非你們從來沒有把我當作自己人。」又有誰能夠對著大義凜然的雲圖，說出違心的重話呢。於是，雲圖留下來，和初雪照一起迎接將來的生死關頭。

而照，照感到手的隱隱抖顫，不能自已。她呼吸愈來愈沉重、擠壓。她像是被砌進一座牆裡。被悶住。所有的空氣都在快速損耗。她即將要被體內可怕的情緒活埋。她就要被情情愛愛活埋。該怎麼辨才好？（該怎麼做，雲藏才會重新顧念我呢，才會懂得殺戮解決不了事情？暴力只會種下更多的恐怖、哀傷啊。）初雪照無法遮蔽這個想法，她渴求著。但殘酷的現在，卻迫得她不得不直視。

現在，鳳雲藏站在初雪照的對面，他的兩手都握劍，左手是頗負盛名的古劍活色劍，他右手的那把，乃是劍柄雕琢為花蕾樣，劍身深黃的黃花劍。而這把黃花劍正指著她，指著深愛他的她——這教初雪照情何以堪。

那把黃花劍與照的明日劍，恰是一對。他們的佩劍出自皇匠羅家一脈羅織羅大師的鑄造手筆。繼承祖業的羅織，允為當代的鑄劍師第一人，有雙手網羅人間神器的美譽，意思是她的雙手足以冶煉各種能夠配合武者個性與武藝系統的極限兵武製品，其聲名直逼七百年前的神話級鑄劍師羅至乘。羅織也一向以自己是羅至乘的嫡傳子孫為傲。

而不為外人所知，羅織與初雪家族是有極深淵源的。明日黃花這一組劍就是她的傾力之作，也是天驕會的小絕頂面子夠大，羅大師才願意把珍品寶劍賣出。多年前，鳳小絕將青銅材質、羅織特地漆上天青色、護手作太陽狀的明日劍，贈與了照，自己則留下黃銅精鑄的寶劍黃花，但由於繁花錦劍術需以雙劍施展，故他又另行補進一把羅家另一先祖所冶煉的奇兵活色劍。

現如今，兩人卻要持情訂之劍對峙，還有比這個更諷刺、更教人難受的嗎？

而現場沒有一個人比雲圖更明白照與鳳雲藏的事。雲圖往照旁邊靠著，握著她的手。雲圖什麼都沒有說，就只是手用力地牽著照的手。靜默且堅決。墨雲圖不會放初雪照不管，永遠不會。她的手正在傳達此生不棄的意念。

然對照來說，雲圖此生都像是姊姊一般。照的視線還是密鎖在那個人身上，沒有移開。雲圖手的溫度傳來，讓照有著被細細愛護的滋味。看著雲藏的形影，初雪照的苦，便要氾濫。似乎滅頂大水已經淹到她的頭上。

而鳳雲藏沒事人的模樣，更讓她惱極恨極，彷彿他一點都沒有障礙，彷彿他從未把心思扎扎實實地投入於她一般。為了天驕會，鳳雲藏竟斷然捨下他們之間的濃密情愛，（你居然可以！）那些最美的時光，都是虛造的嗎？都只是一連串的幻影？都是沒有意義？初雪照搖搖頭，（都是我的自作多情多愁善感？）終究山海般的龐然情愛，也都要盡歸於虛無。一陣暈眩，閃過初雪照腦海深處，體膚插滿銀針，而針頭正往裡頭鑽去。她痛。排山倒海的痛。

同時，照聽見父親初雪鴻風正在說話。她並不是聽得很清楚。她的意識被那道窮凶極惡的眩暈奪走，帶入巨大的漩渦裡去。轉啊轉的。她隱隱約約理解，父親要天驕會立即將人馬撤走，此間事便當作沒發生，若天驕會一意孤行，則初雪家必上下一心全力頑抗，至死不休。大概就是這些意思吧。初雪照想著，如果天驕會願意玉帛相面的話，他們早就做了，鳳雲藏也不會和她分對兩邊，似若陌生，不是嗎？父親此番話，到底顯得是色厲內荏。

果然，天驕會的老絕頂，滿頭白髮、留有長鬚的藏無神發話：「鴻風兄，今日我天驕會三萬人馬壓境，初雪家就算個個劍術精湛，能以一擋百吧，也不過六百幾十人，你當真以為，藏某會聽你這席話就罷手？」初雪鴻風被奚落得面上無光，無鬚白皙的臉漲紅，瞬間無言以對。立在初雪鴻風旁的初雪空晴立即跳出來幫腔：「閣下是江湖名宿人稱老絕頂，不是嗎？怎麼這般思緒不清呢？」藏無神好笑似的看著初雪空晴：「藏某哪兒有閃失，還請賜教。」初雪空晴力陳：「你天驕會雖有壓倒性人力，且亦驍勇善戰吧，但我初雪家族若是半步不讓，你們折損必然嚴重，就算殺不了你們大半兵馬，但若拚命搏死起來，讓你們死傷一萬，也未必就辦不到，屆時，難保其他覬覦武林勢力的門派，不會趁勢暗算天驕會，你們絕頂可有仔細盤算過是損還是利？」

初雪照看著哥哥毫無懼色，與老絕頂針鋒相對的堅強樣，心中更是哀憐。她怎麼就如此沒用？都這等重大關頭，還心心念念與小絕頂的情情愛愛，而不是心繫家族興亡？她暗自緊了緊明日劍，強自凝聚精神，振作起來。

照的左手施力握回來，雲圖立即察覺到。那些漫遊於四周的苦悶感，也稍稍減輕一些。照的苦，真的沒有人比雲圖更能懂得。只有她能夠完完全全了解所愛就在眼前卻什麼都不能說、什麼都無法變動的困境是何滋味。她一直最懂。

初雪空晴的話像捅到天驕會痛處，絕頂三人的臉色都不大好看。藏無神老練地哈哈一笑：「鴻風兄，你的兒子倒是伶牙俐齒至極呢，好一個可畏後生。」初雪鴻風回應：「還請無神兄多多教誨哩。」「有機會，若有這樣一個機會啊，藏某當然不好藏私，必然傾心傾力地調學之，不教鴻風兄失望，」藏無神嘴上都是笑意，但眼皮下全都是凌厲的殺機，一跳一彈，像是收不住的刀鋒，隨時都要出鞘噬人。兩造對立緊張情勢越發的鮮明，千鈞一髮，一觸即發。

照端整自己的心情，強迫自己專注。初雪家的人斷不容許輕侮。當然了，初雪祖先篳路藍縷，好不容易在這名為獨犢的地界，安身立命，一百餘年集初雪好幾代人的辛勞奮戰啊，方才使此一荒土重新復甦，怎麼能讓人說驅走就驅走呢？而天驕會憑什麼就這麼霸道呢，就算他們是當代武林的第一勢力，初雪家也不是毫無還手之力，就像哥哥說的那樣，以金風頂為基地、不斷往外蠶食擴充的天驕會，不過是江湖最大勢力，可還不是唯一勢力，他們的什麼天下一會僅是一種狂妄。敢和絕頂三人帶領的、那群所謂天驕們對戰的門派與武林人士可不少。比如雲圖姊姊投身過的組織天方地圓盟就是。若是天驕人在這裡犧牲過大，必然會惹起另一種趁勢的反撲。這一點，以絕頂三人的思維能力，定然也在其考量之內，他們何必堅持一定要冒這個險呢？

然初雪照也不是不明瞭，對天驕會來說，初雪家所據獨犢這一帶，其地上、地下的資源，他們是決計不會放棄，勢在必得。他們就是為了獨犢的肥沃土地與礦藏而來，要天驕會空手而回，恐怕是妄想。但初雪人還是得一試，沒有理由拱手讓人。這裡，是初雪家族的百年基地，不是說要割捨，就能割捨的。初雪人與這片土地深深厚厚地結合，其情感就如血脈一樣相連，如何能斷。

沒有誰應該白白遭受這種對待，她想。土地從來不屬於人，而是人歸屬土地。作為根源，就意味著人的所需，都是從土地而來。這裡的水，這裡肥沃得足以種出稻穀和大量甜美果樹的土壤，這裡的紫蜂與形形色色的花蕾，這裡的雲朵，天空還有溫度、濕氣，每一種，（是的，每一種都是不得遺忘，都是無可遺落的。）照的記憶底深深地嵌入，關於此境的所有動靜。對她來說，獨犢猶如母體一般，包含蘊生初雪家族以及獨犢人。

這裡。這裡。他們在這裡，就在這裡，他們生活百年之久，初雪照想著，初雪家族的根基於此，已經一百年，他們的死老病生，都在這塊土地。而終結的裡面，包裹著開始，開始的深處，亦從不可免終結的存有性。血脈、記憶與情感都化在獨犢。她的祖先、她的母親都長眠於斯，照寄望自己和初雪後來的一代又一代人，也能葬身在此。他們從不過度損耗獨犢，他們只適量地取用母性一般大地提供的資源。節制而充滿深情。初雪家族對這一帶充滿情感與敬畏，還有哪個組織會比他們更適合於此地生長呢。

而天驕會意圖破壞與占有。照記得雲藏傲慢地說過，「人具備資格擁有世間的一切，尤其強者，只要夠強，又有什麼東西是搶不得、拿不到呢？」再說了，鳳雲藏信誓旦旦講著，「唯有強大之人，能使灰灰懶懶的世界，往前進展。」

照明白，她愛上的人，其實是粗暴的，而最無奈的還是，他並不以為自己的想法是粗暴。他堅信那是理所當然的，關於強橫。他迷戀力量。單一片面解釋下的力量。被限定後的力量。是的，武力的征服。

可是，如果人僅只於追求壓倒性的力，只想著要擁有、提升更多占據、劫奪和摧毀他人的力量——當人超過自身的容量去索取過多的力量時，人還能算是人嗎？況且，在天地自然之力之下，人的力量又算得了多大一回事呢？一記雷電、一場風暴、一次地裂，人就只能恢復到永遠渺小不堪的位置，不是嗎？初雪照十分遺憾，她所戀者竟想不明白這麼稀鬆平常的事。

（人不屬於天上，）有個想法，天外打進照的腦裡，（人屬於土地。）天驕會那些仗著百年以來累積的武藝絕學，以及征戰功績而自滿的所謂大豪大傑們，又怎麼會懂得這些道理？他們太自信，以為自身武學使得天地之力流動在體內，就等同於可以操控天地自然。但這根本是完全不同的兩回事啊。他們竟這等愚魯地堅信武力代表一切，（看看這片天地的無動於衷，不可損毀，人的自相殘殺顯得蠢極。）而雲藏他們所相信的力量，只是單單純純的暴力——

暴力：力量最低階最表面的表現模式。還有許多種形式的征服，包括和談、合作或姻親，以天驕會的勢力，可以作為江湖首領去左右、影響乃至帶領武林走向更為美好的境地，但他們偏偏選擇一條看似痛快簡單，但實際上是背離江湖整體的路。從雙親和雲圖姊姊那裡，照愈來愈能夠進一步思索許多深沉道理。她從小就是一個喜歡思考、有許多奇特想法的女孩。

而眼下，照更得曉暴力的等而下之。它看似快速有效，可以短時間內達到目的，唯長久去看，就會發現實則是兩敗俱傷的，誰都沒有好處，就算有什麼利益，也很快就會消耗殆盡。

「武藝應當是對暴力的收服，而不是放縱。」雲圖姊姊如是說。照也持類似的觀點。武學使得被禁錮在身體裡的力量活化，能夠百分百使用與爆發。然暴力是一種施加在他人身上的猛烈作為，這個作為是不被喜歡、接受的，往往違背、傷害到他人的自主意願。照想，（武藝使人的肉身得以自由，而自由不就意味，誰都能夠擁有選擇與決定的權利嗎？）遺憾的是，天驕會卻誤把武術絕技等同於暴力的本身，他們看待的都是暴力的炸裂狀態。可是照深切地明白到，武藝如果有真正迷人美好之處就在於，（你明明可以，唯你仍然願意纖纖細細地把暴力收納於自身深處，絕不妄用。）

武藝是對暴力技巧的錘鍊史，跟著要能理解暴力的危害與邪惡感——

其後，則是足以將暴力圓圓滿滿地收回來。

獨犢地界的天然風物，教給初雪家族這些內嵌於武藝表現的真理：土地才是力量源頭。人獲取力量，但不擁有力量。沒有大地作為基礎，人的雙腳便無可踩踏，也就無從施展輕功或各式絕藝。腳底板下的堅實，正是土地供應的實然基礎。

這些道理，初雪照日復一日清晰無礙地明瞭，不過鳳雲藏並不。他與天驕會的成員，依舊只相信暴力的即時效果。她曾經與他談論過，但雲藏只投來一記妳究竟要自欺到何種程度的眼神，然後，嘴角仰起一縷教她氣煞的笑意說著，「現在，如果我就能擊倒妳，妳還能跟我談什麼境界嗎？」言猶在耳哪，沒想到，現在他就站在敵對仇殺的那一邊，罔顧他們的七年深戀，便要拔劍相對。

力量，困難的地方，就在於此——暴力能夠在最短的時間，得到最大的成果，能夠愈是優秀地使用暴力者，就愈是能奪取他想獲得的。但暴力的作用，並不止是施加在被傷害之人身上，它的餘緒也會停留在啟動暴力者心底，月累日積，長久下來也會產生自我的毀滅。（雲藏啊，人的暴力不會跑得太遠，不會只是對外部的動用，它對人內在的傷害更深，）人心也將因此而遺落不知道何方，（你的心呢，雲藏，它去了哪兒？）照的心思淒淒切切。

初雪照業已二十六歲，從十八歲遇到鳳雲藏開始至今，時光流淌八年之久，她不再懵懂無知、不再只是天真。她漸漸明白許多事。獨犢這塊土地、還有父母教給她的，永遠大過於其他，而雲圖姊姊也幫助她開啟新視野與思維。

照喜歡獨犢的和風，靜好的，十分溫馴，但又靈動得讓人無話可說。她喜歡這裡的人，那些在初雪家族保護下的農夫、漁民、茶戶，她喜歡看著他們辛勤工作。初雪人素來敬重這些看來不起眼、但實際上日常所需，完全來自他們的供給的非武林人——他們也都是獨犢人，一如初雪家族。沒有這些百姓老老實實地從事勞苦的作業，初雪家族又怎麼能夠存活呢？

她喜歡這裡的日照，她喜歡這裡的紅山、白河，陽光摩擦著紅色岩石、泥土構成的紅山，燦燦豔豔的，那風景呀比任何美人都美，而白河水面上的金黃金黃，也教人心神驚顫，直欲拜倒。

她喜歡這裡，這塊地方的所有所有。初雪家族應該是這裡的守護者。必須是。一直以來都是。照凝視獨犢，感應到這塊地界對她久遠以來的溫柔照看，（這是我的，我們的家鄉。）照的意念正從情愛圍城裡拔身而出，想著更切身攸關的事。

此處無疑是天驕人的他方。因為是他方，所以天驕會當然可以毫無顧惜地予以毀壞，任意掠奪。他們占據獨犢，並不是為保存它。這裡，對他們來說，不會是塊重要的地方。他們只想把堅絕金帶回金風頂，只為奪取希罕資源。

堅絕金啊堅絕金，老祖先在白河底下意外採掘到的堅絕金，竟成為罪惡的開端，不但招引天驕會的覬覦，也製造出初雪照與鳳雲藏之間的大破深裂。但也許不能全然怪它吧，（也許，本來，我和雲藏就是不對的。）他們的情愛或許只是某種掩映效果。是啊，應該是這樣沒錯吧。否則，怎麼能夠解釋愛意何以如此軟弱脆弱，簡簡單單就能消除滅亡？照的視線轉啊轉的，就轉向雲圖。

墨雲圖的視線與初雪照交會。她們相視一笑。

從事情爆發以來，照都像是不在似的。她因為愛情而遺落。這裡的土地，這裡的人，她都像是看不見，連她最尊敬的母親，也甚少思及提起。她走向遠方早已渺茫的情愛。她心中的遠方，失落得無以復見。可她仍孤意地指向愛情的遠方，指向那些早逝、再璀璨也無用的閃電。她單獨前往那個輝輝煌煌的遠方，全神沉溺，忘遺還有這裡可以回來。

不過，現在情況改變。雲圖看得出來，照就在這裡，真實且完整的。她一直保有對初雪照所有變化的極細微體察與關愛。雲圖小小聲的說：「我們都，」她一向冷靜的口吻，赫地有種火花的感覺，「我們都在這裡。」

照沒有聽見。因為三絕頂之一的天下藏鋒，正幾個字，幾個字，像是切金裂鐵一樣的，慢慢說出口：「初雪鴻風，我不與你囉唆，你們退走，每個人，都可保存性命，你們繼續，在這裡，」他頓了一頓，然後又開口：「全，部，都，陪，葬。」此人渾身都是殺機凶猛，那把武林極之著名的惡戮藍劍，在背上暫時靜默，隨時要噬人血鮮。

初雪照的視線，抓著鳳雲藏的眼瞳。他沒有任何什麼表現，眼色之平淡，相當緘默地站在三絕頂最左的位置，好像情勢怎麼樣都無所謂。只有在雲圖的手和照的手拉在一塊兒的時候，他的眼底才多一點有所起伏的東西。他的右邊是藏無神，再右是天下藏鋒，絕頂三人領著天驕會的大批會眾，那些什麼六王、十二霸、二十四主、三十六首、七十二將的，團團包圍獨犢。他們與初雪家族隔著白河跨河傳聲對談，企圖找出各自的底線。不過，雙方顯然缺乏共識。

初雪空晴的劍，以堅絕金冶煉、出自羅織手工的麗天劍，負在背上。他忍著那些來自絕頂仨的侮辱，天下藏鋒與藏無神自然是目空一切，而鳳雲藏，尤其是這個男人，更讓空晴憤怒。他知道這個人是誰。他看過鳳雲藏，在這次對決以前，他就對這個拋棄妹妹的男人，生起憎恨之心。難怪妹妹此時這樣魂不守舍，難怪啊。空晴回頭覷看照一眼，他極為疼愛這個妹妹。那把有一天突如其來就出現在照手上、且後來跟著離家許久的照返回獨犢的寶劍明日，來自鳳小絕，他手上的黃花劍和明日本是一對。空晴視線掃過照以後，又溜向雲圖，停住。那裡頭的意味火猛火烈，但旋即別開。

但願哥哥是冷靜的，照從初雪空晴的眼中，讀到爆裂意思。照發現空晴在看她，然後是雲圖。可惜，真的好可惜，可惜姊姊從來都沒有成為嫂子。照很感傷。自己就算了，但可以的話，希望哥哥和雲圖能夠連理，能夠是真正的一家子。

墨雲圖也察覺到。每個人的眼神都有祕密。但其實有些祕密，根本一點都不神祕。男男女女的視線裡，流動的都是愛慕。妳愛他，他愛我，我愛妳。如此而已。情愛不過是日常，何來神祕可言。只是人心包藏得太深，於是揣摩猜測度想得太多太過。包含鳳雲藏瞅著她與照互握的手眼，激閃而過的什麼，也不過都是情愛的證據與表露。並不隱密。但，墨雲圖不解，既然情愛祕密而不神祕、一切都清清楚楚，為什麼還是深不可知，依然是人的心中無法輕易擺脫的迷亂風暴狂野天候？

初雪鴻風搖搖頭：「藏先生，我也是沒有選擇啊。」老絕頂撚著長鬚說：「我天驕會又何嘗有多少選擇呢？你不退讓，我們只好拔劍相對，生死以決。」初雪鴻風臉上的堅決，毫不動搖，只是悲傷的顏色，越發的鮮明，他知道話語已然無用。此時，他心中頗為後悔，更早以前獨犢就應該聽從雲圖和空晴的意見加入天方地圓盟，直接與天驕會對抗。時至今日，初雪家族竟成孤軍，都是他的錯。但事已至此，鴻風再沒有懊惱的時間。他只得說：「動手吧，初雪家族向不主動拔劍，但只要你們跨過白河，我們也就只能搏命到底，今日的白河，勢必染紅，」初雪鴻風沉痛地說著：「初雪人的血，還有你們天驕會的血，全都免不了，爾等真要把雙方人馬送上死地絕處嗎？」

天下藏鋒冷笑，「絕處，還有比我們，三絕頂，更絕的嗎你們，」他的聲音有著金屬性，字字句句都像是鋼鐵與鋼鐵的摩擦，「的死，都在這裡，一個，一個，都，讓我的發韻劍送你們，集體上，絕路吧。」少絕頂拔劍，拔出青藍色薄劍，指住白河對向那邊。發韻劍形制奇詭，劍身磨製又扁又薄，且是半透明的，劍尖與劍身鑿有八個孔洞，平均分布，揮舞時嘶嘶作響，像有蛇移動。天下藏鋒的劍出鞘，藏老絕的意奪和鳳小絕的黃花劍、活色劍，又怎麼會止於劍鞘？這四把絕劍，今時今日，也就要在獨犢見死亡的大分大曉。

藏無神舉高不但劍身爬滿許許多多皺巴巴條紋、且劍體也歪七扭八醜壞至極、猶如一條廢鐵的意奪劍，不發一語對空斬下。天驕會眾旋即展開行動，他們搭起十幾座浮橋，預備渡河——浮橋係由一片一片木板、中間拴著鐵環組成的，不用時可以折疊成塊，利於運送，要涉水時呢，只須展開，在河面上推動、調整方向，便能迅速送人渡河，是相當方便的攻戰工具。武林人都有一定的輕縱之術，浮橋當然無須多堅實，只消可以讓他們的腳掌，輕踩快點，高速通過即可。

麗天劍入手，初雪空晴斷斷然不容天驕人過來肆虐，至少，在他倒下以前。初雪鴻風也從腰旁抽出電掣劍，他想著不分老幼男女的初雪七百人，心中湧起深沉的悲憤。他們在這裡活了一百餘年的事實，怎麼可以輕易被摧毀取代？所幸在鴻風的強力要求下，獨犢地區的居民，暫時都撤走了。他們非武非戰，只是一般老百姓，怎麼能讓他們白白葬命在凶殘天驕手下。

鳳雲藏的黃花、活色劍執在手裡，尚無動作。一旁的老、少絕頂也只是靜待。

照的眼簾映照著天驕會第一波正要過河的三百人影像。滅族大事就在眼前，絕無作假，三百份殺意集體地如冷浪一樣澎湃著震盪著她的胸腹。照不情願，但也不得不啊緩緩地啟出明日劍，手握著劍柄，青銅的觸感沁涼入膚。她和雲藏的情愛，終歸脆弱不堪吧，在組織的對決之中，根本起不了作用，只能悄無聲息地被滅絕被遺棄。照的幽微心思僅能一閃而過。她不會再有餘力想情思愛。

天無絕寶刀還停在刀鞘，雲圖尚未拔刀。她的刀，只有見血的時刻才會現身。其刀柄造形素樸，為墨黑色，在墨雲圖身上像是配飾更勝過是武器。但她可不是等閒之輩。天機一百零一破的高超，獨犢人盡皆知，好幾次她陪初雪照下武場練劍時，展露出驚人的刀法造詣，就連被視為初雪家族第一把劍的空晴，也只能略勝一小籌，無法輕鬆拿下她——雲圖天機破刀法的厲害，可見一斑。

「小照，」往後退到照和雲圖身前的初雪空晴，向著她們說：「要當心，心思要堅定，別亂了套，妳，」他看著雲圖，眼神裡都是濃光烈火，「也務必小心。」說完，空晴又迅速移回第一線，準備與天驕會短兵相接。父親鴻風也瞥過眼神來。

他們都曉得照的難處，這件事是困難的，關於和昔日已交付一切的戀人決戰，對她來說，絕對是慘烈。但整個家族也是到了生死關頭，初雪一姓能不能延續下去，就看目下這場生存戰役。一方是為了肥沃土壤為了堅絕金為了鑄造更多鋒刀利劍，以應付愈來愈險惡的武林情勢、穩固天驕霸業而來，一方面則是保護自己的土地、還有這裡的住民，非得拚死一搏不可。他們誰都不能退，而情勢也就沒有挽回的餘地。

餘地啊，照的腦中蕩漾著鳳雲藏早幾日也曾說過的話。在天驕會大舉攻境之前，鳳雲藏找上照，他對她透露天驕會將傾巢而出，攻占獨犢。她那時候多麼好笑啊，居然還一相情願以為是雲藏想見她故隨意找的藉口，她不相信三絕頂會這般的愚蠢，他們是強盛近兩百年之久的大組織沒錯，不過，近來他們可一點都不輕鬆，江湖新興小勢力多矣，還有許多孤客暗行破壞，天驕們顧此失彼，難以兼顧。天驕會的獨霸局面愈來愈動搖，這個時節點來攻伐獨犢，未免不智吧。

唯此刻一眼望去對岸都是人，天驕會的三絕頂人物不說，就是他們底下編制的王、霸、主、首、將也有一半來到，素來以天下一會為號召與使命的天驕會，今番是鐵了心要拿下獨犢呀。

難怪雲藏一臉的認真。照很熟悉這種表情。那不是玩笑。當時，初雪照很快了解到他說的全是實話。照謝謝小絕頂的同時，也請他盡力阻止。雲藏眼裡露出罕見的苦澀意味，(「有些事情，幾乎一開始就是注定的，幾乎沒有誰能夠抉擇，我們都只能被包含在裡面，只是其中的一部分，無法控制走向，妳必然已經懂得的，不是嗎？妳能夠放棄妳的故鄉、妳的生活之地嗎？」）最後他說，(「人生哪裡來的餘地呢？根本沒有誰有，妳還是不懂嗎？我們天驕人要的東西就是要，妳只能給！」）照聽後氣惱不已，一年前他們就因為同樣的事鬧翻，再也不往來，結果，這會兒還是一樣，他仍舊走在霸道的路上，渾身都是他所謂的天驕魂天驕霸。

雲藏說那番話的時候，墨雲圖也陪在照的身邊。雲圖沒有說什麼，但她直瞅著鳳雲藏，發現他的心思縮到最裡最裡的地方，看也看不清。雲圖不喜歡這個人。他的慾望，他的隱藏，還有表現。鳳雲藏壓根就是個一團混亂與暴烈的組合。雲圖認為，走過那些天驕會內定的晉升考核，小絕頂是最受暴力荼毒的受害之人，心神早已毀壞無救。她比照更清楚他是怎麼樣的人，所以她絕無可能喜歡他。

果然，他就正站在河的另一邊。即使他私下來通知，也不外乎夾帶施恩意味。縱使裡面或摻雜某些個人情緒判斷，但墨雲圖對鳳雲藏的厭惡，不是沒有緣由的，她對這個人的判斷是精準的，滿可以確信。

當前——相當快的速度，對方人馬就要渡河殺至，初雪家族這一邊，當然有所應對。初雪空晴猛然一聲怒喝：「動手！」白河被天驕人搭的浮橋，激得水流波蕩的此時，水面底下突然暴起幾十條人影，沖起一蓬又一蓬的水花，與浮橋上的天驕會眾展開正面衝突，窮凶極惡的殺聲，立即吹襲散亂，在這片淨土一樣的獨犢。

河裡埋伏許久的幾十名初雪人，每個都有特製的囊袋裝著空氣，足以呼吸。這是初雪家族從當地漁家學來的技巧，可以長久地潛入河深處，不窒息致死，如今便派上用場。

天驕人倒也不是沒有防範，既然他們要渡河，當然有心理準備初雪家族會潛入河底。三絕頂也仔細注意過河水狀態，未見端倪，且兩造對話時間不短，就算高手，也不可能不呼吸這麼久，不料原來對方竟是群體游至最深，借助器具呼吸，等到天驕人搭浮橋引起河面騷亂時，才游往水面，伏於浮橋底端。藏無神喃喃說著：「這安排不差啊，竟如此沉得住氣。」天下藏鋒悶哼：「他們，頂多，能擋住，第一波。」保持沉默的鳳雲藏，眺著狂亂千百人群以後的雲圖，還有照，心念電轉，一邊懊惱後悔，一邊不斷逼迫自己升起冷酷殺意。天下藏鋒斜眼睨鳳雲藏：「你，倒是，安靜。」聽著少絕頂激烈如鋼摩鐵擦的腔調，鳳小絕心懷裡盡是不耐，他回望天下藏鋒，依舊不語。少絕頂的臉，歪歪扭扭地爬上一片青白狠辣：「但願，你，不會做，違反天驕利益——」他還沒說完，小絕頂的殺意暴漲。藏無神立即插嘴：「老二你別再說。老三自理會得。他不是正跟我們一起要大開殺戒嗎？」天下藏鋒冷哼。

浮橋上的天驕人，一次栽倒幾十人，都是被初雪人暗算刺翻的，也有三、四條浮橋，因被初雪人拆毀鐵環、木板而崩解。但後頭已然注意到初雪人偷襲的天驕會眾，也就有所應對，他們都是善於征戰者，哪裡會由得初雪家族輕易賣橫。

初雪鴻風與空晴也曉得，初雪家族遇上天驕會定是有死無生的，說到底，該會素來以人員凶猛狂烈聞名江湖，這十幾年也接連覆滅不少中、大型幫派門戶，戰力超群。一般來說，像初雪家族如此成員不到一千的小組織，只能懇求莫要招惹到天驕會。但災厄若要臨頭，就是端坐在家中也是會有禍事的。一直以來，初雪家族就超然於對武林地盤、勢力的競爭，他們是中立的，否則何以不立門建派、僅僅以初雪家族之名活動。然則，天驕會卻不顧眾議，向有小淨土美譽的獨犢伸出魔爪，也不難了解他們跋扈的程度到達何等境界。

原來空晴還主張要與周邊門派一起聯合起來，抵抗此一虎狼般的江湖強敵，然而時日太短，且誰不畏懼天驕會啊，空晴離開獨犢，奔走三、四天，一無所獲，只能無功而返，就連幾年前表達過共抗大敵意願的天方地圓盟，也都自身難保，無力相助。鴻風感慨不已，這人間武林啊，竟也已走到無公無義的地步，當年沒有當機立斷與天方地圓盟一起對抗天驕會，實在悔不當初。空晴沒有話說，他只靜默地準備起或者是生平裡的最後一場大戰。

天驕會眾沒多久便把河下伏襲的初雪攻勢壓制住，空晴見情勢將要轉換為對己方不利，當下率先一持劍殺出。他衝上某一條浮橋，越過己方人馬，落在橋面，麗天劍的柔黃劍芒，像線團一樣捲開，一圈一圈，一層又一層，將敵人裹在密雲不雨的劍跡，脫身不能。空晴的出動，令得初雪家族的逆襲聲威大振，其鋒雨還神劍法已得三昧，如今放肆飛揚起來呢，當真是天地失色，河面上猶似有一團柔和但無堅能摧的日光，爆灑開來，教浮橋上的敵人紛紛中劍落河。白河裡，血色迅速蔓延。

初雪空晴動了，後頭也跟著有一百人殺出，直取浮橋，現場立即是一片混戰，殺得是無分無解。一向平靜的獨犢，遭遇到前所未有的血腥暴力氣味。唯此刻的天氣明亮得不像話，有一種萬物皆靜好悠閒的氣味，無暴雨無狂風，也不燥熱，風是徐緩清涼的，空氣中也布置著剛剛好的濕意，簡直就是人應該閒閒地漫遊的日子。但也就是這樣的明媚時節，兩方人馬卻要以血肉、以廝殺與此日的完美無缺，大衝大突。

光天化日下如是美麗，照難以置信殺戮就在此決然不返的展開。好像煉獄跟天氣一點關係也沒有。煉獄是人自己造的，天氣則是自自然然的，兩者絲毫沒有扞格違和。同一個視野裡的，兩種世界。照看著，心底就是一陣難止的苦痛。

鴻風未有行止，他的視線緊緊纏住絕頂三人，真正可怕的還是藏、天下與鳳三人。他得注意三大絕頂人物，慎防他們偷襲空晴。電掣劍緊緊被握住，一族之長初雪鴻風隨時都可以出擊。

墨雲圖也是。她守在照的身旁，體內真氣狂放流竄，保持在最敏銳狀態。

空晴領頭，初雪人組織極佳的反攻態勢，天驕會眾的聲勢，立刻遭受壓制。鋒雨還神劍法可說是初雪家族得以立足一方的基石，是江湖裡頗負盛名的傳奇劍術。第一位來到紅山、白河這裡的初雪先祖，曾受教於神鋒座——此神鋒座曾經是武林史上最了不得、天下獨一的劍派。鋒雨還神劍術，據說即是脫胎於神鋒座的失傳劍法，再混以先祖的獨特創劍而成。初雪家族就是靠著鋒雨還神，抵禦外界諸多組織的貪婪、侵入，勉保小淨土不失，且逐年累月積囤一定分量的劍之聲威。

隨著殺戮時間的進展，空晴的麗天劍，放肆使開，施展起鋒雨還神之戰神勢，劍勢旋即轉柔為厲，宛若黃色火焰撲擊，一沾惹到的，莫不是慘厲嚎叫拋開。初雪空晴的劍招，含著驚人的真勁修為，決計不保留，他全心全力地投入到眼下的修羅場，天驕人有的體膚上瞬間密布十幾道切痕像是忽然長出來的，有的眉心鑽了一劍便回天乏術，有的頸子被平平削開一記血噴狂湧，有的十指帶著兵器飛起……

浮橋上，各種形態的殘殺在進行著，水面下亦然，兩方繼續纏鬥，水花四濺，血花也同樣絕不匱少。初雪人贏在水性極佳，又有地利，而天驕會所屬，則是驍勇悍強，下手狠辣，於是乎，在水底鬥得秋色平分，勝負難斷。一時間，兩方人馬河上河下劇烈決戰，已然使得白河染紅，現場俱是腥烈的味道，以及教人難以忍受的哀聲慘叫。

初雪照的手在發抖，雲圖知道。她們的手還捏在一塊兒。但照並不是害怕，她只是不忍，（大好風景啊，卻被人的慾望，攪渾成這種醜陋不堪模樣，真的有必要如此？真的非得要以奪取為目的，方能在江湖裡生存？）她難以理會。

天下藏鋒再等不下去，他往前踏步，直直朝初雪空晴走過去，少絕頂的發韻劍明白指住空晴。前頭的天驕會眾自動退讓，而擋住的初雪人，則是被天下藏鋒的氣勢駭住，動彈不能。藏鋒的青藍劍一抖，銳利的短音飆高，戳進人的聽覺，猶如什麼易碎物品直接在耳朵裡頭爆開。初雪家的劍手，均棄劍捂耳抱頭，失去平衡能力，摔進河中。天下少絕半點阻礙都沒有地前往空晴，發韻的劍尖孔洞持續激昂著讓人無力承受的怪異爆破聲響。

初雪鴻風回頭，望住照與雲圖，他說，「妳們——」才兩個字，什麼都講不下去，搖搖頭，也只能搖搖頭，這已經不是小心就可以的時機點，一切只能搏死見生。他只希望孩子們都還有機會活下來，而他會堅持挺住。

照在父親的眼眸底，讀見異樣濃稠的哀傷。他好像有些決定。可惜自己什麼都不懂，改變不了，反倒讓父兄為自己的感情狀態擔心憂慮。也許她從來不是個好女兒好妹妹吧。不過，不過，就今天也好，（這一日，）照決意要對得起父親與兄長，（我必須是一個完完全全的初雪人，）就這一日，她應當捨棄心懷裡的種種不安、猶豫和困惑，（我必須如此，）她一定要把心推進為最強大，（我是照，我是初雪照。）

照將手抽離，再度緊了一緊明日。明日劍散發青光。好劍一把。一把殺人的好劍。她瞅視太陽狀的護手，又抬起眼，望向明亮山水之中的戮殺現場。照的視野凝睇雲圖，對她點點頭，爾後起步便走。

初雪照纖細如琉璃般冰涼易裂的手離開時，雲圖感覺到近乎尖銳的失落。但她只能靜默地收回空蕩蕩的手。她的手，現在更適合拔刀。她很清楚自己的使命。雲圖緊追初雪照。她這輩子就是為了保護照而生。毫無疑問的命運。

初雪鴻風一行進，藏無神旋即動作，人影一晃，把浮橋上那許多的人馬當作空氣一樣，掠縫穿隙過去，直逼鴻風。老絕頂細瘦的軀體，倏然立定，白鬍白鬚猶在飄揚，意奪劍刺向鴻風的喉頭。好快。以初雪鴻風有過不少大陣仗的歷練來說，藏老絕的動作快得駭人。鴻風的電掣劍想也不想，反手發出，且頭一低，下巴用力往下壓，緊急時刻要閃開老絕一劍，只能賭一賭。如此一來，意奪劍戳入初雪鴻風的同時，電掣劍也必然會倒插於藏無神肚腹。藏無神可沒打算跟鴻風搏死至於抵命，他撤開那一劍，手腕一扭，意奪劍轉而滑向鴻風肩膀。初雪鴻風往右邊跳，左足踹出，且電掣急速橫移，拍在意奪劍的劍脊上。兩人迅速過招，打得熱熱火火，無人能涉入。

另一邊呢，空晴與藏鋒也已交上手。天下少絕的發韻劍，時時發出擾人心神的吟嘯，不止是尖銳的嘯吼，還有沉沉的、像是可以舂入人心底的低鳴，甚至聽起來像竊笑、狂笑的音聲，詭異十分的劍聲化變。初雪空晴應對起來，不得不更專注謹慎，避免被發韻劍鬼變怪化的響聲所誤所困。他換以鋒雨還神劍法之形神勢，舞得密不透風，就是一雨絲也透不進來，全力抵禦天下藏鋒的奇異劍術。

少絕頂世代相傳的劍法名為：聲有哀樂劍，共分有喜怒哀樂愛憎慙懼八韻。這套劍法也有兩百多年的歷史，一代又一代的天下藏鋒傳遞著使用著，技法累積多年下來，越發深不可測。聲有哀樂劍的每一韻，都有著特殊的音聲使用，比如喜韻是私私竊竊的笑聲，愛韻則是濃烈異常的又吸又吐的音律，慙韻則是低低的沉沉的，好像有個重量下壓也似，等等的。這當然是由於真氣導入發韻劍，再經劍尖與劍身鑿開的八個小孔洞穿出瞬間所造成的奇絕效果。化音於形，聚情入聲，正是聲有哀樂劍的妙巔之處。

照與雲圖不置身事外，她們加入亂局，為守護這塊逸美靜好的土地而戰。

初雪空晴的鋒雨還神劍法，面對聲形合一的發韻劍，初時還能有來有往，但到後來魔音亂舞、八韻齊發之際，空晴的心情就再難以把持。劍音宛如有情感的活物，從外而內鑽啊鑽的，硬是扒開空晴的防護，直接刺入他的腦海深處。

初雪鴻風亦是敗象漸呈，老絕頂的意奪劍，快而凌厲。藏無神雖是號老絕頂，但實際上他年紀不過四十多歲，比起業已五十好幾、已近六十的初雪鴻風，年輕得太多，在體力、反應方面都比鴻風優異。要不是鴻風實在是老江湖，憑著巧妙應對，再加上鋒雨還神的形神勢，維持固若金湯，他早就斃命於藏老絕劍下。尤其是藏無神的湧泉千劍式與鋒雨還神劍法有異曲同工之妙，都講究速度與密度，只是前者發劍喜由下而上，而鴻風的出手往往從上往下——

奇怪。忽然發現這一點的初雪鴻風，心中很感驚愕，莫非鋒雨還神與湧泉千劍式還有某種古老的淵源？更進一步推論，也許天驕會與初雪家族也存在著不可告人的神祕往昔？突如其來的念頭，劃過昏亂的腦域，但鴻風將之甩開，都到命懸一線的時候，是不是有關係，又有什麼所謂？死亡彷彿一群眈眈的餓虎，正正圍繞環伺著，隨時都要撲來噬吞。初雪鴻風振起所剩無多的意志力，揮動佩劍，一道又一道驚電似的劍光，炸向藏無神。

初雪家族這邊好不容易由鴻風、空晴營造的熱烈氣氛，頓時土崩瓦解，天驕會人在老絕頂、少絕頂有效壓制住初雪家族兩代最強劍客的情況下，知機地蜂擁而上，對另一邊岸上的初雪人猛襲。此時，三絕頂之一的鳳雲藏還沒有動手呢。

照與雲圖皆發現空晴與鴻風陷於劣勢，兩人一劍、一刀，齊心抵禦浮橋上、河水裡的天驕會眾。

前者的明日劍天青色一樣明朗，令敵人有退無前，她用上鋒雨還神的戰神勢，招招夾帶有死無生的氣勢，明明是看起來愉快清涼的劍勢，但又異樣悽慘的絕對感，兩種極端的組合，讓天驕人無所適從，被明媚的劍招下所醞釀的無匹劍勁鎮住心膽與殺意，半步難進。

今日，墨雲圖再也不能有所保留，近年來大徹大悟講究殺中有生、生裡藏殺的天機一百零一破，亦只能往往窮凶極惡處變去。她不願殺，但她已不得不。自刀法大成，她總是不願刀法是殺戮。刀下留生是她的基本信念。畢竟母親所授的刀法最大精義，就是如此。然而，面對以天下一會、以暴力征服武林的殘酷天驕會眾，她的溫柔，不過是可笑的軟弱。雲圖曉得，一旦她有所保留，初雪家族的死亡人數，將會多更多。此時此刻，她只能大開大殺啊。

於是，雲圖的刀，比初雪照看來著實矛盾的劍，更麻煩更恐怖。她的天機一百零一破，招招凶猛，式式強悍，配合刀柄全黑而刀身赤紅的天無絕寶刀，運轉起來特別殘暴，血紅的刀光，像是神魔的彎長舌頭一樣，捲吐之間，人就少了，這個少了，是大塊大塊的少，少了手臂、少了肩膀、少了兩條腿。其刀法是暴虐無雙的，刀也是火燙的，被天無絕刀切過的部位，總是焦黑一片。刀下的天驕人全都武功全廢，但只傷不死。終究其刀術已到圓轉如意之境，她只要確保刀鋒過處，無人可再殺己方人馬即可。但願這些傷重康癒後的天驕人，不會遭到太糟的待遇，至少還能去天晶碼頭的退養地，度過餘生。

天驕人沒想兩名宛如天仙的女子，使起刀劍來，不但不遜色於初雪鴻風和空晴，且還猶在其上，他們的鬥志當下七零八落，被明日劍、天無絕寶刀逼停，前頭的人驀然煞停，後面的人自然撞上，於是更顯一團紛亂難止。

初雪家族此刻正面臨極端嚴酷的考驗，照與雲圖都前所未有的全力施為。她們潛伏著、一直來沒有露底的武技本事，終究得要全面披開，不能再為顧及空晴、鴻風的面子而有保留。照和雲圖作為知心密友已然兩年多時光，兩人默契十足，當下逆勢推進，欲去援救鴻風、空晴。初雪照劍招從戰神勢換成變神勢，以配合雲圖的天機一百零一破，她的劍光更是靈巧鮮活，青亮游魚一樣的，隱匿於赤紅的刀光後，見縫就鑽。而墨雲圖的刀勢，則一如鮮赤海浪，一波又是一波，永不消竭。

這時候，天下藏鋒悶哼：「雲藏，你，還在等，什麼？」

初雪照聽見了，她的視線往另一邊落去，鳳雲藏就在那兒，握雙劍，沒有太多表情，眼神灰灰暗暗的，就跟許久許久以前她在那片陰翳森林裡第一次遇見他時如出一轍的眼神。初雪照想著，（是呀，還有什麼好等，你不是已經決定站在哪一邊了嗎？）照的心思不再遲疑，神堅意決，（來吧，就讓我們生死相見吧！）

鳳雲藏察覺到照遠遠投來的眼神，他不可能獨善，也不可能沒有犧牲，這是江湖爭鬥，該來的，就是會來，該還該償的，也一個都跑不掉。初雪照，以及墨雲圖，本來就是他負責的目標。鳳雲藏踏往前。

不說前些日子他私自找上門的事，再更早，一年前也已經勸過照，只可惜他們鬧得不歡而散。後來，天驕會因種種情勢，包含要優先處理掉更近如天方地圓盟的威脅，而不得不暫緩行動，暫時饒過初雪家族，因此延遲一年才來。而誰讓照和雲圖竟抱有天驕三絕頂不會率眾來的痴心妄想？她們太天真，她們真該逃命去。為了維持天驕霸業，絕頂三人沒有理由放過獨犢，何況不是他們侵奪，就是別人來。只要這地方有堅絕金的存在，初雪家族就沒有可能避讓其他組織的侵襲。

雲藏手上雙劍，一手是黃銅劍身古樸得猶如從遠古時期踅來的蒼老神祇，另一手則是雪白劍身裡有紅、綠兩色人形纏結不休。他略一搖擺，人在水面上滑行，點踏過幾具屍身，闖過紛亂人群，施起繁花錦劍術，射向初雪照和墨雲圖。

初雪照手握明日劍，不得不與鳳雲藏，天驕會的三大絕頂之一，小絕頂鳳雲藏，這個她至今依舊深深眷戀的男子，正面對決。她的內外都被衝擊著。所幸，照身旁還有墨雲圖和她並肩作戰。

三人這幾年間對彼此都已熟悉到一定程度，照、雲圖都很清楚鳳雲藏的雙劍有多麼可怕，雖現在明日劍不在他手上，只能以活色劍暫代，活色雖不如他使了多年的黃花劍般稱手，但也是一把絕代劍器，因此他的劍藝毫無減損，一旦他使開繁花錦，簡直像是能直接以劍光交會起一片錦繡江山，豐饒密麻得教人眼花撩亂、無從抵禦，並且他最教人難防的，還是雙劍出招時的怪異時間差與不定方向，像是有兩個鳳雲藏持劍從不同位置攻來。她們互看一眼，心意交通，她們必須在鳳雲藏將劍完整舞起以前，截斷他的發招節奏。照乃運起鋒雨還神劍法之裂神勢，劍式從靈活多變，轉換為大開大闔，每一劍都夾帶山崩地裂之勢，威猛無雙。雲圖的天機一百零一破，則從海波浪之狀化作風吹一般，朝鳳雲藏無孔不入侵襲而去。

有一股教人心神恍惚的異香，飄進鳳雲藏的嗅覺，其視覺亦有異變感，事物變得模糊已極。他曉得，這是墨雲圖的暗香虛影功在作祟。若讓兩女合刀劍之力起來，繁花錦劍術也恐非她們之敵，他得握有先機，方可牢牢箝制住武藝天分驚人的兩女。他加緊繁花錦的劍光交織，雙劍更大氣大派地編繪一座豐饒之海，以狂猛之勢與初雪、墨二人交鋒衝突。

照和雲圖這邊對上鳳雲藏刀劍往來，鏗鏗鏘鏘，響聲不絕，另一邊的初雪鴻風與藏無神已然到緊要生關死頭。鴻風心內甚是懊悔，他這些年對鋒雨還神劍法終歸是太過懶散疏忽，畢竟年紀大了，加上空晴、照都把這套劍術練至妙絕以後，他尤其鬆懈，這會兒老祖宗傳下來的鋒雨還神劍法，不敵藏老絕，完全是他的問題。再加上意奪劍又能與堅絕金所鑄的電掣劍比硬度，磕碰之下竟無有缺口，因此過幾十招，初雪鴻風環生險象，陷入藏無神湧泉千劍式的裹覆，難以自拔。尤其是意奪劍上的那些劍紋，讓人花眼，鴻風還以為自己撞見什麼活物正蹦跳著呢。

初雪空晴在聲有哀樂劍的魔音繚亂中，依舊把握到戰情。照和雲圖被鳳雲藏牽絆，初雪家族的反攻態勢，旋即又萎縮消退，父親被藏老絕壓逼得迭有致死危機。初雪空晴狂吼一聲，奮起意志，麗天劍高速地切劃，裂神勢全面展開。他的劍勁破開空氣，嗤嗤作響。空晴抱著一團劍光衝向天下藏鋒，人隱遁於爆裂如雨勢般的黃色劍芒之後。

天下藏鋒嘴角歪起，露出一種鮮鮮豔豔而邪異的笑，發韻劍圈起，像是有人在呢喃一般，然後尖叫聲響起，好像有千百人之多同時驚怖大叫，發韻劍給人一種鬼哭神嚎的感覺——這是聲有哀樂劍之懼韻。

空晴的劍意立即一滯，裂神勢的狂猛無匹，頓時受挫，黃雨消退。天下少絕的懼韻，委實讓人難以忍受，以初雪空晴的定心，也無法免除影響，尖叫聲一群又一群生物般地爬上他的耳際，鑽入他的腦海，甚至前進到心口，造成一實體撞擊感。於是呢，密集的黃色劍雨零落，初雪空晴露出本體。而發韻劍正指向空晴的胸坎。

不止首當其衝的空晴如此，有些功力弱的初雪人，被發韻劍鬼魂般的淒厲尖叫，駭破膽，當下七孔流血，人栽入河裡，眼看難活。稍遠的初雪鴻風，亦被發韻劍怕是連地獄都能撼動震得翻起的尖叫唬得動作僵住。更遠的照和雲圖也受到驚駭，刀劍變緩。反觀天驕會，仍是有不少人被爬向四面八方的劍聲尖嘶嚇得雙腿發軟身體硬直，但到底多數人都已受過聲有哀樂劍的洗禮，維持攻勢的人居多，登時使得初雪家族傷亡越發慘重。

鴻風只是一瞬間被發韻劍的尖叫抓住，失去對劍的專注度。只是一瞬。他立刻醒覺過來，正要將指向藏無神左肩的電掣劍往前推，卻忽然腹部一種尖銳的疼痛炸開，他電掣劍依然緊握，但無力為繼。意奪劍在鴻風的肚子上鑽了洞，血液噴出。爾後，更離奇的事發生了——老絕頂的手，遽然狂野地抖動起來，意奪劍身上那些皺紋一樣的劍紋，猛然跳起十幾條，如蛇一樣，釘進初雪鴻風的胸口，鑿出深深的血痕凹洞。

鴻風的嘴裡裂出悲吼，電掣劍朝內切割，砍到飛起的條紋，發出金屬交擊聲。原來那些條紋不只是冶鑄鍛打時所產生的紋路，而是可以脫離劍身展開奇襲的鋼線。是啊，他可是老絕頂，藏無神的絕劍，怎麼可能如此平庸一般兵刃？

初雪鴻風想得明白之際，人依然握著劍，但往後倒下。

空晴在懼韻捲起的驚濤駭浪之中，載浮載沉，他勉強抵禦著劍尖叫後的劍影重重。裂神勢變為形神勢。初雪空晴又擋下發韻劍三次，便聽到父親的悲叫。他心神震盪。而天下藏鋒的劍，一邊撕心裂肺地叫喊，一邊狂魔一樣的攻至。

初雪空晴內外交迫，步調早亂，被少絕頂壓制得什麼招式精髓都已無法維持，不旋踵，即被天下少絕的發韻劍刺中右肩，麗天劍乃脫手高高拋起。空晴欲急往後退。但奇怪的是，少絕頂的臉反而愈來愈大，初雪空晴發現天下藏鋒正貼近。少絕頂扁劍對準空晴下巴往上一戳，頓時貫穿這位初雪家族最負威名青年劍客的腦。空晴斷氣。

初雪照的父兄一死，她的心思就化如死灰。殘暴的現實來到眼前，帶著虛無感，好像不是真的。但照的眼前明明白白，心底也明明白白啊，許許多多親愛的人死了，或者已接近死。她的心智飄忽，此時此刻神智遁離走得遙遙遠遠，獨留雲圖獨撐大局，頑抗鳳雲藏的黃花、活色雙劍。墨雲圖以天機一百零一破護著魂飛天外、心智全亂的初雪照。她的短髮飛揚不了，被濕黏的汗水緊緊纏牢於肌膚，世傳的暗香虛影功環繞周身，發散出陣陣迷惑人心的氣味。

而照突如想起自己的名字，照，原來只是昭，她聽父親提起過，因為雙親希望女兒不止能明亮自身，還要能照亮他人，所以為昭點了四把火，成為照。這就是她為什麼是初雪照的緣由。

母親早逝，照已經記不得和她之間的事，但照總是把母親對她的期盼，放在心底深處。小時候，常聽父兄講起母親的種種傳奇事蹟，她一直想要成為母親那樣的人，但最後卻失敗了。母親會感到羞愧嗎，因為有照這樣不成材的女兒？現在，父親死了，哥哥也死了，更多的初雪人亦正在死去，（所有人都死了，這裡只有黑暗。這裡只剩下黑暗而已。）

鳳雲藏加緊逼迫雲圖，將她和照逼向白河的下游那一方。他忽然對雲圖眨眨眼。他刻意以劍磕碰天無絕寶刀，但上頭赫然無夾帶傷人氣勁。雲圖知機扯著失神的照，和小絕頂一搭一唱，攻守做足樣子，往生機處走去。刀劍互擊聲響亮。

照仍然持著明日劍，她恍恍惚惚被帶著走，視野裡是遍野的橫屍，血肉亂飛血流成河。她的心被擊碎，裂成無數無數小碎片。每一碎片，都帶著一個初雪人的死。初雪照記憶他們的死。她知曉自己正在被帶離煉獄。但她怎麼可以苟活？

墨雲圖擋在照身前，護住她，而天無絕寶刀和黃花劍、活色劍劇烈磕碰，遠看似乎雲圖正與鳳雲藏拚命，但實際上兩個人是戲作極佳，一路刀光劍影，卻絕無凶險。另一邊，忽然人群中有人搶將出來，揮舞著的劍法有些兒形似鋒雨還神劍法，但相異處又頗多，是名青年。那青年二話不說就持劍往鳳雲藏身上刺。鳳小絕輕喝：「雨水主你找死嗎？」那青年不發一語，只一味用盡本事，與小絕頂拚命。

而照的眼中只看得見死亡，以及那熟悉卻又陌生相向的絢爛黃芒，跟兄長的柔和調性的黃雨劍光不同，黃花劍的顏色，比麗天劍更深更強烈，帶著猛烈感。照當然記得這把劍與它的主人。黃花劍與她的明日劍本來是一對的，本來是。

是啊，初雪照的腦海，響起雲藏幾日前他們私會時說的話，「妳總是那麼空照萬里，美好得一點陰影都沒有，我在妳身旁，就愈顯得骯髒無倫。妳想，滿心貪念欲求的我，會樂意如此嗎？」藉口，全都是藉口，照心中雪亮，但陰影依舊密布，她的心，又隨著湧出的回憶一片一片的裂開。她的痛苦，如此困重，難以輕盈，不可逃遁。

「得把自己變鈍，」像父親一再轉述過母親的說法，「人的心志不需要像是鋒芒，成天畢露閃耀輝煌，只是凶惡，只是賣弄。相反的，人的心志應當一如鈍器。鈍鈍的，才有可能理解到鋒利的真實狀態。」但照並不願意理解鋒利。她只是想著可以變鈍的話，再好不過，鈍了，就能無感，也就能不痛，（我應該要變鈍的，我應該要的。）

照的心神逐漸脫離、喪失。而手中的明日劍提醒著她的鋒芒還在。於是呢，照下意識地把劍往前一送，之柔弱無力的，半點殺機都沒有。唯明日劍從墨雲圖的腋下刺出，碰巧就扎進鳳雲藏的胸口。

鳳雲藏驚訝地望著左胸口插入的青銅所鑄之劍，他的情訂之劍。小絕頂出道以來，從未受過如此重創。他知道，劍鋒入處，非常鄰近心臟。現在，只要照施點力道一拖或一鑽，此心必然被絞爛，無可回天。

雲圖心下也甚感震駭，就是這麼個時機點，眼神暗灰得生機俱是擊滅的照，居然擊出如此無害但又致命的一劍——這就是她的意志嗎？她愛著鳳雲藏也恨他的貫徹一致的意志？照的純真溫柔之心裡也有一股不可扼抑的復仇性嗎？

雨水主則是見機不可失矣，又要送一劍，了果鳳雲藏，但被雲圖的刀撥掉。雲圖眼神凌厲，對他搖搖頭。他們幾年前也曾交過鋒，這會兒卻反過來變為同一陣營，只為全照的性命。於是，他們一切動作止息地等著照的下一步。雲圖依舊擋在初雪照身前，鳳雲藏的黃花劍僵在半空。而照似乎已不在這裡。她刺出的那一劍，好像是某種完結。最後的鋒利。從此以後，她就是完全的鈍。

不管怎麼樣，最後一擊，終究是徒勞無功的啊，他們都已經死了。什麼都來不及了，不是嗎？初雪照忽然倒下。明日劍脫手，劍尖戳在雲藏的胸口，劍刃與劍柄緩緩擺動著。

如果讓初雪照擁有信念的是另一種力量，別的力量，在暴力以外的力量，不是還有更多比暴力，更能夠證明力量價值性的事物嗎？照不相信力量只有那麼一種。她認為，人可以接觸的力量，其實應該是更多樣性的，比如愛情，愛情不也是力量的一種嗎？（對了，還有愛情，那是另一種消除掉心靈與肉體分野的深藏性力量，）雲藏不是曾經說她很美的嗎？照想著，難道全部都是錯的嗎？（曾經相信過的一切，都是泡影如夢？那些時光究竟算是什麼？我們到底遺落什麼才會變成這樣？而，時間，時間究竟是什麼呀……）昏厥以前，照的腦中，一瞬貫滿太多幽深難解的念頭。

鳳雲藏苦笑地看染血漬的明日劍一眼，他對雲圖輕輕聲聲地說著：「這樣也好，妳們去吧，去找伏太初幫忙，只有她能夠庇蔭妳們，」雲藏凝睇她，像是生生世世以來都如此，「我們再無後會之期，對嗎？」

墨雲圖猶如海水一樣的藍色眼瞳，回望鳳雲藏，點點頭，她沒有回答他。命運如此，有些事有些人，總是要告別的。雲圖並不打算對他解釋。但她謝謝鳳雲藏，謝謝他願意放過照一馬。雲圖把目光收回來，小心翼翼地安放於照的臉上，然後抱起她，往白河投去。目睹雲圖的眼神，也就都明白的鳳雲藏，對雨水主說：「你也去吧，否則性命不保。」從今往後又恢復神鹿鏡緣之名的男子，點頭表示明白，緊跟跳入河裡。

此役，初雪家族幾乎全殲。其後，獨犢被天驕會獨占，十年間就將堅絕金開鑿耗盡，冶煉出數以千計的神兵利器，霸雄當代。初雪照、墨雲圖和神鹿鏡緣等人，則在鳳雲藏私放維護下逃離現場，投靠大醫家伏太初後，從此便銷聲匿跡，江湖不見——據說初雪照的神智毀壞，思維與行動都變為十歲女孩，墨雲圖和神鹿鏡緣為護全照的安寧，乃遠走他方，一生隱遁。至於鳳雲藏，劍傷雖復原，惟三年後抑鬱病終。

數十年過去，後來的江湖，乃有一神祕的雲圖部崛起，其創部之人即是刀法通神的墨雲圖。而雲圖部在天機一百零一破外，尚有奇異的四大救命劍招，分別為鋒雨式、初雪式、日照式、如神式。刀劍合一的雲圖部，在二十年不到的時間，就逐步地將當時的霸主天驕會消滅，天驕三絕頂也接連喪命於部主雲圖遠智手上。

而武林的命運，總是在滅絕以後，重新啟動，並且始終循環不息……

狂墨之五

昨夜，他將僅只一壺的百年麗汁酒，痛飲而盡。孤自之飲。現如今已然是徹底絕望的時刻。他心裡是清楚的，神鋒座是沒可能阻止天驕會。現在，他望著神鋒大旗上的繡圖——金黃色圓圈裡，寰宇神鋒指著天——又愧疚又疲憊，醉意消解。而死亡就近在咫尺。但衛狂墨已力不從心。他的身體正在背叛他，正與他的意志背道而馳，（可以相信意志，但不能對意志力有著過度的迷信，人並不是只要有意志，就能解決一切難題。意志從來無法超越人本身的極限。）是啊，到了這會兒，他終於不能不懂歲月的真實力量。

長久以來，夜間甚難入眠的狂墨，愈來愈控制不了臃腫的肉身。寰宇神鋒也越發沉重難堪，他的手劇烈顫抖著。好像，好像幾百年以來這把劍所經驗發生過的一切，都在此時，化成實際的重量。全部的重量。歷史的重量。他再度認知到，自己只是一個人，只是凡身肉眼罷了。狂墨感覺神鋒在手裡，甚至比他的軀體，還要更疲憊。彷彿劍也老了。這把神鋒難道啊，也如人般逃不過時間的摧損殘壞嗎？而神鋒座當真就要毀在自己手底？母親與舅舅半年前先後辭世，身邊再無血親的他，只能得孤零地面對神鋒毀滅的局面。

從午後到就要日薄西山，神鋒座力敵天驕會的大舉入侵，激戰多時矣！

狂墨疲憊得像是體內有幾十萬匹浪捲起。呼吸異常艱難。他的口鼻、他的肺部都像是灌入厚重的泥一樣，感覺被埋進土裡，感覺滅頂要到來。練武者習以為常的吐吶，這會兒做起來卻如登天之難。

針刺感異常深入，如同與他的內臟徹底地膠合。不止如此，內部還充滿各種痛，無法細數。渾似痛就是他的存在。他正一點一點的破碎、瓦解。衛狂墨艱辛地緊了一緊劍柄。寰宇神鋒的黑，不再如以往烏黑但閃亮，而今變得暗暗沉沉——

寰宇劍原先是一把通體全黑，但又黑得，怎麼說才好呢，層次豐饒而給人一種璀璨之黑視覺感的劍。黑劍無鋒，寰宇神鋒並不銳利，但也不至於鈍化，就只是刃口圓潤，沒有一般利器追求的吹毛可斷。不過呢，寰宇神鋒的剛硬度，在任何劍之上，運勁一砍劈，就是莫能之敵。且寰宇神鋒還有一特異之處，劍柄與劍身之間的護手，為一圓環狀，裡頭嵌合一旦有足夠強大神鋒勁通過、便能轉動不息的黑球。只要氣勁以對的方法維續輸入，寰宇球便從不停止。但眼下，黑球似乎也正在老化。它停停頓頓，一會兒靈，一會兒不轉，好像隨時都要終止。狂墨心生不祥之感，（這是一個無可抗逆的預示。）

五百七十幾年以來，寰宇神鋒始終是堅不可摧無雙世間的神器，始終是天下間最使人景仰崇拜的絕代兵武。這一點經過皇匠羅家的認證，羅姓之人世世代代都鑄造武器，但從未有誰能夠超越羅家嘔心瀝血之作、被封為至乘之巔的寰宇神鋒。如今，它竟也呈現破敗衰微之象，教衛狂墨如何能不膽戰心驚？尤其際此死生交關，若無寰宇神鋒助力，神鋒七絕勢根本不得全力施展。唯有寰宇劍，方可盡顯神鋒座家傳絕學的絕到獨門。狂墨忍住心中的驚駭，表面無動無搖，冷然地凝視前方。他必須專注，除了更專注，他無計可施。

傲立於神鋒座座主前頭的對手，是絕頂三人。老少小絕頂，天驕會的三大巨頭。他們的後方立有青龍王、朱雀王、勾陳王，更後方是虎霸、蛇霸、馬霸、羊霸、猴霸、狗霸等，以及幾乎都到場的二十四主——七年前與神刀關大戰死去的缺額，而今又都補齊。狂墨緊握著寰宇黑劍，仍感覺手裡空蕩蕩烏幽幽，沒有個掌握。他曉得，自身心智正逐漸離散。衛狂墨並不把六王、十二霸放眼裡，更遑論二十四主。只是，他看見其中有好幾個從神鋒座叛離的舊人。他們自甘於成為只有代號、喪失原本姓名的人。狂墨無可奈何，只覺得悲戚莫可遏抑。在他主掌下的神鋒座，怎麼會慘澹至斯？

唯狂墨真正倍感壓力的，只有最前方的三絕頂，沒有人比他更清楚這三名高手的本事。也不過是七年多前，他與天驕會聯手，共同剪除神刀闕。那是狂墨生平最重大的一役，多少年來，神鋒座與神刀闕的恩怨，總算於焉了斷，一切完結，再也無波無瀾。當場，天機忘聲死於狂墨與天下藏鋒的聯手，神刀闕確實已滅——雖然衛狂墨無法對嬰兒下手，反對三絕頂一力主張的趕盡殺絕到底。他私自放走天機忘聲的遺孤，甚至讓他們帶走至尊的刀，畢竟他也致力於衛家劍學的傳承，又怎忍心天機一家的數百年絕藝斷送己手，只要天機之子無力再起、就此遠離江湖也就足夠，又何須多造殺孽，逼他們步入搏命相殺至死方休的絕境呢？

不想啊狂墨卻招惹起更大的命中之敵。但回過頭來想，真有那麼難以預料嗎？天驕三絕頂怎有可能只滿足於眼前局面？他們一步步剿滅神刀闕，不知犧牲多少天驕人，難道就為了輔助神鋒座，繼續號令天下？有可能嗎？

狂墨苦笑，是呀，情勢早已明顯，說到底是他太天真，又善於自我欺瞞——天驕會的終極盤算，他如何能不知曉？只是，當年為求盡快消滅神刀闕，擊敗天機忘聲，故不得不與三絕頂結盟，而今自食苦頭，也是情理之內，無須驚異。

神鋒座底下的五大家氏，只剩初雪和舒兩姓還留著一起共苦同甘，其餘房玄、司劍兩家改投天驕旗下，至於鹿家則更早就脫離，妻子與兩名女兒也跟著一起走——她們始終無法原諒他對正節的作為。但狂墨又能如何？生出那樣的大禍害之子，難道他能夠不大義滅親？難道他要放任正節拖著主掌武林正義的神鋒座無止境掉落地獄的深處嗎？他還要對衛家列祖列宗交代啊，作為後代子孫，難道他不該不能盡一點本分與責任……

往矣，都是如煙消逝的往事。狂墨心中的憂傷氾濫，直似他身形般的臃腫。此時，心宛若遭受強風吹拂，有種千瓦萬解的姿勢，正在漫散洋溢開來，他就要被活生生地拆解成無盡碎裂。可是狂墨不能任憑自己就這樣陶醉在自身期待許久的崩潰。一路以來，犧牲如是之多，他的兒子死去，他的妻女恨他恨得遠走一世不再相見，寞寞寂寂的後半輩子都堅持下來，怎麼能夠就在這裡隨意放手，讓毀壞絕天滅地而來呢？他用力地壓下胸坎間汩湧的苦愁。

絕頂三人走到狂墨眼前，藏無神、天下藏鋒、鳳雲藏三人——他們一代一代承接著同樣的名姓、同樣的武技、同樣的兵器。天驕會不求血脈共同，只圖凶猛霸道的爭雄路線，故天驕人越發強盛，幾可武林獨尊。神刀闕被結束，這會兒自然輪到神鋒座，他們從金風頂大舉入侵，毀滅的魔手如今深入到神鋒座的地盤百雪璧景。是如此了，天驕會絕無可能滿足與神鋒座共有武林，換做是衛狂墨吧，不也要尋求更上一步嗎？威風八面以後，當然就是威風十八面！

絕頂三人攻占勢力越發衰弱且後繼無人的神鋒座，是早晚的事。只是不巧狂墨還活著，也還在位，此惡果得他自己親嚐。欷歔周轉在衛狂墨的體內臟腑，釀成一悲傷的無間迴旋。他都要溺斃於那些滿呀滿出來滿得沒完沒了的憂傷。

給人冷豔優美感的小絕頂說話：「衛座主，事已至此，你何苦還要繼續？天驕會早控制住殘骸一樣的神鋒座，如今只有你以及數十名子弟固守，根本毫無勝算，連脫逃都不可能。你不為自己想，也為你手下的兒郎們想想。」

衛狂墨想起以前三絕頂在與天機忘聲大決戰之時，勸說他背棄自己的信念，加入合擊的行列，結果幾年後，卻換成眼前局面。往後，絕頂三人還會說服、征服幾多天下人？想來不會少，但無論多少，他是萬萬看不到了。此後，（再也不會是神鋒座的時代。）狂墨不打算再自我欺瞞。方才一輪硬仗硬打以後，周邊的神鋒人馬頓時又少五分之一，僅餘下二、三十人，定然禁不住老少小三絕頂的帶隊衝殺。狂墨覷著手握厲色鋒、筆直守在身前的初雪凰停，心中不捨。他明知不應該動搖，但還是忍不住想著該怎麼做好呢？如果再繼續下去，他死不打緊，衛家劍學不就絕滅了？好不容易找到凰停這樣優秀盡得真傳、甚且有更勝於藍之姿的徒弟，怎麼能讓他無妄地死在這裡？

而凰停的心中是激動異常，他無法置信，神鋒座這樣大的基業，短短幾年間就被天驕會蠶食殆盡。神刀闕被滅之際，武林人不都對師尊萬千景仰嗎？怎麼一個轉頭，絕頂人物就已經殺進天意場，一切似已無從挽回？

在他真的接受師尊以前，凰停也十分苦惱，主要是殺親仇人的父親，如何能夠接受？唯狂墨並不求他的原諒，只是竭心盡力地付出，初雪凰停無論如何冷顏怒罵，他都沒有動氣，眼中是無止境的哀憫與愧疚。一天，兩天，十天，半年，凰停也就了解，狂墨心中的傷，或也不比他自己的輕。而他其實非常需要有一個人，像親人一樣的人在身邊。對一日之間爹媽弟妹遽逝的他來說，無怨無悔的衛狂墨就補進他心中的位置，成為親人。他必須要有個依靠。

他需要一個父親。沒有人明白、相信，他有多麼需要師尊的存在。沒有衛狂墨，凰停根本活不下來。他一開始是想死的。家人都死了，何必獨留呢？他孤家一己，還能怎麼做怎麼生？就像那些被驀然傷死者的家屬一樣，凰停的苦痛，是內在很深的一部分被深切地割奪掠害過。但凰停已經是幸運的，因為他有狂墨全心全意的照護。狂墨最教凰停動容而信賴的其實是，師尊一點都不相信自己應該得到救贖。子之罪，就是父之罪。他沒辦法彌補，那些莫名受害者就是死了，無從改變。後來遇到天意大屠殺事件的家屬們，從他們口中，凰停更曉得，師尊付出多少努力，想要讓他們擺脫恐怖魅影般昔日的糾纏。師尊是一個有大溫柔的人，凰停如此堅信。

初雪凰停擲地有聲地說話：「神鋒座人，無貪生怕死者。」語氣之鏗鏘有勁，裡頭有個強烈激情的東西在跑動。狂墨心中暗嘆，（你還是太年輕了，總是把拚命放在生存之前，總是認定值得為比生命更崇高的事物犧牲。）唯衛狂墨來到這個年紀、這樣的心境，再不能肯定有什麼會是真正的神聖偉大。他只想著，如果他死了，凰停也跟著死去，那麼神鋒七絕勢，衛家座姓百年來的武藝心血精華，就此風流雲散，（這種犧牲，又有何用處呢？）

藏無神也講道：「這位想來是衛座主的得意門生初雪凰停吧？據說你拿的是座主年輕時的佩劍厲色鋒，對嗎？瞧你激戰至今，還滿臉堅定，精氣神十足，確實修為不差。然而，不貪生不怕死的人，在武林裡少見嗎？不止你神鋒人如此，我天驕會眾人，又有哪一個畏懼闖過死路？你這套講法俗了，實在太淺，聽我的勸，莫要再這般宣稱，徒然顯得你又無知又愚蠢。」

被一頓搶白堵得不知該怎麼回應的初雪凰停，臉僵手緊，就要出劍。

若讓凰停往前衝，敵人的劍招就會鎖死他，他們就等著凰停沉不住氣，等著先除掉狂墨手下的第一猛將。於是，衛狂墨開口道：「凰停，莫動手，心浮氣躁如你，又怎麼能把劍使好！」

初雪凰停回頭——那是一張隨時都像是要飛揚起來的臉，又驕傲又青春，且充滿著強烈的自信，跟正節全然不同。狂墨老不由自主地想著，（如果，你真是是我的親生兒子，不知有多麼好，可惜你不是。）狂墨忝為衛家人，百年歷史就要在他的手中畫下句點，（如果我的兒子，能夠優秀一點成材一些，如今還在世的話，事情又會變成怎麼樣呢？）

奇怪的是，對狂墨來說，當初近乎處決一樣除掉的那個兒子，至今還活在心中，而且越發栩栩如生。恍若死前的正節是假的，死後的他才是真實的，方是狂墨真正的親生兒子。正節在狂墨的心底，一點一點成長茁壯著，日益展現明確無比的影響力。尤其正節最後說的話，更屢屢回到腦中，如雷貫耳，正節喊著，「只要你們不懂，不試著去理解如我這樣的人，一切就不會終結，我們會再來，一個我，另一個我，我們都是同一個……」他的話語和眼神如此瘋狂，狂墨不應該過這麼多年以後不但記得，還越發理解起兒子講的意思。但為什麼呢？為什麼會這樣遲呢？狂墨苦心焦思，（如果可以更早一點，如果可以——）

另一名絕頂人物，天下藏鋒亦開口：「衛座主似乎挺寶貝初雪這名徒兒，瞧他的身手，把厲色鋒要得如此飛越凌厲，的確不差，不若這樣吧，我讓你徒兒三招，如他能夠成功迫使我拔劍，我等今日二話不說就罷手回轉，如何呢？」

凰停自然躍躍欲試，他還很年輕，相信自己的能力，但還不曉得能力的極限在哪裡，他回頭，張望衛狂墨眼中的意思。可狂墨從天下藏鋒的眼神中，覷見冷冽的戲弄感。是啊，就算今日他們返回天驕會，明日呢？以後呢？他們說來便來，不是嗎？這位少絕頂的心機之深沉，衛狂墨可不是沒有領教過啊。何況吧，天下藏鋒的聲有哀樂劍豈是易與。七年前，藏鋒的發韻劍，就足以讓無雙至尊的天機忘聲，吃上苦頭，引他分心——那會兒，對手可是隻手翻天覆地的神刀關第一人，天機忘聲若不是被天下藏鋒的靡靡劍音，亂得心神迷失，以致三十九天機破無法盡情施展，又怎麼會命喪衛狂墨之手呢？

時至今日，不知道天下少絕的劍藝，又抵達何等可怕境界，狂墨怎麼能讓徒兒凰停去冒這般大險。庸庸碌碌如他這輩子，能夠賺到如此傑出的親傳弟子，是何等難得——狂墨決心保存凰停生命。

初雪凰停見師尊無語，顯是不放心、不認同自己的本事，眸子旋即炸開幽憤黯然，恍如有大片黯然雨勢降臨。他說道：「稟座主，請讓凰停出戰。這樣背信棄義、偷襲盟友的小人，厲色鋒定能斬下其首級，祭獻死去的神鋒先靈！」

「好大口氣！不壞，我欣賞這小子。哈哈，好哇，衛座主你倒是有個猛犢啊。」天下藏鋒瞳孔收縮放大，冒出一縷縷蒸騰的殺機。極薄極薄的發韻劍，收在他長衣寬袖之間，等候起而奪命的痛快瞬間。

狂墨往前一站，寰宇黑劍有意無意擺動。少絕頂的視線，立刻被吸回到衛狂墨身上。身為神鋒座主，他不會讓初雪凰停出戰，縱使這會傷及徒兒的自尊，但為保全其性命以及衛家劍學，衛狂墨也無力再顧其他。

而今的三絕頂之中，屬年紀最大的天下藏鋒，最深不可測，他如記得不差，此人在三十年前承接天下藏鋒之名，那時的他是三絕頂裡最年輕的，但時光流逝，到了現在，原來的老、小絕頂，皆已亡故，另有新人取代。如今，反倒是天下藏鋒是絕頂人物裡年紀最大的那個。當年在黑塔所見的天驕之首，並非此時此地的三人，人事已非。眼前的鳳雲藏是十七、八年前接任，現約莫三十出頭吧。藏無神則是九年前才變成藏無神，是絕頂三人裡年齡最小的，如今應該才二十五、六。

換言之，天下藏鋒雖是少絕頂，可他的歷練與本事是三絕頂之首，狂墨對上天下少絕，已然討不到便宜，遑論凰停。再進一步說，若不是有寰宇神鋒在手，能夠把神鋒七絕勢發揮到最極致，狂墨與其所執掌的神鋒座，將會更快潰敗。這柄神劍幾百年，不是一般兵器，它與神鋒劍學的配合，簡直是全天下最膠合密切的狀態，沒有什麼力量可以拆散兩者根深蒂固的連結。縱然狂墨的根骨，不若前人出類拔萃，但只要有寰宇劍，神鋒座就還有劍試天下的資格。而身為卓越劍手的三絕頂，必也覬覦他們衛家座姓的寰宇神鋒。

而狂墨必須奮力一搏，守全神鋒座最後的希望。他能夠接掌神鋒座，完全是因為他是衛溫之子，除此無它。衛溫感慨自己的名字過於柔和，做起事猶猶豫豫，厚道得有時連他自己都匪夷所思。是故，衛溫才給自個的兒子，起個聽來就雄霸四方意味深遠的名字。可惜，狂墨空有這樣威風凜凜之名，卻天賦不高，長相平平凡凡，甚至自小就是臃腫胖大的體型——狂墨之子正節的樣貌，就出色多了，像妻舞荷更多，但事與願違，正節成為重創神鋒座威名的罪人——當年如非衛溫拿主意，硬是和鹿家談親論戚，被說是武林第一絕色的舞荷，如何可能嫁與他？

至於神鋒七絕勢，衛狂墨雖也全習得，但真能巧妙運用的不過十之六、七，恐怕初雪凰停對七絕勢的理解與應用巧妙，都還比狂墨多一點點，只可惜凰停對敵經驗不足，武藝本事再高，對現今的局面也是無有助益。

天驕會這邊的鳳雲藏，猜度衛狂墨的心思，曉得狂墨視神鋒絕學傳遞為重大任務，極之看重初雪凰停安危，因此不容凰停有事。堂堂神鋒座之主，竟淪落至斯，居然要把未來託付給外姓人士，可憐至極哪。故此，她才詐作苦口婆心一樣，三寸舌不爛生猛熱辣發動，鳳雲藏講述：「衛座主，到這般田地，雖委屈你要你跪伏我天驕會之下，但為全貴派武藝薪火，是不是該決意撒手？否則一旦動武起來，眼前情勢如何，座主也該有自知之明，我們這邊能放過，就盡力去做。一切端看你的抉擇。莫不成你真要讓貴派百年劍藝至此完全煙消火滅？」

有一片恍惚遽然掃過狂墨腦海，那縹緲晃蕩帶來奇怪陌生的思緒，他不自主地想著，（敵人會不會一直都是同種樣貌，）他的意思是，（人的為敵，只能基於同樣的理由、同樣的臉孔、同樣的話語，會不會古往今來人與人之間的殺戮與話語，其實都是一模一樣、都是不斷反覆地上演呢？）有沒有可能他堅持要守住神鋒座的基業，又或者絕頂三人非得要吞噬神鋒座的做法，（都是千百年以來，一點都不新鮮且讓人百無聊賴的重複戲碼呢？）狂墨的腦中飆過這般觀想，旋即隱沒。疲累感一直把他拖離危急現場，狂墨得把自己活生生拉扯回來，回到愈來愈璀璨、正迅速滑向窮途末路、無色黯然的日光照射底下。

其實倒也不是狂墨不願放棄，而是他深悉天驕三絕頂的手段。如今，他們等同於已經拿下神鋒座，這會兒只差一步，只消除掉衛狂墨，將寰宇神鋒奪到手，就能夠完成霸業。因此，他們有的是耐性跟神鋒座主耗，有的是時間跟他玩耍戲弄一番，無須急於奔命相對，若能口說就降服狂墨，損失再更少一點，他們自是樂意。假設狂墨果真罷手，依照絕頂們往日的做法，他們無須違反言諾對狂墨、凰停痛下殺手，他們只須在日常中給與降伏者更多的挫折、指派艱鉅的任務，比如遠地征戰或深入地底採礦什麼的，偶然一個意外，就能結果狂墨等人，哪裡還需要費力屠殺、費事陰謀？狂墨太清楚天下藏鋒這群人的行事風格，只恨自己不能同等的強悍決絕，否則哪裡輪得到天驕會坐大到今時今日這樣的地步？

初雪凰停對師尊擋在身前的行動，感覺怔愣。原來座主竟是這麼不信任自己對神鋒絕藝的努力？悲憤感竄升到臉上，他的白淨面頰燒得燈火通明一般，豔亮亮。但凰停又勢不能拉開師尊搶至其面前。他的手緊捉厲色鋒，一肚子的氣惱無處可洩。他的命是師尊給的，他一家的深仇大恨，最後也是師尊成全的。凰停本來是末路上的孤魂，但師尊窮盡所有在贖罪啊。他一直最最敬重佩服衛狂墨的所有決定，無論別人怎麼看輕神鋒座主，凰停心中對師尊的看法，都絕無動搖。然則，師尊為什麼不讓他上場？他的劍技能力當真那麼差？究竟是初雪凰停太高估自己？還是師尊過度低估他？

七年前的天機大滅絕，初雪凰停已經沒有分參與，如今的滅門之禍，難道師尊還要禁止他貢獻一己之力？創建於天機原的神刀關，被神鋒座與天驕會聯手翦除，屹立已經五百多年的神刀關，終於還是要走入末途，就此瓦解，被譽為至尊的天機忘聲，也敗於師尊與三絕頂之手。凰停那時雖是狂墨親傳弟子，但根本還沒有出師，只能留守，他不在現場，後來聽參與該役的人轉述，自個兒想像那一戰的天地驚鬼神泣。初雪凰停一直很悔恨，沒有參與到那場決定天下勢力劃分的大決戰。現如今，他已把神鋒七絕勢練至一定火候，為何師尊卻還不願讓他出戰？再說，這裡是神鋒人大好家園的百雪璧景，他又怎麼能置身事外？

僵持之際，遠處，有兩條娉婷嫵媚的身影，搖搖擺擺，迅速無比地從外圍如電似風插入，兩團繽紛劍光滾動不休。狂墨定眼望去，看清楚來人是誰，心頭一陣激動，（妳們來了，妳們終究是放不下這個老父親，割捨不了衛家人的血緣。）

凰停覷見狂墨手中黑劍微微擺晃，且肩膀起落極大。來的人是誰？

滿山遍野的天驕人，卻攔不住移動姿態華美輕盈的兩名女子，隨著她們來得愈近，就愈能看明白她們的絕代佳顏。於血腥殺伐氣如此之重的環境，突然目睹嬌豔照人仙子，天驕會諸人其實也施不下摧花辣手之力，個個憐香惜玉，忘懷現場還在對峙，死亡一觸即發——她們的美色，是極具效能的武器。不片刻，兩名女子即已殺至，與殘存的神鋒座人會合。

兩花貌女子對著衛狂墨露出滿臉複雜得不知道能怎麼說明的情感，她們輕吐甚是壓抑的詞語：「爹爹，我們還是，來了。」狂墨呆楞好幾個瞬間，才回應道：「晚花，青卷，妳們真的來了，我的女兒，妳們究竟是來了。」

衛狂墨眼中閃動著老淚，劍在他手中顫抖得更厲害，彷彿等會兒就要脫遺。晚花、青卷美麗的臉，炸開陣陣激烈眩目的溫情柔感。晚花與青卷，這兩個名字，初雪凰停亦頗有印象，他記得是座主的親生女兒，乃赫赫有名的武林仙女，但未曾謀面，畢竟，她們後來隨八年前由神鋒座分離出去的鹿家一脈遠遁，時或耳聞她們浪遊江湖，但就是不曾回轉神鋒座，凰停想，必是與那惡子之逝有相干吧。但她們到底與師尊有血緣關係，怎麼也不可能真的撒手不管吧。果然最後的時刻，她們也來共生死哩。

衛晚花與衛青卷聯袂而來，無疑的也給狂墨極大的信心。他想起鹿舞荷強力勸阻，反對他與三絕頂合作。她這般說過，「老虎不可能溫溫馴馴地聽命，時間到了，他們就會吃掉你，吃掉整個神鋒座，你醒醒吧。」若果當時能聽她的，就好了，雖然他根本沒有選擇。狂墨惶急問著：「妳們娘親呢？」他無比想念多年不見的鹿舞荷啊，她的美、她的好，狂墨沒有一時片刻忘懷。狂墨萬分萬分惦記著她，妻也和女兒們一樣原諒他了吧？許久以來刻意壓抑遺落的記憶，又在腦中竄動著，隨時都能把終極駭怖的一晚召回。但他忍住。他禁止自己回憶。只有現在是最重要的，（現在。人有的，從來都只有現在。）

多年以前，他背負身為衛家嫡傳的壓力，虧待妻，沒有為她著想，讓妻屢受委屈，又基於自尊的緣故，心中角落潛伏她是勉強勉強嫁給自己的念頭，因此夾帶極度隱密的報復之心——是啊，臨死之際，他終究不得不承認，他是下意識地對她冷漠，其後，更讓她慘遭喪子之痛。認真說來，（我這個丈夫，實在無能又可惡至極啊！）兩千多個日子流過，衛狂墨深切反省，萬分懊悔往昔的所作所為，（只要舞荷願意，只要妻能夠回來，我必竭心盡力補償。）

晚花與青卷對看一眼，原先的迷炫感動，頓時冷卻大半。她們沒有說話。她們看著父親的眼神，俱是百般憐惜。唉，真相跟碎裂的心，距離何其遙遠。狂墨的狂喜，也就瞬間推進到狂悲。他望著女兒們，她們明明就咫尺內，卻宛若天涯。他與她們之間，終究是存在著一道名為鹿舞荷的巨大深溝啊，不，也許是兩道，另一道是狂墨的兒子、她們的弟弟衛正節。那死去的人，那隻不散的鬼。始終如此。原來一切並沒有任何變化，也不可能變好，（我依舊是被留下來的人。）一點一滴被遺棄、遺忘，徹徹底底的孤絕。狂墨又被迫活回自己的傷痛之中。

天下藏鋒講著：「依照現在的情勢，兩位武林仙子居然還要攪和進來，看來鹿家也想要與我天驕會為敵？」他說話的時候，聲調怪異的起伏，有著金屬的質感，一時間，站得近的人，都有種耳朵被冷鋒切裂劃開的奇特感應。

衛狂墨知曉，天下藏鋒已動用到聲有哀樂劍的武藝，暗暗把真氣投入語句，故能產生此等實體般的觸感。真是不得了。少絕頂功力定然大大的提升，否則怎麼能將劍學變化融入語音之中？狂墨可不能讓藏鋒對他的一雙寶貝女兒下手。他對不起她們太多。此時，他又開始後悔發出請求協助的信息，如今除去凰停性命的保全外，狂墨又多新的顧忌。

他望著自己的女兒，她們也不青春，八年了，雖然依舊美麗如天仙，但原來柔嫩細緻的臉頰，多多少少添上一些痕跡，眼角也填著數條紋路，她們都快是女人三十，不知成親沒有？

衛晚花瞄著天下藏鋒一眼，她柔媚地發話：「你們理清楚，我們是以衛狂墨之女的身分，來到這裡，絕不是代表鹿家。實話告訴你們，鹿家六年前就已決定絕跡。你們總聽得懂絕跡意味什麼吧？」

狂墨聽得胸腔內劇烈翻攪，甚而疼痛。絕跡，在武林中是頗重的字眼，意味著整個鹿家的人，需尋一個祕密無人知曉的地界，斷絕所有出路，宛如埋葬般自絕於江湖以外，再不問天下俗事。絕跡，非常類同於群體的消解、消失。這就是說，狂墨此生再也休想見得到鹿舞荷。神鋒座主忍不住開口問女兒們：「妳們母親呢？」破敗死亡就在臨頭，但他非得知曉不可，尤其是妻，尤其是她，他的鹿舞荷。

衛晚花臉色暗暗，不發一語。青卷則一開口就是滿滿苦澀：「娘親，嗯，娘親自然也跟著絕跡，是的，她是絕跡沒錯，早就人間絕跡，弟弟死了，她此生就無有眷戀之人、留戀之事，她已經死了，爹，你要記得清清楚楚，娘死了。」青卷不忍目睹父親那張肥厚的臉，湧起千萬種粉碎的表情，但她不得不說，晚花不開口，就只能由青卷來說，「我和姊姊心有牽掛，總覺得有未了之事，沒有加入其中，娘那邊的親戚也力勸我們大好年華，在斷然無悔以前，不該跟他們這麼做。」「那麼，」想著再也不能見舞荷一面的狂墨，尚且抱有一絲希望，他問：「妳們想必知曉鹿家絕跡處吧？」晚花、青卷搖頭，眸子裡都是絕境。她們確實不曉得。

而狂墨也赫然驚覺，他一雙寶貝異常的女兒，跟他一樣，也是被遺棄的。她們既無法原諒衛狂墨，也不可能真的是鹿家人，只能流離輾轉，無家可歸。好好的一對武林仙子，怎麼就活成這樣呢？

「但究竟發生什麼事，鹿家要絕跡呢？」衛狂墨再問。青卷搖頭，很疲憊，像是脖子上掛著極重之物。晚花進而說明：「爹，娘親在弟弟出事的許久以前，就勸過你，不是嗎？借用虎的力量去消滅猛獅，怎麼能指望有好下場？鹿家很清楚，接下來，不管是神刀關挺住，還是天驕會大盛，神鋒座都不可能掌握局勢。如果鹿家人還在江湖走動，要嘛改投別的組織，要嘛就是被當成神鋒所屬，遲早被追殺殆盡。為免捲入武林大震大盪大殺大滅的情況，鹿家人非絕跡不可。這是長輩們經久思考過後的結論。爹，你別氣惱，我們都很清楚你的性格與能力。」

到頭來，鹿家和舞荷還是一樣看不起自己，狂墨心口苦極。他確實能為有限，唯還是渴望能夠從舞荷那裡得到更多重視。狂墨飢渴於此。他為從司劍知命、司劍樂天那兒搶來鹿舞荷，付出過多少努力與血汗，甚至差點死在他們手上，（結果呢？都是空的。空的啊！）雖然狂墨並不覺得白費，他明明白白一切依舊值得，自己也確實是如有至喜。只是，被念念不忘的妻輕視到如此地步，狂墨感覺胸口焚熱，灰灰暗暗的心坎重新燒亮，疲憊倏忽被掃光，（即使生命燃盡，我也要努力抵抗命運，去證明她的看法是錯的。）他非得振作起來，拚搏最後一戰不可。

天下藏鋒講話：「老虎？她們說的是我們吧，那麼獅子是？」鳳雲藏豔冷的臉浮現強烈殺機，她接話：「死獅子，當然指的是死透的神刀關吧。」少絕頂立即哈哈大笑起來：「這家人挺有意思，是不？居然大大方方地把家醜公諸於世，應當是死前大結算吧？」老絕頂也搭唱著，「難怪曾經足以與神刀關分庭抗禮的神鋒座，會這般淪落，衛家子孫真成材啊，一個一個劍鋒都要戳進喉頭，還心心意意在磨練嘴上告罪功夫……」絕頂三人極盡羞辱能事，全力打擊神鋒座僅餘無多的士氣。

果然，神鋒座的人馬頗感灰心喪志，他們的座主怎會如此不堪軟弱呢？有不少人的心又動搖起來，他們是不是一直以來都錯信座主？除衛姓外的五大家氏，鹿家早選擇絕跡，房玄、司劍兩族亦已撤出神鋒座，改投天驕會，這兩年吧，就靠舒與初雪兩姓苦苦支撐住，但眼前情勢教人心力交瘁。本來以為座主還能有大作為，即使性格上有缺陷，但座主不是把振興神鋒座當作第一要務嗎？他應該值得信賴吧。如今回頭想，是不是他們都太天真呢？他們的堅持，還有許多人的犧牲，會不會是徒然且無意義？

初雪凰停素來把衛狂墨視若己父，怎麼能忍受天驕會接二連三的冷嘲熱諷？初雪一族在拱月般眾星家氏原是勢力最小，人口最凋零。凰停八、九年前甚而壓根不是神鋒人。天意場大殘殺，使他年少時失去所有親人，勉強克服傷痛長成如今，一切若無師尊的關心與授藝，凰停在神鋒座最多不過是個打雜的，不是整理日常用物、準備飲食，就是清掃環境吧。他有今天，全都是因為狂墨的重視與提攜，將他收為最後門徒，不顧太母座及其他人的反對，且竭誠歡迎初雪姓氏加入神鋒座——他不敢有片刻或忘。

晚花與青卷雖在話語微有輕賤之意，但她們是座主的女兒，凰停無可能說什麼。可老、少、小絕頂單單純純就是敵人，就是該死的背信者、侵入者。凰停決計無法饒恕他們的輕蔑。他們必須付出代價，他們應該因侮辱師尊遭遇最慘痛反擊。厲色鋒啊，帶著厲色鋒上吧。凰停想要讓他們親眼看看他和劍配合得如何天衣無縫，如何盡展神鋒七絕勢的極祕奧義。

天下少絕熱焰一樣的眼珠，緊鎖衛狂墨，「你們可別搞錯，我們是龍，我們是昇龍一樣的天之驕子，不是什麼虎啊獅那樣稀鬆平常的猛獸。要記住啊，我們是天上神物。」藏老絕則表示，「你們既已敘舊過，就別再囉唆，真有什麼要問清楚的話，等你們成為亡魂再會時，說吧。」鳳小絕也補上幾句：「起初想給你們一條活路走，但讓人不耐的俗物，真是該死，你們全都去死吧。」

初雪凰停也就衝出去，豔麗璀璨如火的厲色鋒，朝著天下藏鋒眉間射去——

衛狂墨的胸坎間都是激熱，他見徒兒奮勇上前，自己做師傅的難道能任他送死嗎，遺落許久的壯志，在近乎垂死般的心懷，重新炸開。燃盡啊，燃盡吧，人生的最末時光，就豁盡吧。讓倖餘的時光充滿這一刻，讓他們瞧瞧寰宇神鋒的不世劍威。寰宇劍環狀護手處的黑球，高速轉動。衛狂墨不甘至死都還是妻眼中的平凡人物，就連他的女兒們也都這般看待，但，這裡，（在這裡，至少要對得起初雪凰停眼中對我敬重無比的光輝。）他要當得起徒兒心底最崇高的存在。他一輩子平庸，的確不可能舉世無雙，但難道他沒有能力成為某一個人眼中徹徹底底仰慕的存在，具有不可匹敵的質量？

狂墨持劍，祭出絕妙好辭——這是神鋒七絕勢第三式——黑劍龍蛇飛動，在空中寫字也如的比劃，霎時，就像大塊文章漂漂浮浮出現，寰宇神鋒多種層次的黑色劍身，就像墨水分著濃淡地幻化出奇異劍字，一個個，一行行，衛狂墨手上的劍鋒，捺撇轉勾點彎挑按束，如癡如醉。突然有種奇異朦朧的感覺去至狂墨心底，了解到流長淵遠此一劍招所賦含的神祕章條，它不止是劍招，而是更高深的，某種啟示的具現。然而，若真要讓他說個明白想得清楚，狂墨卻又什麼也說不上來。

總之，衛狂墨奮起心志，豁盡體內真勁使出的這一劍，讓三大絕頂人物臉色大變，神情緊張凝重，再不寫意輕鬆，再沒有掉以輕心或狂傲——先是天下藏鋒的發韻劍，刁鑽地蛇行於虛空，劍尖處的八孔竅激盪尖銳厲叫，彷若要刺爛人的耳朵深處；其次是老絕頂的意奪，朝衛狂墨發出迅捷無比的攻勢，又快又輕，眨眼就是幾十回短促的死亡襲擊，瞬間降臨；最後是鳳雲藏的雙劍，交織無數道劍影，密密麻麻鋪天蓋地。

天驕絕頂三人發動，衛晚花與衛青卷也揮灑劍花，衝向敵人。她們不能讓父親成為孤軍。她們運起神鋒七絕的首式守正不撓，將劍舞成盾，分立狂墨左右，力擋絕頂們暴雨一樣的劍勢。她們自知劍造詣不及父親，不貪功只求守。初雪凰停也沒閒著，厲色鋒吹開一片紅潮，燦燦爛爛，猶如海濤，倒捲天驕會首領。同時呢，早蓄勢待發的天驕群眾，惡狠一樣揮劍襲向在場的神鋒人。殺聲震天！

寰宇神鋒注滿狂墨的氣勁，寰宇球劇烈轉動。少絕頂的發韻劍，蛇一般靈巧，滑進溜進曲折爬進黑劍的空隙，卻不知怎麼的，還是被寰宇劍神來之筆似的一歪，撞個正著。天下藏鋒悶哼一聲，劍貼寰宇神鋒，往狂墨的手指削去。藏無神的劍，也飛蚊一樣猛可神鋒座主。狂墨心態前所未有的堅決，手中的龍飛鳳舞一收，一緊，黑劍的大塊章句，陡然聚攏，死鎖藏鋒的發韻。

此時，歪斜、醜陋而殘敗的意奪劍，業已逼近，輕快如歌，從側邊要鑿入寰宇的黑色文章。但狂墨兩邊有守正不撓做防護，晚花與青卷的白銀劍光湧起，方方正正的劍式像緊閉的門扉，把藏無神灰慘劍光抵擋在外，不容寸進。

於是，初雪凰停自自然然和小絕頂的雲雨雙劍對上，頃刻之間，兩人過招數百，劍與劍的敲擊聲，密如暴雨。鳳雲藏的繁花錦劍術不凡，劍花一朵緊貼一朵，盛開無止境，綿綿細細交織華宴也似的劍景，將凰停的血紅厲色鋒穩穩壓制住。但一時半刻，凰停還沒有危險，還能支持得住，不至被鳳小絕的森森劍影吞吃掉。鳳雲藏的長髮飛揚，在滿天劍雨之後有一股迷離的威勢。初雪凰停對眼前年齡不到三十、臉色漠然表情深沉難解的小絕頂，不能不佩服。她的本事當真高。身為女子，能夠成為三絕頂，必定是從煉獄深處活著回來，凰停不敢小覷之。

凰停對七絕勢的體悟頗多，雖對敵經驗甚少，但他施展起神鋒劍學真是有模有樣，第四式風雨如晦，漫漫揚揚小而周延完密的劍旋，乍看模稜兩可莫衷一是，實則黯然劍意裡，另有精華四溢，難以輕易收服。再者呢，厲色鋒係皇匠羅後人努力不知多久對寰宇神鋒一再進行仿造的成品，雖不如黑劍，但他手裡的這把紅劍已然神兵，比起其他一般劍器更能發揮神鋒劍學的妙處。凰停卯足全力與小絕頂應對，誓不言退。

藏無神則對晚花與青卷諸多忍讓，他的殘陋之劍只與她們周旋，未及痛下殺手的地步。老絕頂心底也是有幽憐的啊，對這樣的絕美人物，他暫時無意願盡出湧泉千劍式的殺招。藏老絕原打算拖延住二女，好讓天下少絕能夠心無旁鶩收拾狂墨，動作頗有戲玩意味。兩姊妹渾身解數無保留，她們一劍追著一劍，將神鋒座所學徹底發揮，晚花繼續守正不撓，青卷則用上第二式還君明珠，兩人攻守並進，給足藏無神壓力。藏老絕趕忙運開灰濛濛的劍光，圈裹晚花、青卷的銀亮劍器，纏成一團難分彼此。

發韻猛然吼叫起來，獸物一樣的吼叫，有如發韻劍是獅啊虎的那樣的叫。咆哮。衛狂墨心頭一震，劇烈的劍音，如落石般壓在胸口，略有塌陷感。但寰宇神鋒環形護手的黑球愈滾愈快，這就表示衛狂墨施出的真氣愈多，它的轉速，完全來自使劍者勁氣的供給，同一時間，寰宇劍也就變得愈來愈輕、愈來愈薄。黑沉沉的劍體神異地亮著各種層次的黑。黑暗之光。它的輕盈，就如同劍空氣化，消失於狂墨的手上。劍不復劍，手也連帶的揮動如無物一般。衛狂墨的手與劍，有著微妙深邃的合一感。

他練劍使劍大半輩子，還是頭一回這樣。如今的寰宇神鋒和狂墨之間產生一種真實的連接，此前他們都是陌生的，直到此刻，他與黑劍之間，才有親密的滋味。劍帶領著他，直沖雲霄，不可捉摸。狂墨感覺到自身的消散，所謂自我的邊界，變得更龐然更寬闊，毫無邊際能夠定義之。是的，不止是他的劍與手，就連狂墨肉身的其他部分，也都正在如煙消逝，輕得無法思議，彷若他就要跟著劍的變化，共同回歸天際。

天下藏鋒最感震駭，神鋒座主的能耐他從來精準把握，多年以來，他們把神鋒七絕勢研究透澈，更何況三絕頂還與衛狂墨合作過消滅神刀闕，與天機忘聲的大戰，更是讓少絕頂透澈了解狂墨的劍藝。他極具信心能夠在十招以內擊敗神鋒座主。然則，當前此刻，突兀至極，寰宇劍驟爾擴散開來，彷如黑雨暗霧降臨，少絕頂喪失神鋒座主的劍、人所在。一切遁入深深迷茫。他的心膽霎時爆開裂縫。天下藏鋒急退，發韻劍的龍吟虎嘯之聲，猝然變為犬狗悲鳴，像是被痛踩尾巴。

寰宇神鋒輕盈直達極限，仙跡神蹤也般。狂墨放任自己的心跟隨黑劍，闊大至無有拘束局限，自由自然把所有物件取消，他感覺到自己等同虛空。神鋒七絕勢的每一招，都含有多種細緻異變，譬如絕妙好辭就有七種變化，一環銜著一環，美妙深刻。這會兒，神奇擴張的黑劍，所寫出的字字句句，都一字一天涯，竟似對萬事萬物吞食，沒人能夠逃脫。

劍就是萬劫，劍就是萬生萬有。

此時，跟著黑劍而動的他，有種奇怪了悟——劍即世間萬物天地自然的再現。狂墨自個兒都有些匪夷所思，未懂眼前情況，好像他無意識地製造一片風景，而風景又將他包含其中，纏纏繞繞交交疊疊，不能甚解。

對三絕頂來說，突如其來虛無化的黑劍與衛狂墨，堪稱又美麗又恐怖。他們征戰爭鋒大半生，也沒見過人劍能夠使到恍如魔幻的地步。這是什麼樣的武學？這是什麼劍？

恍惚中，他們幾乎同時想到，非要奪得寰宇神鋒，以勘破祕密不可。歷代絕頂傳位下來都曾提到，神鋒武學最深奧的不是劍法，而是劍，那把寰宇神鋒，才是真正集愛慕以及恐怖於一身的絕美之物。它的奧妙深邃不是人間的，它不止是劍，它還能夠成就不可思議的超越。三絕頂一直都以為這只是過度誇大的傳說，畢竟就連他們和衛狂墨聯手襲擊天機至尊時，也不見寰宇神鋒有何等的神奇變異，但如今哪他們親眼所見，見識到幾百年下來傳承不斷的神劍，如何綻放神蹟。

與少絕頂距離較近的是老絕頂藏無神，他一見天下藏鋒被一團忽來詭異的黑色迷霧整個覆沒——但這會兒白晝清朗，哪來此等怪奇荒誕煙霧？他優哉游哉的表情頓時崩裂，湧泉千劍式再難留手，意奪劍搶前，幾乎難分先後敲擊晚花、青卷佩劍的劍脊處，凶惡爆裂的氣勁激起，歪醜劍面的曲折線條，陡然躍起，輕輕叮咬兩仙子的手腕，逼得衛家女子後退。隨後，藏老絕倏地加速，趕往救援天下少絕。

與初雪凰停纏鬥的鳳雲藏稍遠，但也立即以消雲、散雨劍痛擊防禦居多的初雪凰停，彷如虛空是匹布，她正在針線縫織一般。初雪凰停讓她緊密得不像話的劍招，壓制得厲色鋒光芒盡失，節節敗退，一口氣都不能緩。

鳳小絕雙劍合擊的最特異處，就在於明確的不規律感，兩把劍的速度、發招與切入時間，像是各自為政，比如在同一時間，她右手的消雲劍插向凰停的天靈蓋，左手散雨卻怪誕地指到初雪的右邊大腿外側，毫無相關性，彷彿雲藏拆解成兩半，或者說有另一名多出來的小絕頂，在暗處偷發招。初雪凰停遂疲於應付，主動權都在鳳雲藏手上。小絕頂布置出巧織妙編的大片劍幕，覆蓋住凰停後，旋即雙腳一蹬，反向就要射往狂墨。

天下藏鋒心旌搖搖無休，他想也不想，便發動聲有哀樂劍的憎韻——發韻劍嘶嘶嘶的叫著，活像是一窩群蛇出洞，絕音死樂。現場被一團又一團陰森可怖的聲響侵襲，人人耳的內側彷如有彎鋸在割劃。天下少絕素來瞧不起的平庸肥腫人物，如此深邃可怕，教他除詫異外，更多看走眼的許多懊惱。天下藏鋒甚至恨起狂墨，恨他的猛進，恨他的徒勞對抗，恨他生來就是神鋒座的接班人。少絕頂的心與招式迅速密合，像落下一道重厚的巨石。他的眼底都是殺機。發韻劍更冷冷森森鳴叫不休，拔了個尖高，忽然栽入寂靜的深處。周圍的人遽地頭痛，不知所以，好像有個聽不見的什麼，刺入鑽進人的腦域深處。這無疑是聲有哀樂劍的最高段功藝。

藏無神連劍飛來，意奪劍顫顫晃晃，灰慘慘劍芒兜頭罩落。衛狂墨與寰宇同化，招架起少、老絕頂不見遜色，如煙似霧的黑劍，將意奪劍捲入，宛如張開嘴大口吞食。於是呢，天下少絕、藏老絕都失去蹤影，被淹沒於寰宇劍的寬闊之黑，眨眼便不見。追在後頭的衛晚花、衛青卷，反倒得急煞停步伐，免得也一頭撞入父親的黑劍無邊。

凰停見小絕頂要撇下自己，前去圍擊師尊，心下煩急，二話不說，也不理將走未走的劍擊仍在，硬是往前猛衝，身上立添五、六道傷痕。他以厲色鋒運起神鋒七絕勢之絕妙好辭，誓言要拖住鳳小絕。空中頓時劃出一片劍光文章飄揚，整篇倒向鳳雲藏。小絕頂哪裡會不知曉這招的厲害，彈出的身軀放軟，右手消雲劍頂著地面，柔美的身軀翻起，頭下腳上，左手雨散劍點點化出白色光輝。

初雪凰停這招絕妙好辭呢，有形有神，儼然大家風範，照理是能獨當一面，可惜他遇上的是無論功力或經驗都優越太多的鳳雲藏。她與老絕、少絕一樣都把神鋒七絕勢研究透澈，早有把握對付，況且凰停手中可沒有寰宇神鋒相輔。

小絕頂雙手扭在一塊兒，變幻無端，雲雨雙劍猶如兩尾柔軟的魚轇轕，一同游向凰停，就在即將和絕妙好辭碰撞之際，驀然綻放，消雲、散雨的尖端，迸裂星星點點的光暈，遂有一種劍在花開、完全盛開的奇異視覺景象。絕頂人物的繁花錦劍術，旋即把初雪凰停的大塊文章，全都擊碎。且消雲劍就要刺到凰停頸子，散雨劍也輕輕悄悄地削往他的雙腿。只是轉眼，神鋒座下首徒的命就要殞落。

驀然感應到初雪凰停陷入危生急死之境，如有神附的衛狂墨，遽然從深遠奧祕之境折返，把奔馳於寰宇神鋒巨大包容裡的意識，硬是召回，不自然地化招為幽明異路。黑球驟爾急停，瞬間有個緊拴的僵聲硬響，教狂墨心驚膽顫，但勢不能緩。寰宇神鋒的非物體形式，霎時化解開來，瀰漫煙霧迅速散離。人、手與劍都回復到本來之物的形意，不復原來神祕空靈狀態。神鋒座主倏移，黑劍對準鳳雲藏刺去。

被龐大黑色迷障活生生圈滅的天下藏鋒、藏無神，眼前豁然開朗，他們又看見寰宇神鋒，又看見衛狂墨。兩絕頂原來的勁招，被絕妙好辭一式，收攝化無。他們被氣體化的黑劍攻勢困住之際，頗有擺盪徘徊暗黑無盡邊界的幽懼意味，不知人間幾世，渾身發冷，生機全喪，這會兒一脫離，自然有投鼠忌器之感。只是天驕三絕頂出生入死多年，行事再怎麼冷酷，也容不得小絕頂獨身與衛狂墨對決，他們搶起迷迷茫茫的心神，分左右搶進，襲擊狂墨後背。

衛家姊妹花也沒閒著，齊使神鋒七絕勢的風雨如晦，激起兩大片銀亮的迷離，罩往天下少絕、藏老絕，意欲影響兩人劍招。不過，少絕頂霸霸氣氣以劍震向晚花、青卷的劍網，同時金屬尖叫聲響起，奇詭萬分啊像是從她們身體內側爆破出來，彷彿有成千上百人正在恐懼地嘶吼不停。天下藏鋒顯然是趁發韻劍與二女的銀劍交擊時，將懼韻送進去——聲有哀樂劍確乎是能將無形聲音轉化為具體殺傷力的奇異招法。

晚花與青卷感覺那些從無明裡突然鑽出來的喊叫，有若附進骨髓的激烈、躁動，且持續不斷轟炸。聲音不止是聽覺的事，而是實物如兵刃一樣，她們被少絕頂的劍聲從內在開始宰割起，手一軟，兩柄劍落地。「吭啷。」

老絕頂飛箭般閃過晚花和青卷，意奪劍歪歪斜斜、但仍然電一般的射到衛狂墨右邊肩胛骨。藏鋒略慢上一線，也很快追及，青藍劍一灑，響起絮絮叨叨的綿綿細語，吹向狂墨的耳傍。

最頂級的高手戰得難分難解，兩方的人馬也是生死立判。天驕會在六王、十二霸、二十四主的領軍下，狂潮野浪般衝殺而至。一具具血肉之軀，噴發痛苦與傷勢，倒地，有的死亡，有的爬起繼續屠殺，不分哪一邊，他們都得憑藉多年鍛鍊的技藝，一次又一次堅持下去，以之擊斃對手。每個人看起來都那樣軟弱，同等的害怕，相似的激情，卻沒有誰可以停止，脫身離去。戰天鬥地幾乎是一種發散同一感的大音樂，將所有人都裹成密不可分的整體。於是，他們只能噩夢一樣的前往最終的靜止去，被人性裡無法探究的什麼，推動到最深也最鄰近的地獄。

衛狂墨不是不知道現場的情勢，也曉得後頭兩大絕頂正在趕上，發韻劍正在發出情人式的死亡絮語，意奪劍也彷似鬼魅高速飄移到來，但一代人可以死，武學不可以，神鋒劍武不可以就這樣畫下句點，（傳承必須繼續，必須如此。）這是衛狂墨的信念。他身為衛家人，再也沒有比這個更重要。他的心盤盤旋旋念念不忘的，都是同樣的一回事。一生都賭在這個信念上，為它奉獻。必須如此，狂墨得讓凰停安然活著回到他的故鄉，回到西邊。

狂墨目擊到日頭再不要多久就要爬進遠處山影底下，（而凰停必須活著，才能回去。）狂墨一直記得凰停談過家鄉，他在那裡發現一種希罕的金屬，只要凰停能平安返鄉，逃到極西的地域，諒想天驕會對貧瘠之境無甚興趣，如此一來，凰停必能將神鋒七絕勢傳下去，而衛家人這百年來的武藝，便還有個延續在，那麼，狂墨也算對得起衛家列祖列宗。

在鳳雲藏的雙劍重迫下，死神幾乎已經親親密密地貼伏凰停，絕妙好辭被消雲、散雨推倒得無見蹤跡，頸子感覺冰冷，他來得及收回腳，避開散雨劍，而另一把致命的劍刎，卻是怎麼樣也躲不開。初雪凰停毫無所懼，只覺得遺憾，可惜不能幫忙協助師尊更多——遽然！種種形狀的黑色劍光來到眼前，已待覆蓋小絕頂。

雲藏若繼續劍招，將和凰停一起斃命於此，她如何可能願意。鳳小絕雙腳一旋，兩手的雲雨，改撤向衛狂墨，且左腿往後一踹，一腳踢中初雪凰停的胸腹。喀啦。凰停聽見肋骨折裂的爆響，整個人倒飛開去。

情勢轉演成神鋒座主單槍匹馬應對天驕會的三大絕頂人物，前後受敵。天下藏鋒三人默契足夠，他們要聯手，他們渴求奪得寰宇神鋒，狂墨已經不是重點，他們再也不輕浮戲弄。絕頂三人的四把劍，以立論死生之姿，痛擊衛狂墨。

在空中便已癱軟的凰停，重摔在地，一陣暈眩從天外到來，彷若整個世界在一圈又一圈地轉著，他的視力依然尚可運轉，把握到師尊的險境——狂墨不顧自身安危也要救他，讓凰停滿臉是淚。原來他被師尊重視到如此地步啊。

狂墨腹背皆敵，陡然止步，側對兩邊，寰宇神鋒一轉，改幽明異路為神鋒七絕勢的第六式裂土分疆。衛狂墨換成雙手執劍，莫名其妙地朝身體前方劈出一劍，堂堂正正，看似毫無花巧變化，然則甚是奇怪，狂墨猛力斬下的一劍，卻沒有任何勁氣激發而出，看似威猛，卻無聲無息，一點實際效能也沒有產生。三絕頂全神戒備，瞬間，兩股惡猛猛的劍勁，猝地從劍的兩側爆發開來，強風颳起，雄厚橫野的真氣，撲向左右的絕頂三人物。

裂土分疆的厲害，天下藏鋒三人焉有不曉得的道理，早有應對之道。從狂墨右方攻至的老、少絕頂，一個是劍上的歪醜斜陋條紋，如蛇牙飛起，另一個以愛韻敵抗虎一般的劍風；位於狂墨左邊的鳳雲藏，則辛苦艱難許多，她必須獨自一人破除裂土分疆的一半真力，小絕頂切齒地將滿天劍光收回，消雲、散雨劍十字交錯，擋在肉身前頭，預備頂受衝擊。

於是，兩片硬質化的劍勁，老老實實撞上三絕頂的招式，分曉立見。龐大劍勁壓下，鳳雲藏被狂墨傾力之擊，震得身體一矮，腳踝深陷到地下；藏無神也不好受，劍面上收放自如蛇物一樣的紋路，被劍力一砸，全數盪開，迫得藏老絕只好回劍，手按劍脊，被震退數步；天下少絕以發韻劍抵住狂墨狂浪一般的劍勁，同時催發真氣，綿綿輕輕無形無體的愛韻，猶如破浪而出，直融穿黑劍的劍風範疇，鑿進狂墨耳內。

神鋒座主感知一道道微小、但密集震動的細語進來，連忙把體內殘山賸水似的真氣，集中到耳處，以消解天下藏鋒的聲音攻勢，但為時已晚，愛韻蟲蟻般深驅直入，在狂墨腦內引發一陣天暈地眩，嘔吐感遽生。狂墨頓時嘴角溢血，喉頭湧起難忍的甜味，他拚命挺住體內的衝擊，臉色霎時死白，且額頭青慘，顯見已受創不輕。狂墨身體晃搖，似乎就要仆倒在地。晚花、青卷躍到他身邊，一左一右攙扶。

少絕頂原地不動，發韻劍中流砥柱一樣支撐到狂風掃盡之時，他的劍藝功力不在狂墨之下，即便神鋒座主不惜透支元氣，天下藏鋒也不是輕易就能被撼動，遑論擊退。天下少絕陰鷙鷙的眼神，像要捆牢衛狂墨似的緊盯不放。好個衛狂墨，好一把寰宇神鋒！老絕頂藏無神也移回到天下藏鋒身邊，劍紋好端端地長在劍上，他慢慢吐納，盡快收復體內震盪。鳳雲藏保持既有姿勢，兩腳在地面下，調整氣息，預備展開另一輪擊殺。

狂墨推開女兒，筆筆直直站著，腰背又硬又挺，就算用乾肉體裡每一寸可用的真氣，都立誓要完成此生的志業，唯其如此，他才對得起歷代及此後的所有衛家人，並且或有可能成為舞荷眼中的不凡。他自知死期不遠，就在俄頃。

終究，氣勁是一種日以繼夜的修煉，需要經由特定的吐納，將天地流動的外在大氣與人內部的氣息，整合起來，並錘鍊到如若實體的境界，之後再存放於肚臍內側的輪穴位置，彷彿腹中養著一池湧泉。換言之，真氣並不是天生的，是必須仰賴後天努力不懈方能擁有的泉源本事，一旦耗盡，就是沒有了，不是要多少就有多少的予取予求。

眼下的衛狂墨，卻是毫不在乎根本的榨取，簡直是要把輪穴支解溶解開來也如，這就表示，他這會兒的劍能，每一次都是對生命的破壞性支領，也就愈靠近死亡之境。狂墨當然清楚身體情況，疼痛感已漸漸地狂野起來。狂墨緊握寰宇神鋒，以意志抵擋肉體的損壞，全心全意於當下。而周遭的殺聲嘶吼依然繼續，但逐漸消退，神鋒座還能站著的，不足十人。大勢將定。

衛狂墨忽然低頭，趁著還有一些兵器交擊與狂暴人聲的吵雜，以只有女兒們聽得著的音量說著：「爹有個請求，請晚花、青卷成全，妳們無須說話點頭，只要聽著。爹這輩子就只想著恢復衛家人的光榮，讓神鋒座持續壯大，這是爹一生的價值所在。如今，我無法做得更多，只能展望後代，譬如妳們，譬如凰停。唯妳們倆所知的神鋒劍學精義，實不如凰停，我們衛家的心血與成就，就只能靠他。妳們懂嗎？無論妳們相信、支持父親的信仰與否，能不能為爹送走凰停，讓他返回家鄉，另行傳承神鋒絕學？一切拜託啊。」

一說完，也不等晚花、青卷回覆，衛狂墨往前衝出。他誓死要爭取她們和凰停脫逃的生機。黑劍飆擊——神鋒劍勢的最後一絕正本清源。他依然兩手持劍，正中刺出後，在空中劃起圓來，一圈緊接一圈，同樣大小的劍圓，工整一致，且寰宇黑球狂野飆轉，愈轉愈快，甚且噴濺出一蓬又一蓬的火花。寰宇神鋒像是回到冶煉狀態似的燒紅，彷彿它就是一把火，就是一種熱烈，一道狂野與痛快。

衛家姊妹對看一眼，眸子都是嘆息。她們的父親，老是把家族榮耀放在最高位，張口閉口都是衛家人如何又如何，但實際上，又有誰真的在乎呢？以前她們也是這樣啊，但弟弟死後，她們總算明白，一個姓氏一種部族，從世上消失死絕，真的有什麼緊要嗎？千千萬萬的生命，來來去去，潮生潮滅不是再正常不過？唯她們也清楚，擔負責任的人終歸不是她們，是她們的爹。她們了解父親的想法——初雪凰停是爹的欽定接班人，神鋒座的沒落似乎無可阻止，但至少百年絕學不該斷送在狂墨手上。衛狂墨不但天命如此，甚至他還以此自豪，執著於衛家與神鋒劍學到難以理喻的地步。但這是父親的決定。他從來不想登峰造極，他只想作為一個傳承者，好好把一代又一代人的技藝延續下去，晚花、青卷又何能置喙？她們最終能做的只有成全吧。

鳳雲藏飛髮亂舞，長長烏黑的髮絲，搖擺浪蕩，猶如水中生物正在柔波裡搖盪，繁花錦劍術也拉到最高點，她兩手展開令人眼花撩亂的諸多變化，於是無數炫目的乳白劍光吐出。這是春蠶絲無盡，繁花錦的必殺一招。

天下藏鋒抖動發韻劍，劍尖開口的孔竅，聲音洋溢浪蕩，宛如肉身歡快，跟著反手再抖，那劍洞裡發散而出鬼哭神號，彷彿成千上百的人聚集在一塊兒同時悲泣。少絕頂動用聲有哀樂劍的雙韻齊下——

這是狂墨此生第二次聽見這死亡一般的劍之音律。

藏無神的意奪劍潑開驚人廣大劍勢，劍光飢渴噴發，有若千條湧泉在手，而且每一條湧泉都攜有毒辣之姿，堪稱是一劍，就是一毒蛇。此即是湧泉千劍式之千蛇漫野。老絕頂人物的勁力灌注於劍，意奪劍響起狂烈的破空音鳴。

衛晚花對妹妹打個眼色，人往佩劍落地處捎去，抄起自己和青卷的劍。衛青卷呢則是直接掠向倒地再起不能的初雪凰停，勉力將他攙起。因為肋骨折裂，凰停意識漸趨不清，只來得及再瞥一眼師尊使劍的最後身影，便即昏迷。

就在衛家兩姊妹做這件事的時候，衛狂墨業已瀕臨死亡的界線。他動用最後一絕正本清源——神鋒七絕勢共有七式，每一式尚有多種變化，總數七十二方纔是神鋒劍學的全部。可惜到狂墨手裡時，幽明異路的變化已缺漏兩種，裂土分疆也只剩下三種，正本清源更只餘本式，其餘五種變化完全絕跡，否則狂墨何用至此？若是完整的神鋒劍藝，都還在世在手的話，縱然天驕三絕聚頂齊攻又算什麼！

他的心思飛拂，如輕煙在風中飄散。以黑劍為直徑所鋪開的龐然氣勁，先是擴張後，又疾速往內壓縮，彷若一無形環圈正待緊箍天下藏鋒三人。強大的吸力扯動周圍事物。

白、藍、灰三色劍芒大漲，老、少、小絕頂摧動氣勁，不懼不畏，反倒加速，有志一同地攜劍投向兩手握著火紅的衛狂墨。他們自信以三人合力必然壓潰神鋒座主這棵獨木。

隨著三絕頂順勢上溯，三種天驕絕藝的撲擊，狂墨的劍圈愈劃愈小，黑球的轉動也越發僵硬，像是隨時都會停擺，他甚至看見細小的裂痕生成在寰宇球上。他只求撐到女兒和徒弟脫離險境，眼角餘光覷見晚花與青卷趁亂離開，他必須牢牢吸啜住三絕頂的注意力。狂墨繼續壓抑喉頭的血意、胸坎的悶痛。真氣枯竭，經脈幾近空無一物，而他還要從死水裡炸出活能來，像是擰著布一樣地扭絞五臟六腑。狂墨把生命力的最後一擠，都放入滾動不息的劍中之球，預備擊發。

他不顧一切地將所有能夠支用的都悉數掏出。最終的時光。他感覺體內正在燃燒。狂墨正如同手裡的寰宇神鋒，都陷入熟豔豔的火勢。（而盡頭就要來了，就要來了。）

（燒盡一切吧，讓暗中的火焰，將眼前艱困危難的情勢，都焚燬吧，讓三絕頂滅頂於此，讓我以死亡換取衛家絕學的存續吧，讓往昔所有的錯誤，都終結吧，讓我至少死得轟烈，死得有尊嚴，死得有價值吧。）

三絕頂到只離衛狂墨一步時，倏然，他們驚覺腳步虛浮，有個轉力在發動。狂墨的劍圈，僅能維持小規模，無法保有原先的寬闊，但正本清源的無雙奧妙於焉俱現，因為被絕頂們壓迫，故環形劍勢不得不縮減著，唯出乎意料，反倒更能準確有效地使劍勁與劍圈結合起來，以狂墨為中心一步以內的範圍，乃成為劍的絕殺禁域。

狂墨全然不曉得正本清源還能如此應用，他一直以來總是依照父親的教導，遵守劍圓周的畫法——眼下無意達到的效果會否就是神鋒第七絕失傳的六種變化之一呢？

寰宇劍就要支解似的喀喀作響。狂墨聽得分明，天驕三絕也不可能遺漏，他們眼底神情都是驚愕，以及更濃的戒備。他們沒有忘記剛剛劍化作瀰漫黑霧的神鬼狀態，莫非衛狂墨又要使什麼花樣？惟絕頂的四把劍不言退縮，他們就等著這一瞬間啊，就等著把一直搶在浪頭上的神鋒座扳倒的此時此刻，六十多年了，天驕會終於能夠比誰都還要更高，三絕頂也將攀向至尊級地位，他們如何能不賭上一賭？他們依然原式進擊，抵禦黑劍的旋轉力，渾身氣勁孤注一擲。

神鋒七絕勢是絕，天驕會三絕頂也是絕——江湖人啊，人人都想要站在絕顛之上，但究竟哪一方，更絕一些，又是誰能夠站在絕地死境上逢生、問鼎天下最高峰呢？

凶惡的三股劍壓，從三個方位，鋪天席地而來，狂墨連呼吸都困難，早已慘白得血色盡無的臉，這會兒跟死人沒有兩樣。他的劍圈，小到只有一片指甲的範疇，且劃的動作也愈來愈遲緩，難以為繼。所有的部位都疼痛，從裡到外，各種形式的痛楚，像是幾萬針戳刺皮膚像是幾百塊巨大岩石碾過像是刀鋒悠悠慢慢的一條接著一條挑斷筋脈像是心肺裡積滿水像是滾燙的油罩頭淋下像是全部的臟腑都要從軀體裡炸裂開來……狂墨體驗被凌遲被一片一寸分解支離的劇痛。

衛狂墨以一點清明靜止住寰宇神鋒，突如其來的靜止，爾後將黑劍推向他一開始就鎖定的對象鳳雲藏。她是三絕頂中相對來說最弱的一個，狂墨決意以死相拚，爭取女兒與徒弟的生天回轉。他少年時也是有壯志雄心，但到頭來他仍舊是一世平庸，無可改變。雖然一度與寰宇神鋒發生超宇越宙的連結，然則他什麼都拋不下，也就什麼都達不到。是啊，年輕時，他也曾還想夢要把神鋒大旗插在黑塔上，（而那座日益壞毀的塔，如今可安在？）

天驕絕頂們察覺到扭轉力消失之際，黑劍已經斬落！

寰宇神鋒和雙劍撞實碰擊的瞬間，猛烈的破裂巨響，在空中爆裂開來。

雲藏眼睜睜目睹雲雨雙劍攔腰折斷為四截——

同時，黑色金屬碎片飛襲而來！

那是碎裂的寰宇神鋒。

衛狂墨無法掌握住五百多年來始終是夢幻絕品的劍器，它終於經受不起這樣強力猛烈的摧折，於是，從寰宇黑球開始蔓延到全身，它完完全全的崩裂。幾乎是粉碎的，黑劍解體化作難以計數的殘片，往四面八方飛去。

暗影暴射，三絕頂的眼瞳，被陰翳籠罩。

絢爛的日光，掉落山的另一頭。灰暗在天地間，猛然降臨。

狂墨首當其衝，寰宇碎片鑿入胸腹，枯竭至寸斷的身軀無力對抗，被震得拋飛，高高的，摔出一道不能控制的弧度，不止是喉頭鮮血噴出，還全身皸破，綻裂著大大小小的傷口，血液遂一股腦地洩光。

寰宇神鋒的碎片，也擊穿神鋒座的旗幟，旗桿斷折，布面撕裂，隨風而起。

另一邊的三絕頂也不好受，天下藏鋒、藏無神前衝之勢，無可迴轉，但他們正是全力出擊，故劍勁激揚，或挑或撞或撥或刺或移或轉或擋或碰或敲或點或封，將蜂擁也似的黑劍碎塊隔開，但身上仍然難免添著不少削開的血痕。至於小絕頂鳳雲藏，危急生變，忙亂間將斷劍彈出，氣運雙掌，推出一片氣勁，格架住大部分的碎劍，不過寰宇神鋒的爆裂，尚蘊含著衛狂墨臨死前搾擠而出的精氣，因此，仍有許多漏網之魚絕無遲疑地砸入雲藏要害處，有的嵌在她的臉上，有的撞進胸口。在驚聲慘叫中，鳳雲藏倒地，半死不活。

繡著金黃色圓圈裡寰宇神鋒指天圖樣的旗面飛起，在空中飄飄蕩蕩。狂墨意識彌留，（凰停啊，走，快走吧，我的女兒啊，把他帶走，讓衛家劍學的一線生機能夠延續，走吧，你們走吧。）而他的心聲無能吐露，甚至連瞧從百雪壁景遁逃未有看見這幕的晚花、青卷和凰停一眼都不能，（我不是一個好師父，我不是一個好父親，我從來不知道怎麼樣作為一名父親，我從來沒有好好地做過父親，正節啊，舞荷啊——）他的一切感官，早已完壞全滅，眼中最後印象，只是折裂散飛的神鋒旗幟。爾後，衛狂墨墜落在地。

而就在死前的最後一瞬，忽然靈覺清明，想起來了，輕薄的過去，就在狂墨跨越死亡的一瞬間，變得異樣厚重，變得凶猛無倫，啊，（啊，妻已經死了，九年前她就死了，舞荷早就死了，死了，原來如此，是我忘了，我決定忘得精光呀，難怪——）難怪女兒們講起妻的時候面有難色，完全是悲憫可憐他這個老父的心神狀態呀。而倏然以至的黑暗，輕柔堅決地將他吞沒。

不可計數的、曾經充滿他的時光，頓時散逸無蹤。神鋒座大旗在狂墨將闔未闔的眼中，隨風消失在視野的邊緣以外。最後一次看見的夕陽，靜靜地覆蓋住他的屍體，還有剛剛發生的、完完整整的死亡。

問天鳴之五

而今，一身的病痛，再無由躲閃。他斜窩在特製竹椅上，背後墊著一舒適拱托的軟枕。明王眼下通體啊都是教人發軟的燒熱，曾幾何時他這般的一代霸主也要如此弱微不堪。

但他也只能歇著。為追求寰宇無盡藏劍勢的至高境界，將自己逼入最極限，也就換來身軀的長傷久損。絕對境界的武術招法，不可能對肉身不造成任何破壞，那些最高技藝必然攜帶傷害。一輩子了他都那樣身毀體滅的撐過來，如今已到得付出代價的年歲。再加上這些日子又專注於改造答秋的天經地脈，因此更是透支，就算服用房玄宗為他專調特製的猛效藥物霸元白丸，也只能支持住一時半刻的體力酣暢，唉，提神補精的效用已大不如前。

但至少又稱神鋒勢的寰宇無盡藏，在問天鳴手中，終是擴充到六十四道，一世追逐啊，前人所遺落的招法，經過他的戮力鑽研，鋒神九法的前八種大法悉數復原，僅最後的還神大法尚有缺佚——可惜啊《九鋒神心經》不在手上，可惜啊懂得還神大法全貌的前院主葬命他劍下，聖法至今難全，否則寰宇無盡藏劍勢何止於六十四道。他有信心，若鋒神九法補齊，假以時日明王必能夠將寰宇無盡藏劍勢究極化到八十一道。

問天鳴還沒有放棄，渴望還在心底深燃大燒，縱使病痛折磨，他依舊想要繼續發展還雨劍學的終極面貌。他犧牲那麼多，如果不能達到八十一道神鋒勢，這一切的一切，又有什麼意義？問天鳴盼求將還雨劍院四百年來的光耀推到極限，（非得如此不可。）還雨劍院是他僅有的事物，他原來是想毀滅還雨，而今，劍院卻成為他的依託，此生的所有成就，或也可名之為志業。他的心坎還有狂熱，要比還雨劍院最初的時光更完整，不該止於自身作為劍院史第一的輝煌，（很靠近了，我感覺得到，最後的境界，就在咫尺之間啊。）

眼下，明王問天鳴置身木造碼頭盡頭處、一間名為混緞小築的湖畔建物。他望向窗外，面對水藍得晶瑩晶瑩如蒼穹的天晶湖，覷定水中的少年。一名祕密的少男。他的小男孩。其皎潔矯健的泳姿，令問天鳴怦然心動。少年才十四歲，正是青春最盛之時，細嫩的肌膚，俊得堪稱美麗的臉龐，都讓擁有如神一樣劍法絕藝通天的還雨劍院院主，口乾舌燥，渾身是暴起難耐的飢色餓慾。可問天鳴只是看著，貪婪與滿足在心底交疊，無從分別究竟是哪一邊的滋味更強。況且，軀體充斥軟弱與疲憊，他現在或也只想、只能安安靜靜地眺看。

少年全身赤裸，頭顱、肩膀與胸膛以上的部位在水裡起起伏伏，每一次宛若飛出一樣的破出湖面時，都會帶開好幾蓬炸裂的水花，長長的手臂以最清晰的線條劃傷靜止的水，好像試圖製造世間最使人驚豔的美好弧度，潮濕的髮在水中漂浮散揚，彷彿情詩，背部幾乎可以說是晶瑩的，施力時，肩胛骨與肌肉的張合兼具殘暴感與美麗的意味。少年游的速度，愈來愈快，四、五百步的距離，衝過去又划回來，宛如水沒有任何阻力。少年展現一種極度專注的魅力，問天鳴看得癡了。

十四歲少年的所有動作，問天鳴仔仔細細蒐羅於眸裡心底，無一絲一毫漏遺。他的視線愛撫一樣鎖定年輕人。他感覺到肉身的日益敗壞，但少年的存在與光彩奪目，使得問天鳴的心思活躍得好若可以攫住離逝的時光，奪回邈遠的青春。目光抓捕少年的一舉一動，感覺年輕人和天晶湖的關係，愈來愈複雜乃至模糊化，彷彿他和它沒有分野，虛與實都蝕解。少年的動作與湖水結合一體，無分彼此。是了，恍如水化作人形，或者是年輕人融化到水裡，絕對的柔軟，華麗究極。

他的視線乃成為隱密的連接——年輕人在水中自由游動，明王則癡迷地化成柔款、具有情意的湖蕩水漾，彷彿少年的身體將要與明王水乳交融起來。而少年的身體，對抗著水、征服著水，甚至就成為水。少年的身軀與水共舞，而湖上的每一片水聲皆若一篇情詩，每次拍擊合起來，就是一曲教人動情的歌唱。

他想著，（凝視這回事，有時或如深沉的傾聽吧，啊，這是中年男子獨特的憂鬱情懷嗎？）終歸是到了這樣的年紀，成為別人的叔伯師長，生命過去大半，攀越高山峻嶺的時期，如今事事物物都在下坡中，尤其近來疲懶倦怠，老覺得乏，動不動渾身說不上來的痛疼，甚而昏睡。可是啊，他心中還有未完成的念想，他還不甘心就這麼老去。好不容易登峰，最好最美最壯闊的全景，他都還沒看夠呢。

來回好幾趟後，少年恰到好處不瘦弱但精實、又不至於雄壯的身軀，從湖裡移出，帶起一瀑一瀑水流。少年爬上岸邊，濕漉漉的，裸身塗滿流動著的神祕條紋，兩腿之間半軟不硬的器械晃蕩著，秀麗的臉沒有任何瑕疵，如同最完美的雕像一般，白而且柔嫩，表情相當乾淨優雅，眼睛汪汪地流動鮮鮮烈烈的光芒，鼻子直挺，嘴唇明豔柔軟，下巴有個奇異的小凹陷，帶有一絲絲剛烈意味，與他的父親一樣。年輕男孩走向岸邊擱放於特製木椅上的衣物，少年看起來十足開心的樣子，游得頗為盡興吧。

明王問天鳴在湖邊小屋裡對外發話：「答秋，身子記得擦乾。」少年恭恭敬敬回答：「是的，謝叔叔關心。」一名為衛答秋的年輕人，拿乾布吸淨身上的水漬，之後換另外一條擦起頭髮，一邊快速抹拭，一邊甩頭。少年做這些動作有一分優雅俐落，煞是賞心悅目，散發奇異光澤的臀部，線條尤其蕩浪，給問天鳴一種多汁的感覺。而問天鳴像是能夠撫觸到少年潛伏在深處的汁液，且在腦中還演現著不停噴湧的樣子。

衛答秋將衣褲套好，渾然不覺處於問天鳴的激色視野裡，他一點也沒有避忌的意思。對少年來說，明王問天鳴就是個願意放縱、支持他做任何事，甚而可以說比父母還要寵溺自己的長輩，雖然平日裡總戴著一副材質特殊異常輕薄的面具，實在有點怪異，但也僅止於此。答秋並不覺得有何不妥、不安。若是有別人或女子什麼的，或許年輕人還會掛意，他那樣的年紀對於裸露不具有防備意識，何況他是男孩，除去要小心別讓女子撞見、惹出登徒子的疑慮，其他根本無顧無忌。再加上此處是還雨劍院院主的私人領域，問天鳴早已下令，任誰也不能踏入混緞小築，違者重罰不貸。這裡可是普天之下有數的神聖之地，少年更是忘情所以，自在無拘。

「進來，用些茶水、點心。」問天鳴在少年穿好衣服後說。衛答秋高聲謝過明王叔叔後，舉步踏入混緞小築，落坐於院主對面的竹椅上。茶桌上早已備好一壺熱茶，答秋為自己添一杯，同時將問天鳴的杯子斟滿。少男把溫度剛好不會燙嘴、茶色清澈但有股濃烈果香的沐情茶，一口喝光，隨後又豪飲兩、三杯。問天鳴瞧答秋喝得暢快也挺興致昂然，只是可惜了，年輕人尚未懂得細品此茶之珍貴，那也是沒法子的事。

這壺沐情茶呢，取自天晶湖後方一座沐情嶺山上的農家群聚，是最富聲名的三大名茶之一，只有此一帶冬季最嚴寒之際所摘、抵得住霜害又能保持極高水分的舞翠茶種，才能叫做沐情茶。其茶水色澤雖帶微微的綠竹感，但茶質可謂是通透——沐情之名，說的就是它宛若女子沐浴情愛所透露的光滑透澈質感。啜吸時，其香濃郁得化都化不開，像要把人心都給消融。沐情茶要價不菲，一壺差不多就是一戶農家五、六名人口兩個月的吃食費用，昂貴的原因，主要是沐情茶生長條件的嚴苛，又需茶農清晨日照未臨冒著冷寒去採收——天晶湖雖不見雪，但凍起來也真是酷厲得要人命——量也就極少。沐情茶自然成為舞翠茶極品中的極品。不過，衛答秋並無享受，就只是止住乾渴。

唯問天鳴仍有一切值得之感，單單是眼底還烙印著少男美妙得教人震顫的股間器械，以及鮮麗秀豔之臀，就已足夠。那些無法剔除的影像，簡直珍寶一樣。為奪少年歡心，搞不好他還真願意傾家蕩產，沐情茶被當成水喝又有什麼打緊呢。衛答秋跟著吃起包含淋滿蜂蜜、甘糖和碎果的千嘆糕、在長餅倒上酒液點燃火焰的如火如茶餅、形狀外方內圓綜合酥脆與柔嫩口感的方圓絕息，還有最上等的拿舌——這種點心係以形狀寬版的麵粉進行油炸，裡頭包餡是將最好的滿園雞剁碎後與醬汁、細麵、時令鮮果等食材摻和而成，有教人願意拿出舌頭來換，或者舌頭被徹底拿住的意思。答秋一口口停不住的大啖大吞食，幾乎沒有喘息地一掃而空，彷彿連舌頭都要嚼爛，美味飽足得讓年輕人不知如何是好。

還雨劍院在明王問天鳴的主持下，重拾往昔繁華，故而要底下人準備什麼精緻的飲食都不是問題，一點也不像他年少之際的清苦樣。這會兒還雨劍院多的是想要投身加入的江湖人，人馬財力皆雄厚矣。多年以前，在天機用神慘敗於問天鳴劍下後，還雨劍院便重奪武林第一的地位，至今誰也動搖不了，就算後起之秀屢屢冒起，包括兩年前與問天鳴交手的三名優異青年劍客，他們甫於半年前組成、且沒多少時間就收服江湖幾名橫凶極惡者為下屬的天驕會在內，都無可能阻止還雨劍院的日益興盛。有六十四道寰宇無盡藏，還雨劍院下一輪百年大勢基業必然穩固。只是明王仍舊不滿足，畢竟神刀闕未滅，九種聖法也未齊，始終讓他遺憾欲狂。

不旋踵，衛答秋已飽食，幾口把一整壺沐情茶牛飲完，隨後眼巴巴望著問天鳴。明王清楚少男清澈眼神底下的心思，他點點頭，「去吧，去練劍吧。」答秋眼神裡都是歡嘯，一個翻身，跳開竹椅，在空中滾出混緞小築，穩穩立於地面。少年展開動作之際，問天鳴同時從椅後的背囊，抽出寰宇神鋒，注入一股氣勁，往外射去——這把還雨劍院的神聖之物，如有手托平穩送抵衛答秋眼前，落地少年接住，時機精準得彷彿兩人操練過千百回似的。

衛答秋也不遲疑，黑劍一入手，刷的，劍刃高速一劈，發出猛烈聲響，他一臉興奮不可耐地展開問天鳴親授神鋒勢的演練，先從七種大神鋒的基本式開始，再有模有樣地進展到其餘幾十種小還雨變化……

明王沒有將笞秋收入門下，按理，笞秋既非還雨劍院院生，當然不能夠習得還雨武學，不過，他卻願意將畢生所學都傳給笞秋——這名少年，是明王問天鳴一輩子的惜愛，不管什麼事物，他都願意為少男取來，更何況只是派內的禁忌，又有何不可？問天鳴是掌權者，他作主，他說了做了便算，他可沒打算死守還雨劍院訂下的規矩。劍院是明王痛踩在腳下的物事，他的意志就是劍院的意志。

只是啊，他仍得動用一切能力，保密這名年輕人的存在，整個還雨劍院無人知曉混緞小築裡藏著一名美妙少男。笞秋的存在必須是隱密的，問天鳴可不能讓外界曉得有如此美少年伴隨在旁。明王將混緞小築列為禁地，可不是沒有來由的，他甚至訓練一批黑羊，專門用以傳遞指令和載運飲食物品等等所需，就是不讓人跨過善始林，進入天晶湖。這些日子明王就更少走進還雨劍院的決策中樞寰宇塔，大部分的指令都是由混緞小築發出。反正，他人在哪裡，那裡就會是劍院的核心。

明王這般慎重，主要的考量還是，當今武林尚不能接受如問天鳴這樣的情慾喜好。何況，他沒有遺忘前院主歡愛男色的下場。但明王也不可能就此放棄笞秋。從來啊他感興趣的都是男子，近年愈來愈偏向少男。問天鳴堂堂院主，自然不便向外索驥，就是派內吧，也頗為小心，有前車之鑑在前，他步步謹慎。成年男子自然不能是對象，就算懷疑是同類的門徒，問天鳴也決計不會冒險，他的盛名，可不能跟可悲可笑的伏魔幬一樣。年輕時節，問天鳴強力壓抑自身的男色傾向，將所有精力都投入劍武的鍛鍊，幾乎是虐暴性地對待己身，縱使會造成重大創傷也在所不惜，現在就是付出代價之時，但難道他還能有別的選擇嗎？問天鳴瞅著衛笞秋，（誰都是這樣子啊，隱藏著自己的暗影，把骯髒的那些東西藏得很深極深，）哪個人不是呢？（我們是誰，長成什麼樣子，喜愛哪種事物，有時候是不能控制的啊，你能夠明白嗎？笞秋，我的小笞秋，我的好笞秋！）

後來，他慣用傳功為由，在男孩們體內注入一股足以停擺腦部機能、卻無有損傷其身的真氣，迷昏院內尚不知事的少年，給他們絕對深沉的熟睡，非常小心慎重地遂行慾望，但盡可能不造成那些年輕人明顯的傷害，頂多就是睡醒後有些疑惑，感覺到輕微不適，如廁時有點疼痛罷了。問天鳴這方面的技巧很好，分寸拿捏得可精準。已然五十好幾的問天鳴，找到很好的方法暗地享樂。到了這樣的年歲與位階，對許多事物的理解介懷自自然然與少年時截然不同，以往他還要質疑自身的異常，說服自身貪索男子的身軀是邪惡念想。而等到他在位院主二、三十年後，就再也不當一回事。但他亦不好太過分，公開癖好，直接在公眾之前遂行所欲所想，現實裡也是行不通的。

置身男愛是大非大惡的武林風氣，明王問天鳴卻不覺得難過難堪，反倒分外享受暗來偷去的刺激感，是的，他可悠哉了，一旦選中獵物，便藉由院主名義調派年輕男孩到身邊來做事。他想要指使誰，眾人絕無異議。再說了，一堆年輕人恨不得可以跟著院主一輩子，就算有人思疑他為何老找些少男服侍，但只要他堅持點撥武藝的說法，誰也不能反對。於是乎，許許多多的少年來到身邊，滿心希望親炙當代宗師而使劍藝有大提升。十幾年來，已數不清多少的少男，於昏睡之際被他猛烈挺伸的粗壯器械闖裂過呢。

衛荅秋自無可能聽見院主的心念，乃至於明瞭他此前種種的黑暗作為。少年正一心一意劍學鍛鍊，他按照問天鳴的指示，一氣呵成先練七式大神鋒，務求它們流暢如意，絕無窒礙。

另稱王勢的寰宇無盡藏劍勢，分為大神鋒和小還雨：前者共九招，全名九大神鋒勢，每一勢皆有鋒神九法的特殊心法搭配；後者又稱小還雨變，為每一記神鋒主勢的不同變化，小還雨變共有五十五式。

一般來說，能練全大神鋒，就已經夠行走江湖，大鳴大放，遑論繁花一樣的小還雨變——百年前，《九鋒神心經》遺落不說，原先三十六道寰宇無盡藏劍勢到問天鳴的師尊那一代，也散佚不少，整套劍武含神鋒勢只剩下近三十招，若非問天鳴抵死抵活的操練尋覓鑽研，哪裡還能夠有六十四道寰宇無盡藏——寰宇無盡藏的基本功底，無庸置疑是大神鋒九勢以及鋒神九法。其實，所有變千化萬，都源自於第一勢神形到最後一勢神還，根柢不好，小還雨變不過只是花招浮華而已。故此，問天鳴嚴厲地要求答秋，要練就要不偷不懶地練到扎扎實實，尤其別名聖法的鋒神九法，更需長久累積，如今答秋練到第七法棄神，至於王勢的神棄也已學得七七八八。

十四歲年輕男孩修長的手緊握寰宇神鋒，環狀護手裡嵌著的黑球是靜止的——答秋還不懂得如何運用鋒神勁準確地灌入，使得奇異黑球滾動起來，這也就表示少年還不懂得真正的還雨劍學精髓。答秋雖天資聰穎，硬是強記住劍法招式，但還雨劍院的百年武學豈是如此輕易就能透澈習得，少年到底沒有領會到劍與劍法的神祕關係。黑球是功法修為的驗證，唯有寰宇球轉動，才代表還雨劍院絕學的大成，而答秋尚有最後兩招大神鋒與第八、第九聖法沒有習得，（不過，不急啊，）明王問天鳴想，（答秋還年輕，慢慢學，慢慢練，還有的是足夠的時間，我會把所有還雨劍武的奧祕都傳授給你。）問天鳴暗自認定，獨有答秋方能接替他的院主位置。他有信心，也有能力可以安排好一切，讓少年安心無虞成為新院主。

說來奇怪，染指過無數男孩的問天鳴，至今尚無對答秋下手。對他而言，答秋是百年難得一遇的珍品。明王平生所見男孩中，衛答秋堪稱是唯一極品，他從來沒有見過如此美得心驚魄動天毀地滅的少年，一方面是他有些捨不得這麼快就要推進到與男孩的祕密初夜，另一方面也是他大半年來總感覺疲憊不堪，而不得不休養，連帶持續幾十年日日不息的劍法修練，也要停頓，偶爾不那麼乏，才能握劍盡情舞它一大回。職是之故，衛答秋方未變為明王黑暗中的禁臠。

不過呢，或許還有一個潛深的理由，讓問天鳴還不能決心痛下，恐怕是因為他在答秋身上老是看到故友的影子吧，（覺色啊，你的孩子和你一樣出色哩，不，甚至比你更美俊。）他從未遺忘衛覺色對他的特出意義，那些與覺色相處的記憶，並不隨著歲月飄移，而恍惚失色，反倒越發鮮豔，一點一滴的加重。衛覺色始終是明王第一名眷戀的男子。

潮濕的髮，因為大力旋轉的關係飄揚起來，水珠也跟著劍招飛灑，黑劍在風光明媚的此時，捲開一層又一層的暴力綻放。衛答秋賣力地舞起藏著還雨劍院無數奧義的寰宇神鋒。答秋的思維與動作，都還不脫孩子氣，晶瑩剔透的目光也都是對世界的天真，這會兒眼神裡全是熱烈。他歡快著，汗水不斷甩離肌膚。少年象牙一樣細緻且白的臉，紅潤起來，在問天鳴的視覺中，便有一分難以言喻的嬌豔。男孩的身體，顯露教人無法抵擋的性感。問天鳴驚嘆不止。

有衛答秋能夠陪伴左右，也是他的美麗機遇。少年是問天鳴深愛的人，也該是他此生技藝的最佳繼承者。但問天鳴無法對答秋明言，暫且也還不能讓少男執掌還雨劍院，一切須得等他身體狀況回復，將寰宇無盡藏劍勢都悟齊，如此方能有十足籌碼與把握，將答秋推向院主大位。可惜啊，男孩並不曉得他的明王叔叔，是如何用心良苦盤算著，給他大好的將來哪。

前提確實是自己得要趕緊復原。百多日，怎麼仍舊虛軟，容易疲倦呢，究竟哪裡出問題？難道真得再延請醫家病診？問天鳴極力避免，可不能讓別人認為他病了，尤其是房副院主，問天鳴更得慎防。還雨劍院現在是蓬勃大勢沒錯，然稍微一個不慎，也不是沒有傾頹隳倒的可能性。問天鳴比誰都了解，還雨劍院現今的局面，都繫於他一人，院生雖多，但有天賦的、成材的罕見矣。神刀闕未絕滅，天機用神雖是問天鳴手下死裡逃生的敗將，但狼子野心還在呀，他或不敢公然與明王作對，但必恨不得明王問天鳴這邊有什麼紕漏，好讓神刀闕可以見縫插針。

天機家族掌舵的神刀闕，幾百年來老是和還雨劍院打對頭，他們獨尊刀法，認為只有三十九天機破才是武學的巔頂，自然與發展劍藝的還雨劍院，處於對立。兩派數百年來便處於激烈競爭，彼此互有消長。這六、七十年來，還雨劍院委實被打壓得厲害，要到問天鳴執掌劍院，才徹底扭轉一代不如一代的局面，且更創新許多小還雨變——若非如此，還雨劍院現下早已是風中凋零雨裡垂敗。

而牽涉到肉身內部神祕改造以容納鍛鍊真氣的心法，實不可有一絲一毫誤失。原來艱難的學藝過程，稍微不慎神智決裂入魔狂迷，那是稀鬆平常的事。故此，明王問天鳴始終想要尋回《九鋒神心經》。

武學最麻煩的地方，從來就是好多程序步驟，都得以口傳與文字著錄並進，不能偏廢。你得找到一個師父，好好的跟著學，將某些難可言傳的訣竅，透過親身演練與教授，仔仔細細承接。此同時，你也得參照原典，自行體悟武藝最初的樣貌。雖然，語文的意思很容易偏解，讓人走上歧途。但所有招法的演變，師徒口授親傳，以及載錄圖形字句的典籍，同等重要，不可斷離。遺憾的是，劍院只存因不住加入新注解而日益增厚的《寰宇無盡藏劍譜》。

傳言中，與神刀關高手的決戰後，當時的異姓院主跌落深淵，其密藏《九鋒神心經》遍尋不著，所幸《寰宇無盡藏劍譜》還在院內，無有失落，否則還雨劍院的退化，尚不止如此啊。明王問天鳴遊走劍院各系習武，且遍訪派內耆老，好不容易才把寰宇無盡藏劍勢理出一個整體。但少了還神大法，鋒神九法總是不全。他一直很不甘心。以問天鳴的才能，也無法無中生有造出該心法，於是寰宇無盡藏便不能完成真正的外闊內深。《九鋒神心經》一遺失，還雨劍院便面臨聖法垂喪的可悲局勢。一直以來，院內有所謂外王內聖、勢法神如的說法，意思就是寰宇無盡藏劍勢外得有劍譜招式，內還要具備鋒神九法，前者就是所謂王勢，後者自然是聖法——若僅有其形而無其神，還雨劍院日益衰敗也是合情合理。

就在問天鳴腦際轉過明明暗暗無數念頭之時，衛答秋已把他懂得的寰宇無盡藏前七勢練了好幾輪，顯見其越發熟練之姿，而到了神棄勢，簡直飛灑詭奇，不世之姿，與黑劍配合得人劍不分，濃墨一樣的劍光，包捲他的身影。最教問天鳴嘖嘖稱奇的，還是寰宇黑球居然略略滾動起來。問天鳴果真沒看錯人，不枉他破格傳授。少男的確一塊絕世好料！既然寰宇神鋒衛答秋駕馭得了，就代表他的聖法已到能夠催發劍球的境地，動作、節奏與速度等王勢方面也都沒有問題，其劍藝大成，指日可待。

外頭是飛沙走石哪，混緞小築裡的問天鳴感覺到地理正被寰宇劍勢硬生生推移著，天晶湖面盡是一輪又一輪的漣漪，蔓延不絕，狂風過境一般，小屋旁的林木也都被壓彎，花葉落下繽紛，屋外放牧著的幾頭黑羊瞇起眼，低聲叫鳴，往外圍退去。十四歲男孩的劍藝初步估計，約莫也有二十三年齡男子的程度，問天鳴心裡的喜出望外遮掩不住，眉梢上的歡悅熱烈得很，頻頻點頭，對衛答秋的進境大感滿意。

算好少年劍招力窮氣盡之際，問天鳴對年輕男孩招招手，「答秋，略作休憩，莫要操之過急。」男孩意氣揚揚渾身都是爆發的歡狂，一副恨不得再逼近一些更高什麼的狀貌，眼睛亮如焰火，感覺天下雪亮狂照，但他還是柔順地遵照院主的指示，罷劍，往竹屋內行去。問天鳴也沒有要答秋歸還寰宇神鋒，他對少年很是信任，男孩隨意地將黑劍擱在椅子上。問天鳴右手食、中指相扣，摩擦，發出啪答一聲。屋外的黑羊繞回來，停在門外。滿臉淋漓汗水的衛答秋上前，取下掛在羊頸處的水袋，拔蓋，就口咕嚕咕嚕地喝著，眨眼間把袋裡的水一口氣吸乾。少年抹去嘴邊的水，把蓋子壓好，掛回水袋，拍拍黑羊的背，回到屋內，黑羊則自行踅了開去。

再過一陣子，得要教答秋如何收束肌膚孔隙，將汗水密封體內。對敵之際，若然汗滴入眼，輕易就是個死局，不可不慎。還雨劍院院主指指身邊的竹椅，要少男入座。答秋照辦，盤好兩腿，挺直坐好。少年活力滿滿，他問：「明王叔叔，我幾時要開始練習神棄、神還勢呢？」問天鳴表示，「明後天就可以開始，等等我再為你疏通經脈，將天經與地脈貫合，你便能進軍聖法的最後兩境界。同時，外部王勢，我也會一招一式鉅細靡遺的教你，放心吧。」

是啊，何用擔心呢，（我的一生技藝只傳給你，）明王視線灼熱如火，（除了你，還有誰呢？這輩子的全部，就都給你吧。）衛答秋點點頭，愉快地閉上眼睛。他並沒有讀懂問天鳴眼底的情意慾思。少年很快挺進鋒神九法的靜謐世界裡。明王瞧著也沒有特別失落，他對少年的情感再飽滿，也沒法兒傾箱倒櫃讓答秋知曉。這畢竟有江湖太多的規限，太多可笑荒唐的自縛。

而此一瞬，問天鳴腦中浮蕩起多年前聽過的話語，「情愛是沒有對錯的。人在情愛裡，一切都是對的，一切也都是錯的。」是的，是的，該當如此。他也是這般以為的。唯這仍然得是一種暗自作業，像是在黑夜大霧瀰漫之際一個人獨舞，所有悲愁與狂喜都只有一個人清晰。即使如此，問天鳴還是滿足，畢竟他可以掌握少年，完完全全，再沒有比這種形式的情感，更能夠讓他自由地出入其中，享盡一切年輕肉體，卻又絲毫無須擔負世人的指謫怪罪甚或背叛，進而影響敗壞他的劍院統治基礎。

這會兒，明王一邊朝答秋的頭頂伸出手，一邊還諸多的黑暗打算。他得另外想個法子，讓少男永遠留在身邊，在他功成以後。往昔呢，一旦年歲超過十六的男孩們，問天鳴就會假借各種名義，包括已然出師需要到外頭歷練，讓他們離開。有些不出色的或者成長發育比較快的，十四、五歲就會被驅離善始林。主要原因就是問天鳴對熟成男子的興趣越發的低，近年他只獨鍾稚嫩的男孩軀體。然完美的答秋卻是個例外，他對此名少男不僅僅性方面的需求而已，他還要得更多，問天鳴渴望進入答秋心中的最深處，留下絕無可取代的意義與位置。觀諸至今一年多以來，他都還忍住沒有對答秋下手，就不難了解這名年輕男孩對明王來說，是何等珍貴，何等小心翼翼對待。

明王問天鳴的手，按住衛答秋的天靈蓋，送進一道祕密真勁，少男即時昏去，幾乎是被一片天外飛來的濃烈陰暗撲倒，立刻無知覺。問天鳴繼續以鋒神九法往男孩經脈的深層構造鑽去。

少男在武學方面能有成就，除了自身的苦練與天賦，更重要的原因還是問天鳴對他的經脈改造。這是非常花費工夫與精力的過程，免不了元氣大傷。但問天鳴自恃功力無雙，為滿足少年對武藝進境的追索，不惜以純厚的真氣，探入答秋的內部構造，對天經、人輪與地脈進行人為變造。

對問天鳴來說，從師尊開輪之功繼承而來的做法，尚有與答秋具體結合的深沉意思——他鍾鍊幾十年的元氣啊，就在年輕男孩的裡面，無可驅逐，至死猶然。

問天鳴對此很是愉快迷戀。有時呢，他恨不得直接把自己擠壓進答秋的身體——想著將肋骨抵住少年的肋骨，完全碾碎，甚至連五臟六腑都碎爛也無妨，他想要變成答秋的一部分。多麼可笑的想法，或是無藥可救吧，都是什麼年紀，居然對一名年輕的男孩愛慕到此等地步。但話說回來，他又能怎麼辦呢？他決計無法拒絕少年絕無僅有的美，以及豐盛的青春？

明王如盞燈般的鋒神真勁，深入衛答秋的主要經脈，再往裡頭照去，宛如要在黑暗甬道要找出正確的寶藏位置，一切得有耐心，而且需要在對的時間點，進入對的位置——人的經脈與真氣流動，其實隱隱與天地自然、氣候與時辰等種種複雜情態呼應，時時刻刻在變動，絕不容易摸清。所幸問天鳴多年鑽研，以自身為帖，全力解析真氣與天經、人輪、地脈的繁亂。

一般人的人輪都是封閉的，無有用處的。還雨人窮一生之力欲讓人輪成為橋樑，溝通老死不相往來的天經與地脈，從而朝明暗交匯、天地合還、人成為神的不可思議境界前進。鋒神九法認為人輪啟，則天地通絕矣。問天鳴與殘缺不全的鋒神九法搏鬥一世人的時光，對這套絕藝知之甚詳，操控起來，著實得心應手。大半年，他一次又一次祕密整造少男的身體，讓答秋更輕更快更能夠掌握鋒神九法，否則他才幾歲啊，再如何天縱奇才，也沒有可能透悟流傳數百年愈顯隱諱難解的聖法。

片刻後，一路疏通少年迂迴曲折冰寒猶如穿過一夜風雪的天經到底，問天鳴即感應到溫暖的人輪在跳動，再往下就是承載吸收聚會灼熱暗氣的地脈。人體肚臍位置內側是被稱為人輪的運功處，問天鳴專心一致緩慢細緻調整起此一構造——必須竭盡所能的小心，萬不能分慮，若有偏離，男孩的經脈就壞了。過約莫一頓飯的時間，問天鳴吁了一口氣，感覺內部快將淘空，有種力竭感。對答秋真是盡心盡意的改造啊，疲憊的累積也就無能避免。

問天鳴的手抽離男孩頭頂。他先是吸吐，緩過虛耗感以後，才改為撫摸著答秋下巴處的凹陷，動作輕得如若羽毛飄墜一般，他的目光凝結於年輕人完美得讓人極度發狂的臉龐。這個時候，他多麼想喝一杯酒，如此絕美的少男，就該與麗汁酒搭合，可惜的是，現在沒有，他得寫紙條、遣黑羊赴林外，讓傳功子弟去劍塔取，而他實在是等不及了。答秋啊真是他此生所得最奧妙的事物，無疑是。

認真說起來，多年前他遇見覺色之初，也是滿心豔驚，那時節他們都還是少年，但衛覺色的俊美在男孩間依然高聳拔尖，整個劍院唯司劍仰容可與之並列。覺色宛若塔上的絕高風景，不可得、無法近，只能任憑它高高遠遠，成為青春的懸念。於問天鳴，和覺色的斷然分別，可謂是一生一世的遺憾，（還好，你派來答秋，補償我對你的思思慕慕。）

問天鳴的視線不自覺投向遠處，眺望天際，憶起和覺色的點點滴滴……好半晌後，他收回放遠的眼神，掃到湖面的倒影——混緞小築結合碼頭的概念，突出於湖岸，窗便臨近水上，湖就在下方，分分明明。問天鳴雙眼注視水上的自己。

那是一張臉，一張戴著面具的臉。緊密貼合臉膚的面具顏色素白，上頭漆著鮮紅的兩個字：明王。他的姓氏。他從來不敢或忘的源頭。問天鳴沒有遺忘他來自何處。他戴著面具實在情非得已，純純粹粹是因為醜的緣故。因為得讓別人尊敬重視他，決然捨棄自己的臉，實屬必然。何況，臉正是問天鳴最想毀棄的部分。唯久而久之，這張面具反倒成為他個人最鮮明的標誌。他的新臉，使得問天鳴的神祕魅力無形中擴大許多，甚至有不少崇拜者起而效尤，戴起明王面具，還一路發展成不少後起之秀乾脆以特製獨有面具行走江湖的風氣。

問天鳴凝視水上搖晃著的明王二字，心中思潮起伏難平。幾十年過去，只要周邊有他人闖進的疑慮，他便連就寢時也要戴著面具。他還記得，當初的面具只是自個兒粗糙濫製的，隨便找個紙板，在眼口鼻的位置挖出洞就算一回事，爾後才慢慢演變成皇匠羅家為其精鑄——如今他臉上的是薄如膜、異常貼合、就算沒有露出孔洞但仍無礙問天鳴視野與呼吸的巧緻面具。

仔細想想，見過他真面目的人迄今還活著的，鮮矣。問天鳴自己也漸漸不太想得起那張被遺忘的臉長得什麼樣子，好像他生來就是如此。是的，面具才是他真實的臉。

而問天鳴的思緒跌跌撞撞，迅疾地溜回多年以前。他又想起往昔種種，心裡的恐懼與痛苦又深又強橫地捲起——他忍不住皺起眉來，水面的那張臉也跟著皺起，羅鬼府的手藝真是沒話好講，為問天鳴打造的蟬翼面具，不但舒適，且還能跟著顯現明王的表情變化。問天鳴拒絕自己被老早就湮滅的事物牽絆，軟弱的人，方會沉浸於老舊的時光往昔，他輕輕甩了甩頭，（近來，自己到底是怎麼了，何以動不動就就要傷懷感逝？）這樣是不行的，問天鳴很清楚，武林並不適合孱弱者的生存，他得維持同等的強硬霸道，他得尋個法子讓自己回轉到原有的殘酷凶猛。

而眼前，正有一個他擱置許久未曾品味的珍饈。問天鳴設法把一直飄遠的意念緊緊地扯住，他注視衛答秋，（也是時候，）少年的天經與地脈都被他打通，問天鳴以其武學境界所能做的，除最後兩勢與兩大法，答秋該學的，都已學了，（也是你該付出報酬的時刻，）問天鳴躑躅地收回撫摸衛答秋下巴奇異凹陷的手，（應該不會太快吧，對嗎，我的小男孩？）他一邊猶猶豫豫，一邊起身，罕有如此溫柔地將少男的身軀翻過來，還頗貼心地在答秋的腹部底下，墊上問天鳴方才用著的軟枕。

問天鳴站在那兒，著實考慮好一陣子，他緊盯年輕男孩趴著的身影，心中被激動與寧靜兩種情懷來來回回沖刷，（到底我該不該就現在食用你呢？）想著，想著，自自然然的，就有動作。他決定先剝除少年的褲子，再慢慢評估。男孩生嫩純淨的臀部亮在眼前。明王問天鳴的喉嚨劇烈地上下移動，心底倏忽擠入幾百頭猴子，抓耳撓腮，腦殼裡則有幾十匹快馬，高速地踩過，簡直奔命。

他不自覺地靠近男孩，底下軟趴趴的器具迅速確實地挺起，貌似凶猛昂揚，不可一世。他的器械一碰到男孩的肉體，登時一股舉世最龐大的戰慄，電光也般的貫穿遊走全身。問天鳴再也克制不了，無法思考。他將矗立的腹下凶槍對準年輕男孩的臀部之間，吐了口水在手上，在賁起的雄性器具上細心抹著，像是要擦亮它。旋即，明王問天鳴兩手扒開少男的兩瓣臀，狂野的肉體凶器慢慢的寸進——

啊！真是至高的享受！啊啊！他一步步破除答秋臀內的阻力，堅挺如殺敵般的深入。年輕男孩發出模糊悶透了的聲響，沒有醒來，在問天鳴氣勁的巧妙控制下，少年不可能這麼快醒來。問天鳴有整整四個時辰啊可以好好的溫存消磨。

明王問天鳴深陷前所未見人世間最無雙的極樂之中。他加快動作，每一個進出都無比確實，都灌注他對男孩的絕對迷戀。他毫不憐惜的使勁，他撞擊少年，一次，兩次，三次，一再地。他歎出一口長長的氣，無法自制地顫抖起來，一邊抖，一邊逼迫自己跳向那絕頂的痛快之上。更快，更猛烈。他要化成熱火，他和沉睡的男孩一同熊熊燃燒。所有的感覺都在蒸騰，所有的意識像是要化作灰燼。他喘息，他熱切的呼喊：「啊，答秋，我的小男孩！」他快，他用力，往死裡的快，往死裡的用力，「答秋，答秋啊。」即將撞破情慾極境的他，驀然想起多年前的衛覺色以及司劍仰容。爾後，終於的終於，問天鳴昇抵此生最狂暴的至喜——

猝然，一切都寂靜，一切。明王軟倒在少年身邊，毫無動靜的癱廢著。

夜半時分。衛答秋感覺到冷意襲體驟地醒來。他赫然發覺一旁的明王叔叔一動也不動，身體冰冰涼涼，而且赤裸。少年自己也是。問天鳴就倒在答秋側邊，兩人貼得相當近。他心底怵然。衛答秋回過頭去看個分明，院主那軟趴趴的肉身器物就垂在自個兒的臀部旁，上頭還有白色的乾涸物，以及暗紅已乾的血。於是，男孩隱隱約約意識到，這位至高無上的劍術宗師似乎對自己做了一些很不得了的事。非常骯髒的事。

他已經十四歲，關於身體的事就算不是百分百知悉，也略約察覺。一直以來，不能說毫無所覺明王叔叔對他某些特別陰翳詭異的情感表現，他其實有感覺到，但為了父母，他偽裝成天真無知。只要能夠學藝功成，什麼代價他都要付，何況他有什麼能夠損失的？衛答秋這會兒覺得後方甚為疼痛，他伸手去抹，摸到已然乾化的血跡，他曉得那兒有著挫裂傷，怎麼發生的呢？衛答秋似懂非懂，還不到具體了解的時候。但眼下這不是重點吧，少年趕緊爬起身，忍受臀部深處詭異的痛楚。

答秋探手到問天鳴鼻下，果真沒有氣息。他一陣慌亂，該怎麼辦才好？他想起在家鄉苦候他的雙親。爹派答秋來找明王問天鳴，原先也就是圖著讓男孩學得還雨劍院的不世劍藝，好光耀門楣。娘雖萬般不捨少年這麼小就要出遠門，且質疑兩家人許久沒有聯絡，堂堂劍法大師怎麼可能只因為是故友之子就傾囊相授絕學。但在爹的堅持之下，少年還是成行。爹總說他有種說不清楚的感覺，舊友一定會好好照料答秋，只是單純的直覺，但他深信不疑。的確和爹說的一樣啊，男孩一和明王問天鳴照到面，就被視為上賓一樣對待，而且毫不吝惜地借黑劍給衛答秋，練還雨劍院的驚世絕藝。

怎麼會有此等便宜的事呢？略懂世故的衛答秋深感不安，但他得堅持下去，爹娘還指望著他呢！若是讓人發現明王死在身邊，而他一無所知究竟堂堂還雨劍院院主如何死，怎麼樣他都有嫌疑吧？再加上答秋一身的劍學本事，又該怎麼說明？如果沒有理解錯的話，院主似乎把他藏起來，不給外界知曉有答秋的存在，當初的拜訪後，還大費周章地要男孩先離院後，再依著明王的指示，進入混緞小築。當其時，他也不免懷疑過明王是不是不安好心。然劍院之主對他百般的照應，是不爭的事實。

衛答秋確認到院主已死後，雖然心底一片惶然荒蕪，但還懂得把衣物都穿好，手亦自然地摸上寰宇神鋒，這才感覺比較踏實一些。而握上黑劍的瞬間，年輕男孩就知曉自己該怎麼做會怎麼做——

男孩再度走向死去的明王問天鳴，他翻動屍體，讓院主正面朝上，跟著揭開那刻著明王二字的面具。他老早就對問天鳴的容貌感到好奇，幹嘛成天把寫著姓氏的面具掛在臉上，究竟是要遮掩什麼？於是，他目睹明王問天鳴的臉。

一張歪歪斜斜的臉，那嘴那鼻子那眼睛都絕大幅度地偏移，像是曾經被摔爛，勉強又湊合起來。而且右臉上還長著幾顆肉瘤。一股嘔吐感暴烈地伸進男孩的喉嚨。他覺得異樣噁心，而且非常、非常的忿怒。這人根本是怪物啊！他偏過視線，不敢再看，也禁止自己繼續去想究竟，這教人噁心的怪物方才對他做過什麼？

少年設法專注地收拾自己的行李，並且盡可能滅除掉曾經置身於此的證據。他也一度起心動念，是否應該故布疑陣？比如割掉明王的頭顱，剁爛其身軀，還是綁著重石推入湖底，又或者以寰宇無盡藏劍勢在問天鳴身上留下痕跡，等等的。但最後男孩什麼都沒有做，他不願意靠近那醜怪者。答秋拒絕自己和那怪物又產生連結。年輕男孩一處理完，頭也不回地在黑暗之中遠颺離去。

衛答秋要盡快回到百雪璧景，回到久別的故鄉——而十四歲少男並不知道的是，在問天鳴倒下，且答秋祕密地帶走寰宇神鋒之際，便啟動還雨劍院煙消雲散的最終命運。

翌日清晨，問天鳴飼養的黑羊自動上前，徘徊在混緞小築的門口，苦候久等，狹長的雙眼望著死氣沉沉的室內，似乎在疑惑不解。但羊兒們有的是耐心，牠們不急，牠們從來都不急。因為時光對牠們來說，始終是無意義的。

餘碑之五

變成一名過八十大關的老人，身體日益酸臭，他雖聞不到，但從旁人反應略知一二。縱然在餘碑面前，劍院人馬都強加克抑生理感，然而他們鼻子抽動與呼吸的深淺改變，卻出賣了他們的嘗試、努力。若非他是舒餘碑，像他這樣年歲的老頭，還有誰會在乎？唉，人老了，就是阻止不了體內的腐壞往外溢出，就算是高絕卓越的武學宗師，也無法抵抗衰老與死亡盡情的肆虐。寰宇無盡藏劍勢和鋒神九法再登峰造極，亦無從變易時間無聲無息累積長久的持續性摧毀。

而被死亡張開無邊巨手緊緊摟抱的滋味，任是誰也無法適應的吧。誰都恐懼死。畢竟，死是人絕對無法克服抵禦的失敗。而他支使大半輩子、被說是無敵無雙的肉身，終歸要臣服於時間之下。人與身體的關係，從來都是緊張而難以密合的吧。終於，（我也不過就是一名老人而已，就像何振諭說的，我必須接受自己的衰老。）被歲月征服，變成什麼事都做不了的無能之人——真是難以置信啊，但餘碑不得不承受。一直以來憑仗著武藝，拒絕著時間的河流將他沖刷到生的最遙遠，努力了多少年啊，到頭來猶然徒勞。

惟早在仙歡逝去後，舒餘碑便已放棄對時光的抗拒。他繼續活下來，與其講是自身的意志所致，毋寧說是為了全妻的遺願。而死的事實正以老的形塑一點一滴的侵害一點一滴的磨蝕包圍他。但他不能顯得慌張，舒餘碑是院主啊，難道還能對後輩們表露自身對生死之事的疑慮與無知？兒子和媳婦可以接受偉大父親的意志如是頹喪墮落嗎？那些院生可以嗎？餘碑乃必須硬擺大有高度的樣子，仙風道骨，生死無懼，彷彿世事萬物都雲淡風輕。他不能臣服於死的恐怖逼近，至少表面上不行。餘碑一日是還雨劍院決策者，就得承擔一日身為院主該有的莊嚴神聖，半分鬆懈不得。

但著實教人疲倦萬分哪，若非妻最後遺言以最無能思議的方法傳達，以及有月下的日陪夜伴，餘碑真是撐不下去了——死亡的具體形制即是衰老，而老的最可怕就是確實感知到，肉身正慢慢的死去。現在，餘碑全然了解到十一年前與何振諭決鬥之際，仙劍何以要說那樣怪異的話了。而餘碑慶幸還有月下，為了維持十九歲女孩眼中的至高龐大形象，再怎麼辛苦煎熬都是值得的，就為了青春正熾、跟妻生得極為相似的衛月下，老人如他還是得要燃起剩餘的意志，全力與死亡繼續相處下去，等待終局自然的來到，而非提前放棄。

月下也大了，九歲來到還雨劍院，轉眼十個年頭過去，如今人人都叫她劍院仙子，容色猶在媳婦傾聲之上，（能夠端詳月下的日子，恐怕也所剩不多吧。）舒餘碑想著，自己愈來愈老，各方面的損壞都在無情加速，功力再超群也無法再拖緩更多，況且年輕時為練好劍院武學對身體的冷酷強迫，能夠活到這個歲數，已經是難能難為。餘碑很明白，（我就快到盡頭了。）他不可能延遲時光的盡頭。餘碑不想自欺欺人，他的所謂對抗終歸是人面對死滅的可笑反應，惟或許還能有最後的光輝，最後的一點，至少他還未放棄。

高達七級的裸璃塔最高樓層，在其他形狀各異房間環繞的中央處，有一廣敞大圓形屋型，名為浮屠室。此間，獨有衛月下貼身侍候，一切生活起居周周到到，服服貼貼，無一掛漏，有她陪伴左右，實在是餘碑的福氣。餘碑對月下一向放心得很，她的溫柔細緻在在讓他老懷堪慰，渾身的病痛也就有出口，不再都是愁恨，怨怨自己被困進老朽身軀，渾身的劍學法門都要喪失奇效。他傳奇壯大的一生儼然笑話，他怎麼會是大英雄大豪傑呢——有時候會在年輕的孩子們的眼中讀到這樣的不可置信，以及隨之而起的鄙夷。不能怪那些正要邁向人生日出時光的院生，連他自己都無法相信，彷彿一輩子的成就是虛妄，到頭來只有破敗衰亡才是最殷實真切的，（而人這樣活，還有什麼意思？）

年少時的爭鋒征戰，到老換取到的豐碩成果啊，就是處處毛病，關節呢是天候變化之際就如有大把尖錐從內部鑽鑿出來，便溺也不順，夜間頻尿的次數讓餘碑都厭煩到恨不得把那無用的器械切去，前面如此，後頭當然也好不到哪裡去，上不出來就是上不出來，腸胃機能變得異常遲緩，老有便意，卻只能零星一小點乾乾又黑黑的擠出，有時痛得他忍不住要哇哇慘叫，滿嘴的牙看似健在，然吃點肉或稍微硬一些的東西，牙齦就酸疼得不得了，耳鳴刺厲繞樑，不絕不滅，往日裡因決鬥添上的、頗為自豪認定為勳章的傷痕，眼下也因皮肉的鬆弛浮腫一條條看來醜惡萬分，彷若形貌扭曲的蛇蟲，承受經年重壓的雙腿與脊骨也彎曲著……

真要埋怨下去沒有止盡的，舒餘碑全身上下滿布多種形式的疼痛，日日煎熬，夜夜艱苦，要不是有藥物止痛、月下的辛勤按摩能讓餘碑小睡一會兒，他早已瘋魔，哪裡還能在浮屠室裡苟活？

也是這個緣故吧，餘碑看見年輕人練功搏鬥，不把傷勢當一回事，全然無養護身體概念，總是怵目驚心，他也想給一些老人家的誠懇勸告。然而，武林本就是拚命的場所——拚命才能存活，拚命才能成就大功業，餘碑不是比誰都還更要清楚嗎？若是他們這會兒不以身體的未來傷痛，換取當下的卓能本事，恐怕在江湖上也不能有一席之地，甚而不能久活。到底是要預支透支日後的健康，還是如喪家之犬人人得而辱之滅之，終歸是個困難矛盾的選題。這麼一想，餘碑就什麼話都說不出口。

武學雖是以武技強身健體，一套具有整體性的方法，但人體委實太精密也太神祕，很多器官與部位，練武者壓根是無知的，他們只能憑藉經驗與傳授來進行粗淺的掌握。如若武功練走了修岔了，總會對肉體有著各樣大大小小的影響，有些傷勢是深入到臟腑裡的，即便是武學大師也未必能對人身完完全全的認識透頂。像餘碑所知悉的不脫前人教誨，而且大多局限於天經三十六門、地脈七十二穴，且就算求助藥師醫者，他們怕也沒有能力認識得更多——

造派主張以藥草還原人身的自然狀態，破派則是以精密鋒利的氣藝技巧進入身體內部進行診治，給藥哲學也都走偏鋒，頭痛就醫頭，腳痛就醫腳，不似造派講究從人的完整性來探討與下藥，破派的做法是將肉身視為一個個局部，獨立看待。兩方各有立論，也有相互無法處理的病症。但有一點是同樣的，他們對武學在身體的作用，恐怕是所知不多，反過來往往還要參照武學之說，對病患進行新的醫療嘗試。

餘碑晚年專注於《九鋒神心經》的參透，確也有不少新的心得。鋒神九法講究天經與地脈的變造，與一般武學理論不同，將人體練氣分為三個重要部分：分水嶺一樣的人輪，在肚臍的位置，上方的經脈歸屬天經，人輪以下的則是地脈。換言之，天經與地脈以人輪相隔，經由呼吸吐納引入的天然之氣，一旦進入體內就此分道揚鑣，明氣走行天經，暗氣導向地脈。而上下貫通、明暗交匯、天地合還，方能夠大成鋒神九法。

舒餘碑且進一步認為，經脈雖是身體的一部分，卻無關於健康。天經和地脈是伏隱人體內部的流動路線。所謂天經三十六門與地脈七十二穴，皆是肉身連結的神祕樞紐。人在母體時，按理所有門、穴都是開啟的，天經與地脈自自然然接軌，盤旋不休，氣勁常在，自成天地——《九鋒神心經》裡，將猶如生來之時的此一狀態，命名為如來——但嬰兒總要降生，一落凡塵，原來的天地人通達情況便消失，門與穴悉數關閉，人輪寂滅，氣海亦化為死水一灘。因此，鋒神九法的首要目標，即是要恢復如來，使得百川聚海，天地合一。

唯人體始終是會走入滅亡，長久後每個部位都必然要被消耗，無法永恆。還雨武學理論要旨是使肉身提升到猶如母體之嬰般的如來之境，但這不是說就能長生不老，頂多是氣勁龐大使肉體或能延遲老化而已。

舒餘碑沒有心存僥倖，妄想鋒神九法能夠回填日漸淪喪流失的時間。聖法確實是強大，能豐富擴充人身的可能。若修到上乘境界，回到如來，保守估算，人的老去至少可推延二、三十年。但這個的前提是，你得全心全意於修練保全護持，絕無與人動武的意念，純粹以氣養身而已，否則別說與他人對決，就是自個兒練招使刀弄劍，難免受傷。換句話說呢，武學一事，內在修為是加，外在招數則是減，這一加一減嘛，中間的肉身損耗，就很難精準合計。

舒餘碑自當明白，人能夠用的時間，是十分有限的，肉身尤其如是。譬如此時，他的人輪活躍，天經與地脈相偕互通，門穴是俱啟沒錯，照說他隨時都可以發出傷人致命的勁氣，可偏偏身體不可負荷，就算真氣湧泉不竭，但沒有足夠強壯的肌肉承載放送真氣，一切都是多餘。故此，餘碑現時的體悟是，氣勁、經脈存於軀體之內，是肉身裡的寶箱，人體便是房宅，再怎麼華美壯麗精於修繕的大屋，終究要在時間的摧毀下煙消雲滅。

而所謂如來，就是要讓肉身裡的龐大奧妙空間復還。人的身體內部其實就是神奇如宇宙般的空間，與外在世界並無二致，只是大小的差異罷了，但同樣都有無可抹滅的存在感。如來即要還原人體內外空間的不思議連結。不過如此。

唯這個簡單的不過如此，卻是窮舒餘碑一生經驗至此方才明白過來，付出的代價不可謂不大也，並且也實在是太遲，就算他能夠達成體內空間的釋放，攀至內外雙重空間的神異聯通，衰老腐敗仍舊不可能饒過舒餘碑的身軀。

浮屠室裡，餘碑正趴在床上，下半身赤裸，衛月下正以沾滿藥油的手指塗上老人的臀部，好讓他紓解如廁時的疼痛感。她的動作輕輕柔柔，相當周全地抹好被硬屎擠裂的出入口。月下照護的方法，既不是悶不吭聲，也沒有多嘴閒聊，月下是非常慎重地把老人當一回事，盡可能考量他的舒適度，懂得適時開口，問老人這樣做可不可以、會不會痛之類的，給予餘碑極度尊重的感覺。

月下處理好傷口，順勢按摩起院主的背臀，細緻而有力的拇指，在乾皺的肌膚上遊走，帶點疼痛感，但卻能剛好抵銷舒餘碑四肢百骸說不上來哪裡、但就是哪裡都在哭喊的痛楚。女孩的手靈巧、有勁，而且總能掌握到癥結點，她的觸覺能力異於常人。月下雙腿張開，跨站在老人身上，並無貼近餘碑，而是拱如橋，上半身彎下，雙手細密解除他無處不在的痠痛。髮絲垂披在餘碑的肩背處，略癢，且有涼意，彷彿與老人產生私密的相關感，和來回於身上純粹機能性的女孩雙手，並不一樣。餘碑享受著月下的髮拂擦身軀的綺麗美好。

衛月下是仙歡的遠親，主要是伏家與衛家也有姻親關係，有血緣的話，與妻像也是正常的。當他望著女孩，就像是看著早離世的妻，心中也就寬慰。他自然曉得月下絕無可能是仙歡，妻死去時，也已經五十四，青春早邈遠，壓根不似現年十九歲的衛月下風華強盛。他雖是昏花老眼之年，但思緒還是清晰，不至於將女孩和自己的妻同等起來。但他不能否認願意用一切代價，換取月下與自己日夜伴隨，只是以女孩正是該玩好玩的年歲，卻要來照看舒餘碑，著實可惜委屈。

這會兒，他是個緩慢的人。他老了，就不再能專注於速度與狂飆，只能靜靜被時間吞食，被時間一寸一寸地消化，直到虛無的終極。他是被時間統治的人。但又有誰不是呢？有誰最終能夠不走上這條路？

比如，正值壯年的城兒、傾聲夫婦，也同樣活在時光的鎮壓，活在它至高無上不容任何敵抗的威能之下，就算是月下吧，也不例外——人都閃躲不了被歲月一點一滴吃掉的事實。只是對年輕的他們來說，晚年是太過遙遠的事，遙遠得好像絕無可能會發生，因此，他們的此時此刻都是永遠，那些青春活力絕無理由倏忽消失。惟到了這樣的年紀，舒餘碑全都明白了，（人很快就會變舊的，很快就會被時光淘洗得什麼都不剩。很快。而且呢，往往就是不知不覺之間，一回頭便是百年消逝。）

而在最後的時節裡，老就是臭的，老就是醜的，管你年輕時豐功偉業如何，都不再重要。所有的老人都是小丑，讓人無法產生笑意喜樂、只覺得愚蠢透頂醜態百出的丑角，比無法自理自主的嬰孩還差一等，也更無用。人人都會變老，都會被時間壓傷碾平，都會在死亡之中湮滅，然而如此尾聲，在生的熾爛狂歡裡卻經常被忽略，直到陷於已經非得面對不可的蒼老時光。

餘碑以為，人面對必然終結的命運，從來無還手之力，只能靜待其緩慢堅決的日夜屠宰，靜悄悄的，看似無激烈動作，也就來到人生的終結時光。所以啊，時光才是真正的無敵吧。

就在舒餘碑一邊思維悠悠沉沉移動、一邊感受衛月下活力十足年輕肌膚的按壓之際，外頭傳來騷動，伏舒城和問傾聲聯袂到來，直接闖進浮屠室。老人依然保持原樣趴著，女孩也繼續她的動作，直至伏舒城與問傾聲喊了父親以後，餘碑才抬起頭，正瞥見一抹扭曲痛苦的陰影從城兒的目光底往後隱退。他這個兒子仍是沒有放下吧，傾聲也很刻意地不看月下，女孩忙著為餘碑著褲後，就立在床邊，靜候垂首，像地上有什麼珍寶似的直瞅著。

老人暗自嘆息。幾年前，在他的強力介入之下，終究壓下了一場不得了的禍事，然而月下、城兒和傾聲心裡恐怕都還沒有過去吧。也問過月下，她對城兒是真真切切有一分情感的。城兒對她下的工夫很足夠。也許那真是用情至深。但餘碑年輕時也浪蕩過，又怎麼會不知道男人為何物。就算是自己的兒子，餘碑恐也不能輕易信任。所幸月下極其尊重、信服餘碑的決定，這幾年，她對城兒始終保持距離。可當初她偎倚舒城的愛憐模樣，在腦中揮之不去。她是不是在強自忍耐呢？那股情火又能壓抑多久？

餘碑感覺月下似乎刻意要讓自己稀薄化，想要變得不在，想要長成影子，近乎自我折磨。月下靜好，但個性堅毅，表面乖巧柔順，但內在是有個激烈狂野的。他又怎麼會不清楚呢！但餘碑也實在無能為力。終究這牽扯到劍院內部派系的問題。餘碑另外還要煩惱的是，最近副院主問逐水三度向他請命說親，要他的兒子迎娶衛月下，非常希望月下能夠成為他的媳婦，云云。唉，之間的情勢複雜難解，餘碑恐怕已無力處理，他的精氣光是應對身體傷痛就自顧不暇，能夠繼續撐下去，有時就連他自己都很驚訝。

餘碑坐起身，問他們所為何來。兒子、媳婦的神情又是惶急又是茫然的，舒城呈上一帖子，傾聲則說：「這是極刀親自送來的，人就在外面。」舒餘碑蹙眉深深，「老墨？他在外頭？」城兒點頭，「是墨先生沒錯，孩兒確認過，且是一個人。」老人接過信帖，更感怪異，「他，一個人？」舒城、傾聲點頭，神色看來也甚是不解。餘碑沉吟一瞬而已，從兩人的表情來看追問是沒用的，老人逕自揭開書帖，讀了起來，然後驚訝困惑——墨破禪竟在書信裡表明要與他約戰無期崖。

都已經幾歲人了，還興年輕形式的拚死拚活嗎？他們年齡相仿，墨破禪也八十好幾，臨老還要來這麼一記？到底是誰慫恿？舒餘碑苦笑，他們糾纏一世，雙方互有勝負，認真說起來，自己還多輸給墨破禪一回呢，正確數字不復記憶，只記得十幾年前他們的最後決戰，已貴為神刀闕兩朝元老的墨破禪便說過，「下一回，就看你的寰宇無盡藏三十六勢究竟有什麼新料，能勝過我的三十九天機破。」但他們不都了然於胸嗎？誰也沒有本事徹底擊敗對方，除非要用一生傷殘來換取。而這會兒老墨何必呢？還不服老嗎？

伏舒城問：「父親，極刀寫了什麼？」舒餘碑搖搖頭，又點點頭。問傾聲眉一挑，沒說什麼，可舒城就忍不住，「父親是什麼意思？」老人起身，他不能把墨破禪晾在外頭太久，「極刀現在在哪兒？」他奮力舉起步伐，往外走。對於餘碑的忽視，伏舒城的目光很是不快，而且他方才不已經說過了嗎，墨極刀就在外頭。傾聲恭順回答道：「在裸璃塔外頭，墨先生堅持不入內，要在塔外候父親。」「他來意不明啊，」伏舒城插嘴說，「煞是可疑。」舒餘碑點點頭，準備下塔，到階梯處，手按扶手，回頭講道：「月下，妳辛苦許久了，且歇息，別急著收拾房裡。」「是，院主。」女孩月光一樣透澈溫柔的聲音迴盪著。

老人右手緊抓扶手，一步步確實地走下階梯，他不想一個不慎滾落。這種歲數了，傷了骨頭只會加劇身體的毀滅速度。問傾聲立即跟上。走了幾步，餘碑停住，回頭要跟兒子說話，恰巧看見舒城眼光往目不斜視的衛月下那兒定定不動，一發覺餘碑看他，才又兜轉回來。舒餘碑發話：「去把活色劍拿來。」舒城應是，快步走向壁上，取下高懸多年的寶劍，跟在老人後頭。餘碑又繼續往下走。媳婦伸手要攙扶，他搖了搖左手，（不能讓老墨目睹我要人扶著下梯的可笑模樣哪。）

費了不少時間，餘碑才來到塔底，先以袖子拭去臉上淋漓的汗，深呼吸好幾次，調整一下。他身後的伏舒城偷偷翻了白眼，滿臉不耐。止住稍微有點激烈的喘息和肉體四處肆虐的隱隱作痛，餘碑朝外頭邁開堅定的步履。

髮鬍已然花白的墨破禪，背著那把著名的極限天，站在裸璃塔外，在強盛的日光下，負手腰後，遙望遠方天色。劈頭，舒餘碑便對墨破禪挑明說：「我們還要再打嗎？現在是可以決戰的年紀？」墨破禪緩緩轉過身，在日光照射下瞇起雙眼，給餘碑一言難盡的苦笑。生死對頭一輩子，光是看墨極刀的表情，即讓舒餘碑詫異，「怎麼？難道竟有人能夠逼動你來與我決戰？」極刀神色底的苦澀味愈來愈濃，沒有窮處。他搖搖頭，祇是說了：「無期崖見，你一個人來，破禪與你把話說清楚。」跟著極刀輕功一展，幾個眨眼便無蹤無影。舒餘碑瞅得心中一驚，這老傢伙身手居然不減當年，依然矯健如昔。

餘碑手攤平，「劍來。」伏舒城把活色劍遞上。老人控制住顫巍巍的左手，用力的，一根指頭一根指頭的牢牢握緊活色劍，也這樣的歲數了，還要折騰。他嘆息。問傾聲說道：「父親決意上崖嗎？」老人緩緩點頭，「老墨行徑著實詭異，我得去弄明白怎麼回事，究竟是他的主意呢，還是神刀關那邊又有什麼意圖？」伏舒城開口：「那麼，我陪父親去吧。」老人否決兒子的提議，他說：「瞧老墨的臉色，似有什麼難言之隱，只願意對我說明，你們跟去，他便不好開口。」「但也許有陷阱或埋伏。」傾聲擔憂。舒城也點頭，「確實不無可能。」

老人回過頭，逆著日光，瞇眼覷看兒子與媳婦，他問：「這方圓百里之內還是不是還雨劍院地盤？」伏舒城回答：「當然是。」舒餘碑又問：「你們可有收到神刀闕潛入的消息？」舒城搖頭。老人跟著說：「劍院的防護，你們有沒有用心下足工夫？」「父親放心，」伏舒城信誓旦旦，「這方面絕不會有問題的，傾聲與我細細推演籌畫過，若真有外敵來犯，我們的警訊系統定會啟動。」猛烈的日光彈射在舒餘碑眼底，撩亂成一片昏花，他又轉回去，背對太陽，「無期崖也不遠，離塔不過短短距離，且在劍院的監視範圍不是？你們有什麼好擔心？我去去便回。」伏舒城與問傾聲這才沒再繼續勸阻。

起步前，舒餘碑又回頭望定裸璃塔一眼，滿天的日照撞下，光線栽入眼裡，宛如爆炸的煙火。老人舉起右手，平放額頭，抬頭望向高處。於烈日當空下，因為整體外層結構皆採琉璃工法製作的高塔，正閃閃晶亮如發光體。在第七層，有個小小的身影立著，是月下呢。老人朝著那裡揮手，不知道女孩看見沒有？活到如今，要說什麼都有，的確大輝大煌都嘗過，可要說是人生空無，自己也千真萬確堪稱一無所有。若不是還有個月下作伴，他真是無可依歸，遊魂宛如。（如非仙歡死得太早，我又何嘗寂寞至斯？）

這幾年來，餘碑一心一意做的事情，就是設法將《九鋒神心經》變得平易近人、容易理解，他在寶典上勤加注解。這是他的最後目標。要讓還雨劍院振興起來不止一世，毫無疑問的，首先就是得讓後代還雨人了解這本武學經典的真實所指，而非讀了卻恍若未讀。如果他們對《九鋒神心經》有如霧中摸索，處處曖昧，時時困惑，也就枉費。聖法的複雜難解，或也是劍院到餘碑接任之時聲勢零落的箇中因由之一。壯年時期的舒餘碑日夜做的都是對寰宇無盡藏劍勢的推進，四十五年前，餘碑就以外王內聖、勢法神如，作為復興還雨劍院的宗旨，並立下院內分出各系去練不同鋒神大法的規矩，且親自筆載《寰宇無盡藏劍譜》意圖傳世。時至如今，老人卻想著自己是否錯了？是否讓還雨劍院走向邪魔歪道，忽略真正要緊的基礎？

而今的還雨各系年輕人，只懂得索求《寰宇無盡藏劍譜》，念念於招式的變化，貪於寰宇無盡藏三十六勢的掌握，只把鋒神九法當作基本功看待，無心於《九鋒神心經》的複雜進境，這也是餘碑始料未及。他整理記述《寰宇無盡藏劍譜》，只是想要讓王勢也能夠扎實傳世，莫讓後世還雨人連劍招都無可依憑。寰宇神鋒的失落，以及鋒神九法的不受重視，皆是還雨劍院的重大損失。他窮盡一輩子沒能找到寰宇神鋒，不知道後代子子孫孫能不能夠把稀世神兵迎回，屆時必是還雨劍院的大興盛期吧。但在此之前，如若連寰宇無盡藏劍勢都遺落，劍院往後就只能等著被滅絕。是故，他方纔記錄下《寰宇無盡藏劍譜》。

遺憾的是，當前的院生們並不懂，沒有聖法，王勢的奧妙精義，壓根無從發揮，只是看起來千燦萬爛，實際上遭遇到絕頂的高手，那些劍招再華麗都是不堪一擊。亦即，鋒神九法才是還雨人的精髓。

而如此體悟也是在仙歡死後多年，才逐漸萌生，特別是和何仙劍超越勝負的一戰以後，老人方了解到，一切外在技藝的追逐，都是無力荒誕，且傷身壞體。他過往念茲在茲的寰宇無盡藏劍勢，忽然沒有了意義，終歸是逞強鬥凶罷了。老人在渡過喪妻初期悲痛難耐、整個人跟竹子沒兩樣僵止無動無靜之後，轉而鍾鍊鋒神九法，鎮日捧讀《九鋒神心經》，也隨身攜帶。他渴求參透更艱難更深邃的境界，如此也能讓自己能夠擺脫妻逝的傷痛。

爾後，有了月下的到來，餘碑心中的龐然空洞才有人性的填回，不再怪模鬼樣。現在的舒餘碑之所以能是舒餘碑，完全是女孩的功勞。這也是何以老人要求必須在各方面都善待衛家人的緣故。

認真說起來，他的劍術，他的活色劍，他的少年時，他一輩子時光，那些被遺忘的時光，俱往矣，也無足掛念。活到了這般的年紀，也就不用再欺瞞自己，可以自自由由評斷己身，無心存粉飾偽巧的意念，（這就是老了的唯一好處，能夠直視自我，不浮誇不壓抑，平平淡淡地看清楚一世人的作為，理解自己到底是什麼。）瞥向裸璃塔最高層的瞬間，老人心中奇異地有了海枯石爛之味，今天他是怎麼了，何以如許多愁善感？舒餘碑放下手，轉身，運起身法，快速離去。

前後也不過是一刻間的事，催動渾身盤旋不停氣勁注入脆弱血肉裡的餘碑，便已趕至無期崖。他不欲極刀久候。他們是老交情，雖然各有各的立場，必須站在組織的位子上去做事，但仍有相識相惜之意。仙歡剛走，餘碑才從狂躁狀態恢復過來時，墨破禪也沒有趁機索他的命。舒餘碑很是珍惜重視這名難得的老敵人。

甫到呢，餘碑即發現墨破禪正氣喘吁吁，滿臉痛苦地跌坐石上。餘碑提起的一口氣登時洩去，看來老墨也是硬撐。舒餘碑也不客氣，跟著坐倒。真氣雖自強不息，可老骨頭老肌肉還是受不起激烈的奔馳。餘碑與破禪齊地指著對方，大笑好一陣子，兩老差點一口氣都喘不過來。他們倆頗有同悲相憐之慨，但又不能不親密地恥笑於眼下的狼狽。

老墨的臉上都是皺紋，老化的樣貌無有年輕時的霸氣狂烈，他徹頭徹尾是個老人，又何苦不認老服輸呢？墨破禪自己又怎麼會不曉得，「只是我真是被，唉，」他破題說道，「頤養天年不都是我們這會兒應該做的事嗎？但關主不許哪。」「關主，什麼關主，哦，你是指你們神刀關的關主？若我記得不差，他不是你的徒孫？」餘碑說話之際，老墨挪動身子往他那邊靠去。「是啊，你倒是清楚。」墨破禪對舒餘碑說。餘碑一邊還喘著，一邊又繼續講到，「我們何等交情，從我三十二歲加入還雨劍院，我們就對峙到了這會兒，你我如此，還雨劍院與神刀關亦然，我還能不瞭若指掌嗎？」

餘碑說完一連串，墨破禪卻聽得滿臉苦惱，「等等，你得大點聲，也不怕你笑話，我的耳力大不如前。」餘碑也說，「我笑話什麼？你聽不行，難道我還能中氣十足大喊大叫嗎？我們坐近點吧。」兩人敘舊一樣的面對面，相距不到半步，他們對坐。同樣滿布溝渠縱橫一樣皺紋的兩張臉，全是苦味。

過了好一會兒，胸腹起伏平靜些後，墨破禪復又言語：「可憐啊，我們都這把年紀，不能享清福就算了，還得強做出個樣子，給後輩們看看我們有多強悍，還能夠舞刀弄劍，可不可悲！」餘碑聽得頗有感慨，他又何嘗不是如此，有時仍會忍不住要做證明自己尚有價值的舉動。破禪懂得餘碑的靜默意味什麼，「原來舒老弟也一樣，當真同悲相憐，我們這樣的老傢伙！」

跟著，墨破禪便把神刀關的少年關主，如何運用種種手法慫恿，甚而激怒逼迫他前來約戰舒餘碑的始末都交代清楚。主要是他作為神刀關三朝元老，難免有功高震主的疑慮，而新關主上位後，自有清掃身側危險人物的意思。天機太平深怕墨家取天機家代之。老墨為了保全家族，遂不得不以實際行動明心表志自己的忠義。極刀墨破禪英雄一生，年老卻要受十幾二十歲孩子的氣，說有多冤就有多冤。舒餘碑理解到老墨處境的同時，也就曉得他與墨極刀的一戰，勢必無可迴避。

果不其然！極刀歇息片刻以後，站起身來，慢慢吞吞地抽出背上別稱神刀之刀的極限天。他的黑柄紅刀，血亮血亮，且刀身上有各種奇異圖紋。那是神刀關的至寶——前任神刀關關主賜給墨破禪使用至今，就連現任關主也不敢要極刀繳回。老墨雙眼底是無可奈何，「事已至此，我也是無路可退，兩個老頭子持刀握劍屠來宰去，確然荒唐好笑，但生存殘暴啊，又能如之何？」

舒餘碑只得立起，拔劍——拔雪白劍身裡有著嫣紅碧綠人形兩色共擁同舞的活色劍。他慨嘆已極地說：「確實啊，我們又能如何？」兩人刀劍相對，餘碑眼中是濃濃不散的悲傷。在老人都不能老的世界裡，在沒有什麼天年可以頤養的黑暗武林之中，他們也只能以死相搏，證明到最後一刻。江湖險路之惡之絕，餘碑真想告誡年輕的孩子們，慎之莫進。只是，他已無法確定自己還能不能有生天。

「今日，」破禪說：「三十九天機破與寰宇無盡藏劍勢，非分出個生死勝負不可。」現場捲起一股奇異的味道，餘碑聞著很熟悉，那是老人的體味，帶著微微的酸臭，就像他自己的一樣，看來墨破禪已經催動了神刀關能夠透過氣味動搖人視覺能力的暗香虛影功——原本應該是香的，但臨老的極刀已不再有能力控制——加上墨破禪手中極限天刀身特殊圖紋所幻化而出的各種奔逐獸影，更是怵目驚心。

不過呢，反正餘碑的兩眼昏花，恐怕已經比老墨之法能夠影響的嚴重得多了。餘碑沉默地舉許久許久都不曾握起的活色劍，遙指老墨的眉心。他沒有話可以說。餘碑如果拒絕動手，就是對一輩子敵人的輕負與侮辱，餘碑何嘗忍心呢？至少他也該成全墨極刀的心意。畢竟他與極刀有著深深的共同感，他們終歸是同一代人。也因此，餘碑遺忘自己懷中還藏有《九鋒神心經》哩。老去的兩名高手，催發著體內的氣勁，刀劍相爭，龍虎惡鬥，沒有所謂排山倒海之勢。兩人都勉力地舞開兵器，移動肢體，務求最後一戰無憾無怨。

而怕神刀關另藏陰謀的伏舒城與問傾聲，來到可以瞭望無期崖、但又不干擾兩老的地處，正好目擊——過招還沒有十幾招呢，極刀就發狂似的哭叫著，一把抱住舒餘碑，往山崖一跳。墨破禪顯然是一開始就抱著死志來，非得讓還雨劍院院主死不可，以守護在神刀關的一大家子。伏、問二人阻止不及，眼睜睜看著父親被墨破禪拖著一起掉落深淵。他們一輩子宿敵，當真連死都要在一塊兒。

老人們墜亡之際，裸璃塔上的十九歲少女，還不知曉風暴即將到來。神刀關與還雨劍院將因餘碑和破禪死去，展開大戰大鬥。同時，月下與舒城、問傾聲的複雜關係，終究使得夫妻決裂，且為了搶奪月下，伏舒城還與問逐水率領的不同系統展開劍院內戰，更是加速還雨劍院的衰落。而衛姓家族也走進風雨飄搖的命運，被驅趕出還雨劍院……

飛梵之五

晨間，一邊揮舞手中神奇黑劍，一邊思索著劍的真義。站在雪膚河旁，背對洗紅山，她心無旁騖操演起寰宇無盡藏劍勢，全神貫注。伏飛梵持續逼向自己的極限，探索劍與人最神祕的至高顛峰。（劍法的本質，就是天方地圓，就是宇宙玄黃，就是時間，）飛梵思維著，（或者說，所有的武藝皆然，都是關於時間如何獲取、聯繫乃至於終結的不可思議技藝。）這是飛梵獨特的體悟。

從少女時期一路千苦萬難學劍至今，飛梵的生命與劍砥礪而出的結論，是的，（劍就是時光。）無疑如此，劍道帶給她的，就是這五個字。看似簡單但其實奇奧無比。時光是無雙無敵的劍，天地萬物俱被囊括其中，沒有例外地生滅起伏，既是有窮，同時又是無盡。飛梵明白：最好的劍法，一如時光——唯其能夠驗現時間特質的劍法，才是劍道的究極境界。

深入劍法至絕、演練至無神忘我的她，心靈內部思潮起落。

河岸邊，伏無鋒正專注無比地凝視母親練劍，且還有模有樣地學著，手比腳劃。問金玉則在一旁，忠心如巨犬般地照看著無鋒。作為飛梵闖蕩江湖三十多年以來唯一收的徒弟，問金玉心心念念裡皆是無鋒的安危，捨命也要護其周全。與無鋒間的兄弟情感遠遠大於師徒之恩。他憨實的腦中，始終記得多年前他親手接生無鋒之際的溫熱喜悅。他感謝伏師願意收他為徒，傳他劍法。但生而為人這件事的意義，完全是問金玉親眼見證無鋒誕生、乃至帶大無鋒所得。人生是可以活、值得活的，如果沒有無鋒，就沒有金玉。相比之下，飛梵也就只是給了問金玉足以守衛無鋒的技藝武力罷了。

飛梵之所以放心將兒子交給金玉照護，或也由於問金玉對無鋒付出的，其實更近似於一名母親。相反的，潛修無上劍道的她，幾乎是毫無作為的，若說她對無鋒有任何奉獻，恐怕也就只有把他生下來這件事而已。是啊，就連最基本的哺乳，飛梵都沒有做好。她只奶了孩子幾日，後來到了一山村，有農婦乳汁盛多，也就讓金玉日日帶甕去取，再餵食給伏無鋒。

她的雙乳從一開始就不能分泌更多液乳，且飛梵不得不意識到，當他咬住乳頭，她就覺得渾身不對勁——有種孤獨正在流失的感覺，好像她不是她自己的，而就只是兒子的通道與食物。孕期的身體，已經讓她吃足苦頭，產後又是另外一番試煉，她得重新適應被裂破的肉身。一切都是陌生的。她感覺身體的沉重與限制。輕盈輕靈的狀態，似乎是遙遠的距離。所有因為兒子而腫大的部分，都得要加以錘鍊，務必使其回復原狀。

而飛梵也很快就了解到自己不會是個好母親。無鋒的降世是意外的，當初她選擇生下他，倒不是為了房玄真，也沒有覺得孩子是否無辜——來到世間，也就是孤獨而已。孤獨誕生孤獨。又是何苦呢！所以，那也就是不多加思索自然而然的，如果再給她一次機會，飛梵恐怕不會做出同樣的決定。畢竟，她並不曉得生產是這麼具破壞力的事。縱然，兒子無鋒的到來，讓她頓悟劍法與時間的神祕牽連。唯飛梵不能不、也不可不對自己誠實。

主要是劍道是全心以對，容不下任何虛妄，更別說是謊言了。這世上再也沒有比劍更嚴厲更純粹的了。如果飛梵的心底，存有絲縷的保留、遲疑，劍道顛峰必然空夢一場。一旦她不完整，不是竭盡所有的內在，無論是多幽暗未解之處，都要正面迎向劍。對劍不能坦露，不能照見自我深處，不能對自己鋒利，就意味劍法必臨空缺。而鋒利不在外，真正的鋒利，存之於心。心不透澈，劍法難以大成。唯獨心與劍無有縫隙無有遮掩，劍道方能在望。

也因此，飛梵也就目擊自身的實情，她無法跟孩子建立更親密的連結。母親只是生理上的意義，對飛梵而言，母親跟心理幾乎無關無連。而最離奇或說幸運的部分是，因為金玉對無鋒的細心呵護，飛梵乃得以全神貫注於劍法修練與創造，無後顧之憂。若沒有塊頭極大的金玉，常伴無鋒左右，實話說，伏飛梵的劍藝恐怕不能屢有突破至當前幾無人可敵的難以思議境界。甚至她產後調理，也是問金玉東張西羅，為飛梵煞費苦心，山村與小城多處奔波。這個徒兒跟著自己，除了寰宇無盡藏劍勢，幾乎什麼都沒有得到，反倒是她和無鋒，在生活日常，十足依賴金玉。

問金玉的體型極大，原出於一尊堂，但從小就被當成廢物看待，胖大得匪夷所思，人雖高壯，但反應遲緩，性格又溫和，因此備受欺凌。母親生下他便失血過多而死。酒後染指伺候的母親才生下金玉的生父呢，又嫌棄他的低能，根本沒有多加理會，任憑金玉自生自滅。打小，他就如孤似獨，有一餐沒一餐的，捱到十幾歲，金玉便離開一尊堂，在外流浪好一陣子，直到多年以前偶然遇見飛梵，幫了她一把，遂有了後面的師徒情誼。

至於年方十三之齡的伏無鋒，生來就病弱多疾，約莫是懷他的時候，伏飛梵還在外顛沛流離三餐不繼、不得不與人動武競技的緣故，傷了無鋒的元氣吧。故而，他一出生不但各方面生理條件都比一般孩子差，且有異象——從小左手由肘關節到手腕及於左拳的部位，都比右手要更粗壯，差足三倍。明明無鋒全身上下都瘦弱如紙片，偏偏就是左手腕以下厚實得驚人，好像所有的養分都給左手吸光了似的。他的膚色也偏暗沉，接近鐵灰色。

由於這隻手，伏無鋒一直被視為怪物，還小的時候，那隻左手得拖垂在地面，根本沒有足夠的力氣舉起，隨著他的日漸成長才慢慢克服，八、九歲以後方能夠運用左手。當他慢慢能夠運用奇異的左手，也就不再有人能任意欺辱他，敢當面嘲弄他的人，大抵下場不會太好。而在此之前，也有問金玉幾乎是沒有或離的照應無鋒。

這三人組合，沒有固定居所，四處晃遊，全憑伏飛梵的意思，想去哪兒就去哪兒，將廣大的武林當作放牧場所，隨心所欲。而飛梵的行路大抵都與劍相關，她的天下遊歷莫不是與高明劍客有強干烈連，其對劍道的專注、執著程度，堪稱絕對，就連仙劍天驕也瞠乎其後，無可比肩。如今，年破六十的何天驕畢竟老矣，創辦的仙劍室依舊維持神祕低調的路線，但明顯的無傑出後人可接替仙劍崇高本事與地位。因此，伏飛梵便有取代仙劍天驕成為當世第一劍的氣勢。當然了，飛梵本人毫不在意。她真正關心的，就只有寰宇無盡藏劍勢的完成。

是日，飛梵一行路經的地方是一尊堂地盤外圍。快要三十的問金玉，大概有十多年沒回來過了，問金玉咕噥著：「這裡，是這裡，我回到這裡——」然後便說不下去。金玉憨憨拙拙的臉上，有著模模糊糊的遲疑困惑，且流露膽怯之情。無鋒並不曉得身旁自己視為哥哥的高壯漢子心底正出現了驚駭的變化，他頗為習慣金玉時不時的喃喃細語。而金玉則已認出此一帶，記憶靜悄悄地跑回來。難以遏止的，他想起以前日子的種種輕賤與侮辱，臉色一陣青一陣紅，渾身發冷。而伏無鋒只顧著遙望母親的劍，那把黑劍流動萬千，如水又似火，有時黑雨驟臨，有時狂野如暗中的火焰，往外吞食一切。

飛梵不過是一時興起，對著赤紅赤紅的山色練起寰宇無盡藏劍勢。她近來老有一種非常逼近最後一勢全貌的感覺，但就差一著。非常近了。幾乎可以觸摸就要切膚的神還。她遊歷天下，輾轉從各家武學劍藝比較、悟理，一步步發展自己的劍道究極，由內而外建構寰宇無盡藏的完整樣貌。多年前，她從還雨哥哥一套簡單運氣口訣為起點，花費許多工夫終於悟出鋒神九法，期間有過無數的經歷，包含和房玄真的糾纏、取經房家的天地人心功，對上六大劍家和其劍主，乃至武林刀劍大宗師仙劍天驕、神刀天機等等；同時間，她也一步步發想、建構適合心法的劍招，艱困至極地化神為形，由內通外，將寰宇無盡藏劍勢從無到有，創生出來——

如來如去，劍勢無盡。

是這樣子了，從伏無鋒降生以來，飛梵便一步步戮力於將此概念完整無缺化入劍，而終究是自自然然地達到。每多上幾歲呢或多了一些人生經驗，心法與劍勢就會往前邁進。本來都是未完成的，如今已接近大成境地。她真確地感覺得到兩者的如一不分就要到來。而伏飛梵就要折返天然之境、回到如來裡——

如來之來，劍之初，心之始，渾然一如。

那是多麼清明透澈的至大歡喜。

而時光如神哪。

劍帶她通往至高無上，劍法使她接近如神一般的境界。

彷若將宇宙濃縮在劍裡。

是的，劍使得飛梵璀璨起來，她感覺到自身的價值，感應到天地、人身與劍學之間的龐大深邃關係。飛梵素來以為，使劍的武林人並不聖潔，神聖的是劍，或者說劍法本身。劍是讓如她一般平凡的人有機會通往神聖的橋樑或路徑。她第一次摸到寰宇神鋒的悸動至今歷歷在目。終究，久遠久遠以後，她變成了寰宇劍客，走向作為伏飛梵所能演繹出最為神奇的樣貌。

飛梵感謝劍。沒有劍作為啟示，她也就只是個女子，一世裡過得庸庸碌碌不關緊要，無知無覺。一名所謂的弱女子，在江湖備受爭議與歧視，由執寰宇神鋒開始至今，她艱難搏鬥，實是一輩子苦戰悶戰暗戰。唯她從不放棄對劍的追索。迄今，由於無數的美好機遇，加上自身的執著，全心全意投入鋒神九法與寰宇無盡藏劍勢，才成就出伏飛梵作為廣大江湖裡擁有神也似劍藝的劍客。但到底是她的堅持，還是運氣機制讓她達到此境界，飛梵也說不清算不明。

尤其是這裡面她親眼見證過多少才氣縱橫、不世出的天才，終究淪落。他們安於既有的位置，彷彿成為一派之主或者擁有一方高手之名就是高明的，他們在安逸裡遺落了對劍術技藝的渴望與追求，用不了多久就迷失於權位鬥爭利益交換，而完全沒有劍的神髓。他們的現實慾望，快速磨蝕掉他們靈魂與劍的美好連結。殊為遺憾啊。自她開創獨門心法、劍勢以來，真正值得交鋒的高手們，一天比一天更為稀少，在仙劍室主人何天驕的道骨劍、神刀關至尊陸天機的極限天以後，她罕有能敵的對手，就連後來不齒乃父敗亡繼承其姓另行改姓的神刀關新主天機獨步，也不是她的對手。至此，飛梵的名聲也就越發的大，現在江湖哪一個不識得寰宇劍客啊。

只是，伏飛梵偶爾也會懷念起往昔裡自己到處挑戰時時碰壁的日子。畢竟，眼下業已快要臨近自身的劍學絕頂。在那以後，還能有什麼？飛梵有時很困惑，不確定將來會變成什麼樣子。

但飛梵早有打算，只要一完成寰宇無盡藏劍勢的創建，她便要將天經、人輪、地脈等結構與明氣、暗氣之煉化原理全都記載下來，寫成一本《九鋒神心經》好傳世。對篤志一生劍學的伏飛梵來說，這才是基礎，是人體對天地自然玄奧的師法，是宇宙與肉身的完美契合。寰宇無盡藏劍勢都是奠基於鋒神九法，沒有這些內藝之法，寰宇無盡藏不過是花巧而已。無根無源，劍法只是空洞無神的假物。

惟這並不意味著內在的氣藝修為，便大過於外部的劍術，飛梵深深了解到，這之間無所謂誰重要過誰，而是相互搭配，必須維持住完美的結合性，兩者缺一不可。只是呢，人總容易被表面的華麗所吸引，而遺忘深邃的裡面，這幾乎是人的天性。飛梵想寫下《九鋒神心經》的用意，與其說是要強調各心法口訣的萬分緊要，倒不如說是對後人的點醒，勿要偏漏掉基本功，認為鋒神九法曠日廢時，就失去鍛鍊的意願。

飛梵的劍術名為寰宇無盡藏劍勢，是劍勢，而不是劍招，當然有其理由，她創的這套劍法，走的是以勢成形，而非一般武林常見的因形生勢——普通的劍理，往往是先有固定的劍招，才能施展強烈的風采、風格。然寰宇無盡藏反其道而行，是站在勢的基礎上去發展招。飛梵所謂的劍勢，指的是劍的某種氣派氣勢，甚至是一種意，劍意，使劍的意識。

寰宇無盡藏劍勢，為何不是寰宇無盡藏劍術抑或者寰宇無盡藏劍訣、劍式，主要是飛梵對此套劍藝的根本要求是：劍以勢無招，則靈活百變。另外一個要訣則是：意勢唯先，劍則通天如神。

清淨的光芒灑落，日初的時分，雪膚河在身邊流動不休，伏飛梵身後色澤紅烈的洗紅山在晨曦的柔軟撫照下，有著明媚熾爛感，雪膚河則是晶瑩剔透樣，宛如美人的臉。本著對意勢的獨特法門，飛梵揮開的劍影，透露著寬闊無倫的意味，一叢又一叢的劍光掉在雪白的河面上，宛若絢爛迷離的碎星。伏飛梵向著朝日舞劍，心思迅速地攀向極高極遠的位置，與劍的未來史，與無數已逝的、未逝的時光，一起進入神祕玄奧難解之境。

從神形開始走，她旋轉，身體旋轉，劍亦在旋轉，旋轉的她使出旋轉的劍勢，緊接著是充滿飄揚感的神遊，劍行軌跡有若裙襬翻動，她宛如漫舞者，寫意輕鬆，如風似雨，其後是悟自枯枝被火吞食而助長火勢的神傷，劍勢如茶葉被熱水注入而盡情舒展的神迷，乃至各有依憑、萬物形象之取的神裂、神棄、神滅，以及最後的神還，勢勢連貫如一，綿延不絕，心無成見與罣礙地完成九大神鋒與小還雨十九變的演練，幻化無招之招，隨心所至，不拘泥於固定模樣，時時刻刻的流動……

劍法就是終極的創造——她將以劍重造種種自然景象。

飛梵感覺到劍與自身的深切締結，那是無由阻斷的、在更深的位置完完全全組合起來的狀態。她與劍擁有同一套感應系統。黑劍裡有一股奧祕難解的力量帶著她一路越過武學難關，攀上寰宇無盡藏劍勢的下一輪神祕顛峰。

就在神還的第二變虛空變以後，飛梵心中遽然又有一奇異感悟，她無法說得明白想得清楚。那是直覺，是一種福至心靈。滑翔一樣的黑色劍光，陡然一圈，劃開層層疊疊的圓形，像是撒開天羅地網一般，把所有事物都圈裹起來，黑暗布及周邊。光天化日下，驀然憑空製作出一團完全湮沒了伏飛梵身影的神詭黯黑。同一時間，寰宇神鋒環狀護手裡的神祕黑球滾動不息，甚至火星迸濺，宛如被點燃一樣的整柄劍都火紅起來。

河邊地帶由黑而絢爛，繼之以明亮龐大，燎原大火一般的狂熱明亮。

飛梵招來一片黑夜以後，再喚出千萬束熊熊狂野的火焰。

伏無鋒、問金玉在一旁看得是目瞪口呆。他們本來就視伏飛梵為神人，但做夢也沒想到，劍法可以如此這般。這是怎麼回事啊究竟！怎麼會有黑暗，以及穿過黑暗的熱火突如降臨呢？

晉入劍法至高之境的伏飛梵，真真切切地感受到時間的波動、流向，恍如她伸手就能碰觸一般。時光的彈性與質感一如活體，寰宇劍勢所指之處，莫不是龐大之物也似的時光之局部片段。

時間同時擁有各種向度，指向過去，指住現在，指到未來。它是逆轉的，也是順流的，它既是無所不在無所不容的，但也一無所有。它是深深沉眠，又是宇宙裡唯一清醒的。它是所有已知，更是未知的全數。飛梵被它納入，但也感覺到黑劍牽引著它墜入自己的身軀，彷彿她比時光更大上些許，能夠將之完全收容。她跟著它一起回到生命最初的時光，轉瞬又闖進終結。

飛梵正在體會時間與武藝最奧妙難明、無可更進一步辨明乃遑論於言說的神祕經驗。同時呢，她還發覺到原本體內天地人歸一的貫通感，又更往前一步演進，天經、地脈與人輪若虛空之體，既有又無，或者說無有無不有，渾然不可區分也。到了此時此刻，飛梵的內外之藝，才獲得一致性的完成，劍與氣變為完完整整圓圓滿滿的共體。

飛梵心中神神乎乎，不知人間幾世，只沉浸於深切狂喜，但又是寧靜無比，彷彿她直接用身體觸及到宇宙一般，是了，這就是了，（這就是神還的最後一變，寰宇變。）她終於悟到神還最後一種變化，在神還第二變虛空變以後——

守舞速遠裂決棄滅還：寰宇無盡藏劍勢的九大神鋒。而每一道大神鋒都有兩種小還雨變，只有最後一勢的神還配置三種化變。飛梵終究走到了這裡，寰宇無盡藏劍勢至此可說是徹底的完滿，且隱隱約約對應著天上星宿的二十八勢，每一招都環環相扣，生生不滅，已無可再演化的空間。（其後，若有人能夠增長寰宇無盡藏，也只能是一些多餘又錯誤的理解與運用吧，）飛梵通透清晰的了悟到，這套劍藝至此已臻究極化境，再難寸進。（再多的，也都是形變，而非本體本質之變，都是為變而變的盲目窮途。）

就在伏飛梵攀至劍法絕上時，遠處有批人馬逼近。問金玉立即注意到，也幾乎第一時間就看見為首那名兩眼高高吊起、髮鬚花白的老人。金玉的眼睛整個暗沉，驚恐漸布在臉上，原本只是輕微，後來隨著那群人的靠近，他的懼意也就愈形鮮明。問金玉驚弓之鳥一般，惶然失措，不曉得該怎麼辦，雖然動作遲遲疑疑，但仍舊主動攔在伏無鋒身前，試著保護如子如弟的少年。惟金玉不由自主縮著脖子、垂著頭且壓低肩膀，平素來饒是雄壯的胖大身軀，這會兒看來縮小大半，無威無勢。

無鋒的注意力也從母親那裡轉回當前。他瞅見金玉的動作，便了解金玉大哥心中有了懼畏，這是很罕見的。體型壯闊的金玉雖不能說是天不怕地不怕，但亦鮮少表現出如此強烈的害怕情緒。少年緊盯著來者，右手握拳，全神戒備。

三、四十人走至河邊，驚異不已地望著造出黑暗與火焰先後交替噴湧的怪異景象——在白晝裡，怎麼會有一團活生生的暗夜與熱焰在盡情吞吐，其中且有女子的身影忽焉閃現又隱沒？他們一個個表情萬分凝重。

其中，看來是主事者的老人，隔著伏無鋒、問金玉，卻無視他們。老人對沉浸於劍藝大成裡的飛梵說話：「不知寰宇女劍客來到本地，究竟所為何事？」那老者看也不看金玉與無鋒，活像他們倆不在此地，不值一哂，輕蔑至於極點。伏無鋒雖自小困頓，磨練出心志堅毅不易動搖的性格，然終是少年心性，哪裡受得了老人這般明顯的無視於他。無鋒走向前，高聲質問：「你又是什麼人？憑什麼對我母親這般言語？」

母親？老人頭顱抬得高高的，兩眼下吊，如同看狗一樣的覷著伏無鋒，「哦，你就是她生的那個左手怪物啊！」老人的視線沒有擱落問金玉身上，他對無鋒說話的口氣猶如從牙縫裡擠出語詞似的，全然不把少年當一回事。

伏無鋒感覺羞辱，縱使經年累月地被這樣說，但他還是無法不感覺到受傷。他氣極了，粗大厚重的鐵灰左手依然自然下垂，置放大腿邊沿，但右拳下意識地舉起。他不能容忍有人這樣當面的直接羞辱。母親對無鋒說過了，他的天生異相，不是他的錯，他就是他，他必須接受自己的本貌，然後適應它了解它，再確實地運用它，並且永遠都要拒絕別人對他的不尊重與歧視。

是的，他必須相信自身的異常，自有獨一無二的價值。他必須證明，其他人們所強調的常態，與他所謂的變態其實是一致的。正常與異常從來都是可以互換的，今天跳到別的位置上，變態也會是常態啊。比如吧，相對於自詡正常的凡夫俗子，高來高去的武林人難道不是異常嗎？一切都是成見與立場的區別劃分罷了。伏無鋒十分認同母親的見解。

該老人像是不屑回答少年，他擺了擺手，一旁乃有人接替說話，喝道：「哪裡來不長眼的後生，來到一尊堂地盤，竟不識我們堂主？」無鋒一愣，他暗自瞥看了問金玉一眼後才說：「堂主？所以，你是問蹈予問老前輩嗎？」老人一副捨我其誰的表情，像是在說小娃兒還算知機，識我問某人大名。不過，少年跟著的第二句話：「所以，你是我哥哥的父親。」則讓問蹈予的眉頭蹙緊。他開尊口斥罵：「小子，胡說八道，攀親帶故做啥？」伏無鋒也不生氣，他還忙著訝異老人與金玉大哥的關係。十三歲少年眼珠子滾過來流過去，對比這對父子的容貌，心中嘀咕，還真是不像啊。

問蹈予身邊的門人附耳，老人點點頭，臉色瞬忽變了。他的視線首度落在問金玉身上，臉色忽青忽白，眼神轉露不敢置信的意思。半晌後，問蹈予才講話：「小時候你胖得不像話，如今倒也沒有變過。江湖人只知寰宇女劍客有一胖劍手傳人，卻沒有人知曉其姓名，沒想你居然就是胖劍手。」這是他作為父親對兒子闊別多年說的第一句話。伏無鋒幾乎可以聽見他大哥心碎的聲音，霎時怒氣激揚。

此人顯而易見的從未把問金玉當作自己的孩子。

問金玉沒有望著乃父。他保持低頭姿勢，繼續他的靜默。金玉想著要徹頭徹尾地縮起來，躲成一種遮攔，以閃避問蹈予虎毒一樣的目光。但他又高又壯呀，哪裡掩藏得住？

老人無得到回應，環顧左右，對一尊堂轄下從員笑語：「我這兒子就這個德性，彆彆扭扭，打小就是娘們的樣子，是不？無怪乎會拜倒在伏寰宇裙下當她的唯一高徒呢，哈哈。也許是名字取得不好，我就說該叫金石，偏偏他死去的娘硬是求我賜名金玉。錯了，真是一開始就全盤都錯了，毀了。哈哈哈。」於是，幾十道笑聲跟著在現場炸開。

問金玉滿臉羞愧，眼神傷痕暗布。伏無鋒當下怒喝：「不准笑！我斷不容你們取笑我大哥。」一尊堂那邊也有人喊回狠話：「你這瘦鬼小子，囉嗦什麼。我們就偏要笑，你又待如何！」

伏無鋒即刻衝出，右手拔出腰際長劍，刺向立於問蹈予左後方的發話者。他的動作矯捷，對方一個不小心，差點被戳出個血窟窿。老人悶哼一聲，袖子一捲，綑住少年的銀亮長劍，一推、一送。伏無鋒氣勁不及問蹈予，一個立足不穩，踉蹌好幾步，往後要仰倒——問金玉雖懼父親，但少年就是他的責任，他應承過師，必須妥善照顧無鋒。金玉胖重的身軀往前移動，手輕巧一伸，攙住伏無鋒，將少年拉過身後。

問蹈予氣焰可大了，他冷哼一聲：「無禮少年，居然膽敢在老夫面前動手，簡直無知，至於你——」老人斜眼睨著自己的兒子，「你倒是好樣的啊，竟幫著外人來對付我一尊堂，知不知恥，有沒有一點生為問家人的自覺啊？」

伏無鋒臉色漲紅，怒火奔騰，恨意倏然充滿胸坎。對於這樣卑劣的嘴臉，他可看多了，不管是針對他、問大哥或者是娘的，都是同樣的輕賤侮辱。這人憑什麼可以怪罪大哥！他幾時把問大哥當兒子，他幾時照顧過了？

問金玉沒有話說。他只是低垂頭，全身緊繃，護守在伏無鋒身前。瞅著大哥的沉默背影，少年的心口好痛。他渾身的怒氣無可宣洩。伏無鋒改握緊左拳。母親曾警告過他，非萬不得已，絕不要動用左手。少年向來將此奉如禁令。不過呢，問蹈予對金玉的態度，讓伏無鋒忍無可忍。他將長劍插回劍鞘，深吸一口氣，往前一步，站在問金玉右側，緩慢地舉起左拳。金玉的眼裡都是驚訝，以餘光瞥向少年。小弟有三年多了吧，從未有對誰亮出左手。胖漢子曉得伏無鋒為了自己的緣故，正被體內的忿怒炙燒。

剛剛被老人保住無傷的一尊堂從員，見少年又似要有動作，更是冷嘲熱諷：「怎麼？劍法不成，就要動拳腳？以為有隻怪手，就很了不起？空有壯大的假象而已嘛！給我搔身，都還覺得不夠勁哩。」問蹈予那邊的人又都笑開了。

「好呀，我就來幫你們撓癢。」少年不怒反笑，激憤的眼底驟然冷冽，變得清澈無倫。針對自己就算了，可若是針對大哥或者娘，伏無鋒就絕不能按捺忍受。無鋒一根手指一根手指的再次握緊左手，粗厚的手腕與拳頭旋由鐵灰色變得更黯，看起來煞是詭怪。少年瘦弱的身軀注滿強烈的意志，他一步一步走往老人。問蹈予仍舊不把少年當一回事。

問金玉試著阻止少年，他終於抬頭說：「這樣，你不要，用不著——」無鋒截斷金玉話頭，他直視金玉，「大哥，他們也不該那樣對你，你有你的成就與偉大，可是他們不懂。我們應該讓那些人明白，我們是我們，我們跟別人不同，並不代表我們就是錯的、壞的，就應該被沒有來由的欺侮。」說完，雙眼移到問蹈予臉上，深深鑿釘。聽著無鋒講話、心中也就緩緩暖暖升起一種堅定感的問金玉，視線也跟著轉動，他終於不得不凝望他的父親。

問蹈予聽見了，他嗤之以鼻，他對手下講話：「你們聽聽，兩個沒用的怪物還嚷著偉大，笑不笑人啊！」老人的花白髮鬚顫顫晃晃，滿臉都是鄙夷，「我問家出了一個去拜女子為師的可恥子孫，已經是絕大的恥辱，沒想你尚跟這種左手不但生得古怪竟還能變成墨黑的貨色稱兄道弟。我若是你呀，當場自裁死了算了，丟什麼人現什麼眼呢。」老人罵得痛快，毒汁從嘴裡噴發，毫無遮攔。

看著父親口沫橫飛搖頭晃腦的樣子，問金玉奇怪地湧現了哀憐感。問蹈予的老態畢露矣，金玉記得的父親應該更強橫一些，若有什麼看不過去的他往往直接一頓拳打腳踢，哪裡會說上這麼長串尖酸刻薄、實則悉數廢話的言談？

同時呢，抬起頭的金玉也察覺，印象中的問蹈予本該要更高大的，但這會兒父親還矮了自己一個頭的高度，以致他是採俯瞰的角度望著一尊堂之主。問蹈予的體態、肌膚也都顯示出難掩的衰亡感。金玉跟著伏飛梵練劍習武，很了解一個被嚴厲鍛鍊的肉體會呈現什麼狀況，要不老人疏於精鍊武藝，要不就是其身老朽敗壞至挽回不能。無論是哪一種，問蹈予都已是日薄。問金玉縱然胖極，縱然劍藝不精，不像無鋒敏悟能學，但他也有學得寰宇無盡藏劍勢的一半，還雨諸變的部分雖僅得一二，惟每天每天金玉都還在練著，未敢稍有鬆懈。於是乎，問金玉有了明悟，比起父親，自己其實像是東昇的旭日。

老人揮揮手，指示幾名門徒拔劍，要好好教訓不知天高地厚的初生之犢，他們可還不值得他拔出一尊劍哩。一尊堂人員立即跑出五人，圍住伏無鋒，他們整齊畫一的拔劍，頗有聲勢。寰宇劍客之子無動作，他等著。問金玉則原地不動，略微躑躅。五把劍劃出劍圈，分別落往無鋒的眼喉胸腹腿等處。無鋒應對的方法很簡單，他只抬起左手，粗厚手腕便把敵方的攻勢悉數封住，輕而易舉。他黑暗的左手，刀槍不入，宛如鐵盾。隨後，伏無鋒用力地甩出左手，一股強飆炸裂，圍攻的五把劍應聲而斷。一尊堂人員當下傻了，瞠目結舌。伏無鋒張開手掌，再掃過去，重型兵器一樣推倒五人，彷彿隨身攜帶具有手腕形狀的黑色盾牌，極具破壞力。

問蹈予此前沒有聽聞左手怪物竟也有些本事，一直都是傳說胖劍手習有寰宇女劍客的不外傳劍法，沒料到少年的那隻暗色之手硬似鋼鐵，更是怪怖。一尊堂的劍品質都不差，竟禁不起其碰撞。

他的白鬚吹起，眼睛瞪大，還有更可恨的呢——望著河邊黑暗與火焰相互牽引、吞食的異奇風景，那女人想必龜縮在裡頭，不敢面對。也對，她再有名，不過是女子，難不成還能指望她有承擔有能力應付一尊堂的興師問罪？這女人到處偷取各派劍學精義，再整合成自己所需的，就說創出一套嶄新劍法，然後憑此躍居天下第一，壓下五大劍家，可笑絕了。這不是變相鼓勵武林人要有和她一樣的行為才能出人頭地？若是男人有此野心與能耐也就罷了，一個女人家跟人湊什麼熱鬧練什麼劍。女人本事不該在這裡，應當是好好的周全伺候男人才是，怎麼可能懂劍藝呢！

一尊堂之主斷然不能接受這等下三濫的世風，他要廓清，他要讓她認明白這裡是誰的地域。一介女流之輩永遠都不能進來玷汙他問家人主宰的福地。此外，問蹈予還有個私心，他判定伏飛梵所得劍法定是無意間機緣所致，知其然不知其所以然，在她手上也只是浪費，不如都歸了他吧。對了，他還要那把劍，由空前絕後大鑄劍師皇匠羅至乘親手冶鋼煉鐵、再由其子羅還雨鑄造成形、被譽為劍器至寶最後一把劍的寰宇神鋒。女人家用什麼劍！這麼尊貴的劍，當然該由他問蹈予來使，才能盡顯其價值。這女人長得還過得去，雖然年紀也大了，但他不怎麼介意收為妾群，反正她照顧過自己的兒子嘛，親上又親，何妨之有。如若連寰宇女劍客也成為他的女人，問蹈予地位旋即可要跳高好幾階，一尊堂或有可能登上五大劍家之首呢。

問蹈予將此前傳聞招惹過伏飛梵諸多男子的下場，忘懷得一乾二淨。他篤定是那些人無能，卻也不回想十幾年前他和墨翎、舒日曠、衛蓋世、司空見、鹿遙知等人，在金風頂上的慘敗遭遇。

眼下，少年的怪手成為意料之外，然問蹈予自以為如意算盤還打得響，不過是一個人，還是名少年，就算有異稟吧，暗黑色澤的手腕與拳頭瞅來是驚心怵目沒錯，終歸獨木難支。至於另一個，他可沒有把兒子放在眼底，問蹈予很確定問金玉動也不敢動，那小子從小就無能庸碌至極。問蹈予派下指令：「給我拿下，不計代價！」幾十人一擁而上，幾十把霍霍燦亮的劍，織編羅網森森，罩落無鋒。

伏姓少年的怒意尚且蒸騰，他揮舞左手，雄厚的左手，像是一股堅硬的濃墨在日光下潑開——當然不如伏飛梵又暗無天日又絢爛熱烈的奇異劍光，但也有一定程度威勢，把一尊堂眾人嚴拒在外，不容寸進。

無鋒的左手採強磕硬碰戰術，務求使敵方的兵器斷折毀壞，難以傷人。但很快的，幾十招過去了，原先應付得宜、有來有往的伏無鋒漸呈挨打之勢，幾十名成人的襲殺，到底是太超出伏少年的負荷了。這會兒，他右手不得不抽出長劍，間或偷著一空隙，從左手堅硬暗黑的攻勢之中突襲式的刺出，以爭取更多的空間動作。只是他自個兒也了解，對方的幾十把劍或有折損，但無礙於圍擊大勢，他的左手靈活度不夠，雖有強硬與力度也無濟於事，被那麼多劍鋒對著，光是防禦就夠他忙的了，無鋒至多再支撐十幾二十招。

問蹈予倨傲地喊著：「快給我拿下黃毛小鬼，幾十個人啊，還拖拖拉拉的，什麼樣子。」一尊堂諸人連忙加緊行動，一半的利劍招呼到伏無鋒的左手，其他一半則是繞到右邊，針對無鋒疲於應付的另一側猛戳狂殺。不過轉瞬，少年就要落難，十幾柄劍必將割裂他至體無完膚，而就在伏無鋒危急之際，一把破銅爛鐵猝然攔截而至。

不用說，無鋒都曉得是誰——他的金玉大哥當然會出手。

他就是要苦撐到金玉拔劍。無鋒比誰都清楚，大哥對他的珍重愛護，金玉絕無可能讓他受傷。金玉舞劍，寰宇無盡藏劍勢鋪展開，接過二、三十名一尊堂人員，伏無鋒壓力立刻減輕，左手也就有許多餘裕，足以與十多人再戰百回。

問蹈予沒想過廢物般的兒子竟敢公然作對，眼光火爆火爆，牙齒咬得作響。

而金玉一臉的平靜，不復稍早的驚懼樣。他的心境祥和，宛如無波靜平的水面，任何干預打擾都無以進入。伏師教下的九神鋒勢，金玉順暢如流水一般擊出，一尊堂諸人眼中陡然擠滿髒髒灰灰的劍光。

金玉手中的劍，係從烏墟裡拾回的廢鐵，把鏽盡可能清理後，在伏師的指導下，他費十幾天工夫，捶打成劍狀，並裝上兩塊木片權當作劍柄——劍也就無鋒刃，劍形不至於歪七扭八，但也決計到不了線條筆直的地步。對不想殺人傷敵的問金玉來說，劍藝意味保護。重點是伏無鋒的安全，而不是逞凶鬥狠或爭取武林聲名的工具。職是之故，問金玉無須有什麼鋒利的劍器，只需要能夠防禦就足夠。

眼看底下人被兒子與少年的合作壓制得不可能立刻致勝，恐怕還有落敗的可能也說不定，問蹈予實在忍不住了，厲聲斥罵：「沒用的一群廢物，養你們何用！」老人一怒拔劍，衝向伏、問二人。說到底還得要他親自出手除害剪家醜。

此時，猛烈穿過暗黑的火光消散，跟著一片濃夜也撤除，雪膚河旁又恢復一般風景。深入過宇宙至深絕高裡的伏飛梵身影顯現。她回到凡塵裡，復原到暗沉黑色樸實無鋒的寰宇劍則放回背上的劍袋裡。她晃了一下，人就到了無鋒與金玉身前。她站在那裡，渾身怪奇地光芒萬丈，但神情又寧靜閑逸。馳名江湖的寰宇黑劍沒有離背，飛梵就只是杵著，卻能讓所有的擊殺動作倏然停止，包含伏無鋒與問金玉，而問蹈予的凶焰霎時僵化。

飛梵什麼事都還沒有做，但問蹈予以及一尊堂幾十人都猶如石像一般無有動彈。他們感覺到了，模模糊糊，然而，確實有著很龐大的東西猛然壓住心中一切祟動，彷彿一片風雨飄搖被突如其來究極神聖的什麼巴住定止，比洗紅山更高比雪膚河更深的什麼，不，不對，還要更匪夷更不思議，比世上所有山河都要更高更深——

宇宙，是了，彷彿宇宙一般。

貫通了寰宇無盡藏劍勢、鋒神九法內外一合的伏飛梵，如神一樣，莫測的深邃令在場所有人遭遇到時光被迫全面靜止的瞬息經驗。多年以後，這些人還津津樂道於當日的神奇經驗。並不是凶險，或者濃烈的殺氣之類的，飛梵所具有的是舉起頭瞭望夜空遽然發現滿天的星星從天而降的震撼，那是超越人的語言與理解的最巨大的存有。人只有驚嘆驚駭驚畏一途，別無他想。

也不知道過了多久，飛梵身上那難以言喻的神祕明亮退潮式緩緩遠去。她成功地馴服宇宙畢露的現象，讓穿越過最崇高最聖潔的生理狀態，重新適應眼前，恢復到平常的凡人水平。

飛梵說話：「以多壓少，便是六大劍家，哦，不，是五大劍家之一，赫赫有名一尊堂的做法嗎？」險些忘了現在只能夠稱之為五大劍家，因日上門墨家已被神刀關當今至尊天機獨步收服，整族遷徙到天機原，棄劍投刀，成為神刀關的主力之一，反倒與五大劍家成為敵對者。少年與胖漢子此刻才醒了回來，他們分別喊了「娘、師尊」。伏飛梵點點頭，表示她都明白。

跟著才是問蹈予，還有一尊堂所屬，好不容易擺脫了被凍結的情況，人人大夢初醒，但又有夢魘的餘韻尾巴似的纏繞在眼角臉上，個個流出莫大疑慮，想著剛剛究竟什麼情況？他們是撞見了何等奇光異彩的神祕景象啊！

問蹈予可不管這些，他的眼中只有露出真面目的寰宇女劍客。記憶也就猛然地倒轉而回。多年前他們曾相逢一面，那時是仙神決戰於金風之頂，當時他就注意到伏飛梵，只是彼時有大事要處理，他倒也沒有多餘的心思關照此女，緣慳一面，當真可惜。那古怪一役，這女人也不知道是啥運道或是用了什麼妖術，忽然由四面八方狂吹不停的金風集中起來，襲向包含問蹈予在內的六大劍家之主，致使他們被莫名地颳離金風頂，跌了個七葷八素，傷勢不輕，至今想來還是怪力亂神。

然一尊堂劍主可沒有把一介女子放在眼底。此戰一直是祕而不宣的，遭遇難解大挫敗的日上墨、一尊問、金相司、春山衛、玉葉舒、雲起鹿六大劍家之主自然不說，神刀關的至尊陸天機和仙劍室主人何天驕也不曾講過，飛梵本不是饒舌的人，因之無人知曉這一戰的重要性。除了大門大派的面子，以及男性威風外，其實也沒有人說得上來彼時到底是發生了什麼事。問蹈予則一味認定金風絕頂之戰，是六劍主的運氣極差，方無功可告成。

伏飛梵成名頗早，若問蹈予所記不差，如今也該有四十好幾，但花月容貌看起來不過三十，顯然氣勁內藝方面挺是精湛，方能減緩老化的速度。問蹈予年已六旬，天性好淫逐色，且愈老這方面的癖性，就愈是嚴重。他見飛梵有國色天香之姿，尤其是那雙濛濛的汪汪大眼啊，眨呀眨的，特別惹人憐愛，甜媚得他的心花都要融化。當下，他就決意要付出一切，逼迫她做自己的女人。

父親的視線，問金玉一眼就明白。從他跟隨伏師至今，有多少企圖對師覬覦下手的男子，真是數也數不清。只是沒想啊，自個兒的父親也是此等貨色，見不到師的劍，只目睹到伏師的外貌，愚蠢得不可思議。

問金玉從來不得其解，為什麼他們不能好好睜開雙眼瞧個仔細呢？伏師的劍藝遠比她的美貌來得重要太多。當然這不是說師不美，在金玉而言，全天下的女子沒有一個比得上飛梵，只是他更理解伏師所在乎的劍武價值，與及人生長路至今她的付出、努力和持續搏鬥。然而，鮮少有人看見伏師的這一面。他們汲汲營營的都是她的肉體。因為伏師是女人，所以，重要的就只有身體，就沒有別的了嗎？他們全都痴妄得無可救藥。

問蹈予不掩不飾對飛梵的熱興烈趣。他口乾舌燥，下意識地舌頭露出舔了舔嘴唇。他好聲好氣的說：「伏女俠，一場誤會，只是一場誤會，我等呢只是想要請妳和貴公子到一尊堂作客，沒有別的。」

無鋒還真是詫異，可以瞬間臉變，真不愧是，該說不愧是什麼呢？

飛梵暗裡也猛搖頭，她可看不慣哪，這樣的人真是金玉的生父？她對此人也有些印象，當年金風頂上的惡戰，問蹈予也在那裡。她對一尊堂之主的觀感原就不好，如今更不願假以辭色。飛梵瞄了問金玉一眼，徒弟是滿臉難堪，看來倒不難過，比較是倏忽驚覺到父親的真實樣貌而無可忍受哩。伏飛梵也不願意再起爭端，況且她一目了然這群人毫無資格讓寰宇劍出擊。她搖搖頭說：「倒也不必，貴派若無別的事，我們這就走了。」

問蹈予哪裡肯讓此等絕品女子離開，他音調拉高，又說了：「伏女俠，一尊堂既有所冒犯，怎能不給問某人一點賠罪的機會？」飛梵心中很是不悅，這老頭瞎纏些什麼，若非看在金玉的臉面，他早就被傷肢害體了。但表面上她還是要應付一下，「說清楚便可以了，我們不想叨擾——」話還沒講完，問蹈予又把三寸之舌拿出來搬弄，「這就是妳的不是了，伏女俠，問某人如此赤誠，妳焉能推拒？」

他已經喊第三次，第三聲女俠，不是寰宇女劍客，就是女俠，這些男人到底有什麼問題？飛梵著實懶得應酬，直白說：「俠呢，是你們男人的玩意兒，我不是，別亂喊什麼勞什子女俠。我是劍客。另外也附帶提醒一下，你們可以喚我寰宇劍客就好，別添尾又多加了個女字。」問蹈予被一頓搶白，搞得臉色鐵青，雙眼立刻又赤紅赤紅的，怒意燃放在他的七竅裡生煙，他的手也就再次握緊劍鋒。

問金玉反應不快，但他也曉得，師本來就對這種世俗事沒有耐性又反感，想來是看在自己的面子上，不想讓父親太難堪，所以勉強應付了一會兒，這已經很讓金玉意外，可是父親那邊恐怕不會這麼想。

伏無鋒拉拉伏飛梵的衣襬，小聲講著：「走了啦，娘，別跟他們再說下去。」飛梵點點頭，表示聽見了，她很乾脆地說：「我們這就走吧。」轉身就要帶著伏無鋒、問金玉離開此地。

問蹈予憤然暴喝：「豈有此理！問某誠心相請，你們竟不把我與一尊堂放在眼底啊！」火氣一發不可收拾，素來在一尊堂作威作福的問蹈予，其慣有惡形惡狀乃破開方才溫和的假象，惡言惡語忍也忍不住，從肚腹逕自貫穿胸肺、喉頭，在嘴舌上爛化毒花，「叫妳一聲女俠是給妳成全個面子，妳還真當一回事啊。江湖上誰不知妳是用身體換取劍法精妙的女賊啊！對了，妳就是個蕩女。還裝清高呢！妳愛流浪，妳愛無家可歸，天生就是個淫胚子。愛吃罰酒是吧，我就讓妳喝得過癮。問某人好聲好氣妳不要，偏生愛被辱罵是吧，果真下三濫啊妳，這就苦了妳的孩兒，生來就看著妳在外不三不四。我可憐的孩子也是，到處漂泊，有一頓沒一頓，連個安身立命的居所都沒有……」

伏無鋒與問金玉兩人霍然轉身，有志一同地要往問蹈予衝去，前者恨得牙癢癢的，後者則感覺到一股深沉的悲哀與羞愧作用在心中，無可卸除——這的確確就是他的父親。此人從來對自己漠不關心，偏是這個時候還要利用父子名義。

惟飛梵的手伸出，輕輕按住兩人的肩膀，立刻止住他們的勢子。她的動作看似輕柔寧和，卻有無可違逆之力。無鋒與金玉動也不能動。飛梵依舊背對問蹈予諸人，而問蹈予的詈罵尚且蜂擁不絕呢。

說起來這樣的羞辱，伏飛梵闖蕩至今，也沒有少聽過，但能夠像他如此這般一氣呵成的流洩，也真是少見。而且還是一名六十好幾的老人，他的年紀想來是白增長了，不但不懂自省，還變本加厲如個討糖吃沒能吃到的小孩哭吵不停呢。只是呢，他的話，尖尖銳銳地插進飛梵的心底深處，（不能說沒有一點道理啊。）她想。

只因飛梵突然警覺到，這兩個孩子要這樣跟她流浪多久？她不也四十好幾了，雖然還不顯老，體力與精神都充沛十足，但總會有那麼一天的。且說吧，產後雖有問金玉多心多思的照料，伏飛梵還是曉知，身骨並沒有大好，緣由不是金玉的方法錯了，而是她生完無鋒的翌日，就拿起還雨神鋒，獲甘霖也如地痛快練劍。委實是壓抑過久了的緣故，產前最後的一個月，她根本動不了武舞不了劍。鼓大硬緊的腹肚，讓她無所適從，對劍法有再深高的參透，也壓根難可著力。生完後，她就迫不及待地要重回劍道修練長路上。

而終究是有後患的，懷孕時的動武、生產以後並沒有好好休養調理，終究都要付出代價，劇烈的劍藝操練，更是如此。近來，飛梵隱隱覺察腹中深處似有凝阻，她正在被損耗，雖然用氣可以順理，但裡頭深處之害，卻無法根絕。剛剛也是如此，當她升至劍法接天通神之際，忽然肚子針刺一般的痛，而不得不還於人世。對此，飛梵倒也沒有太在意，生生死死也就是過程，萬物莫不如是。何況，她的心念都在劍法修為上，哪裡有空閒理會自身。但等她離開，無鋒和金玉能去哪裡，又可以做什麼？身為他們的母親與師長，她難道沒有責任嗎？難道她可以兩眼一閉灑然歸去嗎？伏飛梵心中冒出許多的疑慮，（我是不是太過長久以來都忽略了他們？我是不是遺漏現實的狀態，失落生命真正重要的事物？一直以來，其實都是他們陪伴我，而不是我陪伴他們啊。）

她一直把劍當一回事，無論遭遇什麼事，劍道支撐著她，面對所有此生的憂患悲傷。她早早立志於劍道探索。一生劍學——這是飛梵的自我期許。她熱烈於劍學，樂此不疲，專注、深入而且痛快得不得了，（但是，孩子們又如何？他們該何去何從？除了劍與劍法，我可以留下什麼給他們？）在伏飛梵來說，金玉與無鋒一樣都是她的兒子，那個大傢伙對飛梵的崇慕敬愛未必少於無鋒，他是真心視她為師為母，（我作為母親，是不是完完全全的失格呢？）

伏無鋒與問金玉都擔憂已極注視著出神也似的飛梵，他們的憤慨不為了自己，而是投注在飛梵身上。飛梵從他們的眼神，越發懂危機在哪裡，（他們從不自私，最自私的人是自己啊。）是她為了追索神祕崇高的劍道，而假裝什麼都沒有看到，實際上卻是異常殘忍地讓這兩個孩子顛沛流離，沒能過一天正常的日子。她是心甘情願的，但他們是被迫的啊，被迫要四海為家，被迫要承擔各種形式的艱難，連煮食與住所等等都要他們去張羅，（我到底為他們做過什麼？）

見伏飛梵沒有反應，問蹈予愈講愈是起勁，他指天罵地到自認為可以開宇闢宙似的，他要伏飛梵幡然而悟，必須了解到對一個女人來說，「家始終是最重要的，女人至關緊要的就是有個男人能依靠，好好地生養孩子，除此之外，什麼都無所謂啦，爭什麼聲名創什麼武藝，到頭來都是空洞的。難道，妳不寂寞嗎？光是練劍，妳就能滿足嗎？難道沒有那種夜晚妳覺得冷？難道不需要男人的暖熱與氣味……」

飛梵並沒有把問蹈予的話聽進去，（武林的現況，讓人無從滿意，）她想著應該為兩個孩子做些什麼，（是不是該為了他們，將現存的武林改造為更適合他們的狀態？）她認真地考慮起來，（或者，真的也到了我該開宗立派的時候。）飛梵突然憶起還雨哥哥曾說過：「總有一日妳要創建門派，並非為了自己，而是全心全意為劍學的傳承奉獻。」

飛梵想起產下無鋒以後的種種，她實在不能算是一個母親。無鋒生下時，她一直感覺不到和兒子之間的連結。完全不像其他人說的什麼血濃於水。反倒兒子對她的索取，小暴君也似的貪婪著她，讓她煩厭。哺乳時，那激烈的吸啜，除了自我感的喪失外，還有著無比的疼。尤其，無鋒的那隻左手從小就凶猛有力，若無氣勁護身，被他打中的話，不止痛楚難當，更是會骨挫裂。那種時候，她分外想要擁有還雨哥哥的金屬怪功，只要變成金屬，任無鋒怎麼吸都不會痛。所幸，其後山村婦女有乳奶供應，又多賴金玉哄愛嬰孩，無鋒才能成人。

有人說女子生來就是母親，男子則是必須努力學習成為父親。可在飛梵來說，成為母親也不是天生如此，是必須不斷盡力學習。而她並沒有做好，反倒是無鋒和金玉表現更為成熟。他們都很盡力地過好他們的日常，不讓她憂煩。

如今，神還的最後一變也已完成。當她將整套劍法施展完畢，就明白了——活在無盡裡，就是如來。而飛梵很清楚自己的武學極限就到這裡了。她還會繼續試，看看跟寰宇神鋒還能一起走多遠到多高。

不過，也許這會兒暫時就先這樣吧。她得把注意力挪回現世，為了孩子們。也到了該還債的時刻。伏飛梵作為一個求劍道無盡者，終究還是會再轉返劍、人、神的極限之路。甚至，也許就是明天，明天或許她就受不了這些瑣事煩務也說不定。但至少，現在，她真心實意地想給孩子倆一個穩定的家。她是有愧疚的，甚至是虧欠得太多，若不是無鋒、金玉乖巧，她怎能自私自在地追索劍之道的極限，而沒有被困在人之道。給他們家這件事，忽然就來到心頭，突如就是現今她最應該最需要做的事。

無私與自私。這麼多年了，此時她就有了解答。一個人的確可以又自私又無私，她也會像還雨哥哥一樣，一方面不放棄衷心所愛的技藝，但另一方面又可以為了其他人無悔付出。

而往人體內藏寶庫無限潛深的鋒神九法、儼如將二十八星宿化進劍學的二十八道寰宇無盡藏劍勢，就足以造成千古大名堂，飛梵很清楚。所以，（就從這裡開始吧。）她下定決心，要為了兒子與徒弟，征服一尊堂，把雪膚河、洗紅山一帶收歸己有。同時，她也想到，這裡是雪洗茶產地，一尊堂之主這等跋扈，想來那些茶戶們也過得極為艱苦吧，恰巧一勞永逸地解決。

至於新門派，（就叫做還雨劍院吧。）此時此刻開始，她想用這個方式來彌補孩子們。如此一來，鋒神九法、寰宇無盡藏劍勢的基地也就有所著落，更可以紀念還雨哥哥。沒有他，就沒有伏飛梵。天下神鋒，江湖還雨，這八個字將代表還雨劍院，（但願啊，還雨劍院可長久屹立於江湖，不，）她清醒地看見其中虛妄。（千秋萬世不竭不滅，只是夢幻泡影之想，但至少也該有一個新武林就此誕生。）

心中有了決志，於是，伏飛梵在問蹈予的激熱厲罵中轉過身來——寰宇劍客的臉上正流露出難以解讀、在一尊堂眾人眼裡不知道為什麼簡直恐怖莫測教人渾身冰涼的奇怪笑意，絕對的撲朔、極端的迷離。

照之四

初雪照與鳳雲藏坐在緋櫻樹下，在滿天零落的花蕾之中，無有言語。一片乾巴巴的沉默漂浮在兩人之間，沒有親密，沒有往日的甜媚意味。他們只是坐著，也不相對，各自看著眼前的風景，沉溺於自己的思維與情緒。

照的心裡氣極，這人，（這人啊，怎麼什麼都不講？難道他已經沒有可以跟我說的話？）也就覺得心碎，跟他也整整七年，從十八歲至今，她都已經二十五歲，頭一回他們這樣無話可說，氣氛僵硬而且，非常陌生，非常的，猶如隔著大江大河，中間毫無任何接觸的可能，明明只要一伸手就能碰到，但誰也不願意。這是一個零突破的僵局。照不由得想著。（我們要徹底決裂了嗎？）

鳳雲藏只是望著白河，柔嫩如雪花顏色的河面，簡直雪景，看起來美不勝收，而紅山的倒影，局部地映照河上，在水波裡搖搖曳曳，緋櫻花從樹上飄落，彎彎曲曲，姿態萬千跌進河裡，激起一圈圈微小的紋路，爾後沉沒。他真心的陶醉在河、山和花的絕世景致，心中的歉疚感，也就一點一滴地升起。如此寧靜的地方，他當真要來破壞嗎？

但在河的下方，有著堅絕金的存在。天驕會覬覦此地很久，就為了此礦藏。鳳雲藏得以擺脫會務來到此地悠哉悠哉，實因他身負確認白河河床下礦藏數量如何的重責大任。他已經耽擱太久，鳳雲藏最多只能再拖延一年，藏鋒與無神沒法兒再等，天驕會也是。他們需要堅絕金造出更扎實凶猛的劍刃，好應付愈來愈艱難的情勢。

如今是群雄崛起的時代啊！許多新興的小門小派、大量的後起之秀，都讓天驕會的獨霸局面，岌岌可危。他作為絕頂三人，又怎能置身事外呢。他如何能夠不為天驕會的未來竭心殫力呢？

瞅著雲藏眼裡精光爆裂，或許又在做些殘酷的打算。她是不是看錯人呢？從一開始，她就搞混，其實雲藏根本不如她所想的那樣溫柔。他是天驕三絕頂，就永遠都是天驕三絕頂，像兄長空晴說過的那樣，小絕頂不可能放棄，他是不會變，也不能變的。照的思緒推到這裡，忽而停頓。她揉揉眼睛，有個內裡的刺痛，（不會這樣的，不可能會。）初雪照的心總不願相信，她以為鳳小絕的內在，尚具備有一份俠氣，一種悲憫的情懷，他沒有理由不是。她愛戀他七年，難道自己真瞎了不成嗎？照無法接受原來自個兒七年間的情愛，都是浪擲虛費，沒有理由，（我所感受到的，確然是一廂情願嗎？）

小絕頂注意到，他問照：「沙子進了眼睛嗎？」聲音輕柔溫和，一如往常。初雪照乃不覺地眨眨眼。雲藏往她那邊靠去，盯著照雙眼細瞧，「看不出什麼異狀，眼裡沒有雜物。」他說。

與初雪照相戀後，鳳雲藏有個缺點慢慢浮現。他老是會無意識地對女子溫柔，這是照對他的最大改變。往日的他，就算對著女性，也都帶著最冷的距離。惟照的到來，讓他再不相同。或許是對殘酷人生的補償，他經驗太多恐怖死生場景。於是，對女性柔情萬千是他維護自己殘存人性的最後手段。這些年來，鳳雲藏瞅見女性淒苦之際，也就不能不理會。何況，初雪照還是他深切愛過的女子。

照將身子挪開，不和雲藏體膚過於相近。她暗自苦笑，雜物當然不在眼底，雜物在心中。（在我的腦海，我正思念你。你就在咫尺，但我們卻宛如天涯相隔，你知不知道呢？）

雲藏的體熱與味道，隨著他的動作迫過來，照怦然心動，她控制住呼吸，但心跳還是加快。意志力克服不了體內的激熱效應。她覺得真沒用，不就是一個男人嗎？何必反應這麼大？就因為與他有過肌膚之親，就非得要依戀不可，（我是這麼浪蕩的女孩嗎？）照無法對自己解釋。她幾乎要惱恨起身體莫名的滾燙感，以及裡面像要竭盡粉碎的狀態。（我怎麼會變成這樣子呢？）

雲小絕也沒有進逼，他本來就不是那個意圖。他見照露出嫌惡狀，覺得沒趣。女人就是這樣，只是細故就能大翻轉，他們也曾恩愛過啊，又何必這般強烈的表達厭恨呢？他覺得很無稽，嘴角輕輕咧了一下。

照的兩頰燒紅，一想到那些暗夜綺麗旖旎的歡狂情事，她的體溫就忍不住竄高，腦中盡是盤旋著他的堅硬他的形狀他的本事。那真是會上癮的。不，不對，初雪照咬著下嘴唇，抗拒著祕密濕潤。她才不要這樣。她是來談判的。

鳳雲藏眄視身邊的女子一眼，裡面有個東西猛然震了好幾震。此地的景致乍然撤離，不再吸引心神。他彷彿聞到空氣裡有一絲情慾的氣味，就像他品嚐照下腹處之際滑進舌喉的味道。看來自己還是對她雪花一樣清白的身軀，有著依戀。他想起交合之際，放恣地揉捏她翻動她的風景，像是要把純淨神聖的事物弄髒一樣，總有種特別的痛快激烈。她甜嫩的少女一樣的肌膚，曾經教他垂涎不已，甚至割捨掉其他或競逐或熱情奉獻的女子，只專心於她。

初雪照如今已然二十五之齡，但淨白透滑的皮膚仍然不改。這個角度望過去，她白而明亮的胸口，形狀分明的鎖骨，媚極的容貌，令他幾乎無自覺地想要吞口水，但他勉強禁制住。這不是小絕頂今日目的，不能再拖延下去，他得說服照要初雪家放棄獨犢，否則兩方大戰難免。如若不能，至少他也要讓照與那人離開是非之地。

燥熱，深深淺淺地作用著，初雪照難以遏抑。她感覺自己的裡面，還有另外一個自己，又或者說是，另外一個人，那是一名又狂熱又潮濕的女孩，她正從照的深處，探出身來，張手舞腳，從裡面往外撐著，彷彿就要取代初雪照一樣。

而初雪照根本無力壓制體內神祕女孩的起身，任憑原來微弱細小的她，奇異地鼓大，很快便能全面替換掉照。而且最教照難以接受的是，她其實比誰都清楚自己有多麼歡迎雀躍於那女孩的崛起——

是啊，照幾乎是心甘情願的，她沒有企圖阻止。甚至只要鳳雲藏喜歡，她寧可自己從此都是那樣狂熱且潮濕的女孩。然而，鳳小絕的漠然，讓她曉得終歸空夢一場。

緋櫻墜落，花香四溢。一對外人眼中的璧人，正面臨進退皆難的處境。空中的芬芳也就變得不怡人，他們的感官飄得遠遠的，與此時此刻拉開極長的隔離，猶若他們不在此處，只是人偶或空殼陷身，無法可為。

驀然的，小絕頂的心底冒出另外一條身影，真讓他懊惱啊，他不明白怎麼會念想起冷冰冰但神祕異常的那人呢？她像男孩一樣，從不留長髮，說起來小絕頂的頭髮，比之那人還長得太多呢。她也不使劍，不走翩翩飄逸路線，反倒用刀，俐落而且凶猛，一點都不女子。但她確實是美人啊，那人的容貌與初雪照相比，絲毫不遜色，但她就是要搬弄強悍狀，剛剛硬硬的，一點都不我見猶憐。

然而，她的雙眼有一種藍色的憂鬱與溫柔，藍得很深很深。藍色的眼睛，貓著許多的祕密與遙遠。她的藍色瞳孔，真的很特別，跟一般人都不一樣。鳳雲藏難以忘懷她的眼睛。她的深藍凝視，一直在他的心中運動著，從未褪色。而她的名字與他的名字都有雲字，其刀名天無絕，也讓鳳雲藏很在意——這是一種故意而為，抑或神奇的喻示？

沉默像冰封一樣，讓初雪照的滿腹情慾，漸漸冷卻。雲藏的無動作無言語，都在在宣告兩人間的挽回不可。她是聰慧的，她並不如雲藏想的那樣無知。照只是天真。但天真在這樣的時局，往往教人疲憊，根本無法持續，（可是，為什麼呢？為什麼人不能始終天真？讓一切都保持在最單純的位置上，難道不好嗎？天真是錯的嗎？是罪惡嗎？是應該被摒除的特質？人，不能永永久久的天真？）

照想著，如果可以的話，她真想事事物物都沒有變化，猶如往常。她在心底認認真真地祈求著，（大家相安無事，不是更好嗎？）人不就是為了幸福，而全力以赴嗎？人為了欲想的東西奮不顧身，累累傷痕，也在所不惜。（可是，幸福是用力就可以得到的嗎？會不會我們每個人都理解錯了？幸福應當是珍惜原有的、現有的，而不是去掌握控制那些空缺的、還沒有到來，甚至也不曉得究竟有沒有的。是不是呢？）竭力想要留住天真的初雪照，並不是不思考，她的思維能力並無喪失。

鳳雲藏站起身，僵局總是要打破。情愛往來也有七年，最後，最後寧可自己這邊多做一些，盡量讓照了解到，沒有挽救的可能與必要。他得狠心拉出距離。他既已有決心，就該曉得絕不能與照繼續下去，於公於私皆然。今日，他就是要來讓她受不了，讓她必須離開。誰料得自己那種賣弄溫柔的傾向又在作祟。鳳雲藏暗中對自己嗤之以鼻。

他聲音維持平穩，對照開口，表示想要索回明日劍的事。他說：「這是當世少見的鋒銳，明日黃花劍原就是一組，」他的劍法也需要以雙劍施展，雲藏漫不經心的說：「羅大師禁不起我的日請夜求，才賣予我的。明日劍是非常珍貴的劍品。我們既已將成死敵，我就沒有理由不收回明日劍，妳也不想留住仇怨之劍吧？」

初雪照聽著就是再一次心碎，（一個人的心，到底能夠裂解幾次呢？人心是那麼大的東西嗎？人心可以一直一直那樣粉碎下去嗎？）小絕頂善使雙劍，那是他的獨門絕活。武林裡，說到使雙劍的大師，絕頂人物鳳雲藏可說是獨樹一幟，無人能及。而按理，她怎麼能奪人所好，霸占別人的稱手兵器呢？只是，她心有忿恨，又另有一套自己的算法。兩人的關係不再，他就要把當時自願給出的極品劍兵索回，那她呢？她送與他的初昇石，他還不還？

再說吧，前面幾年，他們的身體沒有過情歡慾狂，也就算了，然後面的三年，他想要，她就配合。照自個兒記得清楚分明，他們的交合從三年前月下花夕開始的第一次以來，至今已有一百三十四次。她有個小本子，一次一次她都記下，絕無遺漏。她緊緊擁抱萬分甜蜜的心情，以及猛烈的羞恥感，載錄時間、地點與詳細的動作內容。有時候回頭去看裡頭的少女懷春，初雪照尚要赧於自身的無節制與狂野。

疾風捲起，大辣手也似，將樹上的華美絢麗花蕾掃下——

緋櫻香氣若有似無，一陣一陣將她拖曳到更深更徬徨的幽深思緒。為全雲藏的男人需求，除了配合姿勢、時間與歡愛時，還有各種急就章尋得的隱密位置啊——他們只能在無人的山洞、草叢、陰暗林內艱辛而灼熱地交纏——最重要也最困難的是，她還得事後暗自服用以黃粱草、殘花枝、失麟果等等，所熬煮濃苦得難以下嚥聞之欲嘔的無遺湯，好避免懷上孩子的風險。彼時，她尚未離開獨犢，還沒有背棄初雪家族，和小絕頂雙宿雙飛，很多甜美如蜜之事都得暗地裡做。

兩人間的肉體快意，卻只有照必須去擔負去解決，鳳雲藏的激爽是純粹的輕盈，照自己後來自然也多有享受，不過，她要付出的代價不少，除去喝藥的痛苦，經事不順的老毛病，更是時來時不來得嚴重，期間紊亂得難有規律，以及她明顯感覺到帶著大塊陰影的身體狀態。那些藥物硬是扭轉改易她的受孕，這無疑是一種體內的削除。雖然，伏姊姊給的藥方是溫和無害的，但長久下來終究難免影響。初雪照雖有武學護身，能經由吐納、氣勁運行對受損的肉身修復，但長久下來一折一護，這筆帳也是難算啊。且或亦是造成她鋒雨還神劍法進境停頓無能晉升更高的元凶。更不用說，往後當她想要懷胎，所做的百般努力。而雲藏這廝居然敢，（你居然敢跟我開口要拿回明日劍？）

眼前墜落著緋櫻花如許優美的哀傷，教照瞅來魂斷神傷，她的情愛是如此的失敗啊。（而愛情就是這麼的、這麼樣霸道啊！）她想要，但他不想要，就注定初雪照的弱勢。她是獻身於狂戀，迄今依然，但他呢？幾時開始鳳雲藏的眼神，再沒有熱度，漸漸失去對她的渴望？照想不出所以然，即便她有頭緒，那又如何呢？什麼都改變不了，不是嗎？初雪照的心念困頓不已，她的注視裡滿滿是落花，（我就是落花，如何繽紛好看，也不過是落花，只付流水。）她的眼眶，莫名再酸。她抬頭，纖細的頸子往後仰，看著上方的樹。鳳雲藏的身影，暫時離開她的視野。她需要忍住——她慘敗的人生。

背後沒有動靜，鳳雲藏也沒有回頭去瞧。此時，就算她拔劍，朝自己後背刺上一劍都不奇怪吧。

不過，雲藏沒有防備。他很篤定初雪照不會做這樣的事。她的眼中確實積聚許多對他的迷戀，可仍然是清晰清明的神采，她不是那種會任由自己沉溺於癲狂、理智喪失的女子。初雪照比她外表顯示出來的柔弱樣，堅強得太多。她有一種正直得無論遭受多麼重大創傷也不會被折彎扭歪的體質。獨犢地界與初雪家族，究竟是怎麼養成這麼一個純淨的女孩？

有時，鳳雲藏會沒來由地厭惡起她那種渾然天成、讓他莫名有汙穢感的堅定溫柔，很想令其栽落信念破損的煉獄底。不過，面對照全心信賴的眼神，鳳雲藏又會羞愧於自己如此怪誕瘋狂的偶來念頭，他怎麼能生起這般幼稚可笑的惡意？

片刻後，酸感平緩，將起的濕意，從眼中褪離。照緩慢的呼吸，不想讓雲藏察覺到她的激動。鳳小絕的在場，分分秒秒都是煎熬。他既已開口說要拿回明日劍，自然兩人就此分道揚鑣的意思。她不會賴著他。初雪照還有尊嚴呀，像雲圖姊姊對她直白講過的，「如果妳迷戀一個人到忘了自己是誰，那麼這樣的迷戀，跟妳也就完全無關了，只是一種無我的瘋癲，妳怎麼能說，那是情愛呢？畢竟，連妳本身都已喪失，不是嗎？」照還記得姊姊說這番話時，原本溫暖如海水的瞳孔，宛如著火，藍色的火焰一般的眼神。

初雪照立起，不看小絕頂，往樹的另一頭踅去。照說：「我拒絕把明日交還給你，」她背對鳳雲藏清楚講出：「要索回也不是不行，但這麼一來，我也想要回，你，你得了我——」照停頓，她沒說出來的話是，（你得了我的身子以後，膩了厭了，就要把給出來的東西拿回去，那麼我呢？我是不是也該如法炮製，我給出去的，你有辦法還回來？）唯又覺得這麼說徒然顯得自己的卑賤，她的話也就沒說完。

鳳雲藏和照七年相戀，倒也不是假的，他了解照未說完的意思。小絕頂苦笑，把心底的想法，直接用口舌表述出來，沒有遮掩。他問：「為什麼女人總要牽扯身體？男人在妳們眼中真的是那麼膚淺嗎，每一個都是這樣？」

（我們女人？我們，女人？）鳳小絕的反應，讓照相當相當不舒服，（女人又怎麼了？）她依然背向鳳雲藏，瞪著前方流動不息的銀閃閃河面，愈死愈美麗的緋櫻花，亦持續地下降，像一朵又一朵的時光飛落。

面對天地的優美如許，初雪照卻用千萬枝針齊地發出似的眼神，瞅住望著，視而未見，彷彿她的目光緊緊抓著的是虛空，是空無一物，是她心中被挖開、不斷擴大的洞，像一口幽暗無水、彷彿達不到底部的井。

她眼睛指向的地方不在外部，而是她裡面的斷井頹垣。同時呢，怒意自自然然來到口中，照的聲音發冷，她一字一句地說著：「你給我的，我都有權全部留下。那都是我的，不再是你的事物。我這麼說，你明白嗎？」

鳳雲藏不可能沒聽懂。他的視野轉向紅山那邊，土石呈烈紅之色的山景，在日光的照落，有一種焦渴感，有若它是被迫原地靜止的紅色巨人，經年累月地遭受太陽烘烤，無有終結時。鳳雲藏彷彿看到自身的處境。不能再這樣下去。他得盡快解決這裡的事，不能被已經無愛的關係困住。雲藏心底清楚明白，與其說是因為天驕會勢在必得白河下的礦藏，不如說是自己的思思慕慕，早已高飛遠走到另一名女子身上，故他勢必得要照說個明白，但又萬萬不可讓她知曉，否則會擰成歪七醜八的情勢。

這也是一種破釜沉舟。魚和熊掌兼得只是夢話，他歷來女人雖不少，但從無同時擁有。他每一次都是全神貫注，即便是一夜情緣，他也用心投入。縱然總是在每段情感的最後，感覺厭煩，爾後遇見別的女人，如撞進新風景，但至少他沒有暗自沾惹其他女性。鳳雲藏深信自己是沒有分心過的，只是跟舊的人走到柳暗，又重新開啟另一個花明。

他們背對背，誰也不看誰。他們交鋒，不用拳腳，不必耍兵器，真氣也偃息。多年情愛，就是他們的殺傷力之所在。每一次對話以及無止境的沉默，都是血肉模糊愛絕情斷的慘烈境況。這就是他們的末路他們的窮途。兩人躲也躲不了。

照忖思著，（千千萬萬人之中，如何偏偏選他？）當年，鳳雲藏和神鹿鏡緣之間，她究竟是怎麼挑的，不擇神鹿家族的俊才，卻要看中小絕頂？她難道不知道天驕會有多麼霸道多麼不可理喻，（我真的是錯得徹底，對不？）不過，或許都是一樣的，也說不定哪，畢竟，神鹿家後來還是被天驕會收編旗下，神鹿鏡緣也變成其中一員，甚至變成雨水主。

不說三絕頂或形同天驕會護法的六王，其餘統治階層如十二霸、二十四主，乃至三十六首與七十二將，個個同樣跋扈，他們天驕人同樣都堅信天下一會——天下一會不是說天驕會是武林第一大會，而是整個江湖就只能有一個門派，就叫天驕會。易言之，天下就等於天驕會。口氣之大，匪夷所思。照不懂，那些天驕人都只有代號，沒有自己的名姓，又成天要廝殺，這樣的日子值得過嗎？

唉。一朵朵的落花再香再絢爛吧，都已經是謝去謝落，就像她的心情，關於雲藏的情情愛愛，只有垂敗零落的尾聲，等在前頭。她怎麼活得如此艱辛？其他的女子也是？以前的武林女子亦全都這樣？也都跟她一般遭受到男人的負心與無視？說要就要，說離就離？如果是，究竟是誰的問題？女人們自己的？還是那些應當負責、卻沒有一點肩膀扛起的所謂英雄好漢……

鳳雲藏往前踏一步，「妳既不想給，那就不用還。但我得再一次跟妳強調，天驕人，我們會來的，妳要聽清楚，也許不是現在，但不會再拖得更久，應該很快，很快我們就會挾開天闢地之勢來到獨犢。」他的語氣淡淡的，並無恐嚇。

初雪照不能接受，她回應道：「本來就是我的，何來的還不還？至於堅絕金，你們究竟憑什麼？只因為是江湖第一大勢力天驕會，就能夠予取予求，就能夠罔顧他人的意願、生命？你們的霸業建立在別人的離散痛苦，良心上過得去嗎？你們天驕會自居武林領袖，就是這樣辦事的嗎？只能事事順你們的意，決計沒有忤逆？」照愈是說，就愈是感到肚裡的幽恨滾動。最教照痛心疾首的一直都是，她所愛的那個人卻屬於那樣顛倒恐怖的組織。然而，這不是一開始就早知道的，（傻丫頭，誰讓妳自個兒要如此熱烈沒有保留的投進去，如今也只能後悔莫及。）就為了堅絕金啊，一切都原形畢露，包含她與他的情思愛慕，也終成笑話。

堅絕金——據說，七百年前冶鑄的絕世兵武，就是煉劍祖師爺至乘皇匠，用此珍貴金屬所鑄造。初雪家在獨犢，有限量的開採堅絕礦，絕不過量，很適度的，初雪人非常珍惜此礦物，既不販賣，也不過度張揚。每一個初雪家的孩子，都能得到一塊不小的暗金色礦石，名為初昇石。年長技成時，若能找到不錯的鑄劍師冶煉，便是傍身的神兵，如她父兄的電掣劍、麗天劍，都是熔掉初昇石，由當代鑄劍大師羅織鑄出。這樣的兵器在堅硬程度方面非常驚人，先祖在發現以後，察覺到那是稀世罕見的鋼鐵材質，甚至比名劍厲色鋒還要堅硬，因此命名為堅絕金。

照拿了明日劍，當時，也把自個兒有的初昇石給了雲藏，為印證彼此的情愛。此時，照遽然一驚，（莫非，就是我給他的，引發天驕會的覬覦？）冷汗瞬間滑落到臉頰，照赫然發覺或許是她害慘家族與獨犢。

話不投機，鳳雲藏聽見照的語詞裡都注滿怨懟憤恨，他也不願不能再多說，他踏出第二步，第三步，第四步，慢慢的加速，五、六、七步，一語不發，八九十……他如電一般迅速離開現場，身後留下一團迷茫大霧，給照。

鳳雲藏離開後，初雪照獨自一人留在還零星有花墜落的緋櫻樹旁。照站著，無有表情。就只是站著。好像站著的本身，正在逐漸取代她。撕心裂肺呀，煞是難受，初雪照至今唯一深愛的男子就這麼走。像是什麼都斬絕，又像是沒有一件事說得清楚完整。他們的情感，就因為彼此所屬門派的立場差異，就冰消瓦解。荒謬透頂，（這不會是真的，不可能是真的吧？）她深陷個人的黑暗之中，無可自拔。她感覺到一無所有。完完全全的。

甚至於她的身體，也都在解散。她連虛有其表的空殼都不剩。呼吸、目光和心跳，都再不與她相關。虛無盤據她的全部，或者說她是虛無的一部分。她碎裂，從大塊到小片，身體的每一個部位，都持續地粉碎成更小、更稀薄的存在。

也不知道站多久，有個東西慢慢凝聚起她四分五裂的意識。她感覺到觸摸，有著溫度，以及深深的情意與關懷。她猶如千萬顆星星似的碎片，漸漸地拼湊起來。肌膚回來了，眼睛回來，耳朵也跟著回來。

周遭是濃重的黑夜，惡龍似的重重圍繞。照的心念，一點一滴的驚訝起來，很遲緩，但終究有反應，（本來不是白晝嗎？怎麼一下子全都就暗了？）幸好還有一輪明月高懸，尚能視物。照的雙腳且無比痠麻，彷彿站立幾生幾世一般。初雪照低頭，看見腹部有一雙手交錯著，（是誰在抱自己呢？）那是一雙長得很白淨優雅的手。啊，她記得它們。

照設法移動頸部。背後的人說話，很冷靜的聲音，但還是聽得出來她的歡喜關懷，那人說：「照，妳感覺好些？」照聽得出來那是雲圖姊姊的聲音，但她不大能理解什麼叫我好些嗎？莫非自己病了不成？她不是好端端的，怎麼會？

雲圖鬆開雙手，從照的身後轉出來，一頭俏麗短髮，在風中小幅度搖擺。可惜夜太黑，她的藍眼珠沒法兒被看見。不過，照曉得是雲圖姊姊。在風中？是了，這會兒現場有股不小的風，沁涼地鼓動。照的一頭長髮，被風颳得狂飄亂揚。（不知道為什麼雲圖姊姊剪成短髮時遭遇到多少疑難？不知道要多久才能再見雲藏？不知道幾時我方有可能習慣一而再的心碎，任憑回憶流淌，而不破不毀？不知道爸爸和哥哥能不能抵擋住天驕會和絕頂三人？不知道我們家傳的鋒雨還神劍法救不救得了獨犢？不知道將來我和雲藏會變成怎麼樣的關係……）照傻楞楞地胡思亂想，沒有邊際。

初雪照的思緒奔放亂跳，收束不了。不知道的，還是不知道。她感覺到自己的無能，猶如一巨大的黑夜升起，將自身全然淹沒。她跳躍於未來與回憶之間，仆進兩者的交擊地帶，處於夾縫，痛苦不堪。她完全看不到心中的璀璨旭日，也看不懂光。「帶來日照的女孩。」鳳雲藏最喜歡這樣說她。而父母取此名是有意思的，初雪鴻風這樣對初雪照說過，「其實，原先屬意給妳的名字該是昭，明亮而溫柔的昭。不過，妳小時候身體太弱，我們便想著，如果妳的昭，加上烈火作為底，或許就能變成更為堅強，甚至深刻深邃。小照，爹娘都希望著妳能照亮我們的心，照亮我們的命運，甚至照亮整個初雪家族，而不只是獨自昭然如日。」他們一直很相信照可以的，一直如此。

但現在的她，已經不是。照如今不屬於太陽，而是黑夜的女孩，（我只帶來自己的黑暗。）被厚重的幽暗深深刻刻宰制。心被暗黑吞食。她沒有哭。眼淚好像在更早以前，早在鳳小絕有計畫地把她推遠之際，就已燃燒殆盡。

墨雲圖了解照的心痛。她幾乎可以撫摸到照裡面的地獄。而照如今表現出來的恍惚癡迷，都是鳳雲藏造成的。但同時，和雲圖的暗地作為，也脫不了關係，她終究是讓那個男人對照的心思，全數移轉。

而如今在照身邊的人是她。從今往後，小絕頂便沒有位置。

照的身邊只有雲圖。她為此感到甚大喜悅，那是幾乎要溢出來的情緒。她咬著牙，一邊忍耐著那就要在嘴裡臉上爆裂開來的笑意，一邊又擔憂著照的情況。照的心相當善良，不知道能不能夠撐過這次無轉圜的傷害。

母親早逝，但照並沒有冷冽澈骨，從小就不寂寞哀傷，不止是母親的各種傳說激勵著她，更由於父親、兄長和許許多多獨犢一帶的人們，都待她極好，養成照的溫暖性格。此地的茶農、稻農和漁戶，每一家啊，照都很熟稔。他們生活的艱辛和知足常樂的態度，讓照尤其感動感激。她相當明瞭，沒有這些辛苦工作的人，他們這些高來高去的武林高手，壓根活不下去。有他們，初雪家族才有安身立命的可能。

獨犢可不是初雪家的，反之，是獨犢生養至今好幾代的初雪人。以初雪為姓氏的人啊，在這裡只是運用自身的武藝，去保護此地的平凡人民與土地罷了，並沒有抱持著優越的心態，自認為是獨犢的主宰。

更進一步的立場是，照記得父親和大哥最近也曾表明，姑且不論採初昇石的悠久家族傳統，是否必須維護，其實，天驕會要堅絕金，又有何不可？他們大可讓給三絕頂去主事，初雪人從來沒有把堅絕金視為自身的財產，只是啊開採堅絕金，必然會影響白河，如此依靠河中豐富漁獲的漁民，該怎麼辦呢？何況，天驕會霸道慣，若讓他們將獨犢地帶收歸，相信會直接原地建鑄造工坊，如此烏煙瘴氣的，茶啊稻田的品質，定然有連帶難以估計的敗壞影響。農夫的生計，天驕人又哪裡會放在眼中呢？

基於這些緣故，初雪家族是斷斷不能容許天驕會進駐的。況且吧，至今為止，天驕會那邊只有強硬的告知，可一點商量的意味都欠奉。不談父兄與其他初雪人的觀點吧，就是照自己，她一想到再也喝不到碧玉一樣顏色的獨犢茶，就覺得難以忍受。

獨犢茶是三大名茶之一，是獨犢茶農幾世人辛苦復土、經營的成就，其茶香濃烈，入喉帶韻，後味無窮，這麼美好的茶作，怎麼捨得讓它消失呢？只因為要煉石鑄劍，只因為要消滅他人的反抗、性命，就要先毀滅掉如此難得的獨犢茶？

再說了，這裡不止有獨犢茶，還有略呈暗紅色被命名為霞米的稻種，以及紅山、白河相映成趣的綺麗風景。為了採礦，將這些都犧牲掉，怎麼能容許呢？照打從心底無法置信有人會做出這等不智短視的選擇。

初雪照最不明白的還是，為什麼鳳雲藏並不阻止天驕會的瘋狂呢？他並不是這樣子的人，她想。

莫不是小絕頂眼光真是淺薄，只為了天驕會的獨霸武林，什麼犧牲與殘暴的舉動都做得出來？他終究只是個天驕人，而不是完整的人？

墨雲圖牽起初雪照的手，千溫萬柔。照一定會走出來的，有自己的相伴，必然沒有問題。雲圖對此頗有信心。遲早有一天，照會和她一樣清楚，鳳雲藏是什麼樣子的貨色。光是鳳小絕看雲圖的眼神，就能完全明白，這人哪，只要雲圖樂意，早就爬上自己的床，眼瞳裡盡是一些骯髒汙穢的東西。所以雲圖才能隨隨便便就勾動他。他對她的慾望那樣昭然若揭，也只有照這個傻姑娘還一味的信他慕他。

雲圖真是不忍，可惜啊這是必要的傷痛，唯有如此，照方能夠徹底甩脫心中小絕頂，重新迎上更好的命運。雲圖對照輕聲說：「我們一起去太初姊那兒散散心吧。」照不點頭，亦無搖頭，整個人依舊沒有魂魄似的。她隨雲圖移動。

月光穿過廣大神通的夜色，有些稀稀疏疏掉落，地上充滿各種深重的影子，無章雜亂地交集，其中含括著照與雲圖的。而初雪照眼中猶是成千上萬碎裂，不散不去。墨雲圖莫之奈何，只能讓她去經歷，去理會雲藏業已遠遠離開她的生命。

夜愈來愈深。初雪照滿腦子都是迷亂困惑，宛如漂浮在凶惡的黑色大海之上。只有墨姊姊素來強悍、但此時無比溫柔的手，像一座堅實炫目的燈塔，指亮她在世間回返的去向，而不至於迷途無歸，就此滅頂。

狂墨之四

今天是兒子的忌日。衛狂墨站在山下，仰望天刑嶽峰頂，濃黑裡頭的轟頂台。上頭嵌著一塊不知從何而來、要幾十名成人環抱才能圈住的五雷神石，有招大量雷電聚匯於此的奇效，經年累月雷電炸裂下，造就黑山柔腸百斷的怪異山勢。

兩年前，於此，正節死在他眼前，喪命於他的劍下。兩年以後，他獨自一人憑弔，彳亍於到底要不要上轟頂台一看。而狂墨的家庭也已分崩離析，不復先前的完滿模樣，甚至連他座主的地位，也搖搖欲墜。自從他唯一的子嗣，幹下令人髮指的血腥屠殺後，他的聲勢就一蹶不振，連帶神鋒座也大受影響。他不得不與天驕會加緊合作，以對付神刀關、天機忘聲。他沒有更多的時間，他只能加緊處理與神刀關的征戰問題。他拒絕承認延續近百年的神鋒座，正在邁向末路。

天刑嶽這裡實在是他最大的痛。但狂墨一直說不出來，也沒有可以說的對象。他只能吞下去，拚命地把無可言喻的傷痛嚥入，同時，安慰著自己，至少他擁有大義滅親的好名聲，至少他是當機立斷的，他是對得起歷代衛家祖先，對得起自詡武林正義盟主的神鋒座。他一直跟自己這樣說。因為唯有如此，他才能繼續活下去。他必須活在自己編織的神聖說法裡。

六百多個日子以來，妻的癲狂與徹底冷漠，女兒們的唾棄眼神，都讓狂墨數度想要崩潰。是的，想要，他大可放縱自己，大可讓心神完全浸泡於惡水一樣的傷悲裡，那很容易啊，不是嗎？狂墨也想這麼做，可惜的是，妻已經搶先一步，於是，他只能鎮住體內的陰翳騷亂，勉力地支撐起破損難堪的暗黑之家。每一個時分裡，衛狂墨都懊悔痛恨得不得了，當時，他是不是不該那麼做的，他應該徇私，他應該動用座主之位之權保全正節的性命，（我是不是從來沒有好好的當一個應該要更像樣、更心心念念去了解正節所思所想的父親？）

狂墨的視線下移，拉回身前。他垂頭。狂墨看著目下立足之地天刑獄的破碎支離、大裂縫遍布，狂墨的心與之何異？他體內不也同樣的寸斷柔腸？憂傷像是遠方的浪潮，並不總在的，只是偶爾捲過來，像是突襲一樣，忽然就朝心口狠狠沖擊，器官彷彿都被震得位移，他每每都險些窒息。如果憂傷能夠一直都在一直被他感應著的話，反而不會那麼猝不及防，狂墨或許能夠適應得更快更好。那痛楚實是太深入，而且又突如其來，完全不知道怎麼防備，更不用說妥善的化解，只能任憑它忽來忽去，牙根吃力咬緊，等待憂傷自動退潮，等待所有臟腑自行歸位，等待回神時刻的到來。

而兩年來種種悲慘情事，最教狂墨難以承受且無法吐露的是，正節死後，自己的，怎麼說才好呢，應該是輕鬆感吧，（我居然感覺到解脫，而且是完完整整的解脫感，好像終於把一件不合身又沉重的盔甲卸除。）慶幸著啊，徹徹底底的輕快著，對於心中的這種感受，狂墨的愧疚就更激熱了，更不能原諒自己。惟他也無法欺瞞自身，對他來說，兒子真是個麻煩，仗著母親的溺愛，和自己是座主之子，肆意胡作非為，甭說舞荷、晚花、青卷，就說他吧不也幫正節善後好幾回嗎？他一直有個預感，總有一天正節會惹出大禍的。而果不其然啊，不是嗎？

話說回來，那樣的預感又有何用處？徒然讓自己悔恨，不是嗎？藉由扮演先知先覺，滿足自己很強大的幻象，有什麼意思呢？就算預測準了，能夠改換什麼嗎？衛狂墨抬起頭，在黑天摸地的視野裡瞭望轟頂台。破碎地貌的黑山上方，就是兒子葬身地，正節最後變成一具焦屍——雖然兒子是死在自己的手裡，他因為痛心於正節對母姊都能下手，故而盛怒之中動用厲色鋒使出極招，當時他唯一的想法，就是絕不容如此孽子逃脫生天。

那一夜，狂墨亦差點要被滿天神雷鬼電轟個正中，他原無意閃躲，他看著在五雷神石上被天打雷劈的正節屍身，整個人癡傻。後來想起妻女都在附近，急忙援救，這才免去一家四口全都與正節一同陪葬於天刑獄。他本來已經心神崩裂，但為救舞荷、晚花和青卷，非得振作起來不可。他強壓下心頭的狂亂與腦海中不斷忽隱忽現的種種顛夢倒想，勉強抄起妻女，遁離黑山。

兒子喪心病狂，（我身為父親，難道不應該做個了結嗎？）六百多個日子，他持續追問著自己，（但那是你兒子啊，你怎麼能真的，真的下手？）但責任感逼他非如此不可。他是神鋒座座主，他是衛家人，（你怎麼能不下手，你怎麼能不親手解決自己生下的邪惡孽種？）困惑、悲傷與懷疑永無止盡地一直襲來，有一段時間狂墨分外不解，到底自己的一生有什麼意思？又有過什麼成就？生存是什麼？死亡又是什麼？人活著究竟是為什麼？正節死去時，他又在想什麼呢？除了記憶，除了一代又一代的拒絕遺落遺忘，又有什麼能夠承接這所有的付出與犧牲呢？……狂墨的心中泛起更廣遠的迷惑，無涯無垠。對當年的作為，他的心中感到愈來愈多的動亂。

正節剛死，狂墨著實花了一大段光陰消化、適應兒子的死亡，尤其是衛正節的死，壓根就是狂墨親手造成。愧疚感無從遠去。幸好當時他的妻女們都倒地不醒——狂墨盛怒出手亦因以為正節殺死他的妻——否則，她們將更無法諒解狂墨吧。但她們又怎麼能知曉他的恐懼呢？狂墨那時真是怕呀，（怕那一臉邪氣至上的兒子，又在我面前，活了回來。）有那麼片刻，他真心覺得衛正節是不死的。因為，他生怕惡鬼一樣的正節死得不夠透澈，故此後來更失心瘋似的把正節的屍體搬上五雷神石，親眼目擊兒子遺骸完完全全地被雷電爆裂轟炸，燒成一團大火，熄滅後，看起來像是一小段暗色極了的焦木。狂墨記得，是他自己主動這麼做的，他非但殺了兒子，更希望正節徹底毀滅。他的回憶後來長成這樣。爾後，他方能安心，確認到帶著衛家之血的邪魔不會留在世間。其時，對狂墨難以承受更多殘酷的心智來說，那是至關緊要的。

這些日子以來，他都不能睡好。夜裡，多夢淺寐的他，經常驚醒。若說神鋒座主居然心坎充滿驚懼森森恐怖魅魅，當真荒天下之大謬。然則，狂墨著實無法抵禦兒子的鬼影——他死前的說話，以及癲瘋已極的笑容。衛狂墨覺得有個究極的惡，活在他裡面。故此，他幾乎是不敢睡的。狂墨的心神，遭受無與倫比的內部傾軋。有時，他也以為自己狂亂，就像衛正節一樣。他不正是他的兒子嗎？有什麼理由他們會不一樣？狂墨生下正節，兩人之間相同相傳的，或許不止是血緣，不止是平庸無能，也許還有更多——正節的邪異癲魔，是否源自於他？真正可怖的，會不會就是他自己？

想來就讓狂墨心驚肉跳。正節的臉顯現出絕對平淡的邪惡，並無狂喜，同樣的，他沒有一丁點的後悔愧疚。他是滿足的，滿足於自身的所作所為。他的殺戮，就是他的正義，他的道路。狂墨每每想及，就要畏懼於兒子猛暴式的人生價值——正節在狂墨的眼中，就是個如自己般平凡的人，只是相貌、體格確然優於狂墨甚多，但僅僅如此而已。他都是靠一些鬼蜮伎倆完成屠殺，正節根本沒有多少武技本事。這麼能力一般的兒子，為什麼會化身為惡魔，無來由地毒害殘殺許多人？如果衛正節勢必要走上這樣的終局，那麼，狂墨會不會也跟著一起墮落往如兒子般最後的瘋狂？

他暗自擔憂這件事。但兩年後的現在，狂墨逐漸明白，他跟正節是不同的。他們倆或許同樣平常，同樣不適合生存於江湖，武藝天賦皆極之有限，惟狂墨打從心底願意維護神鋒座的價值，願意珍愛衛家歷代座主傳承下來的近百年信念。正節卻不然，他是被逼的，從來不情不願，從降生於世以來，他沒有一日認可過衛家傳人的責任。狂墨一開始實在不懂，為什麼自己可以，兒子卻不樂意接受神鋒價值？神鋒座的光榮，怎麼可能會有衛家後人不想承接，甚至拒絕恢復神鋒人的龐大輝煌？

近來，雖然依舊夜夜難眠，不過衛狂墨好像更接近死去的兒子一點。他好像稍稍了解，或許正節是不安於平常平凡，不像狂墨已花費幾十年時光去承認去接受，並安於平凡。可正節沒有，他沒有機會也沒有意願，於是走向完全背道而馳的路，變作舉世邪魔。仔細想回來，年輕時候的狂墨，不也有過類似的黑暗之心、走過那些黑暗之路？只是那時，狂墨更自卑，因為自己的才情低微，更因為自己的無特色相貌與怎麼都瘦不下來、從來不懂何謂精實的胖體格，狂墨遭遇的是非常直接具象的平庸——

而正節不是啊，他長得俊，身形又是玉樹臨風，可以說是神鋒座第一，只差在能力不甚出色，這難道不比狂墨好得太多嗎？如他肯如狂墨般苦練，神鋒七絕勢當也有所成。是不是由於他的母親從小就過度溺寵的緣故呢？狂墨記得，正節嬰兒時期的粉嫩可愛模樣，妻真是疼入心，兩個姊姊也沒有嫉妒，跟著舞荷一起盡心盡力地照顧正節。兒子是萬眾期待中出生的，人人都說他好樣貌、喊他是未來神鋒座棟梁，結果，他卻是撐不起啊，光是練個氣就沒有耐性，要他熟記招式，更是怕苦怕磨，母姊都護著他，捨不得他有一點辛苦，說是他還小，何苦操之過急呢？唯哪個神鋒人不是這般過來的呢？晚花、青卷是女流，不也是一視同仁，十歲就得習藝，正節又憑什麼例外？又哪裡有資格對此心生怨懟？就因為他是衛家人，就更該為神鋒座多加努力，難道不是嗎？

狂墨心中思潮翻湧，難以自已。目前的情況，五雷神石是看不見的。一個月約莫有十幾二十日這裡都是狂暴的氣候，轟頂台總是天候險惡，五雷神石有吸啜積聚狂雷暴電的異能，此地便有如瘋魔亂舞百鬼夜行。不過，如今只是尋常的夜晚，今夜一切平靜，狂墨看到的只是濃稠的夜闇，其餘的幾乎什麼都看不見。天刑嶽一帶，原是神鋒座人皆心存畏懼的至險至凶之地，要不就是雷電狂閃轟鳴，要不就如眼下一般的靜謐暗黑，教人睜眼似盲，誰都不願意輕易靠近。

乍然，一股厲風飆起，恍若由夜的極深處湧來，帶著詭異感，吹襲起來隱約如哭嚎。夜裡黑山的風素來颳得凶惡，唯這怪風似乎夾帶著更多的意味。狂墨有點發冷。天刑嶽是鬼域，眾所皆知，這裡被天雷降死的人不知凡幾，奸淫擄掠的，違反天條門規的，窮凶極惡的，尤其轟頂台上，更是陰雲慘霧陰魂不散陰陽怪氣究極。衛狂墨心底也打了個怪突，彷彿那道風裡有什麼訊息凍入他的內在深處，一大塊冷顫打裂他的心思。

狂墨有種感覺，彷彿正節就在左近，正陰惻惻地朝他吹氣呢。衛狂墨忍住不抖起來。他必須忍住。他沒有錯。如果說有，最多就是他應該更早鐵腕教訓他唯一的兒子，而不是到後來什麼都無從挽回之時，才親手制裁。狂墨不停地說給自己聽，他一定要堅持這件事，（我沒有錯，為了神鋒座，為了衛家，我非這麼做不可，我一定要除害不可。）他不能再次崩潰，他不可以。

無可目擊的五雷神石，想來依舊高高在上吧。而風倏來倏去。黑山又回復到無動靜的冷寂，鬼氣森寒，無邊的昏暗流捲四周，衛狂墨像是折磨自己一樣的釘於原地，好像正在承受兒子怨恨的洗禮。就算他是對的，狂墨還是不可削除日以繼夜錘打撞擊的懊喪悔恨。是了，他得在此，是他自個兒想如此做的，沒有人逼他。他也約了妻，不過舞荷沒有理會。她保持兩年以來徹底的沉默，彷彿這一世人她能對他說的全都沒有，全都是無聲。狂墨去年的同一天，也獨自來此，在暴動式的雷電中，覷見五雷神石不斷招來雷電的壯闊與戰慄。

能承接衛家血脈的兒子死了，就意味衛家的數代傳承到此為止，他實在是罪人啊。隨著時間推移，他愈來愈閃躲不了衛家缺乏接班者的事實。原本狂墨打算和舞荷再生個孩子，他們都是練武之人，身強體健，保養得宜，要再添個兒子也不是難事，但妻怨恨他，她許久前就不滿於他的相貌平庸，只是礙於長輩壓力、必須鞏固鹿家在神鋒座的勢力，不得不委身於他。到正節出生以後，兩人漸漸處得如冰，兒子的教養，更是兩人關係水火不容的重大關鍵。他也是賭氣了，乃故意冷落舞荷。

兒子死後，她亦一句話也沒跟他說過，連同床異夢的機會都不給他。狂墨曉得，此生她是恨死他。但狂墨真是愛慕著舞荷啊，對他而言，妻便是天仙，她的美麗絕倫，即使婚後產後都沒有一絲一毫褪減，狂墨心中仍舊珍之愛之。他甚至覺得，近來的妻就跟她少女時期如出一轍，青春永駐也似。可惜妻沒有意願與他親近，偶爾也有那種似乎想要說些什麼欲言又止的表情，但最後他聽到的只有寂靜。漫長堅固的寂靜。

狂墨決定還是不上轟頂台。這裡已是極限。再往上走，好不容易刻意壓抑下來的恐懼與傷痛，或都會一股腦地奔湧而來。明天還有大戰啊，（我可不能在這裡喪失鬥志，）但總有一天，他會能確切承受的，屆時，狂墨便會再履轟頂台，與五雷神石朝面，直視正節之死，（總有一天，我會的。）會有完全放下的一日，他堅信必然會到來，衛狂墨不絕地鼓舞著自己，他會擺脫那恍若舉世皆傷的龐然痛楚。他會，他一定能。但在可以無礙逼視前，衛狂墨拒絕觀看記憶中那個悲慘的夜晚。狂墨決定暫時遺忘。他用盡全力瞥過頭，把那些回憶丟進深淵。讓過去變得輕薄。他做得挺不錯，有些事、有些場景，非常成功的愈來愈模糊遙遠。

而明天，就是他與神刀闞至尊天機忘聲的決戰之日，職是之故，他非得來這一趟，是悼念，也是某種決志的表現。因為兒子正節的逝去，讓衛狂墨痛下決心，要與神刀闞決雌雄。他面對傷痛的方法，不會是沉溺於傷痛之中。唯有全神貫注神鋒座事業，才能讓他在喪子之痛中勉強活下來，是的，只是勉強。他並不似妻女以為的那樣，冷血無情。他不能遺忘座主的身分，他的所作所為，都牽連神鋒座此前此後的人們，（我的好惡喜樂並不重要，只要神鋒座和神鋒絕藝，能夠延續，乃至於持續茁壯，就是此生最大的成就。）

神鋒座與神刀闞的恩怨，總清算的時刻，已然近了。是的，指日可待——

天機忘聲的玄機神刀，和狂墨的寰宇神鋒，究竟哪一個更強？天機忘聲和狂墨都是為了自己的家族，神鋒座與神刀闞總要分出個勝負來。衛家的神鋒七絕勢與三十九天機破，百年相爭，總得有個結局吧。

此役，他暗地找來天驕會合作，同是劍之宗派，狂墨判斷三大絕頂可以信任。應付神刀闞這樣雄霸江湖五百多年的強敵，衛狂墨自然是有什麼資源就要全部使上，他必須用盡全力傾出籌碼，才有與神刀關一拚的實力。這幾年間，神鋒座與天驕會合作無間，在各方面巧妙而優異地翦除神刀關的勢力，壓得神刀人抬不起頭。神刀關被孤立起來，無有過往的天下威風。眼下，它也只是一頭待宰衰弱無比的老獅子，面對新生代的虎狼，敗亡不過是轉眼間的事。

狂墨對此頗為得意。他利用武林新星的崛起，一步一步掏盡神刀關的根柢，五百幾十年的基業，逐漸烏有零散。而這麼一來，他的人生敗績也就能抵銷。滅去神刀關，他就完成神鋒座成立以來最為無雙的功業。

原來在狂墨的算計，總決戰會再更久後才發生，如若不是兩年前正節死去，毀滅神刀關的速度，還不會這麼快，他原本盤算要花十多年工夫慢慢磨，盡可能不要重大犧牲集體決鬥，鯨吞蠶食掉神刀關，但兒子的瘋狂與死亡使神鋒座與天驕會的合作加速，說到底衛家後繼無人，如何教狂墨不緊張、不憂鬱深重呢？他不得不然，沒得選擇。不能再拖延，必須趁神刀關大衰大弱之際，釜底抽薪。

衣袂飄拂，以及相當輕微的腳步聲，在山徑不遠處響起，並快速靠近。

這個時候會來的，大概只有他，衛狂墨料想得到。他不打算讓少年上來，狂墨往下走，本就已打算離開。前頭是個年方十五的俊美男孩，以優雅身姿飛躍騰來。狂墨憂翳重重的心，因為少男的到來，潑進幾許的明亮。那是他的關門弟子——初雪凰停。近兩年前挖掘到這個寶，天生武學異才，差點就要被埋沒一世，男孩比狂墨更有習武天賦。有了他，狂墨相信神鋒絕學不僅不會香火斷絕，還可能發揚光大，再造榮景，他有十足的信心。凰停只需要更多磨練，一旦實戰經驗足夠，少年的武學能力，勢必要超越自己太多，要成門立派也不會是什麼難事。

初雪凰停很快就來到狂墨身旁，是個俊美程度還勝過被譽為神鋒第一美男子正節許多的少男，（說起來，真不公平啊，）狂墨望著凰停又挺拔又鮮明完美的五官，心中都是苦澀，（比起衛家三代人呀，凰停簡直天之驕子。）但這或也是他應得的，而狂墨必須補償初雪凰停。甚至，狂墨私底下有個相當無良可恥的想法，正節之死，還有犧牲在他殘暴魔手底下的人們，全都是為了讓狂墨發現凰停如是上好的奇材。要不是兒子天誅地滅的作為，初雪凰停想來一輩子也沒法兒接觸到神鋒七絕勢這樣上乘的武學。

初雪凰停走向衛狂墨。他向師尊執禮，爾後請狂墨趕緊回到紮營處憩息，以備戰明日。凰停貼心，這大半年來多虧凰停為他備著祕藥，讓狂墨還能睡上兩、三個時辰，不至於徹夜無眠。初雪凰停特地到山上裡尋不易找的藥材，夜夜熬煮一碗泡影湯，俾使衛狂墨能排除腦中無有停止狂奔不止的思緒。他得要停下來。再不止住體內沸滾般的眾多情緒，他就要瘋壞。看著眼神又崇敬又關懷的初雪凰停，狂墨想著，這才像是他的子嗣，而絕無可能是轟頂台上焦爛的那一個。唉。

凰停會變為狂墨的最後門徒，是有慘烈緣故，主要就是天意場大殘殺。在衛正節幹的這樁天大壞事以後，狂墨深悉對所有罹難者，不管死的、活的，他都有責任，因此囑咐下去，一定要全力照護。死者的風光大葬，不在話下，尚須撫慰的還有，其遺留在世間的家族親友，狂墨的意思是務必使遺族滿意。唯光要照應兩百多名遭朽木毒粉攻擊，爾後患無窮的受害者，就讓神鋒座元氣大傷。有些人根本筋骨軟壞如泥，只能床上度過餘生，有些人就算能跑能動吧，可也必然有一身體部位殘缺，要不某隻手腳廢損，要不就是器官衰微，比如眼耳口鼻乃至心肺機能都有相當程度的受殘。那是一筆幾乎要傾家蕩產的花費。神鋒座際此大變後，拋賣許多物產，雖還有一定勢力，但江河日下終究是免不了。

初雪凰停也在受害行列。他是正節直接下殺手的十幾人裡頭，唯一一個存活下來的人。在神鋒座的全力救治下，十三歲的他，居然能夠完全復原，身上無遺留如他人般徹底毀壞的損害，簡直奇蹟。

那日，因身為神鋒人的初雪族人的邀請，作為遠親的凰停和家人一起到神鋒座參訪，在人來人往、千百人同時移動、仍能保持寬敞的天意場上，才滿十三歲的他蹦蹦跳跳，驚奇地眺望被尊稱為武林兩大聖地之一神鋒座的大氣大派建物，突如就遭此橫禍。他的爹娘當場死去，一雙弟妹也毒手餘生不得，事後的醫診藥石罔然，歸陰去了，獨留凰停孑然一身，只有一奇怪石頭相隨相伴——

據凰停的透露，六、七歲時，他不小心溺水、昏迷以後，再醒過來，已在河邊，且有那顆石頭在懷抱裡，爾後凰停把那顆石頭視為救命恩人。後來長大成人，他鼓勇再下河，發現到底下有許許多多類似、且深深嵌合河床形狀不一的石頭。他感覺那不過小孩拳頭大小的岩石塊，有著說不上來的古怪，好像是有生命的一樣。當他把石頭擁著之際，總感覺到一股像是日之初昇、非常非常微小、恍若錯覺一樣的神祕電流，通行而過。初雪凰停想要每個家人都能擁有那樣一塊說不上來、但神祕得猶如具備生命質地的礦石。可惜啊，當時的他，尚無力量能夠挖出那些大部分時間墨黑、偶爾流露暗金色澤的石塊。另外，凰停基於某種直覺吧，對此發現進行全不透風的保密，只對其師尊衛狂墨坦白。

狂墨一眼就感覺到，略帶暗金的岩石有某種難可言語的神異質地，尤其是背上的寰宇神鋒，竟有種與之相應的奇異震動。他曉得，這孩子懷裡抱著的石頭是異物。凰停不止是幸運而已。他放入貼身處三、四歲孩童拳頭大小的石子，很可能就是他活下來的最大因緣吧。沒有那顆護生石，凰停應是絕無可能在奇毒朽木粉的肆虐下倖存。而不管原因是什麼，就像其他受害者一樣，初雪凰停從此便成為狂墨的責任。少年的親人都死了，且死於正節之手，狂墨絕無可能推卸。

只是這會兒看來，如非有初雪凰停，狂墨恐怕克制不住自己的心魔，所以其實反倒是凰停在照顧他呀。因為凰停，狂墨還抱有希望，衛家劍學和神鋒座都還有希望。兩者間究竟誰顧應誰，確實難講得很。

凰停所備用泡影湯的方料，其實是狂墨找來的，主要是少年在天意場大殘殺後，夜夜驚醒，老夢到自己回到那兒，眼睜睜瞅看親人們一個個痛苦至極哀嚎不止地倒下，他們求著凰停，不要棄我們於不顧，他們伸手拉他，至深至暗的手。凰停只能僵硬原地，渾身驚恐難止，爾後便要在劇烈的慘叫中醒來，再不得入眠。衛狂墨為此遍訪名醫，終於得到這麼一帖藥，親自上山採藥，為少年的安寢費心花力三個月，終使凰停可以自然成眠。泡影湯的妙用，衛狂墨這些日子以來也頗受惠，只是心疼凰停要去山裡採集難得的藥方，什麼竹色露、細針花葉、綈角，都是很希罕的，要尋到非得花一番工夫不可。當時，他為少年翻找三個月，而今亦不枉，不枉狂墨珍之重之的萬般心意。

初雪凰停的腰上，掛著厲色鋒，那原是狂墨的佩劍，收凰停為徒的第二年，他便把劍轉讓給徒弟。他這輩子本就再也沒辦法動用殺害兒子的厲色鋒，何況他有寰宇神鋒呢。再說，凰停的用劍天分，實在驚人，狂墨更樂得將厲色鋒贈之。

而設若與神刀關一役功成，狂墨決定餘生將傾盡心力培養初雪凰停，使之接管神鋒座。縱然他的母親舒綻反對，他也決心如此。這將是狂墨對牢牢控制住他的母親的最大忤逆，也是對舅舅舒安識的抵抗與箝制。自從表弟舒扶生離奇喪命，舅舅的眼中就有濃郁的敵意，且處心積慮地做一些鬼祟圖謀。狂墨知悉舒安識的作為。父親離世前的警告，並沒有說錯。舒家人確然有不軌之心。然則，母親舒綻終究沒有背棄自己。沒有太母座的全力支持，舒安識是不可能犯難。再加上，狂墨聯天驕會制神刀關的做法，深受神鋒內部讚賞，一掃正節之禍的遺害，暫且重振他座主的氣勢。再起神鋒座威風，一直是所有神鋒人的心願。如此局勢下，舅舅更無於眼下發動叛反的理由。

無論如何，狂墨心中已有定見：神鋒座的將來，定必屬於初雪凰停。

兩人會合後，很快離開靜寂森然的天刑獄，轉入臨時宿住之地。飲下泡影湯的衛狂墨，一夜好睡，翌日醒來奕奕精神。他在早飯準備好送入營帳前，就已梳洗預備妥當。他仔細用餐。今日一戰事關重大，絕不能大意閃神。他保持平緩的心情。

沒多久，凰停也來問安，劈頭便請命要繼續跟，但狂墨一口拒絕，他要他的關門弟子好生留守神鋒座，他只許凰停送行到百雪璧景的邊緣處，只要過黑山，就不再是神鋒座地盤，這裡，已是最後底線——狂墨命凰停必須折返神鋒座。這孩子天賦極佳，衛狂墨早將其視為神鋒座未來的希望，甚至要把座主之位傳給凰停——反正如今膝下無子，有何不可呢——斷無理由讓他遇險。

然初雪凰停極力爭取，他不願學一身劍藝，卻無法上場協助師尊殲滅神刀關。凰停再三請託，衛狂墨仍是嚴拒，且說出重話，若讓他發覺凰停私自離開神鋒座，投入與神刀關一戰，將立即驅逐凰停出門，絕不寬貸。

狂墨是凰停傾盡生命相信的人，他怎敢真的違背呢。他聽出師尊言談中的真心實意，萬萬不敢造次。對初雪凰停來說，師尊是他最後的親人。雖然少年的血親，都死於狂墨之子手裡，但師尊沒有護短，他甚至不惜家庭崩壞，也要懲奸除惡。凰停無比敬重師尊的犧牲。師尊胸懷裡有真正的天下大義，不但無私地照顧自己，還把畢生絕學都傾囊相授，對凰停全然不設防。

要說一開始初雪凰停對狂墨沒有丁點恨意，那是不可能的。終歸那個惡魔是狂墨之子。當他清醒，理解所有發生的事以後，他真是恨透衛家人，恨透神鋒座。他不能理解父母口中守護武林秩序的神鋒座，為何會如此這般邪絕惡透。座主不是像神一樣嗎，本事奇大，人品至高？他怎麼能容許天大罪行在眼皮底下發生？還是他的兒子啊！凰停對神鋒座與座主的信賴完全崩毀。他也想要讓姓衛的所有人，全都遭受同樣生離死別的痛苦。

不過，凰停在師尊的眼中，時常看到溢出的愧疚，他整個人都被罪惡牢牢盤據。狂墨努力贖罪的身影與付出，終於爭取到凰停的信賴。在凰停的觀點，世間是不可能有誰比師尊更偉大無雙。兩年以來，沒有誰比凰停更近距離觀察狂墨，他是誠心誠意的，他是深深懊悔對那個人的教養不足，竟讓他毒害如此多人。尤其是不管他對師尊做出如何過分的唾棄舉動，師尊都毫無怨言，只求凰停能夠康復。且師尊最終也讓那個天生惡徒去受死，他沒有做出攔阻，甚至完全支持五義老的判決。凰停心中的怒火，燒焚許久許久，慢慢止息，慢慢懂得師尊的確活在最深的愧疚中，永世難逃。

六百多天過去，師尊依舊深深地徘徊很濃的暗霧中。凰停就常常見到師尊獨自一人喃喃細語，跟師母說話。唉。可惜師尊一雙女兒遠走隱遁不見蹤影，無人能慰解。師尊身邊此時也只有一名至親，他的母親舒綻。

惟凰停很怕那位隱身在後、據說是神鋒座真正操作者、人稱太母座的人物。即使在重病中，太母座對師尊只有各種要求，從未有關愛感。他也感覺到太母座對他散發的、某種說不上來的濃厚敵意。凰停委實同情師尊的孤絕處境。

衛狂墨緩慢確實地用完餐後，稍稍整頓一下，往外走。初雪凰停跟在後頭。狂墨來到神鋒人臨時搭建的營處，看著他的部屬們於野地炊煮的忙碌樣。他的心思平和。他想起幾日前決意出戰的場景——

在神鋒座大門外，就是那氣勢磅礴的大廣場，曾經發生兩百多人受毒粉之害慘案的天意場。如今，它依舊寬闊巨廣，龐大無雙，沒有絲毫變動。唯狂墨知曉，一切早已不同，無論是他、他的親人，或者神鋒人都一樣，每個人都心知肚明啊神鋒座正在走下坡階段，不可能更好。他們只能竭盡所能地阻止事態變得更糟，最好的也就是只有這樣。

包含舒安識在內的五義老，都站在天意場上，向著神鋒座鮮豔絕倫的金黃大門，向著神鋒座主，以及狂墨後方的初雪凰停。五義老身後，則是近萬人數的神鋒座作戰菁英。神鋒座稱雄武林近百年，縱使勢衰，又遭遇正節事件，然這麼長久的基業，也不是說垮就垮的，神鋒人在量方面仍舊不容小覷，至於質素嘛，那又是另外不好啟齒的一回事。但至少神鋒人全都鬥志高揚，這或已足夠。以狂墨的能力與魅力，他不能貪求更多。這座主自己是在位得再失敗不過，終究不能不承認啊。

看著大半年沒會到面的舅舅，狂墨心中感慨。他也老了，表弟扶生死逝兩年。知悉扶生離奇死後，舅舅便迅速委靡，衰朽極快，現在瞅來更是灰髮暗臉，整個人沒精無氣，跟團黑影沒兩樣。孩子死去的痛楚，是無從消解的啊。舒安識用盡心力想要竊據神鋒座，可時不我與，人人都想著要擊倒神刀關，誰會願意配合他呢。於是，仇恨吞噬他，他被無路可出的怨氣不住消蝕。狂墨能夠體認舒安識的處境與痛苦。但也僅止於此。那是一個想要禍害衛家的人，就算是親舅舅，他也沒有任何理由應當接受。

面對神鋒眾人，狂墨無詞乏語。他跟父親衛溫相近，沒有任何鼓舞將士的漂亮說法，他只是騰起身子，施展絕妙身法，往前掠移，曾經一度瘦一大圈但終究又復原回胖大的身軀，靈活得很，彷若燕子滑翔。他就在空中淡淡地說了句出發吧——三個字清清楚楚地送進近萬人耳裡，無一遺漏，盡顯功力。神鋒大軍乃拉拔往與神刀關所在的天機原。五義老與撥下來照看神鋒座的五百人，目送他們離開，心中盼望他們能夠一舉殲滅神刀關。爾後，跋涉多日，便到天機原附近的算策山，駐營等候。從此山到天機原，距離不遠，再加上神鋒人個個身手快捷，估計約莫再半個時辰左右，即可抵達。

早飯過後沒多久，天驕會三千兵馬也已從金風頂趕至，六王除玄武王外，其餘全都到了，十二霸也只有龍霸與雞霸缺席，看來是留守金風頂。至於近年祕密培養的二十四主，也悉數現身。

雙方進行會合。衛狂墨這時與天驕三絕頂面對面。狂墨凝睇三位當今新星強人，心中感慨。許多年前，天下藏鋒不過是年輕小伙子，少絕頂只小狂墨兩歲。那會兒在黑塔歷險的三絕頂安在？獨天下藏鋒存活，其餘兩人後來因為天驕會四處征伐，早已戰死，其名號亦被另外兩位後起之秀繼承。神鋒座約當是九十幾年前創建，天驕會則是七十多年前由第二代的絕頂三人開宗立派——第一代三絕頂一百三十幾年前，就已占據金風頂，然他們花費六十年時光累積許多徒眾，默默壯大，且精研天驕絕藝，直到第二代繼承者，才正式成立天驕會。如今氣強勢凶龍精虎猛站在衛狂墨前的絕頂人物，已經是第四代。

每一代天驕會三絕頂，都是一樣的名姓：老絕頂藏無神，少絕頂天下藏鋒，小絕頂鳳雲藏，一代接著一代，只有劍藝最高的三人，才能夠成為絕頂。天驕會編制一直如此，能夠升到此一位置的人，必然需要擁有極高的武學技藝與能力。

兩派成立的時間相差不過二十年左右，但神鋒座始祖有寰宇神鋒在手，獨創的神鋒七絕勢，可說一時無兩，乃當時首領風騷的一代宗師，很快為神鋒座栽下牢固基底。反觀天驕會，第二代絕頂三人受第一代的遺命要開枝散葉，但無奈夾於神刀關與神鋒座間，只能東躲西藏，閃避與兩大勢力正面衝突，在夾縫裡吸收培育天驕人，又花費二十多年的工夫，到了第三代天驕絕頂才漸成規模，近二十年來，又因眼前第四代絕頂人物的努力，方可與神鋒座、神刀關鼎足而立。

兩方領袖人物聚首，簡單商議後，無有任何延宕，即刻出擊。衛狂墨帶著神鋒人馬浩浩蕩蕩離開算策山，進軍天機原。那兒，至尊天機忘聲正領著神刀關人等候衛狂墨。天驕三絕頂則繞往天機原後方，預備從後方夾擊神刀關。

天機至尊雄立神刀人最前方，滿臉冷傲地迎對衛狂墨與他的神鋒大軍。

神鋒座繡著金黃圈黑劍圖形的大旗，在天機原上飄揚著。終於啊，像是經歷過幾輩子一樣，狂墨想著，（終於，我遙不可及的平生大敵，你就在這裡，我終於能堂堂正正地站在你的面前。）他們分別接掌神鋒座和神刀關多年，檯面上、檯面下各種相爭計較，亦久矣，然直到當前，狂墨才第二次見著天機忘聲。此人的確是相貌非凡，氣派從容，確實一代天下人傑，這麼多年，天機忘聲還是俊俏無倫，歲月風霜沒有將他淘洗殆盡，反而給他一股更為強烈的熟成魅力。

狂墨心中長年以來費力壓抑的妒恨，旋即甦醒。宛如隔世一樣，海角與天涯永遠撞不到一塊兒，直至眼下，他的心跳加速，猶如遇見情人般的興奮之情湧上。他衛狂墨的功業成敗，就看與天機至尊的這一戰！天機忘聲望看狂墨的眼神先是詫異，後來就是失望，明明白白的失望。衛狂墨對這樣的眼神再熟識不過，從小到大不知看過凡幾，只因他相貌平庸身型圓胖，許多人便不把他當一回事，難以置信他就是神鋒座座主。而且，此人壓根不曉得許多年前，他就曾在黑塔與狂墨有過一遇。不過，今時今日，天機至尊將為這樣的蔑視付出代價。多年以來，似乎唯獨凰停例外，只有他看狂墨的眼神充滿絕對的尊重，自己家卻對不起凰停。人生際遇究竟該怎麼算呢？狂墨無從判斷。

他對天機忘聲拱手，然而，所獲得的眼神，卻只是自然升起的輕蔑。看來也無須多言。狂墨果斷拔出寰宇神鋒——黑劍離鞘的一刻，天機忘聲的眼睛亮了起來，像是點了一把火。

三十九天機破和神鋒七絕勢兩大武林頂尖技藝的關鍵一戰，究竟是刀稱王，還是劍為尊，就看今朝。神刀關至尊已緊握玄機神刀，衛狂墨的手，也立起寰宇神鋒。兩人對峙，身後萬頭鑽動，人人都想看得更清楚。

「來者是客啊，請吧。」天機忘聲發言。這麼多年過去，他的聲音依舊低沉迷麗，聽了讓人麻酥。衛狂墨點點頭，他不客套地踏進一步。劍在手裡。天機忘聲站在原地不動，但全神貫注，無絲毫掉以輕心，冷眼凝看狂墨一舉一動。衛狂墨以非常慢的速度，進行揮劍的動作。慢得離奇，慢得像是永遠都無法揮出。然天機忘聲卻看得眉頭一皺，手握刀柄愈來愈緊，彷若就要遭遇禍事。衛狂墨佩服天機的眼力，不愧是神刀關之尊，一瞅就知輕重。原來，狂墨已然動用神鋒劍學第五絕幽明異路的第十種變化，雖只是簡單至極的揮劍之舉，卻蘊含不凡的後勁。

寰宇神鋒陡然一個加速，奇詭神祕地去至天機忘聲胸前。神刀關至尊早已留神，玄機神刀一抽，刀鋒狂顫，瞬忽間劈進空氣裡，紅光熾烈，看似莫名其妙，實則機巧地逼止住寰宇神鋒的來勢。衛狂墨旋即變招，劍口一轉，黑劍無鋒，靈靈動的，像是喪失重量一般，改拍向天機忘聲扣住墨色刀柄的五指，若讓他敲中，天機的指骨必裂。天機忘聲悶哼，右腳飛起，遥踢狂墨腹部，同時，紅色刀光爛漫，反捲狂墨喉部。而狂墨使寰宇神鋒劍柄下壓，戳頂忘聲腿蹴，且劍尖一翹，抵住玄機刀，幽明異路的諸種變化，輪番上陣，衛狂墨一生的本事都拿出來，無有保留。另一邊的天機忘聲亦然，三十九天機破一式跟著一式擊出，絕不讓衛狂墨有任何取勝機會。

偌大的平原視野上，紅與黑的劇烈搏鬥，尤其惹人注目。兩種色彩，兩種百年刀劍絕藝，爭得你死我活，死戰不休。兩大領袖一動手，就是千生萬死的絕對感，底下的人也跟著狂野廝殺，無多久便是一副天愁地慘的樣貌，血肉殘肢，遍地壞骸。但狂墨無知無覺。他的眼珠只有天機忘聲，只有紅刀，只有神刀關絕學三十九天機破。要等到最後與至尊分出勝負，狂墨才赫然驚覺戰況慘烈、人間廝殺的煉獄感，而心中懊悔不已。

此刻，衛狂墨的心神絕無半點偏移，他只在乎與他同齡、但名聲能力都遠遠在他之上、就連外貌也優於狂墨太多的天機忘聲。不止狂墨如是，天機至尊亦然，他的眼、他的全身都盡情地投入當下。兩個人像是打結似的，緊緊地以刀劍纏成一塊兒，好若難分彼此。本來只看得下寰宇神鋒，但幾招以後，天機就曉得狂墨竟是畢生難逢的大敵，他原瞧不起圓滾滾、跟一顆肉球實然無太多分別的狂墨，他聽過這位神鋒座座主的諸多事蹟，在忘聲的判斷裡，狂墨就是依靠血親才能登上座主之位、且連家務事都處理不好的庸碌之人。然一輪拚殺下來，天機忘聲不得不正視，看來就像鄉野肥厚鄙夫的對手，是有驚人藝業的。

至尊體內的暗香虛影功，乃提升到最高等級，一波又一波教人神思飄忽的薰香擴散，開始具體而微地影響周遭人的嗅覺，進而左右其視覺，造成眾人視線產生扭曲搖擺的怪誕現象，好像眼中塞滿彎彎曲曲的線頭。

狂墨的神鋒真氣亦源源注入寰宇劍，黑球乃高速轉動起來，招式亦從第五式轉入第四式的風雨如晦。他的手極速圈轉抖動，一時間，黑劍洋灑開細密繁瑣的許多劍旋，密如牛毛般裹向天機忘聲；同時，他抵禦著奇怪飄忽如若無形飛刀般的香氛。玄機神刀鮮紅如血，與寰宇劍屢次磕碰，忘聲的真力也大量大量投注刀中，威猛無儔，每一記攻勢都帶來重壓。衛狂墨的劍勢宛如黑雨，天機忘聲的刀光彷彿紅色閃電，兩方繼續糾纏得無分無解。

衛狂墨渾身解數都展開——神鋒七絕勢共有七十二種變化，他雖礙於天資有限，有些已近乎失傳，且有些劍招他亦不能靈活應用，但他畢竟專注十幾二十年苦練著武藝，絕不易與，何況這些年他更嚴苛絕倫、無一日鬆懈地錘鍊神鋒劍學。可嘆他領悟力不足，真是生怕誤了最後的弟子。但狂墨也已經是當前派內最懂神鋒七絕勢的人，唉，神鋒人才凋零至斯啊。若狂墨能選擇的話，只怕他不會親授凰停，而是要更能夠掌握七絕精義的人代傳。他苦心孤詣培養初雪凰停，悉數傾囊相授，只求凰停的驚人悟性，能夠一舉將衛家劍學發揚光大。

對上天機忘聲的此時此刻，狂墨特別感覺到無比暢快。三十九天機破正迫使他更激盪出神鋒劍法的絕妙奧義來。黑球在圓環狀護手裡激烈旋轉，擦出一蓬蓬火花來，且寰宇劍也發出咻咻咻的驚人聲響，烏黑的劍芒撕裂火熱的刀光，將黑暗的聲勢在光天化日下一再召回。據說，神鋒七絕勢練到絕處之絕是無聲的，劍法無聲倒也不是太難的境界，但如果無聲是滅絕一樣的無聲，是萬籟俱寂天地跟著一起無聲的狀態呢？那就是劍的大威大能。

可惜的是，狂墨不但自己沒有到達過那樣匪夷所思的武藝至高處，也從來沒有見識過。他對七絕勢的體會不輸給父親衛溫，實際上可能要高上一線，但也只是多那麼一點點而已，他的平庸和乃父幾乎是雷同。一個沒有碰觸到自己界限的劍客，是不可能達到武學顛峰。沒有持續性地逼向極限，望進無限的深處，如何能夠看到終極的風景？

對決的時光，其速度幾乎是無法預知的，極快極快的消耗殆盡。

天機忘聲正使盡所有能力與神鋒座主忘我忘情一戰。兩個人的豐沛真力也持續往下降，生死過招的危險，更猛烈地折損他們——驀然，有個奇怪的聲響，從天機忘聲的背後竄起，像是有人在近距離陰惻惻笑著一般。神刀闕至尊的心神立即分去一半在後方。而衛狂墨的心志仍只專致於天機忘聲。一把蛇一樣的劍飆前，刺向天機忘聲的後背。天機忘聲怒吼，閃電般的紅，攀到速度的最極致，先後而前，劈在兩把劍上。

那把劍是少絕頂的發韻劍，天下藏鋒以非常慢且無聲的姿勢，接近對戰的兩人，費去不少細瑣工夫啊，途中且刻意躲藏於四處廝殺的人們身後，他的發韻劍如蛇般曲折蜿蜒安靜，最後來到兩人刀劍圈外，凜風颩來，肌膚辣痛，他吐出容納充足真氣的劍招，逆著衛、天機二人的龐然氣勁，往專情一決的天機忘聲，襲擊而去。聲有哀樂劍的致命一擊，眼看就要貫入忘聲的背。

好個至尊天機忘聲，縱然腹背受敵，仍有反擊之力。他的玄機神刀迅速推移，以電光般速度，挑翻天下少絕的劍，又折返前頭，硬是和寰宇神鋒對到，鏘的一大響，刀與劍都盪開，狂墨與忘聲也都不由蹬蹬蹬地後退好幾步。衛狂墨往後不打緊啊，可天機忘聲的身後，碰巧是虎視眈眈、一心傾滅神刀關五百年稱霸史的少絕頂天下藏鋒——

藏鋒冷如寒冬的聲腔響起：「我天，你也是天，今日就看誰的天，才是真正的天。」發韻劍再轉，天下藏鋒手腕疾扭，半透明的青藍色薄劍，急顫猛抖，一正、一反拍出，劍上八孔揚起兩種特性截然不同的聲響，正拍時是又吸又吐的怪音，宛若男女纏綿，反的則是洪鐘般叫喊，像是要扯裂人的耳朵一般。化音於形，聚情入聲，此乃聲有哀樂劍的堂奧。而這回少絕頂更是運用了雙韻齊下，也就是將喜怒哀樂愛憎慙懼八韻的任兩韻合併使用的必殺之技。

天機至尊心神飄搖，他一個不及防，魔魅般的劍聲，已鑽入耳裡。按理，如他般的高手宗師，心懷堅定，無有可能被如是蹊蹺伎倆影響，但一來天下藏鋒時機掌握得宜，趁至尊不備，二來是衛狂墨委實劍藝絕妙，實把天機忘聲的功力消耗大半，故聲有哀樂劍方能夠把住至尊堅石般的意志，予以動搖。兩種劍的奇音異響，深扯住至尊的判斷力、行動力。天下藏鋒的發韻劍，轉眼即至。天機忘聲陡然一翻，人怪異地變成頭下腳上的離奇姿勢，玄機神刀撒開鮮紅的刀幕，往天下少絕罩去。

這是神鋒座與天驕會的密謀，由三千伏兵從神刀關背後偷襲——這支神鋒座出錢、三絕頂出力在天驕會裡祕密培植的勁旅，在此前的諸多中、小型戰役裡露出敗象之際，絕頂三人亦沒有動用奇兵。神刀關一直以為天驕會的戰力只有五千人，根本沒有想過另有後著，且按他們收集的情報，天驕會人馬壓根按兵不動，孰料藏有三千名神鋒與天驕聯合養成的強旅竟突如其來闖至。神刀關登時被倏然來到的天驕奇兵，衝殺得無招架之力。

衛狂墨赫然驚覺少絕頂逕行偷襲，他遲疑一瞬，（我若是放過這個千載難逢的好機會，坐視天機戰勝，那麼神鋒座就恐難再有日後，我也無法與凰停一同將神鋒劍學的精義細細捉摸清楚。）他那最後的徒弟好學且敏於舉一反三，屢次不解神鋒七絕勢的某些招式，總覺得有空缺或多餘的部分，比如守正不撓與還君明珠兩式大神鋒，凰停認為應當精簡成一式，而正本清源應是可擴充的，他甚至試著把一些偶然得來的想法化成劍式。雖然有時凰停的質疑與創新，都讓狂墨有種隱隱的焦慮，凰停會不會走太快、走太急，以致走偏？天賦有沒有讓他愈來愈偏離衛家劍學起初的本義、本源呢？

不過，如果沒有凰停，神鋒七絕勢根本毫無未來可言，也許他是對的，畢竟他有極大的練劍奇能。其實，若果初雪凰停真能參透，將而今劍學的空隙補齊填全，當然是好的。

衹是，狂墨總不好在徒兒面前承認，對神鋒七絕勢理解不足。他的能耐，都是苦練來的，都是一招一式，沒有花巧，日日累積而來的。他對劍的理解，毫不天才橫溢，從頭到底，他就不過是個肯刻苦用功的凡夫俗子，再加上寰宇神鋒奇絕特性，方讓他有此等功力，可以和至尊決一死戰。凰停終究是年輕，又是外姓，狂墨雖執意欽點他為神鋒座下一任座主，但可以預想的是到時反彈聲必極大。內憂難斷，恐怕終究得靠凰停的魅力、福分與諸勢力周旋處理。至少外患方面，狂墨得替凰停盡最大心力。眼下就是極為關鍵的時分！

天驕會以三劍交疊在金風頂為會徽的旗幟，也在天機平原上恣意飄揚起來。周遭的生死殺戮，依舊行進之中，教人難睹，隨意一眼望去吧，天驕人裡，連勇悍無雙的白虎王都渾身血腥，手腳雖在揮舞但已是有氣無力，而豬霸、牛霸皆已伏倒地上，清明、小滿、寒露、大雪、立冬主等也喪命。衛狂墨不敢再看再聽。那些都是生命啊！

更何況還有他的神鋒子弟，都是他記得面容，有名有姓的，活生生的人。就算是神刀關的人，也都是有家室有雙親或孩子，（我到底是造了莫大的殺孽，和我那兒子又豈有不同，）狂墨的心涼颼颼的，整個人猶如浸泡到冰川裡去，他這一生的堅持，為了符合父親、母親的期許，為了承擔起衛家擔子的所作所為，（真是對的，真是值得嗎？）有一片雨暴風狂直接砸進他的頭顱也似，衛狂墨身體倏然不受控制地搖顫起來。而這種內部深處分崩離析的滋味，他以前好像也曾經驗過。

不能想。不能記得。他必須全神貫注當下。這裡，只有這裡，這個時刻。

猛然，一條倩影突如其來憑空而降一般穿過生死戰場，在血跡與殺聲之中，那優雅的身姿，窮狂墨一輩子都不可能遺忘，那是鹿舞荷，他的妻，他心心念念的人兒，他這輩子所能得到真正究極的美好。

他正待喚她，妻陡然回頭，以非常怪誕、扭曲的姿勢，頭顱往回望，身體繼續朝前狂奔，矛盾異樣，彷如要拆成兩半。她對狂墨投擲一記宛若殺意冷冷的眼神，隔著人海發話，而狂墨聽得清清晰晰，「你總是這樣優柔寡斷，總是這樣放縱自己心軟，你就是想要當好人，想要多方面討好，既要對得起自己的良心，又想功成名就有大作為，好補償你那顆幾十年來過度自卑自傷的心。你這貪心的懦夫！」講完，妻的身影化開也似，不見蹤跡，彷若鬼影。而只有狂墨聽得見妻的發言。只有他。他覺得傷心慘目，無限的懊惱悔恨——

兩年多以來，這是她頭一回對他說話，但即使是臭罵一頓都好呀。狂墨終於聽見，聽見她在人群中雷聲一般的語詞。他的耳底、心中盡是狂轟濫炸。他被妻的淋漓詈罵痛切打擊。

是的，正如她所言，狂墨的確如此。正義局限著他的立場，他的正義則立足於他的家族、親友與整個神鋒座。他從小就被教導潛移默化於認定有關於此的，全都屬於正義。舞荷說的一點錯都沒有，就像，就像他的兒子說過的。他的確夢寐著更多人的喜歡與敬仰。他想要變為人中之龍，想要當一名魅力絕倫的領袖。他一直渴望這樣。一直。

天下藏鋒獨力對付天機忘聲，戰情吃緊，對手的三十九天機破，發展數百年，縱使少絕頂趁其不備，以聲有哀樂劍占住便宜，硬是把擾人心神的劍音輸入至尊體內，唯天機忘聲的幾十年光陰可沒有白費。天機至尊的心神之堅毅，絕非一般人。紅刀霍霍而揚，刀光炸開，血紅侵襲，很快就要擺脫天下少絕的掌握。

另外兩名絕頂之人，都還在遠處殲敵——小絕頂鳳雲藏雪亮的雙劍，右手消雲，左手散雨，兩把劍的形制一致，惟散雨的劍刃爬滿串串雨滴，消雲劍則是浮雲朵朵，他正招招致命地攻擊神刀人，老絕頂藏無神也抱著一團灰色劍光衝進衝出——他們皆不及趕至。少絕頂乃斷然狂喝，暴雷也如：「衛座主，天大良機你還不動手！神鋒座未來的命運，全靠你掌握。」

狂墨嘆息。他是不得不做小人，甚至不得不再次成為罪人，繼他的兒子正節以後，否則，喪命者的犧牲都白費了。愈快擒下至尊，就愈有可能把傷害降低，至少現場死去的人數能夠減少。狂墨再沒有遲疑，環形護手之中的黑球激烈旋轉著，運起裂土分疆的第六種變化，鈍重黑劍朝前劈向天機忘聲，強硬的氣勁透過寰宇神鋒被實體化，像是兩幕劍牆一樣，細密緊實地包圍住神刀至尊。

天機忘聲縱聲狂笑，聲音裡都是對狂墨與藏鋒的不屑。他誓死絕命抵抗，招招都是辣手，玄機神刀翻攪起可怕的刀光，紅色殺戮，到處都是驚人刀勁，森凜畏怖，教人難以近身。

不過，合神鋒、天驕絕學的衛狂墨與天下藏鋒聯手，仍舊掌有主動權，兩把劍，一黑，一藍，大片大塊地吞食紅色刀光，至尊乃節節敗退。唯天機忘聲正招招搏命，依舊傲然迎對衛、天下兩人。

黑球再度炸出火花，衛狂墨的劍勁，一波又一波地湧向天機至尊。

天下藏鋒森森的青藍劍鋒，也配合著狂墨的襲擊，尖銳的劍音肆虐狂暴。

而死亡正在鼓譟著喧囂著！

沒有誰能回頭，沒有誰可以從容脫離這一條江湖險惡血路，沒有誰——

問天鳴之四

問天鳴在新近落成的混緞小築。周圍空無一人。除了黑羊的呼吸、踢踏，以及風聲、水聲外，這一帶絕無人跡。沒有人膽敢違抗他的指令。他的寰宇無盡藏逐漸逼近大成，連神刀闢闢主都不是他的對手，很快就敗下陣來，天下間能和他為敵的，罕矣。而今，他的威勢無人可捋。還雨劍院也便得穩固得很，院內對他有過質疑的聲音，也都偃旗息鼓，暗地無聲。

沉寂許久勢弱的還雨劍院在他的主掌下，日益昌盛，憑一人之力就振起既倒狂瀾，將還雨人的威勢風範全都召喚出來，說他是百年來最重要的劍學大師，絕非過譽。他擔得起。是故，當他決定將院主住居處從寰宇塔上移往混沌小築時，無人提反對意見。還雨劍院原來在雪膚河、洗紅山的舊址，早已破敗。三百六十幾年前，初代院主便將劍院改遷定基於占地寬闊、地形平緩、大片森林環繞、環境優雅不失神祕、不遠處又有景色秀麗天晶湖依傍的至仁坪，建了高聳有七層樓、仿寰宇神鋒之形的劍塔，做為決策中樞，乃是還雨劍院的主要象徵。

可明王問天鳴後來又命人另外建一處混緞小築在天晶湖畔，作為寢居之所，讓人不免懷疑他有置另一還雨聖地、與偉大前人分庭抗禮的意圖。不過，派內重大事務都還在寰宇塔進行決議，劍塔仍舊是還雨劍院不變的唯一核心——眾人只能理解成當今還雨劍院之主頗為重視自處空間，又不願用歷代院主的浮屠室，故遷居天晶湖畔。

明王摘下面具，擱在茶桌上，取了一杯水，從懷裡取出一枚白丸子放入口中，喝水，仰頭吞落。

歪斜扭曲醜陋的臉露出。臉的左邊明顯地往下掉，像是融化過，右邊則似有人硬是拉扯住要往上提起，同時呢，幾顆指頭般的瘤彷如無邏輯地砸在臉上，沾黏不離。無人知曉的臉。妖魔亂舞過的臉。看過這張臉的人皆已死。很久很久了，明王問天鳴沒有聽聞過江湖裡有誰說過他的容顏。明王問天鳴的臉已成神祕究極。

他臉上的明王面具也一代比一代好，這會兒羅鬼府為他開發的是第八代面具，以蟬翼為材質，透過臉型起伏、角度變化等等，巧妙遮擋住他臉上那凸起的硬瘤，不讓人察覺有異，真是神技異能。羅鬼府的器物學能力可說絕頂，明王面具的透氣程度很是教問天鳴滿意，不過整日下來呢，皮膚上的痲癢感終究不可免。有時忙起來，幾天幾夜沒有拆下來也是常有慣見的事。問天鳴早練就忍耐的工夫。面具和臉或許已是共生。

室內無鏡。他不需要鏡子提醒自己是個怪物。年輕時候問天鳴最是痛恨鏡子。但到了如今年紀，歷經多年來面具與臉同在的生涯後，問天鳴已不再對鏡子深惡痛覺。不過，他對鏡子依舊殊無好感，只是不像少年時一樣，有想要對世上所有鏡子趕盡殺絕的衝動罷了。都已經快五十歲，問天鳴何嘗不知道醜的評斷並不由鏡子的反射而來，都是人眼在作祟，（我有辦法消滅所有的眼睛嗎？）更進一步說，醜的源頭其實是人心。（眼睛都殺不盡，更何況世人之心。）

長久以來，面具就是他的臉，就是還雨劍院嶄新權威的代表。他原來的臉反倒是其次的，是隱藏起來的，是銷毀掉也毫不可惜的。問天鳴捨棄那張歪斜醜陋的臉，以完美無瑕的神祕、霸氣面具代替。從面具就是他的臉，到他的面具就等同於他，這一路啊，問天鳴走來的辛酸，又豈是外人能理解？他以面具對外界宣告明王問天鳴的龐然存在，並藉此人工製作超越美醜概念。

或也可以這麼說：明王面具既是他的沉默，也是他的控訴。

而今，坐落天晶湖畔的建物裡，一切閒適美好。無人干擾、溫柔明媚的午後。只有整片的自然與問天鳴相伴。湖面倒映的天空彷彿一大塊完整得難以切割的水晶。寰宇塔與天晶湖以種滿聳天豹變竹的善始林為間隔。而豹變竹的高度有些抽長得比劍塔還高，更利於隱蔽，就算是站在寰宇塔最高層朝天晶湖這裡望來也看不見什麼。善始林周邊布哨，以保林內淨空。執行者皆是問天鳴的傳功子弟，他們忠心耿耿，認真任職，嚴防有人誤闖。這些子弟兵全是受過明王親身調教的少年，對院主的授命絕對看重，連丁點兒的疏忽都不許發生，別說直達混緞小築，就是竹林中都不能擅入。還雨劍院之主擁有何等的無上權威，於焉可見一斑。

明王問天鳴走到門口，雙手向上拉，他伸展倦累疲軟、疼痛感若隱若現的身軀，跟著坐在連結小築的木造碼頭上，盤好腿，面對天晶湖作吐納，呼一口氣，吸一口氣，把體內積蓄的無用之氣往外洩，再依據鋒神九法口訣，推動天經裡的明氣往下走，地脈中的暗氣朝上，交會到位肚臍處內側的人輪。整個過程重複又重複，讓他渾沌般的肉身，再度恢復到明亮。其間變化，便好若從伸手不見五指的暗室，一腳走進窗明几淨的房間。他感覺自己的存在又清晰起來。天地自然與己同在共存，恍如可以永生永世。

霸元白丸的鎮制效能確實不差，再經過問天鳴明暗氣的推展循環，就更快通達全身，緩解掉他身體奇怪的鈍滯感。自與天機用神劍刀決那一役以後，三天兩頭老容易覺得累。照說他還是壯年，不應如此。

造派醫理說他有早衰之象，這是過度使用肉身的後果。明王問天鳴聽了只是嗤之以鼻。對於造派醫者的說法，他甚是不耐煩。反正造派就是要人活得平心靜氣，一切都要講究緩慢、溫和與協調。若是依足按他們的理論去做，武也就無須練了。武學習練原是對身體的強橫控制，無疑會有相當程度的損壞。這本合情合理，偏偏造派就是要歪解，就是要東牽西扯說是問天鳴不應當透支軀體之力之能。真是廢話！他如若不這般強硬訓練肉體，它又怎麼能壯大，又怎麼能承受明暗二氣交織匯整的深邃充填呢？

造派做法委實太慢，見效度又不明顯，而且囉哩叭唆，又講節制又是談慎重對待，什麼事都甭做百廢也罷，跟問天鳴的立即需求相距太遠。問天鳴可沒有工夫耗在日日三餐用藥，且院主被看到時時在喫藥，又算什麼樣子呢？是以，明王棄造派理論意見於不顧，改為服用破派醫者房玄宗的強力藥物，以壓制住身體的勞累感。

相較來說，破派做法就爽快多，只要一早醒來，服下一粒破派藥物霸元白丸，以真勁運行全身，抑制疼痛的效用又快又好。只是在房玄宗診斷病症時，問天鳴得多加小心，慎防他暗施什麼手腳即可。雖然明王很確信，這位被他任命兼為劍院副院主之職的破派大家不敢造次——寰宇神鋒隨時都可以砍下房玄宗的腦袋。房副院主的本事不差，但他加入劍院時也已十二歲，根基奠基也遲。而明王的師尊也無法為房玄宗開輪，此法損耗過巨，問行象為問天鳴行完後，便再也無餘力，故房玄的鋒神九法成就有限，就算對寰宇無盡藏劍勢再有獨特體悟，仍舊趕不上明王問天鳴。他與房玄宗多年往來，名分上他們還是師兄弟關係，當年房玄宗的醫藥也救過他命。若非如此，問天鳴又何必破格將之拔擢為還雨劍院副院主。房玄宗也機巧得很，從來不敢提自己是當今院主的師弟，免得觸犯院主敏感的心思。

明暗合流的氣勁通行過天經三十六門、地脈七十二穴一大周後，問天鳴神清氣爽感，越發明確。他揣測著，是否由於鋒神九法缺少最末法神還，故此才會年近五十就有衰竭感臨身，不然根本沒有理由啊，不是嗎？

還雨劍院的精深武學，乃是神鋒勢．鋒神法的合成。《九鋒神心經》失落已久，徒呼奈何。明王可以將《寰宇無盡藏劍譜》遽增到六十二道——從原先三十六到眼下的六十二道寰宇無盡藏劍勢，幾十年的光陰與艱苦奮戰，還雨劍院重回武林正宗大派位置，就靠這套王勢的雄大無雙、變化精微——

但對聖法卻無能為力。失落的，就是失落了。他窮盡院內各派系的耆老們能夠找齊的鋒神九法，獨缺最後的還神大法。寰宇無盡藏的神還勢，據說以前是有四招，現在也只剩下兩招，他有本事將神還勢之前的八大神鋒勢一一擴加，卻獨獨對最後一勢莫可奈何，許是少了還神大法的緣故。

寰宇無盡藏是一套包含九種劍勢，每一劍勢都尚有各自變化，委實是繁複非常的劍武至學，而今在他手中完成了六十二道劍勢——非一般人能學全，有天賦的確實可以熟練，但牽涉招式與心法的內外齊合，就是練武奇才吧怕也未必能十足十掌握，主要還是得至死無休的勤奮，再加上不可測的機緣。問天鳴有信心，再過一些日子自己還能創出新招。

半個時辰過去。他臀部與大腿肌肉微微用力，氣勁自然地貫注其中，像是有人在下方拱著身體也般，問天鳴直立而起。明王問天鳴緩緩吁一口氣。明氣與暗氣在軀體裡全然平衡。沉重的肉體感也就成功地擺脫，渾身舒暢。破派藥物霸元白丸確實方便得很。問天鳴想著，應該囑咐房副院主多準備一些，以備不時之需。武林幾百年以來都是房玄家掌控著破派醫理，實在不是沒有道理。他與房玄宗名分上是師兄弟關係呢，且房玄宗醫藥救過他命，因此問天鳴破格將之拔擢為還雨劍院副院主。

明王問天鳴回轉室內，取水飲用。過一會兒，沒有面具的他來到外頭，走在木頭碼頭上，往善始林方向移動，離開木造廊，下到湖邊地面。幾頭放養的黑羊，早已感覺到他的移動。牠們從鬆懶的狀態回復警醒。牠們慢悠悠地走往他。

問天鳴就喜歡黑羊——被武林人看作不祥的黑羊，對他來說卻有種親切感。牠們陰翳詭異如暗火的眼珠子，給他許多安慰。終歸在這天地之間，自己並不異類。問天鳴的孤絕感，奇怪地在無名的牠們身上得到某種程度的緩解。

黑羊低沉咩叫一聲。問天鳴伸手撫摸其中一頭。那黑羊也不特別享受的樣子，就只是被摸著，像是沒有任何意義的被摸著。他沒有給牠們名字。名字這種東西是屬於人的劃地自限或沾沾自喜。黑羊就是黑羊。一頭黑羊完整無比，不需要多餘的名字矯飾。他也不會出聲喊牠們，所以連編號都沒有。他需要黑羊時，只要招招手牠們就會過來。方便得很。此地無需言語。只有自然的聲響，無所不在——風聲、葉聲和水聲，偶爾有羊叫。

這裡的語言都是沉默。完好完全的沉默。

在混緞小築，問天鳴只想跟牠們一樣。是啊，完美得猶如動物。關於人的一切，都在善始林之外。於此，他甚至覺得自己不是明王問天鳴。他只是一頭被各種慾望包圍著的悲傷動物罷了。

這裡，即是他的聖地。他黑暗之心完全展露的所在。問天鳴的真面目，在除他以外無人可進的此地，絕無保留。面對黑羊，他是最真實的自己。恍若被燒熔過的臉，並非禁忌並非醜惡。他可以安心成為在外頭必須一再遺棄的實然自身。

明王沒有對黑羊說話。話語也是多餘的。他與黑羊之間無需要溝通，最多就是幾個具備特殊用意的手勢。牠們只要是牠們原來的樣子就好。對問天鳴來說就夠了，偶爾牠們還能充當信使，運送必要生活用物。人與羊間本就不必特別開口。沉默就是最好的語言。他們懂得傾聽彼此的靜默。有許多話，那些無法被說出來、深埋在心中的話語，往往都必須經由沉默表達。有時候，他會以為自己和黑羊是心心相印哩。

善始林內有頭黑羊跑進來。雖說是跑，但不知道為何就是有種悠哉緩慢感。好像隨行在黑羊身邊的時間，就是慢了一點。黑羊馱在背上的竹箱有東西。看來是紙。問天鳴也不急，就等著黑羊過來。

黑羊溫馴地抵達身邊。他取出函件，看了一會，嘴角露出險絕的笑意，（好啊，年輕人就是年輕，居然膽敢來向我挑戰，）他回過身，到湖邊小屋，（我就看看這群小夥子有什麼好本事。）在角落一處黑箱子有羅鬼府親手製作的明王面具，他從中挑一個出來。方才戴過的，就先擱著，回來用湖水清洗過，得晾一下。面具再怎麼透氣，幾天下來，難免有股味道。練武者的鼻子哪都靈得很，問天鳴可不怎麼樂意被發現自己有股怪味。以前在寰宇塔，到處都是人，面具的清潔實在難辨，現在他有混緞小築，確然方便多了。

戴好面具，將竹壁掛著的寰宇神鋒，以束繩負上背部，斷然將靜立的黑羊與湖邊小屋留在身後。他步離湖邊，直往林內，幾個縱跳，明王問天鳴已跑過常人幾百步距離，迅速脫離林區。

林外全是他的傳功子弟兵，也就是他有慾望需索之際被暗地使用、而無知無覺的少年們。但他也不算虧待他們。這些孩子都被注入一股讓他們獲益匪淺、好生修練應用的話，將來或可臻至高手之境的真勁。如此一絲又清亮冷霜又沉濁灼熱的明暗氣，夠他們一生受用無窮。要不是改造經脈太耗損元氣，問天鳴還真考慮過要不要挑其中幾名頗有天賦的少男，來試試自己對人體經脈輪的認識與手藝。

身穿繡上紫邊的黑衣的十來名少年，聚結在善始林外，一個個站得筆挺，神情萬般專注。問天鳴很滿意。他無聲滑出林子時，少男們方才感應過來，一個個立即回頭去看，見是院主，握緊雙拳，左拳疊在右拳，對問天鳴行禮如儀。整個劍院裡大概只有這批人對問天鳴除卻恐懼外，尚且帶著感激與敬意。明王問天鳴點點頭，讓他們堅守崗位，人一晃，院主的貼身護林子弟們，眨眼都來不及呢，問天鳴已經去遠，蹤影不見。

他很快來到寰宇塔。塔外自有院生迎上前，要稟報詳情。問天鳴揮揮手，只問了一句：「他們人在哪兒？」負責外賓接洽招待的院生，難掩滿眼驚懼地表示，來者三人已請入劍塔第一層的大廳處，已奉上等級不差的舞翠茶。

問天鳴施展身法，煙雲般消失於該院生眼前。

裸璃塔的塔體，係採環狀結構，共七層，每一層都各別設置有數量不等的房間，三樓到五樓的房間數量最多，有二十一房，但格局都很小，撥給某些有特別貢獻、地位的院生居住。而各層最中央處一定是大圓房，其他形狀不一的房間，隔一條小環廊，繞著中央圓房建起，功用各有所不同，除寢房之外，有的是練武室，有的是兵器室，有的是醫室，此外當然也有餐室、衣物室、敬養室、議事室、牢室等等。各房的造形，往往都是配合該房的功用而造，強調機能。這些形制不同的房間再往外，還有一條可讓四、五人齊步行走的寬大環廊，東南西北四方各有一木質樓梯供人上下移動，環廊外則是一整片琉璃牆，牆面上開著七扇大窗、七扇小窗。

寰宇塔又有另一流傳的派外非正式稱呼，叫做劍塔——除去著名的塔身璀璨之琉璃工法外，若然遠觀之，則此塔形便如巨大黑劍，故得此名：從第一層到第五層的外觀，看來就像寰宇神鋒鈍重無鋒的劍身，第六層則是環球護手，中央處自少不了圓球，長度較其他六層高出一截的第七層，自然是劍柄。據說以前寰宇塔名為裸璃，唯此舊名不被問天鳴所喜，乃規令改之。

劍塔的周邊，當然尚有錯落有致的建物群，最高不過三層，造形皆方正，像是堡壘般圍住劍院中心指標的劍塔。還雨各系院生都落居這些方正屋宇。而院內重要人士的寢房，則大抵分布於寰宇塔第五、六層，可以住進劍塔的，都是還雨劍院位高權重之人，比如院主、副院主或劍院九系的系主，一般院生別說住進去，就是進去瞧瞧都有大困難。

明王眼下走進的是第一層右翼的第一間房，專用於招呼客人。劍塔先前因劍院長年積弱，故有破損在所難免，但問天鳴接任後已修復許多。至少這間招待房看起來就大器而完好。裡頭坐著兩男一女，坐得直挺挺，臉色表情木然，但眼神如電似火。這三人敢向他請益，也不是沒有來頭。據說藏無神、天下藏鋒、鳳雲藏的劍技的確不凡，近一年來戰績輝煌。但在明王眼裡，不過毛頭小驢，何足道哉。然他們居然還敢號稱，三絕聚頂，天下王霸——口氣倒是不小。

三名不過二十餘歲的年輕男女起身，他們對問天鳴拱手，說了一番客套，諸如竟來打擾甚不好意思云云。明王沒有聽進去，他揮揮手。年輕人懂了，其中一個眼神清亮的小伙子坦言，他們的終極目標是要占下金風頂以開宗立派，但要做到這件事之前，他們得先是江湖公認的高手，因此一年來他們輾轉武林各地，已挑戰過數不清的江湖名劍客，也向許多劍派請益過，如今時候也該成熟，故特來還雨劍院見證六十二道寰宇無盡藏。

這些話剛剛他看過的函裡也有提及。難得啊，在明王問天鳴無臉之臉的壓力之前，還能侃侃而談，神色未有絲毫變化，鎮靜如常，定力非是普通程度。一般人望住明王面具總有些難以控制的反應，大多是面對神祕莫知所以的驚恐畏駭。不過藏無神三人呢，全然沒有這方面的狀況。問天鳴走向房裡空著的隨便一張椅子，坐下。他要三人介紹一下自己。

眼神清亮如星的男子說：「我是藏無神。」跟著指另一名非常安靜、渾身都被緘默包裹住的男子說：「這位是我二弟，天下藏鋒。」以及最後有優美典雅容貌的女子：「排行老三的鳳雲藏。」

他們看起來又俊又美，不僅是青春站在他們那一邊，就連面容的優勢都如此明顯。問天鳴心口湧起陰鬱苦暗。以完美無瑕的面具，對著年輕三人，裡頭的哀慘並沒有更安全。忿怒與怨恨都還在，不動不移。面具再完美吧，也不過是人工之臉，和眼前三人的天造之臉全然不同。問天鳴此時心中的情緒起伏之大出乎自己意料，這麼多年過去，即使來到無上的位置，他的臉依舊是他的傷，一世人也甩脫不了吧。

問天鳴不說話，青年三絕頂也只能安靜。他們面對的是武林顛峰，單憑一人之力就挽起將倒劍院的不世出大師。藏無神等再自視甚高，心再靜神再定吧，都還是被他的氣勢壓住。明王坐在那裡不動，就有轟動感，就有一種整個世界被他牢牢按住的奇異威能。現場就那樣跌進濃稠得幾乎是固態的寂靜。三名青年全身僵住，戒慎恐懼，保持既定的姿勢。

而明王又想到，（他們以潛藏之藏為姓為名，我寰宇無盡藏劍勢卻是以音同內臟的藏，看似相同，音與義卻天壤之別，要說是有意思的偶然嗎？）過了好半晌，問天鳴方問道：「以藏為姓倒是新鮮，有何典故？」

被靜寂的緊張感壓迫得屏息險些一口氣緩不過來的三人，徐徐呼吐。他們對看一眼，由鳳雲藏說話，其聲音柔軟如密，她講：「為紀念師尊，故在我們姓名裡置入其中一字。」隨後，鳳雲藏又補上一句，「我等師尊姓何，名藏我。」

何藏我？問天鳴隱約記得在哪裡聽過，大概是某個小劍派的掌門吧。這三名小伙子確實有意思，懂得知恩圖報。說起來，明王問天鳴姓名的前三個字，不也是為深刻的記得——記得自己的來源，記得為自己捨命奉獻的雙親，以及再造之恩的師尊。他的明王面具，除有遮掩面容、強化己身形象等功用外，尚具備對血緣至親和師長至死不忘的感激。他對身前的所謂三絕，也就略略生起些許好感。

等半天沒有得到問天鳴的回應，鳳雲藏的眼神開始有些惱怒，藏無神像是星星墜落在其中的目光也有點黯。始終很靜有些靦腆的天下藏鋒開口：「師尊執掌仙劍室。」便沒有再說下去，語調乾淨，但用力得幾乎咬牙切齒。

問天鳴雙眼滑向天下藏鋒。藏鋒的發言，聽起來沒頭沒尾，然則明王懂得。他們尊敬師傅，因此不能忍受明王的無聲以對，好歹問天鳴也該說個久仰大名。他們的眼中與話語裡有那樣的期待。可惜問天鳴對何藏我沒有太多的印象，更不願做無意義的應對。但想起對此生問行象的畢生感激，也就不難理會青年們的憤慨。明王乃淡淡說：「你們的師尊必然驕傲得緊，有三位傑出的高徒，想來大興師門指日可待。」這已是他願意傳遞的最大善意。

藏字三人卻毫無無欣慰感，神色又更陷落。鳳雲藏綿綿甜甜的嗓音有著一份悲苦，她講述：「師尊並不許我們復興仙劍室。」三人神情俱是異樣沉重。

哦，這何藏我倒是挺有意思呀。一般武林人都恨不得大名獨得門楣光興，罕見有人禁止徒兒為師門付出。問天鳴食指畫了一圈，要鳳雲藏繼續說明。

頓了一頓，鳳雲藏受到同伴們的鼓舞眼神，也就細細講述，大意是他們的師尊何藏我認為，萬事萬物終有時，到了盡頭的，就無須強求。仙劍室武學數百年下來精華幾喪，老祖先的獨門手藝早就被時光拋擲得所剩無幾，至何藏我手上，名為仙鋒三訣的劍術，真正厲害的，也不過數招耳，其餘的都不過是何藏我自行演繹的花俏而已，根本難以在江湖殘酷中競爭。唯有盡才有起，有終才有始，如若他的三名徒弟能夠以其天賦才能，站在破敗沒落的仙劍武道上，再登絕峰，成為天之驕子，就算仙劍室之脈斷絕，又有何妨，云云。

此氣魄大之極矣。鳳雲藏的一連串話下來，成功引起明王問天鳴對何藏我的興趣。武藝確乎是一種不可能完全移轉的經驗，從前人而來，必然有所遺落缺失。唯足夠認真的後來者，或可予以補救，甚而開啟全新的途徑。只要有才能，只要夠勤奮，只要能夠忍耐住各種失敗挫折，只要能長期性堅持下來，武學之道永無終止，隨時都是起點。問天鳴也是這麼過來的，顯然何藏我將劍道淵遠流長看得比門戶的香火還重，難得有心懷如此寬闊之人。漸漸的，他對三名青年的厭惡降到最低。他們原來的俊美仔細一瞧，也是臉風眉霜，身上衣物也都帶著塵灰撲殺的狼狽感。

鳳雲藏一口氣說下來，眼中更急切，其他兩人亦然。明王問天鳴心中了然，與其說他們要在金風頂創派，恐怕首要之務還是讓江湖認同他們的師傅吧。三人奔波武林不斷轉戰，追求令天下人曉得有一仙劍室，有一被時代埋沒的劍學大師。他們惹起征風殺波，不過是為了有人記得何藏我。問天鳴激賞這樣渾然忘了自身的態度，他對三人的處境也就有著同理感。如果在他還年輕的時代裡，有個人能夠明白問天鳴那些熱烈擁抱殘酷暴力的作為都是為了懷念師尊，他或許會更溫柔一些，不會到強王霸道得誰都驚怕的地步，（如果有的話，我又何必讓自己變得如此寂寞，如此陰暗暴虐？）

又是一段好像不會有盡頭的沉默。四人之間的聲音都是死的。只有外在周圍傳來各式聲響，大自然的，抑或這座塔的作息，譬如燒水煮飯練功之類的。而他們如同被靜默的河沖蕩，被黑色的水漂洗，浮在上頭，推動到更遠更不可及的寂靜之中。青年們恪守武林晚輩的分際，不像外界謠傳那樣跋扈囂張。但明王也不意外他們會被說成這樣子，沒有氣量的輸家，總要把對方說得不堪，方能辯解除消甚至合理化自身的失敗。

他們仨面對著正值壯年的問天鳴，一點都不毛躁，他們的臉與體態都是會教人喜歡的樣子。問天鳴看著看著，暗祟祟又有種忍不住要撕毀之的衝動。他搖搖頭，看在他們對何藏我大有孝心的份上，算了吧。

「顯顯你們的手藝，」端坐椅子上的明王擺擺手說：「只要你們的劍真有本事，我就認同金風頂是你們的，視爾等為可敬對手，你們就能三絕聚頂，天下王霸，同時，更能照亮沒落的仙劍室，讓你們的師傅攀至絕上光榮。」

藏無神三人候這麼久，就是等這番話。他們霍地站起，異口同聲：「請明王院主賜教。」當今武林沒有誰比明王問天鳴更有資格認證劍學本事，能被他認可，實屬不易。三人的走南行北、戰績彪炳，還不如明王問天鳴的幾句話，先前四處挑戰不過是磨練罷了。有劍院之主的承諾，他們據金風頂為己有，就有正當性。畢竟，連威霸江湖幾百年、根基雄厚的神刀關，也都因為勢折力損於明王的劍下，從此氣候難興，且普遍認為，他將是還雨劍院史的第一人，比初代院主伏無鋒還重要、貢獻更大。

明王問天鳴起身，往外一晃，人就直接在室內消失。三絕面面相覷，眼底皆是寒意。明王絕學或比他們所預想的要高過太多。絕世輕功他們也不是沒看過，但都未達問天鳴這般神鬼莫測，幾乎沒有任何動作，好像是一朵煙雲，驀然散盡，其人體一下子就迷離喪失，比閃電之速還詭異無明。藏無神等的心底，亦彷彿被消逝煙雲侵入，神雜思亂。他們並不遲疑太久，齊地起身，往外就走。

寰宇塔外，明王問天鳴已候著。無鞘黑劍掛在背上，其鋒刃圓潤，就算貼膚也不至劃傷。明王沒有擺任何動作，就只是自然而然地靜立，抬頭瞭看彩華璀璨的劍塔——這座代表還雨人信念與精神的寰宇塔，光芒萬丈，其形儼然巨型寰宇神鋒，亦堪稱為豔光絕倫的寰宇神鋒，另一種寰宇神鋒。問天鳴微眯著眼瞧著塔身琉璃瓦反射日光明媚，往四面八方激散絢爛無比的暴亮。塔的周邊慢慢吐出人潮，塔上也有人探出窗外，往下俯瞰，難得院主要動劍啊，還雨人怎能不看呢。

青年三絕到了外頭，距離明王十步。他們沒有學問天鳴舉目望寰宇塔。他們視線裡只有眼前戴著明王面具的絕世劍客——沒有五官的雪白臉譜，上頭有著鮮紅的兩個字明王。人人都在猜測其面具後方的臉容，究竟是什麼樣子？他們也不例外。而今日，那張臉依舊是未知。然問天鳴的劍與劍法，將對他們揭露劍學傳說裡又神祕又恐怖的真樣實貌。他們握上劍，全神貫注觀看問天鳴。

明王問天鳴的視線往下移，他看得出三人的緊張，（你們可以在六十二道寰宇無盡藏過幾招呢？）維持原來姿勢，他等待青年們進招。問天鳴也有一段日子沒有動劍，（希望三名小伙子確實有能耐讓我動用到寰宇神鋒。）

「我們師兄妹三人就請明王院主賜招指教。」藏無神說。

「拔劍吧。」明王就想瞅瞅三人有什麼劍藝，居然能在一年內暴得大名。

藏無神也不客氣，往前大踏步，手中一柄歪醜至極的灰劍刺出，劍招迅疾猛烈。天下藏鋒搭配出招，他握的是一口劍尖、劍身鑿有八孔洞的薄劍，略微透明的青藍薄劍。藏鋒的劍又輕又快，但動手起來卻是怪音鳴響，繚亂於耳。緊接著是鳳雲藏，她的劍是一對形制相同、但劍身上圖案迥異——一把是雨滴、一把是雲朵——的乳白雙劍。鳳雲藏的劍招走華美路線，雙劍過處皆為雲雨密集交會。

出招尚可，有模有樣，但未值得寰宇神鋒離身。明王問天鳴原地不動，右手往前一探，左手成掌往側邊拍，同時身子斜側，後背的黑劍往右一旋，就那麼巧絕，青藍劍被左掌擊到劍脊，往外盪開，而柔白雙劍戳實在寰宇神鋒厚大劍身，立告無效，灰劍甚至被明王的右手擒住。轉眼，青年高手們的攻勢全都落入明王的掌握。劍院之主的動作絕快無倫，他甚至用不著出劍呢。

藏無神悶哼一聲，怪劍一扭，一擠，往問天鳴胸口逼去。天下藏鋒的薄劍急遽抖動，從外側彎繞回來，藍色劍光與激烈的劍音，像網羅般罩往問天鳴上半身。鳳雲藏那對造形纖細的白劍，宛如美人肌膚上輕飄飄風吹舞動的白裳，看似無害的劍影之下，蘊含細碎的殺傷力。三人的發劍看似獨立，但無形中有著極為精巧的默契，時間與招式都配搭得好極了。

問天鳴的右手為免被旋轉的灰劍所傷，自然鬆手，化為爪狀，鋒神勁灌入，如鋼似鐵，硬封醜劍，左手捏拳，正中擂出，凶猛的氣勁轟向鬼哭狼嚎之劍，且隨後雙腳接連飛起，蹴向鳳雲藏雙劍。三名年輕人的招法再度被破解，無可維續。他們後退，重整旗鼓。

轉盼流光間，明王問天鳴劍仍未出，復又壓制住三人的進擊。自號三絕的劍手如何可能就此罷手，他們的劍技尚未露出最精髓呢，他們再上。

問天鳴早把握住三人合擊的缺陷。年紀略大幾歲的藏無神是領頭者，藏鋒和雲藏皆配合其劍式，進行圍攻。他們攻擊的順序很明確，彼此的契合度雖沒話說，煞是完密，不過單以一人為發動核心，在明王眼中就是敗筆。

閃過問天鳴右爪的藏無神，退而復上，灰劍鬼影幢幢，化出扭扭曲曲的千萬蛇影，奇快無比噬往問天鳴，且劍劍都是鼓足真氣，為傾力擊出的一劍。被鋒神勁撞得右手軟麻的天下藏鋒，則是雙手握劍，由下而上，反撩一劍，藍光茫茫，劍的八孔激烈哀鳴，百鬼夜哭。排行最小的鳳雲藏跟進，倏地躍得老高，將被踢起的嫩白對劍往下壓，布置成滿滿的劍雨光幕，從天而降。三人拚出真火、一氣合成的三記劍招，無瑕無縫衝向還雨院主。

明王問天鳴可不能悠哉。他並無小覷三人。被束繩綁好在背部的黑劍，此時神異已極自動解開，離背，入手。寰宇神鋒環狀護手內的黑球，霎時轉起，瞬間加速到火花激烈亂濺。

黑球瘋轉、火花炸裂——寰宇劍身的黑轉火紅奇象，必須至少練到鋒神九法的第七法棄神大法，方能啟動——問天鳴晉入高深莫測精微博大的狀態，三絕之人的劍擊，在他眼中無非是緩慢動作。他先是送出一招神形．如瓶變，黑劍如封似閉，與地平行，往前先是畫開一圓口劍圈後，跟著拖劍往後繼續圈轉，他只退三步，寰宇神鋒即成就一完美瓶身般的劍圈困囚之形。問天鳴以一敵三，無論對方的襲擊如何覆天蓋地，皆被此式鎖死，無可寸進。神形．如瓶變運至底，再來是神迷．別鳳變——

問天鳴此刻體內運行的仍是棄神大法，照理說他應該換成更能夠發揮如瓶變的形神大法、別鳳變的迷神大法。但棄神大法是鋒神九法中最激烈的心法，有一說法為棄暗投明之境，亦即棄神大法是大膽地將天經裡環繞不息的明氣導入人輪，再往下壓入地脈，使七十二穴的三分之二都注滿明氣，暗氣則退居小腿以下。鋒神勁原本是以明暗融合為主，但到鋒神第七法卻改弦易轍，換作明主暗客的成分，而清明濁暗、天冷地熱，一旦運用到棄神大法，寰宇神鋒就會怪異的一邊是火紅之象，一邊又是對外發散凜冽如冬日的寒氣——劍乃變為一道冷焰。

寰宇神鋒劍身因持續注入鋒神勁，開始由黑轉紅，像彷如爐，裡頭火燒火燎，但又有教人顫寒的冷氣往四面八方飆欺。問天鳴的黑劍朝上一抬，舉高，身形極速晃動，神鋒隨其搖擺不定，隨後矮身往前衝，寰宇神鋒劈出兩道交叉的劍弧，黑與紅相間的大弧彎劍光，像是雙翼般的同一時間出擊，令人目眩神迷的劍光席捲青年三絕劍，以藏無神為主要目標。

三人的眼力被又暗黑又紅焰高張、觸體生寒如浸冰水的劍式釣住，都怔然了須臾，但多年苦練使他們得以下意識應對，四把劍改為全力防禦，在劍颳起的寒風大作，他們苦苦支撐，灰藍白三色劍影悉數後撤，怪異的劍聲微弱許多。鮮白面具中的烈紅明王二字瞅來越發驚人。三絕講究飽滿渾圓的明還神氣，勉強讓他們在暴風雪也似的劍壓下，護持己身。他務求守住此招，等問天鳴劍勢窮盡，再圖逆襲之舉。他們對師尊何藏我由前人仙鋒三訣變化而出、傳下的三套劍法湧泉劍式、絕哀樂劍法與錦衣劍術，仍有萬分信心。

當明暗氣徹底扭結、合一貫通天地人樞紐之際，明氣如日照，暗氣似月夜，兩氣貫通，暢行全身，流動自然，達到天可陰地可陽的境界，如此方能得鋒神九法神髓。此即前人常謂的如來大境。練到鋒神第七法之前，皆以人輪為界，明氣過不了此，暗氣亦然，兩氣只能於人輪交會，混合成氣，往外輸出發送即是鋒神勁。但問天鳴已能突界破限，否則幾年前他又怎麼能夠徹底地擊敗天機用神。

然則，關於如來，他總是差了一線。還神大法的失落對他攀於無上之境影響至大。每思及此，明王就要懊惱不已。前人的作為，總是由無辜的後人承擔。如果彼時的院主做好準備，就不至於讓還神大法失傳，還雨劍院的光榮也就更能登峰造極。明王問天鳴就絕對不會犯下此錯，後人必不受他之累。成為有史以來最無強大的院主，他的自信，可是天高地遠啊。忽然，左胸一緊，像是整個人往下沉一片指甲的高度似的，問天鳴驚覺到霸元白丸的藥效愈來愈是不濟。

明王問天鳴旋即撤劍，寰宇神鋒回到背部，將衣服肩膀與腰際的兩條束繩接起，一綁，劍穩穩放好。跟前的青年們錯愕不已，但未搶進，眼中都還是寰宇黑劍那驚人已極、恍若可以從天地彼端直接劃進他們身體內側似的劍弧。

霸元白丸鎮定血肉之效，尚沒有完全消失，問天鳴罷手，並非由於無能繼續，而是欣賞三人。他對青年三絕表示，他們的劍招還能更變化多端，比如天下藏鋒的青藍劍，音力非凡，須得促使聲形貫通，以之擾敵，再進一步劍音傷人，甚或是結合七情六欲，聲形心如一；另外，藏無神的部分，劍術不壞，但還是不夠險，這把劍走的是崎嶇醜怪路線，他的劍法也走偏鋒，但就是未險到讓人震驚，或可再結合別的兵器嘗試，比如在劍的凹凹凸凸中藏埋銀針暗器；然後，明王又指點鳳雲藏的劍術，其雙劍舞來華美好看，但殺敵功效甚差，既有錦繡之意，就該更嚴謹更緊密得讓人無孔可出，凡此種種。

青年們聽得一愣一愣的，他們不解何以問天鳴居然傳授一般的教予他們劍學至理，但問天鳴確實切中要點，比如劍音傷人正是絕哀樂劍法的最佳境界，他們不得不服氣。

明王說完以後，做了送客的手勢，「你們可以走了。」藏無神臉上依舊驚愕，「明王院主此話是何意？」問天鳴的視線緩緩從藏無神到天下藏鋒到鳳雲藏，停了一會兒才說：「你們現在還不是我的對手，但已經夠資格稱為武林一流高手，接下來只要根據前人傳下的劍術，再多加錘鍊推敲，補完其缺陷，便足夠資格開宗立派。去吧，等到有朝一日，你們在金風頂創立門戶，再戰不遲。」

了解自己是劍下餘生的三名青年，也不囉唆，他們收劍，對明王拱手為禮，謝他的一席話，「他日若有成，我等必報大恩。」問天鳴只點點頭作為回應。三人立即快步離開塔前。

問天鳴任他們走遠。當然他也不是沒有懷疑，會不會是養成後患？不過，他對還雨劍藝極具信心，況且他們要練至真正的天下王霸不知還要多久哩。明王揮揮手，好戲已落幕。周遭一直屏息、不敢發出聲響的院生們，知院主意，紛紛散去。

他慢步踱回善始林。來到林邊處，傳功子弟其中一人趨向前，對他稟報：「有一少年自稱為院主故友之子。」明王還待想著是誰呢，一名生得絕美、不足十歲的少男，從人群裡轉出，來到面前——

問天鳴眼睛炸亮，奇異不思議地有種自身的命運正被打開的感覺。

餘碑之四

吃飯變成痛苦的事，與其說是吃飯，還不如說是進食，單純作為補充體力用，而無任何享受愉樂。餘碑的牙口不好許久，能夠吃的東西也愈來愈接近於液態，其他的吃來就是艱苦，有時想吃點肉食什麼的，都得要人剪爛剁碎，盡可能弄得軟爛，非常費工夫，而如此一來自喪失往昔咀嚼的生嫩口感，他也就越發不願吃。目下，他一日三餐大多都是粥類、奶製品、湯汁或麵條，就連他最愛品嚐的千嘆糕，也多年不曾吃過。這麼些年下來，他也不得不習慣，餘碑到底已經不是壯年時期太久、太久了。

到了七十好幾的年紀，餘碑得重新適應自己的身體，簡直像幼年時期的再來。但又略有不同。小時對身體的操控，主要是要想知道自己可以做到什麼，但這會兒卻更近於到底還能做什麼。多年修練的真氣，依舊蓬勃澎湃於體內，但軀體卻不被控制的快速衰退，正如當年何振諭所宣告的一樣。頭昏眼花更是稀鬆平常，五臟六腑裡也不知積累了多少的傷害，肚腹總是鼓脹，無眠也是，睡不好是再一般不過，尖利的耳鳴常存腦中，溺血也是時常發生，所有的痛楚都在警醒廢寢忘食練武習劍的代價。

許許多多的病疾成為他的一部分，或者說日常裡絕大部分。疼痛定義他的晚年生活。形形色色連綿細瑣的痛楚，此起彼落。各種生理機能，都像是被神祕黑暗的猛獸咬掉一大塊似的，恍若他是依靠已身之殘餘勉強而活的人。在各個部分發作的各種痠痛，沒有一時半刻偏離已身，它們像是某種精確計算下的成果，絕不鬆懈對餘碑精神力的戕害。往往餘碑已經覺得無法再容忍更多的無力、軟弱與悲慘時，它們就是有辦法讓他遭遇更多。年輕時期的疼痛，都是一時片刻的，短暫的，忍一忍就會過去。現在則不然，苦痛是一種頑強得無從消滅持續撲來侵蝕的身體狀態。

真氣運行再好，也就是舒緩少許疼痛感而已。他的鋒神勁確實愈練愈精純，不過對阻止肉身遲緩一點能耐也沒有。時光鎮壓他曾經風光過迅捷過狂猛過的強悍身體。一直以來他的身體，都很願意與他的意志，共同反抗，與時間搏鬥，與各種事物奮戰到底。不過，那只是人生的前半段，後來就不是這麼回事。肉身再認真鍛鍊，也抵抗不了歲月一點一滴極具耐心的腐蝕侵壞，他已經是非緩慢不可。所有日常動作都要變慢，專注力大幅衰退，連思緒好像也不再靈活，對於眼前或其後的事，都不再能夠靈敏反應。

餘碑也就一路如此這般的承受下來，迄今依舊苟活於世。餘碑近來更常想常做的事都是回憶與感懷。對已逝的傷感無窮盡包圍他。彷彿呼吸悲傷而活，他跌落到那些記憶中的美好狀態中。其餘都慘不忍睹。

捏捏懷裡的灰黑之石，餘碑感慨難止。要不是仙歡留下死後訊息，要他堅定地活著，要不是他對劍院還有責任，必須寫下《寰宇無盡藏劍譜》傳世，要不是五年前僅得九歲的小月下，來到裸璃塔，餘碑早就沒有繼續承受各種痛楚的理由。有段時日，他真被軀體的種種敗壞凌辱得寧可獨自去至無期崖、乾脆一氣跳落好結束無尊嚴餘生、一切俱休矣的念頭。

熟悉的腳步聲，由遠而近。餘碑長嘆一口氣，從呆望著一碗湯粥的姿勢，抬起頭來，望著浮屠室外悄步移入的十四歲少女。衛月下輕手輕腳的走到舒餘碑旁，看了桌上還有八分滿、熬得爛綿的肉骨粥，眼裡有一點幽暗升起，又退落。女孩的嗓音靜謐優雅，室內彷彿因為她的語聲溢滿明亮、溫柔的光暈。她對七十五歲的老人家說：「院主依舊無食慾？」

餘碑縱老，但在劍院裡對誰都能耍威風，獨獨是月下，他著實無可應對。偶爾，還會覺得自己在她面前簡直是個孩子。衛月下等著老院主的反應。她就站在那兒，俏生生的，餘碑只得拿起碗來，又喝了一口，好若倒藥物似的灌入喉嚨——真是無味的人生啊。女孩這才覺得放心滿意。覷見少女眼中有著寬慰感浮出，餘碑想，就單單是為了讓月下放心，他也非得堅決忍耐這些大好時光流逝後無以滅除的傷損。月下雖然年齡僅只十四，但出落得絕色豔麗，一舉一動都有格外教男人癡狂的本事。有時，餘碑從城兒眼中炸裂的驚豔片片無能遮掩，瞧得出來月下的美究竟到什麼程度，更不用說媳婦傾聲偶爾閃過的嫉妒眼神。

月下的清純美貌，儼如一種殺傷力。那是一種可以照出男人內在原形、如鏡般的能力。老人不無擔憂，（再過幾年呢，會不會讓月下因此惹上什麼天大麻煩，）餘碑的心被一團陰暗的預感襲擊。（甚至嚴重到造成什麼可怕的崩壞？）

別的不說，就談他自己吧，他第一眼看見衛月下時，真是驚詫極了，那就像是他的仙歡又活了回來，就站在他面前一樣。其時，月下才九歲，看來就像是小仙歡。餘碑也記得，在更早以前，月下應該不足一歲吧，她的雙親就曾帶來劍院探訪妻，之後甚常聽仙歡提起，月下生得與她小時候頗似。或也是此緣故吧，城兒特地在五年前找來月下，伴隨在餘碑身旁，好解父親喪妻之痛。而餘碑沒料到真會這般之像，當九歲小女孩來到面前，他差點要失聲痛哭。

少女眼中都是對老人的關懷，她並沒有意會到院主的思懷，已經跑向時間的遠方。月下對餘碑說道：「房明皇房爺爺到訪。」明皇是造派名醫，也是舒餘碑知交好友。餘碑定了定神後，方纔回覆，「快請入。」女孩點點頭，下樓傳達。

餘碑望住月下的身影，那是一纖細柔軟、充滿許多等待著美好發展可能性的身形。他衷心渴望女孩將來能夠順遂平安。她就像他的孫女一樣。（但願美貌不會是一輩子困住妳的地獄啊，月下。）

少女去了有一會兒，舒餘碑復又栽進日日夜夜沒有休止迴轉反覆、關於仙歡的記憶漩渦，迷醉不返。爾後，正南梯那兒有動靜，沉重的腳步聲響起，截斷餘碑的想懷。老友明皇來了。

房明皇小舒餘碑四歲，現在已是七十有六，雖保養得宜，但到底年歲也不小，一口氣爬上七樓難免喘息粗重，雖目前負荷得了，但終歸苦差事，再過幾年，他恐怕就沒法上來為餘碑診治。而餘碑也不怎麼情願下樓，他在裸璃塔第七層過得一向極好，沒有什麼事幾乎不離開。可嘆哪，明皇沒有出色的弟子，據老友說，此一代造派醫理學生裡，無甚奇特人物，怕是他的大醫家招牌後繼無人矣。

餘碑見房明皇入得室內，緩緩起身迎前，「明皇，又勞煩你了。」房明皇笑道：「你又來跟我客套。」餘碑請房明皇入座，自己也悠悠地回到位子上，為房明皇添了一杯茶水。餘碑說：「老弟先解解渴。」醫家點頭，也不客氣，慢慢而確實地把水喝完，爬樓時的體力支付也稍稍回復一些。餘碑張望室外，想著十四歲女孩去哪兒？房明皇知其疑問，「我倆剛走到第六層時，舒城說是要跟月下討論些事務。」餘碑說：「原來如此。」老人並無多想，他跟房明皇天南地北地漫聊起來，從天下大勢說到小輩家事，無所不談……

好一番談話過去後，房醫家開始為餘碑進行醫診。他起身，靠近餘碑，伸出雙手，右手五指壓住頭頂，左手五指則按住臉部，跟著開始運明鏡法，從十根指頭點住的部位，吸出餘碑體內一小部分真氣——

武林醫學而今分為兩個系譜，一個由房家主導的造派，講究生筋長肉，調氣養血，人體本就是最自然的天生狀態，造派因此只求調理復原；另一個則是由房玄家操控的破派，素來走除病理、殲患象的路線，相較來說做法就激烈得多，不但認為人體內容易產生多餘的東西，必須予以用藥驅逐或殲滅，甚且會運用獨門法度侵入病者內部，進行消滅腐壞病根的動作。

這兩家一向不合——其實有一說，造派與破派兩百多年前同出一源，不知因何故分道揚鑣，時至今日呀，爭執緣由早已難曉。仙歡走了以後，明皇數度表露有意與破派合作，並兩家之長，追求醫術的躍進發展，只是中間有很多難為處——房明皇願意讓房玄家的名頭在房家前頭，但房家人絕不會認同，更何況破派那邊也瞧不起溫和緩慢的造派，覺得造派欺世騙名之流，不足為道，而造派也因此對破派更難以容忍。再實際點說，兩派醫法南轅北轍，究竟遇症是要留呢還是除呢，究竟是要以內安外，還是直搗黃龍呢？要融合一家，不過夢境一場。明皇若再年輕力壯一些，或能有壯志達此功成，而今早心灰意懶，只想尋得良徒傳下造派手藝，也就可以瞑目，其他不敢再想。

而造派的診療手法是，醫者以手按住患者頭頂，透過名為明鏡法的吸氣法門，判斷病患的身體狀態；破派的暗無天術則相反，醫者會以雙手手掌心貼實病患的腳底板，吐出兩道真氣到體內探勘緝察病情，進而決定要外部施藥，抑或送入刀鋒般銳利的氣法，進行體內病根殲滅的危險動作。一般人常聽到的吸而造、吐則破，就是這個道理。唯造派的氣除了查探外，尚有以氣療癒、調和的效能；破派則更進一步，經常使用暗無天到無法以人手觸及的病患內部，毀滅造成人身病症的根源，有時難免傷及臟腑——房玄家認定大破才能大立，要有單刀直入的見效，須在其他方面有些犧牲。

另外，用藥方面，造派是循序漸進，養成主體，回復生理之天然，因此溫和而日久；破派則是講究奇速見效，走以毒制毒的路子，藥性暴烈，總是帶著不可預期的害損代價。

武林醫學兩大家也都練氣，但造派練的是內在真氣的自然累積與流動，而不練可造成殺傷力的發勁，只圖病情釐清之用；破派不然，此一系譜不乏高手，他們遂發展出利器一般的真勁，既可治病，也能致死。

造派甚為講究手的觸感，明皇以真勁充填的手掌，就像明鏡一樣，能夠照出還雨院主目下的情況。醫家的眉頭又皺又舒，像是變把戲似的。也實在難為好友，餘碑想，就算明皇殫心竭智吧，亦是無可回天，至多是維護自己莫要加速毀壞罷了。餘碑何嘗不清楚自己的肉體情勢，身體敗壞至斯主要是年輕時，為了全仙歡復興劍院的願望，他拚死拚活地苦練劍法，將本門的天上人間劍術硬是融入寰宇無盡藏，甚至不惜自廢內功，從頭練起鋒神九法。他總算挽住還雨劍院頹勢，不至於被神刀關生吞活剝。餘碑深愛仙歡，為妻，真是窮盡一切心力於護衛還雨劍院，絕無言悔。

人與武學都會因為一代一代的累積，而比以前更複雜。餘碑憑著己身的劍藝才能，為兩百多年來毫無增進演變的寰宇無盡藏，貢獻八式新招，是個不易的突破。唯現在後見去想，餘碑沒有那麼確認自己發展出的三十六道寰宇無盡藏，是否能算是個成就，（不斷地在局部上產生變異，而不是從根本裡對整體推進，能有資格稱之為創新嗎？）餘碑的念頭也就愈加灰暗。（會不會到頭來，其實只要專注於修練原來傳下的寰宇無盡藏二十八，才是正理？）

俄頃，房明皇觀測完畢，手掌離開舒餘碑的頭臉。他嘆氣：「老友體內依舊是兩種神功的戰場，看似被碾平的舊功法，並沒有完全被鋒神九法取代，反而堆壘五臟六腑深處，成為隱患，難以盡除，日之既久，化為陳疾，始終興風作浪，眼下還是只能走一步算一步了。」餘碑對明皇的悲觀，倒無多大感覺，他幾年前就說過一樣的話。餘碑十分清楚，身體內部的損毀實是無可救藥的。他能夠做的，就是設法適應那些愈來愈利銳的無數種傷痛。

但真是一年比一年差了。年輕時，身體再疲倦受傷再重，都能依靠精神意志奮起幾要四分五裂的軀體，然而如今啊，卻是關係反轉，完全是身體拖住精神意志。他感覺到地面的接近，似乎連空氣都是重的。背還不到佝僂，他總是盡可能挺直背脊，但漸漸也愈來愈彎。他目下還能走動，甚至為門徒比劃幾招寰宇劍勢，然而……（再過個幾年，我還能不能跳？能不能使上活色劍？能不能示範三十六道寰宇無盡藏？）

老人安慰醫者，「身子骨老了以後，就漸漸變成不是自己的，誰不是這樣呢？」房明皇回到桌子另一邊，頹然入座，略顯沮喪，「老友果真豁達，可明皇作為醫者，無能多加施助，著實愧對。」餘碑趕緊再三勸解，要房明皇勿如是想，「況且吧，你每每開出的藥物，都能夠緩解不舒適感，已經是生花妙手，哪裡還有什麼愧對不愧對。」明皇乃又表示舒餘碑的大器果非尋常人耳。兩老你一言我一句的、淨說些要對方放寬心的漂亮話。

一盞茶時間過去，明皇就起身告辭，且言會將藥方交代給衛月下，大致與此前的無甚差別，仍集中於補血養體。舒餘碑也站起來，再次謝過老友的辛勞，送明皇到南梯處。醫家要院主在此止步，他一個人走下即可。餘碑也就不客氣，目送明皇握著扶手，緩慢地步下階梯。老了，都老了。到了晚年，就連下樓這麼稀鬆平常的事，也是足以致命的。而餘碑忽然想起過往日子裡，有一年吧情，他還曾直接從琉璃牆窗往外一跳，硬生生飛降地面哩，要是這會兒做此動作，腿骨當即要悉數粉碎吧。氣勁又有何用，再飽滿吧，筋骨早已脆弱，禁不起摧磨。

明皇行姿移出視野外，舒餘碑欲折返浮屠室，腳步才動，便停，（奇怪，月下去哪兒了，怎麼沒有來送送她的房爺爺呢？）她不是這樣的孩子，她一向最溫柔體貼，知曉年歲大了長者的行動遲緩與辛苦，每一次都是她來攙扶呀。

老人動念到窗旁一陣張望，望見下頭伏舒城與月下正走入竹林——那是餘碑命人在天晶湖與裸璃塔之間生滿怒放野草的空地上，一年一年栽植竹稈上有如豹斑紋的獨特品種豹變竹。十七、八年以來，竹林陸陸續續擴展成如今規模。此林，因一機緣被昔年的天下第一劍何仙劍命名為善始。餘碑也挺喜歡在少女的陪伴下，穿過善始林，走往天晶湖。

當他漫步其中，鮮綠竹子直挺挺地朝著天，茂密枝葉交會成複雜的空中路徑，人的影子被篩過竹葉落下的日光壓在地面，有如一抹晃蕩，風來時沙沙聲使得一切浮亂心緒都靜好安祥，竹枝的搖曳彷若舞蹈。如果傾近一點，可以看見稈上一點點青綠豹紋花似的綻放著。竹林中漫遊，步步都是奇異深刻的光影變化，教人不得不溫柔寧靜。

餘碑倒不曉得城兒也會進竹林。城兒不總說那是多餘的事，無意義的種植嗎？他的兒子心下怕是埋怨過父親把心力人力投擲在善始林的吧，怎麼伏舒城也會讓月下伴著一同遊林呢？舒餘碑心中不安，往東梯踏走。裸璃塔座北朝南而設，東方門口即通往善始林。他花了比平常快的時間下樓。但自然一步步，他都很慎重小心。只是隱約覺得古怪，用不著太趕，若導致自己腿折骨裂，不划算哩。慢點走，慢點，別給雙腳沉重直接的震動與負擔。

好一會兒工夫，他才走出裸璃塔，往東邊去。身後，日光照射裸璃塔，耀眼的程度令人咋舌，光芒四散，也有些落向竹林邊緣，讓豹變竹綠得更像是快要化作水似的。老人的腳脛略有疼痛感。不過還在能忍受的範圍內。再過幾年，還能這麼走嗎？他走進善始林。餘碑發覺有好些竹子業已開花，更有個怪異的意會洶洶湧湧地竄起。

豹變竹雖比其他的竹種有著較慢的生長週期，需要三到五年才會拔高到超過裸璃塔之高，但一樣的都是不易開花。如今，竹花卻冒生——那是幽暗的花朵。灰黑色的豹斑點綴於花蕾上，十足讓人心頭陰翳的狀形。

前頭有條熟悉身影閃過，（像是傾聲呀，）怎麼連媳婦兒也作興來到竹林，（真是她嗎？）心中的陰影愈來愈沉壓厚重。餘碑忽然想到城兒與傾聲結褵多年，至今膝下猶是無子，傾聲性格這幾年間也變得強硬，不再如從前般順服，兒子一直為此頗為煩憂。（為什麼會忽然想到這件事，跟月下有什麼相干？）但願，但願不會如他想的那般難堪可怕。

餘碑的心更加急了，但對踉蹌摔倒的戒慎一直在腦海中盤旋，他步步為營。真是古怪的狀況，明明情勢或已是非常迫切，可他就是意識到自己並沒有不顧一切的往前衝去，（為什麼呢？）

此時，原是日光普照的美麗時分，唯餘碑無法感受更多，一團稠密的幽黑迅速在心底收攏，彷若豹變竹之花開進胸口。老人察覺到加速的心跳，有好長的日子沒有如此清晰地體會到心臟的存在。它一直很微弱，而他亦疲於應付身體各種徵兆。現在，左胸內部的音震教他吃驚，（我還好生生地活著哩。）而不管活到哪一把年紀，總有光怪陸離的事實要迎面撞來。預感或者即將成真。他不忍卒睹。竹林中。在豹變竹生長得最密集之地，剛剛的那條纖長骨瘦人影又出現，她立著不動，瞅著前頭。舒餘碑的視線被她擋住，不能看得分明。他遲疑地停下，不確定是否該繼續前行。老人的心動搖著。有幾萬根針如雨般從天而降，刺進他的胸坎，（我到底該不該去看呢？）奇異的疼痛感漫漶開來，餘碑的腳發麻。（我能夠承受我即將看到的事嗎？）

明媚的世界退遠。暗黑無光。生機昂揚的竹林成了千萬魅影齊聚地。

站在餘碑前方的是媳婦問傾聲沒錯，她的背正正簌簌抖將起來。那是怒極氣煞的反應。老人的腳縱然拖著泥一般，但也還是要跨出去的。他躑躅地往右前方移動，站上一個傾聲沒有察覺的位置，偷覷她正在偷覷的事物——

餘碑目擊到他的兒子背倚竹子，用力地摟抱著十四歲絕色少女。月下躺在他的懷裡，坐在其大腿上。兩人份外親暱甜蜜。城兒其實做月下的父親都不為過了哪，但他們倆明顯不是家人式的親密，而是愛侶。老人的雙膝忍不住一陣軟弱感，他垂下頭，以遲緩的速度，跪倒在地。問傾聲沒有察覺餘碑膝蓋碰到地面時發出的聲響，陶醉在濃烈綺麗感裡的女孩和伏舒城也沒有。餘碑的臉上熱辣辣的，有團火在裡頭悶燒。

（唉，城兒啊你怎麼能這樣糊塗呢？）老人對兒子失望極了，伏舒城如何能夠不把還雨劍院的將來放在心上最重要的位置，如何能夠沉浸於這樣幼稚的私情？他難道不明白一個不小心就可能害得劍院覆沒？還雨劍院的基礎並不厚實，外敵當前，又生內患，如何能夠，（你對得起你娘嗎？她心心意意都在護全劍院存亡，你怎麼能讓劍院遭遇此等危殆？）舒餘碑甚氣惱矣。他雙手按在地面，十指挖入土底。若非有傾聲之父、城兒的岳父、如餘碑和仙歡的至親一般、前還雨劍院副院主問寒數的全力支持，還雨劍院根本撐不過這些年，（你竟是要恩將仇報嗎？）

餘碑搖頭，不可置信他的兒子居然無知至斯，（寒數副院才走不到半年，你對得起岳父嗎？）餘碑自己又要怎麼對地下的好友交待？餘碑的寰宇無盡藏、鋒神九法，都得力於問寒數的傳授。如非有寒數協助，餘碑也沒法兒開發三十六道寰宇無盡藏，更別說堅持守住劍院在至仁坪的基業。再說，問家在如今的劍院九系就占了傷系、裂系、戰系、滅系，傾聲的兄長問逐水也在餘碑授意下接任副院主之位，城兒絕無本錢與媳婦兒鬧翻。畢竟，伏家式微，勉強占住遊系、棄系，已是僥倖。而加入劍院的舒家也不久，成材的也無幾個，能夠運作控制的亦只有還系而已。剩餘的迷系，為司劍所掌，初家則和鹿家共有形系。伏舒城毫無能力對不起傾聲，對不起問家！

此事若爆發開來，很難相信問家會甘願受辱，他們必要興師問罪，如此，不止舒、伏兩家危殆，勢必害及還雨劍院。再加上問逐水在鋒神九法與浸淫都遠遠勝過城兒，眼下自己因肉身將朽，恐也非逐水副院的對手，一旦內戰起來，勝算少矣，（兒子啊，你不但害了自己，亦將禍及整個劍院。）餘碑著實無法接受伏舒城的作為，更不用談月下只有十四歲，城兒都已經三十好幾，怎能對一名少女用盡渾身解數，迷幻她純真的心？

餘碑抬頭，在愁雲慘霧的心中，在陰翳無光的視野，仍覷得見月下的眼神迷離，兩頰燒紅，似已完全沉醉在城兒的魅力下。老人的胸口有窒息感往上竄著，幾乎要遮斷口鼻的機能。餘碑也是男人，他很清楚少女的這種眼神對男人的意義是何其的重大，（為了被如此全心全意癡心癡意的愛著，男人還有什麼事做不出來？）餘碑嘆息，他們或已跌進太深的地方。（要回頭，會不會已太遲太難？）

同時間，餘碑亦察覺到內心若有似無的彈出一點更黑暗的什麼。他對被少女眷戀眼神綑住的伏舒城，忽然有著種無法言明的憤慨。老人細索之，發現自個兒竟有妒意。唉，這或才是最難堪難看的，都幾歲了，竟要跟年輕人爭寵？

而時光彷彿在竹林中靜止，綿延成妒恨窺視情愛纏綿的畫面，永無止境。

飛梵之四

看定寰宇神鋒圓潤無害的刃口，捧著漸漸痛起來的肚子，在一間大半被毀壞、什麼器物都裂碎的破房子裡，她坐倚牆壁，盡可能避開雨滴千萬攻擊。暴雨之夜，所有的事物都迷茫地被烏闇盤繞占據。

她的身前連一把火都沒有。剛剛生起的火又已熄滅。冷。只有電光偶爾燃亮世界。轟。雷聲緊隨在後。轟轟。崩壞中。有種一切事物都在毀滅的滋味。轟轟轟。密集爆開的雷聲教人心慌。她的下腹愈來愈痛。轟轟轟轟。閃電盡情地炸著天空與夜色，像是最巨大的嘻笑。轟轟轟轟轟。屋外，黑雨天席地捲，沒有一處不被它們濕潤的千言萬語包羅住。到處滴滴答答。滴滴。答答……

這是一個黑暗的風景。伏飛梵坐在那兒想著，（就像我的內心一樣。）絕倫的灰暗，沒有邊境，她被吸進去，而體內脹滿的痛繼續往外吐著冒著竄著，彷彿裡面有一把熾烈的火要剝裂完全封閉的她，（這人間啊未必可愛，總是充滿任意、漫不經心的殘酷，包含現在，或許也是，）她對更深的存在說著話語，（這一切都可能是值得的嗎？）飛梵的視線轉向凝視肚子。

或者，她是有些許憤恨。這個孩子的到來，讓她非得要重新適應自己的身體不可。這對劍道的影響實在太大了。從體力到姿勢，無一不是，每一個細節都要做出調整。全新的軀體。彷彿她被降臨在另一個身體——錯誤的身體。飛梵雖有一定程度掌握，但終究不如未孕前的身子那樣靈動自如。而隨著將要分娩的時刻越發臨近，身體又要再一次蛻變，她復得再度經驗身軀的陌生怪奇化。她還有可能找回原來正確的身體嗎？如果沒有懷孕、無須生產，也就不必應對曲折的肉身，浪擲了好多時光，更不用東藏西躲，生怕臨盆前被覬覦寰宇神鋒或她所悟劍學的人找上。

那把被譽為武林至乘的神兵，擱在大腿上。飛梵目光集中在其上方，那顆隆起的肚子。她的心思飄忽。沒想到啊在經歷過情人的背叛，以及與絕世高手對決所瀕臨的死亡之境以後，還能遭遇更慘烈的事。（原來最恐怖的其實是，妳永遠不知道幾時會停歇、遠離的痛楚。）無止盡的疼痛持續掠奪著飛梵的注意力。她開始渙散。但飛梵的武學鍛鍊提住了她。沒有持續往下墜落。還頂在某個維度上，她還沒有完全沉淪。

她對腹中胎兒僅有若有似無的情感。難以確定的、不穩定的。有時她會覺得胎兒是多出來的時光，但有時她會完全無視，一心浸溺於劍道玄奧。她感覺不到眾口所言濃烈的、密切無分的連結。體內多出來一個生命，但這個生命如何與自己相關，飛梵是無知，乃至於無謂的。她不會一直意識到自己是母親，甚至應該說大多時候她從不感覺自己是。尤其是現在，根本是完全沒有。只有無盡拖累與痛楚。

她不知道他或她是什麼。這個孩子是意外，她從來沒有想要做母親。她覺得自己好狼狽好臭。身上的氣味讓她噁心。有朝一日竟會對自己感到徹底的厭惡，飛梵想都沒想過，而如今是事實。飛梵對眼前經驗的種種，毫無愉悅。完全比不上劍法。所有對劍的鍛鍊，再艱辛苦楚都帶著濃密的極樂感，可生產是又暴力又骯髒的事，哪裡像絕大部分人形容塑造的那樣溫柔美好？飛梵只想要盡快脫離從身體裡長出來的地獄。愈快結束，愈好。而她多麼想拿起劍了斷這一切，（結束吧，都結束吧，快結束吧。）可惜的是她劍法再高，也無有辦法終止如今的正在發生。她只能反覆地痛著渴求著胎兒降臨，（既然要出來，就快出來！離開吧！快從我的身體裡離開。）

此時。一個胖大的少年遊魂般走了進來，分了飛梵的神。閃電劈下之際，他赫然發現只剩下一半、搖搖欲墜、到處漏水的破房子裡頭，慘暗之中還有人在。他怔住不動，彷若木偶。胖孩子的眼睛隨之低垂。他的表情異常遲鈍。但少年真的是有個龐然的軀體，像是身子裡塞了三頭牛也如，那麼的壯實厚大。可偏偏臉上蕩著有一種悠悠晃晃的不在感。好像他並不活在他的肉體。甚至有點兒癡呆。奇怪的孩子。不過飛梵不討厭他。少年看起來很寂寞，而且非常疲倦。

碩大的孩子回頭張望滿天的黑暗之雨，眼底浮著驚懼與無奈，跟著視線又移回破屋子裡的飛梵身上。在電光之間，她和他對看第二眼。胖少年再度別開視線。他轉過身，擺動厚重肢體，似乎想要離開這裡。

伏飛梵阻止那孩子，她忍痛開口：「雨勢這麼大，你要去哪裡？」少年又多走了幾步，站在破屋子外，站在從天而降的黑雨之中，本來已濕的身子又變得更潮濕了，他說：「討厭，我不想被——」停頓了好半晌，細小的眼睛有著深深的哀傷憂翳，濃稠無望。胖少年又小聲到像是只對自己說：「去一個地方，沒有人。」少年說完，轉身舉步往前走。

聽著心就酸了起來，眼淚差點就要破眶而出，他那樣說了，他想去一個沒有人的地方。曾經飛梵也這麼想過，（我也想找到一個沒有人的地方，只有我自己，與劍同行，清靜，自由自在，沒有傷害，然而啊，）非常遺憾，不管哪裡都有人，就算真有一處原野山嶺無人住居活動吧，（你的心中依然有人，你依然是一個人，你能逃開你自己嗎？）她在心中對少年的提問，很快就變成對自己的質疑，（我呢，我又怎麼可能逃開我，以及從裡面來的孩子？）

而一個孤獨生出另一個孤獨，這是多麼究極寂寞的事呀。

「你等等。」飛梵喊住少年。胖孩子拖著沉重步伐又往前兩、三步，才停下。被雨幕完全籠罩著的他伶仃孤苦。他站在那兒，恍如一隻雨中的鬼。飛梵對他招手，「你進來，這裡沒人會討厭你。」少年表情因為雨的緣故變得模糊。冷汗遍布全身的伏飛梵也不能凝神再看。但他的動作很不安，又遲疑，像是說真的有一個地方沒有人討厭我嗎。飛梵再次對他招手，肯定的，她幾乎是用盡全力對抗一波又一波的疼痛，才能向那孩子提出邀請。

感覺私處有液體不受控制地流出，浸潤著臀部與衣裙。腹部的絞痛一陣又一陣、一輪又一輪，裡頭好像有刀尖雨後春筍般的肆意長著冒出。她深呼吸，憑意志竭所能地適應身體的巨變。

如是孤獨的時刻，飛梵頭一回真心希望有人陪伴。有意識以來，她從不覺得一個人有什麼問題。實際上，她非常適應，完全不需要誰。除了劍，她沒有真的非有誰不可，包含還雨哥哥、宛昭婆婆在內，飛梵雖然感激，唯至如今她必須對自己承認，她的情感幾乎是完全給了劍道，他們也就分上少許而已，更不用說房玄真——那只是少女時期短暫的鬼迷。只要有劍，她可以孤自天荒獨身地老。但現在，她非常需要。

胖少年躑躅於雨夜。飛梵盡可能維持聲線平穩，莫要露出顫聲，她問那孩子：「你吃過了嗎？」她身上有一些乾物可以分享，甚至還有幾塊冷掉的拿舌呢，尚足夠給他吃。可惜方才生起的火，眼下都已熄滅，否則還能給一點溫熱的湯或水。她的手摸向身旁的束袋，從裡頭掏出拿舌，「你過來，我這裡有吃的。」少年宛如被釣起的魚，有著被鉤子穿刺過的意味。眼前的拿舌對少年產生重擊。他行動鈍重，踉踉蹌蹌走了過來。他直盯拿舌，喉頭上下滑動，猛吞口水，濕漉漉的雨水從他的髮一路滴滴往原來也就濕透的地面。他只是看著，沒有動手。

飛梵把拿舌遞給少年。他遲疑，但無可抗拒地接過，惘然無神的眼珠子望著飛梵。她對他點頭，「吃吧，孩子。」他試著咬了一口，視線又瞅向飛梵，覷她只是原地看著，沒有他常見的嫌惡厭恨。少年開始非常慎重的吃著，一小口一小口很堅決細微的咀嚼，彷彿怕口中的食物只是一場夢。即使他的速度很慢，但一大塊拿舌依舊幾下工夫就一乾二淨。他的吃法有著對食物的絕對敬意，像是要把拿舌的滋味深深地化入身體的每一處。等他吃完，飛梵又取出一塊拿舌。那孩子這一次就沒有太猶豫，他從眼前少婦攤開的手中取走，繼續謹慎的吃法。他已經餓了三、四天。少年無比珍惜眼前的吃食時光。

拿舌是飛梵自製的，她從小就在羅家吃慣的一種食物，將揉好的麵糰削成寬版，裡頭包著剁碎的雞肉再和入醬汁、細麵、鮮果，最後進行油炸。起鍋時吃是汁液噴發的滋味，冷卻後也可當乾物，口味依舊不差，且攜帶也算方便。飛梵在外闖蕩江湖，一有機會就自個兒下廚做。她只會這一道，與其說是拿手菜，不如說是飛梵對逝去時光的回味。她總不由自主想起和羅還雨一起製作、一起吃拿舌的往昔美好。

飛梵指指身邊的一處空位，要胖少年坐好，「慢慢吃，小心噎著。」他點頭，一邊吃，一邊往她指定的位置坐下，隔著飛梵的束袋。少年雖然很謹慎，但還是很快就吃完了。「如果還餓，這裡還有食物。」飛梵指著束袋。他搖搖頭。「已經飽了？」她問。少年搖頭。「為何不繼續吃呢？」飛梵再問。「沒那麼餓，已經。」他回答。飛梵從袋裡取出水罐，遞給少年。

胖少年的出現，能夠讓她稍微分心，遠離正在疼痛的狀態。她藉由對話轉移對疼痛的敏感程度，（總不能一直想著那些痛吧。）飛梵開口：「沒有那麼餓，但還是餓不是嗎？」少年拔開罐蓋，小口喝水，細小的眼睛底有著非常幽微的難以細說的什麼，臉上像是戴著面具，沒有表情，不過他認真的試著回覆飛梵，他說：「餓是一直都這樣的，餓一起移動，跟著我，我不能飽，飽了，下一次餓跑過來，會像是死。」

少年說起話來有一種怎麼講呢，不太像一般人說話的句法，大概是很少跟誰談話，因此有點怪。唯聽在飛梵耳裡，胸懷卻汩汩湧出一波波憐惜，雙乳因此也被撐得更大，他過的是怎麼樣的生活啊？少年跟她走的路一樣嗎，都是為了成就劍學而自願成為江湖中的流浪者嗎？或者他是不得不，不得不來到這裡變成這樣的渺小悽慘，他喜歡、希望自己是這樣子的嗎？飛梵心思集中在理解少年上，（而我能夠對他說些什麼呢？）突如其來，肚腹處萬馬踐踏的狂暴暫時和緩下來。

飛梵換了個話題，她問少年的名姓。他說：「我叫問金玉。」「好美的名字。」飛梵說。少年的眼神更黯淡了。過了幾次呼吸的時間，少年小聲說：「好美，不適合我，但。」飛梵挑眉，「不適合是指？」問金玉說：「這個名字，它太好，我，不好，不好的我，不能遇見，它太過美好。」聽見如此自傷自卑的發言，渾身痛楚立即都轉換成忿怒也似，她對金玉恨聲道：「這個世上沒有誰配不配的問題，你知道嗎，重要的是你必須珍惜自己擁有的，在你有機會的時候，盡一切努力，對得起它。」

名為金玉的少年，被她的疾言厲色震住，雖然表情依舊死一樣，然而眼神中確實有個波動在。過半晌，他仍不知該說什麼。他不懂為什麼她要為他這麼樣激動？他們不都只是陌生人嗎？問金玉呆呆望著飛梵，雙眼是樸實到底的困惑。

伏飛梵也覺得脾氣沒來由，孕胎後期她的情緒起伏明顯增強。或許，這番話說出口的時候，針對的其實不是少年，而是自己吧——有些影響留在意識裡不輕易遠走，制約的武林傳統觀念，以及這些年來的經歷，各種歧視、輕賤與嘲笑，在在讓飛梵厭煩。她不在乎他們，但那些男人偏偏就要來尋釁，想方設法激怒她，再群集圍攻。他們就是見不得女子居然能在劍藝突破猛飛，他們就是非要證明武學是男人的技藝不可。飛梵只想專心於劍道也難，有太多這樣的干擾，令她精於潛蹤匿跡。而飛梵話一出口，便後悔了，非關少年的事，怎能口氣這般恨煞。果然要維持溫柔，何其艱難，能像還雨哥哥那樣，無論自己做了什麼，都輕聲細語，簡直不思議吧。

少年視線從她臉上移向下方。她激動時，右手不自覺握緊寰宇神鋒。這把劍在手上如此密切如此相銜無隙。流蕩多年，只有它最穩固牢靠，彷彿一切事物天敵的時光也奈何不了黑劍。是的，寰宇神鋒可以永恆。而它讓她安心，放鬆。

而絞痛的地獄再度來襲。千刀萬剮在體內。她忍不住哼了一聲，握住劍的手出力到發白。強大如巨浪的疼痛感瘋捲飛梵。她整個人被淹進浪濤底下，呼吸困難，如要窒息。私處流出更多黏濁的液體，也許還有汩汩的尿液，然她已經很難分得清楚究竟什麼是什麼。有人拿著生鏽的刀在她肚子裡手舞足蹈。她就快昏過去。飛梵又再哀吼了一聲。她想要忍住。但聲音好像不是她的，喉嚨、嘴巴和舌頭也都各自脫離似的。

又是一記閃電裂開天空。世界白晃晃得像是失去血色的臉。問金玉見著她的臉上充滿狂野凶惡的痛。如恨一般。她左手也捏著黑劍，所幸它是無鋒，像劍形的鐵器，多過於劍，否則還不立刻掌斷手傷。少年能夠怎麼做？他可以做什麼？

劇烈連綿的疼痛此起彼伏，各種各樣的痛楚接續發生，無止境的，比方才還要凶惡的無以名狀的痛苦嚙咬她的內部。肚腹深處痙攣也般的收縮。每一次的收縮都帶來整個世上所有的堅硬。而那樣無從預料的堅硬令得飛梵痛到不能自已。飛梵急遽呼吸，以最惡狠的意志力忍住叫喊的慾望。在殘暴江湖裡，一切都只能倚靠自已，不能指望沒有其他人。為了生存，每個人皆竭盡所能地侵占、掠奪。只有贏家才能談論正義。闖蕩經年了，她很清楚，（我的痛只是我自己的。）不會是別人的，其他人無法體會，也不可能願意理解。要咬牙支撐住一切的苦難。

這些年武林歷練，使她在情感與人事上遍體鱗傷，但這同時也成為她的收穫。即便是房玄真礙於家業興旺，為求和墨家成為親家，以幫助房姓在江湖位階大提升，乃在雙親的壓力之下，放棄飛梵，以及腹中的孩子，也無妨啊，反倒讓飛梵的精神狀態愈趨於堅忍。失去僅有的幾名親愛的人以後，她就更是心無旁騖地專注於劍道上。世俗事物，再難以動搖她。

飛梵動用鋒神九法，使體內沉睡的鋒神勁流動起來。

不管是還雨哥哥致贈的寰宇神鋒，抑或和當代劍刀兩位宗師何天驕、陸天機的交手，還有房玄真傳授的家傳天地人心功，都讓飛梵的武學大道愈走愈是神祕深邃。也就年前吧，她不但將畢生所學招式貫整成一套寰宇無盡藏劍勢，同時還悟出鋒神九法，內藝為之大進。眼下，她的功力已足以和神刀天機、仙劍天驕論勝負，而非彼時無還手之力的後進。

從最初的形神大法開始，飛梵一連施展遊神大法、傷神大法、迷神大法、裂神大法、戰神大法到棄神大法、滅神大法，及於最後的還神大法。於是，天地人歸一。康莊大道也般，體內的天經、地脈與人輪完完全全輸通互流，無彼無此。此刻，她體內的鋒神勁，沛然得也許就是劍家六大姓墨、問、司、衛、舒、鹿的掌門聯手，該也走不過她劍下三招。身體儼如養著一道絕世大洪水——鋒神勁強大豐盛地流動四肢百骸天經地脈、周身渾渾轉轉，無一掛漏。然則，子宮緊縮不停的痛還是痛。絕世功藝無助於她消弭疼痛，就連減輕舒緩的功效都極為有限。

身體的痛無法禁止。身體就是江湖。另一座江湖。江湖不在外面。江湖哪裡都不去，一開始就在裡面。人的裡面。人怎麼能身由得已呢？江湖就是自身，江湖就是不可脫逃。

飛梵的心思猶如風暴中的一盞燈火，吹啊吹的，飄搖欲滅。

是否在創出內外兩套功法的時刻，也恰是懷孕初期的緣故，是故暗傷了體內的臟腑？算算日子，現在胎兒不過是第八個月，還早啊，不是嗎？怎麼像是就要出來？

飛梵感覺到私處洞開。大量的液體持續湧出。好像那兒已經變成了一個開口可容納多指的壺。她落坐的原本還算乾燥的角落立即透澈濕著。彷如身體下方也在應和眼前天氣一起下雨似的。一種非常完整的昏暗，鋪天蓋地。

再也忍不住，持續的收縮讓飛梵悍然慘叫起來。而她完全不知道也不記得自己發出驚天駭地的狂叫。她什麼都聽不見也看不到。只感覺痛。痛得無與倫比痛得無邊無際。痛就是世界。痛就是她。痛就是存在。也就只剩下了痛苦。完完全全，無可比擬。險急之際，飛梵還記得撤離掉鋒神九法。周密運行的鋒神勁立刻轉回到潺潺細流，不洶不湧。幸好心智一向堅定，沒有放任氣勁馳奔，否則失控的龐大氣勁將會撐爆她的軀體，四分五裂支離破散呀。唯她的意志力至多也只夠做到收回鋒神九法，再多一點都無可能辦到。

面對美麗好心少婦近於癲狂的情況，金玉手足無措。他慌亂驚異地看著。她本還倚著牆壁，而今已滑落地面，素淨的臉上都是魔亂，眼神失焦，鼻水口沫噴濺，她一直尖叫，雙手死命地握著黑劍，舉高到頭頂，腫起的肚子起起伏伏，若妖似怪。少年覺得可怕，她是什麼慘異鬼物嗎？他是不是誤闖進了恐怖之境呢？問金玉畏縮，不自覺站起，往後縮退。

外頭的雨勢沒有止歇，雷電依然天轟地炸。殘破的屋子快要全塌似的，雨水潑進來，地面積水愈來愈嚴重。飛梵、金玉所在的角落，也不再乾燥。飛梵呼吸急促，她腹部的深處像是有幾百種疼痛一塊衝起。有人在肚子裡拳打腳踢。私處愈開愈大。飛梵的意識被牢牢固定在身體之中，每一種痛都閃避不了，都得全部承受。不管怎麼樣的傷都不及此刻的疼。而痛的種類多到她覺得不可思議，有若每一種器官都有專屬的一種痛的滋味。而劇烈的痛楚使她有一種但願立即死去的願望。

沒有當場逃離的金玉最後還是鼓起勇氣，試著問飛梵：「我怎麼，妳，可以幫？」被狂暴的軀體之痛緊緊抓住的意念還有一絲絲微薄弱小的清明在，飛梵一邊狂嘶，一邊喘著氣對少年說：「肚子，壓住，往下推，快點，裙子，底褲撕掉。」費了好一番工夫，飛梵才把話說清楚，中間夾雜太多的叫喊，字語模糊不清，金玉很仔細聆聽才聽出個所以然。他趕緊移到飛梵雙腿下方，但又有些遲疑。

飛梵在瘋魔般的鬼哭神號之間，吐出有氣無力的句子：「快點，快點，出來了。」從未接觸過女性私處的金玉只得照辦，他戰戰兢兢將飛梵寬大裙子往上拎，跟著笨手笨腳解下她的底褲。所幸是黑暗之中，世界是一片昏墨，閃電時隱時現，他並沒有清楚目睹飛梵的私密境地。何況狀況緊急，他也毫無餘裕仔細凝望乃至感覺少婦的肌膚。

問金玉轉到飛梵的肚旁，他雙膝跪著，龐大的軀體重重落下，周圍地上的泥水濺起，又為兩人的衣物濕上加濕。問金玉要用雙手去按壓飛梵的腹部，但他不知道該使多少力氣。

飛梵慘絕吶喊，她說：「壓著，推啊。」私處的頂端正在撕裂。肌理的毀滅。她做過準備，平常也會按摩該處，好讓它的彈性更好，不至完全裂解。問金玉聽從飛梵的指示，持續往肚子那兒施加壓力。必須把痛的根源排出來。飛梵所有的感官完全被痛盤據住，沒有一個部位可以置身事外。痛是全面的君臨。飛梵凝起最後的注意力，配合著金玉按壓，用力呼吸，出力一如排泄般把力量往下傾洩——深呼吸，用力，深呼吸，用盡全力。

問金玉瞧著變成厲鬼模樣的女子，被痛苦折磨得無法維持人形，閃電擊落劈開黑暗時，她那張扭曲得像是一座無望的煉獄落在其上。少年金玉平板的臉宛如被鑿開縫隙似的，流露出明確表情。那是相當複雜的神色。他的臉也就活了起來，不再像是一張面具。對於飛梵現況，他充滿憐惜。金玉保持按壓的姿勢，竭盡所能地推著。他想要幫她。封閉著心以逃開現實無孔不入侮辱與傷害的金玉，對伏飛梵投以純粹的關懷之情。他跟著飛梵的呼吸進行施力的動作，一直往下推，一直一直。飛梵的哭天喊地慢慢的已啞了，最後只有悲鳴。

片刻後，兩個人同心協力在雷霆與閃電交互炸鳴的暴雨之夜度過難關。當下許多未知陸續發生，更多的是他們的無知。生命到來是一場絕對的冒險，他們無從知悉。憑藉意志與運氣，也就毫髮未傷將飛梵腹中的孩子接迎到世間。

問金玉小心翼翼捧著嬰兒，宛若是掌著全天下最珍貴的事物。飛梵整個人虛脫無力，躺在地上，連眼睛都張不開，密布的痛楚終於遠去。少年望定渾身血水、肚臍處尚與母體牽連著大約手腕長的臍帶的嬰孩。閃光激亮。他看不清楚那個孩子的臉，上頭都是濁紅的液體，五官什麼都還看不見，左手似乎長得有些怪，但金玉卻覺得自己跟嬰兒有著很深的聯繫。他頭一回感覺到自己跟人有著不可取代的牽連。非常深，好像生命的一部分。

飛梵的心神慢慢回來，她對金玉說：「孩子給我，你，生火，煮水。」少年的動作非常嚴謹，慢慢將孩子托給飛梵。飛梵慢慢鬆開手，將寰宇神鋒擱地。她又說：「你從袋裡取刀，從根部劃斷臍帶，紮好。」一問金玉此時已可不加遲疑，雖然手腳笨拙，但也算面面俱到了，他拾著光滑有血的臍帶，摸到臍帶兩邊的盡頭處，刀刃小心落下，滿手滑溜地打結。還有一小節在嬰孩肚臍處，等待臍帶的供應機能完全停擺後，自行脫落。

金玉的手上握著還溫潮的臍帶。他心中有一股熱。他感覺到斷落的它依舊在跳動，依舊在努力證明自身的功能與價值。他呆了一呆，把臍帶塞進自己的衣物裡，立刻重新生火，好在破屋子還有些殘賸的破損家具可堪燃用。

飛梵抱著自己的孩子，盡力伸手抹掉他臉上血汙。她的身體軟綿綿，無甚氣力，但意志力促使她動作。金玉生火本事不差，很快，屋裡就有火光照亮，大概是經常流浪在外，所以擅長吧。飛梵細看甫出生的血脈，是個左手從肘關節往下到左拳比右手更粗壯三倍黯然灰黑的孩子。膚色長得非常傷心的小孩。好像他也跟著飛梵一起經驗過那些苦痛。他緊緊閉著眼，呼吸微弱。

看著他，飛梵心裡諸味雜陳，無可言喻。她不由想著，孩子是自己來的，是他決定要來的。換言之，不是她生產，而是他通過她。有一種很強的距離感存有著。飛梵意識到孩子於她，是全然陌生的。分裂的肉。離開的肉。孩子不是孩子。她沒法兒欺瞞自身。她毫無理所當然的母愛心情。她就只是看著一個不哭不喊的嬰孩。沒有生命力的生命。

飛梵抱著從腹中來到世間的孩子，無從感覺到他和自己血脈相連，雙乳也毫無泌意。不哭的孩子，枯乾的母親。她感覺到他的宛若天成，但自己卻成為殘損。她只覺得自己的肌肉筋脈都像是被撕扯開來。她裂解過。她的身體再不可能是原來的身體了。母身如遭四分五裂支離破碎。她得重新適應她的肉身。新身體。被孩子破壞過闖越過的肉體。而孤獨還是在這裡，它哪裡都不會去。孤獨還是生根在裡面，沒有片刻壞毀遠逝。

她跟孩子曾經的相連終究是一場短暫的夢。說到底，她是被新生的孤獨徹底撕裂啊。她損壞自己，讓嬰孩誕產。僅此而已。接下來，她得重組著自己的破碎。她的身體是新的。可以預期的是，她還有一段頗長的路得走。

這個孩子生來就是異象哪，將來處境必然艱難，飛梵想著，（生命從來都是如此的痛楚，一誕生開始就是了，）誰不是這樣來到世間呢，有誰不痛苦，誰都是在自己的苦楚載浮載沉，（你也將要受苦了，）她俯下頭，細看渾身有血的嬰兒，（要用怪異的身體活在世上，會很辛苦吧。）嬰兒這會兒若有所感，乍然哭出。那是清亮的哭聲，生命的初來乍到啊，（但所有人都是這樣子的，曾經我也這樣赤裸地來到世間，）一切都是原始的，一切都是從頭開始，時間從這裡開始，（我們都是這樣來的，我們都是。）

也就有了一種怪奧深奇的意味，在飛梵心中炸綻。她凝視無名的小孩，想著方自啟動的生命——那真是最初的時光了，宇宙初生也似。她為自己帶來了一個全新的時間而悸動不止，彷如太古洪荒正在泉湧而開。

平凡而日常的時刻，一個母親抱著一嬰兒。但飛梵忘了自己是母親。她只想著以時光生時光。她正在悟通寰宇無盡藏劍勢的如來之境。如來如去，劍勢無盡。至喜驟然來到。她也就遺落了孩子的心跳、呼吸和體溫持續觸碰著她的現實。

問金玉忙著把火勢加旺，且用室內形狀已歪曲但幸好無破洞的鍋盆接著雨水，要煮開。他聽見孩子的哭泣，臉上表情忽然好亮好亮。他轉頭看，眼底都是噙淚的強烈感動，只差沒有飛撲過去，摟抱出神的少婦與嚎哭的嬰孩。

一個生命的降生如此艱辛困難，誰都是這樣來的，誰都有資格好好的活著，好好的期待活下去。那條臍帶也還在金玉的懷裡，它會慢慢變冷、失效。但少年會永遠記得在這樣寒冷暴雨的夜晚裡，曾經自己的手上握有一條生命的證據。他跟那個嬰兒、那個他還不知道姓名的少婦有著連結。跟誰有著密不可分的關係，這樣的事，讓胖大少年變得手輕足巧，萬分溫柔。他甚至覺得心中有家的感覺。

而嬰孩哭出聲音之際，雨驟停，雷電退離無聲，夜色也不那麼昏暗。

破屋子有火，有三顆心臟鮮鮮烈烈地跳動著。

照之三

像墨雲圖這般獨行性質的人物，這十幾年間驀然大盛其道。沒有幫派，當然沒有幫手，但也就沒有束縛與包袱，因此行動起來也就更為自由、更為難以捉摸。這也是對天驕會勢力幾乎席捲整個武林的因應。許多門派都不得不俯首聽命，一切由天驕三絕頂作主。不願服從天驕氣焰的武林人，就只能脫離組織，成為獨行人物。所謂孤客就是如此產生的。而墨雲圖無疑是其中的翹楚，她沒有與天驕會公然作戰，但也決計不會將天驕公令放在心中。她的作為只對自己負責。

初雪照正要返回鳳雲藏為他們置購的屋宅之際，在路上，便遇到這位短髮藍眼的奇女子。短髮女性在江湖裡是罕見的，在照所知的女子裡，除去逝去多年的母親，以及太初姊姊外，再來就是這位。

照與雲圖的相遇，其實是意外——哪一種遇見，不是在預料以外的不思議？

照第一眼就瞄見墨雲圖的藍眼珠，好特別。當下，她也覺得墨雲圖是美而強悍，是無法被壓倒的。而雲圖正忙著與三名青年大打出手，不落下風。大白天，悠然午後，怎麼有人殺風景的搏死鬥命呢？

照忍不住靠近去看，發現短髮女子有一股頭頂天的氣勢，誰都無法使她屈服，尤其是揮舞起刀柄墨黑、刀身卻血紅的刀時，更具備與萬夫敵的激烈風采，動作俐落迅速，沒有一點煩贅感，直接且優雅。照看了就感覺歡喜。

短髮女子的紅與黑兩色之刀，捲起直有雷厲風行之感，彷彿一種毀滅，活生生從刀招之中奔騰出來。對手雖有三人，但應付得很勉強。藍眼女子的刀應該是寶刀，看起來就是非凡，（和我的明日劍相較，哪一把厲害些呢？）初雪照忍不住比較起來，本身劍藝就不差、加上從小有父親初雪鴻風、兄長初雪空晴兩大劍手調教、身邊又有戀人鳳雲藏的她，眼界自然是夠的。照直覺，女子的刀法看似凶神惡煞，初初看來有一股暴露於外的強厲火熱之氣，實則內裡是一派溫煦，所有的殺戮極招下，藏著掩不住的溫柔，但似乎是剛自發展，還沒有到達純熟之境。如若能夠大成刀法，相信一經使出來，就能夠是殺之極的反轉，成為殺意與生意一起循環不息的刀法。

而三名青年的其中一個，照算是熟悉，但實在不怎麼想遇見神鹿鏡緣。至於另外兩人，瞧他們的劍法也不算陌生，應該是天驕會的門徒，一個使聲有哀樂劍，奇異的劍音連綿不絕，另一個持雙劍攻敵的，該是鳳雲藏的直系人馬，用的是繁花錦劍術。初雪照一看呢就覺得不滿。三名男子圍擊一名女子，算什麼樣子？照忍不住心中澎湃，這個閒事她怎麼能不管呢，何況，哼哼，她也不信雲藏的門下敢對自己如何，只是免不了又要跟神鹿鏡緣有牽扯委實討厭而已。

初雪照掠上前去，喊著：「你們住手，三個打一個，羞不羞臉？」她一邊說，一邊插進四人之間。照背上繫綑的是護手呈太陽狀的明日劍。那樣式太獨特。不止是天驕會所屬，連墨雲圖一下子也認出來。明日劍是當今小絕頂鳳雲藏的佩劍，江湖誰人不知他送給了衷心情愛的女子，那還有誰呢。於是，這架就打不下去。天驕會三人的劍，怎麼可能招呼往照？何況神鹿鏡緣根本不可能忘憶眼前嬌女。他們立即罷手。墨雲圖自然收刀於鞘。

神鹿鏡緣說：「初雪姑娘，妳怎麼會來？」照皺皺鼻子，眼神溜溜的，像是說你管我呢，但她嘴巴吐出的是：「我就是來了呀。」相當理直氣壯的語調。神鹿鏡緣便講不下去。「你們幹嘛欺負這位姊姊？」照當眾質問神鹿鏡緣。神鹿指著自己：「我們欺負她？」挺驚訝的口吻。照回答：「總不會是姊姊欺負你們吧，你們三個人耶。」神鹿鏡緣和另外兩人面面相覷，表情底有個不好說的羞愧。照的瞳孔，靈活活地在眼眶一轉，驚訝說著：「不會真是反過來吧？」

墨雲圖上前，謝過初雪照，說道：「我跟三位少俠較量較量而已。近來，我刀法又有提升，想試試刀，剛好三位年輕高手路經，自然是不會放過此一機會，請他們助我一臂之力。」「試刀？」照狐疑的反問。雲圖對臉上天真洋溢的女孩點點頭說：「是啊，這位妹妹應該是獨犢的初雪照初雪妹妹吧？」照點頭，「姊姊知道我呀。」「妳是江湖人稱天上仙子的美女，誰人不識呢？何況妳還有，」雲圖指著照背上的明日劍，「那把劍呢。三位少俠也因此之故才急忙收手，怕錯手傷了妳。」照做個逗趣的表情，「他們哪裡敢，小心有人教訓他們。」神鹿鏡緣欲言又止，看了看使鳳雲藏傳下繁花錦劍術的那同夥人，口裡話硬是吞回去，臉色又暗又苦。

照沒心思理會神鹿鏡緣，她追問墨雲圖：「姊姊是？」雲圖回應：「妹妹可聽過墨雲圖？」「啊，我就猜妳是雲圖姊姊。」照欣喜至極，本來就明亮的臉色更是天光。她早耳聞孤客裡有一奇女子，風采非同一般，今日得見，果然實在。

初雪照小女孩似的拉著墨雲圖的手，喜孜孜，「姊姊，照聽過妳的許多事跡，妳刀法無雙，人又敢於任事，救下不少被大門大派荼毒的可憐人，好像也曾日行百里送一道訊息給被天驕公令追殺的滅門者。今天又添一樁傳奇，一個人一把刀，就能夠和天驕會三名年輕劍客對敵，好大光彩。」照樂陶陶，她激賞墨雲圖的行動，一言一語都是驚嘆。這可讓神鹿鏡緣三人下不了台，但又不能拿她如何。墨雲圖隨便照拉拉扯扯。一向與人保持距離的她，破天荒無法拒絕初相識姑娘的親暱，她也覺得古怪。然初雪照確實有個迷人已極的親和感，教人真心喜愛。當照拉住自己的手時，雲圖覺得有一道微弱的閃電，鑽進體內，有如開鑿一般，她的身體與心靈被神奇地撼動著。

神鹿鏡緣忍了好半晌，終於發話：「兩位女俠，就此別過。」照才省起神鹿鏡緣他們還在呢，她想起，他們家與神鹿家頗有淵源，甚至鋒雨還神劍法與神鹿劍法是同出一脈，只是神鹿門後來被併入天驕會，而他們初雪家仍然獨立在天驕勢力外。父親也曾提點過，若是外頭遇見，千萬不能無禮，得多讓著些，況且面對天驕狂霸之勢，神鹿家也是無可奈何。

初雪照乃對神鹿鏡緣和顏悅色地說：「神鹿哥哥，謝謝你啦。你們願意陪墨姊姊練刀，真是好人，另兩位叫什麼呀？」神鹿鏡緣臉上雖仍不好看，但到底有個台階下，他回覆：「初雪妹妹，這兩位一個是天傷首，另一個是地走將，我如今亦改叫雨水主。」哦，照這時才曉得，神鹿鏡緣在天驕會位置不低，是二十四主之一。天傷首與地走將知趣地補講一些場面話後，三人也就離開。臨走之前，雨水主回望全然不把他放在眼裡的初雪照，其眼神比夕陽的下墜還要哀傷。

初雪照則拉著墨雲圖一邊走，一邊說話，天南地北，女孩家的體己話，一股腦傾出。這些年在外闖蕩，除了偶爾去找伏大醫家訴訴苦外，初雪照身邊沒有個知心的伴，成天就是等鳳雲藏回來，除此之外，就是練劍練功，難得有個她傾慕的人，焉能放過？她有許多話需要找個人說呢，尤其是最近與雲藏的關係，開始變得不太一樣。主要是她雖與鳳雲藏相戀，但很不滿三絕頂意欲雄霸天下的作為，尤其是有好些組織根本無意願參與江湖爭奪，天驕會也要急著收歸麾下或直接滅門，其做法未免太過無理。近來與雲藏之間處得不好，大抵都是由於雲藏四處東征西伐的緣故。

說著說著，「妹妹怎麼會到至仁坪一帶呢？」墨雲圖直搗核心地問。初雪照臉頰燒紅，支支吾吾起來。雲圖也不逼她。好一會兒過後，照自個兒方說道：「我就住在前頭。」「妳一個人住嗎？」雲圖語氣平平淡淡。照還是很羞赧的，「那個，嗯，我跟那個人住。」墨雲圖沒搭話，她明瞭。兩個人走的方向，正在進入至仁坪。她們緘默一小段時光，各自浸泡在自己的心事，聽著山林間的自然聲響，感覺語言是多餘的——對話的靜止，換來超脫羈絆的奇異感受。

照心中做了決定，力邀雲圖與自個兒同返藏照屋。「藏照屋？這名字挺有趣，既是你們倆最後一字的拼合，且有珍藏日照的意思，真是，」雲圖斜了照一眼，「情意十足的命名哪。」「姊姊取笑我。」照臉頰通紅通紅，像有兩團小燈火從肌膚內側透燃出來也似——很美的樣子啊，雲圖的眼中漫起激賞品覽意味。初雪照膩著聲：「姊姊，好不，到我們家坐坐吧，還是姊姊尚有要事呢？」

藍眼短髮的雲圖，瞅著身前該已二十好幾、但偏偏天真天然得讓人無法反感的女孩，她說：「我就是到處遊歷，沒特別要去哪兒做些什麼，妹妹若願意讓我叨擾，我自是歡喜。不過嘛——」「不過，什麼呢？」初雪照問。墨雲圖語帶保留：「卻不知藏照屋的另一個主人樂意否？」照猶如飛鳥的一對眼睛啊，往上一翻，像是要滑出九霄雲外，她說：「用不著管他，我說可以，就可以。」雲圖好笑地望了初雪意味深遠的一眼，「哦？」照輕拍她幼鴿般柔軟也如的胸脯，「我家，我不作主，誰作主哩。」「好氣魄，」雲圖點點頭，「妹妹好氣魄呀。」「那是自然。」照頭抬得高高的，一副捨我其誰的驕傲狀。

墨雲圖覺得逗這小姑娘挺好玩的，她刀一般森亮的臉，忽然鬆開，炫出一種絕美的笑意。她流蕩的歲月裡，總是忙於馳援他人，或者與天驕會周旋，很少有這麼開懷解意的時刻。

墨雲圖一笑，初雪照都看呆，哇，忍不住她張開嘴，闔也闔不上的。雲圖莫名所以，她直視照。照心中的震盪平緩後，才徐徐吐出一口氣，「姊姊笑起來，簡直，簡直——」她說不上來，就是覺得墨雲圖美得不能思議呢。她的雲圖姊姊倒是被讚得有些兒不好意思，「妹妹，妳真是。」她也不曉得該怎麼去接一個小妹妹的極力稱許。照禁不住心裡想著，（姊姊應該常笑的，姊姊笑起來甚至比我還美。）但她沒把這些話說出口，她雖生來爛漫，但有些分際還是懂得的。

兩人說著說著，很快走進至仁坪的中央地帶，竿上冒著豹子斑紋的豹變竹，大範圍地生長，其中若隱若現有一灰黑七級塔，歪立斜現。看起來像是一把暗沉巨劍矗立地上。雲圖仰頭瞧著高塔，眼中驚異，哪裡來的這麼一座即使年久失修、殘破感再難遮掩、可想見往日大氣大派的廢塔呢？雲圖還以為，至仁坪這一帶就是植地極廣的豹變竹林、風景優美的天晶湖最為著名，再遠一點過去就是沐情嶺。如何這之中竟有一座塔，江湖中卻無人提及？

雲圖的視線挪向照，溢出一種鮮烈的疑惑。怪的是，照跟雲圖真乃一見如故，她竟懂得雲圖未說出口的，好像姊姊的心思能直接傳達到她心中，照忙搖著手，「我才不住在這裡，裡頭都破損，不能住人，是座鬼塔。」她轉述雲藏告訴過她的：「這裡以前是一大劍派的根據地，好像叫做還雨什麼的，不過現已成為天驕會的地盤。本來還有不少環繞此塔的屋宇，但都讓雲藏叫人拆了。這座破塔以前據說是七彩絢爛，尤其是陽光投射下來，極其耀目噢，可惜如今已是殘破而歪斜，無復當年風采。雲藏雖有意要修整，但難度太高，真不知道以前人是怎麼建起七層巨塔。雲藏說，再幾年，它應該就會塌了。姊姊，我們的藏照屋，要完全走過豹變竹林才會看見哩。」（而且，）照的心底有一段話沒吐實，（修繕此塔的花費，恐怕是身為絕頂人物的雲藏，也不定能夠負擔得起。）她雖覺得與雲圖可以暢所欲言，但有些評斷為避免宣之於眾，能收束還是收束吧，免增煩惱。

墨雲圖對此塔的印象很深刻，即使它瞧來真是灰灰暗暗破破爛爛，很多地方都被蟲蟻或風吹蝕化，窗櫺裂開，牆面隨處可見坑洞，入口處散落各種木材、落葉和淤泥，黑黝黝如一躲著不知名妖物的山穴，冷森森的，也不知道它遭受過多少狂風暴雨的摧殘。且鬼塔傾斜程度嚴重，確實再支撐也沒有多久吧，若現在踏入其中，說不準就垮了。但它仍是有個氣勢在，儼然一把生滿鏽的灰黑鐵劍，第七層如劍柄。而大概是第六層的地方，還有個特殊造形，像是一個環裡套住一顆球，挺獨異的設計。它也曾有過綿延而巨大的歷史吧。

雲圖感覺悸動，感覺這裡面藏著無數的時光、無數的故事。

初雪照領著墨雲圖繼續走，讓鬼塔繼續留在繁密的竹林中，繼續它幾百年的沉默。她們穿過不可計數的豹變竹林，盡頭處豁然開朗，眼前就是天晶湖，這裡有一百多個屋宅，依著某個建置的順序散布，途中所見有人養雞，也有人種幾畝田，每個人都和和樂樂的，生活顯見愜意安逸，他們對照與雲圖微笑點頭，間或聊上幾句天氣或近況。

雲圖暗自感慨，現在武林女子行走江湖較不會遭受非議或歧視，過往的女性則不然啊，動輒得咎，要是初雪照活在往昔，若讓人曉得她未成親就與男子出雙入對共居一屋，哪裡能夠得到和藹的問候，早就被視為亂淫女子。

若不是這百年以來習武女性紛紛崛起，使得武林風氣有基本變異，如雲圖般遊藝江湖的女子，怕也會被人安上許多汙穢字眼形容。說起來，雲圖與照都應該感謝此前傑出女性的努力與付出，想來她們所遭遇的景況，必定艱難得更多吧。別的不說，她的母親墨明心就是一例，她從外公那兒接下家傳刀法，一路擴展成天機破九十刀，樹立一無雙女刀客的典範。

此外，神鹿家第一代家主神鹿晚花，以及初雪家先祖初雪凰停之妻衛青卷，都是不凡超群的江湖女子。兩人據聞是姊妹哩，劍法系出同門，雖各有發展變化，但同樣的是以非凡劍藝創門立派。衛青卷與初雪凰停共同合作，方能夠生根於獨犢，而神鹿晚花則是在夫婿死後獨自扶養子嗣，以己之力建神鹿家，可惜神鹿家後世不爭氣，竟加入天驕會麾下。獨自生活在江湖的墨雲圖，對在天驕會勢力範圍外的門派組織，都下過一番苦工夫。可嘆她沒有來得及找上神鹿家，他們便已降服天驕會。不過這些話，雲圖也不好細說。

每一代都有每一代的生存困境，如今江湖女性雖可自在走動，但問題也不見得少了。像雲圖，身為孤客，要如何在天驕會橫行武林的情勢裡巧妙生存，就是個費盡心力的極險困狀態。照也是，縱然已與愛人雙宿雙棲，但她還是有她的難處。譬如說吧，如果有一日天驕會要攻伐獨犢，初雪照與小絕頂的關係，真能繼續？墨雲圖很難不聯想於此。畢竟，天驕會還在貫徹天下一會的信念，他們吞江食湖的行動從來沒休止過。屆時，照與鳳雲藏的情愛又該何去何從？在日益殘酷的武林裡，要維持善與溫柔，是何其艱難啊。

而雲圖發現，此地有幾十棟房子空蕩蕩，沒住人，連家具物事都沒有。且居民年紀都已偏大，白髮蒼蒼。其中還有不少傷病人士住居，但這些或肢體有缺損或五官壞了或眼神瘋狂的前天驕人，都只懂坐在家中，瞅來神色陰鷙，眼神既哀且憤。亦有些屋宇直接緊閉門戶，宛如一箱子，裡頭仍有人聲動靜，或咆哮或碎言碎語，但不得見其人。

照立刻解釋，到了一定年紀或受重傷從江湖路上退下來的天驕人，都會到這裡。雲圖問：「三絕頂竟願意如此厚待無用的門徒？」她甚感驚訝，若然如此，雲圖或會對霸道橫行的天驕之首有所改觀。初雪照遲疑片刻，眼神遊來移去，才坦白道：「這裡是我讓雲藏建起來的。」墨雲圖細問之。原來呢，照察覺天驕會對派內老弱傷殘的處理，異樣殘酷，幾乎可以說是置之不理，任其自生自滅。初雪照於心不忍，淚洗滿面的勸解。鳳雲藏極寵溺她，遂應承在至仁坪裡的天晶湖畔，安置為天驕會捨生忘死一輩子效忠拚命的會眾。不過只限於小絕頂的直屬派系，天驕會其他兩宗，老、少絕頂一樣貫徹有為者有能力者至上的做法，弱病老者仍舊被集中一地，丟棄不顧。終歸，天驕會篤信的是，江湖人一生兵刃相見，哪裡有資格頤養天年。

墨雲圖看著照的眼神又再多一份讚賞，小女孩脾性的照心底之大溫大柔，教她感動。照卻急著為鳳雲藏開脫：「雲藏也不是什麼壞人，就是從小在那樣環境長大，故一切行事都慣於天驕會霸來霸去那一套。我多多跟他講，他也就聽從，有不少改進呢。」說到這兒，照停頓，一對汪汪剪水的眼瞳，瞧往墨雲圖。後者不是不知其意，人家是照已訂終身的心上人，約莫是希望雲圖姊姊也能夠喜歡鳳雲藏。墨雲圖一笑，這小姑娘還真是看重自己。

唯藍眼短髮女子亦曉得，在天驕會絕頂三人之中，的確小絕頂是最溫和的一個，行事較不若老絕頂般的殘酷血腥，也不似少絕頂的陰狠毒辣，看來是照潛移默化的功勞吧。然則，鳳雲藏的殺孽，可沒有少太多。

天驕會要稱霸天下，四處蠶食鯨吞各門各派，便不可能善良。他們的立意，基本上就是，以絕對暴力肆虐占奪一切。天驕會不屑於武林之首的位置，絕頂三人的意圖是，整個武林只有一派別，就叫天驕會。此所以天方地圓盟應運而生之故，許多門派乃不得不串連起來與天驕會對抗。眼下，天驕會勢力早鯨吞大片東方，正待西進。若無天方地圓盟興起與天驕會周旋，只怕這幾年爭殺伐擊之間，會有更多的門派亡滅。

而墨雲圖悲觀的想著，天方地圓盟再撐，也沒有多久吧。天驕會的跋扈狂野，人盡皆知，許多小組織驚畏於整門被屠戮殆盡，總是克服不了駭怖，早早投降，有的還是陣前倒戈，在天方地圓盟力戰天驕會之際，不但抽腿離開，還順帶捅為盟友支援的援軍一刀。表面為孤客的雲圖，同時也是天方地圓盟派遣到武林各地去聯繫非天驕會統轄門派加入的祕使。她曉得，天驕會的獨尊之路，如今走得是何等的順風順水，敢於抗逆的幫派，已然少得可悲。

譬如吧，她也曾擔任使者，前往獨犢，請求初雪家族加入共抗蠻橫行事的天驕會。唯其族長初雪鴻風認為，獨犢向來中立，切不可有立場，江湖的勢力爭鬥就讓它去吧，莫要干擾到小淨土的平靜。縱然鴻風之子初雪空晴力陳，天驕會的狼子野心，定不止於此，日後必然有害於獨犢。然初雪大家長不願捲入，損害獨犢人們，此事自是不了了之。

唯雲圖對與鳳雲藏陷入熱戀的照，卻怎麼樣也提不起一點恨意或惱恨，甚而還被帶著來到天晶湖旁天驕人退養場所。凝著照巴巴的眼神，雲圖也只能點頭表示：「妹妹多點綿柔細語說與他聽，或許天下間可憐人就會少上許多。」

雲圖的語意真切，照聽著就覺得感動。她心中如何不知眾人對她心愛人的評價呢，所謂三絕頂在他人目光裡，即是魔王啊，他們就是絕世三大魔王。但雲藏不是那麼壞的人，只是從小便活在那樣的目標裡。他能夠成為鳳雲藏，就代表其能力與意志都是上上之選。天驕會裡誰都有機會能夠晉升為天驕會之首，只要夠拚命夠努力夠狠夠敢，誰都有可能。只不過其中要付出的代價與艱辛，非外人能道。他們都得把自己變成妖魔，才有可能攀升到天驕會上層。

而照很期盼，她的鳳雲藏，只是她的，最好是願意丟棄鳳雲藏之名，找回自己本來的姓名。遺憾啊，鳳雲藏卻絕不願意捨棄他的使命，他從來都自傲自豪，關於他是天驕會幾百年來傳承鳳雲藏之名其中的一個。他活在鳳雲藏漫長又偉大的同名歷史。雲藏為此向照發過脾氣，要她斷斷不用再說。初雪照的女兒心，在這件事上曾經非常強烈的死過一次，後來才慢慢縫補。

她依舊相信自己能夠改變雲藏，讓他變成溫柔的人，（他可以找回更好的心，成為更好的人。）照一直默默堅持這件事，她情愛的對象，沒有理由會永遠是一個狂殺惡戮魔王。

她們繼續前進，抵達湖邊，有一條長長的石造碼頭，往湖上延伸，兩邊皆可停靠舟艇。照指著碼頭旁邊的一棟高兩樓的木造屋，「姊姊，這裡就是。」雲圖點頭，「哦，你們的藏照屋。」雲圖的語氣其實淡淡的，沒有他指，但聽在照的耳中都是取笑無疑，「姊姊啊，」照簡直要挖個坑把自己埋進去，「妳就別再笑話我。」雲圖指著自己的鼻子，「我有嗎？」初雪照哼一聲，佯作氣惱。雲圖只覺得照真是小女孩也似的好玩，每一種表情、每一個語調，都帶著讓人平和的奇異力量。和她相處，對雲圖來說是美好得不能思議的放鬆。她歡喜她。

照領著雲圖進屋，一樓的廳裡挺乾淨的，家具不俗，布置典雅。照請雲圖入座，她則去備一組茶具出來。照捧著一造形別致的茶盤出來，上面有一擱著注水壺的熱爐、一只鮮紅晶瑩茶壺、兩只外頭漆髹碧青色圖紋龍鳳的茶盃，還有三個不同顏色的茶罐。照問：「姊姊喝沐情茶好呢，還是獨犢茶？」雲圖對茶並不講究。照為雲圖解釋：「這裡的沐情茶，跟初雪家附近一帶出產的獨犢茶，還有玉露峰山上出品的玉露茶，一起合稱三大名茶，幾百年下來都是，」照隱約記得應該至少三百年，「不過，獨犢茶以前，好像不叫獨犢茶，最早好像是叫雪洗茶，據說飲入有使膚色明亮的功效，故得此名。這三種名茶，皆是舞翠茶種，但種法有差異，三地土壤與氣候亦大有不同，植出來的茶味，也是差異頗大的。」照拿起紅色茶罐，「這是我家鄉獨犢種的獨犢茶，茶香青澀中有一股嬌甜感，茶色深綠。」又指住綠罐，「沐情茶則是帶著濃郁的果香，茶色偏碧青竹綠。至於玉露茶，」照的手指點在黃罐說：「產自玉露丘，鄰近金風頂，茶香厚重，附鮮明花味，茶色略顯金黃。」

雲圖聽完只覺得頭重，怎麼連飲個茶都如此之多的講究，江湖生涯至今，素來把吃喝呢當作必要之事，而非享受之事。以是，她憑著直覺挑中獨犢茶，「既是妹妹家鄉農人所產，自當先喝獨犢茶。」

初雪照開開心心旋開紅罐，以木匙舀了幾次，將茶葉置入紅壺，取熱開的注水壺，往茶壺裡倒入熱水，放好茶蓋後，又往上頭沖著，靜置一小段的同時，提注水壺往茶盃傾注熱水，燙盃，跟著倒掉盃中之水，取茶壺，注入茶液。

初雪照說：「姊姊，請。」雲圖對茶之一事頗陌生，但看來那壺與盃都身價非凡，鮮紅如火的壺，其壺身竟有透明感，該是了不起的工藝，盃上的龍鳳紋也有極佳水準。尤其呢，初雪照的動作賞心悅目，從容優雅，行雲流水的動作中，隱含某些至美與深理，更是令她若有所得。墨雲圖謝過照，捧盃，嗅聞，有一股清香撲鼻。初雪照亦取盃，在鼻尖處悠晃幾下，就口一飲而盡。滿口甘香啊。雲圖訝異，「不燙嗎？」照解釋道：「不會的，水溫我拿捏過了，且這麼喝，方能品出窮盡而變的茶味之豐饒。」

雲圖頷首，也依著照的法子乾掉盃中的茶湯。入口時滾熱，但不至於燙傷，很快的，澀的口感裡頭，反向地在舌根處彈起一新嫩感。「果真是好茶。」雲圖衷心讚嘆。

「是呀，姊姊，我家鄉的茶，正如其名，有新生一般的清爽輕快，清風吹過舌面，就是一輪明月升起呢。」形容得好極，墨雲圖對照的講法，頗為感同身受。雲圖問：「三種茶，妹妹愛喝哪一種？」照一邊認真地思考著，猶豫著，在注熱水於茶壺，靜待，又傾茶於盃。雲圖再度取用，細細聞香，屏息，一口飲入深綠茶湯，她的味蕾盡處，湧起不絕的甘甜，她確是體出獨犢茶的纖細新絕。

初雪照也將自個兒茶盃裡的用盡，之後，她對雲圖講述：「妹妹最愛品的，應當還是獨犢茶，故鄉的滋味不可能遺忘。其實，喝獨犢茶也不止是喝茶而已，還是喝著我的鄉愁，喝我的青春之年，喝我的記憶呢。」照這番話一說出來，雲圖再也不覺得她是個無知幼嫩的姑娘，照內心的所思所想，遠比她表現出來的更為成熟。雲圖對她更感喜愛難忍。

靜好午後，兩個人共飲獨犢茶，體會人生無與倫比的美麗。她們一來一往，說著較彼此更契合的女兒話。沖過五輪後，照問：「是否要換壺茶再飲呢？」墨雲圖搖頭，「一日一品，也就夠了。」她婉拒，她不貪心，且亦深悉不能習慣追逐舒適感，無論是哪一種，武林暴虐，她要活著，就得保持警覺度。初雪照也就收拾起茶具。

而雲圖開始關心起天晶碼頭這一帶人如何生活。照一邊清洗護養壺盃，一邊說明，前天驕人們主要是依靠天晶湖漁產捕獲及種植稻米、各式蔬菜自給自足。另外，每月雲藏會撥給每人一筆銀錢，起居日常完全沒有問題。

從照的口氣雲圖聽出端倪，雲圖持續追問：「那麼，問題是在哪兒？」

初雪照始終有一定明亮程度的眼神，首次黯淡下來。她靜默地擱好茶組。雲藏很珍藏寶貝名為龍章鳳姿天下寶相如意自然朱紅碧玉茶壺盃組。照若取來使用，小心些無妨的，但他再三說過，要好生洗淨，馬虎不得，免得髒壞。照起初真是不耐煩，但跟著雲藏日久，也覺得煮茶喝茶之間的作為，宛若儀式一般，竟有種洗滌內心的功效。日常器物食飲的考究，或還是有其美妙之處的。只是她還是覺得那勞什子長長的壺盃組名，老讓舌頭犯愁。

雲圖靜心候著。過半晌，初雪照指到自己的左胸，「問題在於此。」雲圖還在聽。照表示，「這些人裡有好些覺得生不如死，還想著要重投戰場，為天驕會死爾後已，說什麼天驕人只有死的，沒有敗的，活下來就是能戰的。唉，姊姊，妳說，他們奇怪不？」照的眼神滿上一層烏翳。雲圖則是心頭沉重，天驕霸業日益昌熾，果不是沒有理由。

光是絕頂三人能讓人把爭戰四方以身為天驕人自許自豪，就是非一般成就。他們簡直是當成信仰，無怪乎武林間莫有幫派能敵，要不是天下之大，總要翻山越嶺，方可對各門各派進擊，行軍布陣需法度亦有太多繁瑣細節要顧及，天驕會怕還真是能夠讓整座江湖再無門戶，只餘他一會哩。同時，雲圖亦明白，何以此地有那麼多看來活得如屍一般的人。

仔細想想委實恐怖哪，就雲圖所知，天驕會的體制，是絕頂三人在最高級，以藏無神、天下藏鋒與鳳雲藏為名，其後天驕人皆無名，只有一代號，第二級六王分別是青龍、白虎、玄武、朱雀、勾陳、騰蛇，六王可以說是天驕會的護法，下頭不另置人馬，約莫也有防六王擁勢坐大之意吧，第三級的十二霸，則為鼠、牛、虎、兔、龍、蛇、馬、羊、猴、雞、狗、豬，此級領袖各自領一系，每系一千人，第四級二十四主，名之立春、雨水、驚蟄、春分、清明、穀雨、立夏、小滿、芒種、夏至、小暑、大暑、立秋、處暑、白露、秋分、寒露、霜降、立冬、小雪、大雪、冬至、小寒、大寒，立春主到大寒主各率一譜，每譜五百人，第五級是從天魁、天罡、天機到天哭、天巧的三十六首，第六級為包含地魁、地煞、地勇到地賊、地狗在內的七十二將，兩將聽命於一首之令，而每將底下又設有五營，每營下又有八支，每支設十人，底層的營人、支人卻連代稱都無，就只有一個字加數字編號，比如奇．五．十二．三，就是地奇星轄下第五營第十二支排號第三的天驕人……其分級明確嚴厲，會眾糾集之多，足可吞天食地。

天驕會體制發展快要兩百年，才有如是層層疊疊規模，且上一代三絕頂忽而立下，凡天驕人，從三絕頂到下等的支人，只要能夠以武鬥方式勝出，即可取所擊敗者之名之號代之。於是，原來就勢大的天驕會，更是瘋狂發展擴大。武藝練得高深者皆可往上竄升。天驕會的風氣只有一種：唯武論英雄。誰的武技更強，誰就是主導者。據聞以往的天驕會，並不如此，都是由該名號之人經過種種測試與驗明，決選出接班人。但前代三絕頂打破成規，倡武力至上，不再行指定後代接班之舉，結果天驕會更形壯大，幾十年來強悍無與倫比，勢力莫可敵之。

但也就是這般將人分等別級的階位做法，以及天驕會對競爭意識的鼓勵，讓墨雲圖特別反感。天驕會眼下的規則是，任何天驕人隨時可以往上級挑戰，只要武力勝過，就能夠取而代之，故人人好鬥，派內風氣如此，更何況往外發展，殺人就能夠建功，且更能錘鍊暴力技術，何樂不為。天驕會的殺戮法則，是他們的極樂，但卻是別人的恐怖煉獄。雲圖絕無法接受此種以殺養武的作為，更不能承認讓人失去成為人機會、讓人只能變成殺人武器的天驕制度。

墨雲圖本身也是好武之人。不過，武道是一輩子的事，是神聖的事。必須經過不鬆懈不間斷的苦練修為，方能觸碰其真義。她認定：刀藝是天地間最神祕絕倫，武藝絕非殺人的技術。

武藝是人可以更全面更奧祕地接近不思議溫柔的神奇技法。她的天機一百零一破後面由她首創的十一招，就是此等體悟下的發見。當墨雲圖揮舞天無絕寶刀到某種天然之境，像是刀我不分時，她感覺到人言人語怎麼也講不清說不白的深奧感。

有刀即有我，無刀又無我，有刀又有我。

雲圖將自己交付予刀，刀則教給她更多絕高甚深的至理。而她的武學成就，則理應歸功於母親。若沒有墨明心為她奠立極佳基礎，雲圖也無法屢屢突破刀學極限，逼近天機破最後圓滿的至境。

她繼承母親刀法可以是溫柔的概念，將凶惡傷殘的天機破，改造為外殺內生的奇異刀法。在墨明心以前，舊有的天機破，只有殺，無盡的殺，唯母親戒之慮之，以為刀是絕處，但刀法必須在絕處裡隱含逢生，凡事不能做得太絕，否則其身自噬哪。墨明心一直站在刀法不止殺的高位，提醒著雲圖。母明心堅信：人與武學的關係，理應是愈來愈複雜的。雲圖不敢或忘。

以是，天機一百零一破，其實分成上、下兩部。第一部是殘生酷死大劈大殺的烈火之刀。而母親開發的第七十九刀到第九十刀，以及雲圖所悟出的第九十一刀到一百零一刀，則屬第二部，是連綿不斷、猶如冬日照射般的溫暖之刀。

其實呢，若非父親對入贅的自卑自傷，且又大不滿墨明心武學造詣遠比他高得太多，自個兒形同一無用者，於是鎮日買醉酗酒，興來就對逆來順受的母親拳打腳踢，母親對天機破的改革與突破，定不止於此。也許創造天機一百零一破的人，就不會是雲圖，而是她母親。畢竟，墨明心後來是刻意壓抑自己武學之路的前進。父親雖沒有活多久，壯年之際就已撒手命歸，然已屆四十之齡的墨明心，已錯失最好的黃金年華，刀藝難再進，乃將全部心力託付給雲圖。

而天驕會崇尚單純的暴力，將武藝降低到殺人技的水準，純然是一種對武道的抹滅與侮辱。他們看重的只有武的殺傷力，而忘念武學之道的博大精微，是有無上至深奧義，不能窮探的。光是這一點，雲圖就絕不能接受天驕會。

墨雲圖安靜地想了好一陣子，照也不打擾她，就等著，一點不耐煩的樣子都沒有。人如其名哪，和照相處著，雲圖不知怎麼的就是特別舒服，所有的武裝防備，都自自然然卸下。江湖血腥生涯，她頭一次有這般感受。彷若無有駭怖遠離顛夢倒想，一切順乎天然。而雲圖其實很想要跟照細談，天驕會這樣下去只會使武林徹底狂亂，一點益處也沒有。其中，最應該負責任的就是天驕絕頂人物，她的如意心上人鳳雲藏，決計脫不了干係。

她很想對照說：如果妳迷戀一個人到忘了自己是誰，也忘了他做過什麼，又正在做些什麼，那麼這樣的迷戀，跟妳也就完全無關，只是一種無我的瘋癲，妳怎麼能說那是情愛呢？畢竟，連妳本身都已喪失，不是嗎？但她的實話就是吐不出來，至少不是現在。即使雲圖很想要掏心掏肺，把所思所想都跟照盡情分享。但她心知肚明，心念電轉間的想法，對現在的照來說，是個重擊。雲圖不忍，她不願意這樣傷害初雪照。也許過一陣子，等有什麼機會再跟她提吧，雲圖心下決定。

隔了好一會兒雲圖方說：「每個人活著都有自己的信念，或許他們非那樣而活不可，非如此作為，才能使他們有價值感。」照聽得點點頭，「姊姊說的是，他們太習慣把殺人技藝當一回事，甚至一世的信仰。」雲圖頷首，沒再針對此事發言。照尋思雲圖的緘默不語，她凝睇著雲圖。雲圖回望，視線裡都是無盡的傷感。照凝視著墨姊姊眼中的悲痛，腦中犬牙交錯起與鳳雲藏的諸多情事。

初雪照的心頭雪亮，她何嘗不曉得天驕會已然把整座武林的風氣，帶向爭霸鬥殺的方向走去，毫無回頭跡象與可能。它不止要當天下第一，更要成為天下唯一。這就意味著在天驕會面前，只有臣服，只有屈從，不能有別的選擇，甚至隱逸在不知名之地的小門小派，也不允許。照很清楚他們的論調，她從雲藏的談話與態度中，就感覺得出來。絕頂三人不是要當武林盟主，而是要成為武林的王，江湖將是他們主宰下的巨大國度。

那麼，（有朝一日，雲藏也會領著天驕大軍，殺入獨犢嗎？不會吧，不會的，）初雪照慌忙地在心中否認如此想法。（不會的，雲藏不可能這樣對我。他不會的，對嗎？）

初雪家所在位置在西方，距離東北的金風頂，有幾千里之遙，他們要舟車勞頓傾力來攻，怕不要奔波幾十天方能到達，這有必要嗎？何況，初雪家一向不出風頭，也不立門派，雖家族中人皆習鋒雨還神劍法，然鮮少行走江湖，唯一例外就屬好熱鬧非要見識世面的照。初雪家犯不上天驕會，天南地北，該當安全無虞吧。再說，她為雲藏捨掉家鄉，背離紅山與白河媚麗無倫風景，一切都是為鳳雲藏，他怎麼能夠出兵獨犢呢？他們初雪家也沒有別的，就是一套鋒雨還神劍法傳世，也就是使子孫們能夠護衛獨犢地界，僅此而已。

初雪家從不貪求更多武林聲名與地位，其他在獨犢中生活的尋常人，更是安分平和。她相信鳳雲藏不會做這種讓他與照都兩敗俱傷的蠢事。（他不會，他一定不會的。）照一直在內心深處堅定地對自己說。

父兄至今仍反對她與鳳雲藏的親密過從，他們希望她與他保持距離，但照對小絕頂真是無法克制的癡迷，（有時候都覺得，是不是他在我的身體裡，在我的心中，埋下什麼神祕的咒語？）否則，她怎麼會如是猛烈的想要與他相伴一世，且只要一想到此後再也無法與之相見，和他生活一輩子，（就會心如刀割，像是被時間凌遲。）體膚以及內在片片也要凋零瓦碎。

照甚至想要為他懷孕生子，殷切熱烈，她想要腹中有雲藏的孩子。她想像著，平坦緊實的肚子，高高的隆起，她深深的渴望著。但奇怪的是，兩、三年，就是沒有感覺，肚腹安靜平和如昔。她依舊保有美麗的腰身，曲線婀娜。雲藏見她裸身仍是飢渴難耐，如初次肉身繾綣之時，他們熱烈眷戀，身體也如膠似漆，像是時時刻刻都能扭結纏交在一塊兒。縱然雲藏不在身邊，照也都能感覺到他的每一寸肌膚每一塊肌肉每一種反應每一次的熱烈迎往。而究竟是哪裡有問題？是不是一開始的時候服用太多黃梁草、殘花枝、失麟果所配成的藥物？但伏姊姊不已經幫她修復嗎？癥結是什麼呢？

自小，她的月事來潮就不定期，有時一個月，有時六、七天，以前她為這樣的事很是苦惱，尤其是沒帶到用幾條棉巾扭成的赤纏時，更是煩惡。裙褲血染，委實不雅，也忒不便。而近來，若是月事沒來，初雪照總會暗自期待新生命的成形落實，不過一次又一次失落，終究沒有獲子。照邇來極樂意求子，她想，或許有了孩子，雲藏就會完全不一樣，（他的溫柔將會更多，因為我們的孩子，他會懂得生命的重要。）

是的，生比殺戮重要得太多了，無論是毀滅或者創造，都需要維護。真正艱難的，終究是堅定地持續下去。溫柔亦然，殘酷也是，（但人怎麼能不選擇溫柔，人怎麼能夠不停犯錯下去？）尤其是雲藏握有決定悲慘是否可以斷絕的權力，（生命只有一次，生命無法重來。）照的內心有一片篤定的明亮，她認定鳳雲藏可以明白，進而影響到另外兩位絕頂人物。

以是之故，半年前開始根據各種建議，調理身體，以打造最後的受孕狀態。不止是太初姊姊，照且四處參訪醫者，造派、破派的名醫，她都訪過，他們各自有各自的看法，造派的見解是照的體質虛寒，血氣不足，因此經事往往不順，有時延宕個兩、三個月都稀鬆平常，若要生子首先就得把體內補暖補熱，才有可能，於是開了好些補氣滋血的熱藥物，並鼓勵照多吃紅肉、海鮮，晨起該喝熱湯，平素裡就要厲行飲食的活補。破派則是給與黃天丸，這是一種冷藥物，專用以刺激腹部活動，將其他血脈的活力，集中到孕器去。

無論是哪一派，他們皆認為照的身體先天上有所不足，子宮結構較為窄小，活絡度不足，難怪她經常月事延遲。她以前不在乎，現在可不能夠啦，她的一舉一動都牽涉到未來。一個腹中的生命到來，含括著許多的意義，她得要更專注認真才行。她遇見墨雲圖之前，便是前往尋造派大醫家伏太初——尋尋覓覓，照還是更相信太初姊姊的能耐。在伏太初的協助下，照的月潮較有規律，就等一個最佳時機。太初姊姊對照的身體很有信心，在她的調理下，很快照就能結下珠胎。

不過呢，照對生孩子一事的熱中，讓雲藏有所不滿，他不歡喜照過度投入的態度，他並不是反對，只是認為大可自然而然，強求又有何意義。對小絕頂來說，她沒有問題，根本無須食用多餘的藥物。此外，照精準記下什麼日子、什麼時刻要交歡的做法，讓雲藏感覺窘迫。他們之間的樂事，突然變成苦差。一切都是既定的時程，沒有突來莫可名之的悸動。雲藏對她反應，兩人的情慾，怎麼能夠制式，被固定硬化特定的樣子。

照的心事，卻不能對他多說。她只能透過眼淚，懇求他的配合。在模糊的淚光中，鳳雲藏莫可奈何的答應。而照的視覺自動遺落掉小絕頂雙瞳裡深深的勉強與不滿。她活在自己眼睛的幻覺裡，無有所睹。

在風光明麗之處，面對鏡一般映射天空、山嶺風景的湖面，兩名女子對坐。長長的靜默。深深的靜默。充滿各種意味與尋思的靜默。她們自有心事，無法言說。於是，交給風、水聲與沉默去說，交給屋宇的寂靜去說。而她們是傾聽者。屋外各種自然的聲響，敘述她們複雜紊亂的心情。遠一點也有幾絲人語，幽幽飄起，升高，轉瞬被吸入完整的天然聲色。

墨雲圖遊往初雪照的視線，多了幾分曖昧不明。她凝注皺起眉陷入苦思澀想的照，心中有一股躍然欲動，她想要撫去照眉間的緊蹙。這麼秀麗的女子，怎樣才能讓她無愁無憂？繼之雲圖苦笑，何以自己竟有這般想法？當真莫名。

而照這邊也想及，確實啊，她發現到近來雲藏對她的激烈求索，已有多日不再。她有時會想，是不是自己已經不再年輕的緣故？近些年又有好多極美的女孩家冒出頭來，雲藏在外奔波征戰，會不會又有新的情愛機遇？有沒有更為新鮮活潑的女子，去至他身邊懷裡？他們在一起六年，照也來到二十四歲，她還算年輕吧，但怎麼樣都會有更年輕的女孩冒出頭來。

青春是一直流逝過去的，但也有人是一直湧過來的。而照已然屬於前者。

當今武林，女子行走江湖是比較自然的事，甚而有點兒是風潮。懂得武學的江湖女子，不乏其人，且對招式的演繹、武學的理解，都跟武林男子大相逕庭。武藝女子的大量出現與進入，似乎促動、提升武學之道停滯過久的重新發展。女性特質活化武藝，從不同於男性的角度，重新詮釋各種技藝功法。這變化說來像三言兩語就可以道盡，實則其中分含著無數的細節與艱苦搏鬥。而一代接著一代太多默默無聞女子的努力，亦改變源遠流長女子地位低下的不變不動。

照處於此受惠者的位置。當前，她時不時就聽到哪裡有一個仙子、哪裡又出現一名奇美少女，未曾止歇。照自己不也是這樣過來的嗎？一夕之間，她也就成為別人口中的武林絕色江湖豔麗。

照很自然地接受女子行走武林的現況，彷彿自己生來就合該享有這種待遇。但長了照七歲的墨雲圖，則不然，其成長環境讓她了解到，女人能夠公然在江湖行走、立足，不但沒有引起非議，且還能成為舉足輕重的人，有多麼難得與無可思量。雲圖比誰都珍惜這樣的機遇，也立志要延續下去，絕不容女子被人輕侮。

雲圖原本並不是短髮，她剪去一頭的長髮，就是為宣示信念——她的一生都是武林。她決意奉獻給武道，成就更偉大的事業。但她滿腔的抱負，在照的跟前卻像是烏有。照是更大更美的夢幻，雲圖的心念，被牽引著被拉扯著被糾結著。雲圖陡然覺得，偌大江湖再驚奇再教人熱血沸騰吧，都不及於她與照這會兒的靜坐。時間恍如持續流動著，又似無一絲動靜。

照的眼波底微光晃動，就有一種神祕柔軟的醉，發酵到雲圖的心中。靜靜的時光。華美得無從取代的此時此刻。雲圖但願一直延長持續下去，無終無結。她們這樣坐著，好像就是天下，好像就是武林的真義，人生的奧祕之所在。

雲圖品著照細緻天然的美之際，照猶然陷在與雲藏的種種，記憶一發不可收拾。各種美好的場景各種驚喜的事件各種綺麗繾綣的風光，繁花紛呈。好的壞的都一併上心頭，跌蕩難平。

六年了，一對愛侶該有的甜蜜、必然的分歧和重重誤會，以及對彼此的探詢與深入，她和雲藏都過來了。照明白自己已經從疾速翻轉在歡快明亮與憂愁鬱結的少女心事，轉成女人千轉百折的幽微心腸。而她如果不相信此間總總經歷的話，與雲藏間的幾年時光，都是白費的。他們正踏上一個至關緊要的嶄新點。而她還能不能是為他帶來日照的女孩呢？

只要眼前的關卡得以闖越而過，（更渾然圓滿的狀態，就會到來的，）照的內心積極地激熱起來，（我不應該疑心，我們走過的一切，都不可能是徒勞的，全部的全部，）照的眼珠射出光芒，恍若閃電悄聲穿過，（必然是值得的，必須是。）眉上憂愁慢慢紓解。初雪照心思繞著盤著迂迴著，由黯然魂淡至重拾明亮心境，期間曲折彎轉的念頭，不能細數。

瞅住照的表情，墨雲圖不覺莞爾。照是甚有魅力的女孩。雲圖矗立難搖的心志，也被她直率中捲著不散不解溫柔的言語行事風格所吸引。江湖爭殺武林霸業天下聲名，怎能比得上與照坐著悠久得如永恆的當下。

人生是看似一個階段一個階段的走下去，但其實所有事情都是連綿牽扯的，相互影響作用，沒有一件事是徹底的孤絕獨立。乍看緩慢的眼前，沒有一個瞬間是不珍貴的，分分秒秒都在逝去，都在跟什麼發生關係，無論是遠的、近的，皆彼此息息相關。墨雲圖自知在短短的半天裡，名為照的女子，業已深深地繫絆住自己。

而照的腦中雖亂烘烘，但心已有決意，她正待開口對雲圖說話，遽然，空氣中有個什麼改變了。周圍的靜寂不再周全，有清晰的破綻。原本安寧的環境，似乎有個裂口。雲圖與照同時都發現。聚落裡倏地響起不少人聲話語，像是在歡迎什麼。照立即想到是他回來了，她喜悅至極，站起，滑到門口張望。

確實啊，外頭有條人影呢，不疾不徐地行來，獨特的氣魄，煞是顯目。真的是她的雲藏回來了。

「姊姊！」站在門口處的照，回頭對椅子上、背對她的墨雲圖，輕快嚷著。

墨雲圖的心忽然刺痛起來。她聽出照聲調裡的最大幅度歡樂。雲圖自己都覺得奇怪，哪兒來一根倏忽抵達的錐，在其心杵著頂著呢？她與照不過半日熟識，枯寂多年的情感，何以一下子奔湧起來？她繼母親志業的信念去了哪呢？

照又回過頭去張望，渾身急切，爾後又轉頭看著兀自坐著的墨雲圖。她像是萬般捨不得離開門口似的遲疑一、兩次的呼吸，終於移動腳步，到雲圖旁，拉著她的手，帶起雲圖。照說：「姊姊來呀，我要讓雲藏見見妳的非凡風采。」

雲圖隨照起身，往門那邊走過去。墨雲圖聽見更多夾帶喜悅的語聲。她跟初雪照立於門處，望見一翩翩男子宛如神仙落凡似的，似緩實快地在人群中推移。崇拜愛戴的聲浪，讓空氣灼熱。剛才綿綿久久的靜寂，像是假的一樣，就連本來緊閉門戶的屋樓，都開了窗門，內中敗廢缺手斷腳面目傷毀的退役天驕人們，也都拚著命出來，想要更近距離地貼靠小絕頂。他們當真崇拜鳳雲藏啊，如信神一般。

小絕頂來到照與雲圖跟前。鳳雲藏的眼神，飄過一縷驚豔。墨雲圖和鳳雲藏直接打了個照面。他的臉帶著陽剛氣，五官線條嚴厲非常，眼神灰暗而凶猛，整個人散發某種強大自信的絕對感。雲圖也不能否認他是有個教人嘔心瀝血都要跟隨氣質的至高人物。墨雲圖的藍眼珠好亮，在鳳小絕的視野中，忽然就比什麼都亮。

照鬆開手，向前拉住雲藏的手，軟甜的說著：「你回來了。」鳳雲藏的視線這才瞟向照，「我回來了，這幾日可好？」其聲調捲著淡淡的關懷。照小女孩似的，整張臉都花開燦爛，喜悅怎麼也藏不住。鳳雲藏拍拍照的手，示意她等會兒，跟著雙眼又拉向雲圖的藍眼睛，他對她笑了一笑，白齒雪亮，瞬息彷若有一股和風隨著那縷笑襲上雲圖的臉。

鳳雲藏轉過身，對聚在藏照屋門口的眾人說：「你們都散了吧，該做什麼就去做什麼。」此地人方才眷戀難捨地紛紛離去。隨即，鳳雲藏做個手勢，請墨雲圖入內，他攜手初雪照，踏進他江湖霸道生涯難得的溫柔棲居。

唯與藍眼短髮女子的這一面以後，鳳雲藏將會發現心心念念的，反而都是墨雲圖。他忘懷不了。那女人的裡面是神祕的，不像照，一切昭然若揭，明白得像是清澈的溪水，可以見底——過於乾淨清晰的風景，再明亮溫暖似乎都會失去某種情愛樂趣的。不過，他眼下還拒絕承認。但很快的，小絕頂的整副心思，都將移到那帶刀女子身上。

三人一同進屋。照如蜂一般樂陶陶絮語著要再煮壺茶，那組茶具猶置於桌上。鳳小絕同意。他的眼神又忍不住滾到雲圖的深邃藍眼裡，他招呼道：「這位姑娘請坐。」雲圖欠身，她自我介紹。鳳雲藏眉尖一聳，他知道她是誰，這位女孤客有不少次帶給天驕會一定程度的煩擾。但他什麼都沒有說。對小絕頂來說，她並不構成什麼障礙，天方地圓盟的毀滅指日可待，至於孤客嘛，更不以為懼，再說女子如她又能有什麼憑藉依仗。

兩人默坐。初雪照則拎起注水壺去屋後的廚室取水。現時的沉默，與方才大異，雖不至劍拔弩張，但究竟是有點針鋒感。照快速地兜出來，輕巧地把壺放於火爐上，她眼開眉笑手舞足蹈地說：「雲圖姊姊方才讚了我的茶藝呢——」話還沒講完，也不知怎麼的，擱在茶盤邊沿的碧青色茶盃，其中一只，遽地往下跌，三人的視線都捕捉到，以他們的身手，應當能夠及時抄起，但他們的反應卻是呈奇異的晃蕩感。照是太過歡樂，雲藏是覺得自己內心有些蠱惑飄升，雲圖則有種隔離於局外的滋味，他們心思各自不同——

而所得不易的茶盃，乃應聲碎裂，無可挽救。

狂墨之三

衛狂墨居高臨下、在不定時爆裂的電光飆閃之中眄看自己的兒子。衛正節此刻困坐於籠車。身為父親的他，全然不懂這個血肉相連的少年，怎麼會變成如此漠然如此心狠手辣的模樣。狂墨自信從小正節需要什麼，他都能給，他可是堂堂神鋒座的座主。衛家有能力造成武林各方勢力的大洗盤，乃至派別的興起衰滅，都不在話下。被神鋒座判斷是邪惡的，就一定是邪惡的，而一旦神鋒座展開誅惡的行動，沒有任何幫派阻擋得了神鋒人的凌厲攻勢。

以衛族為群龍之首的神鋒座，是武林中所向無敵的大派。八十幾年來，神鋒座捍衛著江湖靖平，人人於服膺衛族的管束、治理，滿心感謝於他們與神鋒座的付出與貢獻。天下太平，完全是狂墨所繼承之衛家正統血脈武林捍衛者的不世功勞。即便這十幾年來，神鋒座因為與神刀闕對抗勢力略受影響，但仍舊頂得住半邊天，根基絕不可能被動搖。狂墨堅信這些打小到成人、乃至於他業已擔任座主一路聽聞的這套說詞。

但偏偏他就生養這麼一個天生邪骨的兒子，偏偏如此！從小正節便不停地帶來麻煩，同樣是他的孩子，正節的姊姊晚花和青卷便大器又乖巧，與衛正節差距何止千里，誰說起狂墨兩個被譽為武林仙子的女兒，不多加讚譽呀。唯正節不然。他在家中排行最小，又是獨子，自然多得寵愛，且負擔衛家往後道統繼承的期待。唯正節就是不願配合，練功虛晃幾招，就推託說累了倦了，你逼他，他就立刻莫名其妙地稱病在床，抵死不肯起來，無論怎麼拖怎麼打，正節就是有辦法生根一樣的留在臥榻，絕不屈服。正節鐵了心腸隨便衛狂墨與妻鹿舞荷打罵，他就是能死活賴著，不起便是不起。

狂墨委實不明白，兒子既能展現如此意志，為何就是不把這些堅決轉移往武藝修練呢？若不是長輩們不可能認同，狂墨真想把座主之位傳給女兒其中之一，她們隨便哪一個都比正節要出色優秀、有擔待個十幾倍呀。他萬分痛心家的血脈竟出了這麼一個無用的廢物。而平庸是無法原諒的，（我花了多久時光多少工夫才克服這件事呀，）身為衛家人，決計沒有道理如此庸庸碌碌，（這是不能被接受的。）衛族的血緣繼承者，斷然不許庸俗低能者存在。但偏偏衛正節，偏偏狂墨之子就是，而且還對庸懦無能一副甘之如飴的可恨模樣。

神鋒座由衛姓氏掌控，衛之一姓定稱為座姓。底下轄有五大家氏，雖忠心耿耿吧，但終究還是有接班的問題。衛家主掌神鋒座再過幾年吧，便將滿百年，從始座衛答秋中年手持寰宇神鋒、創神鋒功及神鋒七絕勢成立神鋒座以來，其後繼承者第二代衛麃金、第三代衛申古皆各有表現：衛麃金所學博雜精深，為人光明正大；祖父衛申古則四處風流、魅力無窮，個人特質鮮明，行事詭奇往往出人意表至極；到了狂墨之父第四代的衛溫，雖顯得平凡許多，但仍能夠守成。四代衛族人將神鋒座發揚光大，到衛狂墨即是第五代，至今年，剛好九十二年，狂墨對自己立誓，（我斷斷不容衛族失落神鋒座的掌控權。）

可嘆自從正節四處出紕漏，空有神鋒座少座主之號，卻毫無作為，武功、文才乃至謀略，俱無所有，終究讓五大家氏開始起了覬覦之心。五大家族蠢蠢欲動，私底下動作頻頻，尤其是舒姓，更是虎視狼望。衛氏權力基礎正在鬆動。一切都只因為衛正節。只因為他衛狂墨生了個廢材，讓事已至此。衛家沒有足以擔當座主大任的子孫出現，於是五大家氏的手腳，也暗暗張揚開來，衛家座姓的情勢，可說是危急萬分。

狂墨與舞荷的關係，也由於正節，而幾乎是正面終結。晚花與青卷誕生以後，他們本來就漸行漸遠。鹿是神鋒五大姓之一，舞荷是鹿家族長的掌上明珠，備受愛疼。從小，衛狂墨與鹿舞荷便青梅竹馬，雖並不情投意合，單方面是狂墨戀著鹿舞荷，但後來在前座主安排下，兩人締姻結緣，縱然舞荷待他如冰，狂墨仍是對她癡迷，只是太多的俗務瑣事，讓他無法掙得妻的全副身心。

兩人到第三年更有大變化。由於舞荷前兩胎都是女孩的緣故，飽受周遭冷言冷語之苦，狂墨母舒綻的眼神更是輕賤，教她婚後過著有如被肢裂凌遲的生活。舞荷不自覺地憎恨起狂墨從未替她說過一句話。是的，他一句話都沒說過，在母親與長輩的壓力之下，他，堂堂一個神鋒座大座主卻悶聲不吭。舞荷難以接受狂墨的緘默。狂墨雖想要在太母座面前為自己的妻爭取，唯舒綻素來強勢，狂墨亦是無可奈何。

隨後，好不容易鹿舞荷生下個寶貝兒子吧，終於享受到衛家親友伺候好生對待的滋味了，但好景不過三、五年。衛正節從小資質平凡，懶散成性，誰說的話也聽不進，打罵都無用。他幾乎是完完全全的無能力。正節的庸才樣，立刻又引起衛族長輩的不滿，說他除了俊一些，壓根無長處。於是，生出這樣子嗣的舞荷，又難辭其咎，再度被扔到眾人視野的邊緣，成為與空氣幾無差異的存在——她如何能忍受這般對待。舞荷最無法原諒的，就是夫婿在這件事上的沉默無聲。她恨之入骨，比起那些衛家長輩，她更怨惱狂墨的怯懦表現。

對妻真是大片癡心的狂墨，當然沒有遵照母的意思，另行媒娶妻妾、試著再傳宗接代。但對一心尋麻煩、一碰面就要大吵的舞荷，他實不能應付——怎麼她就不能了解、相信狂墨呢？是以，狂墨的心思後來也不繞在妻身上，他竭心竭力鍛鍊神鋒座絕藝，為承擔起神鋒座的重責大任，他驅策自己必須更強，他把自己逼向最極限。

天機忘聲的不世傑出，讓狂墨曉得自己必須百般努力才能守護神鋒座。他資質並不好，因此非得比別人花費更多時間與精力苦練劍學不可。況且他也想做為兒子的典範，向正節證明有無才能都沒緊要，重要的是長期專注的鍛鍊與堅持。

鹿舞荷對花大把時間精鍊神鋒劍武的狂墨，更是不滿到極點。兩人在正節長到八歲以後，便像是斷往絕來，各自活動自己的事務，若有什麼要兩人共同處理、出席的，往往是他們的女兒晚花、青卷居中斡旋。狂墨屢次想要取得舞荷的諒解，但她都是冷眼凜眉，沒個好話。狂墨只得安慰自身，想著也許過段日子就好了。但兩人的關係就這麼樣一路冰天雪地到了現時，無法可解。

衛正節乃跟著舞荷，深居簡出，外頭人亦有許久不曾見衛家的正統傳人，就連狂墨也有好些日子沒看過兒子。他的妻帶著他們的親生骨肉，自行困鎖於應得園的深處。他們半步不離開，煙消雲散也似。直到十惡不赦的重大時刻，衛狂墨方才又見到他唯一的兒子一面。只是啊，如今這一眼代價的慘烈凶惡，卻超乎神鋒座座主所能想像。

正節像是百無聊賴的樣子。他坐在鋼製牢籠之中，手腳上著鐐銬，死死地接著籠車底部，決計鬆開不得。但兒子的表情，跟狂墨印象中一樣的鬆散漠然。正節看起來並不在乎、也不痛苦，滿臉的遙遠，好像並不在這裡，好像雲遊到四海八方，籠車內有的只是一具空蕩蕩的軀殼。正節雙眼一如其他衛家人皆是細窄鳳眼的樣貌，但又不太一樣，眼瞳深處猶如藏著冷颼颼陰森森的刀鋒，隨時都要脫眶飛出。正節睥睨著周遭人，沒有顧盼豪雄，眼神裡都是險惡的小路徑。惡意飽滿。那是殺機。無意義的冷寒澈冽。

狂墨不敢不願相信這就是自己的兒子。他匿在山徑旁的大塊岩石後，一切盡在掌握中。兩百步以內的任何動靜，都在他的感應網內，絕無遺漏。但可以的話，他真希望能夠不要走向那一步。他只盼她們不要真的來到這兒。

「可是，他病了，」鹿舞荷聲嘶力竭地對狂墨叫喊，「你的兒子病了，病了，他病了啊！」狂墨的腦中，迴盪著妻子狂亂似的言語，事件發生十餘日後，妻終於親來找他，一開口就是要狂墨設法救出正節。他又能有什麼辦法？正節犯下這等的滔天大罪，即算狂墨有再大權力，也做不到任何事。何況，神鋒座作為維繫武林正義大統的角色，他絕無可能私下縱放。他不能因為個人的緣故輕率地毀去衛家近百年的基業。

於是乎，狂墨當場沉痛地對鹿舞荷說，「他，殺了人啊。」鹿舞荷宛如瞅著對頭冤家，向著心裡只想著神鋒大業與傳承的夫婿，她一句話都不說，只是狠狠地瞪他。「妳到底明不明白，今天他殺人了，而且是毫無冤仇的，十三條人命，十三名無辜者，妳聽清楚沒有？」他試著對妻曉以大義。而怒氣在鹿舞荷的眼眸底，更是蒸騰如虎似狼。狂墨當時試著以冷靜的口吻繼續說著，「舞荷，妳清醒一點，他不是我們的兒子，他已經不是了——」

鹿舞荷沒讓衛狂墨講完，她插嘴說，聲色淒厲，「正節當然不是你的兒子，你是高高在上的衛狂墨嘛。在多年以前，就在你當眾說他不配當個衛家子孫的那一日開始，他就已經不是你的兒子，當然了，早就不可能是。」

狂墨記得。他無以遺忘妻子說的那件事。正節從小疏懶也就罷了，但最教狂墨心涼的還是其冷漠，以及不自覺下流露的心性殘酷。狂墨數度眼見自己的兒子設陷阱捉住動物，如貓狗蛇鼠，極盡凌虐之能事，諸如肢解、撕裂與放乾牠們的血液等等。江湖中人舔血狠辣慣，一開始他也不當回事，唯時日一久，他終究還是警覺到兒子的怪異。

主要是衛正節似乎並不享受他做的一切，他與人事物總是隔著一道誰也看不到但確實存在的牆。堅固無形的牆。衛正節把自己完完全全地封鎖在後頭，沒有任何人可以窺看其內心，更遑論進入。而正節只是無聊隨意地屠殺著，這比嗜血更讓狂墨驚駭。其子蠻不在乎、一無所謂的態度，他瞅著覺得粗暴、荒涼，好像其肉身裡不是一個生命，而是一莫以名狀、形體曖昧變換不定的怪物。

有一回吧，正節的作為，著實讓狂墨不寒而慄。正節對伺候他的小女孩下手，他拿著衛氏親族方有、以色澤清白且紋理筆直的君子木刻著衛家家徽——金黃色圓圈，寰宇神鋒的黑色劍尖朝上指著——製成的小劍鞘，侵入女孩下體處，造成極為慘重的傷勢，發現時甚至已然潰爛，醫者判斷將影響到她日後的生育能力。正節還要脅那女孩不得聲張，否則他會要座主將她與她的家人從神鋒座驅走。

事情爆發前，狂墨不知正節的暴虐已如許可怕，但偏偏也就是他發現其荒誕行徑。在神鋒座習練武藝的規定時間，衛狂墨偶然進行臨時起意的巡視，赫然不見兒子，一詢問下，竟是連續四、五日託病不曾到堂修練。衛狂墨怒氣勃勃，火速趕至正節寢室，當然不可能敲門、推門啊，他直接撞破門面，留下一人形窟窿，進至房底，眼睜睜目擊到正節趴在被五花大綁、嘴裡塞著一塊布阻她喊叫、表情扭曲、滿臉是淚的女孩兩腿之間，拿著木作小劍鞘正進進出出地戳著女孩的陰穴。

尤教衛狂墨惱火的即是，正節一臉的不以為意。他明明已發現父親來了，竟只瞥看狂墨一眼，便又繼續動作，將其父視為無物。正節的眼中並不充斥著狂熱或激情，相反的，就只是單單純純的無溫度冷漠。好像他做的事不過就是吃飯睡覺。其時，狂墨盛怒，暴喝：「你這畜生，不配當衛家子孫。」當下，他拎起兒子，貫勁於右手，狠狠地把正節朝牆扔去。狂墨修練幾十寒暑的神鋒功勁力，自是非同小可，正節頭破血流，硬生生撞破屋牆，跌摔出室外，昏迷於一地的亂磚崩石中。

事後，舞荷為正節辯稱，說那是他對女子太好奇的緣故，是再正常不過的男人舉動。但妻應當如同狂墨一樣心知肚明，他們唯一的兒子並非對色情有興趣，他壓根是索然無味地做著那些事，他是漫不經心的，對造成他人的傷害，正節一點都不覺得有什麼關係。他想做，於是他便做，且他應該有這麼做的權力。正節絲毫不受外界箝制。他的道德，即是以自我的欲想為準則。他要，這個世界就應該給。狂墨感覺到正節的怪物化——恍如他人形的外皮底下，包藏使人驚心掉膽，難以認識，更遑論有任何理解的，極限絕倫的彎扭歪斜。

那會兒，狂墨卻不得不想方設法地遮掩正節對女孩下手的變態事。他付出大筆費用，將女孩送至某個遠離神鋒座核心的武林邊陲。衛狂墨用盡各種手段，恐嚇與籠絡，確保女孩斷斷不會開口。那是狂墨接掌神鋒座以來，頭一回濫用座主的權能。他當然沒有暗殺女孩，不至於做到這種地步。他仍心心念念衛家座姓掌握江湖正義的信念。她的家人獲得在神鋒座最良好的照顧，甚至還有兄弟是神鋒座門徒，不再只是幫傭。女孩自願流放，從此噤聲無語。這是狂墨親口應承女孩、彼此交換的代價。至於懷抱被男子酷虐殘害的軀體與記憶，又沒有家人在旁相伴，只能獨自消解那些不能跟任何人談及的傷痛，沒過幾年吧，女孩便抑鬱而死。

狂墨很清楚，（那條命其實等於是我害死的。）他對自己感到噁心。他背棄神鋒座一直以來堅持的精神，只因為不肖兒子，（無良至極啊，）狂墨如此論斷著正節，（你畜生也似的，）正節不單單不應該降生衛家，更極端的說，正節甚至不是人，（你不配稱為人。）就是這件事決定了狂墨對正節的態度，他幾乎是軟禁一樣地命令兒子絕對不能離開應得園，舞荷乃心甘情願陪正節坐監，女兒們也是這個時候開始與他形同陌路。然狂墨自以為這是最好的辦法，他絕不能讓那樣的怪物自由活動，焉知還會鬧出多少多大的荒唐恐怖來，而一切，（正如我當年的預想一樣，真的出事了，錯重難返啊。）

而妻子昨夜竟還敢對狂墨怒吼，「衛氏的人又如何？那又怎麼樣呢！正節這輩子從來沒被在乎過，他的心早就壞了，就算殺了十幾個人，也不過是想要引起你還有你們衛家人的注意力罷了，又有什麼大不了！」舞荷對他咆哮道，「你不救，我救！」滿臉虎一般暴烈怒氣的舞荷，帶著晚花、青卷掉頭離開。而女兒們的眼底，都升起對他的某種說不上來的複雜感受，又恨又惱。她們母女仨離開時，態度都堅決得猶如就此與狂墨斷斬一切關係。

這是為什麼衛狂墨現在也在這裡的緣故。狂墨不能容許舞荷這般做，對他來說，衛家的榮譽聲名優先於一切，絕不能讓妻兒毀了衛族輝煌，還有神鋒座好不容易維繫住的武林大派聲名。他必須阻止。這是狂墨生來的責任。他生而為衛氏人，就不能躲開必須光大門楣的命運。何況還有他疼愛有加的女兒涉足其中。晚花與青卷是江湖裡頗富名聲的神鋒雙仙，她們若真與舞荷聯手劫人，不止是衛族榮譽受損，連帶她們自身此後也別想在江湖領有一席之位。她們將會遭到眾人詈罵，必要被說成是不辨是非的魔女，往後難以有什麼好姻緣。狂墨左思右想，他著實不得不出手。他得在妻女鑄下大錯前，阻止她們莽撞的行動。

衛狂墨潛伏暗處，臉上戴著一張能夠緊貼肌膚、時代看來有些久遠的老舊面具，白底略顯發黃，上頭有暗紅的兩團，但已很難辨認究竟是什麼字或者圖案，面具沒有五官，像一片薄薄的服貼之物似的，眼睛、嘴巴完全沒有露出，但卻能視物、呼吸，挺是驚人的製工，那是他從一座即將傾頹的荒廢之塔裡覓得。戴著這張怪面具，狂墨有種出奇心安的感覺。

至於代表座主身分的寰宇神鋒，自然不能使用，因此他只好取出年輕時代的佩劍厲色鋒，並且將有著璀璨紅光的厲色鋒劍體，刻意塗上一層黑漆，劍柄處亦以條黑布纏著好幾層。他做好萬全準備，此夜的行動可不能給外人知曉。他們捕風捉影是一回事，但若是狂墨確鑿地被看見，座主之位也就不用坐。一想及可能成為喪失座主之權的衛家罪人，凶險的寒意從腳底竄起，一路冰涼到了脊骨，滲進頭殼後方，不絕的寒顫舂入腦中。

黑夜深沉，陰翳無邊的視野，冰冷感侵膚。按例，囚犯必須運送到距離神鋒座不遠天刑獄的轟頂台上，執行雷罰處置。又名黑山的此處，本就是支離破碎、有許多大裂縫、稍一不慎就會跌落深處、屍骨無存的特殊地理形態，其峰頂嵌著一塊不知從何而來、要幾十名成人環抱才能圈住的五雷神石，更是萬分奇絕，能夠招引大量雷電聚匯於此，故而黑山之頂方命名為轟頂台。經年累月的雷電炸裂，乃是造就天刑獄柔腸千扭百斷怪異山勢的元凶。

神鋒座裡擁有最高裁決權力的單位，係由不計衛家的另外五大家氏分別指派、合稱五義老的長者們負責，專職於審決重大惡行，連座主都無法干預。衛正節當然就是罪大惡極者，他居然膽敢在神鋒座的大門外一次可容納萬人的天意場上，恣意行凶。沒有來由的，他施放大量朽木毒粉，讓當時湊巧於此活動、大多是來參訪神鋒座龐然大氣建築群格局、尤其是主體人寰院的一般百姓，一下子倒了兩百多人，個個意識明白，只是身體瞬間化如朽木，當場栽倒，其中甚至包含十多位護守秩序的神鋒座門人。正節在毒倒眾人後現身，開始大肆屠殺——

每一個死法皆有不同，有人被割頸失血致死，有人兩眼被生鏽的鐵釘插入，有人的左胸摜著磨尖的木樁，有人被斷首，有人被開膛腸子外露，有人被活活燒死，也有人被正節封著口鼻窒息而亡，也有人眼睜睜看著自己的四肢被剁斷，還有人被正節預先準備的鐵條從臀部穿入，更有人死於倒在身上腐蝕性的液體之下……死者年齡從幼到老皆有之，有不足三個月的嬰兒，也有少女與婦人，老人也在死者行列，當場死去的計有九人，後來救不活的有四人，被正節直接下手殺害、意外存活復原的傷者僅得一人。此外，中了朽木毒的兩百餘人，嚴重的，從此犯上肉硬化而骨骸軟綿的病症；輕一些的，亦有血肉骨時不時痠疼的後續症狀。這些人下半輩子幾乎都要在傷痛與殘廢中度過，更有人由於遭遇突如其來的暴力，因而意識分崩裂解，從此心智不全。

這場被武林人說是天意場大殘殺的事件，重創神鋒座與衛家的聲譽。要不是正節堅持每一個神智清醒、只是身軀猶如朽木般無法動彈的受害者，都得死於不一樣的死法，故頗耗費時間，否則死去的人數還會多更多。顯然，他早已預謀精心安排計畫良久，決計不是衝動下行事。有傳言，衛正節事後還站在屍骸之中淡淡說著話，狂墨聽說是這樣子的，(「死亡才是徹徹底底的尊重，你們是被真正尊重的一群。」) 他可以想像正節說這番話時，表情定然是他那一慣的淡漠。其心其行之狂亂瘋魔，堪稱空前絕後——這種空前絕後要來作啥！五義老經過三天兩夜的合議，終究判准衛正節受雷罰之刑。對死者、受害者與其親屬們來說，自然是大快人心的唯一答案。

事件爆發以後，神鋒座外實是萬人空巷，不但天意場被群情激憤的江湖人塞滿，外頭通往神鋒座建築群的請君徑，自也人潮洶湧，初步估計少說吸引十萬人之多。被害者的親族，自然是要興師問罪，他們都有種憂慮，深怕神鋒座會輕饒座主之子。於是呢，全體神鋒座人那幾日啊著實疲於奔命，不但要嚴守門戶，莫讓眾人闖入，更為平息眾怒要設法招呼招待武林人士。而圍城一樣的江湖人，就等著看神鋒座如何處理這樁慘案，是不是會以各種理由縱放座主之子？

舞荷以正節有心病為由，到處運作活動，希望五義老將之囚禁，不可傷了衛家座姓唯一的繼承血脈。但結果卻讓她大失所望。舞荷因此更是恨透丈夫，她對他咆哮，「就是因為正節冠上衛姓，所以才不得不死，」她對衛狂墨說，「你們對他不公平，根本沒有給正節應有的公正判決，只因為他是你兒子就被加重罪罰，你們的神鋒正義永遠都這麼淺薄，都這麼可笑已極！」狂墨氣惱非常啊，她到底曉不曉得他們的兒子究竟做過什麼，正節可是無冤無仇地對天意場上的一百多人展開隨意大屠殺，他不明白，妻的立場何以還能夠如此堅定？只因為她是母親的緣故？可那些死去的人，不也都有母親？她們又該怎麼辦？她們要如何消解此生的仇恨與傷痛呢？怎麼舞荷就不想想其他做父母的人，此後如何度過長夜漫漫呢？狂墨為此痛心疾首。

此一災難後，衛族人乃至神鋒座一眾皆抬不起頭來，衛狂墨甚而不得不自請處分，入懺悔室不吃食，僅靠飲用水，度過整整三日。衛族有史以來，從來沒有哪一任座主被關進懺悔室的，他是第一人，這也是衛家人無以復加的莫大汙點，太母座舒綻深以為恥，她鐵青著臉說，「你父早逝，幸事也，若還在世，見你堂堂座主落得這般，他還不當場氣死？」舒綻對唯一的孫子被判死，不若舞荷般激動，她對正節的疼愛只到五、六歲為止，後來正節的痞賴性格與庸俗能力，在素來嚴厲的舒綻眼中，簡直是對衛家與神鋒座的侮辱。母親對孫子的評語只有：除一張臉勉強騙得了人以外，全身無可取之處。

他對此甚為憂傷，（難道，平庸無能是會一代傳下一代的嗎？）父親接下座主位置時，便有聲浪質疑衛溫的能力，所幸還有強悍得太多的舒綻輔助，有一論調說神鋒座第四代若無舒綻，只怕支撐不住與神刀關的強硬對抗。到了從小胖大看來特別庸碌的狂墨，更是不行，乃至於正節，又每況愈下哪。也就是因為母親對待他兒子的態度，狂墨乃不自覺瘋狂投入對神鋒武藝的修練，全不理會舞荷的難處困境。他致力於證明自己，他絕不是凡物，他可以是神物，（我絕對可以的，）如果不這樣相信，（我還能立足嗎，還能有尊嚴地活下去？）

狂墨對神鋒七絕勢前所未有專注的理由，除天機至尊的刺激外，更肇因於太母座對正節的輕賤態度。他從來沒有這麼對劍技絕學認真過，從小到大，舒綻再嚴厲，狂墨都不曾有過此等痛切的覺悟，這段日子的苦練，讓他肥厚的身軀瘦了三分之一，寬胖程度僅是一般成人的兩倍——比起以前是別人的三倍腫大，如今的他已是好得太多了，雖然還是人人眼中的胖子——他的肌肉轉為精實，人也有著前所未有的靈活，以及備有座主的威嚴感。

天意場大殘殺發生，舒綻更是肆無忌憚的武斷批判，在她口中，不僅僅是正節有問題，連狂墨的妻女三人都被說上，其內容狂墨無意願回想。若非狂墨是舒綻懷胎所生唯一一子，恐怕也要被其毒舌囊括於內，痛詈咒罵個不停吧。

正節事件之後，內憂不止是狂墨家務事，尚有鹿、初雪、司劍、舒、房玄五姓的各種異議，且外患不斷，初步與狂墨達成共抗神刀關協議、同樣是劍派的後起之秀天驕會趁勢動作，在神鋒座勢力範圍外搶下不少地盤。而一直是神鋒座大敵的神刀關，則是騷動不已，頗有再大舉進犯之意。衛狂墨真是疲於應付啊，卻不得不受，（自己的命運是注定的，）他必須榮耀衛家，輝煌神鋒座，（我不能有一絲一毫的鬆懈，）就算生來相貌樣態就差，就算才能不足，就算領袖魅力匱乏，就算他平凡得不像神鋒座之主，但終歸他走上這條險路，進也進了，（我便不能退，我必須完成使命。）

在深夜，將籠車運送至黑山，素來是對一等一罪犯的做法，摸黑而行，讓重大惡行者受盡顛簸，於目不見光的情況，抵達轟頂台，遭受雷轟電擊，在最劇烈的痛楚裡死去，足以讓人心神完全瓦解，體驗到人間最極致的苦痛。

狂墨站在轟頂台下方的山徑，看著他的兒子被載上來，想到正節等會兒便要遭遇如此嚴刻慘烈之痛苦，他的心不免發軟。而刀鋒一樣割人的風勢，狂野吹襲。空氣底盡是濕意。天際暗沉沉的，凶惡的黑裡頭，有著雷電鳴動，激烈閃光四散。衛狂墨不敢過於靠近轟頂台，五雷神石吸引雷電來轟炸的怪異特質，武林人誰不害怕，一個不小心，怕要即刻成為碎裂的焦屍。此前，他從未履足天刑嶽。神鋒座由他接任以來，並未執行過天刑轟頂之罰，誰料得到他的兒子會是頭一個。

狂墨隱隱約約察覺，某種神祕危險的事物，正在逼近，侵蝕他、掠奪他、傷害他，讓他疲於應付，（那是什麼？）為何他會有被步步緊逼的感覺，（不是什麼人或什麼物件，而是虛無縹緲的，一種存在。）像是他被自己的生命，無情地驅趕，（哦，對了，是時光。）是以前他怎麼樣都沒有注意到愈來愈快消逝無蹤、原來極之有限的時間——

他還有足夠的時光，面對這一切嗎？獨子將死，引發衛狂墨對時流光逝的懼意。他也老了，漸漸的難以挽回的老了啊。而時光啊時光，（時間究竟是什麼呢？）

黑山的暗夜裡，盡力忍住胡思亂想的衛狂墨，守株待兔，如果他沒有估計錯誤的話，妻女仨要劫人呢，定是在正節抵達轟頂台前展開，否則若讓正節被送到五雷神石，一切便太遲。

果然哪！她們真的來了。狂墨從黑色巨岩後方目睹籠車來到轟頂台之前，三條人影在山徑最上方倏忽現身。送刑者也立刻察覺，當下他們點起火炬，觀看是誰膽敢在天刑嶽攔阻神鋒座的執罰隊伍。衛狂墨屏氣凝神，準備出手。但有些事很古怪。搖搖晃晃的火光下，他發現妻女一縷未著，她們赤赤裸裸迎著風襲夜刮，她們卸下衣裳，就站在那兒，活色生香的玉體，任人賞覽。這又是怎麼回事！全然摸不著頭腦的衛狂墨，驚駭欲絕。

被譽為最鐵石心腸、職責為籠車運送的送刑隊，當下亦不由失去分寸，不知如何應對。鹿舞荷領著晚花、青卷上前，她的聲音清清晰晰，「諸位辛苦，只要你們放下籠車，我和女兒們就全都是你們的。」她們看起來異常可口，在黑山上忽然撞見這等裸身女體，又有誰能夠不動心？這無疑是最能發揮女體潛藏陰暗情色魅力的場所。狂墨的妻說道：「諸位是無私之人，自然沒有可能縱放正節，但我們要的不多，就只是和正節再說說話，送他最後一程，若你們願意，這裡就是我們歡天席地之處。事後，由我們親自送正節，至轟頂台五雷神石前，行否？」

這群擔任送刑者多年的神鋒座人，什麼大風大浪什麼使人心動的私下交換條件沒遇過，但這會兒他們眼前的是，江湖上被說是神鋒豔絕無雙兩大仙子衛晚花和衛青卷，就算是她們的娘親鹿舞荷吧，也是風韻猶然，裸身動靜裡頭全是充沛的妖媚狂魅惑力。她們的鮮美肉體，於幽黑與火光交錯的此時此地，誘惑感十足、難以抗拒。狂墨沒想到她們竟犧牲至如此教他咋舌的地步。話說回來，要和處處防備的送刑隊十大高手暗算或對決，是絕無勝算的，故她們亦是萬般無奈想出這般破釜沉舟的絕妙方法。

是啊，太絕妙了，狂墨怎麼樣也想不到堂堂神鋒座之主的妻女竟如此恬不知恥地拋身露體、一點衣物也無的、暴露在男人貪狼餓虎似的視野？而且還主動獻身？他如何設想得到有朝一日自己竟得處理這等匪夷所思的荒誕場景？

念頭急閃而過，被苦澀感嚙咬全身的衛狂墨，尚且不知該怎麼行止時，送刑隊裡走出三男子。衛狂墨認得他們。那三人帶著昏醉癡狂的表情貼近，心魂業已不安於體，其中一個就是舒扶生，他的表弟。扶生逕自走向舞荷。狂墨曉得，舒扶生渴望她太久太久。而妻女三人呢當真無抗拒，任由男子摟抱，甚至幫忙寬衣解帶。晚花被撲倒在山徑，那衛狂墨熟識的送刑者高手，褲子未褪完全呢，下體驟然一挺，晚花立即發出悶叫聲，像極力忍耐著破碎的什麼，然手腳還是激激烈烈地纏上該男。舞荷則主動掛在表弟扶生腰上。青卷被扳過身去，鮮鮮豔豔的臀部被抬高，正隨便男人肉身凶器自由出入入。

情勢發展之快之速，遠超乎衛狂墨設想。一轉眼，死亡之境的黑山，就是隨著黑沉風勢四處吹逸的淫聲浪語場景。狂墨一邊看得憤狂不已，一邊又被男女在暗影火光裡的交合畫面，撩亂得竟至有反應，他對自己體內油然生起的情慾感到無恥至極，（她們不是別人，她們是我的妻與女兒啊，我這是，我這是在——）他幾乎想要撕碎自己，刨開胸口，挖出心來，瞅瞅究竟他的良善在哪裡？

「來，來啊！」他的妻女無任何羞恥感地積極召喚著另外還觀望著的七人一起苟合，那口舌，那空著的雙手，猶如多情的事物，聲聲切切地鼓動起其餘人的慾望。於是呢，送刑者俱是著魔般扔下籠車，往三女撲去。那裡面也有與衛狂墨同輩的衛家高手，也有鹿姓的啊。衛狂墨嚴禁自己再這麼瞧下去。以他的神鋒七絕勢，也斷不會是十人送刑者的對手，絕不可以衝動。然則，狂墨手不自覺握上厲色鋒劍柄，未拔將拔，他暗自地往那邊迅速靠近。此際，事情再生變化——

不旋踵，十大送刑高手不知何故全都癱軟於地，無動無彈。籠車裡，衛正節的笑聲陰陰惻惻地響起，「好媽媽，好姊姊啊，」他笑著說，「這就是神鋒座的高手，最後還不是要栽在朽木毒之下。呵，不過，朽木毒再毒吧，媽媽，姊姊們，也毒不過於妳們的身體呀。」正節竟還在說風涼話，他居然能！狂墨腦筋兜了一轉，就明白兒子說的意思，必然是妻女在身上抹著朽木毒，當然她們預先服下解藥，送刑者一接近，自然墮入陷阱。

衛正節猛扯手腳上的鐐銬，大喊：「放我出來，放我出來啊！」其聲其語之狂躁，在黑山更似群魔亂舞一般，聽得直教人哆嗦。狂墨若不是知道那是自己的兒子，還以為是深藏的混世魔王迫不及待地要破地獄而出哩。

晚花與青卷取出送刑者懷裡的鑰匙，打開籠車。臉色白白慘慘的衛正節跳出，手腳伸展一會兒，走到十大高手旁，俯瞰他們，冷冽如無生命之物的視線。他靜靜的睥睨著，然後彎腰，臉壓下去，幾乎要緊貼方才與晚花交歡的男性。他問，「你剛剛跟我姊姊是不是很愉快呢？」話才說完，沒等對方做出反應，他迅速抽起對方劍器，用力地扎進男人喉嚨，正中摜入。隨後又問：「你現在還能感覺愉快？」那人動也不動，眼睛露出震駭與極大的痛楚，沒有多少時間便徹底失去光亮，斃命當場。

舞荷趕緊躍上前，扯住衛正節，「你這是又在幹嘛？」正節回頭，神色淡淡漠漠，「當然不能放過他們，否則今晚的消息傳出去，妳們還要做人嗎？就算媽媽無所謂，姊姊們呢？」鹿舞荷的手不自覺鬆開，她也不是不懂，都已做到這種地步，當然要徹頭徹尾地清除乾淨，只是，只是她並沒有想到必須做到這種地步，舞荷當下茫然失措。

正節走向下一個。他的母姊們則滿臉驚惶，她們不得不承認他說得對，然而這原來不是她們的目的，她們只是憑著一股怒氣要來搭救正節，她們只想救人，從未想過要殘殺同門中人。

不過，衛正節沒有轉頭看著鹿舞荷她們，他的眼眸底只有因朽木毒無法動彈的獵物，他對她們的所謂關注，顯然只是一種說法而已。他一邊邁往下一個犧牲者，一邊低語：「這自然不會是我這麼做的主要原因，我殺，只因為這世間愚蠢的人太多，可笑的人太多，偽裝正義人士的更是多，這十個也是。」他的口吻直白坦率，而細聲言語被山徑上的風狂，吹掃而逝，無誰聞聽。

很快的，一個接著一個，神鋒座的十大高手，座姓與五大家氏萬中選一的傑出人才，都被衛正節輕輕易易地奪走性命，死得異常不值格外屈辱。期間，狂墨一直隱伏不出，他的雙腳像是釘住一樣，感覺進退兩難。將喪命者，其中還有與狂墨從小長大的表弟，他的兒子正拿利刃慢條斯理劃開輩份為其叔叔者的喉嚨，血液瞬間狂噴，正節一點都不急，像是可有可無。他慢條斯理切著，存心要折磨對方。狂墨心中一方面異常痛快，因為就是此人方才侮辱舞荷，（死得好，死得該啊。）但另一方面又對自身如此念頭，感到難以言喻的可恥。

掩至近處的衛狂墨，終於忍不住竄出，越過十幾二十步距離，凌空飛至，一腳踹翻正在行凶的兒子，還記得運氣改變嗓音，指著正節破口大罵：「你這個畜生，禽獸不如啊！」

鹿舞荷、衛晚花與衛青卷立即圍將上來，守在衛正節之前。鮮美如花的身軀，教人心旌蕩亂，在冰冷的天刑嶽上，狂墨都可以目擊她們肌膚上鮮明的血管與冒起的寒慄。他尚且瞥見晚花與青卷的大腿根處，淌著蛇行一樣的血液，他趕忙別開視線。衛狂墨指著趴在山徑無任何動作的正節，沉聲問道：「為了這等惡魔，妳們做出了這麼大的犧牲，真的值得嗎？」

火光搖曳下，一切都曖曖昧昧模模糊糊。鹿舞荷的臉陰晴不定，「你是誰？憑何對我們的作為說三道四？你什麼都不懂就要來管閒事嗎？我的女兒想要為她們的弟弟做犧牲，與你又有何相干？幾時輪得到你如此汙衊我的兒子？」

衛狂墨靜默。他的怒氣只能往回縮。他這會兒刻意站在火把照亮範圍的邊緣，讓妻女無從看清他罩著面具，也改變聲線，他已經不是衛狂墨，他只是個不知哪鑽出來的蒙面人，也許一旦動上手，終究還是會暴露身分。

衛正節悠悠地爬起來，悶聲不吭地移到鹿舞荷三人的身後，眼神與表情同等遙遠漠然。正節那種像哪裡都不在的表情，特別讓狂墨心寒。他的兒子從不曾存在於任何一個現場，不曾與誰有過真正的關係。狂墨想著，（這就是我的兒子？他怎麼可以變成這種模樣呢？想來都是母姊太過愛寵他的緣故啊。）狂墨得終結這一切。他必須靠自己，他得親手來。

而正節忽然一把抱著他的媽媽姊姊們，用力地摟住，「要小心，」他說，語氣平鋪直述，沒有丁點起伏，無煙無火，「要小心父親，他就在妳們眼前。妳們會不會太蠢了啊，這個人只可能是父親，除了他，誰會來到黑山？妳們不懂嗎？也只有他會等到我下手殺去十名送刑者，才趕出來主持正義。

因為他是座主，難道他還得親自出手將他們滅口？當然是借我的手方便些。對嗎，我的父親？」

狂墨對正節的靈敏反應和胡言亂語，盛怒無比。三女亦俱是一驚，鹿舞荷指著黑影般的衛狂墨，「竟是你，是你！你來做什——」她話還沒有說完，胸口遽然溜出一截刀尖，被捅出一個血窟窿。鹿舞荷驚愕地瞧著突如其來穿出的刀刃，由於過於意外，她甚至不及感覺痛。她轉頭，瞥見衛正節從小就會露出的無聊表情，還有她的一對女兒，才瞬間吧都已被正節暗藏的凶器傷著，血流如注。青卷的右胸插著一把匕首，只來得及驚叫半聲，當場昏厥。晚花反應較快，閃開去，但頸後仍被刀刃劃過，血流如注，滾到青卷旁，只來得及給她們的親弟弟一記驚駭膽寒的眼神，便倒地不起。她們的母親則坐倒山徑上，啞聲說道：「你，你這，是，為，什麼？」她的聲音斷斷續續，肺部已受重創。

衛狂墨呆若木雞，變生肘腋，應變能力再度遲上一大線。隨後，他才上前抱著髮妻，怒視轉個圈舞開去的衛正節，（我們的兒子，舞荷啊，這真的就是我們日以繼夜期盼的孩子嗎？）但他開不了口，他說不出話，他只是震驚。

而他的兒子口氣依然冷冷涼涼，「我必須做偉大的事，我當然應該成為偉大的衛家人，一如妳們從小強調的，我只是完成妳們的期待啊，不是嗎？從這個時刻開始，妳們已在我永垂不朽名字庇蔭下，誰都會記得妳們死在我手裡。雖然我如此輕易的得手，委實太簡單。不過，妳們死得很值得，有多少人有這個榮幸死在我的手上，何況妳們，呵，還是我的母親，我的姊姊呢。」

狂墨驚愕得難以反應，他，他在說什麼呀！他究竟是什麼？他還是人嗎？兩眼昏亂的舞荷，語氣裡也淨是與狂墨相同、消解不得的困惑，「他，究竟，在說什麼，你，」她拉著衛狂墨的手，「你，聽得，懂，懂我們，兒子說什麼，錯了，我錯，你你是，狂——」鹿舞荷的最後一句話亦無法說得完整，脖子一歪，頓時氣絕。

衛狂墨看著一地的屍身，茫茫然，他已經來到地獄嗎？他想起妻前幾日說過的，「他並不邪惡，」

舞荷枯槁的臉飆起激烈的情緒，「我們的兒子如果變成十惡不赦，一定是因為你的緣故」，（是這樣嗎？都是我的錯嗎？）他覺得自己手腳發軟，噁心感腐蝕內臟，他站也站不起來，（這是噩夢，不是真實發生的，這世上沒有人會這樣殺人的，誰會殺了來援救自己免於死難的母親與姊姊，）不可能的，不可能是真的，（不可能真的有這樣的怪物。）衛狂墨的手不自覺地拔出厲色鋒。

衛正節的目光，也無哀傷也無喜樂，只是投出來一道不冷不熱的視線到父親身上。他開始往後退，退向轟頂台。狂墨的腦袋好遲鈍，但他曉得眼前這人必須死，正節不死，此後不知道還要再死多少人，（他非死不可，這個惡魔必須死，我必須下手，必須由我下手。）狂墨不捨依依起身，將死難瞑目的妻，放在山徑地面，給舞荷一記少年時便迷戀她至今的，最後的凝視，（我真不該沒有看著妳，我應該要一如既往地全心全意地看妳，）神鋒座主心神俱搖地往前走，來到一雙女兒跟前，在她們體內注入一股神鋒氣，為晚花、青卷止住血，曉得她們尚無性命危險。

隨後，衛狂墨繼續逼近衛正節，精神回甦，他在心底狂熱地大喊大叫，（我會報仇，為妳報仇啊，舞荷！）整張臉布滿強烈得至死不休的恨意，他摘下面具，扔擲在地，手用力地執著劍柄，指向衛正節。

狂墨對倒著走上山徑的兒子說，「我希望你能有正大的氣節，才叫你正節這個名字，你卻辜負它。你的祖父曾對我說過，堅持在夾縫中做非做不可的事，且對善良充滿理解力與想像力的人，就是俠。直到現在，我才終於明白，什麼是我非做不可。衛家人必須是偉大的，我們都必須走過痛苦的夾縫，成為偉大的人物，沒有例外。衛家與神鋒座的神聖之路，不能因你的無知愚蠢、殘虐作為斷送，絕對不行！」

正節眼神輕蔑，語氣裡盡是不耐，「又是善良又是俠，你接下來會說，我必須當一個夠好的衛家人，我必須對得起衛之座姓，我必須成為真正偉大的人，對嗎？」衛正節一步步往上退著，「我已經聽夠了，真的是聽膩了，到底什麼是偉大呢？」露出極度厭煩嫌惡的表情，那是狂墨從未在兒子臉上看見過的、生動非常的神色，而不再是平面的非臉之臉。「你們老是衛家、衛家人的，有完沒完啊。我生而為衛族，也不是自己願意的，你們一直強調衛姓血脈純正且偉大，那又怎麼樣了！你想的都是衛族，你曾經想過被我殘殺的那些人是誰嗎？你有想過他們來自怎麼樣的家族，過著什麼樣的生活？你還記得當年被我拿著衛家小劍鞘傷害的女孩叫什麼名字？她又長得什麼模樣？」正節覷看父親，「你有問過我，為什麼要殺那麼多人嗎，你能明白？」

狂墨根本不想回應，這件事需要問嗎，不需要，事實就是正節無緣無由地戕害人，這就是事實。狂墨不需要理會兒子的瘋言瘋語，他這會兒心中只有怒氣，只有完整的恨，失去深愛之人的絕對強烈的恨。他已然忘懷他是父親。衛狂墨只知道有人殺了他的舞荷，還傷了一對仙子般的女兒，足夠了，足夠他失去所有的理智。

衛狂墨很樂意變成魔鬼，就在今夜，就在黑山的轟頂台，就在天罰的五雷神石前，就在此時此地。他會親手結束邪惡的源頭，他非得親自動手不可，為了死去的舞荷，為了所有被無端殺害的人。仇恨的念頭捕住狂墨，厲色鋒持續貫注神鋒真勁，圓滾身軀上的衣袍鼓脹著，他完全沒有意識到他要手刃的是親生兒子。龐大的殺意蒸騰繚亂，他要全力出手。

而衛正節夷然不懼，他語氣淡淡，淡到了不像是在講話，反倒像是照著某篇文章腹稿僵僵硬硬唸著，在陰鬱灰暗的夜裡，在稀薄將滅的火光中，他的臉又回復到原來無任何情感的表情，他說著：「你，這個自詡為天下的俠者，根本是假的。你不過是一個只能盲從父母之命、懦弱無能的胖子，你是悲慘的傀儡，你的家族也是，全都假的。你們比虛偽者還可恨且無知。你們心中無俠，你們早就忘了善良是什麼。俠在哪裡，你根本看不見，你什麼都看不見。你的俠、你的天下都是衛家的，唯獨衛之一姓擁有大義，你看得見別人嗎？衛家正義讓你們什麼都看不見，不是嗎？你念想的武藝，根本什麼用都沒有，你看，我什麼絕學都沒練成，不也已經雙手血腥血腥嗎？要殺人的話，用不著武學也可以。我輕鬆寫意，就能殺比你能殺的更多。我做這些事情正可以好好地提點你們，你們只是把殺戮與暴力道德化合理化。我讓你們看看什麼才叫做偉大吧！」

衛正節說著讓狂墨難以理解的話語。最後，正節表示，「而說到平庸，你不也跟我一樣嗎？你繼位以來做過什麼？你不是毫無建樹嗎，不管是神鋒武藝還是神鋒座的武林大業，你從來都只能守成，你有資格談偉大？」

衛狂墨難以理解也不想理解，對正節怒喝：「喪心病狂啊！」正節翻翻白眼，「你始終是個懦夫，」他對狂墨平平和和講著：「直到我下手以前，你都可以阻止這些發生，但你沒有任何作為，因為你心底也暗自期待這裡的人全都死了，不是嗎？如此一來，就沒有誰曉得原來你們衛家，當今神鋒座座主的妻女竟犧牲色相，且下毒來搶囚，你敢說不是嗎？我幫你解決了一切，對吧？現在，只要你殺了我，這下子，你又是滅親的大義英雄，使得衛族重振聲威，再度銜接你所謂偉大光榮的衛家傳統，不是嗎？讓我實話告訴你吧，人和偉大之間的距離，一直都是一座龐大無邊的地獄，一直都是。」

不想聽這樣的人性泯滅者說話，不想聽，（我不應該再聽下去了。）狂墨加快腳步。衛正節再幾步就到轟頂台上，他還持續開口，「神鋒座，什麼神鋒座，還有比你們這樣直接以神鋒為名的組織，更教人覺得厭煩可恨的嗎？你們的正義豈是我要的正義？為什麼正義只能有一種，而且還要是你們規定的？我不要正義不行嗎？你壓根就是著魔於一個已過度虛幻的理念，你才是著魔的那一個，懂嗎，父親啊？比起你的安於平庸與傳統，我才是在做絕對偉大的事，還有比我現在做的更偉大嗎？你不是要讓後人記得你嗎，你辦不到，我卻可以。幾十年後，幾百年後，人人都記得我衛正節，而你啊，庸庸碌碌如你，又有多少人記得？所有人只會知道你是我生父，最多就是叫你一聲衛正節的父親，如此而已，不是嗎？」衛正節說話的內容激烈錯亂，然聲調仍如往常的淡漠。

怎麼可以扭曲歪斜到這種地步！衛狂墨全然不能了解兒子到底想說什麼，他也不在乎。他跳起來，擊出劍。塗黑的厲色鋒，在正節倒退到轟頂台的剎那，適巧去至正節眉心處。正節全然不顧劍光如何移動，一上峰頂，便往後倒，重重跌落。於是，厲色鋒落空。而正節滾著，滾到轟頂台正中央。狂墨祭出神鋒七絕勢的第五式幽明異路。他今日非除去正節不可，（你已經著魔了，閉嘴啊，你這無恥卑劣的廢物，）閉嘴，（我要你永永遠遠閉嘴，再也不能大放厥詞。）

一時間，現場全是淒絕的劍聲，厲色鋒激昂地鳴叫，而猛猛烈烈的劍光布滿整座轟頂台。衛正節面對的是狂墨全力出招的幽明異路，他自然逃無可逃，他似乎也不作此打算，臉上表情異常疏離地迎接死的到來。像是任何死都不干他的事。黑漆底下的紅色劍光竄起，像是黑夜中的火燃火燒，不論夜有多麼濃烈，狂墨盛怒下出手的這一式，都能破除殆盡。現場只剩下厲色鋒的獨絕劍光，狂野熾爛。

紅與黑的極限交織過後，衛正節倒下，體膚上深深刻刻地印著許多劍傷，堅硬逾鋼的五雷神石，亦同樣烙著幾百條的劍痕。「看著吧，」衛正節無關痛癢、聲音極淺極低的講道，死亡與疼痛撕裂他，但他卻是一副無感樣，只顧說著誰也聽不懂的奇言怪論，「還會有的，還會有下一個我出現，只要你們不懂，不試著理解如我這樣的人，一切就不會終結，我們會再來，一個我，另一個我，更多的我會到來，」他說著說著居然笑了，嘴角咧開大而殘破的笑。

狂墨從未見過這個孩子笑，直到此時。而正節笑得開懷已極，鮮血從嘴舌裡噴出，他還笑著，「我們都是同一個，你們等著，我會一直回來──」話沒說完，皮開肉綻的正節，兩眼一閉，終究無疑義地死了。

衛狂墨呆看著兒子死在自己的極招之下。他想起孩子對自己的指責，他的手莫名顫抖著，勃怒後的狂墨，開始懷疑起自己的作為，怒氣與殺意如潮迅速退去，悔恨感即刻上升。他驀地想起舞荷費盡心力生出來一個兒子，那時，（我多麼的開心啊，）還有正節出生被熱水洗乾淨褪掉那些血汙，展露出來從小就俊逸無瑕教人驚豔喜愛的臉，（像是我平庸的生命，獲得一次完美的補償。）他倏然想起來很久都不再想起的事，許久不曾了。此時，他才意識到自己剛剛的所作所為。

他的心智迅速地崩潰著，（我到底都做了些什麼？）他對自身的信念產生本質性的懷疑，心中有著說不上來的遲疑與躑躅，會不會一直以來都錯了，（我錯了嗎，作為偉大的一分子，是錯的嗎？）狂墨跪倒在地，厲色鋒脫手，頹喪無比，（會不會愈是偉大的傳統，往往將造成愈難以收拾的巨大傷害？）人是不是不要輕易地說服自己正在做偉大的事呢，尤其是相信這個偉大對其他人都無比重要，執迷於人人都應該相信。狂墨的腦中充滿暴風驟雨，他的思維胡天亂道，難以煞停，與眾生站在同一邊的人真的就是俠嗎？有沒有可能，其實必須發現自己得走到對面去，是的，不得不站在眾生的對立面去思索、維續自己作為人的事實，才是正義？（或許根本沒有善惡的問題，）有的只是人自己對本性的放縱與收服兩種立場——縱容相對來說比較容易，收服就艱難多了。他和神鋒座一直以來的所作所為，說到底只是蠻橫無比的簡單界定罷了，（是啊，是這樣的沒錯，人尚且如此難解難知，正義難道不會更複雜曲折？）

他感覺碎裂瓦解，狂墨開始嘔吐，苦味的液體從嘴巴的深處爆出，彷若有一隻看不見的手捶打他的內臟，手沾滿血腥，他兒子的魔性之血，與衛狂墨同一血緣的血。他感覺到正節的意志正在逼近，血從五雷神石上淌流而下，死者之血如蛇一般的彎轉而來，亦步亦趨地舞向狂墨，大量的血漫漶著，地面都是暗濁的血，送刑者點起的火飄搖欲滅，黑暗與風正要全面占領一切的生與死。

狂墨甚至感覺得到，正節那張無任何反應的臉，似乎正在入侵體內，沒有笑容，沒有得意，就只是單純的殺戮，連瘋狂的享受都沒有。那張臉在狂墨胸口內側重建，並且栩栩如真，如若活進他的心坎。他趴著，手腳無力，他放盡力氣，癱軟在地上，什麼都沒有看，也什麼都不能想，只是被壓倒性的噁心感淹沒。他應該要往妻女那邊去，晚花和青卷還有救，明知如此，卻只是原地蠕動，他已經來不及，這一世是無望了，時間已經不夠。

而他的內心充滿著鬼。他被唯一且巨大的鬼困住。那是他的兒子，深入在他的體內，他一直想起正節說的話，狂墨的心思萬般迷亂錯節，（究竟是他著魔，或者根本是我著魔於必須成為偉大的衛家人？）

火光完全熄滅。衛狂墨陷入最深沉的愧疚與悔恨。此時，滿天雷電轟下，世界灼亮，神石上的正節之屍，被劈個正著，瞬間起火。而狂墨迷失在太多的邪惡、太多的死亡中，無法直立，他軟癱似若無骨、淚水盈眶望著眼前的狂燃猛燒——

問天鳴之三

明王面對滿山遍野的屍首，心中無懼無畏，無有恐怖。神刀關不過如此。他問天鳴所領導的還雨劍院，他手中的寰宇神鋒，以及五十道寰宇無盡藏劍舉世無敵啊，誰能比肩？神刀關之尊天機用神又算得了什麼！

問天鳴躊躇滿志，對天機原上的屍骸無動於衷，劍院霸業就是要付出代價，一個還雨人戰死，就為明王的舉世功績填上一筆光榮閃耀，值得的，為了更高的目標，一切的犧牲都有其必要。他的輝煌璀璨將普照於世，比寰宇塔更閃亮。

明王問天鳴手不緊不鬆地掌住黑劍，人輪運轉，甲、乙、丙、丁、戊、己、庚、辛八經的明氣與子、丑、寅、卯、辰、巳、午、未八脈的暗氣，交匯於腹中之輪，傷神大法催發。同一時間，他使出寰宇無盡藏的神傷·逐北變。寰宇黑劍所到之處，犀利激烈高速的黑色劍光肆虐，對抗者一個一個毫無疑義地變成死者，無法逃脫。

不過俄頃吧，明王劍下又多了十餘名亡魂。他一路無情無保留地砍殺過去。寰宇神鋒劍下每死一人，他便更為榮耀。問天鳴快意非常，這就是殘暴人間的生存法則：我殺，我便存在。

還雨劍院足以與神刀關抗衡的武學奧祕有二，皆複雜如繁花盛放，無盡的細節蘊含其中，等閒之輩莫能理解，更何況細膩掌握之。一個是以勢引出劍招的寰宇無盡藏劍勢，一個便是鋒神九法；兩者合一就是還雨劍院的數百年劍學。

而明王問天鳴正君臨統治此一奧祕武學，無人能及。

鋒神九法將人體分為三個區塊，以肚臍為分界，肚臍上稱天經，以下命名地脈，肚臍內側位置則叫人輪；天經細分有甲乙丙丁戊己庚辛壬癸十經，每經皆有三門，唯甲經與乙經各有六門，共三十六天門；地脈呢，則有子丑寅卯辰巳午未申酉戌亥等十二脈，每脈各六穴，總計七十二地穴；天經內湧動的是明氣，屬性清澈冷冽，地脈裡是偏濁帶熱的暗氣。

修練者肚臍內側有個轉動不休的不可見圓環，一邊吸來明氣、暗氣，一邊將匯合完成的鋒神勁吐出。人輪的拉與推愈有力，就愈是能吸吐輸送更多、更龐大的氣勁。人輪翻轉的速度愈快，發出的真勁就愈是強勁，造成絕對傷害力。

整個武林唯有還雨劍院採取這套內藝功法，與別門他派截然不同，堪稱獨門，縱然有人想學也是學不來。但問天鳴的師尊暗地裡創立一套手法，名為開輪，能夠瞬間開啟人輪運轉的機制，無須長時間練修生長人輪。開輪的動作，即是以手掌按壓肚臍，分別將明氣與暗氣合流的鋒神勁，分批次輪入，在混沌曖昧內側鑿出轉動之環，此過程自然有其凶險，且至少得要有達到裂神大法的人方能辦到，一旦失敗，被開輪者難免渾身筋脈碎裂而亡，施法開輪者，也要功力大幅減退，乃至變成廢人。悟得祕法的師尊一生也只對問天鳴實行過開輪法，別無他者。

鋒神九法有九種，分別是形神大法、遊神大法、傷神大法、迷神大法、裂神大法、戰神大法、棄神大法、滅神大法以及還神大法，每一種大法都可以搭配五十道寰宇無盡藏使用。

寰宇無盡藏劍勢共有九大神鋒與四十一種小還雨變，九大神鋒即是神形、神遊、神傷、神迷、神裂、神戰、神棄、神滅、神還，各種神鋒勢都有數量不同的變化。最好的情況是，形神大法為內、神形勢在外或遊神大法內、神遊勢外、以此列推的運用。亦即，只有相應對的王勢、聖法搭配使出，方能達到最大的功效。不過呢，能夠練至棄神大法的，就已經是鳳毛麟角，更不用說少有人能夠攀越抵達的最末兩法，特別是還神大法，近乎失傳。

問天鳴自己在修習棄神與滅神大法時，就頗為凶險，艱苦異常。棄神大法的依據是，必須將潛藏在天經的十經、三十六門裡的明氣，一股腦地全都逼入地脈的十二脈、七十二穴。這是違反人體自然的恐怖舉動。由於天經宛如平原一般，故明氣也養成寬大厚實的特質，一旦席捲地脈，就像突然進入陡峭崎嶇的山嶺間，每一束明氣都得解離成細碎的形態，好相容於地脈。而原生遍布十二脈、七十二穴的暗氣，則必須在短時間內逼迫明氣與之融合。滅神大法則反之，得要命下半身伏潛的暗氣悉數越過人輪，直接衝上天經，歪扭如蛇蟲的暗氣去至堂皇開闊的天經以後，明氣也得要確實消化之，方能大法告成。故棄神與滅神大法有一口訣：明正暗奇、反體融合。

人輪是明氣、暗氣的中介，必須有人輪的驅策，兩氣方能合一。可棄神、滅神大法卻是走險路，直接跳過中間的人輪，或讓明氣有如海潮般衝向崎嶇如山勢的地脈，或令暗氣由下而上攀山越嶺似奔往平坦壯闊的天經，無論哪一種都是對人體經脈結構的重大突進，猶如翻山倒海一般，其中險惡苦楚非親身歷經者不能懂得。問天鳴也是心有餘悸，當他依照棄神大法修練訣竅進行，明氣完全逼降地脈後，感覺到身體的完全凍凝，毛髮肌膚上全都凝結成塊的霜寒，他幾乎變成一個雪人，不能動彈。而滅神大法則是另一種酷世風景，所有暗氣去至天經，彷如火山噴發，下方的高熱蒸騰，身上的水分被揮霍，他像是變成一頭著火的老虎，東跳西竄，盼望緩解掉無路可出的火燒火燎。

正因為鋒神九法的另闢奇徑與獨絕於世的氣勁運轉之法，寰宇無盡藏方能不思議地盡展以勢為劍的路子，而不是傳統常見的劍招劍式。在問天鳴的理解，寰宇無盡藏的殊異之處，就是沒有固定的劍之套路。所有的招式都因人而異。故能鋒神為體，劍勢為表，兩相配合，乃生有變化無窮之象。明王問天鳴萬般佩服還雨劍院的初代院主伏無鋒啊，伏始主必定是天縱之才，否則怎麼能夠從虛無縹緲的劍勢概念伸展、創造出寰宇無盡藏如此一套絕藝，且還有鋒神九法問世？

想到這裡，問天鳴就特別遺憾《九鋒神心經》的失落，（如若我能親炙還雨劍學的神功典籍，而不是輾轉從老一輩口授內藝口訣，或許寰宇無盡藏就不僅僅是五十道，九大神鋒勢必然還能夠有更多變化，到六十四道、七十二道甚至一百零八道劍勢都不是問題哪。）他對自己推進演化劍藝極有信心，有誰能如問天鳴一般了解劍勢的奧義。

勢是一種壓倒性，是一種全面含括、無所不包羅的狀態。勢是來去自如、出入自由。劍勢的基礎，可說是精神力的高純度展現，必須將全副心神集中於與劍的一份摸不著、說不上來的神祕連結。那幾乎是人與劍宿命式隱密關係的締結。

寰宇無盡藏劍勢的不可仿效，便由於非武學固定做法，它是推翻、衝突、脫逃、突破、背離、對抗、決鬥以及超越，它是自由移動，並不固著，並不守住理所當然的劍學成見和定論，始終保持靈活和深刻，從刻板、制定的心靈視野之中，進行飛昇或者墜落的奇異動作。此套還雨劍院絕技的精髓，或者可以說是：劍勢如詩似歌。劍勢實然捲帶著詩意的性質。

另外，要更嚴謹地區分劍勢的話，明王問天鳴以為有二，一種是飄蕩的劍勢，另一種則是從厚重的制約中用力跳躍起來的劍勢，亦即具有境界感的劍勢。前者是輕飄飄的、隨機應變小聰明式的、站在許多現有武藝技法上進行變換的劍勢；後者則是某種深邃的推進，必須經過破而立的慘烈過程，不但難以輕盈飄逸，且通常還要露出教人難過的損壞感，是有代價的，得要經過重重關卡考驗，才能執行出來的——

破局而出，重要的其實不在局的拆卸毀滅，而在於局以及破局的同時建構。劍勢無可避免的得從艱苦與困境底長出來。面臨種種極限，在最為強烈的衝撞之中，被逼發被活躍化，因此才發生宛如天馬不可捉摸的效應。

問天鳴自認為對劍的看法是跨時代的，他堅信他的成就，即便跟不上伏始主，也所差無幾，（而再過幾年，我一定能憑著自身能力悟出最後的還神大法。）是啊，很快的，他就會是還雨劍院曠古絕今的大宗師，寰宇無盡藏劍勢不但將會天下無雙，更必然要傳世千百年，成為誰也破除不了的獨一無二劍術。而武學之道的至尊，終歸是他，（我必然是有史以來的劍界之神。）

問天鳴的眼前看的並非生死戰場，而是幾百年乃至千年萬年以後的光榮，他自身的絕對輝煌。他看得很遠，遠得已經超過他的能力所能載負。然而，戴著面具的明王問天鳴卻認定自己有如宇宙般深廣龐然。他的感覺很好。

還雨劍院之主抱持著莫大信心，宛如永恆已在他的股掌之中。問天鳴大踏步而行，寰宇神鋒激烈的爆開劍花，璀璨的死隨之而生，血花一蓬一蓬從神刀關之眾的肉體炸開，沒有止盡。

遠處，一人高高跳起，飛到人群上空，一字一字清晰暴喝：「明．王．問．天．鳴。」那是天機用神。神刀關之尊。問天鳴崛起、重振還雨劍院後的唯一宿敵。其他人都不值得進入明王眼底駐留，獨獨天機用神有足夠資格。天機用神的刀光如神似魔，唯問天鳴也發現，天機用神也是老了啊，雖則仍舊儒雅俊秀，充滿教人心醉的風采，但兩鬢星霜，額頭、嘴角與眼尾的細紋，卻說明歲月的確是對任何人都一視同仁。

明王緊一緊黑劍，嘴角流出微笑，無人看見，他的面具仍是平板板的無表情，有著異常詭異遙遠的冷硬感——臉上的面具，已是第四代，更薄，也愈來愈舒適，雖然尚不能生動反映他的表情，但比起少年時親手粗製濫造的布製面罩已經好太多，從第三代開始，他便交由當今武林最厲害的皇匠打造顏面——比原來的臉更有存在感、絕高神祕的第二張臉。也許有朝一日吧，羅鬼府能夠為他造出一種完全服貼、非常輕薄，罩住臉全部但又不影響視線與呼吸的明王面具。現在的面具雖然不差，但還是略微偏厚，以羅鬼府之能仍沒辦法解決，非要有一定程度的厚實，方能遮住他臉上幾顆肉瘤。此外，面具的眼部挖空露出雙眼、鼻子部位也得鑿出雙洞，也令問天鳴不悅。他需要完全的密閉。對原始之臉的封鎖。

兩人在戰場上迅速地接近。他們中間隔著人海。死亡之海。殘骸血骨橫躺豎臥。他們要跨越各種死法與屍體。他們的刀與劍舉起。更多的逝者。更多的死。沒有窮盡的武力。暴力的極致。

寰宇神鋒環形護手裡的寰宇黑球，驀然滾動。激烈的火花噴發。明王問天鳴的劍彷如黑色風暴，沒有人力可以抵抗。一個個神刀人都被掃到空中掃得四分五裂支離破碎。

另一邊的天機用神，手中玄機神刀宛如飛翔，在空中撕裂著劍院人。一長串的死者。赤紅的刀身宛若巨大鬼神的舌頭，一伸吐就是死亡的無疑義降臨。神刀關之尊的刀亦是銳不可當。

那把刀是羅鬼府按照皇匠先祖留下的冶煉密法，為天機用神竭盡全力鑄造，乃是失落另稱神刀之刀的極限天之再製版，兩刀的形制、重量、鋼鐵材質幾乎全都一樣，唯二差別處，一是極限天刀身上奧妙無比的圖紋，無法被複製，另一則在於羅鬼府特意加厚玄機的刀身，約有半片指甲厚度。其他據說並無太大分別。

這羅鬼府倒好，左右逢源啊，兩大勢力都不得罪。但也沒人會尋皇匠羅家的麻煩，畢竟誰都需要好的武器，尤其是量身打造特別適合自己的稱手兵器。羅鬼府的先祖，在四百多年前就是有名的工匠，一脈單傳下來，沒有門派，沒有對外授藝，就是羅家單薄的人口一代一代相傳下來，始終是江湖中最為古老秀異的兵器製造家族。

羅鬼府跟房玄宗可不同，前者恪守家訓，絕不加入武林組織，只專注於造兵鑄器；出身房玄家的後者，則強調醫武合一，以房玄為姓的人都力求向外發展，設法汲取其他門派的功藝長處，來豐厚己身家族，故自是樂意被問天鳴提拔。

問天鳴本有意招募羅鬼府，若能將之收於麾下，只為還雨劍院鑄劍，相信對劍院的勢力必然大有裨益。不過，這種主意當然不會只有明王想得到，幾百年了，誰不會對羅家動腦筋呢？

而羅家的人終究是羅家的人，他們只癡於武器鑄造，其他全然不關心。羅家先祖很是了不起，早預估到此等情勢，除了鑄造的技藝外，此血脈尚傳有一套奇怪的功法，一旦有人強迫就會使出，使肉身詭祕莫名的硬化，一如金屬，無傷無壞，水火難侵，可以不吃不喝，陷入長眠。這套奇異功法羅家先祖沒有特別命名，外界直稱羅家神功或金屬怪奇功。歷來總有某些武林人士找上門要羅家人屈服，但只要他們祭出金屬功，誰也莫可奈何。

問天鳴不想為難羅鬼府，畢竟寰宇神鋒是羅家先祖所鑄，至今仍是羅姓有史以來所鑄最好的劍，沒有什麼能夠超越這把黑劍。何況，他也實在不想面對那樣荒唐絕倫的畫面——羅家人變成金屬剛硬不壞地杵著，打呢是奈何不了，等又是不知幾時他們才會醒來，徒然暴露自己的無能。再加上羅家又不干預江湖事務，他們什麼都不會，只顧著研究礦石提煉以及鑄造技法種種，又何必非要他們臣服不可。羅鬼府為神刀闕再造絕世兵器本就是合理合情。而且吧，將來有一日，焉知道寰宇神鋒會否有損壞，屆時便極需要羅的工匠巧藝協助修復不可。甚至不妨期待羅鬼府未來能夠突破其祖先的驚奇技藝，種種凡此，都讓明王暫無染指皇匠羅的盤算。

放過羅鬼府和皇匠羅家理由有許多，但還有一個決定性的關鍵，問天鳴心中也不願承認的是，羅鬼府是迄今唯一一個還活著、目睹問天鳴臉容卻眼神表情毫無變化的人。以問天鳴的慘厲作風，見過他真實面目的人，都難逃死劫，包括為問天鳴貢獻犧牲良多的司劍瞻遺，以及少時夥伴舒曉、鹿空知、房玄達、初命放等在內。獨獨羅鬼府與衛覺色是例外。後者不消說，是問天鳴情意暗投的對象。前者不死的原因，主要在於對羅來說，什麼臉都無所謂，重要的只有他必須製造的事物。羅鬼府眼中彼時只有如何完成明王的要求，他看見的是未成形的面具，而非問天鳴的臉。問天鳴對羅的態度甚是激賞，無怪乎幾百年下來羅家技藝猶在演進，非得是這般專注無二，才能夠成就不凡吧。

明王自己也是一樣的，若非他全心全意，甭說院主之位，就連王勢聖法成不成都還是未知數。主要是聖法需要長期搏鬥堅苦卓絕的耐心與堅持，王勢則是必須竭盡所能的靈活，理解劍，心思清明地把握到劍勢的靈活應變。前者講究素樸扎實的功底，後者卻是談悟性、求活潑與個己的自由發揮，兩種截然不同的屬性合併，即所謂劍院人盡皆知的外王內聖、勢法神如之境。

還雨人必須有極優異的劍術才能，方可一代接著一代將寰宇無盡藏傳承下去，以劍勢取代劍法，解除固定、制式的招數。而這就意味著，使劍者非得要有個人的創見與詮釋角度不可。

所謂劍勢再說得簡單一些，就是對劍來勢去向的掌握。亦即，劍作為一種整體、一種特殊攻擊方法的高度理解與想像。你得要了解劍的來龍去脈，在心中對劍抱持著獨一無二的藍圖。勢，在劍發動以前，用劍者心中都有一種絕對的確定感，知道劍的所有細節，以及劍招的無盡種變化——寰宇無盡藏難就難在這裡。問天鳴吃足苦頭才來到今天的高位，其間少一點痛楚，多一些灰懶，他就走不上來了，真是差少許都不行啊，他比誰都清楚。

而即將與天機用神面對面，是問天鳴奮勇堅決不懈至今的收穫與證據。他們六年來各霸一方，還雨劍院與神刀關彼此的競爭早已火熱化，兩方人馬都很明白，遲早雙方要對壘，不可能繼續相安無事。

問天鳴一直萬分期待這一天。他的父母因神刀關的欺壓而傷困至死，決計不能原諒。今日，就是他對雙親與恩師驗證一切犧牲與努力的重大時刻。問天鳴心中一直很忿怒，火光般的怒氣燒痛胸懷。自小，當他的臉被看見被幾乎所有人看做怪物以來，憤怒就從來沒有離開過。未曾熄滅過的怒火，使他得以變成明王問天鳴。他只想著摧毀，以最為狂暴的力量。

當今世上只有三個人關愛他，對得起他。問天鳴遂把自身的成就視為對三個人的報恩。他必須全力以赴好證明他們的付出沒有錯。在問天鳴心裡，天機用神的挫敗甚至是死亡，將是他獻給至親至師的最佳謝禮。

紅色洪水沖過十幾顆人頭組成之岸，血朝四面八方飛濺，天機用神很快來到眼前，（這一刻啊，宛如等了一世之久。）明王問天鳴的瞳孔收縮又擴張，激烈的喜悅迸裂開來，（你終究來死了。）黑劍用上神傷．詭道變，傷神大法將人輪裡明、暗氣比例各半的鋒神勁迅速送上雙掌，再透進寰宇劍，高速、直線狂舞的劍影，變為彎曲多歧，難以預測走向地迎接玄機神刀而赤焰般的刀光帶著殉身一樣的氣勢，衝往明王問天鳴。行進路徑詭譎的劍與凶猛的刀絞在一塊兒，氣勁爆響，絡繹不絕。

好箇三十九天機破啊！問天鳴察覺，對手的刀勁看似霸道，但其真氣長驅直入後，卻轉為綿柔如針的進擊，有意思極了。這是他頭一次跟神刀鬬至高絕技較量。年少時，雖親眼見過，但直接交手頗為不同，且天機用神的肌膚飄出一波又一波的異香，讓人聞了心智飄蕩，眼前事物形體變得模糊，暗香虛影功也委實不凡哪。

明王煞是驚疑，連他千錘百鍊過的肉體都能動搖，也實在是不得不讚嘆。他勁氣一收，劍上黑球陡然定住，天機用神的氣勁傳輸瞬間被阻斷，問天鳴且急遽煞停，自在如意地轉攻為守，傷神大法變化到裂神大法，他手腕一圈，黑色劍芒自然散去，寰宇神鋒完整現形，在身前畫出一個非常飽滿但並不完整的半圓——神裂．陰違變。

天機用神的刀法有著凶惡殘暴的特質，一如餓獸飢禽，但玄機神刀遇到半圓卻闖不過去，像是被網子套住，細柔的刀勁被黑劍之圈轉動不休的吸力卸掉。其後，寰宇神鋒又滑出另一部分的半圓，一股陽剛勁力依隨而生，神裂．陽奉變，渾厚鋒銳的劍勁往外擴去。天機用神驚覺對手的劍在兩招之間流暢地以陰力、陽勁變動自如，忽焉拉忽焉扭，讓人無從捉摸，他趕忙變招，刀光散去，豎立身前，兩手持刀且左右擺動，刀光搖曳如燭火，去向不定。

天機的應對也是巧絕，以不明對未明，是恰如其分的拆解。但明王問天鳴所開發的寰宇無盡藏新境界可不止於此。他旋即動用神裂．方圓變——此乃明王獨創，並非前人們的遺緒——他雙手握劍，寰宇黑劍依然畫圓，但不是一次完整畫完，而左邊半圓先成形，再完成右邊半圓，甲乙丙丁戊己庚辛壬癸十經的明氣、子丑寅卯辰巳午未八脈的暗氣，則齊集人輪流通交匯，飛快從軀體送進手掌，寰宇球復又瘋狂轉動。

天機用神嗤之以鼻：「老伎倆何用哉！」他躍起半空，刀舉過頭，往下砍劈，雷厲風行，勢如天威。血色一般的刀，萬丈光芒，彷若日落——白晝裡一抹巨然的深紅。周邊的還雨劍院、神刀關人都被那一刀的劇烈光彩，照得眼皮刺痛，眼前皆黑。神刀關之尊今次要傾盡全力，一舉擊敗明王問天鳴。然而，問天鳴無意讓天機用神所願得償，他也不是老調重彈。天機用神採中線突破，就是避免再度被問天鳴乍陰乍陽的奇詭力道牽引，他正中一劈，偏不信對手有何能力可以再度左右。

刀與劍頃刻遭遇——天機用神原預期遭遇到又拉扯又推阻的勁力，但沒想到玄機神刀碰撞的是一片鋼鐵般硬度的圓盾。氣勁之盾。而且尚有後著，寰宇神鋒一翻，劍迅快地劃出四條線，組成一四方框，如牆一般。兩人頓時硬碰硬。天機用神吃了悶虧，他的意料出錯，全力落刀先是與圓盾般的勁氣一碰，就削減大半，後頭又一頭撞上方牆一樣的劍勁，更是雙重打擊，持刀右手痛麻，玄機神刀差點脫手，大驚失色的天機用神，以雙腳腳尖點地，身形優美往後仰開，燕鳥也似一空翻，倏然後退。

明王暗自得意，天機用神或許自以為對寰宇無盡藏劍勢很是熟悉，但他絕無可能曉得問天鳴的劍會是這麼走的，他的方圓變一次布置兩重嚴密氣勁，圓盾和方牆似的劍勁，硬上加硬，天機用神自然猝不及防，才一照面呢就已負傷。問天鳴趁勢追擊，斷容不得天機緩過氣來。他投往敵人，索命黑劍躡在天機用神後頭，無鋒劍刃直指其胸間。

天機急遽扭腰，紅刀在周邊浪開好幾層海濤般的刀影，然則寰宇神鋒就要觸及——縱然它沒有開鋒，並不銳利，但沒有人敢輕瞧這把黑劍，天機用神亦然，他很清楚絕不能讓寰宇神鋒點到，就算是略略揹過去也不行，否則劍勁入襲，必是經脈碎裂之局。天機用神背後用勁，加速退開，他以畢生的功力倏忽闖進廝殺人群中。

面對天機的亂中求生之舉，問天鳴也不計較劍下己方人命的毀壞，可天機用神的退勢絕妙，他一邊不顧敵我地以背衝開一條血路，一邊又暗用巧勁將被其勁氣撞飛之人帶往前頭——也就是說，四具嘔血的身軀，不由自主地被迫送上門去接明王的必殺黑劍。而寰宇神鋒依然直線，接連刺穿他們。問天鳴停下腳步，他不動，黑劍上串著四條斷氣的屍首。天機用神也藉機調理氣息和檢視體內傷勢。

隔著四具屍體與可怖的教人心膽俱裂的寂靜，當今兩大武林勢力之主對峙。

問天鳴瞪著自己的臉，至今有著四種版本的第二張臉。他的明王之臉。寰宇神鋒貫穿的四人中，最接近他的那一個，臉上也掛著要掉不掉的明王面具。問天鳴等於與他一手炮製爾後由羅鬼府精鑄的臉，面對面。

羅鬼府以更好的技藝將面具做得更精美，更能夠服貼適應問天鳴的臉。唯除卻材質外，面具的構造都是白色面具上塗著鮮紅明王二字，只是明王二字的位置與書寫形體，有不同變化。第一代是歪歪扭扭地將明王塗畫寫在右臉位置，是明王親手寫的。第二代則轉由羅鬼府製作，他將明與王分別寫在左右兩頰，第三代則是左右眼旁刺青般勾畫小小的明王二字，第四代變為行雲流水般的明王二字，寫於面具上額頭的位置。

死在問天鳴面前人的頭臉，就掛著第三代明王面具，厚度更厚，雙眼側邊有小小圖騰般的明王之字。那當然不會是他戴過的、羅鬼府在面具內側右耳位置處落款的那一只，而是仿造的偽明王臉譜。眾多面具的其中之一。

然此時的明王面具猶若鏡子一般，讓問天鳴驟然被推回到前塵往事裡——

面具風潮實是問天鳴始料未及，雖然的確是被暗地裡鼓動，也是當年司劍瞻遺所定名與提議。其時，劍院七新一直對外強調，只要戴上明王面具、只要錘鍊劍技得夠強大，任誰都可以是明王問天鳴。好些年，劍院皆通行如此論調——戴上面具，就能夠晉入新的臉，新的身分，往日的悲慘、陰暗與失敗，就讓它們過去吧，留在原地，只會是煉獄般的日子，人都有往日，但人也都該堅定地朝著未來走去，問天鳴既然辦得到，其他人當然也可以，種種凡此。在還雨劍院內部派系大鬥爭時，此番言語讓劍院天翻地覆，也奠定他力爭為院主的基石。

還雨劍院此前的頹敗，源於主要掌權者伏家以及其他各派系首領的過度封閉，他們還想著要保持盛大的假象，不願正視神刀關正在步步進逼的現實。他們只能強調往日的輝煌。他們縮著脖子，背對越發嚴峻殘酷的江湖，進無可進，於是那些老弱的懦夫，遂在院內營造出退到高處乃顯得聖潔的形象，說什麼不爭不壞，簡直可笑至極。偏偏幾十年間，劍院都是這麼運作的，他們的天下就是至仁坪，只有善始林，只有天晶湖，其外無他。明王不齒於他們的保守與及卑微。

而設若寰宇神鋒不是明王問天鳴找回，他甚至連說話的資格都沒有。還雨劍院固封太久，整體戰力低弱，也不能理解現實境況，因此問天鳴必須鼓動院內年輕一輩起來反對，拉下那些無能的老傢伙，否則劍院將要沉淪毀滅。雖然他過往確實怨著劍院，恨不得劍院就此滅亡，不過在他解決前院主以後，問天鳴想的就有所轉變，要怎麼把劍院和所有還雨人牢牢控制，成為他最念茲在茲的事。再說，他也需要還雨劍院壯大，才能向天機用神、神刀關討回他父母師尊的公道。

問天鳴暗自運作許久，以獨特的戰力與說法，聯合新一代的還雨人，並培養一群深信問天鳴是為改變劍院積弱宿命的忠貞友伴，徹底扭轉劣勢。在劍院激烈內鬥中，他以人人都可以是明王問天鳴、都可以帶領劍院攀向高峰的激情號召，脫穎而出。他不能輸，為了恩師，為了父母，所有殘酷嚴厲的手段，都是對命運的背水一戰。他非得出人頭地不可，他從來都沒有退路。

而其實，問天鳴的名望在當代武林已去至絕峰奇頂，他的傳奇崛起，帶動還雨人爭霸信念。他嚴苛霸道的治理，讓頹喪的還雨劍院有起死回生之效，變得足以再與神刀關爭長短論英雄。還雨劍院與神刀闕的恩怨糾纏到此代，也該有個了斷終結。盤據天機原、建有華麗建築群神機大宮的神刀闕，與現以至仁坪為基地的還雨劍院，從三百五十年前糾纏至今，現今的明王問天鳴有絕對的信心，可以徹底摧毀立門戶長達四百一十幾年的神刀闕——

當前，瞅著變硬、汙濁爾後完全空白的眼神。死者的眼睛。問天鳴心中有了一股短暫的寒意。那對所有情感與思緒反應都乾枯至一無所有的眼瞳，就像鏡子一樣，呈現出某種前景。某種明王還不能領悟、但下意識卻很清楚躲也躲不掉的屬於未來的隱密徵兆。但也不過俄頃而已，旋即被他拋諸腦後。對明王來說，重要的是，相距四屍首後方的天機用神，該以失敗與死亡付出代價的神刀闕之尊。

問天鳴慢慢抽出寰宇神鋒。無鋒黑劍上流淌大份大量的血，灑落地面。明王面具毫無表情，沒人讀得出問天鳴的反應，他的眼神也冷冷淡淡的，一點都不把劍下亡魂放在心上。他無所謂。但他不認為自己是天生冷酷之徒，只是現世的殘暴逼迫他將各種不忍憐憫的感覺，從心中剔除乾淨。為了復仇，他必須完成霸業，而要走上霸業，他就得把自己變成非人，變成血腥的王。

二十五年前發芽的憎恨與怒意，燃燒至今，他已是一團來自煉獄的怒火。問天鳴的扭曲，皆是被他人豢養而成。他們的歧視與侮辱，造就今時今日渾身恐怖暴虐之氣的明王問天鳴。

還雨院主拔劍之際，對面的天機用神好不容易緩過氣，他駭怖於敵人的絕代劍威。多年以來，神刀闕和還雨劍院一直處於對決，然而神刀闕總是贏面居多，而且歷代都特別針對具有獨特概念的還雨劍學蒐集與記錄，對寰宇無盡藏劍勢理應是瞭若指掌，怎麼明王問天鳴尚有別出機杼之招？近年，還雨劍院由黯淡轉為明亮，但天機用神一直沒把劍院放在心上，還雨人早已沒有與神刀闕競逐的實力，尤其是終年戴著面具的怪傢伙擔任新院主，更讓他不以為然。然則一過招，天機用神驚覺問天鳴的劍法超出自己的認識與理解，敢情這些年還雨劍院的劍武，又有所突破嗎？寰宇無盡藏除原有的三十六道，又多幾道呢？他的神刀絕藝三十九天機破，是否已難以應對？

黑劍完全離開屍身。死者一個個倒下，軀體裡的破碎以血肉的形態表現。問天鳴抖抖劍，上頭血滴被甩脫。他站在那裡，等待下一次出手。下一次的死亡。徐慢深長的呼吸，鋒神勁隨心如意，沒有稀薄感，損耗程度還在理想範圍，他有的是發動雷霆萬鈞攻勢的底氣。而屍骸無生命緩慢垂落之際，問天鳴感覺到對面的山雨欲來。天機用神正在提升凝聚己身氣勁，很明顯的，這一式必然天地驚鬼神泣。高昂的興致在問天鳴的胸懷千澎萬湃，鋒神九法馬上由裂神大法轉向戰神大法，寰宇神鋒也要使出第六大神鋒：神戰。這一回他只用本勢，不用神戰的變體。

兩人所在的位置，迅速清出空位，沒有人敢靠近，還雨人與神刀人下意識與兩大高手拉開距離。暗香虛影功著重在對人感官無孔不入不知不覺間的影響，若是鄰近天機用神的人，不免聞到一股非香似香的味道，無不目眩神迷，心恍神惚，於是就有可趁之機，成為斷首缺軀。至於明王問天鳴周圍，就更教人難耐，各種奇怪的氣勁動向，此起彼伏，甚至是同時發生，有時像是夾帶晦暗的天氣，有時是撕裂感十足，有時則是慘絕人寰的氛圍，即便是神刀闕的高階人物或還雨劍院的各系系主也不能抵禦，陷入暴風雨中小舟東傾西倒似的慘況。

兩人的視線再次對到的剎那——玄機神刀瞬忽而動，天機用神正中一刀刺出，不是砍劈削劃，而是直直地往前方戳出，他和問天鳴的中間，還隔著沒有完全跌墜於地的六屍。奇妙的是，鮮紅似血如火的刀往前挺時，便那麼湊巧的貼著屍體頭頂掠過，不會和死者有任何碰觸的機會。天機用神估計準極，事先就能判斷出屍體落下的速度。

對於神刀之尊眼力的厲害程度，明王是明白的。天機用神一出刀，他就感覺到玄機神刀不會有所阻擋，刀會順順當當如風似火地直擊問天鳴胸坎處。而明王的神戰早蓄勢將發，寰宇神鋒驟然由上而下斬落，頗有一種天打雷轟、整個世界都將被慘厲劍勁摧毀的錯覺。不過，其勢威猛卻形似緩慢，在旁人瞅來這一劍慢得離奇，等到黑劍砍到約莫肩膀位置時，玄機神刀早已破出問天鳴身軀。

唯天機用神不如是想，他有種感應，當寰宇神鋒落到與地平行的高度，便是與玄機神刀遭遇之際，屆時，就會像是問天鳴自自然然舉起劍，對著天機用神，爾後者簡直是把刀送向前，與黑劍對擊，天機用神心知肚明，寰宇神鋒的擊落與他紅刀進擊之速一模一樣，刀與劍交擊點，必不偏不倚不失分毫。天機用神再一次震駭難已。問天鳴要使出這一劍，就代表他能夠透澈把握天機用神刀招。天機用神的刀速與刀感，都被問天鳴無遺無漏地捕捉。所幸三十九天機破的第三十八招破天刀，還有後著。天機用神的手勢一斜，驀然移低，旋即刀又抄起，由下朝上，刀尖一顫，突如鑽往問天鳴腹部。

天機用神臨時改變進刀的位置，就意味明王問天鳴的黑劍將無法適時微妙難解地鎖住玄機神刀，（好呀！）問天鳴眼睛在面具的兩孔洞裡，爆起絢爛精光，（不枉我等這麼多年，）從十二歲開始，他就渴望有一日能夠與跋扈狂傲天生嬌貴的天機用神對決，甚而不吝惜於摧殘損害己身，以絕無僅有的意志強度，（一切，）只求更快練成還雨劍院武技，（就為了這一天！）

問天鳴勢若無往的黑劍，遽然沒有可能的一頓，往上抬起一根手指的距離，復又斫下。勢子與前一招相似，仍是充滿沙場征殺暴虐氣息的劈落，但不一樣的是一劍二化，寰宇神鋒在瞬忽間難分前後地同時砍擊，且黑球暴旋，激烈絕倫，嘎嘎聲狂響不停，噴濺出一蓬又一蓬的鮮豔花火，此即神戰的第一種變體：烽火變。

天機用神眼見劍乃如幽冥之火朝他穿來，他深知破天刀的後著，跟不上黑劍的化勢，紅刀的銳氣攻勢，將被黑劍的第一擊瓦解，跟著而來看似同時但實有微妙時間差的第二劍，則趁著玄機刀被衝開之際，砍進他的胸腹。對手劍勁赫然倍增的強大劍勁，以及劍的猛然加速，都違背一般常理，那代表問天鳴必然恐怖而殘虐地在一瞬間扭轉自己的手腕，方能夠有此霸道展現，對方的致勝意志遠超過天機用神的想像，而且反應變化之快，遠非自己能敵。天機用神心中產生懷疑，動作就不免有所遲疑。

武藝對決時，往往講究臨場應變，能夠機智且靈活地做出當下最好、最有效、最順暢攻防決定的人，方纔是絕頂高手。時機點永遠是關鍵。一個疏忽輕慢，不夠全神貫注，很容易就有要命的閃失，於是便萬劫不復。

問天鳴至今的人生中，也有好幾度懊悔沒有抓住那比閃電更快、比空氣更輕盈的時機。但不是現在。眼下的他與寰宇神鋒完美結合，神鋒勢不僅僅是他與劍的關係而已，是更複雜的狀態。人和劍罕見地化作一種神祕的通道，彷彿劍與他的知覺融結。他能夠每一細節都不遺漏，他能感覺到劍也有著極深邃難辨的思維感，甚至是智慧。

而武學是智慧的全然演現。智慧就包含對自覺的時時刻刻磨練與關注，以及對直覺的神祕性把握和締結。直覺並非沒有來由、不可預知的偶然感應，而是日日夜夜對著同一事物同一主題反反覆覆搏鬥不休後，必然到來的純粹狀態。

換句話說，直覺分成兩個部分，第一種是原始的，從來沒有經過鍛鍊的，非必然性的；第二種直覺，則是在有自覺地刻苦鍛鍊以後，自然而然具備的材質。從問天鳴加入劍院以來，師尊便嚴格要求他必得充滿自覺地鍛鍊劍藝，但又要在每一個當下相信神乎其神不可掌握的直覺。年少時的他總是不解，總以為不可能，要怎麼一邊要求自己必須所有動作與招法都清晰無礙地實踐，一邊又可以倚賴神來祕去的直覺呢？

結果證明恩師是對的——師尊問行象本來會是還雨劍院最卓越的人物，但性格沉靜的他，卻寧可安靜埋沒於劍院傷系，他有不少己系院生要照顧，而等到恩師察覺劍院武學體系的錯誤之際，也已經走不了回頭路，於是師尊的洞見、對武學的高瞻遠矚，皆都被浪擲。而今，問天鳴已成恩師對還雨劍學看法的完成體。尤其是面對天機用神、玄機神刀、三十九天機破，問天鳴更加篤定師尊的傑出不凡。而但願啊，但願師尊在天之靈，能夠目睹這一切，看見明王的成就。

天機用神被疑慮撈住，問天鳴可沒有，他對神戰有著無可動搖的信念，心中湧起狂熱強烈的殺意，神戰本勢與七種變化，是五十道寰宇無盡藏裡問天鳴最得心應手的——神戰原來只有三種變化，短短幾年間他就為神戰創造另外四種變體，其他大神鋒發展沒有一勢像神戰這般快的。神戰一勢對明王問天鳴來說有著絕對的契合感，恍如所有精氣神都能夠在神戰獲得無與倫比的演繹。於是乎，神戰．烽火變似入無人之地，直指天機要害。

寰宇神鋒就像天機用神料想的震散掉他凝注刀上的勁氣，爾後就是第二劍雷霆之怒般君臨，他只來得及上半身後仰，撤刀迴身護在胸腹間，硬接明王盡情揮落的一劍，承受劍中簡直死無葬身之地的凶惡氣勁。黑劍砍中紅刀刀身，可怖的鋒神勁，似若實物撞得天機用神拋飛往後方，嘴角溢血，他忍住不噴出口。天機用神飛過混戰中的人群，勉強提氣空翻，悠然落地，神色如常，並無狼狽，一樣風采出色。他竭力遮掩自身傷勢，斷斷不能被瞧出端倪。他舉起刀，展露驚人的氣勢。

明王問天鳴望著幾十個人後方依舊秀異風雅的天機用神，怒氣就更深，而勃發狂怒底下，藏的是難以止制的妒意。他往前踏步，戰神大法轉入棄神大法，天經裡的所有明氣都往下俯衝，須臾間填滿彎曲纏繞的地脈七十二穴。

在兩人之間無論是還雨人、神刀人都不由得歇下手，默默往兩側退開。主要是繚繞在問天鳴身上凶魔煞神的氣氛，讓人毛骨悚然，彷彿一座地獄跟著他移動。殺戮已不止是概念與行動，殺戮此時如同具體之物，殺戮的實象就是他那張無表情的面具，就是他的每一種肢體動作，就是他的眼睛，就是他的劍——殺戮啊，就是明王問天鳴。

天機用神按捺胸中的狂跳，他維持刀指問天鳴的姿勢，然體內枯竭感漸濃。他曉得再撐沒有多久，方才敵人那一記業已重傷經脈，他只能賭一招，賭破神刀。三十九天機破的最後一式。天機用神調整呼吸，深呼慢吐，盡力於氣勁穩定。

現場倏地蔓延一股冰寒，鄰近明王與天機的人，不管是哪一方人馬都瞅得目不轉睛，緊張感侵據奪占他們身軀，他們屏息，身體如僵止一般，內圍的數百人化為木像人偶，被絕世刀劍之威懾住，難以動彈。而幾百人外的世界依舊是殘酷之戰，為了生存，為了個別組織的信仰，殺得地暗天昏。每個人的善良，都被狂殺濫戮的意念覆蓋，血肉的亂濺，骨頭的碎裂聲，各種暴力的噪音無情地肆虐，沒有予人恐怖顛倒之感，反倒是一種奇異的音律節奏，鼓舞著殺愈多殺更多的無念無想。

獨獨內圈這裡是靜止的，且有種不實不際的無聲感，只有問天鳴的腳步聲無比清晰，其他聲響都被剝離，幾百人耳中縈繞沉重且巨大的踏進，一步一步，如要蹬毀他們的心臟一般。一步就是一轟。恍似雷吼一樣的移動聲響，來自他們內部。寰宇神鋒被雙手斜斜舉起，隨時要斬落。他們的心神被明王的殺氣宰制，唯明王步履看來並沒有踩得很重，動作與音量根本搭配不能，矛盾異樣的景象。此同時呢，他們鼻端也溜進縷縷異香，不消說那是來自暗香虛影功。而在他們旁觀的想法裡，一個是詭異如妖似魔，賦有無可抵禦之威能，另一頭則是截然相反俊雅秀逸猶如遊仙，輸贏勝負幾乎是很明顯的，天機用神看來似乎不堪一擊。

問天鳴的劍勁摧鋒陷陣，還沒有逼近呢，就已經刮得天機用神亂髮飛揚。他的心和背脊一樣寒涼，天機用神使力握緊刀柄，對抗驚世的寒氣，凍得快要裂開的手，艱難地舉住玄機刀，不能後退。在這一場大戰，絕對不行，他得站著，四平八穩，不移不動。他可是神刀關之尊，天機家的驕傲不容許他倒下。天機用神慢慢抬起左手，抹去嘴邊的血漬，看來稀鬆平常，應付自如，實則膝蓋處有著實體化的軟弱在作用。天機用神感覺到無形的擠壓，彷若他只是一隻蟲子，而有一龐然掌心正揉著轉著，四肢百骸都過度傾軋，如要支離。

神棄。眼下，單單是問天鳴的移步，就充斥著霸烈無雙、妖異難度的勢子，宛若前方有山，山便倒，前方有海，海就翻。他那張面具有巨大魔力，讓目擊的人都結凍，且有些人恍惚中看見面具就像是活的一樣，忽然浮出五官，長出鼻子，長出嘴巴，長出牙齒，雙眼從兩個眼窟窿裡往外突出，猙獰笑著，他們被幻象魔想侵入腦海，當下駭破膽，昏厥過去。其他人也都被明王問天鳴的劍威，弄得神魂顛散，無自制能力，心底除了滿滿的驚怖外，再也容不下其他。

天機用神以為三十九天機破已經是武林裡最具慘烈聲勢的絕學，沒想到還出了個明王以及他的無人知曉劍技，天機用神自悔，他真是太不應該，日常安逸，他以為神刀闢技藝無人能敵，信心來得太輕易、太理所當然，從來都不是奠基嚴苛如若拚命般的修練。這一役若能僥倖，他必將餘生所有能力都投入神刀新絕藝的發想創造，希望不會太遲，希望還能得及阻止神刀闢的覆滅……

（這樣的大對決不會再有，）問天鳴躊躇滿志，（此後，不可能有這樣絕頂之戰，不可能再現，或許就連我自己都無可能遇上如天機用神般的傑出對手，）他對未來的寂寞展開波濤洶湧的感慨，繼邁開步伐，（也不可能有誰跟我一樣能夠體驗到這種至喜，這種歷經多年終於得償所願的痛快滋味，）明王的心思浮亂，突如其來有不願結束的奇特情緒，心中濃烈的悲劇感讓問天鳴無所適從怪異莫名，（這一劍擊出，我就是曠古的寂寥呀。）

但勢已成，神棄是三十一歲的他，所能抵達的劍之極境，他也沒有可能收回。相較於後兩式神滅、神還不確定的掌握度，他對第七大神鋒．神棄的把握，堪稱完全到位，更何況他等著擊敗天機用神的一天等了多久啊，絕不會罷手。

不知不覺，兩人間縮短到只有四步的距離，天機用神知曉自己再不出手不行了，眼前是一酷寒地獄的逼襲，他必須搶先，不能任由明王問天鳴挾帶飽滿的氣勢攻來，而且他感覺到對手凶惡巨然的劍勁裡現出不該有的空隙，根本陷阱一樣，但他沒得選擇，他只能揮出玄機神刀，一抹鮮紅的刀光，伸吐不定，宛如神魔龐大如河流的舌頭，正要捲起整片天空整個世界——破神刀強力進擊，猛烈如火。

將落未落寰宇神鋒慢上一線斫下，黑色冰封悉數傾洩。

而刀芒是紅色洪水，沖向冰山一樣嚴峻險厲氣態的寰宇黑劍。

呆愣著的數百眾，被帶入紅河撩亂的怪詭景致，情景駭人已極，恍如他們是洪流要滅頂的對象，恐懼感飆起，繼方才問天鳴武學的幻魔叢生嚇暈了幾十人後，破神刀一式又驚昏十幾、二十人。

大洪水般的刀光巨流河一般，與高山峻嶺似的劍勁，絕無花巧地碰撞上。沉悶的真氣爆裂聲，當場炸開，旁人的耳膜幾乎被震碎，只覺得胸口大震，心就要往外蹬跳，五官麻痛，眼前俱是一黑，又有五、六十名倒地不起。

而洪流式的刀光，無可匹敵地沖毀龐然冰封之勢。

神刀絕藝的特色唯破一字。每一招天機破，都在於找出空隙予以突破，再嚴密的招法都會有缺失，若果真沒有，那就造出隙縫。天機家的暗香虛影功可惑人心神，怎麼樣都能動搖對手狀態，因此三十九天機破更能適時轉進，破門而入。

但神棄不止於此哪，問天鳴還有冰魂變——神棄的第四變。在神戰以外，就屬神棄最能與他的心境妥合，神棄本勢外，以前原就傳有三種變化，而問天鳴完成第四種：冰魂變。

他雙手掌寰宇劍，人輪提取旋流在地脈七十二穴裡的明氣，未摻入一點暗氣，純淨非常，明氣往手臂輸入，再到手掌、手指，渾然一體的明氣，冰寒透明地注入黑劍。他下半身被清冽明氣貫滿，軀體乃往上騰起，雙腳離地，冉冉升高，像是能飛一樣。明王問天鳴的寰宇神鋒，居高臨下，千萬顆繁星降臨一般地朝著地面擊落。劍光大雪崩也如，冰霜激射，天寒地凍的末世感，倒垮而下，寰宇黑劍壓倒性的制約住洶湧澎湃洪水之怒的刀光。

劍勢一如詩歌般來去無形無跡。

轉眼，問天鳴的劍勁，從堅固高壯的大雪山，變為萬千冷星跌墜包圍住天機。

這可歸功於棄神大法的奧妙。關於氣勁的使用，靈活度方面呢，始終是手腳居冠，且從來都是手掌手指手肘手臂肩膀優於腳掌腳趾膝蓋大腿，爾後者又優於其他身體部位，除非是專情精練腿法腳掌的人物，否則就算是嚴苛錘鍊過肉身所有位置的絕代高手，也克服不了此天生情況。但棄神大法一方面能夠由人輪提取明氣往手掌去，另一方面還能由雙腳腳底板噴出大量明氣與暗氣纏扭為螺旋狀的鋒神勁，使他如飛仙飄起。

同時呢，向外逸出的真勁，能夠彎繞而上，集聚於寰宇神鋒之前，當黑劍捲帶明氣朝下刺擊，便推動那些密密麻麻布置身前的鋒神勁，一同送出，遂有著無以計數寒星般的劍勁，完整覆沒住底下的對手。

天機用神再無招法可應對，他只能瘋狂地高速撤離，然則劍勁推波助瀾的螺旋狀氣勁更快，他全身上下都被劍籠罩住，走無可走，玄機刀也只能作困獸之鬥，冰魂變的劍力彷若一網羅將他蓋得牢實，那張俊秀的臉被密布的劍勁穿蝕，血流不止，並留下醜陋的孔洞。天機用神拋跌在地，渾身劍痕，動彈不能。神刀關人趕緊擁上來，阻攔在他身前，誓死護衛。

問天鳴感覺快意非常，他飄在空中享受這一刻的完美，不急著追殺，（多年的等候與搏鬥，終於值得，果然值得啊。）他一眼就看出來天機用神的傷勢極重，但還有一口氣在，他尚有補上一劍的機會。那種無能為力被宰制屠殺的侮辱與傷害，他會全數奉還。他狂笑著，瘋魔大笑著，明王面具底下傳來跋扈囂張的笑。明王的成就將史無前例，他將率領還雨劍院重回無上榮耀，他將光大雙親的姓氏，明與王，還有恩師的問姓，完成所有的不可能，（我會是世間最高的意志，我是武林的王，）心靈深處激揚無比的狂喜，（你們阻止不了我！一個醜陋的孩子將會君臨天下，成為所有人的主宰者。）

猛然，一股不知從何而來的疲軟感乍現。人輪位置宛若有把利錐從裡面硬戳死抵，地脈蜂擁的螺旋勁遽地一滯，無法再輸送，他頓失依憑，軀體往下跌。問天鳴趕緊轉動軀體，旋個圈子落定，不至狼狽墜地。

（怎麼回事？）他全然不解，只覺得那股深深的倦累，從內部不停不停地冒出來，有種昏沉具體地影響著，他得用盡所有氣力才能阻止自己打哈欠，他集中意志阻止睡意的襲來，（這究竟是——）眼睜睜地，明王瞅著神刀人將天機用神愈帶愈遠，且神刀闞正在緩慢撤離，不見散亂。他們的退法仍舊可以抵擋還雨劍院，而他毫無作為。還雨人因為明王大敗天機用神而士氣高昂，但問天鳴卻沒有下令追擊。

他的心力目前都只能對抗荒誕無解的衰弱。他運氣檢視自身，明氣已倒逆回返天經，地脈恢復由暗氣占據的原狀，明王問天鳴想著，（房玄宗在哪裡，我需要霸元白丸，現在我就要——）而哈欠終究到來，一股倦意突起地從胸膛一路往上衝，衝上大張的嘴，帶動整張臉，眼睛不覺地緊閉，微微的水感濕潤眼角。僥倖的是他還有面具遮擋住軟弱景象。然而，他已錯失一舉殲滅神刀闞的良機，他比誰都清楚。

現在的情況，問天鳴能夠支撐住站著，業已相當了不起，身體的存在感壓倒他的念想與意欲。明王懊悔得差點吐出一口血。他只能目送垂危的天機用神逃回神刀闞，什麼都不能做。

餘碑之三

仙歡走了的百日。（走了，）仙歡驀然離開，（妳還是走了。）沒有轉圜的死。就好像他的一大部分也死了，自己就像枯枝敗葉一樣，無任何懸念空間的，餘碑的生命隨之流失一大片，此後黯然，再興不了生機，只能沉淪，往下淪落到深淵中的深淵。不，何止是一大片，是全部的，氣力全部放盡，所有體內的實質都從身體往外流蕩，無餘無留。他就是空幽，就是死寂。而且似乎彷彿恍若就連悲傷也都流光了。他是什麼都沒有。

他為仙歡做盡了一切事，他全力以赴，將日益衰敗的還雨劍院支撐住，將神刀關的莫大壓力抵住，他什麼都做了，仙歡希望他辦到的，他都做了，（可妳卻走了，妳竟走了，妳怎麼可以棄我不顧。）沒有任何餘地，房明皇傾足回天本事也無法挽救，（妳怎麼可以放棄，仙歡，怎麼可以！）餘碑看見俯身為仙歡診療的老友，露出灰暗無日的絕望視線，他就懂了。

他一直記得明皇的苦惱，還有慢慢轉過身來看他的眼神，裡面只剩下自責，從那之後房明皇的眼瞳，就長滿太多的愧疚，太多了。然餘碑不能多想，不能為明皇多說、多做些什麼——

只因他整個人是淪喪的。餘碑完全一頭栽進悲傷的淵藪。他看到的想到的都只有仙歡。全部都是仙歡。他們的相遇，他們多年以來日日夜夜生活在一塊兒的點滴。仙歡的愛嬌，仙歡的美，仙歡的溫順善良。他忘情於所有的回憶。他奮力追索一層又一層的記憶。他怕遺忘追上自己。於是，他放縱自己狂奔向往昔。沒有未來。也沒有現在。他只擁抱過去。餘碑吞食自身。餘碑的其他情感，他的所思所想空空如也。只有憂痛是滿的。

是如此的啊，舒餘碑的身體被粉碎的狀態占滿，渾渾噩噩，無思無想，整個人除了傷悲還是傷悲，痛苦太長太多，而他的意志又輕薄又短少，根本負荷不來。本來體態維持精實的他，一下子就瘦許多。憂傷如狂。他的傷悲日以繼夜地肥大，他便愈來愈瘦。彷彿哀傷正食肉寢皮一般。狂悲成為餘碑的王，他的身體形成憂憒暴行其間的國土。與支解無異，他被憂痛凌遲著，千刀萬剮。他變得很輕，瘦骨伶仃，一陣微風都可以把他吹倒。仙歡的聲影帶領上天下地的哀痛進駐餘碑的心底，肆虐身心每一處細節。

憂傷是一團清晰的霧。霧纏繞著餘碑，一整天，無日無夜。但霧中事物看也看不清摸也摸不著。霧是濃重的，餘碑則是輕薄的。他感覺無與倫比的輕。哀傷是一直吹拂著的狂風。他總是被掃得離地而起，飄在半空，難上難下。

看著失魂落魄、三十好幾方加入劍院、卻能夠使得寰宇無盡藏獲得躍升性發展的院主，所有人都倍感難過，包括他的兒子。他們不能相信眼前這名忽然就垂垂老朽得像是隨時可以埋土地下的老者，就是足以力抗神刀闞鋪天蓋地之能，且與仙劍室主人何振諭並列武林唯二劍術大家的舒餘碑。他真的老得太快了。院主夫人離開不過一百天，院主的老態快速增多得恍如時間在他身上加速十幾二十年一般。原先他看來就像不足五十之齡，此刻卻是一七十好幾的糟老模樣，而且鎮日恍惚，不是呆坐在浮屠室，毫無動彈，就是於善始林內沒有休憩地兜轉，教人心中酸楚難忍。

六十九歲的這一年，舒餘碑失落了妻。他迅速地老化，以前練功的種種年積月累的傷害，全數迸裂開來，許多隱患再也壓制不住，軀體徹底地背叛他。他的意志都源自於仙歡——有妻在，再痛苦吧，他都有信心能夠予以克服。

然仙歡走了，餘碑就再也沒有堅持下去的動力。他漫不經心地放任自己瘋衰魔老，彷如朝時間的最前方癲奔一樣。他幾乎是恨不得立刻死了，要不是仙歡臨死前要餘碑應承，決計不能輕生自尋短見，他早就一劍刺死自己。喪妻之痛大於天啊，是這樣子的了，棲居在體內的傷痛似乎大過天地自然，連空氣裡都瀰漫著對妻的想念。他一呼吸，就疼，就痛苦不堪。他怎麼能夠熬得下去。

仙歡不過五十四歲，怎麼就先他而走了呢？餘碑完全不能接受，他沒有這種心理準備。從來沒有。他一直相信先離開的那個人會是自己，他還暗自擔憂仙歡的晚年，不知是否能順遂平安呢，因此更是灌注所有心力鞏固還雨劍院。為了護全仙歡，他不遺餘力地修練還雨劍學，始終不敢懈怠，並且嚴格督促院生，包括獨生子伏舒城，但遭受最嚴厲對待的，始終是自己，他無一日鬆懈地習劍練功，務求盛大還雨。

清晨天未亮，他就起身操演寰宇無盡藏劍勢一個時辰，早飯後，略作休息，練鋒神九法一個時辰，獨自練劍又一時辰，爾後午飯，再練氣一個時辰，再激烈地與人對劍兩個時辰，直到晚餐時刻才歇止，睡前也練氣與練劍各半個時辰。

餘碑在三十二歲加入劍院，那時仙歡方年滿十七——三十七年來，他無一日怠惰，除有人來犯交戰外，餘碑從未變動過他的劍藝功課。唯一例外是仙歡產子的那天，他怎麼樣也沒辦法靜下來，一直在外頭團團轉，聽著仙歡在室內哀嚎不止，看著幾名協助接生的婦女們進進出出，忙碌不已，餘碑卻不得其門而入，他幾乎要痛恨自己，如若不是他，妻又怎麼會懷孕，又怎麼會需要受十月待產的艱難呢，而他又何須隔著門苦苦煎熬守候。

仙歡生下城兒以後，羸弱的身子就更差了。彼時，她大失血，元氣損傷，明皇用盡醫者本事與各式珍貴藥材方得救下仙歡。餘碑一直以來都不怎麼願意承認，但他心中明悉，他對城兒的到來抱持著一份難說的心思，總以為是兒子害了妻。餘碑與舒城總有個隔閡在，難以親密。而仙歡極為疼愛舒城，產後大部分心思都放在舒城，一心冀望城兒能夠青出於藍更勝乃父。可惜伏舒城的才能著實有限，直到妻逝世以前也不過練到鋒神第五法裂神大法，劍勢雖勉強學齊，但神滅與神還兩大神鋒不能使得靈活通變。妻以此為憾，臨走前還細細囑咐餘碑定要督促城兒，讓孩子在繼承還雨劍院大業以外，還得再多多精進劍藝，種種凡此。

餘碑知曉舒城其實已盡了力，並不是人人都有如餘碑般的堅苦卓絕之心。他再三研究，斷定寰宇無盡藏委實太複雜，這是一套過於深奧，簡直非人的武學，太多種變化了。單一神鋒勢練好就是極難得的事，才能有限的院生，若貪於全貌，只會更加挫折混亂，連基礎都做不好，不過囫圇吞棗罷了，更甭論需要透澈心智與意志方能功成的鋒神九法。

因是，餘碑五十五之壽的那年，就頒下一道命令，要求院內分成九系，每一系都專精於九大神鋒其中一勢、並搭配相應對的鋒神九法，且每個院生都得經由院主、副院主與九系系主進行評選，按照其心性、特質分至適合的劍系。也是從那時開始，他稱寰宇無盡藏為王勢，鋒神九法則是聖法，立下外王內聖、勢法神如的說法。

這項計畫一開始也不是順風順水，但有問副院主的傾力支持，加上餘碑提出大變動的一年半前，便預先找九名甫加入的院生，吩咐他們按照餘碑的想法進行練功。一年半後，讓這些人與同期加入者競技，獲得壓倒性勝利，就連最困難的滅神大法、還神大法都能夠練成相當基礎，雖遠遠不能夠與如舒餘碑、問寒數等所練同樣兩式大法之境地修為相比擬，但至少具備一定能力。由於有明證實例，舒餘碑的倡議才能夠確實執行。

十四年來，因有此一大變革，劍院的聲勢隨之看漲，各系人馬都便得壯大，專一致力於單一大神鋒和配合的大法，使得院生們的戰力獲得全面提升，雖仍不足夠和神刀闕分庭抗禮，但至少不是沒有一拚之力的。

餘碑自然心知肚明，這種拆解式的練法實是投機取巧，極可能走偏，安於片面局部，且毀掉真正有才能的院生——畢竟依據正統的步驟才是更扎實的，才能夠完全發揮還雨劍學的底蘊與境界。然他的當務之急，還是提升還雨劍院整體的實力，權宜之計不得不然。不過呢，後來餘碑又另行立下一院規以作為補救：凡是能夠練成本系劍勢與大法的人，就能無條件跨到別系繼續精進劍學、神功。

唯百日以來，舒餘碑打破自己訂下的規律，他未曾練劍用功。他任由自身荒廢，沉溺於哀想傷懷。還雨人除了掛慮院主以外，也不免憂心忡忡於再過一個月就要到來的刀劍決之約。舒餘碑三十二歲迎娶伏仙歡時，曾獨自闖進神刀關，與第一高手極刀墨破禪較量，兩人不分上下，乃立賭約，說是三年後餘碑必能以還雨劍院之學與極刀比試，而這之間神刀關不能做任何侵害劍院之事，而如若餘碑辦不到，三年後還雨劍院便無條件臣服，接受神刀關之治。

結果如何呢——當然是餘碑辦到了。雖那一戰輸了墨破禪一招半式，但兩人惺惺相惜，遂有三年一戰之約，多年來彼此互有勝負。會有此發展，主要是墨破禪的先祖原來也是用劍的，以前活躍於至仁坪一帶，與劍院也有一段淵源，後來，墨家方才因故轉入神刀關下，改為用刀。極刀從前人的經驗裡得知，要徹底扭轉舊學改至別種武藝是多麼的艱難，他萬分敬佩舒餘碑不屈不饒的意念。

眼看三年之戰又要到來，屆時，若墨破禪發現劍院之主竟是這等失魂落魄樣，難保不會起心動念舉神刀關之力大舉入侵。雖當前劍院勢力不再積弱，但要與神刀關決鬥恐怕言之過早。

可餘碑的心口裝不下別人的憂鬱，他光是承擔自己的，就力有未逮，遑論其他。他甚至連明皇來訪都不知曉，整個人癡癡傻傻，任由明皇擺布。造派大醫家瞅著舒餘碑幽深無物的眼神，嘆了口氣，眼裡盡是不捨，他和餘碑多年知音，在餘碑加入劍院以前，兩人就相交江湖，除去仙歡外，就屬他和餘碑最親近。房明皇分外能夠理解餘碑，他可是親眼看著餘碑為了伏仙歡背姓棄族、如何以頑強的鬥志廢棄自身絕技從頭練起的啊，如非餘碑對仙歡有這逾越死生分際的情感，又怎麼能做到這等地步呢。

一旁，伏舒城在小聲問道：「房叔叔，為何爹的狀況這般，這般的——」他找不到一個不帶羞辱的字眼去說，於是閉上自己的嘴巴，而他的眼睛像是在燃燒。房明皇表示，「你要節哀，萬不能過度悲傷，你父已然如此，若你再被母逝之痛擊倒，劍院當真危矣。」問副院主在旁也勸說道：「聽你明皇叔叔的話，」他喘了一口氣，「為了你父親，」說話顯然也已是耗費心神的事，問寒數又再也急促呼吸了一下，「也為了你母親的遺願，你必須堅強起來。」問傾聲默默站在伏舒城旁，關愛的眼神照著他。問逐水則沉默地拍了一下舒城的肩膀。伏舒城點點頭，深吸一口氣，「我明白。」他粗聲說。

房明皇那張老臉上像是夾著許多憂愁的皺紋略略鬆解開來，他對舒城露出讚許眼色，跟著開始說明餘碑的情況：「你父現今有莫大之哀，以往能夠硬壓而下的患症都爆發開來。他為了你母，強行改功易法，故體內變成兩種功藝的戰場。昔日裡，他有你母親相伴，心情開懷，勝似神仙，心思堅定，控制力極強，不虞被反撲。可這會兒心傷神慟，昔日練武太過隱而未發的害處，便再也壓止不住。」

副院之子問逐水趕緊請教，「不知院主是否有解？」房明皇徐慢吐氣，慎重地說：「需要時間哪。」「卻不知要多久呢？」逐水復又問道。明皇搖頭，只說「不明朗」三個字。浮屠室即蔓延一片狼狽不已的靜寂。

年紀比餘碑大上十歲的問寒數，也一臉疲憊，他跌進自身的心事裡。對他來說，仙歡何異於女兒啊，甚至比他四十好幾方得的傾聲更親更疼。他一生為劍院鞠躬盡瘁，不為別的，就為了與仙歡形同父女之情。他記得，仙歡說要非還雨人的舒餘碑當夫婿時，自己真有一種心碎的滋味，彷若被背棄一般。他實在珍愛仙歡，不忍她那樣年輕就要嫁出。但寒數又甚了解仙歡的脾性，她若是決定了，誰也改變不，就是先院主在是吧，恐怕也阻止不到。

況且名義上，伏仙歡才是還雨劍院的代掌院主，問寒數只能輔佐，絕不能越分妄為，他一直守著分寸。對寒數來說，讓他從懷疑到卯足力協助餘碑的關鍵，就是餘碑凝視仙歡時他眼中的明亮和至誠，以及她回眸餘碑的表情。寒數十分清楚，他們是拆不開的，他們的對望有著命運一般的意志。後來證明仙歡果真沒有選錯人。她的眼光果然是好的。她一眼就看清了舒餘碑又高貴又忠貞的隱藏面。

在老父旁伺候著的問逐水，小心覷看寒數的反應，做兒子的算是了解父親心中的悲痛——怕父一個受不住，也癱昏。如果院主和副院都倒了，那麼還雨劍院還有與神刀關比擬的能力嗎？但其實，逐水又何嘗不是痛傷難停。他還抱過嬰兒時的仙歡。先院主辭世之際，千叮萬囑要寒數為年幼的仙歡護持劍院。先院主還轉過頭，對還只是十四歲少年的問逐水說了，要勞煩他們，仙歡就交給他們守護。問逐水沒有一天忘懷先院主臨死前交託的鄭重口吻。先院主萬分看重自己。從那時候開始，問逐水就把仙歡的安危，當作自己的事。

仙歡長到十二歲時，便出落得絕色天香。已然二十的問逐水對仙歡，也不可能沒有驚豔，但他終究自居兄長，忙於為少女驅趕那些用各種手段貼近的男孩們，他想都沒想過和仙歡之間會有情愫。直到餘碑出現以後，二十五歲的問逐水面對即將出嫁的十七歲女孩，才第一次察覺到自己可能錯過什麼。惟問逐水不敢吭聲。舒餘碑的劍技本就是江湖聞名，父親也都贊同了，逐水又何必妄作小人呢。再來是餘碑對仙歡的疼愛珍惜，就連問逐水也要動容——他心中的那根刺，終究因為舒餘碑對仙歡與劍院的戮力以赴而摘折。

問傾聲悄悄移動，距離伏舒城更近一些。少院主的面容長得跟院主頗為相似，俊逸得儼如仙人。從小她就崇拜舒城。她總是跟在他後頭跑，成天城哥哥長城哥哥短，連自己的兄長問逐水都取笑她開口閉口都是舒城，長大以後乾脆當少院主夫人吧。在傾聲眼中，舒城是天之驕子，行事果斷，武藝又不俗，又能討女孩喜歡，對自己也好極。她對他一直傾心，明眼人都看得出。舒城也無疑的將她視為最親密的人。

眼下，他既遭逢母喪，又要應付院主的心神敗裂，整個人都憔悴了，她看得就是揪心之疼啊。傾聲寧可那樣的傷痛，悉數發生在自己身上，不要有片段留著折磨他。心中有一股激情升起，她恨不得代替舒城受難，恨不得她就是他。

關於父親的頹喪失志，伏舒城一點也沒有辦法。他能夠做什麼呢，父親的哀痛巨大得光是站在餘碑身旁就要窒息的——這個人已經被摧毀，舒城的腦中有這樣的判斷。且暗地裡他對父親有一種說不上來的切齒。他是舒餘碑，他是還雨劍院的院主，怎麼可以放任自己倒下？父親這麼做，不是對不起母親和還雨劍院嗎？

母親從小就耳提面命舒城，長大以後要像父親一樣，是啊，要跟舒餘碑一樣天生異稟，完美無缺。他當然崇拜自己的父親。然則他很清楚，父親就像是褓璃塔，而他只是環繞高塔周邊的矮小建物，他的能耐他的光芒遠遠比不上父親。

伏舒城是出色的，但光是出色還不夠，因為舒餘碑是絕對的卓越。舒城自知，他永遠不會是、也沒辦法變成舒餘碑，他只是伏舒城，只能是伏舒城。他的姓氏是伏，他不夠資格姓舒。他察覺到父親和他之間就像有一堵活生生的牆，舒城跨不過去，而父親沒有意願過來。他們就隔著有若實物般的距離相處。而長久以來，父親始終嚴厲地要求舒城的武藝能力，一點點錯失、軟弱和懈怠都不允許。

那麼，父親呢？現在選擇放棄的父親，哪來的資格是舒餘碑？他怎麼可以不繼續成為舒餘碑？怎麼可以呢！伏舒城忍不住瞪定舒餘碑。他應該要清醒過來面對所有的憂傷痛楚，父親應該要對得起母親深信不疑關於他的最高評價。

房明皇按在化石像般餘碑頭頂上的手，注滿獨特的造派氣勁，他倒吸餘碑的一縷真氣到猶若明亮鏡子般的手——此乃造派房家最著名的明鏡法——細細觀照。果不其然，枯敗之象在餘碑體內勢如破竹，憑藉意志完美操控多年的強大軀體終於不支，餘碑百日的懈怠，使得破敗感急遽浮現。明皇能做的不多，只能開些溫順藥方讓餘碑的身子和緩一些。

明皇忖著，如果能夠得到霸元白丸的調配方子就好了，此丸雖短時間內有大提振精氣的效用，但過於霸道，經久服用對身體實有傷無益。惟房明皇自信能夠對之有所改易，只要他能知曉究竟其中用了幾味藥材，就能予以變化。不過，破派方面卻無合作意願。房明皇樂見造派、破派合而為一，都已經分了幾百年，也該合了。唯房玄家的人相應不理。縱然明皇拉下老臉，破派那邊還是抱持敵意。如果造破兩派相合，或許就能夠救回仙歡，乃至眼前的老友餘碑也未可知啊。一股懊惱帶來劇痛，房明皇的臉像是幾十把針從內側挑動面部筋肉肌理似的，扭曲而歪斜。

每個人都有自己的心事，一時間浮屠室都是靜。又沉又深的靜。

而看似滯停不動的舒餘碑，其心思亦未斷絕。他徘徊在無盡的幻影。他一再地與死去的伏仙歡相逢在心中，在記憶裡。然而他的一部分意識，仍舊清冷地照見，一眨眼啊也就來到妻辭世的第一百天。餘碑終究不能習慣，不可能的，（怎麼可能會習慣呢，怎麼可能？）但也許他終究是要適應的，必須如此，（否則，我如何活得下去呢？）但這樣的念想，亦令餘碑忿怒。他不能原諒自己還有活著的意願，（我怎麼可以獨活。）可他又是對仙歡正式許諾過。而他從未違背過她的期盼，不是嗎？

別的不說，就講舒城產出之際吧，為了讓妻心安，他翌日晨起就去練劍。只有他更堅強，更劍法無雙，仙歡才能獲得平靜。還雨劍院的岌岌可危，誰都很清楚。唯獨舒餘碑可以挽狂瀾之既倒。他的用劍天賦極其驚人，自廢武功一樣的捨棄家傳劍技、功法後，竟能在短時間內將繁複精微的二十八道寰宇無盡藏練成，更確實了解到此劍學的非凡奧義，進而將寰宇無盡藏擴展到三十六道，且以絕強的意志，硬行改造體內真氣與經脈的關係、結構，很快掌握到明氣、暗氣的奇妙巧思——

當年，問寒數支持餘碑迎娶仙歡的條件有二，一是他必須加入劍院，苦練寰宇無盡藏和鋒神九法，二便是他們的孩子必須姓伏。舒餘碑未逢面的岳父，在死前留下書信囑託問副院主，待仙歡成人後轉交之，餘碑也看過那封仙歡珍之重之的信，裡頭寫著一切以維護還雨劍院為要，必須守住偉大的劍學傳統。然有時，餘碑也會懷疑，這真的有必要嗎？該要消逝的，苦苦留住就有用？出生自一有悠遠流長用劍歷史的世家，餘碑亦能理解仙歡與岳父的想法和執著。唯餘碑心中其實對血統並不在乎，此所以他能放棄繼承舒家，改為還雨劍院效力，縱然此舉致使其雙親與弟妹們無法原諒餘碑，形同陌路。

即便與舒家此生背離，可餘碑心之所願耳，他並不後悔，雖然臨老思起不免遺憾。但餘碑很清楚，妻是他這輩子唯一不能放過的重大之人。他抉擇一條艱難的長路，今生今世無悔。他無悔。

關於還雨劍院武學，餘碑對寰宇無盡藏雖有驚人掌握力，但鋒神九法終究難以登峰造極，主要是他並非自幼練起，他是半路才加入還雨劍院的，《九鋒神心經》也是自廢家傳心法後修習。鋒神九法練到第八滅神大法，他已感覺有些力不從心。而鋒神九法的九種功藝，最妙用無窮的就是，它可以拆解為九套神功，有著九種不同的修練、成就之法，但它同時又可以是九種境界。

餘碑並不是不能使還神大法，單一大法的氣勁運用，他仍舊沒有問題，但麻煩的地方在於，還神大法的真正堂奧，餘碑無以達到。當他使用還神大法時，他不能感覺到天飽地滿，裡面有空隙，真氣周轉於天經、人輪和地脈間，明顯有銜接不來的微小落差。還是他天賦太高又肯刻苦努力，所以能把滅神大法發揮得淋漓酣暢。但最多就這樣。這是非常繁雜的武學概念與現象，唯有到餘碑那樣的高度，方能飲水自知。

比起夠複雜的寰宇無盡藏，《九鋒神心經》更博大精深。餘碑自然清楚武學至境永無止盡，所有的大成都只是一個階段的最高點，而下一個階段就要到來。武學的未來，也就是武學的所有尚未發生的可能性，點明人必須謙遜、必須覺悟人力的有其極限、必須對天地鬼神的不可及保持敬畏之心。一個堅信自己空前絕後的武林人，本質上就是膚淺的，就已經走上慘敗之路，而不自知。

到了餘碑般的年紀，特別會對內在功法，尤其重視。內外一合，不能偏頗，才是武道至理。但人總是容易被外部狀態迷惑。鋒神九法的不能具足，讓餘碑在今年年初若有所悟——他乃想廢除自己十四年前頒布分系而練的做法。

結果，仙歡一走，舒餘碑原先的盤算都亂了。全都亂了。

因為憂傷太重的緣故。面對憂傷的碾過，他是微不足道的，他無能為力。憂傷是無敵的。但為什麼，（為什麼我的心智還在運作，我還能感覺到我的存在呢？我，存在於意識裡面的我？）那一點清明不崩不裂，他終究還是能思維，還能感受，就算自行封閉吧，他還是曉得周圍正在發生什麼、有誰在旁邊，只是身體太遲鈍，跟不上來。他太累了，累得只想就此沉睡。但偏偏憂鬱捕捉住他的想念，讓他無法沉眠。哀傷那樣認真的不斷湧出，一直提醒著他，（我是一個痛苦的人。）餘碑想著。

惟沒有誰能夠沒日沒夜的憂傷，人的心不可能長期處在狂喜或狂悲的狀態。人心是平庸之物，容納不了過多過久的極限，再大的情感也是。除非是刻意把自己逼瘋，刻意要走進心離神散的崩毀之路。

所以，舒餘碑捫心自問，（我是故意的嗎，）藉由失神喪志的遮幕，（好規避無以休止的憂傷襲擊，）心思依然運作中的餘碑想著念著，（仙歡妳說說吧，妳說我會是那樣軟弱的人嗎，妳說呢？）

伏仙歡的絕美無雙聲影，在餘碑的腦海清晰無遺浮出，他記得她的全部。餘碑以為他的一生都是用來記憶仙歡的。他的成就他的努力，不過是前往妻的必要途徑，他人生的終點，一直都在身邊。起點一直都是仙歡，終點亦然。只是死亡截獲了仙歡。於是，餘碑慘敗，他敗給奪走仙歡生命的病與死。他原來擁有的一切幸運一次輸光。妻的逝世，令他一敗塗地。他的聲名、地位與武藝，全都是泡影，都是假的，都是沒有意義的。

餘碑追憶兩人間的魚水之歡——由於仙歡的身子骨極弱，餘碑總是小心翼翼，生怕一個太激烈就弄傷身軀單薄的妻。他們在床笫之間的纏綿，是最緩慢的熾烈。兩身軀在慢火底燒著。仙歡有時心憐於餘碑的忍耐，老是要他盡情一些，她沒有問題的。餘碑偶爾也會放縱自己狂馳魔騁在仙歡的肉體深處，感受最極致的高山流水。但也只是偶爾。因為餘碑很清楚，仙歡一直都沒有她表現的那樣極致的愉悅，她只是配合他。仙歡的孱弱體質，就是不容易享受男女之間的歡狂。她稍微激動一些，一口氣就要喘不過來。他怎麼捨得只顧自己痛快淋漓，而疏忽仙歡身子的承受力。

仙歡懷孕期間，餘碑更長達十二個月一次都沒有碰過仙歡。明皇很為難地拉餘碑私議，在他明鏡法的勘查下，發現仙歡因有孩子的緣故，原來虛弱的身體更是險境，私處容易有褐色的分泌物，有時還會滴滴答答流出鮮血，狀況很不樂觀，要留住孩子嘛，得要多方面留意仔細，除了嚴格的控制勞動、飲食和睡眠外，還有床笫之間——老友沒有繼續講明，舒餘碑便已懂得。他省得明皇顧慮。何止懷孕的十個月，產後仙歡遭遇撕裂刀剪的私處，更需要兩個月的修復期，他整整一年死活忍住身體凶猛的慾望——有時他會陷入幻象，看見自己正將仙歡的衣物撕碎，狂熱堅硬地進入，極速地奔馳在雲霧之上——是以，練武既是他對仙歡的承諾，但又何嘗不是滿腹情慾最好的發洩方法呢。

這期間，大腹便便的妻，曾經欲言又止的，臉色困窘，好不容易才嘴裡逼出字句，表示餘碑作為院主，其實大可再找個心甘情願的女子，她話還沒有說完呢，餘碑的臉已僵——那是他第一次，也是唯一一次對伏仙歡動怒。

他氣惱，不止是因為仙歡對他自制力的懷疑，還有一種內在被剝開、完全露出的羞恥感。確實，他渾身的情慾需要出口，需要女人，他終究是個日日練武精氣無比旺盛的壯年男子啊，就因為他不是沒有想過，於是更為怨恨己身。他憤恨於發現自己心中情愛的淺薄，他口口聲聲念茲在茲對仙歡的情感無可比擬，怎麼短短一、兩百天就禁受不住，且讓仙歡看破，要他去尋花問柳亦無妨。仙歡對他的重要性只到這種程度嗎？

餘碑年少便得志，實話說那會兒的他，真是過了一大段墮落快意的肉體靡靡歲月。但三十歲遇到還是少女的妻，真是驚為天人，為了得她青睞，確實是做足改變，從此再不沾其他女色，全心忠貞於仙歡。以他舒餘碑的地位，就算自己無意無願吧，總有女子藉故與他接觸，試著和他有一宿之緣，甚至暗自期待更多的機遇，比如取代她們眼中病奄奄的伏仙歡。

不過，舒餘碑戒慎恐懼從未讓她們靠得過近，更遑論得逞。倒不是妻會做什麼，只是餘碑自己不想又變髒了。面對無瑕無垢的妻，餘碑必須是乾淨的。遇見她以前的日子，都是死的假的，直到純粹明亮溫柔的她，出現在自己的生命裡，他才是真正的活著，他才懂得自己為什麼而活。往日無從改變，但自他們彼此鍾愛的那一刻起，舒餘碑的全副心思只奉獻給一人，不止是海盟山誓，而是天崩地裂都不能易。

餘碑這般情癡於妻，其實仙歡又何嘗不是對餘碑盡心盡力呢——產後滿兩個月的某夜，仙歡掌握主動，她跨坐在餘碑腰上，賣力地騎乘，像是要對餘碑一年以來的艱難與壓抑，給予最熱烈的回報。

那一晚的仙歡，在餘碑的記憶中，特別的狂野，有一種仙女遽然成為魔女的極樂究極變化。當時，餘碑達到此生未有絕後空前的攀升飛越。他去至無法再重來一趟、只能不斷回味在記憶底豐厚它的神祕遠大旅程。

仙歡伺候他的心意，教餘碑對她真是有死心塌地無悔無憾的值得。

房明皇曾確認過，仙歡的生理的確略差於懷孕前，雖不盡理想，但也無大礙——仙歡還想著再為餘碑再添子女呢。多虧明皇幫忙，妻懷孕與生產時有驚無險，產後調理做足，讓她身體狀態維持尚可。可餘碑心裡有個東西過不去，他對舒城實有怪罪埋怨呀，他瞞不了自己。也因此，他不太懂得跟孩子相處，一直以來，都是仙歡負責城兒的教養，餘碑則一力支撐搖搖欲墜的還雨劍院，他把全部的心神給了妻和劍院，至於孩子便無力顧及。

故此，他和舒城就顯得陌生。餘碑沒有施力之處。他自知自己從來都不是一個好父親。他一直沒有盡心盡力地去成為父親。他從來都只是仙歡的好男人好丈夫。他是愧對舒城的啊。

此時，階梯處傳來一陣慌忙的腳步聲，打亂浮屠室的靜。除了餘碑，眾人視線都轉過去。那兒冒出一個通報弟子，神情驚惶。伏舒城尚無表示呢，問逐水已然開口斥喝該院生，如此急亂成何體統呢。弟子自然束手聽著教訓，但眼神還是很躁火。問寒數遂擺手詢道：「究竟何事？」通報院生說：「外頭有貴客訪。」伏舒城問：「什麼貴客？」弟子吞了一口口水才答道：「來客自稱是仙劍室主人。」

在場幾人遽然色變。問傾聲過於驚異以至於失聲：「什麼？」院生重複一次。舒城和逐水對看，視線又同時移向問寒數。後者直起身來，「是何振諭嗎，他來做什麼？」負責通傳訊息的院生表示不知。問寒數要該弟子下去，並吩咐以最高規格的禮遇待客，絕不能有輕忽疏漏。一時間，現場的氣氛從憂懷難止，急速轉為驚疑不安。

有個詞語晃了一晃餘碑完整而孤絕的陷溺心魂。他散漫的眼神，緩悠悠地聚焦起來。何振諭。他聽到這三個字。純以個人武力技藝論，數遍武林，夠本事成為餘碑大敵唯兩人耳，一個是墨極刀，另一個就是仙劍。墨破禪與餘碑素有每三年一戰之約，而成名更早的何振諭，卻始終沒有與餘碑交手過。餘碑曾經和仙歡討論過，如果他能夠找到何振諭比上一場，對還雨劍院聲勢與地位的抬升，將有更立即的效果。畢竟，何仙劍代表劍道的最高成就，六十年來的天下第一劍，除他還能是誰。何振諭比餘碑早十年出道，餘碑踏入武林時，仙劍之名已莫可匹敵，十年打遍天下無敵手，連極刀都甘拜下風。

多年來，還雨劍院不知遣出多少人去查探仙劍下落，卻連仙劍室坐落何處也沒有尋訪出結果。仙劍行事可說絕對低調、行蹤難覓。何仙劍與舒餘碑的曠世之戰，終究沒有實行的可能。

然則，就是這會兒，何振諭卻突然來了，就在仙歡走了的第一百天，（有這麼巧嗎？）餘碑刻意鈍化的心思開始活絡，莫非是仙歡託他帶來什麼音訊嗎？不，不可能的，仙歡與何振諭怎麼可能相識呢。若是仙歡曉得振諭去向，不老早幫餘碑約戰嗎？餘碑心頭一陣苦澀，眼下無論是什麼事，他都能拿來和妻扯上關係。一隻蝴蝶是仙歡，一朵雲是仙歡，一陣風沙也是仙歡，事事物物都是仙歡，他呀，（恨不得所有事物都挾帶著仙歡給我的隻字片語，）他盼望仙歡的意念更完滿地圍繞著他，（沒有分離。）

房明皇也頗為疑惑，「何室主來得巧妙，此前他與還雨劍院有所往來？」問寒數搖頭，「素無淵源」。明皇講道：「所以當無可能是憑弔仙歡？」寒數副院點頭稱是。問逐水則說：「莫非是回覆院主約戰而來？」舒城眼露懷疑，「父親最後一次送出挑戰書是七、八年前的事，若說現在才應戰，教人難信。」問傾聲神色憂翳，「莫非，何仙劍是想趁人之危？」問逐水挑眉，「意思是針對現在的院主而來？」所有人的視線都投向遊晃到天外一般魂不附體的舒餘碑。房明皇說：「何振諭享譽江湖六十年之久，該不會是這等卑劣之人。」問寒數就實際一點，「無論他是或不是，眼前他都來了，我們得去會面。」「但是，院主他——」傾聲語調低弱。在場人都懂她的疑慮。「也只能我們先應付了。」問寒數表示。

舒餘碑忽然身子動了動，明皇率先注意到。他們已經在浮屠室裡面待了都個把時辰沒見到餘碑有什麼動靜，據說他這十幾日醒來都是這樣子的，呆楞楞地坐著，不再外出，吃食也都是靠人餵食，就連便溺屎尿什麼的，也得人提醒、攙扶——餘碑乃急狂消瘦，差不多見骨，身上沒有多少肉，整個人變得乾癟。明皇臉上驚疑。而餘碑確實有動作，像是要從一個久遠深陷的夢境泥潭裡拔身而出似的，他手抽搐，兩腿顫晃晃，無表情的臉有著一點點的破裂感，彷若臉上本來戴著一張面具，眼下正在碎壞似的。其他人也察覺到劍院之主的變化，他們屏息。

舒餘碑眼睛眨了眨，定止的空洞眼神緩慢微小地活了回來，終於有了輕輕一點靈動的意味。他直起身軀，一股垂軟感舂進雙腿裡，他險些軟癱，但不待其他人持扶，他自個兒便已伸手撐住桌緣，舒餘碑花了好些時間才穩住身體。伏舒城驚詫得忍不住喊了一聲：「父親。」明皇則是眼中蘊淚，「老友啊。」問家三人則異口同聲叫道：「院主。」

餘碑第一眼望著他與仙歡生育的唯一子嗣他想著，仙歡除要他好好活著、繼續主持好劍院外，也囑咐必須為兒子好生綢繆未來，比如姻緣和接班還雨劍院事宜。餘碑記得十分清楚，（我沒有忘，我沒有。）只是他需要時間從無傷無害仙歡永遠活在其中的美好連綿回憶中折返到夢魘般的現實，（仙歡，妳可以明白吧。）太痛苦了。一想到此時此地再也沒有了妻，餘碑心中就想任由自己被不可止的狂亂徹底吞噬。可是，可是何振諭來了。非常奇怪的來了。百日以後，信使也如的來了。

舒餘碑伸手——一隻軟弱無力的手，輕握舒城的手。他的兒子神情複雜，既激動又帶著羞怯。而餘碑想著，這是妻子的血脈，妻子留在世間活生生的證據。舒城身上有仙歡的血。恍如從無盡的夢境醒來，餘碑突然理會到兒子不止是兒子，還是妻的一部分。於是乎，心頭密布的烏雲破開一線，彷若有天光稀微落入。

餘碑的視線隨之轉向造派大醫家，他對房明皇點點頭。老友，你辛苦了。他沒說出口，不過明皇懂。還有兄長般的問寒數，亦非常欣慰地對餘碑一笑。再來是有乃父之風的問逐水——問家跟伏家關係匪淺，互為依憑，伏姓先祖對問家人一向禮遇，一直以來也都是問家的人擔任副院主之職，逐水將來也會是舒城的得力助手，還雨劍院當真不能沒有問家人堅定的支持與協助。而傾聲，傾聲無疑是個好女孩，餘碑看得出來她對城兒有一份真摯的情意在，（該是時候了，）他們也到該成親的年紀，（仙歡，我們也該要有媳婦。妳的血必須永永遠遠地延續下去。）

氣力隨著精神回歸，也就慢慢地充足，當然了，百日荒廢絕對足以造成武藝上的重大弱化。劍技並不是學會就是學會的，沒有勤奮再勤奮的鍛鍊，它很快就會消退。身體與意念的完整融合，從來都極為困難。餘碑自然懂這些道理。可他開口就是：「拿活色劍來。」其聲音嘶啞，一百天沒有說話，感覺自己的聲音聽在耳底特別陌生怪異。問傾聲視線移向舒城。伏舒城則說：「父親意欲為何？」明皇即時勸阻，「以你現在身體情況，不適合與何振諭決戰。」問家父子當然也反對。

餘碑露出霧一般的苦笑，（我有得選擇嗎？）這是千載難逢的機會，不管仙劍為了什麼原因來到劍院都好，他不能白白錯過。多年以來，仙歡跟他都在等待仙劍室主人何振諭。唯有餘碑擊敗仙劍，才能證明寰宇無盡藏劍勢的非凡武學價值。仙歡啊，（這一定是妳賜給我的機緣吧。）她就算離開了世間，也絕不會棄他不顧。餘碑心中有著一種曠世的壯烈，他等著挑戰此劍道宗師久矣。此人一來，這就好了。

而其實，他心中更暗自存了一個心思，他不願承認的灰黑已極的想法。如果，如果他捨命一戰，縱然不敵仙劍，但他有自信能夠造成對手相當程度的傷害，甚至是兩敗俱傷，這樣一來就算他死了，也不算有違仙歡之言吧。餘碑沒有任何解釋。他只是伸出右手，攤開手掌。他的意思很明顯。終究他是院主。問傾聲不得不聽命去壁上取下聞名遐邇的活色劍。

他的活色劍，比起初代院主在晚年宣稱離奇失落山澗的寰宇神鋒，或略遜色，但到底是皇匠羅家第二代精心所鑄，雖不及寰宇神鋒，但至少還能與墨破禪的極限天相比，相信也不會弱於何振諭的道骨劍太多。

餘碑接過劍，負劍背上。舒餘碑決意要兒子迎娶問傾聲，他相信這是最好的決定，兩人本是青梅竹馬，問傾聲對伏舒城素來全心。舒餘碑乃當眾宣布：「有勞問副院，擇個好日子，讓城兒與傾聲完婚。」

伏舒城聽了錯愕，他瞥了問傾聲一眼。後者先是大感驚異，旋即忍不住喜孜孜，又羞赧地垂下頭，不敢回望舒城。問逐水很為他的妹妹開心，他素知傾聲對舒城的心意，她從小就抱定主意，此生要成為少院主夫人呢。唯明皇和寒數兩老則面面相覷，心有不祥，出戰之際卻說這樣的話，確有不妥。莫非？他們瞧看餘碑，遲疑著該不該開口勸解。

舒餘碑沒有給他們機會，他吩咐完，往外就走，（我人生最後的一場大戰，正外頭等著呢。）他感覺到體內哀傷的完整封閉裡，有一絲絲即將解脫的興奮感竄起。他要豁盡一切，絕無保留。餘碑滿懷赴死的希望，走著每一步。一步接著一步。有些搖擺的身體漸次恢復過來。他每踏出一步，就暗運鋒神九法的一種，從形神大法開始，到遊神、傷神、迷神、裂神、戰神以及棄神大法。每一步都含蘊著他對還雨武藝的至高理解。他正在適應百日來疏於鍛鍊的肉體。他得盡快掌握身軀情況。其他人趕忙跟上舒餘碑。

快慢如一的舒餘碑，移動到裸璃塔的底層。下頭簇擁著不少院生，他們看向門外。方才上樓報訊的院生，見劍院高層突然駕到，駭了一跳。他稟報，表示仙劍室主人不願受招待，寧可選擇在塔外候著。餘碑看也不看，逕自往外走。

一名兩鬢霜白、背上有劍的老人在外。餘碑忽然有種某種說不上來的怪異感覺，好像眼前人正在流動似的，如一片大水在晃盪不息，怎麼會有這種事，（人就是人，人不是水啊，不是嗎？）餘碑上前，定定神。後方跟著問寒數一眾。

老人轉過身來，與舒餘碑照面。還雨院主仔細端詳，這眼神清澈的老者，看來約六、七十歲，當真是比他早十年成名的何振諭嗎？按理，仙劍該已近八十，卻不怎麼顯老，仍有一種壯麗感，整個人看來高山流水，不可捉摸。據江湖傳聞，何振諭出身的仙劍室，其實與餘碑的本家王葉劍居大有干係。餘碑之父舒啟丈和上一代仙劍何夕花的情愛與絕藝的授受，更是無解之謎。莫非多年以後，何仙劍要來算這一筆舊帳？既然舒啟丈已亡，王葉舒併入還雨劍院也是遲早之事，這牽葛也就落在自己頭上？

舒餘碑拱手為禮，「參見何先生。」何振諭溫雅一笑，「舒院主客氣了。」說話的嗓音滄桑，卻夾帶乾淨的厚度。餘碑還要開口時，仙劍直白講道：「劍院後方似有一竹林？可否勞煩舒院主引領何某人漫步其間？」

餘碑點頭，心中升起一陣酸楚，那片正長成、還不到茂密的林子，是他給仙歡的禮物哪。她喜歡竹子，她不喜歡裸璃塔與天晶湖之間光禿禿。餘碑便去找來世間長度最高的豹變竹來種，好讓仙歡開懷。妻果真殷切期盼著竹林的大規模生長，（「以後有餘力的話，」）餘碑腦海響起仙歡說過的話，（「等城兒繼承院主之位，我倆去天晶湖傍築一小竹屋，我們可以——」）不，別再想了，仙歡已經走了，她不在這裡，這裡就只有仙劍室主人，終是可以完結一戰的夙願，（我必須專注在此刻，）很快，一定會很快，（如果沒有意外，很快的，我就能見到妳了。）餘碑無推無拒，行步於前，帶何振諭往竹林裡去。

餘眾腳步也要起。何仙劍淡淡回頭掃視一眼，「諸位且留步，何某有些話要與舒院主細說。」措辭客氣，眼神也挺溫和，但一股沉厚的壓力迎面襲至，寒數等人立即動彈不得，彷若何振諭的話語有不可違抗之力。

問寒數當下就明瞭仙劍室主人的功藝實在不凡，他雖老矣，但眼力還在，單單是仙劍一眼就有舉世劍威，震懾得人不能輕忽。問逐水等就更是無從抵禦，只感覺到何振諭似有一難以言說之魔力。

舒餘碑、何振諭一前一後，往竹林裡去。

下午時分，日光落向竹子之間，分外溫婉，影姿綽約。

餘碑赫然發覺，自己有好長一段時間沒有來到此林。這裡的竹子生得略密了些。竹子本就是生長極快的植物。豹變竹大概是竹種裡長得最慢的，需要多年時光才會完全抽長開來，最長的，該可越過裸璃塔第七層的高度。

旋即，餘碑持正己心，不搖不動，專心一致地走著。何振諭則在後方開口言道：「此林可有命名？」餘碑愕然，他和仙歡並未為此林起個名字。他們沒有過這個念頭，只是單純喜歡竹林而已。餘碑老實答覆：「此林無有名謂。」

何振諭沉默好一會兒。餘碑停下腳步，在竹林，回頭凝視仙劍，「何先生對餘碑有話告之？」何仙劍並不止步，他張望四面八方的竹子，繼續走看，並說道：「可惜了。」餘碑不解。何振諭做環繞的手勢，「這裡沒有名字，殊為遺憾哪。」「哦？」餘碑倒無所謂，反正賞林的人已經不在了。仙劍停步，瞧住餘碑，「何某人有不情之請。」「餘碑在聽。」「可否讓何某人為此林命名？」舒餘碑其實無可無不可，只是訝異，莫不會何仙劍來劍院是為了這片竹林？

何振諭徵得餘碑的同意，自言自語道：「此地的竹甚有溫柔。溫柔是千錘百鍊的人情，是彎折而不曲不斷的生命屬性。溫柔是最難能可貴的特質，是善之始。就叫善始林，如何？」餘碑覺得這名字不壞，他並不反對。仙劍嘴角吹起一縷淡淡而溫暖的微笑，「甚好，何某謝過舒院主的成全。」成全？這話忒重，餘碑察覺到仙劍渾身透著古怪，他到底緣何而來？

「好了，我們回到正題吧。」何振諭說。舒餘碑就等著仙劍開誠布公呢。「舒院主可有聽過仙劍之鳴？」餘碑想著，這仙劍說話還真是曲折，竟是繞著彎來罵人，諷刺我沒有先見之明嗎？

何振諭從舒餘碑的表情已解其意，他溫爾一笑，「非也。」他雙腳迅速一抹，林地上立即滑出四個字。哦，是仙劍之鳴哪，是自己誤會了，餘碑回覆：「從未得聞。」何仙劍乃道：「不過何某人想啊，仙劍之鳴，舒院主當是看過才對。」還雨院主按捺住心中的不耐，要不何振諭真的老了，變得囉唆，要不就是他另有所圖，譬如要使其心焦，藉此打擾餘碑的節奏，好占得先機哪，確是極好的戰前干擾。但仙劍也太小覷餘碑，他要廢話，很好，舒餘碑恰好藉此機會讓真氣周轉全身，讓久未運作的經脈活絡。便虛與委蛇吧，餘碑任由仙劍以話當年的口吻說將下去。

何振諭忽地從懷裡掏出一物。那是一把不過指頭長短、玉做的短劍，說它是劍嘛，有些言過其實，它只是長得像劍，但沒有劍的殺人功效，毫不銳利，觸感冰冰涼涼、非常薄脆的劍形飾品，據傳是皇匠羅家始祖親手造的玉器。

舒餘碑一見，大感震駭，差點岔氣，周密布及全身的氣勁險些烏散。餘碑穩住心神，視線直瞅該劍型玉，思緒紊亂難止。只因那樣的劍玉，他也曾在仙歡手中見過。妻彌留前的某一夜，便是取此物在手中摩挲不止，似在做極困難決定，餘碑問她在想什麼？仙歡也不回。奇怪的是，仙歡遺物裡並沒有此物件。現在一想，真是詭異。卻原來到了何仙劍那裡。但這又完全說不通，莫非是妻私下吩咐誰將該玉轉給仙劍室主人？餘碑十足困惑。

「看來，舒院主此前曾見過此物吧？」餘碑只能點頭。「這就是仙劍之鳴。」何振諭將之遞給餘碑。餘碑細細觀察，確實是仙歡的玉飾無疑。他抬頭看向仙劍，「何先生，此物怎會在你手裡？」「它本就是我之物，貼身跟我幾十年。」餘碑心中湧起焦躁，他不信何振諭之言，百餘日前還見過它哩，如何可能跟著仙劍多年。何振諭眼中露出緬懷，他講道：「舒院主莫急，聽何某細說吧，此物原有一對，當年羅家始祖工藝之王造來贈與我先祖，爾後其中之一，我先祖再轉贈給貴院伏家祖輩，並約定好，當仙劍之鳴響起，我何家必竭盡所能完成囑託。」

何振諭說得詳細，舒餘碑卻是愈聽愈糊塗。仙劍之鳴響起，那到底是什麼意思？他無能理解。何振諭乃又說：「舒院主可以注意，是否見到此劍飾小柄邊沿有一凸點。」餘碑手指一移，摸著了。他的視線沒有離開何振諭雙眼。仙劍眼神相當誠懇，依然清澈。仙劍續說：「若舒院主信得過何某人，不妨摁下該點，便會理得何某人之言，不過，」何振諭神色凝重，「舒院主只有一次機會，請務必專注聆聽，錯過不再。」

仙劍煞有介事，餘碑也不敢輕忽，就算是陷阱，他也不想選擇。他並非沒有遲疑，然而事關仙歡，他勢必要試一試，不管是什麼，他都非知曉不可。舒餘碑摸著凸點，壓下。遽然，他手中的仙劍之鳴沒來由地震動，且玉的深處發出微光，自行亮著。跟著，餘碑聽到仙歡的聲音——那確實是她的聲音，餘碑決計不會弄錯。仙歡的聲音藏在劍玉裡頭，正對著他講話，語音虛弱，但語氣中都是妻獨特深刻的風和日麗感。

仙歡說：「是何先生吧，您真的聽得見我的聲音嗎？我其實不確定，不過父親死前交給我這個玉飾，提及若劍院當真有我處理不了的危機，對它說話，仙劍室自然會派人來解決。父親不會騙我的，只是我很難相信這個發光的劍玉要怎麼把我現在說的話傳給您。但如果您真的聽得見，請您務必幫助。我是還雨劍院的伏仙歡，我正以仙劍之鳴與您聯繫，我希望您能來劍院一趟。我就快死了，我請您來並不是為了我，而是為了我的夫婿。您或許曉得的，他是舒餘碑，使我此生最完整豐滿的人。為了他，我希望您能來。您來，帶著道骨劍來，和我丈夫的活色劍一比高下。只有您的劍，才能激起他的生機。我死了，餘碑必然會心喪神亂，我很確信他不可能會安好無恙。但如果您真的可以來，那麼至少他還能振作起來，他還有可以對抗的人。只有您的劍，足以驚起餘碑的意志。他練劍一輩子，心中認定最值得一戰的劍客，始終是您。我並不是請您去和餘碑生死相決。我只是想，您可以來看看這世間最溫柔的劍法，親身試試我丈夫的劍法。他的劍彷如溫煦的日光。我需要您提醒餘碑，他的劍學都源自於巨大的溫柔。他是為了我錘鍊劍法，不是為了殘殺，不是為了聲名地位。他的寰宇無盡藏劍勢之中，有著溫柔明亮的意志。請他不要忘了這個。我把劍院的興辱都交給他，那也是我的一部分，還有我們的孩子城兒，以及所有的院生，他們都是我。何先生，請您告訴我的夫婿，不要忘了我從來沒有離開他，從來不會。我一直就在他身邊。請您轉告他，我生生世世都是他的妻子，願意為了他忍受身體痛苦的各種煎熬，願意拚命為他活著。我真的是用盡全力啊，餘碑，你一定要記住，要記住我是怎麼樣努力地為你活下去，只為了你，我——」

仙歡的話語，戛然而止。仙劍之鳴的光芒褪去，且迅速暗沉，一下子就變成灰黑顏色。寶變為石。餘碑惶亂至極，緊握像是沾滿鐵鏽的黯淡石物。他臉上都是縱橫不可止的淚水。整個林子的竹葉在風中搖曳，像是在替他哭喊。

餘碑目光從緊盯仙劍之鳴，轉移到在一旁靜默望著天際的何振諭。他直視仙劍，都是水的視野裡，何振諭彷若他的浮木。仙劍垂頭，與餘碑對看的眼中也都是悲憐，但他嘆氣。他說：「愛莫能助，據先人所言，仙劍之鳴一經動用，發聲的那個會化作粉末，無復存跡，而舒院主這刻手中能聽聞的此玉，則是會在聽完第二次以後，變回普通石器。何某人也是第一次目睹，往日還覺得是訛傳。」

何仙劍心意誠摯，他沒有騙餘碑的道理，但，（這多麼的殘忍呀，仙歡，）在她死後，除了腦海裡盤旋不去的層層回憶，餘碑從來沒有想過能夠再耳聞妻的話語，眼下有了這個機遇，卻僅得一次，一次，只有一次，教他如何能夠忍受。他多麼願意不計任何代價，再一次，（只要再一次聽見妳的聲音。）餘碑感覺到自己的腦正在使勁記住剛剛發生、仙歡死後他才聽見的一長串遺言，每個詞語每個字都像在他的心燃發最熾烈的光亮，（仙歡，我聽見妳。妳知道嗎，我真的聽見了。）

而妻可以更早就讓舒何之決成真，有仙劍之鳴，有伏家祖先與仙劍的承諾淵源，何振諭非來不可，就算仙歡不確定，但她若願意，隨時都能夠與之聯繫，試試又何妨。但妻始終沒有這麼做。餘碑全然明白，她是害怕的，比起還雨劍院的地位與光耀，她更怕失去餘碑。餘碑懂得仙歡的顧慮，她把他放在劍院之前。仙歡從來沒說過，表面上妻非常在乎劍院，然妻真正掛心的，由始至終，從來都是他。妻總是覺得愧對他——與舒家斷絕血親往來，不惜把身軀逼上臨界點的瘋狂練劍，甚至對院生非常嚴厲，且進行大刀闊斧的院內改革，都不是為了如某些人所想只圖鞏固自身的權力。他並不絕情，也不是個嚴苛人物。他的所作所為後面，全部充滿對仙歡的情感。

到了這一刻，餘碑更加確定，妻真的是抱著至死也絕不與他分離的意志，她確實盡了一切的努力想要好轉，想要活下去，想要陪伴他今生今世，她從來沒有放棄過，（妳從來沒有，我知道了，妳從來沒有想要遺棄我，從來沒有。）

何仙劍任憑舒餘碑自行品味其妻生死不離的情意，他等待餘碑破繭而出。能夠切開舒餘碑悲傷厚繭的，唯一人耳。何振諭從餘碑臉上老淚漸乾，眼神愈來愈明亮，就能揣測到當今的還雨劍院院主，正在恢復原狀。方才碰面像是隨時隨地都可以隨意地死去的灰暗氣質，迅速地被驅離，舒餘碑的生機與鬥志都因為已變為廢品的仙劍之鳴裡的話語，而洶湧澎湃。舒餘碑變得不一樣，眼神蓬勃帶勁，像是一瞬間整片的夏季生成。何振諭樂見其成，他需要舒餘碑變回原先的樣子。他不止為仙劍之鳴而來，也為自己的解脫來。仙劍室與舒家本有極深淵源，也該是徹底了斷的時刻。

舒餘碑捧著灰黑之物，問仙劍：「何先生，在下有一請求。」何振諭點頭，「舒院主既給我一命名善始林之機會，何某人當回贈一禮，若然院主樂意，此物自為你所有。」餘碑謝過何振諭，他將已無用、變成普通石頭的仙劍之鳴揣進懷底。仙歡的交代與囑咐，餘碑都聽見了，聽得清清楚楚記得明明白白。好了，接下來，該完成眼前決戰之事。他按下心坎的陣陣波動，重新運作鋒神九法。

何振諭了然於胸。他開口說出多年落寞心聲：「何某幾十年未履江湖，為的就是從武學龐然無止盡的漩渦裡脫身而出。我與妹妹夕花是孤兒，同被恩師所救，夕花自小就要承擔起仙劍室榮辱，但後來妹妹因情傷驟逝，我不得不接下此一重任，否則豈不有違恩師大惠？」仙劍室主人娓娓道來前因後果，只說給他的妹妹夕花所愛慕之人的後代聽：「六十年前，我現身江湖，不為別的，就只想洩一口氣，證明仙劍室絕學才是天下第一。孰想何某逞一時之快，造了無數殺孽，劍法之追尋，竟變調為殺戮惡行，何其悲哀。親妹之死，在我心中練出魔。我痛切反省，隱遁山林，為了以劍證道，盡洗前非。同時，何某也在等一真正值得的對手。這麼多年來，何某一心發揚光大仙鋒三訣，數十年日日夜夜操持練劍，無鬆無懈。早在六十年前，我便幾無敵手。彼時，不止舒院主尚未踏入武林，就是你們家的朝露神功、天上人間劍術也還在發展中。這六十年來的孤寂，你可能體會？」

餘碑靜靜聽，聽絕代高手的自白與痛楚。而以前的不解之謎，此時豁然開朗。原來，仙劍室與王葉舒還有這類淵源。何振諭橫空降世，卻只現身十年，便徹底隱遁的理由，這下都弄明白了。

仙劍帶著喟嘆的語氣說：「像我這樣練劍練了一輩子的人而言，天地自然都是劍，都是武，無一不是劍，無一不能悟出劍法。但對劍境界的理解可以愈來愈高，身體卻愈來愈衰老衰敗，逐漸跟不上劍藝的發展。此心得，日後想來舒院主當能體會。而我感覺到隨時都會爆裂，感覺劍盤繞著我，它不再只是武學，而是某種活生生的夢魘——我的敵人是自己的劍。我被劍追趕著，以往是我追逐劍，而今卻是反過來劍逼迫著我要跟上。但人軀是有限的，又怎麼能跟上無限的劍？舒院主必須知曉，對練武極度執著的人，方有可能在武道上達到極高成就。但一個對武執念太多的人，終究不能進軍武學最高也最後的境界。被劍充滿的人生，也該是時候放下。」

舒餘碑對仙劍這番對話若有所思，尤其最近身體的弱化變得明顯，但他不能了解被劍追趕的意思。是人控制劍，而非反過來啊，除非過度耽溺其中，劍成為人生的全部。所以，仙劍是這樣子的人嗎？那可以說是走火入魔的狀況了呀。

表情漫遊也般的仙劍，像是對餘碑又像是對整片林子裡的豹變竹絮叨而語：「舒院主年歲漸長，終究會驚覺肉身的真實處境，誰都免除不了在迎接劍道的極限到來以前、就得先面對身體的盡頭。遲早你也得撞上歲月之牆，武者的驕傲尊嚴什麼的，不過是空談。何某習武一輩子，臨老心中有再多雄心壯志，也是無用。老了，就是身體跟不上了。武學講收放自如，最終指的是，你得放手讓劍離開，你得像是一個人那樣活著，而不是像劍的奴隸。而放手是最難的。曾經道骨劍使我自由自在縱橫天下，但如今道骨跟我一起困在愁雲慘霧無進無出的劍學牢籠。只因我對劍武有太過純粹的專注。然則，舒院主並不因劍而劍，你是立基於對尊夫人的情感而使劍。劍並非你的全部。你是因情而劍，這或是你的幸運之處。」

餘碑不確定何振諭究竟要說什麼，他倍感困惑。仙劍到底想表達？

「武藝是溫柔，武藝啊，」何仙劍嘆息，喃喃自語地說：「只可能是溫柔。」委實莫名其妙，可偏偏何振諭是真誠的有感而發，他的字字句句都帶入出自肺腑深處的實情真心。仙劍當非無的放矢，只是餘碑現在不能明白。也許，餘碑想著，也許要再多一點年紀，他才能了解何仙劍的感慨。也許。

過一會兒，何振諭開門見山，「來吧，」他對餘碑說：「讓何某人瞅瞅，舒院主到底值不值得尊夫人全心全意至死無悔的付出？到底你的劍藝絕學是怎麼樣迷人動情的溫柔？激戰勢所難免，我們就全力痛快的交手吧！」

餘碑深悉居於劣勢，百日未練劍，絕對是大影響。他也只能行險著。仙歡的意志使她的話語還能在死後去至餘碑耳中，他不能辜負她。妻的心意，他決計不能浪費。餘碑拔出活色劍。雪白的劍身上浮現兩抹光澤，一是胭紅，一是碧綠，且是隱隱有人形樣貌的顏色。方才，他已將鋒神九法運轉過數遍，全身經脈如今皆是通暢流轉的真勁，身體保持在滅神大法的狀態，暗氣沖上天經十經三十六門。他將鋒神勁注入活色劍，現場立刻有一股灼熱感漲起，遍地火焰一般。

何振諭自有感應，背上的道骨劍倏忽來到手中。道骨劍瞧來挺詭異，劍柄做一骨狀，且劍身亦像一條脊骨，一節一節的，共由三十三塊金屬連結而成，像鋼鞭，但偏偏又看得出來劍的形制。劍身銀亮銀亮，陽光照射下，尤其璀璨炫目。

以暗氣為主導的滅神大法源源注入，活色劍裡的一紅一綠色調驀然移動，活也如在劍身中奔來跑去，奇異非常。舒餘碑一個踏步，熱浪隨著劍鋒捲向何振諭。三十六道寰宇無盡藏之中，餘碑選用主勢第八大神鋒：神滅。沉重熾烈的壓力，無情無邊地朝前方擠壓而去，熱氣以非常激烈的姿態襲擊何振諭。同時，劍鋒激烈地顫動。餘碑從雙腿開始發出扭轉之力，整個身體的肌肉由下而上，到手臂、手肘和手腕，全部都動員，徹底地扭轉，擊出神滅。

何仙劍體內自然運轉明還神氣，往外吐出，在身前組成渾圓飽滿且性質明亮柔和的無形圓罩，灼熱感立即被隔離大半，但處在具備觸感氣罩後方的何振諭，仍可察覺到舒餘碑地獄之火般燃燒不盡的劍勁，看來對手一開始就動用極招，萬分乾脆的戰法，也可見得其強烈的鬥志。何振諭樂得短時間見勝負，道骨劍往前一送，仙鋒三訣第一套錦衣訣施用，劍鋒在空中乃展演華麗編織，一片密不透風的劍幕，朝舒餘碑蓋下，同時間且把隱形氣罩擴大開去。

縱使千點萬數的寒星全面襲來，餘碑視若無睹，仍是將神滅全力推送。他感到一股韌性十足的勁力，藩籬般地攔住中間，活色劍的前進頓時停滯。然而渾身強力旋轉而發的劍勢，有若錐子一般，無須多久便在氣罩上鑽開穴洞般的破綻，加速戳進圓罩內側，和道骨劍的鋒雨碰擊，金屬鳴響不絕。活色劍身波流不息的紅綠兩色，更劇烈地交纏著，頗有激情的意味。

何振諭判斷錦衣訣抵擋不了餘碑高速扭轉而來的劍招，他旋即變式，滿天劍雨撤除，仙鋒三訣的湧泉訣，道骨劍的三十三金屬環節陡然鬆開，帶著彎曲性，蛇行斗折噴出無數條幻奇劍影，由下而上，蜂擁反刺舒餘碑的腹部。

還雨院主的神滅因與道骨撞擊，其中投注的勁力消解五、六分，面對仙劍的變劍，他心知僅餘的真氣不足以和仙鋒三訣抗衡，當機立斷變招。舒餘碑的神滅除主勢之外，尚有三種還雨變，餘碑祭出神滅．獨霸變——鬆手，放開活色，劍遂自行於虛空螺旋一樣的轉，持續對著原先方向鑽鑿，此前所集聚的扭轉力，縱無手操控，亦能持續好一會兒。

手中無劍的餘碑，迅速完成了一連串動作，與方才類似，他的身體有漣漪般一圈又一圈的異象，只是方向大不同，剛才是由右而左、下而上歪扭，這會兒卻是上至下、左往右的轉出，彷若方才的扭轉之力由手指往手掌、手腕、手肘、手臂乃至軀體，又及於雙腿和雙腳似的逆溯回去。等到螺旋性質的勁力抵達腳掌到十根腳趾頭時，他陡然彈地而起，人體斜斜側翻起，左足點上活色劍柄。

如此怪異的發招，何振諭未曾見得，他一邊驚嘆不已，一邊高度戒慎，全神貫注防備舒餘碑傾力踢出的劍勢。活色劍裡頭一雙紅男綠女肆無忌憚地旋舞交會對峙，飄逸絢麗的劍光疊來交去，彷若一種隱密膠漆情愛關係的具體化。而更重要的是，劍中發出的勁力，如火般熱烈凶猛，仙劍的髮膚都感覺到燃燒感，但他勢不能退。一退，就是生死。何振諭的道骨劍原式，持續幻化成一股又一股的銀色噴泉，澆向懸空的活色劍。

當餘碑的左腳沾實劍柄的一瞬，活色劍便猶如發狂獸物般的奔跳，它對準曲折蛇行的劍影砸去。硬碰硬。神滅．獨霸變其特獨的扭轉劍勁風捲一樣的撞散何振諭濃密的森森劍體。仙劍被戳破的護身氣罩裡，登時滿是火燎之勢。

明還神氣練了一世、以為已達圓滿飽足無破境界的何仙劍，孰料一照面就讓餘碑給破門而入。餘碑的功藝實嘆為觀止，灼熱氣勁亦是匪夷，且更難得的是，餘碑盡得寰宇無盡藏別開生面的劍勢運用之法。仙劍年輕時也跟還雨劍院前院主伏神師交手過，他看過這套劍法。惟餘碑所使已跟前任院主大相逕庭，竟無相似之處。講勢不講招的還雨劍學，的確絕妙已極。

不止何振諭驚異於還雨劍院院主的絕學，舒餘碑也對仙劍室主人的能耐大感敬佩，尤其是對手犬牙交錯的劍式，迫使餘碑將己身劍藝提升到最極致，且他隱約覺得明還神氣和棄神大法略有相似之感，不過沒有閒工夫再多想，他可沒有分心的本錢。他面對的是前所未有的劍道宗師，餘碑的每一個動作都必須精準到位地表現如詩似歌的劍勢。因為劍勢的無固著法度、講決戰之際個別靈活的理解與發揮，所以寰宇無盡藏才是一套可怕且變化無窮的絕藝。

餘碑悉知荒蕪百日的軀體支撐不了太久，務要短時間分出勝負，不可讓何振諭拉長決鬥時間，否則必敗無疑。承受滅神大法大量輸注的活色劍，亦有緊繃的異樣。餘碑小心拿捏分寸，唯恐一個不好，活色或會崩裂。畢竟這把製工精良的神劍，不是鑄來配合還雨劍院的聖法、王勢，總有種勉強已極的意味。若非餘碑能夠準確地控制勁氣的流量，活色劍怕早已解體。

神滅．獨霸變燎原般燒過，何仙劍的湧泉訣如似蒸發一般，他自當動用仙鋒三訣的哀樂訣，沒有後路啊。於是，甫有善始之名的竹林，響起高聲淒厲的金屬鳴叫聲。那是道骨劍的絕慘之吼，由三十三骨節般的鋼鐵相互擠壓摩擦所發出的可怕慘烈聲響，尖牙利爪似的，朝餘碑抓去。且道骨劍長度伸縮不定地射往舒餘碑的上半身，大規模的籠罩，劍影瘋舞。

餘碑心頭大震，道骨劍的悲鳴喚起失去仙歡的苦痛，但也不過一念之間。餘碑腦中立刻升起方才妻話語底就算是死亡也無法隔離的濃烈情意，是以，哀樂訣對他的干擾無法持久。只是瞬息，餘碑便已恢復清醒。唯聽覺仍因刺耳的劍聲侵入，有所影響，但心中完全擺脫道骨劍的天哭地喊。舒餘碑大驚大嘆的是，縱使道骨劍妖狂魔亂般地淒叫連天，何振諭的手法、身段都有著一種飄然感，如神似仙，他的從容與自在沒有任何改變，簡直是仙魔一體的完好示範。武林中居然還有這等風采的劍學高人，能夠與其一戰，餘碑很感榮幸。他的活色劍乃更為確信地指劃出神滅．絕世變——

餘碑伸手一撈，活色重回掌握，跟著倒轉劍柄，劍怪異地比向自己，他再度鬆手，劍欲落時，餘碑捷快地伸出右手的食、中二指，夾住劍尖，跟著扭轉之力又滿上來，他整個人帶著劍一起螺旋狀地轉動起來，預備將活色劍甩出。

仙劍發現哀樂訣不能動搖餘碑分毫，他頓時瞭悟，舒餘碑心底該都是堅定的溫柔罷。是以，道骨劍愁腸百結的亂迷劍音，無從左右。哀樂訣是仙劍室兩百多年武學成績斐然的一招，能夠深切地以劍之聲與人的情緒作堪稱完璧般的結合。道骨的三十三節劍骼，每一骨狀金屬裡頭都置有音弦，操作巧妙的話，還能奏出曲來，這是何以此劍能夠與寰宇神鋒、極限天並列為皇匠羅家始祖的三至乘兵器的緣由。因此，哀狂既不行，那麼就換為靡靡極樂吧。

尖厲的劍音陡然轉折，化為悠揚喜悅的旋律，無孔不入地對舒餘碑傾洩而去，道骨劍的形音化一，可謂莫能匹敵，若非意念堅定心思清明，斷斷不能抵禦。也唯有如此魔性般的道骨，方可能淋漓盡展仙鋒三訣，特別是最後一式哀樂訣。

方才強硬猶如戳刺般的劍聲撤去，跟著鋪天蓋地來到的竟是歡悅欣喜的劍樂，何振諭的仙鋒三訣全然在餘碑意料以外，餘碑生平第一次遭遇宛如音樂一樣的劍法，非常難以思議。尤其是道骨劍勾引起他回憶裡諸多美好情事，那些明亮絢爛的場景迅速返回。劍樂猛拉他，浸回深深的昔日往事，和仙歡的甜美歷歷在目，餘碑的心智被柔媚的劍聲迷離地一路拖著。

這哪裡是決戰呢？根本是仙劍對他的成全，讓他得以一再轉返妻的深情濃愛之中。餘碑並不受制於哀樂訣，他心明眼亮地理解當前情勢和處境。於是，舒餘碑的體內溫柔充滿，他的劍勢忽然又變。

原來絕世變該當是人指夾劍極速瘋轉，將劍擲出，以扭轉似大風暴之力，將敵人淹沒殲滅。但這會兒，因哀樂訣的牽動，本該當要有絕情棄世磅礴壯烈之感的劍勢，千剛萬硬忽地悉數化為繞指柔，從高速轉體換做滯空慢速翻轉——

絕世也不再是悲絕一切的，反倒是依依不捨戀戀難離的告別。

那是充滿情感的一劍。

那是情詩般的劍勢，如來似去，深奧絕密，無可捉摸。

神滅．絕世變是舒餘碑為寰宇無盡藏新創的小還雨變之一，以往使來頗有天地同悲萬物齊毀之勢，目下則是一派深潛溫存意味，活色劍體裡的男紅女綠，亦不再緊張地轇轕，兩抹人形色彩彷如繾綣，深切融合，顯化出和諧的奇溫異柔。此刻的絕世變，確是特別離情依依。餘碑滿腹仙歡對自身的情意，心中有著大溫柔大明亮。他的劍心呼應著哀樂訣，但又不停止劍勢，活色劍行雲流水地挺進，滅神大法的灼熱感也同一時間軟化，近似溫煦冬日，天地普照，甚至有種就要接近還神大法竅門的直覺。

道骨的三十三劍骼，遭遇不再激動狂野、轉為深情靜好的神滅．絕世變，劍樂不變，可劍鋒進攻的銳勢大減，主要是餘碑極致情意的一劍反客為主，竟使得哀樂訣的劍意，變得像是絕世變的襯托，不再是領引先機。它被餘碑至情至性的劍勢扯住，禁止不住自身似的與之共舞。道骨劍被活色劍的慢旋轉制約，無復怪異凶威，滿天劍影撤去，只留孤單的道骨劍本體，悠悠緩緩地通向餘碑的螺旋劍勢。

兩種不世出劍法的交鋒，像是同歸殊途更多，未有生死厮殺之味。

活色稠密度大增的劍勢，宛如綿綿情意，包裹編織投身而來的道骨劍。餘碑體內的滅神大法，前所未見的轉運自如，毫無窒礙。他滯於虛空的軀體，如一片熱氣，隨風擺盪，不著於地。

何振諭撤掉無作用的哀樂訣，被鑿出無形之洞的明還神氣回防已身，鬆開的三十三劍骨又密集地糾合一體。他舉高道骨劍抵擋強勢捲來的活色劍。而螺旋劍勢與道骨劍終碰個正著——

活色劍的劍尖正正好刺進道骨的第七、第八節間。

喀啦一聲。活色劍所操使的神滅．絕世變絞勢不停，深切鑽入，龐然威能就那麼恰巧頂住且擰斷連結劍骨與劍骨間的鋼條。道骨劍當下一分為二，前七節劍骼組成的劍尖跌落。何振諭手中握的是，後二十六節劍身的斷劍。

餘碑心下惶恐，連他也都料想不到活色竟能這般勢如破竹。他猛地一拔，將活色劍往後拉，旋勢立停，收勢太急，他一個踉蹌，側翻在地又以手撐住彈起。餘碑本無心於勝負，對他來說，說話高深得讓人不明所以的何仙劍，乃是妻的信使。餘碑絕不會傷及何振諭，更遑論抱持殺意，他就只是想要完成仙歡的囑咐。和仙劍的決鬥並不涉生死之戰，而更像是他對妻遺命的再次聆聽與確認。他心裡有種奇怪的確信，何振諭此來，除了有留住妻語聲的仙劍之鳴外，仙劍的本身或也有可能是訊息的一環。餘碑臉上帶愧悔表情。

唯何振諭卻是臉露喜色，明明道骨劍碎裂了，他卻不見憂，反倒喜不自勝。他由衷讚嘆道：「羅家第二代的工法也是不俗，竟能摧毀羅家師皇的至乘三器之一，後生可畏，哈哈，著實可畏啊。」他評論的對象當然不止皇匠羅家二代，還有眼前的舒餘碑。他笑得異常開懷，一把扔開斷劍，「凡所有劍，皆是虛妄。從此往後，我解脫了。」何仙劍仰天長笑，當真歡樂至極。

舒餘碑收劍背後，實感莫名，愕然以對，且忖道，莫非仙劍負敗，面子上過不去，故這般喬張作致？但餘碑並不認為何振諭是這樣的人，仙劍有一種專心一致劍道置成敗度外的氣概，很難相信他會強做表面戲碼，維護所謂尊嚴，況且何振諭之笑之表情，都是徹徹底底的歡快，無作假可能，餘碑扎實感應到仙劍是萬萬分喜悅。

何振諭對餘碑說：「舒院主，莫要愧疚，何某還要謝謝你助我擺脫道骨劍和劍學終極的虛幻追求。這不是客套話，是真心感謝。道骨乃是我的死關，若不捨之破之，我如何前往人生的終極？天幸有舒院主助我一臂之力。須知，我眼中有道骨，心中有道骨，就代表我還有執念。我忘不了劍，無法割捨相伴幾十年的劍器，便只能活在劍的概念之中。而劍以外的廣大天地，人世究竟是何模樣，我便無從知曉。」仙劍似乎是在交代很重要的經驗，餘碑聽得若有所思。

仙劍語氣平靜，眉眼間盡是寧和歡悅，他講：「絕世高手老了以後，最麻煩的是有渾身的技藝，身體的動作卻怎麼也跟不上，滿腹堅韌深烈的氣勁，卻沒有足夠強壯的肌肉發揮，多麼悽慘。唯不服老、不對蒼老認輸的老人，最是可悲。這是人和時光關係的必然進展。而所謂劍道的終極，不過就是回到人的世俗，成為一個心甘情願的老人，在死亡與衰老的面前，能夠心安理得心平氣和。你的一劍，使我終於能夠身心安頓做好一名老人。」

舒餘碑聽了何振諭一席話，確認到驀然而來的直覺無錯。不是只有仙劍之鳴而已，仙歡在死後要囑咐或更為重要的，當是仙劍的體悟。餘碑滿懷愛憐的受教，對他來說，眼前的仙劍已經不是仙劍，而是他的妻，他的仙歡。她擔心餘碑的晚年煎熬，故派來已對老年有所了解的何振諭來對他說話。他一心堅信，仙歡其實是沒有死的，（妳並未死去，）對嗎？（妳就環繞在周遭在四面八方在天地無極裡。）

只要餘碑願意，只要他從不遺忘她，（妳就會在我身邊，時時刻刻相伴並提醒我如何活下去，如何繼續成為一個值得被妳交付所有情感的人。）舒餘碑泛淚，雙膝發軟，他幾乎就要跪倒林地上，伏在簡直仙歡化身的何振諭跟前。

而善始林裡，風和日麗，明媚光束愛撫萬物，世界靜好得不能思議。

飛梵之三

嘔吐教她難受。喉嚨一直又酸又緊，胃部就像有顆拳頭揣定內側晝夜不分地頂著，甚或蠻橫搥打。幾乎是不分時刻的，關於吐的慾望，有若整個世界只剩下吐——吐儼然是最堅實龐大的存在。完全盤據住她。吃食以後，總是容易吐。吐成為日常的普遍狀況。武藝再高深精微都不能法阻止，每天她總要吐上好幾回，有大吐，也有小吐，隨時隨地，沒來無由，腸胃處時時翻攪不息。吐得嚴重時，飛梵要嘔得整個人彎弓起來，鼻涕眼淚肆流，嘴中苦味暴烈，膽汁都被嘔吐搾得噴出，難免癱倒在地，完全難能控制。就是一般狀態的吐，少說也會讓飛梵嘔聲大作，瞬間發軟。

驀然而來的嘔吐，作為深入的機制，是一種猛烈得帶著惡劣感的體內襲擊。一場從內部炸開來的風暴。面對吐，她常常如臨大敵。身體變得異樣陌生。身體好像不再是她的。一直以來被堅決意志運作得無比精準的身體，遽然猶如敵人，在方方面面，異樣強悍地對抗自己。飛梵亦對氣味萬分敏感，恍似她有兩個鼻子、兩倍的嗅覺也如，光是聞到滾湯蒸騰而起的熱氣，就止不住大嘔特嘔。確實大可以短時間閉住呼吸，躲避那些無形無影無孔不入的氣味侵蝕，嗅覺方面或還有法可施，畢竟她多年來的劍道鍛鍊，不是白費的。但要吃落肚子裡的食物呢——飛梵可沒有本事封止味覺系統。

同時，胃部的悶絕感，讓飛梵煞是煎熬，氣脹作痛，腸胃扭絞，身體鈍重，但偏偏五感變得更敏銳，在在讓飛梵難以承受。再加上伺機埋伏宛若隨時要起而殲己的吐嘔，她無可抵禦，只能咬牙忍耐。帶著些許的恨意，苦苦撐持。

快三個多月的時間了，始終沒能好好吃東西。腦中老徘徊著一些特定的食物，日日不同，比如今天是長餅上倒著酒液點燃火焰的如火如荼餅，明天是淋滿蜂蜜、甘糖和碎果的千嘆糕，後天則是外方內圓綜合酥脆與柔嫩口感的方圓絕息，種種。然則，飛梵厭惡這些惦念。她本就不是個貪樂飲食的人。實際上，關於吃喝，飛梵是盡力簡省，一點都不看重。

但如今，身體的渴望，對她驅使與逼迫，命她屈服在那些食物的魔力下，挪開不少練劍時光，只為尋獲它們，虎嚥腹中，止平腦海裡的瘋想。可又一吃便吐啊，諷刺厭恨的就在此，費勁找到的吃物，狼吞後，最後下場也就是嘔出，簡直惡戲。且江湖行走，怎麼能夠沒有體力呢，於是她不為食之慾，也不得不吃，唯吃與嘔緊密相鄰，她艱苦非常。吃的慾望與對吐的恐懼乃在體內循環征戰，感覺自己變成一戰場，兩者廝殺不已，不能休停，而她受苦經劫，無從脫逃。

是啊，更不用說江湖歲月有諸多不便，哪裡能隨心所欲找著自己想吃的料理呢，有時候大半天的也看不到村落，都是野地荒山，有些野菜吃就不錯了，遑論特定食料。職是之故，飛梵一有適合場地與食材，就多自製些拿舌備成儲糧。拿舌是從小就吃慣的，這段期間還能忍飢受餓不倒不病，都是靠拿舌充體補力之故。

武林之路不好走呀，何止吃的問題，還有汗臭呢——她是個愛乾淨的女人，素來喜歡潔身。但行走江湖，豈能由己。飛梵經常沒有地方洗澡，這天下可不是哪裡都碰巧有河水湖水。食水是到處闖蕩時，最先要張羅的。別的不講，單單是練劍，每天都要練劍這件事，就不可能不汗流，更遑論走南行北，風塵僕僕，如何無味。香汗淋漓只是男子們的愉快幻想。汗在哪個人身上都一樣，就算是仙子，流出了香汗，久沾肌膚，仍然黏膩可厭。她一邊忍受吃嚥的進逼，一邊還要克服對不潔淨膚感和揚散汗味的煩惡。最困難的不是別的，就是水的準備。有些無水的地域，要有水，真是萬般之難千金之貴，所幸她還有神皇牌。

飛梵從來無須為錢財費神。這是羅家所給予的最好幫助，也算她天生就有的優勢。只要到皇匠分部亮出還雨哥哥發給的神皇牌，要取多少錢都可以。這個牌只極少數人有。還雨哥哥為她設想周到，明瞭一女子要江湖行走，極其艱難，至少得讓她無須操心花費。皇匠羅的錢財在至母的管理、操作下，攢積成驚人財富，飛梵的拿用，不過是九牛一毛。惟飛梵盡可能不動用神皇牌。還雨哥哥的心意她很珍惜。因為非常看重，所以不理所當然，濫索無度。

再說了，她是一名劍客，餐風宿露流離轉徙是再正常不過。她是孤自的，她是求成為完全的自己，追尋自身的劍道長路，而踏入廣大武林。飛梵不想太倚靠皇匠羅。不過水實在是必要，真該動用神皇牌，她也不會過分頑固。

關於身體的巨變，一開始，她以為自己罹患莫名大病，譬如癲癇，但後來她也就確知是懷孕，約莫就是和玄真此生分離最後一回情慾火燙癡纏迷亂的那夜種下。偏偏就是這樣的時刻，偏偏如此，運途多舛，而她只能面對，閃避不得。尤其是際此好不容易掌握天驕天機行蹤的重大時刻——兩個月前，經由玄真之口透露武林雙天將於月圓之夜在金風頂會面的消息，她便摩拳擦掌全力準備。她必須把握這一次，難得武林雙天都在，要再有一次兩大刀劍宗師一起現身的機會，甚難矣。

眾所皆知，神刀天機與仙劍天驕在兩年前離異，各分東西。何天驕黯然離開天荒原，一年後另行創立只知其名不知其址的仙劍室。而陸天機則在仙劍別離後，一怒之下易天荒原之名為天機原，將地老宮改成神機宮，神仙關也重命名了，如今是叫神刀關。導火線說來荒唐無比，就只是江湖傳言說，天驕本事並不在天機之下，甚至還在其上，只是天驕為了夫婿故意忍讓，隱藏武學能耐，云云。

這番話一傳開，也不知陸天機心頭上是被燒著了怎麼樣的一把火，竟是要何天驕與他公開對決。一開始也許是夫妻間的互別苗頭，只是做做樣子。孰料，現場刀劍一展開，沒有決鬥過的兩人，竟爾拚戰出真絕藝來。陸天機一直自信他的刀法在妻子的劍學之上，生來就該輔助自己的仙劍名過大於實。天機的想法也簡單，要掃除流輩，自然得輕鬆壓倒天驕。只是啊，天機變刀法的咄咄逼人之勢，竟自逼出何天驕的劍意，不得不全力以赴。

仙神大戰，最終不免是慘澹收場——仙鋒三訣力壓天機變二十四刀，略勝一招半式。陸天機怒極恨煞，當下與何天驕約戰，說兩年後要再決高下。仙劍氣惱於夫婿的強硬態度，慨然允諾。一對神仙眷侶就此交惡。

按理，這場決鬥再至關緊要，總帶著家務事的氣味，伏飛梵實在不該前往。然能夠再度親眼印證兩大高手的決戰，對她的劍藝將有大裨益，飛梵難以按捺。畢竟，之前仙劍神刀第一戰，飛梵也在現場觀看，神傷與神迷兩式的創招機緣，主要就是由於天機與天驕對決所悟。有如此心思的人想來不在少數，但能夠得到確切地點和時間者，終歸罕矣。

對著山澗吐完一輪後，飛梵振起精神，盡可能動作輕柔地提氣躍過，繼續爬上金風山，隨著她越發往前，除卻山徑傾斜度增大外，就愈是體驗到此高嶺獨絕的風強氣壯。一路走來，風竟越發有堅硬感。險絕之地哪。好不容易飛梵踏上金風頂，果然迎面就是一陣又一陣宛如各式金屬器物撩刮而至的風，風狂氣銳，恍若冰魂雪魄凍體切劃，一般人絕對難以生受。

金風山隸屬於雲錦大山，而金風山之巔名為金風頂，金風山原就狂風盛大，到了金風頂更是如刀似劍，刮膚侵骨，彷若血液都要凝凍似的。虧得仙劍神刀能夠找到這樣的地點決戰，確實可以省去很多外界干擾。

金風頂不呈尖削形，反是一大渾融狀圓形平台，頗有一般常見練武場的樣制，可容納至少百人同時施展拳腳，廣深出人意表。伏飛梵甫到，就已見得約莫金風頂上站住寥寥數人，有仙劍神刀自無須言，但就連六大劍家之主也到了，就有些玄機。墨翎、舒日曠、衛蓋世、問蹈予、司空見、鹿遙知都到了。這，恐怕就沒有那麼簡單了。

武林有所謂一關雙天六家劍主，前者原指神仙關，現如今是改名神刀關了，後者則為日上門、一尊堂、金相御、春山方、玉葉居、雲起行所組成的六大劍家，係武林兩大平起平坐的勢力。神仙關無疑義有兩位絕代無雙高手，唯六大劍家首領雖個別本事難以與神刀天機、仙劍天驕相比擬，但聯合六人劍學之力，自足和武林雙天一較長短，孰勝孰負屬未知之數。兩方人馬在江湖上素來有間隙，零星衝突不斷，恩怨恨仇也愈結愈深。

飛梵一見到六大劍主在場——其中幾位跟她有過一面之緣——就明白到事情不似表面般簡單。而墨翎六人看見還有第九人到來金風頂，大感驚異，且居然是名著寬大白袍的女子，究竟她是怎麼爬上險絕的金風頂呢？其中，問蹈予的目光，一辨識到來者容顏，立即熱烈燒焚的肉慾感。飛梵覺得厭噁，所幸未嘔吐，她仍舊往前推進。司空見當下喝道：「止步。」他張開嘴大聲吼嘯，不過飛梵沒有如雷貫耳，因為貫耳的是無止無歇的金風，金屬性質的狂風。伏飛梵還是聽見其話語，只因她這會兒渾身蓄滿真氣，包含雙耳，她用自身功力抵禦滿耳聒噪的風聲。然飛梵並沒有把司空見的話當一回事。她繼續邁步。而墨翎對司空見說：「這女人就是近幾年闖出些微名堂的寰宇女劍客。」

（為何要加個女呢？什麼又叫些微？）飛梵心裡抗辯，（難道何天驕的仙劍之號，前頭也要加個女，變成女仙劍不成？何故不能就簡單點，我就是寰宇劍客呢？）

高壯的司空見，眼見飛梵竟似不把他放在眼底，胸口一把熱氣騰騰衝起。他拔起金黃燦麗、造形典雅、質地極硬的金相劍，舞起來虎虎生風，一劍掃向伏飛梵。

在飛梵看來，他的劍被沉沉的金風壓倒著，就算氣勢足夠、力道也不欠乏，但速度太慢。飛梵還沒有打算動手，她是為了求劍道而來，並不是為是非或勝負，雖然六劍主也是不壞的對手，但要找到他們容易多了，可天驕與天機齊登場就難覓了，她想要對決的是雙天，而不是六主。飛梵深信自己能夠從神刀仙劍那裡學到的更多，特別是仙劍。故飛梵矮身，加速，一抹煙般輕靈幻動，從看來間不容髮的縫隙鑽出去，脫離司空見貌似威猛但根本沾不到邊的劍威。

瞬間，她已站定在仙劍與神刀之間，而神刀與仙劍兩人相對，恰便形成一三角之勢，三人遙遙相對。至於劍家之主們，則是立於陸天機後方的山徑處。何天驕任憑臉色慘白似有些精神不濟的女子飛掠身旁，立於後方。身上一襲華美鮮彩錦繡長裙的仙劍沒有對飛梵出劍，倒不是她信賴此陌生人，而是天驕記得來者是誰。幾年前，她和飛梵在羅家見過，她還點撥了女孩一些劍觀和用武法門哩。天驕一直緊記飛梵，因其隱隱約約有種萬劍如來的氣勢。何仙劍此時奇怪地瞄了飛梵一眼，待伏飛梵立定，開口詢問：「伏姑娘怎麼會來到此頂？」飛梵行禮如儀，「何前輩，我特來此請益。」

頂上金風盛大狂暴，話語一出口就被吹散支離颳落破碎。她們說話一邊要抗拒金風颳體浸骨的強度與冷冽，一邊還要字字句句都得帶定真力，且得口張微微，省去金風鑽入嘴中的不適。

仙劍彎月般嫻靜的雙眉聳起，「何事？」飛梵老實回答：「劍。劍之道。」兩句，各一、三個字，說起來鏗鏘，字字分明。天驕聽分明了，但她直視飛梵，「妳要走，劍道之路？」伏飛梵點頭。仙劍天驕眼底一黯，「妳可想清楚了，走上這條路，得付出多少代價？」飛梵訝異於何天驕這樣反問，吞了一大口口水，很大一口，她說：「前輩的意思為何，聽起來似乎，」她躊躇，「似乎不希望有人也如妳般的步上劍道追尋？」

何天驕的眼神遠遠投來，裡頭都是悲憐，一種很深刻廣大的情感，那個情感從仙劍的眼瞳中央擴散著，將飛梵裹住，幾乎是擁抱。仙劍沒有立即回應飛梵的迷惑，她只是認真地為伏飛梵悲傷。飛梵完整地感覺到何天驕的關懷以及憂鬱。而一旁，和仙劍天驕對峙的神刀天機依舊緘默，身上有陣陣迫人的灼熱感，他聽著仙劍和飛梵的說話，露出嗤之以鼻的表情。

何天驕搖了搖頭，「我們都是女人。」隔了好一陣子，仙劍也只說了這句話。風暴中的言語，聽來有些自傷自憐。淡淡一句，在風裡輕輕散逸無蹤，卻能重重地抵達飛梵胸坎底，彷若繚亂說不盡的千言萬語。

別人或者不懂仙劍之意，然飛梵了解，她再懂不過了，（武林女子的命運，）她的內心升起一股狂野的情緒，猶如要應和眼前金風一般，（是依附的，只能是依附的，）她明瞭仙劍天驕的未盡之言，（這個武林對女子是殘酷的。）女人就是卑賤而且必須聽從服膺男人的判斷，即便是仙劍天驕也改變不了行之既久的觀念，她的本事再高，人們看到的都不是她的劍，她的絕學，而是，（她是女人，）甚至正因為，（她是女人，所以何天驕辛苦錘鍊所得到的本事，根本多餘浪費，甚而該被鄙笑仇視。）怒氣生成，伏飛梵的雙眼發散凜冽的光源。她無法接受這般現實，她不能認可如是普遍，（那不是正確的事，不可能正確。）

隔著滿山盈頂的強風吹拂，何天驕望進去伏飛梵雙眼，彷如看見往昔的自己。而金風撞上所有人的眼簾，無分無解。驕亂的風恣意突擊，仙劍必須提氣流動全身，以禦抗風無孔不入的堅硬壓力，它們是最頑劣無形狂徒，冒犯衝突一切，它們在空中喊著征服，征服，更多的征服，就像男人一樣。是的，就像她的丈夫。是啊，那個武林最驕傲的男子陸天機，他就為了人言，為了驗證自己的刀藝在她的劍學上，便不顧念夫妻之情，那不都是虛名嗎？十幾二十年來她不都自甘屈居他之下嗎？為何還要那樣咄咄逼人？她並不介懷公開敗給神刀，然則他就非得逼出她的終極能耐。做做樣子不好嗎？他卻非要搞得場面完全失控，令得仙鋒三訣壓箱寶藏也藏不住。最氣人的是，懷孕十月艱苦產出的小兒子，也站在陸天機那邊，說她這個當娘的不顧家庭和樂，只想著逞性妄為。大女兒更諸多不滿，認定是天驕早有爭勝之心，貼身觀察天機變二十四刀弱點才能險勝，種種若此。

仙劍天驕有苦自知，他們哪裡曉得天機變精義有一大部分，是她暗中助力方可功成，這些陸天機是抵死都不會承認——她的夫婿無可否認是天縱奇才，不但將家傳僅僅十式的天機刀法發揚光大，更將刀式擴增一倍之多，唯天機刀法之所以演展為天機變二十四刀，可說是仙劍功勞。若無有她作為陸天機試招對象，耐心陪伴他一招一式的演練與推展，且屢屢假裝不經意提出到位的建議，務要令夫婿以為是自己想到。甚至天驕啊還把自己了悟的仙鋒三訣其中幾記絕招概念，換渡給陸神刀。默默傾力用心的往事前塵，而今她又能說與誰聽呢？

她與神刀天機從小在神仙關長大，神仙關分為兩個系統，一個是刀神宗，一個是劍仙流，前者皆是男性，後者全女孩兒，能夠藝成且在兩派師尊考核通過測試者，方能夠出師。而要成為關主，得要經過關內層層的考驗，與立下功勳，最後在前任關主的指定下，接掌神仙關。但歷來只有刀神宗男子能夠當關主，最優秀的劍仙流女子，則必須是關主之妻。神仙關素來有刀劍合則神仙可關矣的講法，可見一旦關主夫妻聯手，刀劍威力會有多大。

她和陸天機是神仙關的翹楚，刀劍絕藝無可置疑，也就沒有懸念地作為關主與關主夫人。雖然天驕也曾有所懷慮，擔憂自己能否襯得起天機，只因一度在她之前還有個福初雪，那時的劍仙第一是初雪，本來關內有段期間的公論都是天機當與初雪配，天驕怎能甘心，奮起直追，終於超越福初雪。

他們是天造地設的一對，何天驕斷然不容有誰能夠比她更有資格與天機結褵，她深信，自有神仙關以來，他們是最完美傑出相配的一對。前任關主後來不也主動建議他們改名吧，說男的該叫天機，女的則是天驕，他們將來的成就，必是空前絕後。天機的兄長，目光如炬，斷言極準。何天驕猶記得，天機之兄對他們露出讚許的笑容，雖然前關主的視線大多落在她夫婿身上。但神仙關人確實對他們的組合有著很高的信心。他們也的確不負眾望，讓神仙關在短時間內蓬勃勢大，加入派內的人口擴張兩、三倍之多，大大擠壓六大劍家發展。

但這或就是危機了。因為神仙關迅速壯盛，使得原本互相爭奪地盤的六大劍家為求自保，乃組成聯盟，以求抗衡。結果，才有了這一場禍事。可惜她當時沒有想清楚，她應該更早就明白夫婿的驕傲會是致命傷。事情起初不是她挑起的，會散布仙劍勝神刀謠言的人可想而知，挑撥離間的最大得利者不就是正虎視眈眈的六劍主嗎？可悲的是，陸神刀卻毫不在乎。神刀天機自視甚高，他從來不把六劍主放在眼裡，他自覺刀法通神舉世無雙，區區六大劍家壓根非他的對手，他好像忘了和六大劍家幾次交戰，能夠取得勝績，都是有她伴在身旁出劍協助啊。天機的自負讓一切盡皆走樣。他已經無能力正常的思維事情，進行準確判斷與決策。

也是何仙劍太自以為是，自恃和陸天機夫妻這麼多年相處與情感，不可能有變異，心裡有著一份千篤萬定，堅認丈夫絕不會因為武學高下之分而對自己喪情失愛。事後回想，心存僥倖的她，是不是也有一份心思，想要測試陸天機對她的情愛，是否大過於對自身刀藝成就的驕傲？很難說沒有。而苦果她嚐到了，不是嗎？就沒有回頭的可能，一切俱成雲煙。

於是，他正帶著極限天，站在金風頂上，準備與自己二度決戰。天驕的師尊老早警告過，女人必須有所保留，仙劍學必須落在神刀之後，這是神仙關得以長存的最重要關鍵與法則，也是主要禁例，神刀主，仙劍輔，萬萬不可忘。

仙劍天驕記得這個教誨。她沒有忘，她暗自淬鍊己身劍藝，一直壓抑她對劍、武學的優越性理解與想像，何天驕甚至將挪給丈夫天機變二十四刀的所悟奧義，逕自由仙鋒三訣裡移出。她一直謹守分寸，直到兩年前。那真是意外，忍讓的天驕實是被陸天機的氣焰與傲慢逼到極限，才一個不經意使出哀樂訣隱藏的最後一轉，哀感頑豔。她以此，擊敗神刀天機。隨之而來的，卻是太多怪罪和怨恨，黑影團困。仙劍的心志沒有崩壞，自己都覺得不可思議，似乎她應該已經要倒下了。畢竟不止是丈夫非離異不可的作為，是所有生命中視為最重要的人都離棄了，包括兒子、女兒，還有劍仙流的大多數人——所有的所有，只因為她的武藝勝過丈夫。什麼樣荒唐無稽的世界啊！

尤教仙劍天驕悲傷欲絕的就是兒子、女兒。女兒從來對武學無興趣，刀劍拳腳什麼的一概厭惡，成天只對打扮有興趣。何天驕原本指望女兒能夠接下棒子成為劍仙流的第一人，後來就看破了，早早放棄，免受自身願想折磨。至於才能不下於夫婿的兒子，倒是可以期待多一點，仙劍偶爾想要點撥一下兒子，卻會惹來嫌厭，說女流劍學軟綿綿，無用至極。對兒子來說，劍仙流只是試刀的對象，沒有更多價值。兒子和丈夫簡直一個鼻子出氣。兒子年少無知也就算了，但陸天機當真不知曉何天驕的武藝能力到何等境界嗎？

不，他只是裝傻罷了，或者更進一步去推想，天機其實是對自己說謊，且故意透過日常刻意貶低天驕的言詞舉措，藉以穩固狂妄自尊，並把這套觀念灌輸在兒子心底。兒子對劍仙流這般輕賤，其來有自。

祭出傷敗夫婿那一劍以後，說天驕無有懊悔，如何可能。她根本悔惱得要命。只要忍下一口氣，受一點刀傷，事情就會圓滿，就像從前一樣，她的夫婿會繼續憐愛她，一對兒女也會相伴左右，只要那時候不因為陸天機臉上必勝一般跋扈的驕狂，而興起一絲怒意。只要心上一直被刀貫穿就好了。唯彼時的天驕，怎麼樣也禁受不住。她無法抑制胸口的激動，必須使出那終將教一切平和家庭假象都掀翻的一劍。當道骨劍哭喊起來，如似整個武林的淒風苦雨赫然集中，所有在場的人都被哭天喊地的劍聲困擄，難可敵抗。

何天驕心底也明白，或許，她等這一劍已經很久了。從她還不是天驕以前，從她將只有二十一轉的仙鋒三訣，憑自身天賦和努力擴充到三十轉以後，也許就暗暗在等待這麼一天，想要證明其劍學本事無人可及。是了是了，她其實是不服的，她並不甘願，對武林女子得要屈居男人之下，她始終難以接受。只因為自己是女子，就必須學習如何不及男人、如何假裝，必須將劍藝高深隱藏起來。由始至終，天驕遠比自己所想的更在乎劍法。

後來，劍仙流願意跟她脫關的，不過數人。她成立仙劍室，本就是庇護的意思。滯留於神刀關那些使劍的女子，此後也就風流雲散。人數上來說，劍仙流原就少數，刀神宗人員是劍仙流的三倍之多，一旦何天驕違反禁例脫離神仙關，劍仙流壓根支撐不了多久。刀神宗男子從來霸道狂傲，原就將劍仙女子視為練出強悍刀藝所獲的獎賞，更何況陸天機在盛怒裡，哪裡會懂得惜念呢！果然啊，他改制神仙關後的第一道規令就是：神刀關從此禁劍，所有劍仙流者都得棄劍習刀。

仙劍天驕滿腹辛酸，而今孤孑一人，雖創仙劍室，但人員稀少，成不了氣候，但尚可勉強自保。許多紛至沓來的念頭，如同不絕不斷的金風，由外而內颸進何天驕的內心，痛而且寒冽。眼下她能夠做的，就是多多為仙劍室人著想。願意跟隨她的仙劍室女孩們，她要守護住，得對她們負責。劍仙流絕藝，怎麼能就這樣斷送！何天驕一再告誡自己：仙鋒三訣的神乎其神，絕不可因為她和陸天機的恩怨就此消逝。她不願變為劍仙流的罪人，她想為普天下、日後尚有志於武學的女性，留下一點可能與念想，讓她們有方向，也有所依歸遵循。仙劍室並非建立來與神刀關對抗的——仙劍天驕未曾有過此一報復性念頭。雖然她就算有，也不奇怪。

飛梵的出現勾動仙劍天驕許許多多的感慨。她幾乎可預見，其後伏飛梵會經歷到怎麼樣大而殘破的人生，無論飛梵達到多麼強大的高度，都無法改變她是女子的事實——這對眾多武林人來說，就是最大的殘破。天驕甚而想要勸一勸飛梵。唯仙劍從飛梵的眼底，讀到了強盛的意志。劍活在裡面，豐盈且深刻。何天驕曉得，飛梵是不會聽的。

默運真氣擋抗狂野咆哮的金風大勢，飛梵了解了，何以這樣的高嶽絕頂上，會形成和緩圓台，日以繼夜的吹襲，颳得山巔自然而然也就無尖無銳了。而她的心思，亦像有狂風暴虐，難以平靜。飛梵有那麼須臾半刻以為天驕的心跟自己的共通了起來。好像隔著驕狂的金風，她們也能說話。用眼睛說話，用心說話。具體究竟仙劍發生什麼事，飛梵自無從了解，但她能夠確實感應到何天驕心底的冤屈怨懟苦惱悲絕無奈痛苦哀嘆種種情緒。就只是一眼，飛梵覺得她跟這位武林第一女子擁住共同心事，恍如她們是重疊了。如是滋味，就像她和還雨哥哥，就像她和頭幾年的房玄真。

伏飛梵嚥下從嘴深處湧起的口水。她的口水分泌近來加速增多，且老覺得嘴裡吐露乳味飄散的口氣。現場情勢讓她緊張。敵意。陸天機的敵意，六大劍主的敵意。飛梵沒有忽略他們在場，她又吞了口水。所幸金風肆虐下，沒人聽見。她的袍子飛揚不休，微響著在金風肆虐下蚊鳴一般的啪啪聲。金風頂上的風聒噪得目難明耳難清。即使眼下站在此地的都是武林中的絕世人物，仍受著相當程度影響。他們都得運足真力方能夠保持耳運目作屹立不倒。飛梵亦然，她運起鋒神九法第一種形神大法，讓六脈的暗氣、六經的明氣同時進入人輪交匯合流。她是可以將氣勁運入袍子，止住它的翻飛躁動，但眼下或將捲入一場武林最重要的頂尖大戰，飛梵可不想白白浪費真力。

兩女子在眼神裡交換彼此，而另一邊的陸天機則是二話不說，拔出了刀。極限天。刀柄造墨黑色、刀身血紅慘厲且雕滿各種神異圖樣的極限天。他的刀指住何天驕，陸天機真勁入聲，他說：「這些人是我特意找來。我們對決，若是妳輸了，想來會有閒言閒語說什麼是妳為全我面子故意退讓。我下的極限天要贏過妳的道骨劍，就要堂堂正正絕無疑慮的贏。兩年前，妳幸運贏我一招。兩年間，我下足苦功心血，那樣的意外，絕不可能再發生。好教妳清楚神刀絕技的可怕無雙，這些人跟妳一樣都拿劍，他們剛好來試刀。妳好好看著！我一個人就能收拾六大劍主，等我擊敗他們，再換妳與他們一戰。妳若不使出渾身解數，恐怕無以生還。」

絕頂上都是暴風，但天機的發言竟有種比風更狂更煞的意味。飛梵想著，真是個瘋子，就為了證明刀法勝過妻子的劍，天機什麼事都能做出來。但也不是不能理解，畢竟這就是武林，男子的地位、能力與本事必須得比女子更高，沒有例外。不可能有，也不應該有。飛梵知之甚詳，她不正是從泥濘也似、女性只是奴屬的江湖概念裡走出來的嗎？她費去多少時間、努力，才擺脫掉牢牢生根腦海的歪斜觀點。神刀天機的激烈反應其來有自，不純粹是他瘋魔了而已，裡面有著更淵遠流長的複雜意識糾纏。

而瞅見何天驕對天機發言一點都沒有忿怒、只是滿臉大水淹滿了似的悲傷，飛梵頗受打擊，主要是她尊重仙劍，實話說吧，她是將何天驕視作典範。在漫漫江湖中，能夠成名且占有一席大地位的女子，獨仙劍一人。何天驕這名大女子讓飛梵打心底佩服，她將仙劍天驕當作目標，日日勉強不息，想著終有一天會趕上天驕。她深信自己會站在何仙劍的面前，絕不遜色，（我想要站在她的位置，有足夠本事與能力，無羞無慚，對自己驕傲。）飛梵刻苦淬礪己身劍藝修為，正面迎接各種歧視、挑戰與為難，就因為當前有個成功的女子劍客存在。但到頭來啊，即使是仙劍，也同樣無法避免相近的女子卑賤處境，更不用說滅除此類想法，（原來，她也是一樣，因為是女人的緣故，就被迫低微。原來她也無法成為例外。）飛梵的胸坎裡溢出舉世的傷憂。

說起來啊，飛梵或已是天大幸運的一個了，收留她的羅家很是善待，並沒有刻意貶低她。但年紀漸長，飛梵還是感受到不經意的壓制。羅家男女老幼都是好人，都有著善良和溫柔。不過，他們所表現的只是一貫馴柔的性情，卻不是對她有所敬重。飛梵後來便清楚了，他們對她的好，是一種對次等者的好，不會刻意凌辱欺侮沒錯，他們待她不過如貓似狗，該給的吃穿都有，也有適度的關懷。但除此之外，不可能再更多了。飛梵仍舊感謝羅家人的溫柔，惟她亦曉得，他們心中看到的她，不過就是一個女娃兒，不是真正的她，不是她想要、可以成為的她。

只有至母與還雨哥哥例外，至母有若祖母萬般照護，而還雨哥哥尤其懂她惜她。若非有他的鼓勵和支持，飛梵根本走不出來，一生都將沉淪於女身的困境，至死懷疑自己，認定女子想走劍學之路是虛無縹緲不切實際的幻想。

飛梵思起少女時期的事。其時啊，羅家雖嚴令禁止習武，但還雨哥哥的眼力極佳，懂的事又多，私底下把一些為求優良劍器而不惜抵押給羅家的門派劍譜交給她，於是飛梵得以遍覽劍譜。且因她不是羅家人，所以習練劍藝也無人理會。很自然的，也沒有誰會當真，只說她是小孩心性愛玩打鬧，等成年就會罷去武藝癡夢。獨羅還雨知悉，飛梵天生對劍就有一種奇異的靈敏，那真是光焰般噴發的赫赫才華，就連一般的劍招吧，在飛梵手中都多了些許說不上來的妙絕感，像是她豐饒了劍式的本質。再平常不過普遍流傳的劍法，她總能用出新意與深度。

還雨哥哥見證她的劍學才能如何萬千花蕾綻放開來，他是第一個，恐怕也是至今唯一一個，真切讚歎飛梵傑出劍藝的人——她的冤家則不然，他並不懂得欣賞，房玄真只是把她當作奇珍異物罷了。非常難得的，還雨哥哥對女性並無成見，不止是飛梵而已，對他來說，女孩子都是人，他只在乎人的思維與作為，毫不在意究竟是男或女。他實在有點怪。他的想法難見容於世，然他也無所謂。別人對他的評價一點都干擾不了他。還雨哥哥是個異常專注的人，專注到可以說是絕對的嚴苛。他對自己感興趣的事物，總是全力以赴孤注一擲到有時會讓人覺得殘忍。

飛梵印象最深刻的還是，他對劍器的敏感程度。飛梵是對劍與用劍有著極大的天才，還雨則是在劍與製劍上具備特殊的稟賦，他一心要超越乃父，那個偉大的兵器大師皇——先於時代、先於鑄造的一切技術的羅至乘。寰宇神鋒在還雨哥哥手裡才真正的完成化。原本寰宇神鋒的雛形，已經被譽為天下器械之皇匠的羅師皇初步打造出來，可惜未及真正鑄造便仙逝。羅至乘臨死前乃交付他的最小兒子，這把未竟之劍此後就是他的責任，完成它，才能算是真正的羅家繼承人，云云。

從還雨哥哥那兒聽說了以後，飛梵總覺得是大師皇這番話，造形了還雨哥哥的著魔，日思夜想的都是怎麼將寰宇神鋒淬鍊成最完美的一把劍。最後，他雖完成了超越父親羅至乘的寰宇神鋒，但也因此心力交瘁英年早逝，（唉，也許你是錯的，是你錯了，至乘大師皇，）但他又怎麼會料想得到自己的遺言會害死兒子呢？（是啊，有誰想得到呢？）就連伏飛梵都沒有想過還雨哥哥會將自己逼到這種地步。

無論如何，羅還雨是她的武學基礎。她對劍、劍術的啟蒙，皆得歸功於他。沒有他，就不可能有伏飛梵——飛梵兩個字，也得自於他。尤其還雨哥哥獨排眾議公開立下遺命，將寰宇神鋒贈與她，他相信她能夠有一番驚天大成就，他對飛梵有絕對信心，他曉得唯有飛梵才能夠徹底懂得寰宇神鋒。可惜還雨哥哥早逝，否則他將能親自印證，他的慧眼何其的精準啊！

飛梵一路走來，有時難免沮喪絕望，但從未動搖，就是因為羅還雨對她的信心，她必須對得起那份心意。人一輩子難得遇見這樣的貴人，給予生命中最大的善意和溫柔，（如果我不用盡全力地珍惜，就白費了還雨哥哥無私的關愛。）雖然，怪奇的是，還雨哥哥分明是個自私的人，她不是要非議他，本來唯有絕對的自私，無置理他者，才能專心一致地進入一門技藝的最深處。飛梵不也一樣自私？唯哥哥又對她是無私的奉獻，好像什麼都願意交付。

而在飛梵的劍道長路上，除去有羅還雨作為心靈支柱，其次重要的便是仙劍何天驕，多年前仙劍對她的點撥，飛梵銘感五內，從未或忘。可眼前的何仙劍，依舊被囚困在無路可出的武林觀念，怎教飛梵能不大為震驚，（堅持正確的事，總是很艱難。）伏飛梵想著，同時，她的嘴巴也吐露而出，她忍不住就說出了口：「堅持做正確的事，」語氣深濃如霧中透出的一大束光線，「總是很艱難。」是這樣了。

而何天驕聽見了，好像只有她聽見，在金風暴虐的絕頂，在凍極了的空氣中，仙劍遞來遠遠的一瞥，感同身受。伏飛梵回望何天驕，有許多的話語許多的悲傷許多的忿怒，她們都說不出來，也不用再說。

伏飛梵甚而要多想一些，男人被鼓勵要自私——自私是力量與技術的來源，人不夠自私，就不可能有所積累。但女性呢，女性生來就被要求無私，必須配合男性，必須掩蓋、埋沒、隱匿甚或消滅自身意志。對女子來說，使男人有所成就與家庭和樂，即是最大的自私了。飛梵不明白的是，這合理嗎？公道嗎？此外，人有可能一方面極其自私，另一方面卻又能無私嗎？

她們的女子心事，在狂暴的風中有著凌亂而奇異的會合。

此時，陸天機已然和六大劍主對上。極限天捲起殘虐的猩紅刀光，襲往眼前六人、六把劍，刀身上的奇異圖紋也同時產生作用，幻化無數的獸物簇擁在空中。一般兵器鑄造得好，能夠發散奪人心神的精光已是難得，極限天可不止於此，其刀身上的繁複紋路經過真氣貫入，會向外顯露成形各種躍動的圖像。換言之，極限天擁有高度視覺化的效能，能夠造生紛沓而至的奇形異狀，侵入干擾對手的視野，擾亂敵人心智判斷。

日上墨、一尊問、金相司、春山衛、玉葉舒、雲起鹿六家領袖，也都拔出劍來，他們的劍也是大師皇的製作，雖不到至乘雙兵等級，但也是羅至乘所造劍器僅次極限天、道骨劍以下最好的一批——羅師皇依據六大劍家武藝的特色專門冶煉，自然能有效發揮六家劍藝。劍主們圍住神刀天機，六種截然不同的絕技，六種顏色迥異的劍光包裹而上。

這一場廝殺，劍主們原先盤算占住順風的位子，以俾抵銷掉暗香虛影功的影響。唯金風頂沒有順風逆風的問題，風根本從四面八方來，像是無形之刃切割撕裂著一切的風，毫無特定方位，金風就是一直一直來，不消不竭地吼叫著，彷若風就是一種無邊。暗香虛影功在金風暴力般的席捲之中，幾乎是沒有功用。但利弊相倚禍福一體，由於金風的咆哮肆虐大大左右人的視覺能力，反倒為極限天刀光平添了許多威勢——一般常見的動物凶猛，如虎豹狼獅什麼的皆有之，最教人難以設防的是未知名的猛獸怪物形體，一竄入眼角，再搭配到金風吹襲，更具猛獸進擊的逼真感，讓人心頭怵慌，無從淡然。

唯六劍主也是見多識廣之輩，初初應戰雖被風勢與刀中諸獸混亂的景象動搖，但心一拿穩後，橙紅、黑褐、金黃、藍紫、青綠、灰白六種混色劍光便翻滾不息，逐漸壓制無盡幻化的怪絕刀影，特別是既然無須提防神刀天機能從各孔竅傾入的異香奇功，就表示他們腦中不會產生幻覺，金風縱然加強極限天視覺幻象的真實感，但一來一往互有抵銷，陸天機也就沒有占上多大便宜，幾十招以後，神刀天機很快就居於劣勢。

天驕一看，當下曉得天機危矣，她立即踏步上前，要施以援手，總不可能見死不救，那是結褵二十載的夫婿啊。只要神刀仙劍聯手，何愁不敵六劍家絕藝。誰也不能抵禦極限天與道骨劍結合的無雙威力！

然陸神刀怒吼，他察覺到仙劍的意圖，驟然奮起，祭出天機變二十四刀之驚魂刀。虛空裡自由倏忽來去的飛禽走獸，倏然清空，只剩下紅色刀光滑來翔去，爾後遽然隱沒。陸天機刀收脅下，人發動高速動作，猶如投懷送抱地朝墨翎撲去。僅剩一、兩步的距離時，極限天遽然現形，橫向拉出一抹深紅的刀光，同時夾帶驚電，炸開幾十道紅色閃電，空中奔馳，聲勢驚人。

天機變與極限天的完美配合，實為終極恐怖幻魔之刀。

那是在仙劍的建議與協助下，得以功成的究竟刀法。更早以前的天機刀法，對極限天圖紋根本難能駕馭，任憑真力輸入後，自然而然各種奇禽奧獸齊地擠滿視野，無秩無序。天驕認為，以羅大師皇巧思斷無道理造出一柄絕珍之刀，卻不能準確地呼喚形影。夫妻倆長久研思後，發現刀翻轉的某個角度或真勁填入刀身的哪些位置，可以製造出特定的活動影像。譬如這會兒陸神刀把氣勁集中貫進極限天刀背處，且與地平行地削出，就能產生天轟電光的異象。

這式驚魂刀，在主要被攻擊對象墨翎眼中看來，簡直像陸天機拖著一群閃電朝他殺至，登時心駭膽懼，下意識後退一步，旋即知機地又立穩步伐。墨翎曉得來的不過是幻影，真正有殺傷力的是紅色刀光，而不是閃電。他手腕一振，手中橙紅製色的日上劍，倏地抖出一叢絢麗劍光，迎向幻覺為形的天機之刀。立於墨翎兩側的舒日曠、鹿遙知察覺到墨翎之退又進，曉得其心被刀光幻魔牽引住，連忙救援，兩劍主的玉葉劍、雲起劍繚亂開青綠與灰白錯落有致的劍網，針對陸天機的左、右腹。另外三人衛蓋世、問蹈予、司空見則猝不及防，沒能跟上，一次困死陸神刀。

一刀三劍撞成一團，墨翎無視紅色閃電成串轟至，其紅橙劍芒盛放，加上兩翼浮現的青綠、灰白劍網，鮮紅的極限天立即變得抑鬱，不復風發，搶進的軌跡被三把雙色劍阻斷，進退失據。

仙劍知悉，若非金風頂上風狂吹，使得暗香虛影功效力瓦解，陸天機這一刀就要駭然後退的日上墨付出慘痛代價。刀神宗功法若鑽入人的嗅覺，會誘發幻影的真實性，透過視覺、嗅覺的扭合，導致對敵者身心受困，進而導引出肉體的疼痛。譬如驚魂刀吧，如若陸天機內勁特性妥當發揮，那些刀攜帶的紅色閃電臨身時會有皮肉燒灼的反應，別說正面衝突的墨翎要心驚膽喪，就是一旁的鹿遙知和舒日曠，也都難免要被如有肌膚之侵的幻覺吞沒。如果能再加上何天驕仙鋒三訣進行牽制，更能完美發揮驚魂刀的電縱閃光威力。可惜神刀天機囿限於金風頂，竟致無還手之力。何天驕的腳又忍不住再跨了一步。

陸天機垂死掙扎，太大意了，胸口一股怒熱讓他喪失理智，竟選了消解掉暗香疏影的地處，不啻於斷自己根基，沒有刀宗神功，他的刀法再神通也是無濟。錯了，都錯了。天機錯在不該低估六大劍主，而過於高估自己的天機變。他怎麼會一錯再錯呢？如若天驕果真贏過墨翎六人，那麼他身為男人、身為一家之主的尊嚴，豈不輕賤荒誕可笑？不，不行，不該這樣子，他是天下第一人，只有他神一般地君臨，絕無理由被天下第二的妻越過，這絕不允許發生。

陸神刀再度激嘯，疲軟的刀光立振，他要拚鬥到死。他決計不能輸給自己的妻，死也不行。陸天機咬牙，全身功力疾輸黑柄紅刀，刀換左手，刀背向前，刀鋒朝己，斜斜地看似弱不禁風地揮出極限天。

墨、舒、鹿仨眼看勝券在握，陸天機刀勢已疲，呈必敗之勢，他們遂拿出絕活，決心讓神刀在此殞落。而衛蓋世、問蹈予、司空見等也舞著藍紫、金黃、黑褐三種劍影，對準神刀天機的後背出擊。

六人並不曉得眼前的是天機變之情人刀——但見空中滑遊出婀娜多姿的女身幻像，半空千嬌百媚，一時間乃迷魂失神，劍主六人心底各有各著魔的激盪情慾，如問蹈予看見的便是伏飛梵正對自個兒甜笑……

當年呢，此招是天機為何天驕所創，以刀中幻影模擬仙劍姿影，一顰一笑一舉一動都是神刀對仙劍的深沉愛戀。情人刀也是陸神刀使得最為巧奪絕妙的天機變。若有暗香虛影功，這一招將會讓六人聞到髮膚天香，堅實化腦中國色仙子的存在感。可嘆的是金風狂暴，很快就會撕裂極限天幻構而得的身形。女體魔性幻影無法保持太久。

何天驕再也受不了，非出手不可。為了護全夫婿自尊，她按捺激動，直到此刻。但不能眼睜睜見陸天機死去，必須得出手。仙劍蹬地飛起，長髮和衣物狂舞，三十三節骨狀奇鋼製作的道骨劍來到手裡，暴烈作響。

何天驕出劍之際，恰恰是極限天的女身幻形被金風扯得四分五裂的瞬間，六劍主從情慾沉溺裡驚醒，散落劍光重又聚集，五顏六色劍芒飛起，將神刀天機徹底裹入。陸天機的叫聲被金風殘虐地支解，他滿眼傷苦，望定仙劍飛身而來。天機張開口，說了一句什麼，但沒人聽見，六劍主的多彩劍擊幾若滅頂，鮮紅刀光宛如偃息燭火，須臾便滅。灰心喪志的神刀倒地，再不能起。

猶幸何天驕援救及時，她一動手就是哀樂訣，鋼骨劍骼擠壓摩擦發出慘絕大聲，彷若巨獸嚎叫，饒是金風似也無能遮蔽道骨劍咆哮。銀亮劍光高漲，猛浪般捲至，逼得劍家六主不得不回過身應對，不及辣手摧命。

六大劍家之主聯合擊倒神刀天機，大感暢快，臉目裡都是洋洋得意。對神刀仙劍，他們素來不滿，除去地盤勢力爭奪外，他們對神刀的濃濃敵意，主因是陸天機用的是刀，不是劍——六大劍家向來認定唯有劍與劍法是天下兵器與絕技的唯一——至於何仙劍嘛，她的名氣竟比六劍主還大，教他們如何能服氣，區區女子憑什麼高過他們，說到底還不是因為神刀天機的庇蔭。如今六人已撂倒陸神刀，剩餘何仙劍能成什麼事。他們像瞧困獸掙扎也如地瞅著何天驕，眼中鄙夷，且興起肉慾，恍如金風盤旋入六劍主眼瞳，化身為他們即將爆發的淫念。

道骨劍如舞著利牙銳爪的鐵獸，然何明還神氣卻是微涼且圓滿，恰成相反對比。哀樂訣欺向敵人，一邊混入金風裡，一起嘶吼，一邊劍影亂狂。六劍主只欲生擒，並不下重手，也因此給道骨劍的鋒芒糾纏牽制住，一時間七把劍碰撞不休，劍主分不出人去結果陸天機。暗香虛影功有以嗅覺入侵的異能，明還神氣則是能分明生出細微的觸感。一般真氣離體後著重在殺傷力，可劍仙流內藝卻是獨樹一幟於足以針對溫度抑或實體的搔癢扒抓，做出多樣性變化、處理，猶若有無形之手隔空撫摸，乃能掌握敵人虛實，做出最迅速正確對應。這會兒，何天驕正以道骨黏定六把劍，環繞的真勁像是編織一樣，讓六家劍不得脫離。

而仙劍一動，伏飛梵也就拔起背上的寰宇神鋒，跟在天驕後頭，衝出。陸天機是死是活無所謂，最好他就此喪命，好讓神仙關必須迎回仙劍室之主執掌，從此開啟武林嶄新的局面——但她不能放任六劍主侮辱、傷及仙劍。他們定會不計代價折磨何天驕，似乎非得透過這樣的作為，才能證明自身的男性價值。飛梵太了解了。有這個機會去擊潰仙劍，甚而掌控她的身體，特別是天不靈地不應的金風頂，他們絕無理由放棄此等絕佳機會。飛梵緊隨何仙劍，跟著往側邊跳出，寰宇神鋒倏忽刺出，全力襲擊六大劍家首領。

六劍主亦壓根不把伏飛梵當一回事，她的到來與下場，對他們來說挺意外，但反正不會有多大影響，他們連仙劍天驕都不看在眼裡了。也就幾年前，墨翎、舒日曠、衛蓋世都見過飛梵，曉得她出身羅家，與造派醫者房玄真有過一段情。其中，墨翎對飛梵尤其厭惡，主要是他的女兒眼下即是房玄真之妻，此女乃女婿過往情人的事實讓他不豫。墨翎一向鄙視拿黑劍嚷嚷闖蕩江湖的伏飛梵。女人不安於室，四處浪遊，壓根不配當女人。其餘幾人未必對飛梵有偌大厭惡，但也無甚好感。他們俱認為她不過是仗著有羅家神劍張揚招搖的女人罷了。當然了，如今她也是一個可以盡情被凌辱的對象。問蹈予特別對飛梵有高昂興致，他不介意在成群妻妾中再安插位置給飛梵，他一向樂於收集特別的女子。

雙方動手幾個瞬間後，戰局大出六劍主意料。首先是道骨的第七、八與第二十與二十一節陡然鬆解，又極速合起，鎖死春山劍與金相劍，遽地一扭，衛蓋世和司空見的劍差點要脫手，兩人遂慌亂撞在一塊兒。同時，道骨劍尖陡然歪歪扭扭地伸長，偏向一側。墨翎日上劍原是對準何天驕的右手腕刺去，然衛、司二人忙著要抽起被夾住的劍，擋在其路徑上，他只得繞過兩人，而道骨劍的劍鋒乍然等在前頭，活像墨翎自己拿胸膛去撞道骨劍。另外，何天驕明還神氣也一變，微涼遽然轉為冷冽，甚可凍傷敵人。仙劍的氣罩護住己身，劍主們的真氣侵襲她不得。

飛梵對道骨劍三十三節骨狀構成伸縮之間，夾住敵人兵器的奇效很是欽佩，唯寰宇神鋒也不遑多讓——無鋒黑劍看來鈍重，但揮灑之際流轉自如，一下子就吸住黑褐、青綠、灰白三種劍光。問蹈予、舒日曠、鹿遙知皆被飛梵的劍勢控制，竟不能甩脫黑劍的糾纏。根據房家天地人心功，且參考明還神氣和暗香虛影功相對性的鋒神九法，近來終於告成，九大神鋒勢亦創立，現在她只差實戰火候。就因為內外皆全，她非來金風頂不可，想求仙劍驗證——飛梵眼中宗師，唯何天驕一人。但先拿六大劍主試招，她也勉強可以接受。

交鋒過後，六劍主驚覺兩女實力難以測度，劍勁一清亮圓融，一渾厚後勁無窮，居然比號稱天下第一人的神刀天機更不好對付。他們不能置信，太詭異了，女人家的劍如何能夠與男人比肩，更不用說敵對啊。

鋒神九法一層一層堆疊，從形神法開始到最後的還神法，每用一種心法運通全身經脈，氣勁就愈是聯繫綿密，如有千絲萬縷的線條扭結，堅韌得彷若有硬度，到了還神法暢行全身，飛梵體內的明、暗氣便已經來到自自然無盡循環的妙境。她開始感覺自己是不輕不重又輕又重或輕或重可輕可重輕重不分。她是輕重的本然。她是輕重的總和。

寰宇神鋒並非她對外的完美延伸，而是反過來，黑劍像已融入她的血肉。她甚至感覺不到劍每一次的揮動，那比較是劍跟手組合為一個小整體，有自身的意志進行獨立的攻擊動作。一切都極其自然運作。

在金風頂的奇特環境、劍主們招式的壓力以及對身為女性的極大悲憤下，飛梵的心智與劍意，驟然攀升到絕無僅有的神妙之境。而她所不知道的是，寰宇神鋒潛藏的異能，也就在這一刻全數炸入體內——

她變成另一個人。或者說，她與寰宇神鋒做出某種超越物體限制、彷如鬼神之事的締結。黑劍的知覺、意識與行動，悉數灌入伏飛梵身心靈。寰宇神鋒所密封的神祕力量化作無形的炸裂，直接貫進她的血肉經脈，且迅速具實化的密合著。某個部分來說，飛梵恍若成為人形化的寰宇神鋒。

此一想法太稀奇古怪，飛梵的意識自動省略。她是人，人不是劍。唯又無法完全擺除黑劍靈魂活在自己裡面的奇妙感應。是的，她確切地感覺到黑劍有靈魂。當飛梵對此有所感知時，其精神即刻飛越到不可見不可知的層次。

當下的伏飛梵直若可以御風而行，身體彷如完全解散，零落支離，但又有堅實得無懈可擊、彷若與絕頂山石徹底聯繫的神奇感。金風成為她的輔助，體內的真勁呼應著金風的來去，無有定向，無可捉摸。使劍也使得通透天然。再過須臾，她的人、她的劍都像是和金風融合為密不可分的整體。黑劍跟金風的動向形成隱密的組合。是的，在六劍主的眼中，黑劍與金風一樣忽然變得神祕難解。

六劍主業已不得不使出渾身解數，要讓兩女臣服。而飛梵的狀態愈加攀升，劍、劍法和自我都變成一片混沌，無邊無涯。伏飛梵感覺九大神鋒每一式承載著更多的變化，比如神遊，本來是以劍鋒模擬舞者翻飛不定的裙襬，結造出劍影重重如浪的進擊，此會兒飛梵忽有靈思地將寰宇神鋒舉過頭頂，劍擺斜勢，且走勢彎彎繞繞，宛如黑色獨角之獸疾行。六劍主無從摸透，只能被神遊之變勢震懾，節節敗退。

飛梵用上最後一勢神還，將還神法整合過的明暗氣注入寰宇神鋒，經過旋轉黑球的帶動與增強，將彷若天宇地宙臨降的劍勁推移往敵人，繼以造成對手的全面壓潰。

所謂還神法，就是體內同時運用棄神、滅神兩法，令兩者交會流通。具體做法是促使湧入地脈的明氣以及充斥天經的暗氣循環不息：穿過迂迴已極的十二脈、七十二穴的明氣由腳掌噴出，去至空中往上飛升，再被飛梵口鼻吸入，回到天經；而在十經、三十六門充填的暗氣，則是透過十指發散到虛空裡，往下洩去，復又經腳、腳掌的孔竅，折返地脈。如此一來，天清明氣和地沉暗氣，乃能獲得終極如一的締合。

九大神鋒像是在自然演進，更多綿密的此前己身無從知曉的變化來到手中眼前，身體、劍和天地的所有細節都那麼完好地鑄合。飛梵對劍學的體悟直到這一刻，猛然獲得飛躍性進展，水到渠成渾然天成。（必須因勢行劍，而不以招用劍。）這些年來的不滿與疑慮，實起因於想要創造一套完成的劍法，這麼想是錯的，（是了，是錯的。風會固定嗎，水會固定嗎，雲會固定嗎，天氣會固定嗎，流動會固定嗎，心會固定嗎，會嗎？如果不會，劍與劍法為什麼要固定，要成為制式？）

伏飛梵的意念思維，在神祕曖昧的級次裡運流。她的意識正進軍空前絕後的劍道奧祕。寰宇神鋒推動飛梵往更高的宇宙境界飛去。她持續思索，（嚴格來說，所有的劍法都應該是未完成的，畢竟已完成就意味固著，而法譬如水譬如空氣譬如光，是不可能完成，遑論被制約乃至刻板化。）伏飛梵的心智也就去至通天達地，她明白完成這個詞語本身就是，對劍學之路最大的限制，且頗有危害。法需要自由的詮釋與理解，法並不是物體，也不會只是觀念，法就像詩歌一般時時刻刻都在流動，（是的，流動的詩歌。）伏飛梵悟得武學不以招施法，而是以劍勢逼向劍的極道、劍的絕境。

此一戰，令飛梵深刻體會劍道究極奧祕。她要完成的是一套永遠不會被完成的劍法，是一套未完成的劍術，是一套在已知與未知輕盈滑翔的劍，是一種完整但始終常保如新的劍藝觀點與概念，是劍勢。

而劍勢的最大特質，就是不能被既有既定認知鎖定擄獲。劍勢必須時時刻刻有所提升，劍勢是萬千變化無有所著，劍勢是翻滾，連綿不斷從已知裡頭指向無以計數的未知狀態。飛梵要做該做必須做的就是這個。

不過俄頃，六種雙色劍光越發黯淡，就連激烈鳴響道骨劍的威勢也被壓在寰宇神鋒底下，本是仙劍和飛梵的合作，但到後來卻完全是飛梵一人獨自迎戰六家劍主，何天驕遂不得不退出戰圈，因為飛梵已經踏入萬神臨降的境界。伏飛梵的眼神裡空無一物，像是整個人擴散到天地自然似的。何天驕了解，自己的仙鋒三訣再攪和其中，只會影響寰宇神鋒宇宙洪荒般的龐大靈動。況且寰宇劍的沉沉壓力，正在擠壓自己的道骨劍，飛梵的劍圈已然壯闊到百步以內都是劍氣襲擊範圍，天驕真是敗陣般不得不低身掩進到天機身旁，再拖著他避開到一旁，遠離飛梵劍勁。

黑球生猛旋轉，當真勁經過旋轉中的黑球以後，勁氣堅實度會再獲得更綿韌不可摧的提升。九大神鋒在種種因緣巧合下，演變到匪夷所議的新境地。而暴虐金風與她同在共行。甚至，金風就是她的劍。金風就是她。

仙劍天驕瞠目結舌地張望著伏飛梵與黑劍神蹟一般的武學至高表現，她練劍幾十年也從未達到如是天然、近似天空與金風頂都隨飛梵運轉、聽命於她的不思議狀態。而戰局當然就是一面倒。

昔日飛梵只能遠遠眺望萬人中奪目閃耀不可一世的武林雙天，而此刻他們倆一個昏迷，一個卻在吃驚呆望在金風頂捲起黑色大漩渦的飛梵。至於今日，強弱也就徹底翻轉過來。

唯飛梵全然不察，她跟劍依然深度地晉入宇宙等級的不可言傳凝結。她就是劍，劍就是她。劍就是天地，天地就是她。劍以勢無招，則靈活百變；意勢唯先，劍則通天如神。

最離奇的還在於，當飛梵將第九式神還運到第二種變化時，絕頂上據說終年不歇從四面八方無休止撲擊的金風，卻陡然停頓消散。不，這麼說其實並不精準，應當講是無數的金風被寰宇神鋒牽引著，形成風與劍勁合成的巨大氣旋，捲動在空中。六劍主全都目瞪口呆，眼前情勢超脫他們能理解的，隨後也就連人帶劍被挾帶金風之勢的寰宇神鋒，扯得離地飛起，不由自主地在虛空裡手足無措飄盪，被由劍控制的風暴吸入，與金風團內部的飛沙走石一起飛著，身上被擦刮出難以計數的傷痕。

陡然一陣噁心竄上來伏飛梵旋即從出神狀態兜轉回來，像是還魂一般。她發現手中劍竟荒唐至極地捲起聒噪如金屬摩擦的龐然暴風，難以置信啊。而劍勢已成，不能不發。飛梵感覺到寰宇神鋒驅動眼下自己不能承受太久的威力，必須盡快揮出去，否則將會被劍所吸附而來的金風壓潰。伏飛梵當機立斷將黑劍斬下，斬出一座絕頂上密切聚合的風暴。

六劍主還能有什麼下場呢——他們也就毫無還手之力地被掃出金風頂，滾落山徑。原先威風八面的六人，莫知所以未明其妙地就一身劍傷地被擊退了。爾後暫時止住的金風，重新吹拂起來，更強勢更凶狠。

伏飛梵氣喘吁吁，這一劍幾乎耗盡全身氣勁，手仍勉強把著劍，但癱軟感入侵，不由跪倒。剛剛發生的事像是空幻一場。金風襲來，飛梵渾身刺痛，她似若要被狂風捲得離地。若六劍主此時回到頂上，飛梵必要喪命於斯。不過，他們早在挾金風而成的劍勢下負傷跌出，焉有餘力。

伏飛梵這時是空殼子，隨便誰都能讓她斃命。冷汗開始冒出來，肚腹處有個異常真實的重量，她終於止不住，大口嘔吐，嘴裡噴出一些濁黃的液體，被風颳走，完全沒有食物，飛梵根本吃不了太多東西。暈眩感浪潮也如一小波一小波掀翻，衝擊飛梵的意識，整個金風頂彷若也在旋轉，明明沒有任何動作，但地面忽然往左傾斜，像是塌陷似的，飛梵感覺自己就要滑落，她慌忙地兩手握劍，將寰宇神鋒抵住實地。她不要昏厥，現在還不是時候，不能是現在。

仙劍天驕是金風頂上唯一一個清醒者，她使勁攙起重傷昏迷的夫婿，怕他就被暴走金風捲下絕頂。她抵抗金風強襲，移到伏飛梵身邊。仙劍的腦海不住地重返到稍早飛梵以劍掌控無邊金風超絕一劍的場景。飛梵的不世之姿讓何天驕持續處於震駭。太不可名狀不可企及不可估量如神降臨般的一劍，那還是劍藝嗎？那是人所能夠、應該抵達的境界嗎？何仙劍盯著緊抓黑劍氣血衰落表情驚惶眼神失焦的飛梵——讓人不由懷疑真是這女子劈出天地驚鬼神泣的一劍嗎？會否只是金風頂的某個異象，碰巧和飛梵的動作合拍所致？世間會有能夠駕馭自然景象的劍法？有可能嗎？

飛梵的心智混亂，團團轉的金風頂讓她失去分寸。冷汗直流的她再次嘔吐。

何天驕輕移腳步閃避被金風颳得亂甩狂飛的嘔吐物。仙劍眼中的飛梵看來就是個病人，狼狽且不堪一擊，她實在不能相信方才驚天動地的劍招是同一個人所發。但飛梵又的確是過度透支體內氣勁以致生理軟弱。換言之，她是用盡所有去吸取並舉起風暴的吧。那麼，飛梵確是憑自己的能力揮斬那一劍的吧。若然如此，是不是該下手除去她？

狂熱的旋轉在伏飛梵的體內興高采烈地動作，她一吐再吐。

左手扶定陸天機，右手掌著道骨劍，只要一劍，何天驕尋思著，就能夠了結此等勁敵，很是簡單。現在的飛梵尚無足夠的能力駕馭與宇宙自然融合的劍藝。但假以時日，必然就能找到合適的法門控制與使用。這樣一來，無論是何天驕、仙劍室乃至神刀關，恐怕無人有資格作為她的對手。仙劍右手慢慢抬高，她沒有理由放掉殲滅大敵的機會啊，不是嗎？道骨劍一下子就高舉過肩。

飛梵連膽汁都吐了出來，且肚子有種難以言喻的刺痛。方才使劍使得出神入化，她還沒有太多感覺，然這會兒超出身體極限運用劍技的苦果，終究只能自己嘗了。她只能忍耐，而隨著吐得無甚可吐，暈頭亂向的感覺依舊強悍。

仙劍還猶豫不決，怎麼說都是飛梵的劍救了自己和離異的丈夫。該對飛梵下手嗎？若不是飛梵，今日，此地，就會是天驕與夫婿葬命之所，她如何能恩將仇報？何天驕的劍保持預備斬落的姿勢。金風吹過道骨劍，嘎嘎作響，激烈一如仙劍心中亂起的驚濤駭浪。良善與邪惡在她體內爭論不息如一場戰事。

伏飛梵抬起頭來，臉上都是汗，鼻液口水流淌，雙眼也無可阻止的濕漉著，不能承受的眩暈和劇痛霸道地撞進來，她只能苦苦撐著，其餘什麼都不能做。她的視力縱然模糊，但還是能看見道骨劍正對著她的頭顱，即將砍下。飛梵不懂何仙劍何故要對她下手，方才不是聯手退敵嗎？然而，江湖就是江湖，有時暴烈作為是看不出來由的，不是沒有，而是人心複雜多變，教人難以把握。心思蟄伏得太深了，縱有再多的理由，人能看到的，也只是表面的行動。而人心就是江湖。多年的武林生涯足以讓飛梵認清楚這個事實，不再天真無知。眼下是避無可避的死劫。

金風叫吼不休，彷若在催促猶疑躑躅的仙劍天驕快些下手，她內在的聲音也繁亂混淆，她的手往下移，劍鋒一寸一寸地滑落，理性跟她說，這樣是錯的，是忘恩負義的，她如何有顏面對得起仙劍之名？然則，另一方面直覺慫恿她擊殺伏飛梵，主要是剛剛那吸收金風之力所砍出的絕世劍招，令何天驕心生畏懼。那是在親眼見證龐然怪物以後的自然反應。

飛梵左手下意識摸著自己的肚子。她很少做這個動作。飛梵有孕這件事，並沒有讓她心中湧滿慈愛。她不懂有孕者時時撫摸鼓起肚皮的心情。對於未來的孩子，她無愛也無恨。她對母愛天生頗為懷疑，她感覺不到一團肉跟自己有什麼情感關係。是啊，那胎也就是體內多出來、而且持續往外脹的肉啊，不是嗎？所以，也就沒可能有恨。恨是非常深刻的情感。她跟孩子間的關係是零。好像胎兒只是寄居也似。她只是在等待時機到了，讓他或她離開。飛梵還不曉得自己的下一步是什麼，會讓孩子跟著自己天涯浪跡嗎？又或者找個人家收養？她只確定，房家不會要這個小孩。

死前一刻，她遽然摸了翻飛寬袍遮掩下的肚子，且低頭去看，小聲說著：「孩子，對不——」但沒有說完，她不知道能夠怎麼說，有些許虧欠的感覺生起。此刻，她頭一回切實感應到孩子，像自己的身體製造了另一種時間似的，（有一段新的時光就在自己的肚子。）全新的、會有幾十年的歲月被自己的身體緊密包裹，等待產出，等待破解掉如封似閉的溫暖母體，她也就像是同時擁有了兩種時光。一種是原來她作為劍道探勘者的時光，另一種是她身為母親的時光。（我要成為母親了，但怎麼樣才能作為母親呢？）她無知難曉。

而只要道骨劍一斬落，孩子就來不及抵達世間。她的確對孩子感到抱歉。一切都是她的選擇，是她決定來到這裡，涉入危險，這是自私愚蠢的事吧？會有母親犯這樣的錯嗎？飛梵心中對自己有著輕微的責怪。或許她並不像自己以為的，對這個小孩可有可無。惟她也不打算欺瞞自己。如果再有一次，她還是會來金風頂。劍道活在她的血肉筋骨裡，她不可能放棄。這是矛盾的呀，她怎麼能夠冀望一邊無怨無悔於劍學之路，一邊又能對得起她的孩子呢？

她仍是自私的，到頭來，其實最讓飛梵遺憾的還是，劍學道藝才剛剛有初步的完整體現，她卻不能再有所推進。生命終結，累積十多年所思所得，就成了空變了虛。這些珍貴的經驗與領悟，烏有化零，多可惜啊！無怪乎還雨哥哥體衰後仍舊辛勤訓練鍛鑄師，要把所知所學都毫無保留傳遞下去，並且勸告她，時候到了，就該開宗立門。或許，創立門戶並不是她所設想純然自私的舉動，還有另一層面的深意與念想。然則她再也無機會了。

仙劍去聽見了。雖然飛梵虛弱，音量甚小，雖然金風聲大如雷吼，何天驕還是清清楚楚地聽到了。劍立即煞住。她望了飛梵的肚子一眼。那裡確實有一點隆起，不明顯，但眼力夠好如她，已能確認。何天驕嘆了口氣，眼神怪異，但又有種全然鬆解開來的意味。她不需要成為惡人了。是的，再怎麼樣都不能下手。飛梵的裡面是個孩子啊，天驕如果下手的話，就是一屍兩命，她不止殺了一個母親，還殺了一個孩子，仙劍天驕豈是喪心病狂之人。何仙劍撤劍，蹲下，問伏飛梵：「妳有孩子了？」

企圖振作但仍舊乏力的飛梵艱難地點點頭。天驕伸出手點住她的肚子。何仙劍感覺到胎動，微微的，很熟悉啊，有過兩個孩子的她，對此並不陌生。何天驕望定飛梵，她又問：「房家的孩子吧？」伏飛梵眼中憂傷如水波晃蕩，似乎任誰都曉得她和玄真那段無疾而終的情愛啊。飛梵聲音嘶啞地回應：「不是房家的，是我的，我姓伏，孩子是伏家人，是伏家的孩子。」

仙劍天驕懂伏飛梵的意思，她是那樣一個女子，心智清明，意志堅定，她知道她在做什麼，她正走什麼樣的路，她一清二楚，所以，不需要依靠男人。她有能力，江湖視她為無物，但她又何嘗把江湖放在心中，又何必在乎呢？

對飛梵來說，劍道才是唯一真實的。

在這一刻，何天驕好像又可以跟飛梵水乳交融。只是，天驕突然心疼起飛梵肚中的嬰孩。因為，她很清楚，似飛梵一樣的女子，甚難成為一個好母親，一如何天驕。她靜了靜，從懷裡取出一指頭長短碧綠碧綠的短劍。她把仙劍之鳴給了飛梵，說是要答謝她的援救之恩，並承諾道：「只要仙劍之鳴響起話語，無論是什麼，仙劍室都會傾力辦到。」說完，收好道骨劍，仙劍天驕用足真勁，一手一個，左邊提起陸天機，右邊攙住飛梵，幾次縱跳，離開金風頂。

人蹤也就杳然。金風持續颳殺一切，看來恆久不變。唯即使是堅不可摧的絕頂，也持續地被磨蝕著，以肉眼不可見的速度被消耗著。是了，在時間的龐然威勢下，沒有什麼可以永遠如昔。一切是無常。

最初的

時光之一

原本，一塊黑石在等待著。更精準的說，是石頭內部等待被提煉出的鋼鐵，是尚未被發現被理解的特殊性鋼鐵裡面的，一種存在，一種物理的存在，神祕而未知。（而你在等待著。）等待某個無法辨識的機遇緣分，它似乎有一些奇異意識的運作。（你必須等待。）而有些想法被放置在它裡面。（你是獨特的。）那些神妙在奇異的石頭裡靜靜的，它對它的自身沒有理解能力，它只是封進石頭的一股神祕力量，它需要被釋放，但它並沒有釋放的概念，它無思維能力，只是承載。（你是無所不知，但也是一無所知的。）歷經無數的年頭，沉睡再沉睡，在河底，它還在等待。（你始終還沒有遇見一個人，懂得你的力量，懂得使用你，創造你。）

彼時，以黑石形式存在於世間的它，還沒有遇見鑄劍師，但它終究會遇見的，（是的，你會。）存在物的裡面有信念，超越思索的階段，那是一種堅定，跨越千年的信念，它的前方是逐漸完整起來的命運。被密封的它對命運是毫無疑問的，（命運是必然的，而你像是能夠感覺得到。）只是像是，它的感覺只是一種偽仿。偽仿什麼呢？它無從知曉，但它的裡面裝著一些超越它能力的什麼，複雜多變的，而，（你只需要存在，存在以後，等待。等待一個人。）

它聽得到聲音，或者說意念，就是那些意念對它說話，要它順服於時光，要它等候第一次，也是唯一一次的完全誕生。（你將擁有時光，你的時光，時光將贈以你時光。）此特異存在之物，被灌輸了想法，它永遠念念不忘，它將是它自身的迴響。（這就是你的使命。）存在物不止是鋼鐵，它是完全不一樣的鋼鐵。它包含了超越感。它被龐大意識體賦予某個任務。它像是有精神力。像是。

但必須有人發現此物的力量，察覺到它的非同凡響。必須有誰。直到命定時刻到來。具備存在性的鋼鐵可以一直等，天荒地老都無傷無害。它是沒有疼痛的，它沒有身體，它完整而絕對，堅硬無縫隙。它沒有感官，它也沒有意識。它就只是它，被無法定義、無法命名的力量所輸出的實體。它是一種想法的實踐，它承接的是某種更高更神祕絕倫的意志。它不思索那是什麼，又源自哪裡。它只是服從。它服從自己的存在，沒有質疑的能力與必要。

從天上掉落、來到河底的它，靜默無數年頭，任憑四季嬗變來來去去，它始終安然，耐性等候。同時，它正在改變，不是改變自身，而是變造他者。猶如感染也似，它將環繞在周邊的石頭，改造成類似的東西。並非所有的石頭都可以，必須是跟它一樣，唯獨從天而降的黑石，才有可能被變為像它的東西。被賦予的它，賦予了其他物，彷若生產。靜靜的生產。物對物的生產。

它賦予其他石頭新成分新的鋼鐵，令它們變得跟先前不同，特別是堅硬度方面。（它們只是你的複製，你不是真的促使另一個你發生。）它是唯一的，它不同於其他，那些被改造的石頭都少了一點。（少了被裝入的神祕想法。你才是真的唯一物。它們不是。）它們只是被龐大的什麼勾引而覺醒，變得比原來更好，但還不夠完全。（完全的，只有你。）是如此的了，那負載著神祕意念的，原初的它。

爾後，某日，那個人突如跳了下來。它無法主動感覺與思維，但它的深處，被賦予的神祕，就知道了，知道了是那個人。命定者的抵達。存在物裡面被密封的想法，純然是不可知的運作。被動感應式的知曉。猶如波動。波動抵達波動。也就知道他來了。無聲的河水，情報隱密地傳遞著。那個人果斷地跳進雪膚河。他發狂了似的游著。水中的男人。他愈游愈遠。他離開岸。在河中心停下，略微遲疑半晌。跟著他往下鑽。他沉進河底。那是一個用力憋住呼吸的男人。他硬是抵抗水的能力與反擊。

他到水的深處。然後開始行走。那是一個在水底行走的男人。他致力於停住呼吸。不想活了。

他就是它等的那個人，他是這個世間唯一有能力造出真正的它的人，即使他是一個看來不想活的人。（是了，你終於等到他了，這是無可估量影響有多大的遇見。）從這時開始，整個歷史都將不一樣了。（你將啟發他完成你。真正的你。）而一旦它完成，那就是新時間的到來。（最初的。）但問題來了。（你該怎麼讓寧可就此死去的他，發現你觸及你呢？）

他當然必須活著，才能創造它。他不能死在河底。而它感應到他的絕望，無能為力的氣息從他的身上溢出。他完全無法阻止自身的黑暗感發散。而它靜默等待。他必須更靠近。再近一點。他幾乎就要踩中它了。

那是一名學徒，每天每天都跟著工坊裡的前輩們提鋼煉鐵，將礦石與炭置入煉鐵爐後，經高熱焚燒，使風箱鼓動不休，將石熔化成軟棉狀以後，有毒的成分自然被熱焰去除，僅留下有用的鐵物，跟著再倒入模子中，製成鋼胚……

而他一直無法掌握適切的比例與合宜的火候。很困擾啊，他不知道該如何是好，自己是失敗的，連製造鋼鐵的基本技術都做不好，遑論鑄劍鍛刀。他知道自己的本事與領悟力差，人也不怎麼機靈，只曉得苦幹實學，但怎麼都掌握不好。別的工匠學徒早就上手，獨獨他怎麼努力亦無法提煉出一塊不崩不裂的鋼胚鐵胎，他就是做不好。礦石裡經過高熱榨取出來的成分，要嘛是彎曲得不能塑形，要嘛就是充滿裂痕。全是失敗品。好幾年過去，他還是一事無成，對工坊來說，不啻為一拖累。

在河底，他硬是蹲著，彎下腰，從河床撬起一塊黑石。好怪的石頭，非常重，連體也似，中間的形狀是接近圓形，兩側則是有點方。一塊渾黑的連體石。他就使勁抱著那顆石頭，硬是坐在河底。他把黑石壓在胸腹間，以重石抗拒浮力。他想要溺斃。其舉止所為盡皆透露出願意死去的訊息。死去也沒什麼不好吧。空有一個漂亮的名字，卻是什麼本事都沒有，他對得起為他取下極好名字的父母？他對得起羅姓嗎？不如一了百了吧。

他的心智在昏暗的河底越發混亂。死成為執迷。他著迷於解脫的想法。他不想面對自己的挫敗與無能。他寧可就無聲無息消逝在世間。他卯足了力，摟緊石頭，硬是蹲在河底。

雪膚河的水質極好，煞是清澈，但他愈是深入，就愈是感覺到模糊朦朧，一切看起來都是美的，寧靜又完整。他憋住的一口氣很快要見底。口鼻中噴出氣泡。他死命抱著石頭。覺得不會有任何希望，上面的世界，完全絕望。反而是現在，或許他還更靠近希望也說不定。徹底的消滅，就不會千失萬落了。而痛苦的感覺來到。他硬是忍住。缺乏空氣的肺部逐漸長出尖牙利爪，想要撕裂他的靜止。

身體逼他有所動作。身體抗拒死亡。身體想要存在。身體想要更多更清晰的存在。但那個人任由絕望吞噬，他的力量都取用於壓制自身的垂死掙扎反應。想死去的意念在腦海中生根。他沒有想過到底值不值得，單單只是為了無法鍛造鋼鐵就絕望是否太輕易隨便了？但他樂於絕望，樂於被深淵蠱惑。那個人被死亡是甜美的誘惑細細密密地綑綁住。

它感應他的死。它並不覺得奇怪。一個求死將死的人，怎麼能夠是它的塑造者。它沒有懷疑。埋在它裡面的訊息絕不會犯錯。或許吧，死亡是接近那神祕性乃至於啟動它的唯一辦法也說不定。

河底的世界暗沉沉，光線最後無法穿透更多更深。在水裡最底的人什麼也看不清。那個人也已是一個心中沒有光線的人。因此，就算光線直直地抵達眼前，也許他還是看不見的。

不過，總而言之，它現在就在他的懷底，它成為他的自戕工具。他透過它的重量將自己固定在河底，他持續堅持於死。唯死是這麼輕易的東西嗎？它沒有任何判斷能力。他開始吐出氣泡，手腳綿軟無力。它的重量完全施加在他身上。他就快要昏迷。而它不能讓他死去啊。（是時候了，你應該把裡面的一部分東西給他，給他應有的那一部分。把你自己交給他。）是這樣子的了。（你的使命與這個人有關，他必須活著。）於是乎，它解開自己，解開封住無數悠悠春秋的神奇，讓那些未知的強大流淌而出，逕自鑽入他的胸口——

有一種奇異的硬的感覺穿過肌膚血肉。無形之物。但確實有個什麼，猶如劍鋒刀口一樣，硬是刺過他的表面，逕自闖至最裡面。然後炸裂。一股光的炸裂。但又不是真的受傷。那是一股帶著硬質感的強光。金屬般的觸感突如其來的伸入。對了，彷若有塊金屬被填充到他的內部。不可能嘛，這樣他還能活嗎？太詭譎荒誕。隨後怪石漂浮起來，輕盈得像一團空氣的黑石黏著他，拖著他，一起往水面飄去。石頭的內部，有種神祕未解，正跟他的身體產生融接。

費力運作但徒勞的口鼻，忽然獲得突如其來的空氣，裂解而得的空氣。重新獲食呼吸，但意識迷茫的他有種模糊印象，以為自己從黑石裡吸了一口光。而分外他不能夠明白人如何從石頭裡獲得光一般的呼吸。

唯正是那口光給了他新的炸裂、新的呼吸、新的狀態以及新的存在感。灰暗的心思忽然撤離。他猛然就想要活著了。他忽然意識到自己可以如何精進技藝，如何開展日後鍛刀鑄劍的事業。他遽地有了許多的想法，他可以完成許多更多吧。念頭怪誕又突如其來。但他確實覺得有個決定性的東西生成了。他不一樣了。必須活下去。不知道為什麼他非要活下去不可。

原來他是壞掉的。現在的他則被修復了。莫名其妙他就被完整地復原了。

而黑石透著光。石頭有光。透著神祕的暗金色澤。他的懷裡是一團光源。他被拉著往上。往上。再往上。河面在望。持續往上。有股明亮的意志照射著他。不。是從裡面被引發出來。一團鮮豔的光亮在他的胸坎裡持續炸放。窒息感遠去。他覺得自己不再需要呼吸。感覺挺詭異，而且沒有理由啊。但他真的感覺得到了，自己與石頭之間產生一種神祕連結。就像是——雖然他並不真的記得了那意味著什麼——就像他在母體裡面，就像他回轉到生命最初的時刻。寧靜、安全。外界有再多的噪音，都干擾不了他。簡直像它是他的母親。簡直像是他要從一顆石頭的內部蹦出來。而石頭的呼吸儼如它的呼吸。這般無解莫名的感受讓他不知如何是好。

河面轉眼即至。沒有費什麼力氣，他便破水而出。彷如河上有什麼無形的吸力一把將他扯起似的。水花嘩啦。他抱著石頭浮在水面。渾身濕透的他漂流著。他的身體四肢全然放鬆，任憑雪膚河帶著往下游流去。

那種發光的奇異滋味，還在胸口裡發燙。微微的發燙。心跳一鼓一鼓的，滿腔的血熱。他感覺被光點燃。血肉融合的感覺，在全身裡頭震動騷動。石頭的裡面太深邃了太難以思議。神奇的事物。他不懂這顆石頭究竟是什麼。但它彷彿改造了自己。他隱喻意識，體內多了一點類似金屬的成分。很難說清楚，還無法肯定任何事。此時的經驗，如見鬼神。他唯一確信的是，那石頭絕非人間有，定是天上來的異物。

在雪膚河漂移了好一會兒，那種跟著光一起燃燒的強烈快感，慢慢地偃息。天外飛來的感覺熄滅。或者說關閉。霎時，他有種被排除的感覺。石頭將神祕的聯繫切斷了。好像它真能主動決定些什麼，好像它是活的一樣。他沒有辦法去除這樣的印象。它不但是活的，更是神乎其神的。他幾乎想要對它膜拜。且他回味無窮啊，關乎石頭跟他的奇異連結。它那樣溫柔地包圍，令他體驗回到母體裡的平靜深邃。如同新生一般。他緊緊摟住石頭，恨不得馬上再來一次。他想要再次品嚐跟神石血脈相連、精神契合的超絕滋味。

漂啊漂的，他靠近岸邊，近似捨不得從河中離開。心中激盪縈繞著剛剛發生的事。神奇的事。河水推動著他，輕輕撞著河岸。略略的痛楚。他不在乎。他只想著人石之間的無可思議。他追索記憶。他想要更多。更多的神祕經驗。幾乎是飢渴的。他像是抱情人一樣的用力抱住石頭，彷彿想要把它擠進自己的肋骨。他冀望融為一體——重複再重複，永不斷裂。

但它不為所動。石頭就只是石頭。沒有任何反應。他抱得再久，都沒有用。他的使力只是讓疼痛加劇。胸口被黑石擠壓生痛。背部抵著岸邊，痛楚逐漸變得真實。肉體與硬物的摩擦不會相容，祇有相互牴觸抗拒。黑石也不再輕盈，重量急遽地恢復。它不再是顆神石？他又要開始下沉。猶如方才河底下的事只是一場夢。是夢嗎？那只是夢嗎？夢會那樣子真實？他還感受得到光的質量、石頭溫暖的內部。不可能是夢。他用力甩頭。髮絲上的水滴朝四面八方噴濺。

他雙腳擺動，避免滅頂。他深知，不能再泡浸。他左手摟好黑石，一個反身，右手抓著河岸邊草土，幾個扭動，把自己拉上岸。濕淋淋的他躺在泥地。石頭在他的懷抱，不會落掉它。今生今世他都不可能遺棄它——

黑石會是他的起點，也將成為他的終點。

他的一生都和它緊密相扣，他的技藝，他的執著專注，他的所有熱情，他將奉獻己身的一切，獻給眼前的黑石，沒有意外，也絕無保留。在沒有知覺的狀態下，他接受神祕石頭的啟發，它贈與他之前缺乏的某種決定性的什麼。從今以後，他是一個足夠的人。他將有能力將黑石鍛造成鋼鐵，並且朝鍾鍊成絕世武器的路途而去。此乃鬼神之石的部分天命轉移與他之故。但這些他無從知悉，他得一步步去體驗去發覺，而終究會明白，它不僅僅是此時此刻救活他而已，它已經決定了他的命運，他的許多年以後。

現在。他仔細瞅看抱著的一圓二方的連體石，除了形狀獨特外，上頭的紋理也有說不出的詭異，非常細的紋路，連綿密集不可計數，彼此轇轕纏結。他盯著看，覺得它們在游移——

那些線條像是活的一樣。它們在他的視線裡演繹各種組合、更多形狀。它們似乎有話要說。他定定地覷著，試圖以眼睛聆聽它們的訊息。他想要理解那些彷如活著的線條究竟想要表達什麼。他又好奇又飢渴。他被渾黑怪石激發出來的活力正在沸騰。他有那麼點不確定自己是否有什麼問題——比如發瘋？畢竟他居然以為石頭會包含著他，還有黑石上面紋路會流動搬移等等的。他的神智還安好嗎？

是否因為他在河底太久、太過於接近死亡，是以倖存後心理狀態異變？會是這樣子的嗎？

挺困惑的。而線條密密麻麻排列，又產生無數種交會。他很快就覺得暈眩，像是所有的紋理都在齜牙咧嘴對他吼叫似的。眼花撩亂，天旋地轉。最後，他不得不放棄對黑石線條的直視。他抬起頭，視線移進無雲的天空。一會兒，那些咬住他眼神變化無盡的紋路才慢慢散去，不再混淆迷亂他的視野。甫經歷生死關頭的他其實並未虛脫，反倒有種龍精虎猛感。奇異之石給了他嶄新飽滿的祕密力量。他不知道那是什麼。但他已經可以確定，自己的轉變都是源自於這顆石頭。穩定住心神以後，他又低頭去看黑石。

石頭在他眼中不像是石頭，精準的說法是，不止是石頭。他看得更深。他不再瞅看表面紋理。這一次，他像是可以看見兩、三種武器漂浮在視野。黑石在他的眼底映照著一些刀劍的雛形。非常模糊，若隱若現。祕密的裡面還有祕密。他也就慢慢有一醒悟。此後，此一生的奧妙與成就，必在於把怪奇石內部的不可思議成分實體化，做成舉世無雙的兵器。

於是，它把應該讓他曉得的都傳出去了。它接觸他的心智，仔細慎重的。它所承受的想法，透過黑石與血肉的親近流往他的內部。原先不是他會有的想法，很自然地在其腦海裡生根，彷彿是他自己想到的一樣。

黑石之內懸浮著誰也無以諦聽的聲音，一些神祕告知，來自永恆的聲音。神祕，以及更多的神祕。祇有它聽得見被賦予的任務。（你是神祕的盒子，裡面潛伏著訊息，等待有緣人與你相遇，等待一點一滴被解除封印。）某些無可言說鮮烈地灌注，重複又重複，它一直在聽，也一直在等。（等待你完全掀開披露的那一天到來，等待終極的完整。）

是的，它還在等待最終樣貌的成形，以及未來一個個命運之人的來到。

時光之二

羅至乘面對煉鐵爐，臉上沒有任何表情。安靜而冷冽。眼神灼亮，好像有火在燎燒。全神貫注於眼前。狂野的熱迎面撞來，宛如實體，爐內往四面八方擴散的火力，是一種生猛的碾壓。周邊事物都被火的暴烈扭曲化。所有東西在熱氣的吹拂下都是歪斜的，邊緣變得暈染一般。但他無動於衷。這麼多年，他早已慣了。雖仍然不免渾身大汗淋漓，但至少不會被面前的爐火震懾住。

火的恐怖依然恐怖。然羅至乘已能夠自然相對，直視烈焰的華麗張狂而不疑不懼。他獨自操作一切，他持續鼓動風箱，投入更多的鬼雨木，燒起盛宴也如的大火，等候石變為寶的最佳時機。

如今羅至乘年屆四十之齡，業已是鍛刀鑄劍大師。他自立門戶，從原先立於雪膚河的工坊脫離，去至相隔數百里、鄰近鬼雨森林的鑲金台地，創神工鋪，專營各式兵器的鍛鑄。這幾年間，羅家造的刀劍是有赫赫聲威的，江湖人士俱目之為上等武器，尤其是羅至乘親自動手的，更為奇貨珍品，就連大富大豪者也甚難獲得，得講究福緣機遇。而隨著羅至乘的鑄煉功夫越發精湛，他冶製的兵器就越發無懈可擊。當然於此同時，他也就愈來愈少出手，除非是極有興趣的材質與樣式，否則很難讓他答應親自製刀作劍。

現在的羅至乘，每一次鍛刀鑄劍，都是為了空前絕後的挑戰。不為了別人，只為了自己。為了挑戰自己的此前與其後，為了他一而再再而三跨越又塑造的鋼鐵障礙，為了把刀劍的奧妙發揮推展到極限。羅至乘無法滿足一般的煉鍛，他需索的是鑄造技藝的更高階，甚至是最高階、唯一階。他已經對普通刀劍的製程無驚無喜。對羅至乘來說，唯有持續突破刀劍煉造技法的限制與成就，才是他真正的天命。

因是之故，羅至乘幾乎是退出神工鋪的經營，一切交由妻子福宛昭、長子還千、次子還家和一干徒弟們處理。他的孩子都很成器，對鋼鐵、兵器的直覺與認真程度都不在話下，因此刀劍的品質不虞心憂。武林人提起羅家刀劍無不驚嘆，以為神工鬼斧。此外呢，三子還雨雖然才三歲吧，但羅至乘有種奇怪的直覺，還雨日後必會有一番大成就。再加上宛昭十分精擅計算，與人交際無往不利，神工鋪乃更是如日中天，興旺至極，眼下業已是江湖中聲名最盛的刀劍鋪。羅至乘更得以專心一致於黑石大業，無須後顧。

那塊神祕連體石委實點燃他的鍛鑄之魂。從那件事之後，他就是為了黑天石而活啊。他等待著自己的技藝爐火純青的時日到來。一切的磨練與經驗，都是為了成就黑石所含鋼鐵的提煉，以及其後的鑄劍造刀。他等此時此刻等了足足有二十多年哩。僅有一塊黑石，故而非慎重其事不可，否則隨便一個疏忽，就再也沒有機會驗證自己的鑄劍技藝是否果真有鬼斧神工之能。

而說到羅至乘的獨門法寶，無非是曬乾的鬼雨木。能夠穩定供應火力，又能達到瞬間高熱的鬼雨木，冶煉起來實在是無往不利。再加上另闢一小爐專製而成的鬼雨炭，與礦石齊放入煉鐵爐，更能有效分離鋼鐵與其他無用成分。

鬼雨森林是著名的潮濕地帶，鬼雨木即是此地盛產的林木。所謂鬼雨一詞，乃由於這種林木的樹紋有鬼臉之相，加上此地多雨，故得知此名。鬼紋愈多的林木，就愈是能禁得起久燒。它能夠提供比一般木頭至少長兩倍以上的焚燒時間。羅至乘第一次摸到鬼雨木，就有種奇特的感覺，像是心裡有個很隱密的部位被扯動了一下，不是痛，也不是心驚肉跳。真要說的話，反倒有些兒像是妻與他頭一回對看到的滋味，裡面就有個萬分深沉的什麼被勾動了。

鬼雨木的取得並不難，偌大的鬼雨森林任人來去啊，不是嗎？但要怎麼挑選適用的林木進行砍伐，要怎麼曬乾終年被雨水澆淋的鬼雨木，可是一門不小的學問。畢竟鬼雨森林是大雨連綿之地，少見烈日，雖神工鋪立於鄰近的鑲金台地，並非真設在林中，但漫長的雨季令潮濕的水氣無孔不入無所不在地向四方蔓延，故台地一帶的基本氣候狀態，也是濕氣深重，雖有日光，但亦不強盛。這一點就著實難辦。

唯突然的念想彷如神來一樣，他想到先以洗紅山異常乾燥的紅岩土，悶住鬼雨木三天三夜，吸取木頭水分，再將林木懸空吊著，以慢火細烤它大半天，像是烤獸肉似的去烘鬼雨木，把裡頭水分全數逼出，讓它徹底地乾燥，旋即妥善封存於絕對密封的乾窯，待要使用時才取出。此就堪稱是羅氏的匠心獨運密法了。

神奇的無非是，每每他遭臨困境，內在便有個聲音響起。莫名的心中就有盞燈點亮，於是，灰影幽暗隨之褪去。那些個可以解決問題的念頭隨後便到，好若他生來就知道那些解答。這或是死裡逃生後獲得的極致天賦吧。

這一回的煉石為鐵作業，從木頭砍劈、運送到分切、日曬，都是羅至乘親力親為。每個細節他都在乎，絕無懈怠。從火的升燃到煉石為體，加入鬼雨木炭，繼而鍛造鋼鐵，跟著後頭的各種鑄刀劍技術，羅至乘都打算僅能由自己作業，絕不假他人之手。其一生成就不在往昔，而是此時此刻——時間從這裡才有了正確的意義。一切都從現在開始。

他分外明瞭自身的能力、存在與使命——也許除了它以外。那個黑天石裡的奇異命運，說不準比羅至乘更了解他呢。或該說是它開啟他的可能性，是它把這一輪命運給了他，它是他的未來，它是來自於未知與將來的命運。他被裝著小小的命運，但已經足夠改變整個世界。它完成他的變化，它讓他成為獨一無二。

它對羅至乘的影響力是不知不覺間的，它提供他更精妙的心聲與想法，它是他的給予者。它一再介入透露更多神祕，讓他的手法工藝突飛猛進。但這樣的改造不是一夕之間。人無法一下子就容納它全部的輸入，得要花費多年的光陰才能夠把它所賦予的一切，徹頭徹尾地吸收。太過急切的話，人就會變得癲狂。時間於它來說，漫長得很。它有至少好幾百年的時光，可以延續能力，何必急於一時呢。它可以慢慢在羅至乘體內完整地開發他。

而當火力到達理想程度時，羅至乘乃捧著黑石，站在還未封合的爐口前。他心念電轉，一生的成敗就看這個時候了。如此稀世礦石，唯有他現在手中抱著的。沒了，就是沒了。絕不允許有一丁點的閃失。羅至乘感覺猶豫，一陣無法消解的軟弱，漲潮似的從深處升起，從心底迅速地蔓延到四肢百骸。他覺得有一股可怖濃烈地撲擊過來。在河底窒息的記憶甦醒，慌亂絕望的情感遍布。羅至乘呆望著火光，無法前進更多。關於黑天石有可能被銷毀的恐懼，使之全身僵硬，彷如一塊人形金屬似的。

焰火像是眼睛。凶惡的眼睛。詛咒的眼睛。濃烈的紅眼睛。它們熊熊瞪住他。

過於害怕的他，也就不得動彈。他杵在那裡，望住熱火焚燒如惡意。恐懼關閉他的身體，生理機能一瞬間被奪走。都四十歲了的羅至乘彷若孩子，竟無反應的能力。黑天石太重要了，他真能做好一切？

溺河以來，連體石的光、線條和他所目擊到的兵器雛形，一直活在羅至乘的核心。他有好大一部分都深埋在那些經驗與記憶底。只有他一人得曉。他保密到位，倒不是整件事有什麼不可告知，終究只是一個瀕死了、卻意外活轉過來的故事。也許不是常見的，但也絕不是唯一的。羅至乘並不打算浮誇自身的獨特性。只是他單純以為黑石帶來的一切，必要神祕對待。跟黑天石有關的事物，他都三緘其口，敬重的意味居多。

除此之外，也還有他挑戰未知與不可預期的心理憂懼之故，他難以對誰直陳，就是妻子也沒有，更遑論其他人。黑石只能是個人的體驗。對外宣之於口，就算他不被當瘋子吧，也必然會成為丑者。他再怎麼篤定，都不宜直接說出嘴。有些不可解的神祕經驗，最好留在心中獨生回溯最好。他也老大不小，什麼該說、幾時該沉默，自有分寸。

另外，還有他對黑天石的奇怪情感，這方面他也不大願意對自己承認。形容得誇張一些，會讓人誤以為是情愛。神祕石的觸感甚至比妻的髮膚體感更能吸引他，對黑石他有一種疑似興奮的感受，會打從體內熱起來，像是有把暗夜大火凶猛放肆不容質疑地燒起。這不是說把石頭當一個活人——雖則他經常以為它是活著的——而是黑天石的光滑真是宛如女體，細嫩纖美得就連真實女性都比不上。多年時光過去，也許是他太常在夜間撫摸著形體呈中間圓好、兩邊方正的石頭的緣故吧，以至於它摸起來的觸感，更是美好得無與倫比。

內在深處對它有不可直視的欲望。那已然是超過人體與物體之間的欲望。鬼影似的欲望。抱在懷裡的石頭時時給他知心的感味。在暗夜時分，在他苦惱著兵器學的鑄造瓶頸之際，所有的聲音都死了，彷彿連他自己也都死透了，沒有任何想法可以解決問題。可沉默的黑石在他的撫摸下，總會流露出很淡很淡的溫度感——或許只是他的手溫吧——然後，他忽然都清楚了。只要有黑天石在手，什麼難題都能迎刃而解。它是他的幸運之物。靠著黑色異石，羅至乘技藝也與日俱長，終成一代鍛鑄大師。

他並不承認自身對石頭有過分的念想。它再怎麼神奇，不過就是塊石頭，哪裡至於有什麼情愛關係？雖然，黑天石已經不止是一顆石頭、一種物體。它是隨時都跟著羅至乘移動的記憶與情感。它已經深植在他的心中，成為他的骨皮血肉，日思夜想，無片刻遺落。但再怎麼需要黑石吧，也無法容許如此詭異不堪的關係。他認為他是清醒的，不可能因為石頭奇特，就一股腦癲狂地栽進去人石之間有情感干連的胡思裡頭。

一直以來，羅至乘竭力打造出各種最出色的兵器，這都是對方圓石的回報。它拯救了他。它絕非世間物。它定然蘊藏著廣大難解的奧祕。羅至乘了解這一點，雖然沒辦法說明更多，但他確信它有他無可參透的能力。

不該在這個重大時候亂想的，他對自己說。他深呼吸，深深吐氣，將一口氣長長地吐至盡頭，像要把心中積聚的緊張鬱悶悉數宣洩。然後，慢慢的，鼻子用力，身體微微有往後移的跡象，胸腔則挺起，他吸了一大口氣——羅至乘感覺自己吸進了一些光。似乎是從黑天石那兒索獲。有莫名的光滑進他的內部。於是，就照亮了。於是，他的疑懼他的動搖他的不安他的自我懷疑他的裹足不前吧，全都退到心靈的最邊緣，再不能置生作用。

原本灰暗的心思倏然廓清，一下子光風霽月起來。二十多年的技藝不是白磨練的，他必須相信自己，相信自己花費了精神與心力的所有時光，相信那些精錘實鍊的手藝工法。

終於往前走。他將黑石放進這座專為它特製的煉鐵爐。整整七年時間，由他一磚一瓦親手造的爐。此乃羅至乘對方圓石的最真純心意。他珍重它。但也到了該分別的時刻。他窮一生之力就為了有把握將它熔解，將他少年時隱隱約約幻影般所見的兵器實體化。現在時機已成熟，爐搭建好，歲月也將原來懵懂無知的他，焠煉成一堅定的中年人。羅至乘都準備好了，鬼雨薪柴、鬼雨炭也都備齊。黑天石應該也是吧。

放好方圓石後，再另外置入一定數量的鬼雨炭，由之汰去雜質，留下純的鋼鐵。隔著爐口，羅看著連體石被露出濃烈尖牙利爪交錯繚亂的火焰吞噬。圓融方正的石塊也就逐漸消失。痛下決心，關上爐門。他咬著牙退開。

他在爐底加入更多劈好的鬼雨柴。要讓鬼雨木的燃燒效果發揮到最好，除了必須完全去除其水分，好讓木材堅韌質地能夠盡展外，還有得依據鬼雨木的紋路去切砍為柴，像是最好的肉品一樣，不是隨便切的，你可不能斬斷它的紋理，得順著那些細密的肌理切割，才能保留最好的效果。因此，愈是能留存完整的鬼臉，就愈是能夠燒起熱烈如華麗盛宴般的大火。

隔了一會兒，羅至乘感覺爐火的強盛狂野，感覺黑石正在被燒熔。根據直覺，羅再添加適當數量的木材，讓高熱維持在想要的溫度。現在已經不需要風箱的鼓動。他透過體膚感覺往四周噴洩的熱度，一切都只能依靠經驗和自信。身體會告訴他幾時大功告成。按他的特殊說法，就是金屬熟了。像樹上的果、鍋裡的肉那樣的，熟透熟絕熟豔了。現在只能等待。等待黑天石裡面的鋼鐵終究熟成。

其實黑石並不大。中間的圓形大約是羅至乘的胸腔大小，兩邊的方體石則是與他的頭顱差不多。抱起來不沉，奇異的輕。照理它煉出來的鋼鐵理應少許而已。但羅至乘篤信它能足以鍛鑄出數把兵器。縱然多年前模糊目擊的圖像是模糊的，但有種直覺告訴他，黑石終究是表面的假象，只是兵器們所戴的面具。真正神異的不是黑石，而是它裡面所藏的刀劍原形。在裡面。裡面的裡面，有著天大的絕世的極頂的奧義。

而這一切的基礎，都源自於礦石所煉出之金屬的質地。第一步是找到完美的原料。羅至乘至今為止的四十年生命裡，最不可思議的，還是擁有那塊有方有圓的黑天石。羅至乘是一個可以看見原形的人。多年前，神石開啟了他。於是，各種礦石，在他眼中都只是一層皮相，他可以直接穿透到內部，目擊金屬與兵器的原始狀態。很清晰的。這大概是一種特殊的能力吧。

且不止如此，有時候他連吃飯睡覺或看著風景，都能瞧見某些武器的雛狀隱隱躍動。比如望著碧綠落葉從天而降，他就想到鑄造一把劍面充滿葉紋的碧綠色長劍——這把劍後來讓玉葉居重金買去當作鎮派之寶。又比如他聽見風聲，聽見那些遠處不可解的細密呼號，就想著有沒有可能把聲音與刀劍結合起來，產生以音剋敵的效果，種種凡此。

他一直以為，刀劍是無處不在的。這是羅至乘的最初、也是最終的信念。他可以在各種看來不相關的地方，獲得武器的想法。萬事萬物都能啟發他。羅至乘對將鋼鐵鑄造成兵刃有著熾烈的熱情，從年少到如今都是。

鍛鑄無疑是一門藝術，需要經過千錘百鍊，要有才華，得有好的運氣。他著迷於此，幾乎中魔。對別人來說難以忍受的高熱痛苦，在他而言，卻是享受。他時常感覺到自己與鋼鐵和火焰的完美契合。日夜與鋼鐵搏鬥，將原料精心打造為刀劍，從來不是苦差事。那是一種絕妙的金屬創作。他對劍術刀法的發明沒有興趣。他只想要一次又一次地把腦中的概念，具象實體化為各式兵器。

他甚至能夠把自己化成金屬。這麼多年以來，有黑天石與他相守，羅至乘奇怪的有一種不思議能力，不能說它是功法，但它可以變成家傳自保神功。這種奇特能力，係以人體仿為金屬的奇功異術。只能自保，不可傷敵。羅家人的功力全都該用在鑄刀劍上，其他的自無所謂。但為了避免有人脅迫危害羅家人，不尊重神工鋪的專業與意志，這套完全堅固防守的特殊異能，就能絕對有效維護捍衛羅家子子孫孫的尊嚴與生命安全。有了它，羅至乘相信自己的鑄劍師血脈，絕不會忘本地走向江湖爭鬥拚殺歪路，會謹守本分地活在冶煉鍛造的應許之道上。

畢竟，他是徹頭徹尾與鋼鐵和各式兵器活在一起的人。每一種武器都夾帶他以金屬展現的獨特詩意。所有的刀劍都是他的詩。每一首詩無動靜時，盡皆美麗的幻象，一旦動了起來，全是會傷人的。

惟羅至乘認為刀劍並非凶器。刀劍只是刀劍。當人帶著殘暴殺意去使用，它才會變得凶惡。換言之，任何物體，只要人有惡意，都能變成凶器。這跟刀劍的本質無關。武器就跟武學一樣，最好的狀態都是習武者對暴力的細細討論。也曾有人公然對他質疑過，說是他加重了武林殘酷的傾向。但他不以為然。羅至乘對自身的作為有信心。他不是為了殺害而鑄造刀劍。他是要把那些在礦石裡在金屬塊中呼喊著他的兵器原形製作出來。

他是一個聆聽者。他聽著除了他誰也聽不見的呼喊——像是詩歌一樣——然後一次又一次地克服種種難題，將世間最優秀的兵器造出來。他冶煉鍛鑄的不是死亡，不是堅實的傷害，是對未完成的事物的懇切回應。羅至乘的初衷沒有改過。他一直都是這樣子的。他對刀劍兵器有難以取代的熱情熱誠。他不會因為別人如何使用濫用就懷疑起自身。因為他的所有意志，都集中在對刀劍的探索與鑄造上。其他的，根本不在他的考慮之內。

是這樣的了，武器製造是他的志業。而志業是什麼呢？

志業，就是將意志變成專業。當你能夠把做一件事的意志變成個人專業的極致時，它就是志業了。羅至乘是這麼想的。當他了解到，創造兵器的意志像是他生命的本身之時，他就懂得此生的使命。唯有把各種被礦石困住的優美寒冽兵器解放，才能讓它們自由。他必須熔掉那些籠子一樣的外形，把它們的真實本體修整出來。那些像是殘暴野獸的刀劍，實際上都是美麗的造物，只是人們把它們變醜了變惡了。武器的原點並不指向殺戮，而是凝視著武學的漫長探索、創作之路。

從充滿黑暗的地方，到充滿光的地方——羅至乘一直是對刀劍這麼做的。每一把刀劍都是充滿光的。它們曾經在深深的黑暗之中。現在，他解放它們，他給它們嶄新的命運。是了，充滿光的命運。最好的兵器總是要充滿光的。可惜人的作為，讓兵器的命運再一次走進最黑暗。它們本來都應該要走進光的中央。本來都應該是這樣子的。

他創作刀劍時，也像是再一次地創造了自己。而每一次的創造都從毀滅開始。他得先完全推翻剔除消滅上一件完成的兵刃，才有可能前往下一個。毀滅從來是創造的起點。就像現在毀滅黑石的時候，也就是創造金屬的時候，而將金屬的固有形體經過燒製、錘打、塑形、入水、精鍊等等過程，也都是毀滅。是的，必須經由毀滅去創造一副完整的刀劍。

被烈火焚身的黑石，正因為毀滅而重生。形體的消滅，不等同於消逝。它的外殼被熔化，它正要露出本相來，它原來就是一塊來自天外的神祕金屬，只是被包覆在黑天石的外貌之內，它是被創造的，但它又創造了羅至乘。創造與被創造的關係會是一種絕對的主從，是不可能逆反的嗎？並不是這樣的，有明悟打進他的心中，創造與被創造的關係是更複雜的，有時甚至會徹底翻轉過來，創造其實更近似於是一種渠道，是一種往返，是一種中間狀態。

（創造不會是單線的，它是雙向的，它甚至是嚴密的圓，沒有誰能夠真正的創造什麼。誰都是從別人那裡拿來一點什麼，再從自己的裡面掏出一點什麼，結合在一塊兒，看來煞有介事。這就是所謂的創造。）

（創造不是屬於，不能被放入在屬於誰屬於什麼的範疇裡進行討論。創造是一種連結，在整體的大連結裡，不斷地形塑出更小的連結，創造是共生共在。在被創造的同時，也正在創造什麼，這才是創造最可貴的地方。）

羅至乘腦中浮現此時此刻正在解體的黑石往四方透露的祕密訊號。但他並沒有真的意會到。他仍舊持續專注於爐火。還要好長一段時間方能見到成果呢。被高溫帶走體內的水分，他汗流浹背，口乾舌燥。但視線持續鎖住煉鐵爐，像是怕它會忽然移動跑掉似的。一輩子的成就，都在這裡了。他的究極，他的見證，他的所有意志。

福宛昭就在這時走了進來。她手上提著鐵壺。神工鋪也只有她膽敢打擾羅至乘。她踅入禁地一般的獨立鍛鑄樓房裡，一派從容。她是羅至乘的妻子。她必須照顧好夫婿的健康。因此，宛昭從來理直氣壯。她走到羅至乘身後。好一會兒後，羅依舊無知覺宛昭的在場，她嘆了口氣，又咳了好幾下，他總算有反應，方才驚覺妻子已在旁邊。

羅至乘眉毛緊緊蹙起，「妳在這裡，做什麼？」語氣十分不滿。他沒有看著福宛昭。宛昭也不在意，她將鐵壺遞過去，「全部喝掉，」她說：「但分幾次慢慢喝，不可一口喝完。」羅至乘露出不耐煩的神情。福宛昭立刻講道：「你好好喝掉，我不會跟你囉唆。你若不喝，就怪不得我要一直站在這兒叨煩你了。」羅對宛昭沒有辦法。她有一種能力讓他聽話。她不干預他的煉鐵鑄劍大業，甚至可以說她是最支持也最理解他的那一個。許是心中對她充滿感激的原因，妻總能將他拿得牢牢死死。

羅接過水壺，開始飲水，咕嚕咕嚕喝著，像要一口氣喝完。福宛昭又開口了，「慢點喝，別嗆著了。」羅至乘心中不滿，她真當他是幾歲幼兒麼，才這麼想哩，遽然一個不好，喝太急，嗆了一下，把水噴出，鼻裡也倒灌水，險些把鐵壺摔下地。福宛昭瞇著眼，瞄看羅至乘。後者心虛異常，連忙擦掉口鼻上的水。福說：「你就不能慢點喝嗎？幾歲的人了，你啊！」羅至乘冷哼。福宛昭的眼神旋即變得淩厲森森，她貼向前，伸手指著夫婿的鼻子，「難道，是我說錯了嗎？」

羅至乘別過頭去，沒有作聲。他可不打算這個時候跟她吵。反正趕緊應付了她，就可以繼續全神一致地照應爐火，感受這世上最神奇的金屬到來。有千萬種興奮，就在他的胸口清楚雷動哩。

盯著丈夫把一壺水喝完，她對羅非常嚴格，水喝太急，是不行的，對身體也會造成不良影響。他的身體不僅僅是他的，還是她的，他們孩子的，以及整個神工鋪的。福不允許羅至乘像以前那樣漫不經心輕忽地損毀身體。等到他乖乖地把水飲畢，「房醫家來了，」福宛昭對羅至乘說：「也該是你休息的時間了。」羅至乘皺眉，臉開始浮現怒氣，感覺即將炸裂。羅說：「讓那傢伙走，這時機點不大對。」福卻又往前站，細小的身軀堵在他和煉鐵爐之間，非常平靜的，但有種山一般的氣勢。

像山一樣的女人。望著擁抱堅毅不倒氣勢的福宛昭，羅不由歎了一口氣，他怎麼會讓她成為自己的妻子呢？或者話應該反過來說，她究竟為什麼選他？是啊，簡直沒有道理。福是神仙關最出類拔萃的弟子，乃是劍仙流第一人。羅至乘則是僅有一怪異的剛體護身能力外，壓根無武藝。他真不懂為何她就是要他？有那麼多江湖高手武林俊傑可以選，偏偏她誰都不要，就擇了羅至乘。她推拒其他男子，變成他的妻，且為了全羅練黑石為舉世無雙刀劍之心願，接手管理神工鋪。

當然了，宛昭的運籌帷幄都是在暗處，表面上，羅仍是主掌者。她是一個在暗處裡默默發光的女子。她的美好與光亮只有羅看得見。也因此，他越發憐惜妻的付出。女人在武林裡從來都是不重要的。羅至乘從以前就對這樣的風氣很感不解。不管福有多少天賦與成就，都無法被認可，無法前進到明亮的地方被看見。這是什麼稀奇古怪的狀況哪！羅對此不滿，他曾經對妻子表示，何不就公開說神工鋪的商主，其實是她福宛昭呢？

但福反對。她對夫婿天馬行空的想法嗤之以鼻，他完全不清楚狀況，果然羅只適合當一名鑄劍師，而不會是一個好的商主。「聽好了，」宛昭那會兒認真至極地對丈夫諄諄教誨，「天下武林沒有人會把一個女子掌握的商鋪當真，先不用說江湖人會如何嘲弄恥笑，單單說購劍的意願就好，你以為，有人會買一個由女子當家的刀劍鋪武器嗎？清醒點啊，這是沒可能的，他們連考慮都不會考慮，他們會直覺就認定女人主事的店鋪，裡頭不管出產什麼，即便是燒菜煮飯之類的器具，也都會被質疑為何沒有男人居中控制，品質堪憂之極呀，何況是刀劍哩。」

羅其時被妻一番話堵得啞口，他的嘴巴塞滿了無言，什麼話都吐不出。相較於福，羅實對現實近乎無知，他承認這點。他的心志都擱在刀劍上了，哪裡有餘力去管生意呢。反正他自個兒對女人家是不帶成見的，女人厲害的也不少啊，像宛昭，除了鍛鑄以外的事，各方面都比他優秀太多，有主見，腦袋靈活，能夠照養孩子，煮了一手好菜，房事也從不馬虎隨便，兩人的私密活動至今還是茫茫然暈陶陶的，就算她的性格強悍一些，羅至乘亦沒有什麼埋怨的，畢竟是她讓他能夠放手一搏。她是一個可以全面處理後顧之憂的女人，也不知道他是哪來的福分，竟能讓娶到這樣任勞任怨又近乎全能的妻子，他早早就意識到他得讓她多一些。

羅至乘且又想到，女人也是能有出色本事的，不是只有男人可以，總有一天，武林也會還她們一個公道。他對這件事有著相當程度的樂觀。羅眼中的天下是寬廣龐大的，是無限的總體，不是單薄或侷限於一時一地的。沒有理由，像妻這樣出色的女人終其一生只能夠像鬼影一樣。福宛昭是清晰明確的存在體，不應該被漠視忽略。羅心中有著不平。

但也僅此而已。他並沒有煞費苦心地為妻爭取一些什麼，說到底，他未必有那麼關心，女人的還是男人的什麼都好，反正前提是不能打擾他對刀劍志業的完全投入。在最根本的地方來說，他其實亦無所謂於妻的處境。

「你想得夠久了吧，在拖延嗎？」妻的眼神有流火，「你在這兒守著也沒有意義，不是嗎？你不是也很清楚，適時休息是必要的，難道你還想血溺？或胃痛至整夜難眠嗎？」她的柔弱在羅眼中卻是無比強壯。面對下定決意的福宛昭，他是沒有抵抗力的。何況，她說的都是事實，前幾天他才又尿出血，那灼刺痛烈教他難忍，片刻就需要解溺，尿出時屢屢刀割也如，且每一回出來的溺水都是滴滴點點，少微得可憐，似乎永無可能清空，大半夜的，他簡直是離不開溺桶，翌日也毫無體力精神，還談什麼鍛鑄。的確還需要時間，他所期待的鋼鐵才會面世，在這裡也無濟於事。他只是單純想要感覺滿足罷了。他就是不想移動。羅至乘嘆氣：「妳到底想要怎的？這是我一輩子心血與技藝的重大時刻，妳非得千阻萬攔不可？」

看著羅眼中決志，雖不至六親不認的蠻橫，但她怎麼就喜歡他呢？宛昭出自劍仙流，是神仙關的重大人物，按理她已經篤定是神仙關關主之妻。可她對刀神宗男子非常不滿，她以為無一人配得起她，實際上宛昭之劍也到了出神入化莫測神鬼的境界，確實刀神宗眾弟子全不及宛昭，再加上她的美就是她的武器，更使得福宛昭的地位在神仙關翩然直上，竟連當時的神仙關關主也無可奈何。其實，何止是派內男子瘋狂競逐啊，就連派外的六劍家等諸多武林人物也多渴慕於她。

然為了羅，福宛昭成為有史以來第一位脫離神仙關的預定關主夫人。當時可是武林一等一大事。沒有前例的事，總是讓人駭異難止，況且還是那麼一個劍法通神的武林仙子，變為脫關者。福撇除諸多俊逸高才男子，投入羅家，成為他的妻，實在教人費猜疑。彼時彼日，還有人風傳那祇是福仙子為避眾家男子沒日沒夜糾纏不休，故而做此迷陣，以掙得自身清靜。唯福宛昭並不多解釋，祇是沉默地棲身於羅至乘身側。

多年過去了，福不但仍是羅家媳婦，還為羅生了孩兒，且一手締造神工鋪買賣盛況，允為刀劍鍛鑄第一家。也就再沒有人說及當年福的選擇是煙霧、是大錯特錯云云。一路以來，福宛昭對羅至乘的鍛造技藝充滿信心，也是她支持他自立門戶。福以為，他的刀劍工藝早就超越原來出身工坊的水準，不，豈止如此，他的鑄造能力該是超越所有人，一舉突破世間的水準。他是獨一無二的大師。

說起來，福嫁給羅的原因其實異常簡單。就是他的專注讓她著迷，甚至讓宛昭願意放棄其他人癡追迷逐，包含六大劍客墨烈禮、舒春秋、衛尚樂、問自易、司天書、鹿朝詩在內，福都一概無視之。她就是被羅身上的某種奇異神祕特質吸引，難以自拔。他的專注，他將刀劍鑄造視為志業的絕對感，都在在搖撼福的不動芳心。她日思夜想的都是，羅至乘鍛刀鑄劍的一舉一動，充滿神一般光彩的眼眸、表情和動作，都教福宛昭難忍，無法片刻忘懷。

到了今時今日，已是多年夫妻，福依舊激賞羅至乘一工作起來，對刀劍異樣的認真執著，雖然也常被他氣著惱住，有時候真是恨透他對生活其他事物的不經意，可是宛昭真是對羅的專注神情，一點都沒有抵禦辦法。過了這麼久的日子，連她自己都覺得未免太過離奇。宛昭望著夫婿，徐徐吁了一口氣，「這樣吧，」福說：「至少讓房醫家進來此地，為你診察，看看近來身體狀況如何，好不？」她又退了一步，羅至乘怎麼好推拒呢？他只得頷首。

妻轉身，到外頭請進醫家房元白。羅則是繼續緊盯煉鐵爐，感受溫度可有變化。不久，身後傳來腳步聲。有個人走進羅的視野。房元白的相貌堂正，眼神溫和，身形挺拔，其醫術地位就像羅的刀劍鍛鑄，允為當代之巔。

元白說：「羅兄，又好些日子不見了。」羅沒好氣的回答：「你來，都是我沒有好事的時候，還是不見好。」房元白聽了哈哈大笑，「羅兄果然風趣極了。」羅至乘講：「誰風趣了啊，我可是再認真不過說心裡話。」「欸，」元白仍舊滿臉笑容，「羅兄此言差矣。」「哦，插在哪裡？田裡，還是瓶裡？」房元白一愣，「田？瓶？什麼意思呢？」羅至乘嘿嘿兩聲，「你猜不透嗎？」房元白不被輕易擊退，重新整頓，又起爐灶，他說：「我想念羅兄得很。」「兩個男人之間，有什麼好想的，」羅至乘回嘴。「話可不是這麼說的，」元白道：「男子與男子，也是可以情熱如火，不是嗎？」羅嗤之以鼻，「你倒是想法新奇，莫非試過，只不知弟妹知情與否？」房元白旋即反唇相譏，「羅兄，我們之間的衷情，就是福嫂子都不知，何況我妻？哎，」醫家裝模作樣地望著福宛昭一眼，「嫂子在此，這樣隱情，她想來是要難過，苦夜難熬啊。」

羅和元白是多年交情，兩個人說起話來往往沒有忌憚，針鋒相對之餘，也嬉笑怒罵百無禁忌。且正是至關緊要的煉石取鐵時刻，羅眼下不能對福發作的，遂都轉而往房元白處大傾大洩了。

羅妻這邊倒是聽得膩了，兩個都當爹了的中年男人一見面就拌嘴，盡是胡言亂語，簡直幼稚，她還有事待忙呢，管理神工鋪不是那麼輕鬆的，商家事就是瑣碎麻煩，有太多的細節要整理，比如哪個門派訂了多少刀劍，幾時能交貨，品質如何，該如何制定費用，又要怎麼確保能夠收帳，凡此。因此，羅還待說什麼時，福宛昭立即插嘴道：「房醫家，要勞煩你為我夫診治呢。」房元白裝作這才省起，「是是是，當然，一時開心，話說多了，見諒見諒。」福宛昭嫣然一笑，「但願你們兩位大人物都要記得正事與閒話的差別。」她笑得很柔，聲音甚至是甜甜的，但房元白聽來只覺得心中涼涼的，像是被刀鋒抵住。福宛昭又轉向羅至乘，繼續以刻意甜媚的語氣說話：「你不是急著煉鐵嗎，趕緊讓房醫家瞧瞧身體如何，可好？」

「好啊，當然好。」羅至乘點頭稱是。他也想要快些回到煉鐵工作。房元白趨前，要羅落坐到爐旁備有的椅子上。元白則站定羅後頭，其雙手按住羅頭頂，施法明鏡法。羅至乘感覺自己的氣血湧動朝上，直奔房的雙掌，其雙手溫熱，教人暈暈然的。這是元白的獨門功夫，說是能夠經由手掌的啜吸，導入患者的體內氣息，藉此評斷人身狀態。

易言之，房之雙手猶如鏡體一般，能夠俯照出人體內的情況。羅是不大知曉這套技術是真是假，但確實房元白為他診治以後，屢試不爽的，特別是頭頂處倒流著兩股氣回來，完全是溫熱灌頂。明鏡法不止能夠以手透視，察照映見人體，尚有活化、調理之能，經由明鏡法循環之氣，再送回體內，乃是一股盎然生機之氣，身體有種豁然之感，某些個淤結處也就有所開朗，深切明亮。

元白被尊為醫家，可不是只有提供活水之息的明鏡法而已，他還有暗無天術哩。房悶聲不吭的收回手掌，移到羅的身前，要羅脫下鞋履。羅兩三下就解好了。房將手掌緊貼羅的腳底，這一回呢不吸反吐，送出兩道冷冽氣勁，長驅直入，破進羅的體內，異樣的涼颼颼，像是兩道冰雪融入身體。這個暗無天術，按房的講法是能夠剪除體內多餘的惡質之物，像是一種割取，暗無天術會把囤積的敗壞悉數掃光，與明鏡法恰為完美的對照——

一個是多了一道生氣還返體內，予以貫通；一個卻是擁有殺機之氣，能夠把不好的成分剔除。一多一少一暖一涼一明一暗呢，正正是平衡和諧的法門。缺一不可啊，房元白強調，兩法合一才能天明地暗天熱地寒的環流不停，恢復健康。

此即房元白的醫術之總和。他有個說法：明暗為合，神乎醫道。

片刻後，房收回按在羅至乘雙腳的手掌，起身。福立即遞過濕布，讓房元白抹抹手。費了一番施為的元白，體內有著大損耗，需要先行調理，免得傷了他的根本。這雙法合施，確實一日比一日不好受了，就是他再講究生養肉身吧，也是越發疲累倦怠。房閉目休息。羅與福都看出來了，元白的臉色不善，冷然然的。羅不免心驚肉跳，一旁的福宛昭也屏氣凝神。

這麼多年以來，過度的專注讓羅至乘付出很大代價，他的腸胃肝腎這幾年開始有一些問題，臉色泛黃，指甲有裂紋，胃悶，脹氣老鼓著，隱隱作痛，容易疲倦，頻尿，眼袋深極，像是染黑顏料，四肢莫名痠痛，頸背僵硬如有硬塊橫生，雙眼偶爾昏茫霧遮，便溺經常不順，不是拉稀，就是兩三日都不來，還有血尿，如有火燒火燎般的灼痛感在他的陽物裡，鮮烈的血滴出，至粉紅，一時半刻裡就想尿，無法憋止，最讓羅困擾的還是手掌與手腕的痠痛不絕，種種，實在難以盡述。總之，羅身體殘敗是不爭事實，教福宛昭憂心不已。

房元白恢復過來。他從神仙關的明還神氣與暗香虛影功獲得啟發，將武學之氣引入醫術，別開生面地創立元白雙法。然近來每每動用雙法，他就有一股心衰氣竭之感。他仍是壯年，尚可對付，但元白自知，若歲數再大一些，恐怕就支付不了這般耗損。實在是明鏡法與暗無天術走著兩種極端，要合併一身，且相連施法，終歸是全他人之身，而害己身。但兩法又不可間隔太久施用，最好的功效其實是一起運使。因此，元白傳給兒子房造與房破時，就刻意一人只傳一種，房造是明鏡法，房破是暗無天術。兩子合力施為雙法，效用更勝於一人。若兩人能協力同心，房家醫術必能夠流傳永世，為蒼生造福啟運。

房調息時，羅想著，其實，到了一定年紀，身體總是會出現敗壞的徵兆。人就是這樣活的，誰都阻止閃躲不了。時間對身體的主宰，身體對人的主宰，一日復一日、一年復一年將越發嚴厲殘酷。是人，就避免不掉迎接如是衰亡之事。武藝強的，頂多就是拖延個一、二十年罷了。肉體強霸的歲月終究是會消滅的，就連高手還是要老去的，況論自己。是故，羅倒也不怎麼覺得自己有問題。他一生鍛刀鑄劍，做的都是苦事，對身體的傷害不在話下，是該付出代價的年紀了。祇是妻關愛照護之心，令他不能輕忽以對。若能調養得好，羅何嘗不肯呢。

房元白隔了好一陣子，深吐深吸幾口氣後，這才道：「勞兩位久候了。」福宛昭麗笑，「房醫家客氣了，我們還指望著你講明呢。」房的眼前當真是一片閃閃發亮，福笑顏的璀璨威力仍舊不減，且更多了一些成熟女子特有的精斂的自然嫵媚，誰見了都要不由一呆。宛昭的美依舊不減年輕當年。這至乘老友啊，真是不知哪裡積來的運道，能娶得這等好的妻子，還是劍仙流之主哩。當年，她立誓終生不用劍仙武藝，否則任人千刀萬剮，絕不言悔，斷然離開神仙關一事，實乃武林傳奇。元白怎麼想都不懂，劍藝精湛如她，何苦下嫁刀劍鑄造師傅，操此生意營計，卻仍甘之如飴？

「你也辛苦了，」羅至乘則是打哈哈說道：「我這腳也不知乾淨與否。」房元白聽得羅至乘這麼講，實在止不住從深處衝上來要直接翻過了頭的怒目，他瞪著羅，「你沒見嫂子多麼體貼嗎？我手可抹乾淨了。」

羅至乘的臉上積聚著假笑，眼角底全都是苦澀。房看得明白，身為老友，他著實想要戲耍多一些，但作為醫家，怎忍讓求治若渴的病者提心吊膽呢？房很了解罹患疾病之人的心理，無論表面如何鎮定，內在總是波狂瀾野的，想著是否有身體什麼不可控制的異變，有多少教人難以承受的苦痛等在前頭，而人生的盡頭突如其來絕望抵達……房元白知之甚詳，他又怎麼能不慎重嚴謹以對呢？

元白乃說：「羅兄、嫂子放心，這一陣子調理下來，你的身體已經穩定下來，只要記得三餐與睡寢時間規律，適當的休息，莫過度操勞，自然不會有大礙。當然了，要完全康復，尚需要長期調理，急迫不得。」元白刻意慰解，要讓他們寬心，對身體狀況太過著憂意鬱，反倒有害，他得讓他們細心維護，但不過度緊張，否則只會有弊無利。

羅至乘的鍛鑄本事，元白也是甚服氣的，房雖與羅拌嘴，但心裡挺尊重這位對刀劍兵武全神付出所有天分與努力的鍛鑄大師。羅並不鍾鍊武藝，雖然據說他有一套奇怪能力，可以陷入沉眠，身體則是化作金屬，不敗不壞，不過，終究無有使毀壞的身體復原的功效。房雖不是用武之人，但他的元白雙法乃受到神仙關兩種功藝的啟示而得，因此對武道認知有著相當高的水準。房如果沒有理會錯的話，施行羅家硬如金屬神藝的人，身體內部的時間仍在運轉。那比較像是令身體的大部分活動暫且停止，進入封閉生長的狀態。沒有生長，貌似就能沒有衰亡。唯肌膚皮肉的剛硬化，不代表五臟六腑也可化作金屬。再說，人終究要醒來的。這套羅氏獨異技藝並非長生不死之術，不過就是拖延的怪奇法門罷了。

而羅的問題就在於整天勞役於鍛鑄，那樣的傷害日積月累，嚴重程度不下於武藝苦練者。沒有刻苦磨練武藝的羅至乘，其身體的壞敗景象全都是由於熔礦煉鐵的過程裡，經由體膚的接觸，經由空氣的傳遞，吸收了太多毒素的緣故。礦石要熔解，本就會排出許多廢氣毒物，再加上羅也會去實際採礦，在地底下積存的毒氣，對人身造成的破壞那是不在話下。此外，鬼雨木的收集與製作，定然對人體有著諸多毒害。經年累月下來，羅的內臟受損之嚴重，甚至比練武者還要嚴重十幾倍之多，他老化得也很快。現在羅至乘的症狀還在能控制的範圍，但若是羅再繼續鍛刀鑄劍下去，恐怕晚景慘烈。

不過，房元白情知，要羅至乘不再鍛造武器，那是絕無可能之事，就像要房元白禁用醫術乃至於他所創的明鏡法、暗無天術一樣。一涉及刀劍兵器，羅至乘的眉飛色舞、渾然忘我，真教房元白說不出口。房至今也見過不少用武之人，但沒有一個人的眼神比羅至乘更專注更如有神臨降。羅這一生是給了刀劍的，他的所思所想所作所為無一不是指向武器鑄造。他整個生命裝的都是對金屬之物製造的大心思大熱情。如此，房元白也只能盡可能以雙法為羅至乘解離釋除血肉軀體裡的沉蓄堆壘之毒，緩而不能根除。

私底下，元白也與福宛昭討論過。他決意不對羅坦言，也是依循著福的理據。這世上大約沒有比福更了解羅至乘的人了。福宛昭說了，何必讓他又多一份操心呢？她很了解她的夫婿，要他從今爾後不碰鍛鑄，如何能夠呢！那是與他生命完整結合的志業。剝除它，就沒有他。缺乏刀劍鍛鑄的人生，於他，就是一無所有。擁有兵器製作的人生，則是無所不能。這就是羅至乘。

宛昭說得好極了。她完全透澈地掌握到羅至乘的性格。兵武實在是他的人生中心，宛如信仰。房元白也算對羅至乘有一定程度理解。要羅棄鑄刀劍，是萬難萬苦之事。他那個人啊，一輩子想的做的要的都是武器，如何可能讓他遠離鍛鑄人生呢？他寧可死，也絕不放棄。就這一點來看，羅至乘跟那些致力於武學顛峰的用武者，並沒有分別。

他們都是中魔一般的人。

這幾年間因為身體損壞的症狀日趨嚴重，加上有福宛昭軟硬兼施，方使得羅至乘收斂節制。但不是為了長命百歲，而是為了能夠繼續技藝的錘鍊更久的緣故。但羅偶爾也會感慨自己的專注力，因為健康的緣故，已變得微弱。無法跟以前一樣，專心致意個幾天幾夜，現在的羅無法透支身體更多，一超過半天，肉身的各種毀壞徵兆都會迫使他渾身疲憊痠痛，有些部位更是針刺一樣的痛，連舉起鎚子都難以辦到。房的元白雙法不過是盡人事而已。羅對身體的預支早過臨界點，再能回天的醫術也無法挽救其傾頹壞毀。

人的意志可以指向無限遙遠，但身體始終是有限的。心沒有辦法無限量支撐身體的運用，畢竟人是有限的，心自然也是有限的。唯心至少在相當程度上能夠給予人身強烈的支撐。只是長久來看，依舊是通向於毀壞。

在場三人皆心肚知明，羅至乘的身體即便是鐵打的異稟天賦吧，也因為多年鍛鑄兵器損傷多處，要完整修復太難，目下雖不致命，但長久耗用下去終究會有危害的。因為使命與志業的無從剝奪，羅的身子實是無治難解。

作為醫家，元白也不敢斷言，究竟羅至乘之身的破壞會到何種程度——這是房元白不同於其他人之處。他不曾憑著自身的判斷，逼迫病人非遵守他的指示不可。他雖創了元白雙法，被尊為第一醫家，但關於身體，並不是謙遜，他確實認為自己所知無多。在他看來，身體是世間最奧祕，無可窮盡的領域。即使他發現元白雙法，肉身仍舊是大謎呀，難以抵達究竟。

元白所知所學，不過是從前人處沿襲而來，或有自身的創見，但仍舊是附屬於一淵流遠長的傳承。房元白以為，一個高傲於治技的醫家，是不值得信賴的。必須坦白於自身的無知，理解身體仍充滿許多未知地帶，才是醫家守則。

福說起羅時的聲調與目光，充滿崇拜，讓元白很是羨慕。他們倆也是苦盡甘來啊。福宛昭選擇一介鑄鐵師，而不選神仙關第一人或六大劍主，其時實是教人爭議，房記得還有人訕笑定是羅至乘施了什麼妖術致使福宛昭著了魔云云。然時至今日，連神仙關、六大劍家等都需索神工鋪的武器，尤其是這會兒羅至乘親手鑄造的鉅作。他窮盡所有本事要將一塊奇石煉化以造兵，那將是前所未有的舉世神器之說，更是令諸眾瘋狂。

任何親眼瞅過羅、福互動的人，都可以明瞭兩人的實意真心多年未改。特別是宛昭對至乘的深情付出。房元白對福很是激賞敬佩。她在嫁給他後，從不用劍。她一身多年艱苦錘鍊的絕對劍藝，就這樣空置著、浪擲掉了，像一點都不可惜。福宛昭願意割捨自身所有，將全副心神投入神工鋪的營運，只為成就羅的兵武之道。刀劍鋪的製作是需要強韌的肉體、精確的技藝和完整的概念沒錯，但鑄造跟販賣是兩種截然不同領域。羅至乘冶煉允稱第一，真要說起買賣，若沒有福宛昭的慧心掌控，神工鋪恐怕也沒有這樣舉足輕重的地位。同樣的，如無羅至乘的絕頂技藝，福宛昭也是難為無米之炊吧。

此刻，羅至乘的視線瞟往冶鐵火爐，眼裡都是光燄。他的魂魄不自覺地飄過去。福對元白丟出了個無可奈何的眼色。房元白怎麼能不心神領會。這個老友啊，對房來說，跟福宛昭終究抉擇羅作為夫婿的理由相仿，其獨特魅力就在於對鍛鑄技術的心心意意。房在醫道上的成就，還真的得歸功於至乘。羅對一門技藝的斷然無悔，著實激勵了他，讓房也對醫道產生類似的堅決態度。羅將冶煉鍛造視為一門道藝，其全神貫注儼如世界不在，唯獨他與他的技藝同在，超凡入神。羅至乘親手製作的武器就是有一種說不上來的生氣。活靈靈的。

房元白記憶猶新哪，羅至乘說過，所謂鍛造法門，五個字：與金屬對話。與其說至乘要造出最強的兵器，不如講他是想要探索金屬的所有可能，以及冶煉技藝的一切境界。刀劍強弱不在於鋒利，而是在於金屬本身的特點，還有如何發揮出使用者的武藝性質。一柄薄劍，講究的是輕是速度，若落在重功藝者手裡，也只是徒費而已。最強的兵器，對羅至乘來說，是不存在的，就像最弱的兵器一樣。強與弱是屬於人的判斷，跟刀劍無關。只有人類會在乎強弱關係，刀劍本身沒有強也沒有弱。好兵器對羅而言，就是能夠把人的能力與需求，淋漓地發揮出來，兵器是中性的，是使用的人決定，它們後來的樣貌與屬性。

眼看羅至乘的心魂，已飛進爐火裡，福宛昭一邊苦笑，一邊對房元白開口：「房醫家，爐房裡著實太熱了，外頭請吧。喝盅雪洗茶，如何？」房元白大點其頭，「有這等好茶，怎能放過哩，元白就叨擾了。羅兄啊，你——」元白望向出神的羅至乘，嘴裡沒說完的話就沒吐露了，他深悉，這會兒的羅至乘已經諸事不聞了，他轉頭向著宛昭，「嫂子帶路。」福自領著房去了。

羅則獨對爐內的洪荒。熱之洪荒焰之宇宙。

羅至乘身處滿室的火熱，汗奔汗流。但不以為苦。他一世的成就都在這裡了。等待鋼胚，他不想片刻稍離。縱然煉石化鐵需要時間，如羅妻所言，苦候於此，其實意義不大。唯羅有個不大能訴諸語言的直覺，他的人生就是在等待方圓石內部的具象化。此時此刻就是了。他還能去哪裡呢？他的一切都是神祕黑石造就的。沒有它，就沒有後來的羅至乘。

原來，羅至乘鍛造兵器，是從不命名的。唯一例外，或許是接下來的畢生功力之作。他早想好了，就叫：仙劍與神刀。仙劍與神刀之名，乃是因為妻的出身，最好的刀劍，必須能夠和人做著更高層次的神祕結合。當年，神仙關並沒有為難宛昭。羅對世故人情再無感，也不至於疏漏掉這事。如神仙關主陸忘書當真要計較，宛昭的劍藝再精深無雙吧，也敵不過人多勢大的神仙關，他與宛昭恐怕也就不會有什麼好下場。再說，刀神宗與劍仙流擁有最精深的武學，唯有神仙關二系能夠確實應用之，也足以好好維護仙劍、神刀，不致失落。羅至乘站在煉鐵爐前，滿心期待與焦慮。愈來愈接近開爐，也就愈來愈接近他將連體石的鮮烈內在全然揭忠。

眼前，他塌陷在這一刻，像是過往也經歷過，而如今一遍又一遍回到此時。

而黑石無聲。它在爐裡被烤著熔著。黑天石始終維持內部的靜默。它似乎是觀察著，並專注地傾聽。世界的聲音。人的聲音。以及更高的、超越一切的那藕斷絲連的神祕聲音。它在火焰的深處裡。而真正的它正待破殼而生。

它所裝載的是，不可知論。姑且不講它沒有辦法向外溝通——它雖是非凡神異的，但它的功能更接近於工具，或者說一個通道——就算它能吧，它也無法理解無法陳述自身裡的無以言說。那是不確定性的什麼，超越認知。它就是它。而它的真實樣貌該誕生了，時候到了，黑天石被更高的意志通過。它熔化掉堅硬的外殼，它最主要的部分變為流體，有些雜的成分化為氣態，裊裊蒸發。它像是正要從密封的箱子裡解放。

它將會最後一次召喚羅至乘，讓他在腦海中清晰無比地照見它的本然。

其後，無數人的命運都將與它締結。

時光之三

斗室裡，羅至乘斜倚床，神黯色淡，兩眼滯然，似無反應。時至黃昏，一切熾爛中，帶著難掩的灰暗將至預感。床邊是渾身豔麗的福宛昭，她直視羅的雙眼，無有回應，又回過頭來，望著幾步外、坐在椅裡的房道。

羅至乘雖不到油盡燈枯，但確實整個人更消竭。衰感畢現。皇匠還能夠支撐多久——房道實在不敢想。從羅開始煉鑄生平最得意刀作劍品以來，才間隔兩年啊，羅至乘卻是遲暮也似的，灰髮蒼蒼，臉上的皺紋驚人地密集，一向精壯結實的肉軀消氣也似的癟了，看來就像六十多歲的老漢。但羅也不過四十二歲啊。羅的精氣神，似乎在完成了神刀極限天、仙劍道骨以後，整個被吸乾。房道的元白雙法能夠做的實在有限。羅的委靡已經不是生理之事而已，還有心理層面。羅至乘心中有個空缺。巨大的匱乏。好像生之志盡數零散。

福宛昭以為呢，並不是道骨劍、極限天煉出後，羅再無可挑戰故，恰恰相反的是，而是羅萬分苦惱餘下的深黑鋼胚。當時，連體石所製的鐵胎，在鍛神刀鑄仙劍後，竟還有一塊可煉。唯極限天、道骨劍一氣呵成的鑄煉過程，著實損耗太多，羅無力繼續，本想要休息一陣子以後，再將剩餘材質製作一劍。可透支的程度遠超過羅的預期，他病臥幾十天，熱燒不止，險些一命哀哉。所幸房道在福宛昭那兒存放幾顆救急的元白丸，硬是從死之深淵裡搶出羅性命。只是如此一來，羅至乘的根基又損，再好不能。唉，縱有皇匠之譽又何如！

皇匠。這是如今武林對羅至乘的尊稱。有一說法：天下武器出皇匠。

在羅至乘將極限天贈與刀神宗、道骨劍無條件讓與劍仙流後，天下人無不知羅的工藝已臻至天地鬼神之境——此一舉措，亦造成一警告效果，若此後有誰膽敢對神工鋪有異想，施行強迫之舉，最好拈量拈量自己的分量，夠不夠資格與神仙關為敵。雖則，羅是本著回報神仙關善意而贈之，並無其他盤算。往昔，當然也有不少人意圖逼羅至乘為其鑄造絕上武器，那時節自然有長袖善舞的福宛昭頂著，用盡手段安撫脅誘，然真要有事起來，誓言不使用劍仙絕學的福也能為有限。然羅一將兩柄當代最好刀劍送至神仙關，有類似圖謀的人恐怕要少有了。

房道對神刀仙劍也有諸多好奇，畢竟元白雙法即脫胎神仙關的兩大內藝。拜羅是好友之故，房道見識了兩把奇兵神器。羅至乘煉就的神刀是黑柄紅刀，刀身血亮，有各種奇異圖紋，配合刀神宗的暗香虛影功及天機刀法，事半功倍，能夠生出萬物撩亂天地狂魔之象。仙劍則做骨狀劍柄，由三十三塊暗置音弦的金屬連結而成的銀燦劍身，猶如一節節脊骨，形體看來是鋼鞭也似，以明還神氣、仙鋒三訣施用，乃有異響，多端變化，無從預料。得神刀仙劍，神仙關絕技又再提升一大級。神仙關與六大劍家的勢競力逐呢，原在難分高下的階段，然一有極限天、道骨劍，從此神仙關直上扶搖。神仙關當今之主陸忘書滿意得不得了，對羅至乘感謝不言可喻。皇匠此一名謂，即由陸忘書公開贈號。

羅對這位陸關主甚具好感，不止因陸忘書有成人之美，心胸開闊。羅至乘曉得陸忘書至今未娶，其意味鮮明矣。福有時也會說是自己誤了忘書關主。雖則，陸忘書幾次公開講過並非宛昭之故，但又有誰信呢。情愛之間總是有許多種虧欠的。羅至乘和福宛昭的圓滿，是陸忘書大方放手所造就，羅乃銘感於心。脫離大門大派是萬分艱難，而陸忘書一力承擔所有非議，讓福宛昭說走就走，還帶著一身劍仙流絕技，無有廢功，只要求她許諾絕不在外施使神仙關絕藝，並且他亦不為難關裡諸多福家男女老少。說起來，真是羅氏夫婦大占便宜。事後，神仙關內大不寧靖，陸忘書險些被扯下關主寶座，所幸他有被譽為不世出天才的弟弟陸易賦全力支持，才不致生憾事。

原本陸易賦對羅至乘、福宛昭多有不諒解，然如今以神刀、仙劍為補償，得皆大歡喜之局。再加上這些年來，福宛昭對劍仙流後起之秀何明樂全力指導，無藏私地將明還神氣、仙鋒三訣的心得悉數授與，陸易賦也就漸釋懷久怨遠仇。何明樂與陸易賦是一對兒，兩人都被看好能夠帶領神仙關茁壯到最極致。眼下神工鋪與神仙關的緊密，實是非同一般。而早在仙劍神刀煉出之前，福宛昭就對六大劍家下過一番功夫，讓劍主們無有生事藉口，主要是她讓羅皇匠根據六劍家的功藝特性，鑄造日上、一尊、金相、春山、玉葉、雲起等六家劍，贈與之。是故，六大劍家自此與神工鋪維持穩定良好關係。有這些層層疊疊的干係，神工羅家方能無憂高枕，不虞捲進江湖惡風波。

此刻，老友羅卻再享受不到如許光耀巨大成就。他完全陷進對剩餘黑鋼鐵胚如何冶煉的執迷之中。真可憐了宛昭，除要應付神工鋪繁忙事物，還得照料魂流魄離的夫婿。房道很捨不得福，自然不免對羅略有微詞。怎麼使得呢，羅怎麼捨得讓宛昭就這樣日操夜勞，只顧著苦思他的最後之劍！但也只能藏在心中，房道不會宣之於口。他還懂得分寸。再怎麼樣，都是人家的家務事，他跟羅至乘友情再堅定吧，亦不宜置喙。

如今，元白已改名為道。主要是他的諸多見解與醫治手法廣傳於世，尤其是祕傳元白雙法更是活人神技。他是醫家之道，醫者大道。他成為武林醫家所崇奉敬仰的對象。第一道，唯一道。換以房道，合情屬理。再說了，他的雙胞胎兒子房造與房破不遑多讓，房道分傳之的兩種手藝衣缽明鏡法、暗無天術，他們都練成火候，將房家醫學的大聲大名推向另一高峰。

認真講起來，房道的際遇與成果也不輸給羅至乘啊。兩者在素來講武論術的江湖裡不以武藝勝出，反倒是以醫術、憑鍛鑄獲一異徑，成高威巨赫地位。當然了，兩家也各有各的內部問題，神工鋪是羅至乘的身體狀態，醫道房家則是房道二子之爭——房造、房破都各自堅信自己繼承的醫法更勝一籌，竟不願彼此合作，共謀醫術極境。此便讓房道萬分苦惱。他們啊都忘了明暗為合神乎醫道的至理。再加上房道妻半年前辭世，亦讓房道一家大受打擊。

尤其是妻既非意外，也不是病逝，而是自吊。這對房道來說，是莫大衝擊，造、破兩兄弟也因此對房道有諸多不諒解，甚至頗有乃父疏忽害死母親的怨懟。兒子們都說，是房道只顧著醫技鑽研，長年冷落母親，不睬不理，任之空閨如寡。在房造、房破還小時，母親尚有依靠，但兩兄弟成人後，頓失重心，成日守在家中，無思無想不行不動，終至走上亡路，自縊而死。房道實無從置辯。

的確他跟妻之間，沒什麼可說。多年夫妻，一切已衰。何況，房道當年婚嫁，並不火熱轟烈，只是鄰家有女長成，與房道青梅竹馬，房父以為賢淑端莊，令房道迎娶。房道也沒有排斥，他本一心向醫，其他事不罣不礙，隨長輩定奪。房道與妻之交合啊，亦不帶甜意蜜味，較是固套定路。房道只想完成結婚生子，對雙親有所交代，其餘的無心無思搭理。面對妻，房道心中總有不能道破的漠然。他在外頭天空海闊，在家裡狹隘仄逼。職是之故，房道要不去採藥治病，要不就躲在藥屋、練氣室裡錘技鍊藝，一步不出。

這麼些年來，他和妻說過的話屈指可數。而自懷上房破後，房道再無與妻燕好過。若有情慾方面需求，自去煙花風月之地尋歡，順心順慾。說來也怪，他寧可去外頭尋陌生女子，亦無意願碰觸妻，似乎總覺得面對她，就有一種落荒的感覺。對房道來說，也許妻不是女人，而是母親。純粹的母親。他雙子的母親，單單想像要與其有親，就備感沉重，略有嘔意。因此，情慾便無有可能。

同樣是妻子，唉，福宛昭跟妻簡直是天壤雲泥。一直以來，實在不願承認，但羅真切比他幸運太多。羅至乘有福宛昭全力支持。得妻如此，夫復何求。相反的，房道自己啊就無這般機運。房妻全然不理解房對醫道的狂熱與堅持。她只集中注意力於日常庶務。她僅僅是對人生沒有更高追求的一俗人耳。房妻只想著把孩子養大，只想著怎麼樣顧全一家子。房妻不能真正明瞭房道的成就，更別說像是福對羅那樣充滿深切的理解與認同了。房妻有些病痛，若是女子不好啟齒的，還恥於讓房道問診，總隨意去藥坊拿藥服用。房道知悉她的想法，夫婿所為就只是養家餬口的工作而已，無高也無低。她對房道的投入無從反對，但也不可能堅定支持。真要讓房道想起妻有何特質，還說不上來，約莫是，除了平庸還是平庸哪。

他甚至想不起妻最後一次跟他說話講了些什麼。房道祇記得她的眼睛。哀怨很濃，像是油墨化在眼神底。那時雖覺得似有稀怪，但他忙著去神工鋪，沒工夫細問片語關懷隻字。若當時他能夠停下來和妻談話，或許她就不會死了。

發現妻自吊，不是身為丈夫的房道，而是二兒子看見的。房破外出診治返家，已是夜深，早過晚膳時間久矣，家中昏暗，無聲無息，到處都沒有人。多年以來，母親是從不懈怠的，家務操辦可說是盡美盡善，教人無從挑剔。房破覺得古怪甚極，他搜了只一會兒，就在暗中撞到母親懸空的雙腳。等到他點起燭火，驚見母親拿著一疋紅布，自吊廚廳橫梁，斷氣多時。房破就是打那日開始，再也不與房道言語。他望著房道的眼神，是濃稠的恨意。

破與造是同腹而生，長得也一模一樣，祇是長子房造性格較溫厚明亮，次子房破性格則偏向於陰翳冷厲。從小兩兒就能心意相通，但行事風格卻南轅北轍。長子造友朋多矣，善於交際，對人心多有把握，常能因人施治，事半功倍。次子破素來悶透，孤自寡人，成天鑽研藥學醫技，作為強悍武斷，不羈世情。兩人除了長相，幾乎沒有相同之處。唯尚有一事，他們的立場是相仿的，他們都認定是父親虧待母親。

猶記當時，房道在神工鋪裡收到急訊，望著福宛昭倏忽間像是掉落了無盡灰燼的眼神，只來得及交代一句「妳，就別多想了，好嗎？」便立即返家。死妻被房破抬進屋中。房道本想開口將亡妻遺體帶回寢房，但瞅見房破不發一語、但兩眼焰焰的都是沖天怒氣，就開不了口。他只能作為一緘默的父親，負罪二子房中床前，睜睜看著妻的死模樣。她灰白扭曲的臉，頸間暗紅的繩痕辣著他的雙眼。房道深吸氣，才能撐住不別開頭閉上眼。他的兩子正炯炯而視，至少得作出一定程度的表現，即使心中是一片霧般的茫然。

房妻自死的場所，宛如宣告，裡頭裝著某種情緒。房道尋解，為何不是他們的寢室，不是家中廳堂，而是廚房呢？這裡面想來藏著意思。是不是對妻來說，唯有廚肆是她的地域？是不是她試著透過這樣的舉措這樣的地點選擇，告訴房道，她都曉得了，而她決計不能夠原諒，是這樣嗎？一個人所執著異常的地域，其實就是地獄吧。房妻如此，羅至乘亦然。

房妻之死，真如兒子們之言，是房道害死了她吧。無法否認。房妻之死，某個部分來說，推倒房道對她的判斷。她是活生生的人這件事，在她非命後，他方有所驚覺。但已太遲。都太晚了。妻在世時，房道對她一無所感。她死後，房道心中腦裡縈繞的都是其妻，都是為什麼她要孤自死的難解迷惑。此正是最諷刺的情況，直到她不在了，他才第一次覺得她有存在感。死令她在他的心坎短暫地重獲栩栩如生。彷彿在妻未逝之前，她是假的。但這又有何意義呢？醫道並不能使人復活啊。人力是有限的，人是有限的。

他一輩子都為了知，知身體，知人心，而付盡一切。他充滿勇氣地向著未知跌撞行去。但關於枕邊人，卻是知稀解少。房道想起妻時，都是苦的。乾硬的困惑摩擦他的心。她是為了寂寞而死？還是為了報復？為了讓他痛苦懊悔？為了以死證明她必然存在他的心中？又或者是別的什麼？關於妻，是多麼大的空白呀。可他們就這樣多年也就都過了，何以要選現在？是因為孩子成人了？抑或因為她再也不願意忍受？甚至，甚至——

她感覺到房道心底不能直抒的祕密情思？是這樣嗎？她已有所覺嗎？妻原來是那樣敏感的人嗎？她是怎麼知道的呢？他是不是在坐臥起行裡洩漏了什麼？他是不是午夜夢迴裡將滿腔的暗尋戀想化作

囈語？妻也許不如他所想的庸俗不堪，她也許比他所知的更懂得世情、更懂得他？她可以撐過多年的敬如賓，卻無法接受他的移情？如果是，如果，那麼，無疑是房道親手殺死了她。想到此，房就不能不心中愧疚，意消念沉。

而是的，他與福宛昭彼此知心，至少房道是這麼以為的。最近，他愈來愈不能不承認。一開始，羅至乘是他們倆共通的話題。但到後來，好友變成通道，款曲互通的路徑。特別是這兩年，仙劍神刀煉好，羅至乘就土解一般，整個人消沉。不只是軀體部分而已，羅的問題還在於光芒的喪失。在黑石化金之前，羅時時刻刻專注，散發某種迷人的特質，像是被神蹟籠罩。但極限天與道骨劍問世以來，羅至乘就像一座原來富麗堂皇市容壯闊的大鎮，忽然一夕之間徹底蕭條一般。別說是親近的福宛昭，就是房道看來，羅至乘也像是從金碧鋒芒輝煌綻露的一代神兵，變為鏽蝕廢鐵。羅皇匠的魅力徹底遺落。

他和羅的交情在少年時便有了。當時，年齡長房元白兩、三歲的羅，是雪膺河旁一間工坊的學徒，尚未顯露驚人的武器天賦，不過是個再平凡不過的少年。而元白自己呢，有家學淵源，房父是遠近馳名的良醫，元白亦對醫技有興趣，也得心應手，但總覺得好像少了一些真正重要的東西。直到某一日，年輕的房元白遍尋不著羅，隔天再見友人，卻覺得他整個人都不一樣，有著奇奧的神采，深沉得不得了。房總覺得古怪，追問他許久，才得曉羅有死裡回生的經驗，且得回一方圓連體黑天石。自此，羅至乘沖天一飛，鑄造技藝猛晉突升，武林無雙。

房也就暗地裡崇拜羅絕對專注時所顯示的極端魔力。他的專注致志打動元白。少年元白受大激發，乃拚命向學，誓要證獨一無二醫道大成。實話講，元白能夠變成今時今日的大家地位，羅居功厥偉哪。羅是房的起點。最初的起點。

然而，黑石熔解，作兵成器後，羅至乘不止身體情況江河日下，更根本的問題是他的平庸感。就像羅回到少年時的他，回到溺水不死之前的他。房道不明何故，羅的生理機能確實更不好，衰竭現象愈是嚴重，但也不是罹患致命絕症，就是早衰。跟兩年前相比，自是不樂觀。可房道診理時，總覺得他不是身體狀態的變異，比較是精神方面有決定性的弱化。

在妻死前，道已將畢生醫技完全都傳給造與破，幾乎不對外診治。房造與房破兩兄弟既盡得精髓，房道退居，恰恰是傳承的最佳時機。房妻死後呢，他就越發清閒。這幾個月來，他和福就有越來越多的交會。福對房道勸慰，讓房逐漸擺脫掉妻自死的莫名消沉。房道越發常待在神工鋪，表面上的名目是為就近照料羅至乘，但其實，他深知自己不為別的，就為了想要多靠近福宛昭一點。

後來房便可明瞭何以陸忘書未娶。以神仙關關主的地位，何愁沒有美人兒送抱投懷。然則，宛昭之迷人不止是外貌，她有一種細膩的風華。怎麼說才好呢，宛昭是一種讓人自然而然想要持續深入的，自然。一種荒野般的自然，唯又是極其精緻的。青山綠水白雲翠林清風靜月，在在教人沉迷難拔。福宛昭年三十七，但瞧來花繁枝麗鮮絕豔美，似不足三十齡的風華女子。其美顏纖體真教人無從抵禦。在老得像是五、六十歲的羅旁邊一瞅，說福是他的女兒亦不為過。故而，房道對福宛昭的心思情意是全然溺下去了，難撈不回。

也因此，房道對羅至乘妒羨難休。福選了羅，又竭盡真情以對，為他操家勞事，為他綢時繆勢，為他憂身煩體，為他傷春悲秋，為他，都為了他，一切都是為了羅。一切。房道心底滋味愈來愈酸，愈來愈不願眼見宛昭對羅的千柔萬情。就是羅至乘魂魄散離，像是只餘軀殼的此刻啊，福對羅關懷依舊備至。確實福的眼中有了疑慮，烏翳已至。房道曉得福宛昭對羅還有一份責任在。也僅只是一份責任。不過，房道目睹宛昭對羅的照護，還是難以承受，其心刀割也如的。

羅至乘閉起眼，就那樣寐著。福宛昭為他蓋上一襲輕被，離開床邊，坐到房道旁邊的木椅。宛昭對房道嫣然而笑。一時房的腦中風旋雷轉，暈眩感在他體內天席地捲。明媚一轟然。福宛昭的舉動俱是沉靜優雅，唯房道眼裡的宛昭實在嬌嫵，他禁不住她的美。儼然要被炸裂似的，房道在福宛昭的笑靨上隱隱約約覷見一層薄薄的未來。光影璀璨的未來。他的渴望，他的心之所嚮。

歲月不曾饒過任何人。時間走過，宛昭的容顏、身形還是留下了烙印。她終究不是十多年前的盛放年華女子，笑起來臉上細紋可見。生了三個孩子，她的體態也有所改變，不能說是輕靈如昔。可對房道來講，宛昭的魅力有增無減。青春也許無瑕，但卻是沒有深度的，沒有能夠探入更多的可能。如今的福宛昭具備著豐富性，更能讓人感受到女性的多種魅力，就是一眼神也有千萬種意思，不似少女時的一致單調。到了房道此刻年紀，幽微方是最最動人的。

暮色垂臨。宛昭的臉在餘暉中絢爛。兩人對視。動作無親無密。他們不能夠放縱，一個是神工鋪的實際掌理者，一個是醫道大家。但目光裡都是明情媚思。不僅僅是房道耽溺，是了，他也已經走入福的心中，長久的陪伴，彼此知心，他擁有她的情愛。不是全部，但已經是生根。至於羅至乘，則是床上的一抹暗影，像是消失不在的。羅不是阻礙。神智渙散的他，反而是房道與福宛昭能夠正大光明同處一室的完美掩護。

時間悠慢，緩如頓止。房與福的對坐像是一刻的無窮延伸，充滿永遠。他們的情意，在目光裡腸迴氣蕩不消不息。多年來，他奉獻所有心力在醫技上，而今他頭一回初嚐情甜愛蜜，頭一回有種任由自我完全溶解的感覺。

他寧可放棄此生的技法所習，換取後半輩子與宛昭度年過日。他不覺得遺憾何有。元白雙法都給了造與破，他對人體認識也到了盡頭。況且吧，豈止舊友羅至乘老了，房道自己也是啊，他已將近四十，尤其是在元白雙法的透支下，老態已現，雖不若羅至乘般清楚可識，但到底有徵兆。這是房道何以將房家醫道交給房造和房破的潛藏理由，也是房道何以要製元白丸備用，就是圖著以藥物替代明鏡與暗無天兩法，否則長此繼往下去，終究他會步向老友後塵。他不能再耗損下去。羅是前車之鑑，房怎麼能夠不有所戒備呢！

近來，房道心底偶爾會不由升起一怨氣。他實在是拿自己的損耗，去換取別人的康癒啊。這麼做是不是太傻！由始至終，與其說房道有醫療之心，不如講他對治癒行為的本身充滿好奇與熱誠。他對技藝的在乎遠勝於人。而碰巧醫道必要實踐在人體上。房道不想自欺。面對他人苦難痛楚，他難免惻隱。然他確實知味食髓的，純粹是醫法之突破。他對技的執著，勝過人的關懷。當房道將元白雙法落實以後，心裡的狂熱就漸漸灰熄。再大再多的熱烈，總有乾涸時期。房道如是，羅亦然。

總覺得人生其實從此時此刻開始。得福情愛，重生若然。第二次重生。少年時瞧見羅至乘的精誠石開，讓房道大受激勵，從此奠定他求絕頂醫技的決心。而再過幾十日就要滿四十了的如今，宛昭的情意暗屬，讓房道再次蛻變，看見人生的下一種可能。他甚至要感懷妻的自死，他全力相信妻是願意成全他的吧。同時，這也是要感謝羅。如若不是這少年老友，房道此生或是平庸乏味至終。

只是啊，羅老友如果不在的話，會更好。雖然羅已然如一顆沉默的石頭，無有干預。但房道瞅著還是覺得頗眼窒。這人啊，如果能夠徹底消失，就再好不過。他和福會更自在地進入唯獨他們存有的緊天密地。渴求更純淨的兩人時光，房道愈來愈對羅至乘不耐。一開始他和福的事造成的愧疚，雲消煙散。如今他微微暗恨羅的在場。皇匠在此，似是玷汙。羅破壞室內無與倫比的美好。羅是汙點。若是稍稍加一些手腳，比如，比如將明鏡法與暗無天術對倒逆行，手掌按頭，明鏡法不吸反吐，暗無天術則是從腳底吸啜，那麼，神不知鬼不覺的，羅的性命會迅消速萎，無人知曉究竟發生了什麼。反正羅至乘已是神智不清。一丁點細小但堅實的惡，在房道的心中咬著嚙著，不息不休。

墨色漸次攏合。三人所在房間一下子從光燦芒爛轉瞬昏暗。房道、福宛昭仍是一語不發，只是深情凝望。沉默繾綣著兩人。是了，即便是靜默也是甜的靜默哪。不需要言語，他們也能夠觸碰到彼此的深處。有種蝕入骨的奧妙。晚夜全面臨降。全然的吞噬。室裡無燭無火。但就連黑暗也是含蜜也似的，就算福宛昭與房道看不清彼此，不過，他們擁有相同的呼吸頻率，心思似乎也是同步的。仔細諦聽福黑暗中的氣息，房道覺得心頭興起大片大片的暖熱。彷彿可以一直這麼聽到天荒坐至地老。

夜微寒。羅至乘輕咳幾聲，渾然不覺屋裡他的妻與好友正在情憐意蜜。房道與福宛昭動情之事，不在他的思量裡。羅陷溺在自身。彷若鄉愁也似的，他正在失落的意識裡回顧己身。除此，無有一知。先後冶煉出極限天與道骨劍後，大病後的羅至乘失去動力，簡直不曉得該做什麼，成天面對鑄造坊，腦中空幽幽的，無一物一念著落。他想不出自己還能煉什麼兵器。靈光的消逝之後，他變得空無所有。那些從前驀然湧生的祕密直覺無蹤無影。他是一只空空如也的容器。

似乎所有的精力都投注到親鑄的極限天與道骨劍了。前者一經發動，刀光之中便彷若有萬獸奔騰一般，千形萬影，魅極惑盡，教人淪落；後者其實是一柄魔劍，它的三十三節劍之骨骼會發出詭異迷離聲響，能夠具體牽結人的心緒情感。

他的至乘雙兵可謂登峰造極。如今啊，羅至乘被尊稱為皇匠——多年以前的羅至乘，怎麼可能預料得到有一日會達到這般崇高地位。當時，他只是一名學鍛習鑄的庸能小學徒，一無所知，也一無所有。不要說皇匠和嬌妻宛昭，就是能不能憑自己的本事鍛一把刀鑄一柄劍都屬未可知。他那樣渺小，那樣的無依無歸，那樣的凡俗。未來甚而是不在的，前景茫然，萬事失措。彼時是惶惶然的，此所以跳入河裡之故。是了，連抱持希望這件事都太艱難。孰料今時今日，他一個人所開創的兵武異境，能夠突破到這等情勢。

眼下，他對兵器的看法影響著武藝的發展——因武器所演展的各種絕技，如最盛行的刀法劍術，莫不是愈能將劍器刀具特性淋漓發揮，就愈能攀至極致。所謂劍走輕靈、刀重狂猛。在皇匠以前，鍛鑄師從來都是將劍鑄得輕薄，使刀鍛為厚重。往昔的煉兵武者，是根據現有的既定的鑄造規範去做。他們的心中充斥某些不可變動的原型典範，在鍛鑄時，他們想著的就只是刀必須像刀，劍必須如劍。

因此，也就無能有真正嶄新創兵造武。

羅至乘卻大突大破，沒有被既有典型作為困囿，他勇於變異。他所帶起的最大風潮就是，能夠為武林人特製最適合不同劍法刀術的兵器。羅皇匠能夠造出符合刀劍之技需求的武器。他雖不習武，但從委託者的武技、動作姿勢甚而是談吐裡，都能夠激發出特殊的想像。皇匠的武器能夠與武學作出絕對的結合，武器遂有更複雜的可能，不止追逐堅硬與鋒利而已。

早期，他的做法被鍛鑄師們視為對武器經道的離叛，異類得不可原諒。但近十幾年來啊，有更多的鐵號武具鋪，改採羅至乘做法，甚至投入神工羅家裡，習練武學的眼界，以及鍛兵鑄武的手藝要如何搭配如一。

不說羅皇匠最後作品的神刀仙劍有視聽異象，可天亂地迷，就講他為墨烈禮、問自易、司天書、衛尚樂、舒春秋、鹿朝詩六人親製的劍，在宛昭建議下逕自以劍主與門派名冠為劍名、又被喚作六色劍的日上、一尊、金相、春山、玉葉、雲起，即是非同尋常的傑作，此六劍分橙紅、黑褐、金黃、藍紫、青綠、灰白六色，依據六劍家特性造鑄，足將光大劍法、抱獨劍法、鳳皇劍法、如笑劍法、瓊宇劍法、生天劍法竭其能窮其性地展現。

比如說，墨烈禮的光大劍法，講究直線直搶的正面氣度，有進無退，是套沒有後路的劍法。純然的進擊，看似雍然大度裡，潛藏凶殺意味。羅至乘遂將日上劍作為橙紅色彩，搖曳起來有如日正當中，萬丈豪光，炫目已極。劍形方面則特意加厚劍身，且劍寬倍增，劍脊又比一般劍器的還要高隆，有種稜的感覺，整體瞅來大塊大勢。

又比如說吧，一尊問的抱獨劍法走的是，所有招式皆為最精簡的動作，像是把身體當作劍的一部分，每一劍都帶著猛厲的狠，決絕的準，將體內洶湧的氣勁以激射的方法精確地擊出。羅皇匠便以細薄的韌金屬絲，捻成鋼鐵束，再以之燒熔，成一細長椎的劍體，甚且沒有護手，減除累贅。於是呢，一尊劍乃能夠將抱獨劍法的奧祕，十成十展露。

再或者是舒春秋的瓊宇劍法，每一劍都由腳底開始發勁，一節一節的，一路震盪而上，緊依如稠，最後經由手部傳遞而出，宛如建樓蓋廈般，為濃密得無可化解的勁氣。皇匠所製的玉葉劍，也是一層又一層的青綠色鋼鐵做疊合，揮動之間，俱是天光湖影，有如魅迷風景。劍跟瓊宇劍法配合，當真是夢蜃幻樓，尤其要命的是，在如此這般柔媚劍光後跟著，滾滾山洪般的強絕真氣。

還有劍意如煙似絮的生天劍法，此雲起行的不傳之密，羅至乘為其鑄造的雲起劍，乃六色劍裡重量最輕的一把，幾乎是蟬翼般的薄鋼片，若用到極致時，簡直像是徐風捎過，似無有殺傷力，實際上卻讓人地獄無門。

衛尚樂使的是如笑劍法，是六大家劍藝裡最快的，採極速風格，沒有別的，就是練出最快的發劍姿勢，尤其是瞬間加速。有人說春山衛人用上這套劍法時，猶似一抹微笑般，從生成到掩滅，轉瞬成空。那是死亡也如的輕笑。關於藍紫色的春山劍，羅至乘的做法是，將此劍身煉做長針狀，拔挑之間，有如蜂針叮咬一般，迅快不可測矣。

至於最為金黃金黃燦麗絕倫、造形典雅簡樸、但質地最硬的金相劍，皇匠鑄來與金相御司家鳳皇劍法相輔，此套劍術有編織如繪繁複無雙之譽，一經劍舞，滿空都是密密麻麻的劍光，撩亂眼花之能事。

羅至乘因術製劍的作為，初始之際很艱難的，遭到許多非議與同行者抵制。有段日子，羅的觀念做法被視為妖言亂語，異想天開，不可置信。唯後來，江湖各大門派與諸多武林人士卻發現，神工鋪的兵器也不知怎麼使來就是如意稱心，練武進境不可日計，有飛躍成長，乃一傳十、十傳百，尤其到六色劍問世，連六大劍主都臣服心悅了。很快的，鍛鑄師們乃不得不朝此方面趨前精研，往後遂成大風潮。

但在神刀仙劍後，羅至乘卻對自身技法有所迷疑。主要是他開始思考一種可能，此前他的方向是，刀劍技藝的重要性，優先於兵器本身。亦即，先有了刀術劍法，方能追求刀兵劍器。然則有沒有可能反過來，他做出一把超越現今所有武器、讓江湖人不得不因此竭盡所能地創造新武藝絕學的神兵？亦即，他創造一個真正前所未有的無雙原型？

必須回到兵器的本質去思考。必須如此啊。

好奇是一切的答案，尤其是這個好奇還回向自身，究竟他可以製造出什麼樣的兵器，這一點本身讓羅煞是興奮。羅陶醉於新武器的想像。但完成極限天、道骨劍的這些日子以來，他完全沒有冶煉兵器。神刀與仙劍問世，前者刀身是暴烈的紅，舞動起來宛如紅色浩瀚一般，那是猩紅的猛獸，一旦刀上圖紋印入眼簾則是萬獸奔動；後者則能夠生成聲音的洪水，三十三節劍骨裡所置音弦一經催發，便像是洪水一般，捲洗所有事物。羅至乘對極限天、道骨劍前所未有的滿意。

他窮盡己身之力做出一對刀劍，而現在他更想造的是絕無僅有的原型。

一種空前絕後的可能。武器的可能。最初的樣子的可能。

漸漸的，羅至乘的眼中，只有兵器的本身才是重要的。他忘我地追捕著空無。

皇匠想要突破自己，他需要全然嶄新的新典型。他羅至乘所能創造的典型。無人做出的純粹原型。如何比極限天更光怪陸離，如何較道骨劍更無可思議，羅絞腦盡心，一切卻僅止於空想。

未來消逝。突如其來的神祕觸動緘默。他沉沒在自己的裡面。腦中密布軟軟的空白。他經常失去意識。突如其來的，像腦中所有光線都熄滅一樣。羅忘了自己，忘了記憶和技藝，忘了一切。他就只是一節膩死人的空幽。

手頭上的黑色鋼胚依舊原樣。他沒有任何想法。枯竭所有。最初的，還沒有任何形狀，沒有名字的武器，還是死的。沒有從死的裡面活回來。那塊鋼胚根本死胎。羅至乘日夜揣著它，心中只是黑暗。毫無感應。不只是他太累了，就連藏在他命運深處的奇異聲音也累了。所以靜寂。所以無聲無想。唯實際上黑天石做成的鋼胚，還有那麼一點輕聲細語。但一切都是遺忘，終歸是遺忘——那個聲音在羅意識的邊緣擦過——但在遺忘以前，必須用力去記得，去活，去失敗。那麼微小的。於是，轉瞬如風，聲息俱寂。

太細弱，傳遞不再如以往般強勁，不再有力地進行引導。它漸趨衰竭。黑石的神祕一分為三，不再如以前般的完整。而過往那個璞石般的年輕鑄造之人也老了，感應亦不似從前敏銳，精氣神多有壞毀，不復靈巧。

唯最後的鋼胚，還在等著更專注的諦聽者。它需要一個生猛的新靈魂。它必須繼續等待，等待能夠聽聞自己細微聲響的那個人，不是眼前這個身體與意識都進入消滅狀態的人。

是另外一個。全新的繼承者。

時光之四

宛昭看著病榻上的夫婿。死亡的氣息撲面而來。有個臭味雲繞在房裡，四處瀰散。她得忍住才不致作出掩鼻的動作。還雨在，宛昭可不能明張目膽地這樣做。她是羅的妻子，她不能讓兒子有不好的觀感。她得有個妻的樣子。

而無盡的距離橫擋在她和羅至乘之間。沒有了。以往的崇拜尊敬都遠遠地逝去。恍如不曾存在。宛昭是個心志堅毅的女子。她沒有後悔過嫁與羅至乘。這個男人始終如一，沒有變過。他是歡喜與她度過一輩子的，她很清楚。只是沒有什麼是不變的。曾經她以為她會一輩子對他死心塌地。不過時移事往。一切不再了。對宛昭來說，羅儼然逝者。他就在那張床上抱著那塊黑鋼，繼續他的半死半活。他只剩下餘生而已。不是宛昭殘酷，實情是羅先變心了——

對宛昭來說，他的心也跟著去了。在黑天石煉化、神刀仙劍鑄造完成以後，羅的眼中就再也沒有出現過迷人的光輝，表情也不曾充滿過強烈的什麼。他只是多餘的行屍，他只是空洞的走肉。不可迴轉的，羅的體內發生無人知曉的巨變。彷彿一夕之間他就廢盡所有。他就幾乎死。

都是他煉出道骨劍、極限天所致的後果吧。也許鍛造出神魔之物，是要付出代價的。過度沉迷於技藝，終究會被徹底吞沒。所以，他的神幻智滅，所以他們的大兒子還千煉鐵意外焚死了，所以他們的二兒子羅還家背棄了神工鋪、轉投玄刀學，所以她也老了。一切的一切，所有的所有，都肇因於神刀仙劍之生。當時，她應該要阻止他的，無論是羅的身體，還是他們家的後來，她都應該禁斷他的繼續。但那會兒，她就是拒絕不了。彼時的羅還是羅至乘，還是風潮獨領的皇匠，精神氣度都在最高峰的時期，她狂戀癡迷的唯一對象。她如何有能力抵禦，如何能不傾心傾力以對，促成他畢生的絕製精作！

然而，或許吧，凡事做過太絕，總要生機自斷。正由於羅將不應世間有的神兵魔器催生，所以羅家表面上看來風風光光熱熱火火，實則內部諸擾延綿，教宛昭有疲於應付之感——要不是她曾是劍仙流第一人，要不是她多年來手握神工鋪實權、與江湖各大勢力保持良好關係，要不是她手腕高明、神清智明、精於籌謀，要不是神仙關關主忘書始終善待神工羅，要不是有武林第一醫家房道撐場，恐怕偌大產業早已被底下人與其他組織竄奪侵占。

沒有了皇匠，沒有了還千，羅氏錘鍊兵器之技頓時不復從前。雖有眾多拜師學藝者，但無人及得上丈夫和長子，再加上次子無意繼承家業，更讓福宛昭惱苦萬分。若非她管控得宜，許多鍛鑄師對她心甘情願，又有皇匠授藝之恩，而羅至乘傳下的工藝仍是最頂尖技法，羅徒們即便比不上羅至乘、羅還千，也還有他們的十分一二，終究能夠架撐場面，使神工鋪威風不減。今時今日，神工鋪仍是兵器商行的最大家，旗下有數十分號，勢大業大啊。

作為脫關者，宛昭曾對忘書關主允諾過，此生不用劍仙絕學，她沒有私下傳給兒子們，至多就是自己參悟後另行變化的養氣功法。對陸忘書成人之美，她是感激的。雖然有時，她著實忍不住想要讓那些打著神工羅家主意的人，瞧瞧她的塵封真本事。不過，宛昭還是將所有氣聲忍吞下來了。她再非神仙關人，若動手，無疑讓忘書為難。她可不能造成他的煩惱。宛昭得掌握好分寸，她是皇匠的妻子，神工鋪的實際控制者，她必須用武藝以外的方式搏鬥，必須善用各種人脈關係與談判技巧，有時威逼利誘，令神工事業得以長長久久。將來這些神工羅都是還雨的，她得為了自己的孩子，用心盡力。

夜間時光。只有一盞燭火獨自度著滿室昏暗。羅在床上，蓋著被，無知無覺，屍骸也似。還雨坐在床邊，天真有神的雙眼，渴望父親醒來跟他說話。還雨用稚嫩的嗓音細語乃父。宛昭則是坐在距離幾步以外的椅子上，低眉垂首，不願再睹將死未死的夫婿。她的心底這幾年以來都是落荒啊。羅連牙都幾乎掉光了，滿嘴腥氣，像是裡頭的血肉正在腐爛，呼吸也是，有著敗葉的氣味。他活得就像是一節枯枝。死亡緊緊地伸張爪牙，隨時都要將其奪去。天下聞名的皇匠衰弱至斯，教人難信。

宛昭私心想著，他又何必這樣折磨所有人，要去，就去吧。她無以追回的青春就是羅最好最值得的陪葬了。她嫁給他二十多年，該給的該奉獻的，她做的難道不夠多嗎？與羅相差五歲，現在宛昭也將抵達四十大關，就算她麗質不改，房道老說她瞧起來才三十之齡，但歲月的重量終究沉壓而下。面對無敵的時光，人什麼都做不了。人是必然失敗，必然一無所有。瞅瞅而今四十五歲的羅至乘，心荒神蕪意軟志弱，甚至得要別人餵食，完全廢人一般。

羅正在腐爛，他們之間的時光也是。時間已經是腐爛。往日俱死。

但羅偶有清醒，眼神有光。但通常是對著小兒子。他們的還雨。只有還雨能夠短暫喚醒以前的皇匠。大部分時間，羅都無感無知，沉睡如屍。他已經完全遺落她。羅丟棄她。宛昭對此無可寬宥。她最恨的其實就是這件事。變成如此這般之前，他就算心心意意兵器鑄造，但從未忽略過她。他無比地渴求她。他非常需要她的照亮。

他是灰暗的顏色，她是光鮮；他是黯淡的無物，她是亮麗。

羅至乘總對宛昭說，沒有了她，他是無能的，唯有宛昭在，他方可無所不能。宛昭曉得他是真心實意這樣以為然的。年輕時候的他，身體精壯絕倫，雖不習武練藝，但經年鍛鑄，身軀自然而然充滿力量與線條，賁張起來有著教人難可轉睛的魅力。兩人歡好時，何止是羅對她愛不忍釋，就是宛昭也對他充滿光澤的肌膚充滿興趣。只是宛昭羞於承認，只敢在他沉睡之際，輕撫柔摸，未敢被知悉。

成親初期，心中有許多障礙。宛昭明知，夫婿不是一般男子，不是那種要女人只能活成女人典型的男子。實際上，羅對各種刻板的既定的典型，非常不耐。但長期的教養，讓宛昭維持遵守作為女子怎麼能夠放縱情慾、怎麼能夠坦承對夫婿對其肉體有所貪戀的慣常規條。

他們的床笫交合是熱烈的，尤其生下還千，她調養近兩個月以後，更是如火如荼。他對她渴求得會暫時忘記兵器製造，有時會鎮日都伴著她，兩個人滾在床上，不消不竭地需索。羅曾說過，冶煉鑄造是鋼鐵之詩，而和她之間的猛交烈媾就是身體之詩。她是他的爐，他是她的火。反覆通過宛昭的身爐體穴，羅的器械簡直最上等的刀劍一般，閃亮發光，質地堅硬無比。他笑稱，宛昭煉出這世上除她無人可見的絕代凶器，且也僅得她能使用。她多麼愛聽他這些怪教人害臊的說法。她多麼期待他一次又一次地甜美的殺戮她。她多麼渴望從那些細微的死裡一再地復活。

那真是最好的日子。他對她的愛慕是扎實真切的。她記得，餵乳時，還千總是吃不完，剩餘的，皆是由羅將她雙乳滿溢汁液吸光。還千貪睡，也不怎麼吃，每每乳汁滿得整個乳房硬如石塊，都是夫婿埋在胸前憐吸愛吮，免去脹痛之害。

還有呢，宛昭雖麗質天生，肌滋潤膚勝雪，但產完還千後，肚腹爬著一條條清晰紋路，儼然一群黑蛇，甚至在她看不見的臀上亦有斑跡駁痕，讓宛昭大受打擊。羅卻不以為意，時常吻之，說那些都是他情愛的尖牙利爪。初初，宛昭對羅是大有怨懟，若不是為他生子，無瑕之身何以至此。但羅至乘對她的癡迷，當他望著她的身子時放光的雙眼，是最明媚的燈花，燦爛了她的憂思。她漸漸也就接受那些教她羞辱的妊娠遺跡。

其後，到她懷孕還家以及還雨，腹部鼓大之際，羅仍舊進入她，不像還千在肚子裡，有諸多禁忌與疑慮，生怕過於激烈，毀子害嗣。那時節的宛昭，真是潮濕絕倫，女陰裡儼然溫熱之池，一投入就狂淋漓熱盡致盡歡——羅這麼形容。她老覺得自己汗濕，身體熱燥，氣味強烈，對自己有奇怪的厭煩感。但他對宛昭的身體狀態，反倒是滿意得不得了，他堅硬挺入後，一副已仙已死的模樣。到了七、八個月，宛昭肚皮緊繃，腹部膨脹得有若圓形小丘，再不適合一般的姿勢，他便要宛昭趴伏於床。羅從後面來。多麼犬類的姿勢，令人羞恥。

可怪絕的是，當她背對他，像是有個禁忌被解除。她多麼狂喜，他看不見她的表情，於是，她得以穿過前所未有的高度，身體裡，最深、最不能夠言喻的部分，全都癲了。宛昭感覺到身體變成流沙，被風暴捲起到半空，擴散至無邊。

還有羅古怪稀奇、能將肉體化轉鋼鐵不壞、進入長久沉眠的金屬怪奇功，以宛昭出身神仙關的眼界，仍不能解。這種無名神功，絕難說是武技。唯獨羅家血統能夠使用的形異神功。特殊的某種怪誕能力。絕對硬態。

人婦的她，直到生完還雨才敢對羅開口，非常小聲的，彷彿這樣提出連她都要對自己大為不齒。唯羅二話不說應承了。當下，他躺在床上，先是把肉械催硬，高高舉起。他要宛昭將他的堅硬物事扳直，免得過度服貼肚腹處。然後羅進入默想，不消多久，從腳趾開始硬化，蔓延到腳、腿、臀、腰及於軀幹、雙手和頭部。他硬化為一塊無感官能力的金屬人體。血肉的鋼鐵。絕對純粹的沉眠。

宛昭一確認羅失知去覺，便爬到他身上，徐徐坐入，吸納他的強硬之物，等到足夠濕潤後，開始忘情搖蕩，瘋情狂慾。沒有任何人的眼光。只有她自己跟屹立不倒的鋼鐵之棍，可以奔赴至絕無僅有的肉體狂歡至高之境。

羅就是這一點好。當宛昭分外渴求孤自的、完全無所顧慮的極樂時，他願意把自己變成金屬。而早知他會變得這樣，何不在煉成仙劍神刀後，就施展金屬異能，把自己化為一塊人形金屬，反正與現在的百廢無甚差異，至少還不會衰敗啊。

當此之時，羅至乘卻提前荒廢所有，生似將過往的親密都消除。宛昭就是無法接受這件事。這是對她的背叛。他怎麼敢獨自走進像是無人荒野的內在極深處？他如何可以這樣對她！宛昭難道還不盡心嗎？

遙想初遇當年——宛昭碰見羅的場合是舉世兵器會，主要是眾家鑄造坊聯合舉辦，讓江湖門派瞧瞧眼下的鍛鑄、磨修技術達到何種驚異地步，不住強調更堅硬更銳利更新奇更獨特，一種窮盡所能的集體表演。每個鍛鑄師都大周大章地推薦自家工坊的武器。十足喧譁的場所。宛昭並不怎麼喜歡。她只是陪伴陸忘書，外出走看而已。陸忘書當時的責任，是為神仙關挑選品質上等的刀劍。

那時，羅已出師，頭角方自嶄露，已能夠承接武林人士的兵器生意，但尚無自己的工坊。當所有人都在張揚自身本事時，只有羅至乘還待在臨時搭建起的屋寮裡打鐵。他的安靜像是異獸，他的沉默猶如犄角，反而讓他崢嶸起來，在宛昭的眼中。陸忘書忙著揀選大批刀劍之際，宛昭忍不住繞進羅的所在，瞅看他的動作。羅並沒有注意她。他只是忙活著，想要煉出一把短劍。她呆看著他的一舉一動，從鐵片錘打到澆水塑形乃至於組裝。宛昭就像中魔一樣，有個奇怪的東西在心裡萌長，控制不了。

寮裡極熱。宛昭運起真氣，抵禦撲面而來的灼熱。她不想要妝治好的花容都化了顏色。但她又不捨離開。羅對待那柄未成形短劍的態度，有著怪異的吸引力。羅至乘著短衣，無袖，精實的雙臂狂猛，但對刀卻又極其溫柔。如此身粗體暴的人，為什麼能這般深情對待？工藝是依靠體力的行當。羅至乘當時大汗淋漓，髮臉皆濕，且作為起來，臉上表情痛苦，劇烈的打擊與高熱，常讓人吃不消。但他的雙眼有神，恍如有驚電劃過。在煞是刻苦的狀態，他究竟看到什麼別人看不到的呢？宛昭對此萬般好奇。

鍛鑄師的武器歲月是無以持久的，高損耗的體力支付與殘酷的作業環境，讓他們到了四、五十歲後往往要叢生百病：眼睛因為注視爐火容易炙傷，雙手因為長久施力錘打年老後經常連舉都舉不起來，雙腿也是，必須支撐全身劇烈動作，常有鍛鑄師中年後就不良於行，乃至於軀幹、五臟六腑多有損壞，有長期中毒跡象比比皆是。羅意識還清晰的時候，就囑咐過宛昭，要善待神工鋪的鍛鑄師。自不待羅至乘交代，宛昭很清楚，工坊營生最重要的就是產出的各式武器的品質，而能維護品質者無庸置疑是鍛鑄師，如果不能夠留住好的人才，神工鋪是沒有將來可言的。神工羅需要製造的兵器數量太大，不可能單單只靠羅家血統。

而當其時，宛昭在一旁靜覷，羅將那把短劍由無到有造出來。這是她頭一回理解什麼是創造。羅打鐵時無特定方向飛舞的火花，都像是噴進了她的心底。恍如她的心正在跟火花擁抱。她有陷落的感覺。地面是軟的，身體也是軟的，宛昭有種愁，她多麼想要成為羅全神貫注錘鍊的那把短劍哪。她不自禁地渾身發熱。看得愈久，她就愈是火燒火燎。羅根本沒有做什麼，只是專注地鑄劍。她就感覺體內有個潮濕升起，很快淹沒她的全部。是這樣的了，一邊有火，一邊卻是水。她的身體變得非常古怪。

記憶猶新哪。宛昭沒有忘記和羅的第一面。沉默，但有聲。金屬聲。和她整個身體的喧譁。她的裡面炸裂了從來沒有想過的各種聲響。鐵的聲響。火花的聲響。水溢出的聲響。吵雜得無與倫比。

然後。是的，然後！羅至乘終於把短劍造好。那是劍身豔紅豔紅、但劍脊上爬著一尾鮮綠的短劍。那把劍他就送給了她，在他抬起頭看她一眼以後。與其說他是看她一眼，不如講他是直接將眼睛將眼睛後面的心思將眼睛後面的心思後面的靈魂，一股腦地炸進宛昭的眼底。他把自己炸進去，炸進宛昭的身體裡。他直視她，眼中亮得像是所有日光的總和。而她猶如被光燃燒。他往前走，靠近她。汗水奔流在羅的裸身，卻不臭。他的大汗有著一股雄味，他的淋漓有著一種揮灑，霸霸烈烈地闖進鼻腔，一路深入，直鑽身體的盡頭——她的胯下。走到距離僅只一步，他把短劍遞給她。她沒有半點遲疑，伸手接了過來，像是整個身心靈都在接受完全的貫穿似的接著，羅給的定情之劍。

想起那一幕，宛昭還覺得乾渴。眼下卻都無情非愛。他望著她的眼神是什麼都不在都沒有了。只有還雨能夠激起羅些餘生機反應。羅之不死，唯還雨故。羅掛記的都是還雨。他對小兒子耳提面命，講述的都是畢生鍛鑄技藝，都是黑石鋼胚。宛昭對羅是死心了。還雨說父親教他怎麼傾聽鋼胚、怎麼跟金屬對話。羅一點也沒有講起她。他清醒，就急著要服伺照料他的人喚來還雨，但從未派人找她。是啊，對他來說，只有最後的武器是重要的，只有他日思夜夢的新武器，才是至關緊要。而還雨其實不過是他的延續吧。

夫婿不曾關懷過小兒子，他就只是傾囊相授關於兵器的事，其他的，羅一概不放心上。原來啊，生人不比刀劍——宛昭總算看清羅至乘這個人。他把兵器的價值拉到最高，遠遠大過於人的價值。有比這個還可恨的嗎？

宛昭想要制止還雨被羅形塑為遺志執行者，但小兒子就是喜歡煉兵器，他天生對刀劍就是有獨特的敏感，像他的父親。還雨才八歲，就已經展現出熟鋼稔鐵的天賦，什麼樣的金屬有什麼樣的特質，適合什麼樣的鍛鑄法，還雨都能夠準確判斷。還雨的能力比一些二十幾歲已成師的小伙子還要出色太多。宛昭一方面欣慰，一方面又暗中害怕將來他跟父親變得一樣。尤其是聽羅講述時，還雨眼神總會發亮閃閃，看來跟夫婿昔日如出一轍。神工鋪的未來或要指望在還雨身上。唯宛昭就是對羅拖著小兒子的模樣分外不耐。恐懼與厭惡之感縱橫交錯在宛昭心坎。

再加上還雨對父親有著最高崇拜，即使父親大部分時間都是無知覺的，但羅在還雨的眼裡，就是個絕代傳奇。羅當然是曾經是以前是。現在的羅對宛昭來說，純粹是拖累。羅而今過著百廢人生。他活著幹嘛呢！這樣的活值得嗎？

但還雨眼中的父親是龐大的，宛昭不可能阻斷他的認定。還雨喜歡親密羅，就算他酸臭之味瀰張，就算他枯瘦如鬼，就算他時常露出遙遠的陌生，她的小兒子還是積極地想要靠近羅。他們之間有個祕密的聯繫，不是宛昭能夠切止。

為什麼她辛苦懷胎生下的孩子，眼下唯一伴在身邊的兒子也還是羅的，而不全然屬於她呢？為什麼還家選擇離開，偏偏就是她的次子會出走？為什麼死的不是他，不是羅，而是還千？

他們的長子才二十一歲啊，他的時間永遠停頓，不可能前進，他是終止的了。還千年前死於煉鐵爐爆裂的意外。不知道什麼緣故，也許是炭的用量不對，也許是礦石的質地，也許是爐體有縫隙。無論是哪一種也許，還千都死了。回不來了。他到了另一個世界。宛昭不能接受這樣的事。真的會有生以外的世界？一個名之為死的世界？所有的死者都在那裡嗎？死去的還千，會在死的國度裡復活嗎？

巨大的憂傷變形為憤怒，全都吐向羅。都是他，都是他害死還千的。而羅還活得好好。他的下半生都會在床上，都會有人照料。她夫婿的時間仍然繼續走，繼續耗損著其他人的精力，繼續霸占還雨的注意力。

怎麼會如此不公平呢，命運！還千如此年輕，形貌俊美，個性溫良，與人為善，又肯刻苦鍛鍊，但偏偏是還千。偏偏是！目睹焦屍時，宛昭無法接受。她怎麼能夠承受優異的長子，變為面目全非的屍骸。她恨。她恨著羅，恨著死。

死究竟是什麼？死是從哪裡開始的呢？死究竟是這個世界的毀滅，時間的終止，完全的零？又或者是醒來？死是對逝去者的再一次創造？死會不會不是全無，而是全有？死在哪裡？死長成什麼樣呢？……

宛昭被拖進重重層層的幽暗悲傷，不得脫身而出。好幾次啊，真的是好幾次，她都想要雙手緊扼羅的喉頸。她想要把全身的怒氣都投注在羅廢人身上。他本該代替還千死去的。反正他已經沒用了。他的苟活是罪惡，他的殘存是卑鄙。羅憑什麼還活著。宛昭再也不進工坊。她只看成品。宛昭無法忍受再親眼目睹煉鐵爐。而那個擄掠還千性命的毀爐，就一直在那兒，無人修葺。

福宛昭原本不能，她著實不知道該怎麼面對房道。他們之間的事應該發生嗎？福是敢作敢為，然而，太多的負擔。唯這期間，只有與房道的熱情烈愛，能夠阻止她往下陷落。再加上，還有還雨得照顧，以及神工鋪的偌大基業，她得振作，她不能跟羅一樣行廢走頹。宛昭不能倒下。她絕不變成第二個羅至乘。她要肩扛一切。

她是個女人，但她是一個比所有男人都更傑出的女人。她會負責到底。可惜她是女人，只能躲在幕後掌控。天下從來如此，女人從來是附屬的。即使宛昭的能力，遠比她所知所見的男人都更好，仍舊必須貓縮在羅的聲名下。

年輕時的她作為劍仙流第一人，將來是要成為刀神宗最強者的妻子，也就是陸忘書的婚配。遇見羅至乘之前，宛昭隱隱約約不滿必然的宿命之路。為何未來就只有單一途徑？為什麼沒有別的可能？只因為她是女子的緣故，就只能無選擇地走進限定之路？陸忘書並不是不好，其武藝和人品都是一等一，待宛昭也用心，只是——只是，她對他毫無動情之感，只是習慣，只是許久以來兩人都被擺在一塊兒。她不是瞧不起陸忘書，雖然他的刀技，也不一定就強過她的劍藝，可她就是厭煩那樣的理所當然。

羅至乘的出現，打破那樣僵固的制式的觀念。他帶來新的想像，令得宛昭無可能的人生，出現新的篇章。人生尚有其他的樣子，可以變成截然不同的另一回事，多麼愉悅啊。這給予宛昭極大的滿足感，可以背叛所有人對她的宰制，可以逾越充滿限定性的現實。她暗地裡竊喜。遇到羅之前，一切按部就班，沒有意外，沒有不可預期。但羅的存在，莫名勾引起宛昭冒險的意欲，難以解釋，近乎無能名狀。當年的羅儼然一種挑逗，是對已知狀態的抗搏，足可令她湧起朝向未知狂奔的衝動。宛昭是個外表嫻靜婉約的絕色女子，但實際上內部彷如滾湯。

沒想到還是一樣的，多年以後，她不得不承認，嫁給羅跟嫁給陸忘書，到頭來或是無差別的，同樣是她得屈居棲身於男人之後。她是屬於後面的——後面的時光，後面的闇影，後面的故事。宛昭跟光鮮的正面亮麗的前方，截然無關。

雖然，羅比陸忘書多了一點容忍，羅會讓她暗中操作神工鋪，陸忘書絕不可能讓宛昭作主神仙鬮。陸忘書比羅更傳統，他認定女人生來就合該被呵護，被飼養也似的放在家中，放在他背後。宛昭相當了解刀神宗的想法，他們全都一個樣。陸忘書雖然可以允許宛昭退出劍仙流，但那是陸忘書認為男人就應該有個大器大度，不能夠小家子氣，他必須維持至高無上、不被世間所染的神聖模樣。在宛昭的真實看法，陸忘書終歸是最為刻板的男人典範。

而女人就是沒有地位，就是活該輕蔑——宛昭對此實是憤恨。然她又做不了改變。縱使，她現在是神工鋪實際的主人，沒有誰能奪走。但表面上神工羅的當家，依舊是百廢叢生的羅至乘，甚或是八歲的還雨，但就不是宛昭。是的，不會是她。原本，她的暗面，躲得極深沉。夫婿過往的傑出和奇異魅力，讓宛昭的那一面安靜多年。羅對她也盡夠心意了，而一切止於仙劍之鳴——

完成道骨劍與極限天後，羅至乘另取一小片黑天石鋼胚，相熔於碧海玉石，成一對指頭長短、觸感冰涼、薄脆異常的劍形飾品，其形制與當初他們定情的紅綠短劍相仿，只是形體縮短許多。羅講過，方圓石的非凡，一丁點都不可浪費。羅至乘與黑石搏鬥了一輩子，他一直認定，那塊沉睡河底的黑石是具有感應的。他不能解釋更多。但他曉得它的神異能力。一塊能夠與人與天地發生神祕感應的石頭，講起來荒誕不經，惟羅至乘卻深信不疑它是活石。總之，仙劍之鳴亦是羅滿意的工藝作品，雖非武器，但有著遠距離傳聲的不思議功效，是他煞費心神的完成，作於緊急關頭之用。或可說是他對她的堅定誓言。

是的，直到羅鍛極限天鑄道骨劍以前，她都沒有後悔。那之後的五年，宛昭卻愈來愈惱恨，對羅至乘於名於實皆為她的丈夫，尤其不能忍受。但宛昭無能改變，不止是還雨與羅甚親之故，而是沒有人會認同她甩脫病中的夫婿，另從別人。這是不被允許的。羅送給她的最後之物，珍貴的仙劍之鳴，宛昭轉手就贈給自己的妹妹初雪。宛昭寧可棄絕，留之無用，平添氣惱。

她也不真能使羅死去。若羅死去了，她和房道就更困難。有羅至乘，他們還能私地裡幽會，讓房道假借治病名目留在神工鋪。羅一去，恐怕別人就要非議。她作為妻子，焉有不寡守一生，以悼念喪夫之痛的道理？宛昭進退失據，內外皆險。現下，她必須保住羅的性命。再說，宛昭也無有信心，若她當真擺脫羅，房道還會對她如此傾心多情？終究幽來深去的偷，更是劇力萬均，更是步步驚天。情愛在暗中，總顯燦爛無匹。男人嘛，再如之何山海誓盟，一個轉頭就是夢幻空花。

目前有元白丸撐著，羅短時間不會有事。但房道也講過，用丸非長久之計，終歸是外在藥物的強迫支撐，不是真的修復。但反正羅也不會是她的長久，又有什麼關係。不可能是了。偶爾宛昭也會覺得心殘酷得像不是她自己的。

宛昭曉得房道也吃元白丸。在他們歡好前，近來有幾次，她瞥見他偷自服用。元白丸有提精生神的效果。房道有時得藉由外力提振自身的強度，似乎是宛昭需索太多太久的緣故。她對此裝作無知。怎麼能夠承認自個兒是那樣的情饕慾餮呢！唯她的確感覺到有頭猛獸被困在裡面，時時刻刻都想夢與房道淋漓盡致沒日沒夜地歡愛。但那是隱晦的身體狀態，難以直視。

瞧還雨細心為羅拭臉擦汗的樣子，宛昭只覺得滿屋子窒息感。呼吸有如尖銳的事。宛昭視線移往窗外。昏暗中月光乍現，從團團堆累的黑雲之間，綻得顏現。一輪滿月當前，鮮白光輝灑進屋裡。燭火被月光化合。絲絲光線投身於床處，照得還雨像是在發亮一樣。不久，忽又隱去。月色撩人後，倏地退卻，昏暗復臨。燈火又有了效力。宛昭想著，是天地昏暝吞了月兒，還是月也有它自身暗面，不被目擊，獨自它的幽冥。

令宛昭光亮的不在這裡，此處只有黑暗緊緊跟隨。她的淨土不在這裡。房道不在這裡，他在自己的房間。自羅失魂一般、房妻死後，房道就以隨身照料好友的名義，公然遷進神工鋪。以他大醫家之譽，當然出入自由，還雨也很喜歡這個叔叔，羅家上下也對有禮又本事的房醫家信之慕之，認為他是仁義胸懷。無誰曉明，其實她和房道正背著所有人竊自交歡。

好幾次哩，房道下了點藥讓羅深眠，他們就在房裡歡好起來，在椅子上，在鋪平軟被的地上，甚至就在同一張床上。他們一頭栽入深淵也似的灼熱。房醫家呢保養得宜，長得又儒雅，情慾點燃之後，宛如獅虎，動作確實，力量沉猛，技巧高明，總令宛昭去至欲死一般的境地。而羅持續沉睡，無論室內如何熱烈，聲語如何狂浪，羅都不會有反應，被房道的藥物強行拖進更為黑暗無光的所在。

但也許啊，也許還家知道。她的次子，大概是唯一不給房道好臉色看的人。死去的還千很敬重父親的老友。但還家卻一直對房道頗冷淡，甚至是敵意外露。別人看不出來，但孩子是她生養的，宛昭又豈能不察覺。近來，那孩子遠走，投入玄刀學——那是一個小門小派，名不見經傳——還家竟為了玄姓女夢聽，捨宛昭而去，唉，她算是白養這個兒子。然而啊，還家離神工羅的原因，除去與玄夢聽相戀，會不會是他無法接受偉大的父親廢物般活著，也不能忍耐母親卻在此時與父親好友有染？

宛昭靜止塑像似的身體，略微驚動。想及次子對她會是怎麼樣的鄙視，心中痛切。她又何嘗願意水性羅以外的男人，又何嘗樂意楊花另一情愛關係！羅至乘連活物都算不上了，不是嗎？她好生的一個人，縱風華正褪，但仍不失為絕美女子，怎能夠就此葬埋己身時光，伴著半死不活的夫婿？宛昭不願如此。她要的是完整的羅。他不完整，即是他背叛了她。宛昭何來理由與其一生共死？是他拋棄一切，孤自走向一個人的冥途。她不會原諒他將心神全數付諸鍛鑄，近乎單方面對她離異。絕不！

再想起房道就在近處，宛昭胸口的滯悶就能舒放少許。沒有他的善解人意、溫柔陪伴，宛昭不曉得要如何度過暗翳重重的日子。一切無光。只有愈來愈厚的灰暗從天而降。一天一天，像是滅頂。所幸房道走入心中，為她慘敗的下半輩子掀起另一種可能。有時她也不禁憂慮起房道會不會輕賤她，畢竟宛昭是背著自己的丈夫與他歡好。可她不能問，也不敢。宛昭深恐聽見他的回答有一丁點的遲疑、鄙夷與不確定。房道對宛昭是癡迷的，但能持續多久，她一點把握也沒有。年將四十歲的婦女，還有多少能被深切愛憐的時光呢？

各種煎熬、困惑和憂鬱舂打宛昭。若非她心志堅定，早就被壓垮。她得一個個解決，推遠那些迷思疑慮，不讓它們進入日常，造成混亂。但暗影幢幢哪。宛昭的內在，對自己的作為有著不可脫落的迷思。她害怕看見鬼怪。打開心的深處，看見的會是怎麼樣醜陋的景致？她是不是淫亂女子？會不會被別人以為她就是邪惡？再有時想起房道之妻的死，宛昭也甚懊悔，難辭其咎。雖房道要宛昭無用多想，並不是她的錯。但同樣是女人，若非她占據房道的心，房妻又何至於死呢！

男人多麼好哇。房道一點也沒有掙扎，他並不焦慮被如何看待。實際上，他不在乎外界的眼光。房道以為，其他人怎麼看都無所謂，反正他們是真情實愛啊，何須在乎。房道跟羅在這個面向是一致的。他們不懂女人並不這樣活著，跟男人們簡單明確直接的做法是大不相同。宛昭是個女人，是個被太多貞觀潔念束縛住的女人。她活在俗世牢籠。男人可以無視規矩法則，還被目之為英雄，女人呢，女人只會被指為萬惡。獨身之際，她總要想啊，女人根本是鎖鍊做成的。

是如此的了，女人活在暗面的世界。即使宛昭再傑出，都無法克服整個江湖的制約，無法解離由小至大被養成的價值判斷，無法抗拒早在她存在以前就已經暢行無阻的潛在天條。惟後半輩子都要折耗在眼前廢人身上，宛昭又不能甘心。以往的情愛流水遠逝，一點不剩。房道變為她的依靠。人心裡總有那麼些黑暗。那麼些不能為人所知的，就是宛昭自身也不那麼樂意直視、更遑論坦認的幽微吧。

她實不願成為將黑暗孵育為邪惡的人。可一切由不得她，偏偏羅失神成廢，偏偏房道像是曙光般降臨。但宛昭盡可能守住最後一線明智，不真的對羅下毒手。她讓自己的心思，漲滿著房道的情愛，好阻攔不住增生滋長的恨。

此時，有人叩門。宛昭還沉溺在各種猛烈的想法與情緒。她望著窗外。黑雲蔽月，風景黯然。她不願動彈。已為父親擦好身子的羅還雨回頭望看，體恤母親日夜守著父親的辛苦，他趕緊起身，拉開門。

黑夜底，吐出一纖細亮麗的身影。

「啊，雪姨。」還雨開心嚷著，一把抱住來人。

就在宛昭神遊魂蕩之際，她的妹妹福初雪突如來到神工鋪。

時光之五

走在明媚午後，陽光下一切事物閃亮晶瑩。福初雪跟羅還雨漫步林中，穿入風和，踏過日麗。天空透明清爽，事物都進入安緩寧靜的節奏。姨甥倆們臉上張開笑，時而被灑落眾樹的光線注滿，有若神來，時而被林蔭的陰影圍住，渾身清涼。他們說笑著，很是清閒愉快。背著一竹籠的還雨撿起枯枝，隨意比劃，這裡敲那裡打，十足孩子癖性。初雪賞著林木和土壤植物，有苔蘚和菇類，也有樹根與樹根之間鑽出的鮮豔小花，就連鬼雨樹上瞧來驚心動魄鬼臉一般的樹紋，在難能可貴的陽光照射下，亦有可觀，顯出些許爆裂張狂的美。

據說鬼雨森林少見天日，往往雨季連綿，這一天難得日光昂揚，她便攜著還雨出來透透氣。離開神工羅家所在的鑲金台地，對還雨來說也是好的。鎮日伴著病榻上的姊夫，對一名少年來說，怕不是什麼好事。還雨很敬重他的父親，這一點讓人佩服。但不知道什麼緣故，初雪總有一種微妙的感覺，還雨是在守衛父親，好像是不讓人有機會傷害他的意思。可是在自己家裡，又有誰會害姊夫？如何可能呢！應該是自己太敏感了。

初雪不願意往下想。她的煩惱已夠多了。半個月前來到姊姊的夫家，就是為了逃避纏身的憂悲傷苦，就是為了掉過頭不聞不問。人真的是好難。初雪心中慨然，太多的艱難迎面而來，隨便哪一種，都能讓人崩垮隳頹，體無完膚面目全非。盯著樹上一張張瘋魔也似、表情過度豐盛的鬼紋，初雪的好心情慢慢鬆散。被疊在下方的煩惱又一點一滴地升騰。

人怎麼能夠逃離自己？是啊，人委實是被自己的心牢牢綑綁住。

還雨說著什麼，初雪沒聽見。少年又說了一次。初雪抬起眼，望定還雨，設法專注當前。外甥說著要去帶些木頭回去。初雪點點頭，男孩便自個兒去了。出門前，初雪想著牽還雨的手，就像四年前一樣。那時節，還雨和她多麼親啊。這孩子喜歡自己，初雪明確意識到，還雨甚至比喜歡宛昭姊姊還要喜歡她。這一點對初雪來說，非常重要。終於，初雪還有個地方能夠壓過姊姊。但這會兒，十二歲男孩羞赧地拒絕。他不願被當成孩子看。初雪對此還悵然若失哩。

還雨長得很快，不但高了，跟初雪僅僅相差一頭顱的高度，身子亦變得結實，胸膛寬厚，肌膚黝黑，眼神老成，神情穩重。他經常出入工坊進行兵錘器鍊，身壯也是自然而然。如今的還雨，頗有神工羅接班人的架勢，說話做事都有種氣派，眼神也深邃，彷若深潭，讓人不敢小覷。工鋪裡的打鐵老師傅們也都很是敬重，不視還雨為小兒，特別是他對各種材質與做法的直覺，還有鬼雨炭使用的時機與數量，更深得信賴。好幾回，希罕金屬的鑄造，全是參考還雨的意見，方得以功成。

但初雪是心疼的，外甥也就是個十二歲的少年，再怎麼天縱橫世吧，都還是個孩子，心成性熟又如何，終究是一少男。怎麼所有人都遺忘這一點？他幾乎沒有童年。還雨被迫迅速成長，一下子承擔太多。他的雪姨曉得啊，他是活在多麼巨大的不合理矚目之下。可還雨沒得選擇，他的大哥因為爐毀意外葬身，他的二哥又不願回返神工鋪，反倒成為玄刀學的新一代掌門人，棄鍛鑄技術不顧，他的母親老忙著處理羅家龐大生意，沒閒無暇，至於他的父親，舉世聞名的皇匠，就是一廢人，整天只有一時半刻的靈光乍現，其他會兒一概無知無覺也無動。也因此，還雨不得不偽造自己，逼迫自己符合眾所期待。

且不說還雨的少年時，被輕易摧毀不留餘地吧，就是初雪也已經來到二十三歲——十多歲的時候，很難想像自己會活到這樣的年紀。總有個奇異的幻想，好像自己會永遠停止在最花樣細嫩的不滅年華。其時，青春像是源源不絕，無盡也無窮，但時光火勢凶猛，一下子就燒得她的年少無影無蹤。如今她的身體更有一決定性的天大變化，太教初雪心慌意忙，茫然失措。

時光殘酷地走著，安安靜靜帶來一切毀滅地走著。

而初雪不由地停下步伐。溺的感覺奔湧。她逼自己深吸一口氣，忍止體內不斷上升的水面。她得戰勝驚恐。她不能被接下來將發生的事擊倒。要呼吸。專注地呼吸。呼吸陽光。呼吸風。呼吸花草。呼吸林木。呼吸天空。想辦法呼吸。把身體深處長出來漫漶著的陰翳壓制住。不要再想。初雪對自己說著。有些事情是不可能阻止的。是啊，就算再來一次也一樣，她還是會變成她，她還是會為了他，變成此時這個傷敗樣子。

想著想著，初雪像是沉進去鬼雨樹下豐盛的暗影底。孤孤生生。

他。陸忘書。神仙關第一人。當今之世的第一美男子。為了他，再大的苦都會是甜的。初雪本來十分確信。即使兩個人的差距無限遙遠。即使他的歲數是她的一倍。即使他眼中心底沒有她的位置。即使他只是一時迷亂。即使，即使。有太多的即使，但都無法阻止她對忘書關主的情思心意。她就是百般千樣的愛慕他。天地山海般確在實存。萬劫難擋啊！

初雪跟姊姊相差二十一歲，當宛昭姊姊在劍仙流呼風喚雨之時，她尚未出生，等到神工鋪馳名遠近，她也還是個黃毛丫頭呢。初雪沒有親眼見證當年鬧得滿關風雨、姊姊脫走的頭等大事，但她經常聽別人說起，說起關主的大度、宛昭的決絕種種。原先族人們、包含父母都議論，姊姊又愚蠢又自私，放著好好的夫人不做，竟甘心墮落去和鍛鑄師結親，罔顧家族利益，令福家地位搖搖欲墜，不孝不忠，忝不知恥，要不是關主大人大量，神仙福族還不從此凋零，云云。

後來，當姊夫的手藝天下為頂，所有的說詞都變了，往日的指責詈罵被一陣風吹掃而逝，親友悉數改口，說姊姊真是好眼光、好福氣，一舉挑中石變為寶的上等良材。初雪幼年時煞不解也，如果宛昭姊姊是對的，那麼就意味著天人也似的忘書關主是錯的嗎？難道堪稱武林第一刀的關主，還不如一個鍛刀鑄劍的工匠嗎？福家族對以往對關主的善待都忘了嗎？初雪心裡其實不大能諒解眾口變異。她以為，不管姊夫是什麼樣的人，都改易不了姊姊為他叛離神仙關的事實。

初雪其實相當喜歡姊姊和姊夫——當姊姊在初雪十歲時第一次在出嫁後回到神仙關，當十八歲的初雪頭回短暫拜訪神工鋪八天，其時還雨才七歲哩，她就很難對宛昭姊姊和至乘姊夫有什麼恨意。他們都是極好的人，天生就是有著神異光澤，讓人傾羨。羅姊夫雖不習武，但舉手投足都有著罕世感，一種絕對的自信，一種對己身技藝有充足掌握的完美態度。姊姊更不用說，天上仙子似的，一顰一笑一言一行都優美得讓人自覺形穢。

初雪的不滿，主要是針對那些見風轉舵的人，即使是自己的親友，都讓初雪覺得可鄙。可以理解為何宛昭姊姊受不了似的逃出神仙關，主要原因一定不是因為關主，而是沉悶的窒息的毫無想像力的親友們逼走了宛昭姊姊。必然如此。而最重要的還是，她無論如何都要站在關主那一邊。她喜歡姊姊一家，但她從不在別人面前說神工羅的好。這是初雪的暗自堅持。

她第二次再訪神工羅家是四年前，那會兒姊夫已癱，大甥兒也剛剛發生意外，二姪子則走上跟宛昭姊姊一樣類似的出走命運，但姊姊沒有被擊倒，雖眼中憂翳密布，但不見任何頹敗，反倒神采奕奕，容光煥發。姊姊心志之堅定，教人咋舌，初雪敬佩無比。不過還雨不然，他無與倫比的寂寞，沒人陪伴，眼神死沉表情黯魂，父兄們不在，而母親又忙於家業護衛，還雨能夠體諒，雖其性格沉穩，但仍是個八歲孩童。初雪原先打算只暫住十數日，但為了小甥兒，就待上足足一個月，只求讓還雨多些精神，能夠適應過來。對當年的初雪來說，要離開陸關主這麼久不見不聞，實異樣痛苦。再來就是這一次——而這一次，初雪今回很可能會長待。她自覺無路可走。只能留在神工羅家。或許已經沒有別的可能。除非，除非關主——但，可是，關主怎麼會呢！就算他會，初雪又真的能夠忘了那一夜？

初雪對關主無比鍾情。他很疼愛她。據說她還在爬行時，神仙第一人就常護她抱她憐她寵她。他對初雪特別不一樣，沒有哪一個孩子受過關主那樣的照顧。福家運氣好哇，神仙關人私下都這樣議論，先有福宛昭，後有福初雪，一前一後將陸關主的心思都占據住。她的族人也跟著一併升天，受關主善待。初雪不大記得兩、三歲的事，但依稀有印象，關主對自己確是厚愛，不管她做什麼要什麼，關主都盡可能滿足她。

而從小，他就是她的神。他就是她的世界。她的萬事萬物，她的一切，都是由陸忘書造就。初雪非常崇拜他。打四、五歲開始，初雪就夢想著一輩子伴隨關主。她的視線跟著他移動。他到哪裡，她都想跟。當她滿九歲，必須修習劍仙流絕學，不能黏著關主，身子裡也都是碎片，像是被爆裂分解。有好一陣子，她總是痛哭。還是關主勸慰，只要她愈快學好明還神氣、仙鋒三訣，就愈能見到他。無可奈何，被迫接受的她，展現出異常專注，刻苦鍛鍊，總是比同齡孩子更快練好，更快將劍仙武學習全。到少女時期，她就登至劍仙流第一的位置。不為別的，就只是想要更早抵達關主身旁。她把自己當一把劍那樣煉著，煉出絕代光芒，將之獻給她獨一無二的人間神祇。

又或者她的廚藝，除劍學外，她也精於膳食。主要是忘書關主對吃食非常講究，異常挑剔。他對美味的食物，有相當程度的執著，譬如可以為了吃一口味獨特的包子，就不辭三日勞頓遠行。他雖愛吃，可吃少，但吃得極精，重點在於料理的手藝，以及對食材的精準理解和使用。為了滿足關主，初雪苦心煞費，練劍也似的練著廚藝——後來她乃被譽為盛宴之手，有隨手就能炊煮一桌教人咋舌狼吞虎嚥餐宴的華麗本事。當然也要付出代價，初雪全身肌膚雖柔嫩如雪，但一雙手俱是硬繭與傷痕。這一切不過是為了她暗自的神。

是的，獨自的神，她一個人的神。多麼圓滿、牢不可破的關係。初雪從來沒有想過會成為關主夫人。她只是個平凡的女孩，怎麼可以妄想跟神在一塊兒。她只想著，隨行在關主身邊，就心滿意足，並沒有更多期待。

直到初雪將滿十八，族人開始了這類討論——畢竟初雪武藝已是劍仙流第一，按神仙關傳統，劍仙第一搭配刀神第一，忘書關主理當迎娶初雪。但關主拒絕，他說，他已老了，再過幾年，也該讓出關主位子，何況雪兒還那樣年輕，該與天分甚高的易賦成親。也就那之後，初雪的劍藝再不進境，呈現停滯。且不說初雪深悉陸易賦與何明樂何等相互傾心，就是她自己吧，也不樂意跟關主之弟成親。小初雪兩、三歲的明樂，或也受極大刺激，後起之秀的她，在宛昭姊姊的指點下，幾年間工夫，即取代初雪，變為劍仙流武藝最高者。

是否第一，初雪壓根無所謂，她志不在於此。武藝不過是為了關主鍾錸，若關主不需要，二話不說可以全盤放棄，絕無吝惜。唯族人卻逼著要她武藝更上一層，與何明樂競爭，成為下一代關主陸易賦的枕邊人。初雪不作如是想。她要的是一世陪伴關主，可不是關主夫人的地位，昔日高漲的鬥志赫然煙瓦消解。

福家人馬俱認為，福初雪是心頹志敗，不只父母爺奶，多少人跑來跟她說話，鼓勵她要有上進心，要為福家爭取到原就屬於他們的榮耀，關主夫人，那是多麼崇高的位置啊！

打有神仙關的一百五十年來，各姓融合，最大宗姓有陸、何、明、福、王、晉等，但至今六任刀神宗最強者與劍仙流第一皆分別為陸和何家，雖有關主在位至多不超過三十年須讓位下一任的傳統，但其他幾姓只能眼巴巴張看陸何兩家人才鼎盛、勢力愈大。好不容易福宛昭能力當時無兩，卻不願嫁與第六任關主陸忘書，反倒脫關，白白錯失福家登頂神仙關的機會，還讓福家在神仙關裡備受非議。難得如今又有個福初雪，武藝入化劍技出神，卻只顧男女情感，壓根不把家族使命當一回事——怎麼兩代福家女子都走上相似宿命？

初雪不吭不響，沒有任何辯解。初雪倒不覺得背棄族人的期待有何問題。反正忘書關主那麼說了，就意味他絕無可能娶親。而教初雪難過的是，原來她的心中其實也有那麼一點微暗微明，暗自期待有朝關主能夠接納自己。不過，關主的心底果然只有宛昭姊姊。然不妨礙啊，初雪的心思很久以前就只有忘書關主。只有他。關主以外，都是其他。其他都是多餘。那些事她不想在乎，仙鋒三訣什麼的都是通向關主的密徑，要捨棄就捨棄，一點都不可惜。

表面上，她看似苦練，實際上對劍不再有追求。以前初雪練劍，練的都是相思，所有的劍意都是情意。現在的她，使劍少去綿綿無盡之感，動靜之間也缺乏昔日的深邃美麗。此刻她練劍，練的只是表面，練的只是陳舊的已知，沒有任何未知，沒有任何真正猛烈的境界。沒有隨時滿溢的思慕，劍藝不再是通向關主的祕密之道。不進即退，福初雪也就及不上何明樂。福家人無不痛惜。

宛昭姊姊不是偏心何明樂，只是她跟初雪一樣都曉得，陸易賦傾心的對象是明樂。姊姊自覺對忘書關主有虧欠，但沒能做什麼補償，只得從旁下手。何明樂亦十分崇拜宛昭姊姊，孩時就老纏著姊姊，反而比初雪更親，更像福宛昭的妹妹。輸給何明樂，初雪覺得蠻好，至少遂了宛昭姊姊還給關主情債的一點心意。本來是這樣。本來初雪都是甘心的。直到瘋魔之夜。

福初雪仍有自知之明，她不過是姊姊的替代品。關主這輩子的心思都被姊姊占滿。初雪怎麼樣也追不上，那樣的時光——姊姊和關主一起度過的年少時期，他們的青春一起綑綁，他們一起點燃成長的故事。是呀，他們是神仙眷侶，無可取代無可拆解。初雪相信，關主從未懷疑過他和宛昭姊姊是天地造設的一對，關主很確定他們生來就合該在一塊兒，沒有人可以介入。但忽然就風變雲幻。只是一面之緣，只是一個工匠裡的鍛鑄師，居然能夠擊敗他，進駐福宛昭的心魂。當宛昭姊姊求去，關主必然周身震慄，靈神裂解。他的心應該在哪一個位置有著重大傷處。在不為人知的暗角，關主應該依然深深地受傷著吧。

初雪對此分外不忍。即使忘書關主展現出驚人氣度，但再怎麼樣，也還是人哪。他是如神一般的人，但還不是神。即使福初雪對陸忘書癡迷狂戀，但她還是曉得他並不真正能超脫凡俗。她花很長的時間注視他關注他。沒有人比初雪更了解忘書關主。有時，關主瞅她的眼神，會使初雪心魄驚動，實在是裡面太幽暗了。巨大的傷心以後所帶來巨大的灰滅。有個毀壞在陸忘書的心神裡醞釀。那是初雪獨自發現的祕密。甚至，也許，只有初雪知道，連關主本人都極可能沒有察覺。所有人，包括關主自己，都認定陸忘書必然是名絕無陰影的光大正明之人！

而神仙關老有人竊論，這也是沒辦法的事，誰讓初雪就像她姊姊呢。初雪聽見此類講法，心中大不舒坦。可她跟宛昭的確神似。臉眉容顏、身形輪廓、體態舉止，乃及甜美嗓音，無不相類，簡直像是同胎生。唯一的差別是，宛昭終究是被歲月大雪洗過，臉上已有星霜，而初雪則是年輕無瑕。但這並不代表什麼。她並沒有因為比宛昭姊姊青春明媚，就占上便宜。她似乎已經注定永遠只能是姊姊的影子。無論初雪做得多好，別人和關主看見的始終是，福宛昭疊加在初雪身上的龐然陰影。

羅還雨撿完一大籠鬼雨殘木，笑得臉豔豔，向著靜立的初雪走回來。

初雪幾日裡總是厭厭的，提不起勁。在如此柔麗這般美好的風景，她卻只想嘔吐。有股難忍酸意從胃部升捲，直攻食道、喉嚨、口舌鼻。初雪控制呼吸。但跟方才深水溺斃似的恐慌不一樣，這會兒的噁心是萬蹄踐踏的意思。近來身子多有古怪，初雪也莫可奈何。彷彿啊，彷彿有十萬隻驚弓之鳥在裡面活著似的。隨意一些風草吹動吧，都能夠讓初雪緊繃、寒慄，時而暈眩，時而欲嘔。即使她逃到姊姊家，那些黑影還是緊躡身後，無有放過啊。

當她夜寐，總有驚夢。無數的鬼在腦海裡蕩漾。她被追著，被各種各樣的鬼，奇形怪狀、扭曲歪斜、醜陋惡意的鬼。在心中長出來的鬼怪們。巨大的暗影籠罩著她，她始終脫離不出，她活在它的下方。那些鬼隨著深夜時分的趨近，就越發的燦爛。有些甚乃是鮮豔的。繽紛亂舞的鬼。有色彩的鬼。鬼兒們揮動著無以名狀的手腳，攫捉捕獲她，想方設法地它們想要塞進她的軀體中，擠變成她。她遂要驚醒。在慘叫中驚醒。

還雨來到初雪身邊，看著陰影裡的雪姨。她在出神，眸子滿是驚恐。他定住。雪姨像是處在他不在的地方。她明明站在眼前，人卻猶如去至萬水千山以外。羅還雨怔然，一時不知如何便好，該喚她好呢，還是不叫好？雪姨這一趟來，人都不一樣了，很憔悴，甚少進食，短短幾日又消瘦了一大圈。雪姨的神色惶亂，臉容迷惘，眼神要不是空洞，要不就是駭懼難忍。雪姨究竟發生什麼事呢？他試著追問，但初雪一點口風都不透露，只是笑著。極悽慘如被利刃劃破一樣的笑，讓還雨不忍睹之。

在那件事發生沒多久，福初雪即亡命也似的、從地老宮夜奔來到神工羅家。其實，與其說是她陪還雨，不如講這些日子若無還雨相伴，她會更為慘烈人形不復。她正在被體內急遽壯大起來的毀滅一分一寸的吞噬。她以為自己遮掩得很好，殊不知神魂不附，盡入外甥之眼。還雨已站在跟前，初雪仍無視之，她徹底地陷落，被黑暗中的回憶緊緊抓住不放——

三十九天前的夜晚，闞主強要了她。當日，闞主當眾宣布陸易賦與何明樂的婚事，以及預定明年初將讓位給其弟陸易賦，將神仙闞的未來交給新一代的闞主與闞主夫人。能夠放下重擔，忘書闞主顯得很開心，除了在闞內酒歡慶宴外，他尚興致盎然地拉著初雪到天荒原的長久林裡酌飲。闞主說了好多話，說了太多太多的回想，極其細節，主要是他和宛昭姊姊的昔日舊事。他愈說愈多，也就愈喝愈醉。恍若讓他醉的不是酒，而是往事情深。

暗林中，月光灑落，詩情畫意啊，一切景物都鬆著一層淡淡的金粉，細緻的輝煌著。那是多麼美好的一夜。她伴著忘書闞主，心情也大好，小飲一番，很快酒力不勝，兩頰緋紅，燃著豔燄的色彩。雖然，闞主嘴裡說的心底想的都不是她，但在他身邊的人是自己，至少如此，初雪試著這樣說服自己。夜愈深，闞主愈飲愈多，表情逐漸狂亂，眼神裡塞滿奇怪的意味。他睨著福初雪的雙眼，有狼行走。初雪心中怦然，像是有雷聲從深處竄起，越發逼近。莫非，莫非今晚啊，她和忘書闞主將要——

其實不能怪他。初雪也有那個意思。只是她以為，一切都會溫柔又美好。她無數次幻想過和關主纏綿。但卻不是這樣子的。不是他忽然將她的長裙撕裂，硬是把她轉過去，讓她跪倒，使之背對，同時左手扯直她的頭髮，右手緊抓她的腰側，怒吼一聲，沒有任何準備的，就將碩大的凶器撞入她體內，一次到底，猛烈如獸。布帛碎聲響起時，初雪才開始知恐感懼。她翹挺的臀部暴露在月色之下，晶瑩雪白，有如絕佳瓷器，細緻無倫。但陸忘書卻看也不看，他咆哮著，每長驅直入，他就奮盡所有力量嘶吼。

而初雪痛得像是被刀摜入。她不知道會如此之痛。陸忘書像是變了一個人似的，不，應該是變成野獸。他化身為巨大的猛獸，將她壓制。一點都不溫柔。只有暴力。純粹的殘暴。他彷彿要把她擠壓得血骨皮肉無剩。陸忘書是完全的君臨。他把一輩子的遺憾與不得發抒的恨意悉數注入她裡面。她是贗品。她是假的。她可以被無情地貫穿。他做什麼，她都會心甘情願。他像是要刺爛她。他絕無保留地狂奔。狂奔在一個噴著血的狹隘通穴裡。她是無水的器物，再破爛都無所謂。她只是他衝往愛之無能愛不可得的乾燥管道。強烈如炸裂的疼痛，在最緊密貼合的動作之間，他毫無一點愛憐。他不是在溫存，他只是把潛藏壓抑經年的失意，都撞成她的傷裂。卻原來，她在他心中幾乎沒有一點位置，如此絕望與驚恐，終使得初雪昏厥過去。

醒來後，關主神情驚駭，似有悔恨。而她兩腿間血肉模糊，腰側有不祥的紫青大塊，秀美的髮被扯離無數，頭皮爛傷。他愧對她。但初雪在他眼中看見幽冥。興奮的幽冥。一種絕對的黑暗正在全力生長。關主被他體內的惡盤據。關主變成不是關主。爾後，他發現她醒了，正望著他。陸忘書眼底有一絲絲奇異的光線，他慘嚎一聲，居然丟下她，獨自遠跑。被棄置野外的初雪，只能遮遮掩掩地繞遠路，跌撞林間，偷了山戶幾件衣物蔽體，費勁大半天才得以返家。

其後兩三日，初雪足不出戶。她謊稱不意跌入山澗，故遍體鱗傷。家人自滿腹疑心，但無人奈何。雙親很早前就對初雪毫無辦法。初雪獨自驚懼，孤人黯然。而醉後遂行以後，關主對她不聞不問。平素裡，要不初雪主動去尋關主，要不就是關主命人來請說是有事，實際上也不真的忙些什麼，就是說說話。他們幾乎天天見面。結果，全都不一樣了。關主變得不是關主，初雪也不可能是本來的初雪——

原先的舊的福初雪，已經死在那一夜。一切愛怨難解。她對關主的作為，極度不能寬宥。那絕非什麼酒後亂性就可以開脫的。他就是放任自己，他就是沒有認真地對待她，他就是侵犯她，將暴力與黑暗深深地種在她的體內。他無可疑義地傷了她。這是不可原諒的啊。但同時，她也不解，明明她鍾情於關主，為何對他強暴進入這件事，如此的無可接受，如此的憤恨不平？她不也想夢過，有朝一日關主會柔情似水的進入自己？但，他真的是想進入她嗎？他有嗎？

對了，那根本不是進入。重要的就是他沒有進入她。他不是用創造的方法進入她。那不是情愛。情愛是創造，如果他是真情實愛的進入，初雪相信她會感覺有個東西在體內被創造出來。那麼，她的生命將會重新活過一次，將會變得完全的開放完全的豐美。但關主不是。他對她沒有任何創造。他是以破壞的方法進入她。他僅僅是把某些無以名狀的毀滅塞給她。他把地獄的中間放入她的裡面。沒有溫柔，沒有明亮。他不是關主，而是一個野獸般的男人，一個無顧她意願全力傷害她的惡徒。他絕對不是她相信她夢寐的那個陸忘書。她厭惡唾棄他。但她也害怕他。

邪怪之夜的陰影無止盡擴大。後來，她甚至看見男人就小鹿一樣的滿心可怖，抖顫難停。而奇怪的是，事情進行其時，她只能設法從那些連綿密集疼痛逃開，躲進昏亂的迷失，反倒沒有太大的恐懼。突如其來的驚嚇後，她的心智就忙著崩裂。關主體內幽暗的具體化怪物化，讓初雪無法有所反應。她不能抵抗。也無法抵抗。所有武技劍學都是無用的。

現場的她不能置信，多年傾戀的陸忘書竟是這樣子的醜怪惡獸。其時，絕對的麻痺進據了她。

她只能聽見自己的炸裂，持續的，一路炸裂到世界盡頭。再也不可能完整了，這個世界。他也就從神的位置一路暴跌，至於萬丈深淵。事後，她多麼後悔啊，應當用盡體內所有真氣，不應該任由他毀了自己，毀了自小情愛的信念，毀了她心中最好的他。不應該的。比起不能原諒他，她更是無從原諒自己。這一切的發生怎麼能夠不抵抗呢？

而終究，她得離開，她不能再看見陸忘書。她必須逃出神仙關，從他的暗影隻手之下落荒。那幾乎是下意識的反應、本能的作為。而她幾乎是沒有記憶的，想不起來自己究竟是怎麼趕至神工羅家的。就像此時，想著想著，她就癡了。等到福初雪有知覺之際，她突然就已回到了羅家。是的，暮色已落。羅還雨一路牽著她的手。外甥領著淚流滿面、呆立樹下、神失魂離的她返回神工鋪。入門時，廳堂裡坐著姊姊和房道。

其實，初雪業已幽微地曉得，姊姊和這個醫家關係匪淺，他們眉目傳遞之間都是濕漉漉的情思慾念。他們瞞不了她。她已經知道何謂情慾。那是野獸。那是足以讓人癲狂的暴烈廝殺。同時，初雪覺得怒意橫生。為何她這個姊姊什麼都有呢？而她，無論樣貌、體態、談吐，又有哪裡輸給福宛昭！她比姊姊還更為年輕，怎麼樣樣都不如宛昭？哈。究竟為何？哈哈。究竟何以她不如她！哈哈哈。

初雪還沒有意味到自己正在持續支解，解成更多碎片，意識如此，時間若是。

背著竹籠的少年，對著母親和房叔叔點頭致意，也不說話，領初雪直往裡頭走。宛昭望著妹妹與兒子的親密，心中是一陣荒廢。唉。還雨多久未跟自己有心鄰靈近之味了！他持續長大，也就持續遠離自己。但成長不就是這樣的東西？她年輕時也是這樣走過的，尤其是一意與羅至乘成親時，更是決絕對待雙親。當年父母簡直天毀地傷，諸多怨恨。而今，轉眼間她亦來到類似位置。當然了，還雨實際上沒有任何激烈表現，小兒子只是與自己分外疏離，儼如陌生。但至少他還願意留在家裡，即使是為了羅至乘，也已教福宛昭大感萬幸了。

倒是妹妹，尤讓宛昭不放心。初雪的狀態太詭異，簡直人偶似的，眼裡幽幽空空，好像被某種毀滅全然侵蝕。初雪來到這兒的半個月，夜夜惡夢，經常哭嚎。房道給了安神的藥物，也只是略有緩和，讓她長睡至天亮，但無法根絕妹妹的夢中怪物。初雪究竟發生什麼事？問也問不出來。她得想個辦法才行。宛昭還得向老父老母交代，她可不能讓初雪一直被困在自己的深淵。雙親已經覺得初雪是步上宛昭的後塵——為了情愛，六親不顧。若是妹妹在夫家裡出事，他們定然會將一切都推到宛昭頭上，認定是她過錯，唉，怕不要立即氣死。初雪是雙親中年後得到的至寶，備極呵護，宛昭得保住她。只是，一時她也思不到如何解決。

近日呢，墨烈禮、舒春秋、衛尚樂、問自易、司天書、鹿朝詩等六大劍主又暗地裡施壓，他們拿上皇匠親鑄的六色劍還不知足，尚想要一把更絕對至上的劍，好壓過極限天、道骨劍。他們想要天石鋼胚，應該說是他們要的是那塊鐵所鍛鑄的終兵極器——而當世又有誰的手藝能夠勝過羅家人呢？他們百般脅求，要宛昭讓還雨盡早動手，好鍛鑄出比神刀仙劍還要超凡入聖的武器。福宛昭得抵住這股壓力。她不能讓他們得逞。還雨還小，他們決計不能把腦筋動到他身上。

宛昭為還雨未來深憂切慮之際，還雨正壓抑身軀熱湧的狀態，執著雪姨柔荑，一路驚心。雪姨手觸感略粗，有繭有傷，但仍教他意馬奔騰心猿跳躍。奇怪的騷動在下腹處蹬踏。唯這是不對的。不可能的。他用盡所有力氣壓抑體內正在發生的東西。他得要專心，專心照顧雪姨。還有他臥床的父親。他不能讓它發生。雪姨就是雪姨。她不是女人。他不想要對自己覺得噁心。假裝吧，偽作一個自己。是的，無關情愛。他只是甥兒。他對她的所有關懷，都源自於親情。絕對是如此。無其他可能。

福初雪任由羅還雨牽著她走，感覺安心。還雨卸下竹籠，將雪姨帶至她的房裡。初雪的心智慢慢裝回來。還雨說著：「雪姨，妳休息一會兒吧。」初雪指著桌子上的拿舌，她親手準備的食物。羅還雨跟陸忘書一樣，非常喜歡吃初雪做的拿舌——以形狀寬版的麵粉進行油炸，裡頭包剁碎肉末、醬汁、細麵、時令鮮果等。那是初雪心血來潮時做的，第一個品嚐的人就是陸忘書，他可是大為讚嘆哪，美味得不可思議，徹頭徹尾拿住我的舌頭了呀。初雪自然神色飛舞，她當下就決意要叫此料理為拿舌了。啊，她又一頭栽進往事綿延底。

還雨沒有拒絕。他先讓福初雪坐在床邊，點好燈，全力按捺渾身暴奔的熱。他輕手輕腳地解去雪姨鞋履，必須心無旁騖咬牙切齒，才能不在她的雪白雙足略有留逗。他扶她躺好。初雪溫馴極隨還雨處置。她的所有驚恐都不會在還雨的身上生效。他不過是個孩子，距離男人還很遠。他還沒有產生凶暴的武器。他對她的作為是人與人之間，絕非男人與女人之間。福初雪可以把自己靜靜地安放在此時此刻，無須遁逃。還雨為初雪蓋上被後，去桌旁坐下，吃下幾片拿舌。雪姨的手藝真是好，他應該跟她學，這麼美味的東西究竟是怎麼做出來的？初雪看著還雨一臉滿足的吃著，心中生起近來難得的喜悅，也就睡著。

候至雪姨鼻息安穩以後，他想著等雪姨睡醒，再來相陪，他們可以共飲一壺她嗜飲的雪洗茶吧。還雨深深瞥住微亮裡的她，半晌，才離開。

隨後，還雨去至父親房裡。黑暗室內。他入門，燃起燭火。父親還躺在那裡。他趨前一探。羅至乘胸口仍在起伏。偉大的皇匠尚且活著。父還在，被羅至乘視為寶的鋼胚鐵胎也還在。還雨站在床前，看著腦子愈來愈不經用的父親。悲傷彷如一堆野草，在胸壘裡恣意放長。還雨被堵得幾難以呼吸。父親的生命還能多久？父親千瘡百孔的身體撐下來，神智卻率先崩壞。羅至乘有意識的時間短得幾乎快要沒有。還雨已經十數日沒看見父親醒過來，但他還活著。可是，還雨最近有時會想，這樣還算活著？父親會覺得自己還活著？他感覺到活著的滋味嗎？

還雨坐在床邊，伸手摸著黑石煉出的最後之鐵。他似生感應，此一鋼胚裡還有許多奧祕存在。唯以他的能力，尚無法捉清摸楚。父親如此看重這塊天石鐵，絕非無端。父親煉出精魂來，卻來不及賦予它空前獨一絕後無二的樣式。而還雨的使命就是弄明白它的真形。新武器，他父親念茲在茲的新武器。或者說，先武器——先於武藝的武器。作為主體的武器。還雨完全理解、沉浸在父親的想法。那是多麼超凡的概念！一把讓習武者必須絞盡腦汁去想究竟要怎麼使用的新武器。

集兩代人之力，他得和父親聯手為天石鋼胚做出它世間的形態。人與兵器、武學的關係是錯綜複雜，不應該是固定，兵器也能為主，而非人的奴隸，同樣的，武學亦然。新武器就是要推翻制式的上下關係，羅家父子要造就的是顛倒次序的武器，讓刀藝劍技拳術腳法依隨武器而生。還雨萬分相信父親的構想。

八歲以後他就明瞭，所有鍛鑄技藝的修煉，都是為了通往天石鐵。每一次鍛刀鑄劍的成功，都是為了確保動用這塊黑鐵胚時的絕無失誤。那才是他真正重要的工作。唯一重要的。他得接替父親，去完成一個武器的可能。一個未知的可能。誰都不知道那究竟是什麼、該如何使用。所有的武藝之人面對它，也都無所知明，必要傾盡去挖掘去探索去創造。還雨和父親一樣，始終堅定地深信天石鐵胎最終能夠做成不可預期的絕世兵武。只要他刻苦錘鍊技藝，只要他長大成人，只要他能夠對天石鋼鐵裡的聲音有所感知——

父親說過，他的成就都源自於黑天石，是它引導羅至乘一步步完成一種又一種稀奇古怪的兵武。羅至乘有時會囈語般說著難解的言語，比如這塊是母石，有它，河裡礦石便會保持一定的量，石頭將會生出石頭，你別小看它，它神異得很，但只不過它一離開河底，就再也長不出新的堅礦硬石了，這是個祕密，你必須保守。又或者，父親也講過，你將來要鑄造的新武器，將從黑天石鋼胚煉出的曠世奇兵，該是天地洪荒宇宙的武器，該是眾生的武器，也就是，所有時光蘊含其中的武器。羅至乘的說詞，時常詭譎至矣，還雨聽得心中迷迷惘，不能理解更多。

當前，還雨覺得深累，身子不覺歪倒在床邊，在他父親身旁。還雨不禁想著雪姨，想著她冰天雪地之景一樣絕麗的肌膚容顏，想著她像是可以把所有枯謝的事物都吹得綻裂的顰笑，想著他和她的能夠、不能夠。然後，夢與黑暗同時瀕臨。就在此刻，他感覺到它，它應該是劍，是一把劍了。是的，是劍的存在啊。

一柄無人知曉的黑劍，長在羅還雨的心中。

它正接觸羅還雨意識邊沿，它在等待他，可以跟它同步認識世間萬物。

當還雨陷落睡眠的深處之際，羅至乘醒來。這將會是他最後一次醒來。他昏亂的視野，強自聚焦，凝望少年。他的兒子。他的繼承者。黑天石在等待的人。第二個人。

第一個是他，羅至乘很明白，他完成了自己能完成的使命，從天石到鋼胚，這是他可以走的路程，最多就這麼遠。明悟空前清晰。他都懂了。它被賦予的使命，它不能作主，它只是引導，引導冶煉者走向發現的天命，而隨著它把內部的神祕給予得更多以後，它的聲音也就愈來愈低微，它能夠影響、變造羅至乘的部分也愈來愈少，它跟他的神祕關係耗竭殆盡。

然後才是鍛鑄者——皇匠的兒子。它從天石變成一鋼胚後，仍舊存在，只是不再與羅至乘連結。它看中還雨，還雨才是它要締結奧祕關係的新一代。原來啊，羅至乘並不是能夠鍛鑄天石鋼鐵的人。他的能力最多就到把一部分的天石鐵做成極限天、道骨劍和仙劍之鳴。對它來說，羅至乘最佳的位置是冶煉者。僅此而已。但這已經是當代最不凡的成就。

最後的最後，羅至乘被賜予了全知。是的，被安放在天外而降的黑色方圓連體石裡的它，有著奇異能力。不可解的能力。這個能力將協助得到它的人往顛峰前去。它有兩種使命，一個是關於劍，從礦石到鋼鐵到成劍，那是第一種使命，屬於羅家父子兩代的鑄劍天命，另一種是用劍者的，關於劍法的生成、延續與變化，而劍法天命，與鑄劍師家族不再相關，無論哪一種使命都是神祕意念，天外飛來的意念，不是它的，而是祂們。祂們放置了兩種使命在它裡面，是祂們的。

但祂們是什麼？祂們就是祂們。至乘無法言說更多，只曉得自己有所意會。

而羅至乘覺得異常失落。鍛鑄師如他，這輩子主要做的事，就是冶煉出一把絕代的武器，一把真正可以千百年不壞不損的稀世罕見之兵。他是皇匠，他原來以為在這一門手藝裡，他是絕對的存在，他是技藝最高者，沒料到他還排在他的小兒子後頭。那個鍛鑄出黑天石鋼胚的人不會是他。他不是鍛鑄之藝最強大者。居然不是！他窮盡了一生精力，身體變成廢墟，臨老無人珍視，就為了讓它與還雨連接。這不啻對他所有付出的否定，對他充滿盛大成就一輩子的反轉。羅至乘如何能消受！如何能坦然直率地面對自身的慘敗！

尤其是，他的生命正隨著意識的最後迴轉一點一滴流光。羅至乘所接觸到的它究竟是什麼呢？那是如來一般的力量，來自生命的源頭，人所無可能理解的另一種無上狀態。

如來，或許是回到最初的時光。如來，如來，如有來，如無來。

他被迴光充盈的心底是層層疊疊的困惑。他從來都不是心思安定之人，天曉得那有多麼困難啊！他也想著，羅至乘這三個字屬於我，還是我屬於羅至乘呢？是羅至乘創造出那些刀劍，抑或從來都是他的命運被那些刀劍創作而得？

想要鑄造一把劍，最好的劍。而一把最好的劍就像時間一樣，會時時刻刻保持著流動變化，會觸動啟發一些什麼，會生生滅滅，會像時間就是時間的毀壞，會終結，但又不真的完全消失。也許會留下某個影像、印象，或者想法，也或者會持續有個長遠的作用，即使滅亡以後，仍舊在人的記憶裡運作著，堅持到底，甚至直接就是技藝的本身。

他現在澈悟了。天石鋼鐵終將要完成的是一把劍。是的，一把像是時間一樣的劍。他終於知道了。一切的一切都是為了那把劍。有著圓球的劍。完全未知的劍。無所不有的劍。

最終會鑄造出一把絕代罕見之劍。一旦自己離開，它就會與還雨建立神無知鬼無覺的完整鏈結。

其後，它將會是劍。從石頭裡面，變成被冶煉出的鋼胚鐵胎，最後再成為一柄劍——真是一條無與倫比漫久悠遠的長路。但這把劍一開始仍只是一把劍而已，除非有人為它創出一套劍法，不過，那是後來的事，很後來人的事了。羅至乘都懂了。

不過再也來不及。他已老已病。已經是告別的時刻。他卻怎麼樣也無法心平氣和。反倒是太多的怨與傷。死亡的觸覺開始在五臟六腑搔抓，有些生機正被抽離。身體正在衰竭。灰沉沉的深淵等著他的完全下降。斷捨離何其困難。

而是的，我要死了。羅至乘曉得自己終壽之時不遠。

時間究竟是什麼？羅至乘想。他的思緒愈來愈漂浮無力。他漸漸無能區別究竟哪些是他自己的想法，哪些是被外來奧祕填入的意念？而黑石之魂之靈之神祕洪荒之不思議炸裂，激動了起來。它似乎也感覺到他的盡頭。

他一直以為自己的極限還更高，不會止於神刀仙劍。但眼下，他感覺到剝落，構成一個人的基本事物一件跟著一件掉下。變重。原來的軀體變得更重。重了一倍，兩倍，三倍。他被自己的重量壓潰。隨後，疼痛感脹了起來，從無到有地瞬間而全面占據他的意識。被困在潰爛身體裡的羅至乘哀嚎。但喉嚨阻塞，沒能發出任何叫喊。還雨繼續倚在他身邊睡著。

無以計數的鬼哭集聚在羅的垂死肉身裡。此刻，天石鋼鐵中的存在給了他一次炸裂。很輕的炸裂。像最早他和它相遇時一樣。像是呼吸的炸裂。炸裂以後，痛覺消失。他覺得清澈，覺得輕盈，像是飄在半空。跟著暗了。世界熄滅了。

最後的炸裂，非常溫柔。

無人知曉，羅家神工鋪的下一輪盛世要來了。無人知曉，福初雪將生下名為凡兒的女孩。無人知曉，女孩不但會成為一套匪夷所思劍法的非凡起源，還將以還雨之名建立門派，締造大輝煌。無人知曉，爾後七百年，羅至乘家族鍛鑄大業不消不滅，且羅至乘將會是大師皇。無人知曉，羅至乘冶煉的天石鋼鐵，去到羅還雨的手裡，將會鑄成一把帶著時間的力量的黑劍。無人知曉，劍與劍法將會徹底牽連干係著無數人的命運。

而時光是無人知曉——

而時光就是無人之境。

上卷：驚奇

飛梵之二

很多年以前，少年看著她。一名非常俊美的少男，對飛梵這麼說了，「妳練劍？妳懂得劍術？」而現在，這個人正進入自己。他就在她的裡面。非常深入。像是他會在她的體內重生。

他所有的肉所有的骨所有的念想所有的狂熱都要最凶最猛地塞進了她的最深處。他激動得無法自已，像是要把長長的一生都在抽動裡悉數灌入飛梵的肉體盡頭。卯足勁灌進去。每一份心意每一種思緒每一股情感。他都要給她。完全完整的給她。他願意成為她的奴隸。「我願意把這一輩子全都奉獻給妳。」他叫著。「我願意。我願意啊。」隨著動作的狂摧烈進，他不斷地嚎叫。他的臉野獸絕倫。

而飛梵痛得不能自已。生猛的疼痛感入襲著強擊著。怎麼會如此之痛呢？怎麼會這般乏味無趣呢？一點都沒有紅甜的感覺，一點都沒有融合的滋味。幾乎是暴力。感覺天乾地燥。濕潤的情感沒有辦法反應在女陰。隨著他加快的動作，飛梵更是生不如死，剛剛還充斥體內的潮濕感忽然竭枯了。她變成一口烏乾乾的井。什麼水都噴不出來。只是狹隘的孔道被堅硬的器物捅著。像是有個東西要被殺死了一樣的被捅著。被捅得黑生白死的。

一切僅是玄真單方面的至喜。飛梵能夠繼續的原因，也是這個。為了他的狂喜，她願意疼痛。即使他自顧自的前進後退，活在他一個人的速度，活在他一個人的極樂。至少，他們之間還有一個能進入美好之境。伏飛梵想著，（這也就值得了吧。）他是那樣單純的快樂著，還有比這個更重要的嗎？她渾身冷汗，但沒有掙扎。她任憑房玄真狂進狂退。想像著自己是一個通道。一個無關於她的通道。

提供玄真一具被癲馳狂騁女體，她就像局外人一樣。反正也慢慢習慣了。再說吧，比起他們頭次纏綿時的恐怖痛楚，現在還是可知範圍的事呢。飛梵咬牙苦忍。

何況，眼前再痛，也不會比練劍傷苦。她是一名鱗傷的女子。從十三歲開始到現在，飛梵都已經二十五歲了，這麼多年，她沒有間斷習武，身上是密如魚鱗般的諸多傷痕。因為是女孩，就只能靠自己摸索，沒人瞧得起修練劍藝的女孩。女子根本不需要用武動刀劍，這是普遍的認知。但委實沒有理由啊，這些事情只能屬於男人。想要練劍學武，怎麼能分什麼男女呢！

而她走了太多太多慘烈的冤枉路。但也許吧，（人生裡，沒有什麼路是真正錯的。）也許那些錯，不過就是繞遠了一點，（只要堅定地走下去，將那些迂迴和錯誤化為養分，我終究能證明自己是對的。是的，女子也能追求劍道。）

伏飛梵陷落疼痛與殘破之際，房玄真卻彷如開荒墾地的充滿熱烈。每一次進出，都有開疆闢土的快感。因為刺進她的深處而置身於絕對的狂歡高度。沖到雲端以上。無止境的升天。體驗到前所未見的衝擊。第一次看見她就想這麼做——那是十年前的事了。整個強調非武的皇匠羅家裡，只有一女孩固執練劍，醒目異常。

玄真跟母親探訪祖父道——孤寡的房道長住皇匠羅家，不問俗事。父親房造並未一同前往。家中雖無明言，但少年玄真業已感覺到祖父和父親、房破叔叔之間的相處大有古怪。後來，當然也就曉得是祖母之死所致。祖母逝世，對房家來說是個關鍵，從此，房家分崩離析，祖父房道久居皇匠羅，父親和叔叔各自獨立，以造派、破派聞名於世。房玄真常想，分而弊合而利，這道理父親和叔叔怎會不懂呢？

房玄真是房造之子，玄真之母為玄儀燕，玄儀燕是玄夢聽的妹妹，玄夢聽是羅還雨的二嫂，她嫁給羅還家。玄刀學因夢聽與儀燕而成為升天的雞犬，短短二十幾年間躍為武林舉足輕重的派別，雖遠不及神仙闕、六大劍家，可由於與房家、羅家的姻親關係，誰也不能等閒視之。玄刀學正傾全力發展武藝，他們深信有皇匠羅的絕等刀器輔助，刀學輝煌指日可待也。

每年，房玄真都會來到羅家，跟在祖父道身邊問治學醫。父親造對祖父不滿，但沒有排斥玄真跟在房道身邊。不過叔叔不是。據聞，房破立誓，老死不與祖父往來。當時，祖母之死對叔叔破的傷害想來甚嚴重。頭一個發現祖母死之現場的人，就是房破。祖母究竟為什麼會自戕？她跟祖父之間發生何事？又為什麼叔叔破與父親造對祖父道如此不滿，就此分道揚鑣？玄真愈是成大長人，就愈是想要探究當年的事。他暗自以為，房家醫技不該分別造派與破派，那只是削弱元白雙法的威力，祖父也是這般想的啊。可惜，房玄真終究不能化解上一代的恩仇愛怨。縱然他現在慢慢也能獨當一面，仍無從著手。

一年前，因身子虛耗過度故，與宛昭婆婆商量過，還雨哥哥遣人去一趟玄刀學，迎回他的二哥。其時，玄夢聽自是隨著夫婿羅還家，帶著他們的兒子，重返皇匠羅家。其後，羅還家即對外宣布，自此廢武止刀，退離玄刀學掌門位置，將專心於皇匠羅事業。玄儀燕每次都會伴玄真同來，但因還需照料夫婿造，也不能久住羅家。然有姊姊夢聽與姊夫還家在，玄儀燕甚放心讓兒子玄真獨自到羅家借居。

其實呢，房玄真已經二十四歲，早就獨力行動，只是他像個大男孩，身體是成長，但心智就未必——他是天之驕子，從小俊秀得匪夷所思，眼中有鮮烈秀麗的景，眉毛是水色瀰漫，鼻梁是山光環繞，唇如花，吐氣芬芳多，五官如詩似歌，像是住著許多花草鳥獸，然神色倔強有英氣，加上身形高拔，惹得多少女孩鍾情難棄。自小，他母親玄儀燕便呵護備至，父親房造也寵惜，玄真要什麼有什麼，表面看來溫厚敦良，性格也確實不差，瞧來人模人樣青年有為。但飛梵很清楚，這人的身體裡住著的仍是一少年。他並不如他談吐、外表所展示的自信圓熟，足以扛當整個世界。

玄真年齡略小飛梵，是故，她總要自稱姊姊，他卻百般不願意。他從來沒喊過飛梵一聲姊姊。這一、兩年裡，玄真才對飛梵坦承，他初次見她，就已著迷入魔，是以，他絕不能變成她的弟弟，他要當她的男人，他要征服她，作為她的全部。說起這些話時的房玄真，氣概十足。然飛梵心中並無欣喜崇拜，一如其他女孩。相反的，飛梵不大舒服，不是因為他的英雄感是偽作而得——飛梵直覺一向敏銳，她知曉他壓根不是那塊料——而是，他必凌駕於她的優越口吻。但飛梵沒有說。

他第一眼就注意她。飛梵聽見這話，心中不禁汩汩冒著甜汁。無法抵抗的攻勢。畢竟他是普天之下第一美男子。房玄真對飛梵感興趣這件事是頗離奇。他說對她專注的樣子很癡迷。飛梵練劍時，幾乎是天塌不驚地崩不駭。沒有什麼可以打擾她。她專心到整個天地是無人的。玄真喜愛她的絕對專心。房玄真對武藝也有興趣，但房造嚴禁他習練武學，玄真被告誡，自己是造派醫家的繼承人，雙手非常重要，絕不許受傷。明鏡法靠手施展，若是不慎損傷，造派絕技就要毀了。而飛梵的存在，是他隱隱的反抗，關於不得練武的禁忌。因為有她為侶，也就是代表自己有勇氣違抗父命——如此幽心微思，難以直面內在層次的玄真道不出所以然。他只是篤定自己必須有她。

唯隨著背地裡肉親體熱次數增多，飛梵越發明白，他到底還是個一般男子，華美表面底下是再庸俗膚淺不過了，除了一手被爺父調訓、工匠也似的醫技外，實在無味乏善至極。

身體畢竟是最誠實的。他每一次來找她，不為別的，就為飛梵日積月累練武過程精錘而得、柔軟與猛烈兼有的軀身。她跟一般女子比起來特別野特別強悍，身體構造大不相同。風流遍地的玄真深悉飛梵的獨特。他怎麼拗折擺弄，要如何之艱困的位置、角度，她都能做到。她的承受是全面性的。那是他遇過最不可思議的女體。最完美的力量與美。他中魔於飛梵的身體。他竟也就對她實話實講。房玄真本是一個無須構謊虛言的人。他要的，總會是他的。他何必對她或任何誰偽談哩。

飛梵曉得此男的內蘊，可為什麼就是不擺脫，還任他予取予求？或因是孤兒的緣故。在皇匠羅以外，不會有誰提起羅家的劍武女孩，但在羅家裡她的存在，還是頗有分量。不止當家羅還雨當她是心頭肉一塊寶，就連八個月前仙去的宛昭婆婆對飛梵也多加關照。在皇匠羅，飛梵是特別的人人心照不宣。說起來，她也是獨一無二，何苦委屈自己。房玄真且不過是個普通男子。但她無法捨離。他一直盤繞在她的深處。龍蛇一般。

或許她心中有個莫名空缺吧。或許她是名沒有來處的人——而且是個女人。即便還雨哥哥重視她，即便宛昭婆婆厚待她，但飛梵就是感覺到空蕩蕩，有個深淵在體內默默靜靜生長，也就讓她的靈識掉落。

「啊！」一聲嘶吼，喚回飛梵的神智出遊。在上方、將她雙腿舉得筆直、整個人天覆地蓋似傾壓的房玄真嘴中洩出絕叫，他已經爬到至高的地方，就要從邊緣摔落，他可以把所有的升天都蹭離，蹭出完結了。玄真的臉裡鳥著不斷攀高的表情。感覺到他的肉械前端在她裡頭脹大，變得更硬。一顆生長的石頭也似的。爾後一陣猛猛的顫深深的抖從盡頭的地方湧出來噴過來。他癱軟，劇烈喘息得恍如肺都要解裂。

同一時刻，飛梵不驚覺誰的用勁於肚腹處，一擠一扭，將玄真留在身體的汁液悉數逼出。她不是無知少女。她可不想懷孕生子。伏飛梵感到私處流出濃稠液體。她還得對還雨哥哥交代呢，不能造成還雨哥哥的麻煩。

宛昭婆婆之死，對羅還雨已是大傷。她決計不能再讓他煩憂。尤其他身子也不大好，這些日子更病得臥床難起。十二年了，煉出寰宇神鋒後，還雨哥哥身體日益垂敗，一片盛世風景忽然蕭條，但哥哥依舊勤於指導，是想培養出色的鍛鑄師吧。也就一年多前，哥哥大病一場，病臥幾十天，熱燒不止，險些哀哉。心驚膽跳的宛昭婆婆為此痛惜，要還雨誓言絕對不能再碰任何關於鍛鑄之事。他若不從，她就不吃不喝。她不想讓小兒子步上大師皇的後塵。

那一天，飛梵聽見他們爭執。她本來是要探視還雨哥哥，才到門口，便聽見宛昭婆婆心都要撕碎遍地了的喊，「不管是皇匠，還是大師皇，都是沒有意義的，你父親死了，不在了，煉出絕代神器又能怎麼樣，他的身體壞毀，心崩智裂，你也知道的，難道你要跟他一樣，難道你非得要讓娘親傷憂至死？」還雨哥哥緘默。宛昭婆婆繼續勸著。飛梵在室外也想，但願哥哥願意聽進去呢，還雨哥哥才三十六歲，人生還很長，她希望哥哥後半輩子能夠身安體康。最後，還雨哥哥說了，如果宛昭婆婆能夠答應他一件事，他就絕不踏入火爐工坊。

飛梵不曉得還雨哥哥跟宛昭婆婆說了什麼條件。還雨哥哥挺小聲地講，她什麼都聽不到。再說，她也不是真心偷聽。唯從那一天開始，哥哥跟婆婆都變了，還雨哥哥不再冶煉鍛鑄，宛昭婆婆則幾乎不出門，連房道大醫家來訪，也拒不見面。未敢擅闖的房道醫家，枯等在婆婆門外數個白晝，宛昭婆婆依舊不許。他甚至搭一簡陋草寮守著。還雨哥哥沒有說話，冷眼旁觀。飛梵覺得情況詭異。但她無能為力。房道爺爺私下託飛梵問話。宛昭婆婆望著飛梵的眼神儼然心死，就只是沉默。飛梵未有得到任何回話。

此前，宛昭婆婆在羅家仍有一定影響力，有許多事還要她決議。當家雖是羅還雨，但大事決策時，還是要聽聽婆婆的意見。還雨哥哥父親死去的五年後，江湖封號追稱為大師皇，而宛昭婆婆則被稱為至母，以前羅家叫做神工鋪，後來宛昭婆婆作主改名為皇匠羅家，同時宣告羅家第二代繼承者為羅還雨。當時，還雨哥哥才十七歲。至母的見識和決斷任誰都是佩服的。但從一年多前開始，宛昭婆婆就成了一道影子，既在又是不在的。爾後，八個月前，她驟然辭世。伏飛梵覺得宛昭婆婆是抑鬱而死。她最後的時光，無有生戀，只求換得還雨哥哥不再鍛鑄。

宛昭婆婆死逝後，房道爺爺的生命之燭似岌岌可危，恍如遭遇狂風，隨時要熄滅，尤其這個月更數度瀕險。即使如此，他繼續住在草寮，痴痴望住宛昭婆婆人去樓空的屋子。他未曾入內，總碎碎喃喃著，飛梵聽見他那樣心碎地喊著，「回來吧，妳回來吧，我是元白啊，我是道啊，妳回來吧。」房爺爺的神智不大正常了。房玄真更需長伴房道左右，他以明鏡法為祖父梳理，但體內鬱結難清，無可著力，但玄真也就更有理由久留，乃與飛梵種下不可解的情緣。

關於房道之事，還雨哥哥不置一喙，只是看著房大醫家的眼神是有些悔恨。至於宛昭婆婆之逝，不僅僅是皇匠羅家的大事，就是整個武林也為之震動，當日葬禮之盛大，教人難忘，不但萬千人潮連綿如龍蛇蜿蜒，奠儀悼禮難計，甚至必須另外清出一個大型工坊置放堆積。且幾乎武林各門各派都來了，連一關雙天六家劍主皆親自到場，整個告別儀式就像慶典，肅穆但華麗，莊嚴但喧譁。飛梵記得整個過程花費了三天三夜，她從來沒有看過那麼多的人不斷湧來。主要是宛昭婆婆的出身與手腕不同尋常，有人說她是武林女子的典範，有人說是她造就了大師皇，沒有她作為後盾，羅至乘不能是羅至乘，他親手鑄造的刀劍兵器，也就不會每一件都是讓人瘋狂競逐的絕無僅有當世精製之作，有人說沒有她就沒有皇匠羅的廣大家業，有人說，這幾十年間各家武林絕學的推進，完全得歸功於至母，凡此種種。

伏飛梵第一次見識到女人巨大的可能性，（原來女人可以活得這麼的不可取代，這麼的舉世無雙。）女子不僅僅是生育教養與家務操辦而已，女人能夠締造、完成的東西，何其之多，也必必然含括劍道追擊吧！

只是，教她覺得最奇怪的是，在那之後，卻乏人討論至母的盛大葬禮。她以為是最難忘的，豈知轉眼雲散霎時煙消。恍若所有人都遺忘當時三個日夜。只有她牢牢記得。只有她尚一心想著要跟宛昭婆婆一般，大業大德。但何以她日後從未聽過有人討論宛昭婆婆，何以當飛梵試著跟誰提起至母之葬時，他們要不是裝作懵然，要不就是一臉嫌惡，甚至詈罵她，要她別淨說癡話渾言，女人如何可能有大成就云云。飛梵百思不解。這是怎麼一回事？一陣狂瘋過後，人人都遺落了那樣的一截時光。簡直莫名。

至母的重要性不言可喻，飛梵矢言絕對不忘。唯她怕勾起還雨哥哥的傷痛，所以沒問他為何所有人像是集體遺忘似的——反正哥哥不可能忘懷，還雨哥哥對宛昭婆婆的情感，複雜異常，一世難捨。

此外，那些天，還有對飛梵而言，異樣重要的人物出現。她是何天驕。天荒原，地老宮，神仙闕。拿著大師皇最後親作兵器至乘雙兵之一道骨劍的，仙劍天驕。大師皇名姓末字與誠同音，但他所鍛鑄的至乘雙兵之乘，則發為聖的音，以示對大師皇的仰慕崇敬。當然了，亦自有至乘雙兵比六色劍更為出色的用意。能夠駕馭如此稀世神兵的人不是別人，是一秀麗仙氣飄然、優雅難能思議的女子，明明四十幾歲，卻依然燦美得讓人難以直視。如有光。

仙劍天驕比宛昭婆婆更能引起飛梵的共鳴。何天驕是一當世聞名的用武奇女子。甚至是唯一的一個。聽聞她的劍藝絕不在六大劍主之下。宛昭婆婆雖出身神仙闕，但飛梵從未見過至母動劍。況且啊，何仙劍的風采真是徹徹底底地折服了飛梵。天驕的每一個動作都像是兜著無盡的劍。是啊，這就是奇怪的地方。飛梵瞅著何仙劍，也不知怎麼的，就一直目擊劍。持續的劍連綿的劍不絕的劍。

她看見劍。何天驕渾身都是劍。她的髮絲是劍她的眼光是劍她的鼻息是劍她的話語是劍她的指頭是劍她的衣襬是劍她的蓮步是劍她的肌膚是劍她的移動是劍她的靜止是劍。看不見的劍。彷若何天驕就是劍的本身。

萬眾之中，仙劍天驕的視線一下子就發現伏飛梵。像是一記飛劍，越過千百人數，直接打進飛梵眼中。飛梵忍不住追視著她。仙劍若有所知，她亦覺得飛梵很特別，有著難解眼緣，跟自己崇拜的宛昭姊姊，甚為相似。其時，仙劍天驕不曉得飛梵即是寰宇神鋒的擁有者。但她忍不住就想要傳授伏飛梵劍法神髓，於是便偷得一午後時光與飛梵私會。她將自己對劍的觀點，最精粹的心得，一股腦地塞給飛梵。飛梵也因而懂知仙鋒三訣的特異處，它表面上只有三訣，但每一訣包含著十種轉，錦衣、湧泉、哀樂三訣合起來共有三十轉，一轉就是一式萬難思解的奧義之劍。仙鋒三訣的訣中有轉結構，對伏飛梵大有啟發，日後寰宇無盡藏有大神鋒、小還雨之分，肇因於此。

在那之後，飛梵更是眼界大開，目中有劍，萬事萬物莫不如有劍。微風有劍春光有劍樹影有劍飛鳥有劍走獸有劍水色有劍山光有劍湖面有劍天空有劍浮雲有劍落日有劍夜色有劍呼吸有劍孤獨有劍。一切莫不有劍。凝神就有劍。萬態皆劍。萬有引劍。最初的劍是看不到的。那些無所不在的劍不能只用眼睛去看。必須專注地用盡身體的敏感去看。能夠感到最初的劍的，必是神祕感應。

飛梵萬分感激何天驕的教授。如果不是她如果沒有她，飛梵盡其一生恐怕也不能窺得劍道奧義。多年前她由還雨哥哥那兒接下寰宇神鋒之日，她對萬事萬物莫不生劍的感察，此刻就能更進一步，具體化細節化，演繹推敲出招式。如果有機會的話，飛梵非常想再見仙劍天驕一面。且飛梵亦深信，何天驕必是不忘的，不忘在三個日夜裡，整個武林是怎麼樣盛大地哀悼送別至母。

然後呢，倒在飛梵身上好一會兒時間、渾身乏力的房玄真兩手撐起，爬離床，拿著桌几上的壺，就口痛飲。他滿嘴乾渴，行動之間，雙腳綿軟無力。他剛剛確實經歷著異樣激狂的耗損。反倒是被拗出各種艱難動作的飛梵，不過調了幾次氣，呼吸吐納了幾回，也就好了。她坐起身，收拾體內的激紊烈亂。呼吸如日光，吐納如夜色。她把玄真教授的天地人心功悄悄用上，身體狀態迅速回穩。

天地人心功是房道近十年獨創的精義，七個月前，房道將悟得的奧祕口授玄真，且要他詳細抄錄，命名為《天地人心功大卷》。玄真之後又按照祖父的意思再手抄了一次。一本給房造，一本給房破。房道表示，這是他對兒子們的虧欠與補償。若能以天地人心功搭配明鏡法、暗無天術，將能有效調理，緩解元白雙法的透支。此心功唯一親傳者房玄真，在這幾個月裡，又竊自將之再傳與伏飛梵。

對飛梵來說，此心功獨特的地方就是對身體構造的理解，所謂天經地脈人輪，天經分有甲乙丙丁戊己庚辛壬癸十經，每經各三門，唯甲經與乙經各六門，總共三十六門；而地脈則有子丑寅卯辰巳午未申酉戌亥十二脈，每脈各六穴，總七十二穴；人輪在肚臍位置，但人輪其實是一種假想，不是那裡真有什麼，房道只是以之為中線，較好區分天經和地脈的範疇。幾個月過後，飛梵的用法已與玄真有所歧異。天地人心功原來乃是以人輪為分界，用明鏡法者，需依據心功去整流天經，使之暢通，若是暗無天術則是保持地脈無阻。但飛梵卻是頗有創見地將之與還雨哥哥給她的內藝口訣結合，使其積蓄武藝真勁，且能自然流動與自在變化。易言之，飛梵開創出屬於自己的氣勁方法。

那也是靈光一現所致，飛梵每每練氣時，總設想肚臍位置內側真有著一名為人輪的新器官——必須足夠認真地把人輪當作前所未知的神祕器官，當飛梵練氣時，腦中總有非常翔實的人輪形狀，猶若寰宇神鋒環形護手裡的黑球。一次又一次她深切地凝視身體的暗面，促發子虛的構造、烏有的環形器官持續增成。祕密的器官，祕密的生長。如是，她方能以人輪為驅動核心，操作天經裡的明氣與地脈中的暗氣，進而推動運轉明暗氣。

羅還雨在飛梵小時候授給的口訣，由至母所傳，名為明暗神訣。其立論在於，人體有明氣、暗氣，將身體混沌的明暗之氣分開活用，明氣輕，暗氣重，透過輕上升重下沉的特性，使明氣飛騰上半身、暗氣奔走下半身，明暗分流，就能夠有效提升身體的靈敏程度，比如將大量明氣推進於頭顱，可耳聰目明、思緒靈活，暗氣瞬間集中雙腿，便會堅實有力。

宛昭婆婆呢出身於神仙關，成為脫關者後，一生未動武，臨老時，有感一生真傳就此消散，過於可惜，實際劍法確不該流傳於外，但至少能夠把內勁用法略做修整，變成強身之法。於是，至母竭心盡思，將明還神氣練法簡化，且摻入一些對暗香虛影功的見解，遂得明暗神訣。宛昭婆婆創明暗神訣，最大用意還是使羅家正系血統者運完金屬怪奇功避難之後，能夠修身復體。羅家神功非是武學絕藝，更像羅至乘繼承者們的能力。某些羅家血統者能夠讓肉體莫名硬化，有如金屬。但那是不可能傳授的，實屬一種非技藝，天生的純能力。而使完金屬神技功後，人都會變得衰弱，必須調理多日，明暗神訣可促進體內血氣運行，加快復原速度。

其實，無論是天地人心功或明暗神訣，都不用來增武強藝，只是飛梵心有福至靈機大動，意外而得。將兩套功法拼湊合練，實乃千險萬劫，畢竟各有各的基礎、路徑與方向。武林絕學往往不能相容，在技法上雖互有影響，但基本限制無法跨越。舉例說吧，暗香虛影功無法為劍仙流人使用，反之亦然，主要是暗香虛影功講究視覺與嗅覺的迷惑、干擾，刀神者得要在深夜時分勤於鍛鍊，將大量暗氣周轉迴旋體內。反之，明還神氣最佳練功時機往往是清晨時分，以填充更多明氣，煉出觸覺的清晰敏感。天機變二十四刀若搭配天清氣朗的明還神氣，根本無法露顯幻異無端的威力。同樣的，仙鋒三訣如應用暗香虛影功，效能亦會大打折扣，喪失靈敏活潑特性。

至母設想明暗神訣時，是意圖於體內創造明暗的迴旋，組構人身的小天地，是純真氣性質，無涉於外部勁力的發送，是以並不危害。但若是劍仙流者去習練暗香虛影功，或設法在明還神氣運用之際加入刀神宗內藝對暗氣的觀點，則定要造成明氣、暗氣彼此衝激，大亂人體，要不神智渙散，要不就是經斷脈裂。

再者，同一性是武林門戶所不樂見的，讓所有功法趨於相同，則無法判斷路數，也就不可能獨樹一幟，所謂絕藝不啻於笑話。是故，為強調本家本門不同凡響，武林組織莫不窮全力去發想傾全心去造就獨門絕技。

飛梵不曉得哪裡來的突發異想，就是有個微妙直覺，雪白白晶亮亮的，相信天地人心功和明暗神訣能夠融合。她的運氣甚好，所混用兩者，立意都不在武學，僅只強體，且有類似的思維、相近的邏輯。更何況房道所創元白雙法，本脫胎於明還神氣和暗香虛影功。據玄真說，房大醫家倒不是真與神仙關學藝，只是他行醫天下，遇人無數，見識甚廣，因緣際會下分別與刀神宗、劍仙流人士有過交集，對兩系功藝略有理解，爾後取其明暗意念，加之演化，造就明鏡法、暗無天術。至於天經地脈人輪之說，還是他祖父道自己的獨創。惟從基礎層面來看，天地人心功與明暗神訣確有相通。而且合理推測，房道與福宛昭晚年關係密切，兩人在造創心法時，定有一些討論，或也更增進心功與神訣的互容。

房玄真還在喘氣吁吁，伏飛梵已將衣物穿好。她站在床邊，看著男人。從來沒想過有一天自己會獻身給人。十三歲開始，她就立志一生劍學。除了劍法，除了更貼近寰宇神鋒沉默的深處以外，她對其他事都不感興趣。她心心意意都是劍。這般的她居然會分神跟一名男子肉對肉軀以軀。難能思議啊。也沒有多久啊，距離最初肉廝體摩的日子，但怎麼一下子，他們已然幽纏好些時光，竟也有十幾二十回的狂需烈索呢。

飛梵想起第一回的色生慾熟，玄真沒有持續太久，就結束了。床褥上無血。他的肉械上倒沾了點血。但那是女陰被硬生生撞裂的血，不是初破紅。初破早在練劍過程裡沒了。就是在鬼雨森林變為寰宇神鋒之主的那日，底褲裡莫名染紅，即是她無人得見的初破紅，零落消逝啊。

玄真自個兒是醫家，當然曉得初破不一定會見血，只是眉目中難掩失落。飛梵注意到了，但沒有多說，也沒有解釋。房玄真倒是很快就自己想通了，當時他這麼講著，「一定是梵練劍太激烈之故吧。」他喜歡喚她梵，就像他堅持她要喊他最後一個字。但她卻喊不出口，房玄真就是房玄真，（你是我的真嗎？）不，他不是，還不是。被萬千寵兒迷戀這件事，的確讓飛梵甘願讓他擺弄。唯她的心智沒有毀散。她十分清楚，他只是短暫的花火，短暫的。望著他的裸身，飛梵覺得恍惚。（我怎麼會在這裡？我真的需要這些嗎？我何時無可壓抑地愛慕過眼前這名男子？）

房玄真體態真是好看，但並不精實，不像伏飛梵，渾身都是爆炸性的結肌實肉。他喜歡撫觸她，感嘆如果他也能練劍就好了。他總遺憾比不上她。在飛梵強烈存在感的軀體之前，玄真心底是陰翳，堂堂一個男人怎麼會在力量方面輸給一個女子呢！可他又依戀萬分，每隔數日就要尋歡於飛梵。玄真倒有個特殊本事，他總有辦法找到屋子。他們不可能到彼此房裡，一個不慎，要身名敗裂的。玄真得有技巧地找到無人使用的房屋，且還不能固定，他們私會至今，沒有一房樓重複。他身為小有名氣的造派醫者，故一般人甚是信賴。他說要借用，靜心研究藥方、處置藥材，任誰都不會疑慮，遑論推拒。

能夠尋屋作樂，也要拜皇匠羅家擴展迅速所賜，以其為中心的鑲金台地上，不但許多鍛鑄師與其眷屬、乃至整個家族都遷居至此，還有相關各種人員，如金屬材料、兵器流物行當也都聚集於此，日之久矣，衣物飲食世俗用品等等的商鋪也一家家立起，乃形成千餘人起居的大型聚落，儼然城鎮。甚而有大富商家看好前景，認定有羅家兵器神工在此，鑲金台地必能長此既往的大發大展，是故搶進，大規大模地蓋屋築房，要生那萬眾財。

以是之故，玄真玩笑也如提過呢，他大可做一門生意，蓋一大院宅，裡頭全都是隱密異常的獨房，專供男歡女愛之用，再收取費用，畢竟不可見光的關係那樣之多，若果能保障祕密，絕對安全，還不大發利市嗎？

不可見光這四個字就像是一柄短刀，確實地劃傷了她。但她緘默。關於劍與劍法，她可以說無所不知，但關於人生，她卻是一無所知。她不知道怎麼面對人，也不懂如何建立關係，更別說驀然成真的情愛。

至今，她總還有著疑真似幻之味。即便玄真在她體內千般動作之際，她還是覺得不真切，有如活在夢境。飛梵壓根不知如何是好，也就被接踵而來的事推著走。除了劍，她什麼也不會。她活得非常純粹。在玄真闖入生命之前，她一直很享受完全的孤獨。因為孤獨的緣故，寰宇神鋒才會對她開啟深沉無盡的境界。飛梵對自身魅力也無所感。玄真對她的狂熱大出她意外。她不明白自己有何值得，讓他如此不倦不怠地追索。

在房玄真之前，只有羅家哥哥還雨這般在乎她。此外，她不曾意識到有男子注目她。唯還雨哥哥是她懵懂少女時心上之人，與其說是情愛，不若講是單純的仰慕。遇見玄真以後，她明白這其中確有巨大分別。

素來被當作局外人的飛梵，不關心自己，只關心劍。她只是個容顏素雅的女子，並非絕美，但確實不難看，可她對打扮什麼的，毫無興趣，只盡可能維持身上乾淨。飛梵畢竟沒有變得跟男孩一樣髒野。在宛昭婆婆的眼皮和還雨哥哥的關照下，她仍有閨秀感，仍足以稱之為清麗。只是啊，學武用劍的女孩在一般人眼中就是異數，說得極端些，也猶如怪物。認真習劍的飛梵，始終活在那樣的氣氛裡。

縱然著名的神仙關有劍仙流女子，但她們鮮少行走江湖，在何天驕舉世矚目之前，劍仙流罕有名人，在關外享有名聲。有一說是，劍仙流的存在，僅只讓刀神宗煉出克制劍法的絕代之刀。

劍的歷史淵流遠長，在武林為兵武最大宗，相形之下，刀派少得太多，而且勢弱。神仙關的首任關主陸綠麓，在一百五十年前立志發揚刀法大業，具壯志備雄圖，創設神仙關。他認為，只有徹底熟識劍術的運用至理，才能使刀法大突大破，從而掌握超越劍術的關鍵。因此，陸綠麓立下神仙關裡男皆入刀神宗、女則為劍仙流的規矩。一直以來，劍仙流的價值就是為了成就刀神宗技藝，即使掌握道骨劍、劍藝據說曠古絕今的何天驕，在聲勢上仍舊遠遠低於其夫婿陸天機。雖然飛梵總有種直覺，仙劍天驕武藝說不準已勝於神刀天機哩。

飛梵呢雖盡情專注於劍藝鍛鍊上，對現實缺乏敏銳體會，但不代表她不知道世俗界是怎麼行進運轉。她自知此生或是失敗的。當她的心志被寰宇神鋒和未知的、有所可能的劍法境界吸引以後，她就是江湖人眼中的失敗者。終其一生，她都不會是正常的女人。她對男情女愛是有好奇，最低限度的那種，比較接近可有可無。如果不是房玄真風風火火地纏著她，燎起心中沉寂的一股焚燒，她也不會陷入眼前奇怪局面——是啊，她正面對著一個剛剛在裡面極樂過的赤身裸體的男子。但她無喜也無樂，只想著離開，去練劍，去龐然的劍法世界裡苦苦掙扎，設法完成一套絕奇劍藝。求歡遠不如求劍。

她把身子給了玄真，倒不是平常女孩的心思，要以身體困住男人，藉以換取正式婚嫁。她沒想過成親生子。她早有絕了情愛發生的念頭。在她成長過程裡，也有一些男孩略略展現興趣，但沒有例外，一旦知曉她就是皇匠羅家的練武女孩後，全都撤離。沒人可以接受女子的心思不在結親持家伴夫隨子事務上，而是奉獻也似的劍法修練。彷若劍是信仰一般。女人的信仰，應該是她的夫婿、她的家庭與孩子，怎麼能夠是劍呢！

唯房玄真不同。他對她最感興趣的部分反而是她練劍。他就是覺得這一點萬分特別。黑劍少女就是緊緊吸引著玄真。這樣一個驕子天降也似來到身邊，且對她熱烈宣誓千年不變，飛梵的心如何能不動搖呢。她深悉自己容貌雖不差，但如她般的女子太多。別的不講，就說墨翎之女，便比飛梵出色太多了，堪稱絕豔嬌美。至母大葬那三天呢，也是江湖女子競豔之時，而墨解語的美貌幾乎是壓倒性，無人出其右。

好幾次哩，飛梵注意到她的目光流蕩往房玄真，臉上也就紅媚媚地綻開了美花鮮蕾。墨家女子的眼神藍幽綠微，似是千盼萬望著玄真。實際上還不止墨解語，絕大多數的女子都對玄真露出赤渴紫求的眼神。

飛梵記得，神仙關關主陸天機看見玄真容貌後便曾感慨地表示，其兄忘書之俊，當世罕敵，唯房玄真可與比擬。神刀關前關主陸忘書素有第一美男子之譽，現如今，此一名號也就由玄真極合理地竊據了，無人匹敵。

此刻，天下女子競逐的男子，就在她身前無遮無掩，而且回頭對飛梵露出教人心神迷醉的一笑，（怎麼想，都不像是真的啊，不是嗎？）飛梵心旌搖亂。房玄真待要穿起衣物之際，飛梵起身，預備離開，免得讓人看見他們同進同出。再者，飛梵練功時候也到了，不能再拖延。她已經在這裡耽擱太久。飛梵走向前，略略遲疑後，伸出雙手，環抱玄真，靜靜的，不發一語，隨後轉身出房。飛梵和玄真之間的情事，從未阻斷練劍決心。

飛梵奔回羅家，到專屬她的院落，練著根據寰宇神鋒特性所創的劍法。她還記得第一次摸到寰宇神鋒時，那種被開啟的感覺。有個無法言說的天啟降臨。再加上還雨哥哥允許的緣故，她也目覽了許多武功典籍，這幾年間乃得以創出一套全新劍法——她一個人的劍法，無名的劍法。她持之以恆日日苦練，期望能夠將它的整體全貌完整落實。

而幾天後，一臉渴求的房玄真，驟然闖進飛梵的習武院落。他像一團火噴進來，燎原也似的。她練劍時，非常厭惡有人打擾。玄真本就知曉，但他從來不以為意。他覺得，她時時刻刻不能沒有他。劍法什麼的，根本不能與他並論。這種過於自信的態度有時真讓飛梵氣惱。但她又無法言說。這時，玄真兩眼裡噴出濃濃的慾望與暗影，四下無人，他遂一把摟住她。強烈的體味與溫度席捲飛梵。她覺得天暈地眩，一時難以呼吸。他的思念化作直接填入她胸腔的窒息。兩隻手不安分地滑上飛梵雙乳。跟著他就將飛梵壓倒在地。他狂亂地扯爛她的衣物，褪掉自己的褲子，凶器堅硬如刀，就要正面戳入。

飛梵的手中握定黑劍，她仍有一絲清醒，「這裡不行。」但玄真不理會，一逕的就要鑽入。她扭著身子，閃避玄真，「我說了，此地不宜，你——」玄真卻嚷嚷著，「妳是我的人，妳怎麼能拒絕我？妳自己願意的，不是嗎？妳以前都同意了，現在怎麼可能拒絕？何況——」她有一種被強暴的感覺，一股火氣也就烈上來了。她仍舊是乾的，他沒考慮過每一次她都是一邊受傷一邊讓他盡享歡狂嗎？

她對和玄真間的情意愈來愈懷疑。她一直沒有覺得更好。她一運勁便要掙脫他的懷抱。可玄真聲音轉小，帶著泣音：「死了，爺爺死了，爺爺死了啊。」到後來又變成嚎啕，堂堂一美男子變成一頭醜哭的悲傷動物，飛梵的心就軟了，提起的真氣也散了，也就任由玄真刺了進來。她依然乾井，他也依然硬如刀棍。從頭到尾，飛梵沒有收起寰宇神鋒。她就那樣緊持黑劍，隨房玄真對她胡天胡地使力使勁。

一陣狂亂後，飛梵的私處果然又添傷裂。而房玄真默默收拾衣物，凝目了飛梵好一會兒，眼中都是柔情。但他得趕去處理祖父道的喪事，於是任憑衣壞褲爛的飛梵，躺在地上，掉頭奔離。

復又過了數日，飛梵才曉得當天情景。房道在獨居的早寮裡忽然臟衰器竭，只懸著一口氣。玄真緊急要用元白丸鼓勇祖父的命脈，但房道拒絕。玄真以明鏡法檢視，赫然驚覺祖父竟是自斷生機，體內器官已四分五裂，再無力回天。聽聞房道死前，也就啞聲說了一句什麼總算回來了，便即面露微笑，斷了氣息。玄真祖父算得上死無遺逝無憾嗎？

房道之死，讓飛梵想起玄真祖母。她一直沒有忘記玄真的祖母，不知道為何，就是忘不了她的自死。她究竟為什麼死呢？是因為無止息的寂寞？是因為活著都是錯的、人生都是錯的？且為什麼她沒有名字？玄真好似不知道祖母的名字。他也不真的關心。他對祖母之死的追究臆測，只是想有沒有可能推敲出一法子，解除房家嫌隙，讓造破二派合而為一。

是啊，一個沒有名字的女子，在江湖殘酷武林暴虐裡，死了又算什麼呢。可是飛梵卻無以名之的在乎。她就是會想起玄真的無名祖母——死前的心是不是陰暗而絕望，是不是容不得一點光，是不是萬劫殺至萬碎已臨？

而在房道辭世的七日後，還雨也突然一睡不醒，隨後，大師皇的正式繼承者亦驀然去了。飛梵傷痛不已。猶可慶幸的是，哥哥沒有痛苦，他是安詳的。她應該要懂得的，（一個人的死不僅僅是一個人的消滅，還是一個人活過的時光的被消除。）是這樣的吧，那個人所活過的情感、記憶與時光都會化裂為一萬種或更多的碎片，那些碎片都種進與之相關的人心中，有時莫名浮起，猶如痛擊，有時溶入消失，成為呼吸，成為午夜夢迴神祕暗影。羅還雨之逝，在飛梵心中惹起許多怪思異想，（死了，不是沒有了。死了，也許，也許啊反倒是，有了。）飛梵這般想著，（死不是一種結束，死是開始，死可以是創造。）

飛梵還年輕，對死亡還沒有太多的感懷與認識。她看待死，就像對待生，總還是有著明媚與希望。只是她也期許自己，（面對死，我絕不能漫不經心，否則就是蔑視生命了。）

未成親的羅還雨，並無子嗣。自此，皇匠羅家落入矢言終生不用武的羅還家掌握。羅還雨仙去以後，也有些人風言風語懷疑會不會飛梵是他的私生女，否則何以一孤兒能獲得那樣的多方照應。羅還家痛惜親弟之死，對飛梵亦很憐愛，並不理會流言蜚語。然飛梵明白皇匠羅不是她的歸屬。她不輕信還雨哥哥是自己父親的說法。但既然至母與還雨哥哥都已逝去，她就再無滯留羅家的必要。且玄夢聽、玄儀燕姊妹都對她殊無好感，生怕飛梵會惹出什麼事端。況且，房玄真之事，也煞是困擾。因此，她決意離開皇匠羅家，她必須離開舒適，到遠方去，她必須投入江湖歲月。

是該孤自地走，走出自己的人生，走向劍道的至深的時候了。

餘碑之二

他覺得著火了，整個室內。一個犯了火的屋子。體內疊疊層層的慾望橫衝直撞。肉身沸騰。餘碑沉默地忍受這一切。就要大戰，對手是普天之下最強刀客。他必須專心。他覺得熱。強烈焚燒感其實不在寢室裡，而是在心中。天荒了，他被一股悶著的狂熱燒得焦荒，地老了，他被眼前絕世的綺豔風景震動得直有垂老感。餘碑凝視正凝視兒子的妻。

舒城快要周歲，八個月大，已經會爬會坐，近來老攀著物事站起身來，但支撐不了太久，要不坐倒，要不就趴下，一個不小心頭上就有個腫包。餘碑瞅著親生兒子掙掙扎扎搖搖晃晃、試著直立為人的模樣，心中百感。舒城眼睛雪雪亮亮的，像是有什麼極其美麗的隱密要跟人分享。可惜餘碑不懂嬰孩的語言。比起牙牙學語的舒城，他其實更愛看處處小心照顧兒子的妻。

妻仙歡有子萬事悅，大部分心神都投注在舒城身上。餘碑對此實是吃味的。但他又怎麼能跟一孩子計較呢。再說，仙歡臉上盈盈的笑教餘碑歡喜。這不就是他要的嗎？為了讓仙歡滿足，他不什麼事都願意做嗎？

「舒舒，過來。」仙歡喜歡喊兒子舒舒。餘碑和仙歡在院主寢房裡，他們端坐椅上，瞧伏舒城尋祕屋內。扶著椅凳斜斜站住的八個月大孩子聽得懂，回頭，朝著妻，晶亮的眼睛像是一座海一片天空。他認出是日日哺乳的母親喊著哩，整張臉就笑開燦燦爛爛的花，「嘛，嘛嘛……」的叫。仙歡招招手，「舒舒，來娘和爹這裡。」舒城眼神有個淡淡糊糊的思緒流過，像是在考慮要不要呢。仙歡又聲音蜂蜜也似的喚著，「舒舒，舒舒，來呀，來這兒吧。」舒城終於下定決心，雙膝放軟了，屁股往下壓，坐好後，上半身轉動，雙手按地，身子趴好，往前蠕動，肚子是移動的核心，他將自己往前拉，迅速地爬過來。

仙歡眼睛彎彎的，像弦月，臉上都是明淨的笑。舒城很快就到了。他扯扯妻的裙襬。仙歡低身，抱起他們的孩子，愛憐至極地擁在懷裡。兒子緊貼仙歡依然脹大的胸前，口做吸吮。「餓了啊。」仙歡濡濕的眼神掃向舒餘碑。餘碑含笑不動。妻的臉頰便燒得紅透了，就算已結親生子，仙歡依舊臉皮薄嫩，禁不住夫婿熱色烈情的目光。妻眼見餘碑無避走之意，無可奈何地解開胸襟，讓鼓大渾圓的右乳露出。舒城張大嘴——上下各有三顆初齒哩，有時還會嚙他娘親，讓仙歡痛得額冒冷汗。妻將乳蒂送至舒城的口裡，兒子立即用力吸住。

餘碑甚喜看仙歡哺乳。妻快臨盆前的三個月，乳房即大脹，產後更是激長兩倍，直若舒城的頭顱，乳蒂亦大三、四倍，乳暈顏色也從粉紅轉為略褐，與甫成親之際截然不同，原來光滑的肚皮及臀部在孕胎六個月後就開始爬出皺皺的長紋，如有蛇行，而且奇癢。產前，仙歡即對乳蒂之大、乳暈之深、腹上之紋，很是心傷，時常掛慮著，說自己怎麼就變醜了。倒是生子以後，仙歡對身上更形強烈的變化，反而是無所謂的。

唯當時，餘碑可捨不得細嫩無瑕的妻有這般念頭，他趕緊請教多年好友造派大醫家房明皇。明皇則直言，前二嗎，他是無能為力，實屬生理天然，女人懷胎後，哺乳所需，身體有此變化，是強改不得。至於妊娠之痕，倒是可以取些潤理細養之物盡盡人事。房明皇給了餘碑一些他精鍊而得的膏油，讓餘碑一日三次，為仙歡塗抹見紋之處，也確見奇效，紋路淡了許多。

餘碑在江湖揚立盛名之際，就與明皇有過人交情——明皇還對餘碑說了個唯餘碑能知的驚天祕密。爾後，兩人友情不因餘碑斷然離棄舒家有所變化。實際上，餘碑是千夫所指哪，為了一女子，捨家叛派這種事，是太過離奇的。這三年以來，人人都說餘碑壞敗了男人的尊嚴。還有人風風涼涼地講，真有本事，就應該發動王葉劍居侵吞還雨劍院，直接將伏仙歡收為妻妾，怎麼會反道而行，成為劍院一員，云云。諸多議論，如針似鋒，蜂擁以至。餘碑卻毫無芥蒂，那些人哪裡曉得仙歡對他的重要性，出走舒家、加入還雨不過小事耳，再難為艱困的，只要為了妻，餘碑是無所不為無所不能的啊！

其實，遇見仙歡以前，他可從未想過當世風流舉目倜儻的舒家大少爺，有朝一日竟會十分心甘百般情願地成家立業。他少年時，不還妄想著擺脫所有束縛，包含他舒餘碑的身世，做一個徹底的浪蕩劍客嗎？居無定所，隨心所欲，那是多麼自由的狀態啊。但現下，他卻只求一生守在仙歡身旁，什麼風光什麼遨遊，都是身後雲煙。如今的他，並沒有圍困之感，反倒是天開地闊天明地朗的。一切都是日常，但一切日常又何其何其的教餘碑心寧神靜心安神定。原來這即是生死情愛，無從渡讓。原來居有定所也那樣值得喜樂。原來他並不真的非四海流浪不可。

過往呢，從小承擔王葉劍居大未大來的餘碑，最恨有人跟他提天命，跟他說什麼往後一派榮辱興枯都由餘碑的行止決定，簡直百無聊賴，讓他愁死了。他生來是舒家人又不是自己樂意的，他有劍術天分，那也是自個兒的事，又跟王葉舒家的將來相了什麼干。沒想他前半生奮力抗拒接承一家門的責任，到了三十二歲之後，還雨劍院和伏家的命運卻是他自願扛起來的，此生無悔，鍛氣鍊劍，絕不一日鬆怠。他維持最強韌的意志，只為光大還雨劍院。

此刻是餘碑的休憩時光。再過一會兒他也該再練個劍，對寰宇劍勢他又有些體悟。稍晚，極刀就要來。二十八道寰宇無盡藏尚有增進招式的可能，每式大神鋒的變化理應續之再變，這是一套可以連綿不斷地趨向於更繁複難解的神異劍法，尤其前八勢神形、神遊、神傷、神迷、神裂、神戰、神棄、神滅，除正勢外，尚有兩種還雨變，可偏偏神還勢多出一變。最後一勢如能有三種變化，何以其他的大神鋒勢卻不能有？餘碑近來嘗試將天上人間劍術的某些特點溶入其中，想神形到神滅勢發展出第三種小還雨變，且頗有進展，漸要成形。

在神刀闢強勢復甦至眼前儼然獨霸局面下，劍院雖備受壓制，仍舊不滅不倒，更何況而今新院主還是舒餘碑——一個被譽為天生劍武奇才的不世出人物。單單是他退出王葉劍居加入還雨劍院，就已然是頭一等大事，煞然為衰竭中的還雨劍院止住頹勢。餘碑是王葉劍居的希望，但他斷然放棄，自廢朝露神功，捨天上人間劍術，全力修練寰宇無盡藏劍勢和鋒神九法，短短三年間已大有所成，二十八道寰宇無盡藏習全，鋒神九法也已推進到戰神大法，想來九大境界假以時日必能完煉。如此傑出全才，又怎麼能不寄予厚望。

惟相較於眼前妻哺乳風景，寰宇無盡藏的突進化變、還雨劍院的興衰又有什麼重要的呢，百年技藝千年法門又如何呢。它們怎麼也及不上妻正在他身邊的事實，現在，哪裡都不在就在現在的現在。當下，完全的存在。餘碑就亙亙久久地坐著，此時天荒此刻地老。他渾身烈火地，凝睇妻的羞紅容顏與碩美之乳。他是該去練武創劍了，卻起不了身。塑像也似的，他原地不動。目光緊鎖妻，難離難分。他如水的柔情似火的慾念，像天打若雷劈。仙歡完完整整地征服餘碑，（我此生都是她的了。）

再者，等會兒也許舒城吸食不完，為解妻乳硬之症，餘碑還得幫嘴呢。明皇吩咐過，母體乳汁隔兩個時辰若不食盡，則容易腺體阻塞，因此餘碑得為仙歡吸出，否則堆累幾日，硬症不解，即有乳痛現象。仙歡的身子敏感，若然乳蜜積堵，定必痛得不欲生不如死。餘碑不捨本體弱、產時又大出血險些不救的妻，這般辛勞，想請房明皇消去乳汁，免去妻日夜哺乳之苦。舒城還小哪，往往一兩個時辰就要哺食之，妻眠不實，體就愈虛，長此下來，暗損必巨，如何能之。以他院主之尊，要招多少乳母不都很簡便輕易嗎，何必讓仙歡再耗身子。他想著要讓妻好生靜養。但教他苦惱的是，仙歡堅持自行照顧，不願假人之手，舒城的大事小物、屎溺便尿，她都親手包辦。仙歡心意，餘碑無可違逆，極力勸解無效後，亦只能順著她，勞請房明皇多開些帖方補血益氣。另外，他也讓人在日常料理中，添加能夠厚其本固其元的食物。

餘碑現年三十五，仙歡二十歲，成親兩年，終於有了個孩子，對仙歡來說，備加寵愛是必然的。舒城是伏家的未來啊。再過四個月，就得準備伏舒城的周歲大典。他一出生就貴為還雨劍院少院主，自當有一番大慶大祝。還雨劍院雖積弱，但再怎麼樣，也是個近兩百年的名門大派，所謂天下神鋒，江湖還雨，多少年累計下來的聲望，不是虛假的。舒餘碑近來也在計畫，該如何使此事成為江湖一等一話題，引起注目。且有一事，究竟該不該請來雙親與弟妹們呢？

仙歡方才說道：「再怎麼樣，都還是公公婆婆的孫子，他們心再硬，也不至於城兒周歲之禮不願前來吧？他們如若來了，我一定盡力盡孝兩位老人家。」仙歡老覺得委屈餘碑，覺得自己沒有見過公婆實是大逆。

可餘碑深明舒家人的想法。一直以來，王葉舒就把還雨劍院視為頭號大敵，恨不得取而代之。現如今，王葉舒家與還雨劍院是新仇舊恨一併發了啊，餘碑之父舒啟丈決計不會也不能來的。近兩百年前，伏無鋒在至仁坪成立劍院以來，日益強大。據餘碑所知，司家、鹿家、問家以前和舒家屬於同一聯盟，但後來皆被劍院收服。司家為表忠誠，甚而改姓氏為司劍，以劍院護持為家族大事。唯獨王葉劍居苦苦支撐，不願臣於還雨劍院。

在劍院全盛時期，王葉劍居只能偃息，好不容易等到神刀之尊天機狂人帶領神刀關反制還雨劍院統治的局面，還有一不世出奇才墨破禪為徒，全然中興神刀關，使劍院節節敗退，勢頹力竭。位處至仁坪東南邊大鳳嶼的舒家，有什麼理由要放過良機，他們自是趁還雨劍院被神刀關壓得喘不過去，大肆北進，這幾年間也占據了一些劍院產業。此時，又有劍法全才舒餘碑，王葉劍居苦熬多年，等得不就是如此絕佳時機嗎——餘碑過往也確實為王葉劍居數度出手與還雨人激戰過。

最後啊，舒家厚望的餘碑，不但沒發揚王葉劍居，還成了還雨劍院的院主，只為伏家一女子。王葉劍居的反撲希望就此毀滅，他們如何能夠諒解，情愛什麼的，怎能及得上家族大業呢！更何況，餘碑之子姓伏，不姓舒啊。

外部既有神刀關瀕臨欺進的極大壓力，內裡餘碑尚且還要煩惱的是司劍恭、鹿靜、初敬之事。那不僅僅他們三人的問題，畢竟還牽扯到司劍、鹿兩家。劍院主要有伏、問、衛、司劍、鹿幾個大族。鹿靜是鹿隨風的女兒，鹿隨風四年前死於天機狂人刀下，其兄鹿異任則被墨破禪刀勁破體，返回劍院十天後不治。為了振作鹿家，鹿靜採取仙歡的做法，招年輕高手初敬入贅為婿。而司劍恭對此大為不滿，他與鹿靜是青梅竹馬，兩人多年情感，怎麼能容忍殺出一男子，奪他的心頭人。可司劍恭又絕無可能放棄司劍家繼承者身分，鹿靜權衡輕重，實不得不如此。若兄長鹿異任尚在，鹿家責任無須鹿靜擔憂，但此刻不然，她非得為鹿家此後著想，決心如此。其實司劍恭此人很是花草，以前有一段時期也圖望著仙歡哩。總之，司劍恭怨氣無處可發，處處尋初敬的麻煩。司劍家與鹿家的關係變得十分緊張。

棘手的有二；其一，餘碑作為院主一事，雖有問副院主大力支持，然終究是外來者，且關於本院技藝，餘碑確實生手，他的還雨武學也才練三年多，其威力、火候，還雨人如何能看好。而司劍恭是劍院新生代數一數二的高手，其劍藝僅在問副院之下，問逐水瞠乎其後。其二，初敬立場相近於餘碑，如餘碑不能妥加處理，恐怕一把火會燒燎於他。仙歡之絕色至美，劍院裡豈無覬覦？

此一紛爭不能視為單一情況，必得慎重嚴謹對待，否則引發後續激烈連鎖，也是無庸意外。況且鹿靜與仙歡私交甚好，不為別的，單單看在仙歡的份上，餘碑就得好生處理。

不過在那之前，餘碑得先過了與極刀墨破禪的今日約戰，再苦惱舒城周歲大禮及劍院內部派系的矛盾。三年前，餘碑孤自闖進神刀關，以活色劍、天上人間劍術讓墨極刀見識到他的能耐，甚而與之約定，三年後餘碑將以還雨劍學對戰，成功地激起墨破禪的興趣，爭取還雨劍院三年時光的寧靜。餘碑從劍院的過往記載得曉，極刀墨破禪的先祖，其實與舒家、司劍家等久遠前分屬同一聯盟，但在時間無邊大旗一揮之下，分崩離析，各有各的際遇、依歸和做法。墨家從劍武轉至刀學，絕不容易，相信必有深切體會。舒餘碑矢志誓言割捨王葉劍居武功，從頭練起還雨劍院功法，果然惹得極刀的戰約。

和極刀墨破禪之戰，異常重要。餘碑日鍛夜鍊，就是為了博得與墨破禪的極限天一戰之力。他的活色劍與極刀的神刀之刀，究竟孰更強些呢？面對神刀關席天捲地之勢，還雨劍院幾十年來不停退讓，勢力再衰微下去，離滅門也就不遠。仙歡說過，劍院以至仁坪為中心，往日勢力西至雪膚河，西北近天機原外圍，東北抵玉露丘，東南靠百雪壁景，幾千里腹地綿延不盡，盡屬還雨劍院管轄，此間各門派與人們都以裸璃塔為聖境，無不奉還雨意旨為圭臬。但在第五代院主伏神師主事時，天機狂人成為神刀關關主，將天機變二十四刀推演為三十九天機破，縮躲西北境沉寂百年的神刀關赫然大復大甦，短短二、三十年，就把局勢徹底天翻地倒過來。

伏神師死時還很年輕，正值壯年，仙歡也才六歲——岳父是憂憤生疾病逝的。餘碑聽問副院主唏噓地講起那會兒，由於天機狂人大舉擴張，到處征伐，劍院派外戰力無能抗拒，一路敗退，僅餘伏無鋒初代創院時的基地至仁坪，且裸璃塔四周環繞的建築物群，少說也有幾十間屋宇已是人去樓空。是以，餘碑當務之急就是爭取劍院復甦的時間，他必須讓神刀關心有忌憚，不敢發動全面大戰。如若他的劍院武學能夠與墨破禪一拚，則能夠有效抑制神刀關的張狂跋扈。自然了，這是很冒險的做法。唯餘碑也沒有多少選擇，正巧天機狂人辭世，委實良機，他不能錯過，必須迫使墨破禪同意約戰，好爭取時間。

墨破禪是天機狂人的徒弟，狂人諸子們每一個都得喊墨破禪一聲大師兄。天機狂人甚至將神刀之刀傳給墨破禪。墨破禪的三十九天機破與天機狂人不相上下，甚至隱隱青出於藍，被譽為神刀絕學有史以來的極限表現，故此有極刀之號。說起墨極刀，江湖萬嘆啊，無人能比——除了天下第一劍何振諭，而何仙劍絕蹤已久。再來就是舒家大少爺的劍。他們既齊名，終究是要一戰。但在餘碑加入劍院之前，一直沒有這個機會，也無此必要。當時，餘碑則是看準時機，豪賭一場。主要是天機狂人再闖刀武顛峰，尋求三十九天機破的進一步創新，但不慎走火入魔，經脈碎裂，至尊狂人來不及立下誰是繼承者便驟逝，而他有十三子，當下神刀關就要腥風血雨——此時不往，更待何時。

餘碑一去，就是要拚命。那是他的決志，為了仙歡，為了仙歡想要守護的劍院基業。極刀可沒有這樣的念頭，他得保持神刀關的完整，他師尊天機狂人打下來的天下，得靠他穩定，墨破禪亟需時間打理關內諸事，首先就是要協調出誰究竟是下一任關主。餘碑抓準要命的時刻，讓墨破禪不得不同意，否則一旦極刀傷亡——兩人一動手，極刀就知悉餘碑武藝本事與自己是並駕齊驅——神刀關定然陷入諸子混戰的局面，不說極刀傾力支持的天機無我，還沒有機會登為神刀之尊，單單是內戰就是最大損耗，墨破禪絕無可能放任此情勢出現。

餘碑的驟然乍到，讓極刀無力拒絕，除非他不計代價要與舒餘碑決生死。況且餘碑的提議一則讓墨破禪好奇，一則也讓墨極刀願意下注，畢竟三年間要自廢舊學，煉出一套大相逕庭的新武藝，是難中之難，而且尚得修為至足以與墨破禪比擬的境界，更是匪夷所思。設若餘碑失敗，就等於墨破禪將不費吹灰之力地除去唯一實力可和極刀相抗衡的大敵，何樂不為啊。

諸多疑難雜事，電閃也似的破過舒餘碑心頭。

而伏仙歡乳完舒城後，左手環抱兒子，右手輕輕拍舒城的背，要打出嗝來，她一臉憐愛甚深。她是全心疼舒城，即使因為孩子的緣故，無瑕之身有紋路有斑痕，且產後費許多精神與工夫，方從圓潤變為纖細，但比起以前，仍舊有段差距，腰身沒法兒繼續擁有驚人的曲線。縱然有若干缺陷，然仙歡期待有一個伏家繼承人久矣，她全心全意地對待舒城——他一出生就擁有母親完全的情感。

可餘碑不是。他無能欺瞞自己。表面上他對舒城關懷備至，但實際上他是為了讓仙歡安心而做出來的。他對兒子的來臨，有許多疑慮。他不大能感受到眼前的嬰孩與自身有何緊密相干。那是陌生的動物，成天吃喝拉撒睡，無言無語，不思不想。餘碑不懂一個不足歲的孩子究竟都在想些什麼？舒城沒有意義的爬行與咿咿哦哦的喊著，讓餘碑很是惱苦。更別說，舒城令仙歡失了多少血，險些沒命之事。餘碑捫心自問，真是無有父親的感覺。恍若隔著一整個武林，他跟兒子之間。惟餘碑又不能對仙歡吐實，他只能吞忍。保持緘默。

伏舒城不消多少時間便睡著，他爬許久，站也站得累了。舒城吐露嫩微的鼻息。仙歡確定孩子熟眠後，將其輕放於床。期間，她仍袒胸露乳。那一對脹大的豪放的、猶如某種表皮細緻但內裡堅實的花果，讓餘碑神遊思蕩之際，目光卻無片刻偏離。他數度嚥著口水，下腹灼灼，整顆心焚燃，眼光是粉豔豔的癡。仙歡安頓好孩子，一抬頭，便瞅見夫婿紅焦赤渴的表情。她笑了一笑。世界像正在疾速舒展的花蕾，鮮奔烈放，在餘碑眼前鋪張成璀璨光亮風景。

「舒舒睡了。」仙歡軟聲地說著。然後她對餘碑招招手。餘碑傻了似的往前滑過去。無論多少次，餘碑都無法抗拒。她喊舒舒，就像在喚他一般。妻將他的姓氏置入兒子的名字裡，意思很明顯。仙歡是在對他竊語，表達時時刻刻對他的滿腔愛意。舒在劍院裡終會是一個消逝的姓氏——畢竟餘碑的家族無可能加入還雨陣線啊——但至少，仙歡記得，他們的兒子也將保住舒這個字，不離不滅。

妻的每一個動作每一句話語每一種眼神，都讓餘碑癡狂。沒有例外。她就是那麼奇異的存在，彷若一片天地，足以讓他進行無止境的探勘、認識。她永遠新鮮，一直在變，變得更美變得更璀璨。在餘碑眼中，不可方物的伏仙歡，儼如宇宙洪荒，窮盡己生之力無能至底。他對她的好奇，並不由於他們成親而有所減弱，他對她思維與想法的在乎，始終強烈。就是她的潮濕吧，也給他日新又新的滋味。他有時也會百思不解，為什麼呢？（為什麼就是仙歡？妳究竟對我做了什麼？）她是如何引發他靈魂的全部騷動？

自小武學才情驚人得高的餘碑，就甚受重視，到了十幾歲，俊秀如他，更容易吸引女人目光。過往裡，女子於他來說，是可有可無的，也就只是個身體。他只看見女身，從來沒看見別的。他不在乎她們都是些什麼人，他需要時，她們願意躺下來即可。而實話說，與女歡好，不過就是將自己的肉械，直硬硬地捅入那些也不知怎麼地就異樣潮濕的女體甬穴，也就高速萬奔，也就平平淡淡地將汁液澆灌在她們臉上嘴裡——他可是舒家大少爺，再荒唐亦曉得要避免種胎，若不然，日後一堆孩子說要歸宗，怎麼辦才好哩。而那跟拿著劍刺進對手又有什麼兩樣，他沒有任何享受的感覺。江湖上還有傳言呢，說他一個大劍客，床笫本事卻差極了，一會兒就結束。餘碑也不甚在意，他也只是圖個發洩而已。男體就是會有囤積，他懶得自手處理，反正他俊，多的是有人投懷送抱，就讓那些女孩子家盡盡力吧。昔日之餘碑，那是風流浪蕩的呀。

當前此刻，卻大不相同。他的肉身他的情感他所有的所有，都只專注在仙歡身上。他變得忠貞。忠貞是什麼呢？忠貞，以前認為是迂腐、封閉與無有自由，現在餘碑則明白到，（忠貞才是情愛關係裡最不可窮盡的姿態。忠貞是再自然不過的。）當仙歡走進他的生命之中，餘碑就再也看不見其他女人。所有的女人都是仙歡。他看到的任何女子，也都是仙歡的碎片。仙歡是一切女子的總和。她是完全她是最龐然。女人的所有可能性都在仙歡身上實現。她是無法思議的神奇。

餘碑整張臉埋進仙歡雙乳。一團清麗麗的肉香，青山碧水的來。她是風和的藍日麗的綠。她是粉的春暖橙的花開。她是那樣多的顏色。她是最美的季節。她是他時時刻刻的氣候，宜人的白舒適的紫。她成就他。（是了，是妳造就了我。）遇見仙歡前，他就只是舒餘碑，一個身世佳劍法好相貌優、走在既定命運、做什麼都得心應手也都了無意趣的大少爺。而少女仙歡的出現，扭轉了不可變化的直線宿命。餘碑也就走向人生截然不同的祕密彎曲。

他感覺淚眼。暖暖黃黃的淚眼。他感覺活著。仙歡的肉柔讓他活著。他懂事以來就沒有活著過了。沒有活的滋味。存在太輕易太簡單。做什麼都可以。他什麼都會。天才縱橫如他，任何難題迎刃而解，從未體驗到何謂艱難。有著一團霧灰的困惑籠著他的心。但餘碑又說不上來是什麼。反正也就格格難入。也就無所謂。直到仙歡來了。她一來，就對了。為了爭取仙歡，他付盡此前的累積，他的聲名他的家族他的天賦，他壓下其後的一生，就是要博得仙歡的青睞就是要掙得仙歡的熱眉熱眼。而今如願了，他不就在仙歡的胸脯裡體會著，何謂身體之親何謂生命之喜何謂人間之樂。

沒有仙歡，他這輩子都是白山凍黑水流，無端端的沒來由的。所幸有了她。她是餘碑貧乏生命的最大擴展。她是他的神祕旅程。她是他的可能的集合。她是解答她是返回她是萬事萬物。踏踏實實的，他也就活在她的裡面。他被她包裹。即使對外作戰的人是餘碑，但總覺得真正主導的人不是自己，而是妻。仙歡的想法、觀點與信念，才是核心才是最重要的事。妻沒有做什麼，仙歡不需要，她單單是在他身邊，就已經是所有的什麼。

三年前，餘碑迎娶仙歡，成為還雨劍院院主。將來，這劍院還是伏家的，他不過是代掌一段時期。餘碑也不甚在乎，就為了仙歡，他無有委屈。一生得仙歡，還有什麼可惜遺憾呢。如果舒城是女孩的話就更好了，他此前私心期盼能夠得一女兒——女兒像仙歡多麼好。仙歡知其心意，近來夜間主動承歡，盼著能夠再為餘碑添一心心肝肝的女娃兒。但餘碑卻絕不願仙歡受生產折磨。

「喝吧。」仙歡萬世寵千秋憐也似地對餘碑講著。他遂猛吸熱吮起來，一口氣栽入蜜一樣的深淵，不拔不升，只顧於忘我沉溺其中。啊，黃金般的汁液，啊，此生最值得回憶的痛飲，啊，什麼麗汁酒什麼雪洗茶皆不值一哂了，唯仙歡之乳，舉世無匹。彷彿這乳不是孩子賴以維生的，反倒他舒餘碑非此不可的。一日少了從仙歡泌出的乳，餘碑竟會有種空虛味，如若沒練劍般，心中晃晃盪盪，異樣地不踏實。堂堂一派之主，嬰孩似的吸著乳蜜，若傳將出去，臉面何存。但餘碑不在意。他只在意仙歡的在意。其他人的青紅皂白，他可沒閒工夫理會。

仙歡碗狀的乳，玉鮮鮮的鼓脹著，充滿密密生機的圓丘，觸感滑透，乳蒂入口，堅挺白韌，漸褐的乳暈上有微細顆粒感，整體教餘碑難捨難離，恨不得成天就這麼樣無度地需索。仙歡近來的乳水略略稠，喝起來更易有飽足感，不似初始哺乳時的稀。此時，仙歡推擠乳房，從邊緣往乳蒂處按壓，於是乳蒂中間處就噴出了一條蜜泉，直射入喉腔深處，餘碑丁點不漏飲盡。這八個月來，不知是錯覺或什麼的，餘碑暗地裡總覺得精氣神十足十，為了練還雨武學而過度損耗的身軀似有還原之象。他將一切歸功於妻乳。

而仙歡月事不來。餘碑為此愉然。畢竟，每回月事來，仙歡痛得死去切得活來。這會兒用不著見她遭受奇苦，心下也就平穩了。另一好處自是魚水之歡時，餘碑更能夠盡興，無須掛慮種胎之事。產舒城時，妻失血之多，教餘碑心黑首灰哪，痛疾於若不是自己的緣故，仙歡又怎麼會險些性命不保。眼下，就無須思憂。房明皇講過，就其診醫經驗來說，母體哺乳愈勤，月事就愈是晚延，月事不至，則女子懷胎不易也。

先是右乳，後是左乳。仙歡的左乳略大些，容乳量更多，喝起來尤其實在。舒城也開始吃食一般的食物了，兒子似乎更熱中於吃乳汁以外的東西。吸乳，於兒子來說，還是睡前的儀式居多，他非得食乳，才能睡上好覺。這麼一來，仙歡的乳蜜就多矣，還真是便宜了舒餘碑哩，日飲夜食，簡直把仙歡的乳當作大餐大宴。有乳，腿手就有力，就精紅神橙，就做什麼都對得不得了。他還暗喜舒城不貪戀仙歡的乳蜜哩。舒餘碑最愛吃淋滿蜂蜜、甘糖和碎果的千嘆糕，那是仙歡依據古方巧手炮製出來的上乘茶點，搭配沐情茶更是絕妙。然則，妻的乳汁卻是萬嘆不可比擬之至嘆，千嘆糕又算什麼。

然不管如何珍之重之的吃，也不過片刻的事，終歸是吃完了。他渾身青青翠翠地舒透了。餘碑極輕極輕地咬了乳蒂一口。仙歡嬌吟一聲。餘碑不捨地離開乳前。妻兩眼濡濕濡濕。餘碑又忍不住噍了一口水。仙歡雙乳在衣外，纖細雙腿也從披著的質輕長袍裡露出。一團猛火從股間赤赤辣辣地騰到腹中，直竄於腦。他就要黃了橘了紅了。他就要生了自己的火，升了自己的天。啊。

仙歡就那樣甜甜亂亂地倚在床上，一旁躺著他們的兒子。仙歡的眼底祕密地狼著。他懂那個小小的狼。他懂。他大可直接撲上去。妻從來任他予取予求。只要餘碑要，仙歡即使渾身疼痛也不會拒絕。（我們完全奉獻給彼此的。）

然則，無期崖一決，事關重大。餘碑若在此時與妻歡好，勢必洩了氣，今日之戰也就危害。舒餘碑必須保持緊張，必須讓那種溢滿的感覺深深地與自己的四肢百骸結合。他咬著牙，退開身子，對仙歡搖頭。餘碑自言自語：「等我回來。」妻眼底的狼就愈縮愈小，化作黑烏。她起身拉好長袍，態度莊重但難掩渾身似火地說：「等你回來。」餘碑也就奔出引燃也似的浮屠室內，像逃離一般。

他對仙歡是何等狂戀癡迷，一股熾爛的情緒急迫地在胸腹間踣著，極之難受。餘碑趕緊往裸璃塔第七層樓大窗口一站，想讓高空之風吹涼慾望，免得自己忍不住回頭。此時夏日，窗外是燦狂狂的天氣，陽光是燒滾的液體，澆來潑去，覆蓋萬物千景。餘碑的心頭之熱腹中之烈也就更難以宣解。想也不想，餘碑赫然運起戰神大法，朝外一跳——

舒餘碑就那樣凌空而降，從塔最高的地方，硬生生飛落地面。腳一在地，背上活色劍來至手中，舒餘碑劍化無數幻影，二十八道寰宇無盡藏劍勢的精華輪現，體內不可發不可洩的瘋熱，悉數投入劍中。他似癲狂似清醒地在寰宇黑塔前，畫出無盡的幽暗來。劍之幽暗，心之愛魔。所有的積累壓抑都在他此時此刻的究極狂舞裡。

而在這般情慾激盪下，餘碑首次感覺跟寰宇無盡藏的融合。幾年前的餘碑，還覺得自己已然臻至武藝的最極限，以為天上人間劍術就是全部，孰知一練寰宇無盡藏劍勢，這才發現，原來王葉舒絕學不過爾爾，還雨劍學的確有獨到之處，更有無盡境界等待他鑽研、深入。而眼下呢，餘碑驚覺到，（無盡不一定是在外部，不一定是天地萬物，無盡可能在自己的裡面，如同真正可怕的黑暗，不是舉頭望見的黑宇暗宙無邊無際，而是心中小小的、但確實存在的黑暗。）對了，是這樣子的了。無盡亦然，人必然也有小小的無盡，潛伏在體內。換言之，人身有盡，性命總有終時，唯人心無盡。

因為無盡的內在，外部的劍勢才能無止境。是了，必須使得身體內部養著一個宇宙一種無盡，才能淋漓地發揮寰宇無盡藏劍勢，以及鋒神九法。舒餘碑霎時頓悟外王內聖、勢法神如的訣要。

餘碑以為，所謂武學不過二字耳：人身。一切攸關於人身，認真地將身體當絕對緊要的一回事，至高至大，直如天地玄黃。武學，即是人身之藝。所謂練劍用武，不外乎使人體達到極境化，將所有潛藏的未知的全都解開。

年少時，因與明皇交好之故，關於武藝、醫學的認識與理解，兩人皆有心得交換。造派的明鏡法，在餘碑看來，與鋒神九法略有相通，尤其是天經的構造，只是房明皇系統是為整頓調和，不像鋒神勁有明氣、暗氣之流動，且明皇也無力調節、使用氣勁，明鏡法在乎的只是天經的通暢——據說房家本有一套完整的人身結構的法門，但經久失傳，留下來的只有使天經三十六門順流如一的口訣。

餘碑加入還雨劍院，幾乎所有人都鄙視他的決定，無人相信餘碑可以在短短幾年間另練他學功成。唯獨明皇無有變化，傾全力幫助。必須自廢舊武學的餘碑，能夠撐過最初的一年，實在仰賴明皇的協助，尤其是寰宇無盡藏、鋒神九法，對餘碑的身體來說，每用一次，就是一大損傷，除憑意志力支持外，就是明鏡法的疏通，以及明皇不計代價地為餘碑尋得各種珍貴藥物，供給餘碑身體最扎實的補充。

那會兒的他，某個部分來說，是新生的，特別脆弱，如不是有仙歡無窮盡的愛與信心、明皇的細心調理，還有問家的全力守衛，隨便一個誰在當時都能輕易將餘碑殺了，哪裡能捱到今時今日還雨劍學大成。

而等到餘碑儼然狂喜的劍奔刃放，終於停下來，塔前早已聚集著許多還雨人，包括問寒數副院主、問逐水、司劍恭、鹿靜、初敬等，人人如癡如醉——也就是這樣的時刻，舒餘碑作為還雨劍院領導者的地位，方才穩固，特別是暗地裡與餘碑決策相左、乃至爭鋒的司劍恭，從此再不敢有二心，無形中也就弭平司劍、鹿、初三家的矛盾。眼見舒餘碑劍武如是天黑地暗，孰敢與之相捋。

餘碑突如之舉，最收奇效的是，當他將滿腔愛慕滿懷情慾與劍勢千融萬合時，墨破禪碰巧到了，他瞠目結舌，驚愕難止。極刀是大行家，當知餘碑之劍萬劫難擋。餘碑的無心之為，也就收著先聲奪人之效，為接下來的大戰贏取優勢。

問天鳴之二

體內有深淵。他的深灰黑淵活著。他覺得裡面有著動物。更往深處去是一頭不知名的動物。無法命名、凶猛異樣殘暴的動物。（牠住在裡面，活在裡面，牠是我豢養的。）問天鳴自以為一名怪物，一名養著無以名狀動物的怪物。他的形影神，都是黑幽幽灰濛濛的。形是怪物，影是人，神是動物。多麼奇妙的組合。他問天鳴從小至今不就是一個怪物嗎？（這張臉讓我只有怪物的選項，沒有別的可能。）

但問天鳴沒有放棄人生。他的父母不准他放棄，他的師尊也不許他放棄。他為了這三個人堅持下來，他以破碎的怪物，堅持著破碎的人生。即便他是醜陋怪誕者，雙親與師尊沒有想要從他身邊逃開，逃得遠遠的。他們都沒有放棄，他憑什麼放棄！這就是為什麼問天鳴現在還能活著，還能像人一樣的站著，甚至被視為還雨劍院的未來之星。一切都得感謝已逝的父母，還有眼前的問行象——他的師尊，一個徒有殘軀而無任何意識的老人，熄灰滅暗的老人。

守在病榻前，看著問行象，問天鳴心中都是傷口，像有兵刃劃過，淌血不止。他的師尊就這樣再也不能醒來，直到真正的死亡降臨——只能這樣嗎？如果，他的能力再更強、本事更大、位子更高的話，他是不是就能救下日益滑向敗壞的師尊？擁有至高無上的權力，什麼都可以辦到啊，不是嗎？只要登頂劍院之巔，就能動員所有醫家治癒師尊。還是有這個可能性的，還是有的。

此時，問天鳴想起師尊開始臥病之前曾經講過，「老死無憂，」師尊很是感慨的，「人的一輩子，也許就求這個。當你老了，不會是親友後輩的重擔，不會讓關愛自己的人無力承負。這是很重要的，老死無憂，」師尊的語氣無限低迴，在問天鳴腦中轟轟然，「如果能這樣，也就沒有什麼遺憾。」問天鳴當時還很不以為然，他篤信師尊能夠帶領問家奪回劍院的主控權。惟眼下，師尊已經在床上躺了大半年。

其實，師尊或也有所覺，特別是在他長期昏迷不醒之前，一次劇烈的高燒以後，他找來問天鳴——當時，房玄宗就已經判斷師尊很有可能一睡不醒，主要是問行象頭顱曾受兩次重擊，形成不可解的後患，再加上為問天鳴行法開輪，更是損耗——師尊苦口婆心說過，「如果我沒有知覺，再不能醒，就殺了我。」師尊不想要廢人也似的活著。他聲色俱厲地囑咐，「聽見沒有！這是師尊的決定。」

玄宗是破派大醫，他診治師尊的推論是挺正確的。師尊果真沒有能清醒，在那次高燒以後，體溫雖被控制下來，但就再也沒有清醒過來，像是綠野慢慢地就長成荒地。他變成一尊會淺淺呼吸的木偶。還活著，但也像是死了。師尊在活與死的邊界上徘徊——有時候，問天鳴會有種隔著牆的感覺。是啊，一道牆，師尊的肉體是那道牆的一部分，一小部分。完整的牆是完整的死，也是完整的生。可是完整是什麼？他不知道。他只曉得，真正的問行象，那個牆後方有所意識的人已經邈遠。

縱使如此，問天鳴要房玄宗提供所有能夠施用的藥物，師尊得要活著，他要活著見證問天鳴能夠達到的高度。他背叛師尊的遺囑——那應該就是遺囑吧。畢竟他幾乎已經死。而背棄的原因，自然是因為他的不捨。這個世上問天鳴確實在乎的人，就只剩下師尊。如果連師尊都不在了，一切還有意思嗎？他的成就再高，又如何呢？而設若問行象的身體還在，至少問天鳴可以假想，師尊能夠看見將來會發生的一切。問天鳴是自私的，他不得不如此，他必須維持師尊的偽活。

而問天鳴記得那些重創是誰給的——是神刀闕的天機用神，是伏魔幬。在兩派大戰時，師尊被玄機神刀的刀風掃中顱側。另一次是劍院內部較量，當問行象敗下陣，躺在地上，伏魔幬實沒來由地蹴踢師尊後腦。師尊有頭痛之疾，肇因於此。誰該還的，問天鳴一個也不會放過，這兩人都該當萬死。神刀闕之尊與還雨劍院之主，他會讓他們付出代價的。他一定會的。

問天鳴當前隱隱約是傷系系主。師尊無後，而其親友也沒有成材的，問家人凋才零。他將承擔一切，他畢生的使命，就在於光大父明母王的血脈，再現問家傷系的輝煌。問家如今在劍院備受輕視，勢弱已久的緣故，主要是百年前劍院內戰中，因舒家與伏家聯手，致使問家日益衰小——彼時，問家在九系裡占四系，也有擔任副院主，更有院主之妻，簡直無可匹敵。問天鳴猜想，必定是由於問家樹大招風，惹來伏家的警戒，乃聯手舒家，予以裁權抑威。而今九系裡，伏家占遊系、棄系、還系，舒家有裂系、滅系，司劍占迷系，初家是形系，鹿家是戰系，司劍、初和鹿三家近來組一聯盟，以抗衡伏、舒二家，不至被完全碾壓。而掌有傷系的問家，若非劍院初代院主曾明言，問家後代永存劍院，他們早被驅離。

問天鳴必要讓天下武林都認可問姓家族是巨大輝耀——他要所有人都尊敬問姓。對他來說，眼前老人就是再生父母，他的一切成就都是問行象給的，而且不僅僅是問天鳴自己，師尊對他們一家皆有大恩大德。但他也沒忘懷生身父母，所以其姓氏取為明王，名字方是問天鳴。師尊之恩不敢或忘，然雙親的付出與生養，他又怎麼能夠拋諸腦後呢——

當年，明父、王母在算策山山腳下闢有幾畝地，辛勤懇切地田耕農活，加上明天鳴，雖日子非大富貴，但怎麼樣也是尚算豐足。孰料昔時還是神刀闕少主的天機用神跋扈霸道，只是一時路經，說是此地景色秀麗，瞧來悅目，便要取來建一別館，不管他們一家何去何從，也無賠償，就是一聲令下，命人打發了明家三口。明父自是要反抗，高踞雄駿上的天機用神驅馬向前，朝爹爹的胸口踹了一腳，王母連忙掩上，天機惡徒覺得女人哭喊叫啼很麻煩，順勢給了母親背部一腳，他們登時重傷，他們只是平凡人，哪裡禁得起武林人用勁。最末，天機用神甚至覺得他們的哀鳴甚擾，拔刀斬，父當場慘死，母隨後也跟著逝去。其時，年齡方十一的明天鳴著實嚇傻了，呆愣當場，如他也撲前相護，恐怕難逃天機用神之害。如此的深仇長年不忘，如許大恨終生難離。

這些附骨也如的記憶，總是一再返回，襲擊似的衝擊自身——而深淵動物就在體內相應著，大澎大湃，咆哮狂吼。明王問天鳴並不壓抑，他放縱它，是那樣子的深淵感覺動物狀態滋養著他。如果不是仇恨，不是一股想要回報雙親師尊的意志，他又有什麼好堅持下去。一輩子醜臉，死了何妨。活著也很累，必須偽裝必須武裝，沒有一時半刻鬆懈。他是日以繼夜的緊繃呀。練武用劍到遍體鱗傷，完全是捨命錘鍊。十二歲加入劍院後，問天鳴能夠十四年來一直一直這樣走在極限之上，不都是由於對天機用神與伏魔帹的怨恨嗎，（唯其如此，我才能來到今時今日。）

而醜怪是他的動力。遲早有一天，他會讓曾經嘲笑過他的人，全都死得無所。他會讓他們一個個在哭嚎恐懼中死去。他會讓他們死在這一張臉的威力之下，完全的臣服，絕對的淪喪。問天鳴伸手抓著放在床邊粗製濫造的布製面罩。他用力捏緊。面對師尊，他無須偽裝。解開面罩後的他，師尊既無嫌惡害怕，也並不同情，就只是一張臉，不過是千千萬萬臉中的一張罷了。明王問天鳴敬愛問行象主要就是這個。師尊對他的臉沒有特別反應。彷彿臉就是臉，沒有別的。看過他的臉的人，要不就是震驚畏懼，要不就是不忍，無論是哪一種都像是狠狠地戳進他胸口一樣。尤其是後者，有些還會對問天鳴說，「你長成這樣還能活下來，也真是苦了你。」名為同情，實際上裡頭潛藏的都是居高臨下的意味，教問天鳴惱火煩惡。

與師尊態度截然不同，師尊的想法是，「臉跟臉是對等的，你的臉不比我的臉優秀，我的臉也不比他的臉更好，渾然無上下高低的區分。」師尊說過，「醜和美是流動的。此時的醜，換了別的時候別的地方，也許就是美的了。別忘了，永遠有另一面的存在，醜的另一面是不醜，美的另一面是不美，能夠從這一面移動到另一面，也就是自由，也就是有深沉的可能。」

師尊將他視為與己身一般的人看待，不是怪物，不是妖魔，是人。除了明父王母，從來沒有人以平常人的眼光望定問天鳴，直視著，不閃躲。問行象是如此特異之人，並不自以為是，並不覺得自己就比其他人尊貴，師尊曾言，「如果一個人是尊貴的，那是因為他深知，其他人與自己一樣尊貴。」師尊並不覺得他有多特別地位有多高，同樣的也不以為自己多苦多低下。就算面對魔幬院主，問行象也秉持一樣的態度。師尊最愛這麼說了，「萬眾皆人，同一無分。」

問天鳴敬愛師尊，他也煞是佩服師尊的心胸寬如天大似地。不過，他自己無法信服無分的想法。實際上，問天鳴就是被分的，就是被當成怪物，他被所有人——除了師尊與父母——劃分在遠遠的一方，非人，非命。他是個醜惡之人，因為醜惡，所以妖魔。他可不能昧著心說，是啊，所有人都是人，所有人都是一樣，沒有誰比誰尊貴。成長至今，他看到的、感到的絕非如此。

是的，關於師尊的想法，問天鳴也不是樣樣都吸收的，又比如師尊亦曾說，「在劍院發生的一切，都是遊戲，你愈是認真於勝負，就愈是被遊戲所綑綁。你得明白，遊戲得要認真去玩，得要有規則。遊戲一定有規則，如果你沒看見，那就表示眼力還不到那裡。而一旦你懂得規則，懂得遊戲的真諦，你就不會被這樣的遊戲所束縛。其實說穿了，人生不也是一種遊戲嗎？」

（遊戲？這裡可不是什麼遊戲。）問天鳴想。還雨劍院的一切都是生死，生不如死，或者死生一線。他一點都不覺得是遊戲。他每天都得要慎重小心的活著。如影隨形之死躡手躡腳在身邊。沒有人是安全的，每個人都很危險。劍院如此，劍院以外也是。江湖就是凶殺鬥爭，就是艱險。生殺生殺，生就是殺，就是無盡的殘殺，被人殘殺，被世界殘殺，被時間殘殺。遊戲，就算是遊戲，這也是個陰紅慘綠暴力無邊的遊戲。

有腳步聲。明王問天鳴聽得清楚。就算沉浸在思緒，他也從不鬆懈，時時刻刻維持緊張感——這不僅僅是武藝的精髓，也是活命的法則。他立即拿出面罩，套好戴上，遮住千瘡百孔的臉，掩蔽致命的弱點。聽移動的足音，是傷系子弟。果然，有人敲門通報：司劍瞻遺、舒曉、房玄達、鹿空知、初命放等人來訪，還有明王心中的第一美男子衛覺色，也來了。

這幾個人都是年輕一輩佼佼者，對劍院未來深感憂鬱，且不滿劍院被老一代還雨人把持，卻一點能為也沒有。同時，這些人——司劍瞻遺例外——還有一特點就是，他們都是家族血脈的旁支，換句話說，他們沒有成為系主的資格。而覺色隸屬的衛家，則根本沒有掌握任何還雨系。而衛姓一族無不希望能夠重奪地位與光榮。達的房玄家，則是十四年前才加入劍院。

其中，司劍瞻遺的加入與支持，至為重要。此人是司劍家的未來，他是正系嫡統，只要他耐心等下去，迷系系主終究是他的。但司劍瞻遺信服問行象的同一無分之說，他無疑是個有信仰的人，相信人能夠也必須成就更為美好的大事。因問行象之故，司劍瞻遺與問天鳴交好。其實，司劍瞻遺素來就瞧不起劍院本生——本生，意指劍院土生土長的人，父母原就是還雨人。司劍的觀察是，還雨劍院之衰微就源於，這些老老小小的本生，只會毫無意義的自鳴自大，固封於至仁坪，以為劍院就是天下，全然可笑可悲。

而問天鳴在找回寰宇神鋒後，於劍院內部聲勢一時無可爭鋒，傷系可說已入其手。他又四處活動人心，宣揚新還雨人的概念，認為惟有年輕人的衝勁才能改變現狀，帶領劍院重返顛峰，回到輝煌絕倫的狀態。問天鳴與六人被譽為劍院七新。七新在做的事，就是對抗陳人舊制。以明王問天鳴的武功為號召，以衛覺色的俊貌風靡，以司劍瞻遺的謀略打響名號，再加上其他四人的諸種配合，多管齊下，一年左右就搶得還雨劍院絕大多數年輕世代的支持。

六人裡，問天鳴最信賴司劍瞻遺和衛覺色。前者將問天鳴推上一個新生代龍頭的位置，並提倡「劍院新輩，還雨主力」。司劍瞻遺還把問天鳴的面罩，定名明王面具，喊出「人人都可以是明王問天鳴」的口號，也就是不分年齡不分樣貌不分地位高低，只要你有心，不管是什麼血統，你就能是下一個明王，能夠為還雨劍院立下不世功業。至於衛覺色，他總能夠引起矚目，總能夠讓人心甘情願追隨。有他在的地方，簡直會發亮。衛覺色的俊美，委實紅豔紫燦，問天鳴常不由自主地對他有迷醉感，他的言行他的聲音他的話語他的五官他的體型都近乎完美，讓人摧折的美。他喜歡瞧衛覺色。

問天鳴離開師尊的屋子。以他找回寰宇神鋒的功勞，以他現時的地位，大可離開環繞寰宇塔的方正建屋群，搬進寰宇塔，住上一好房。但他偏偏不。他住在泥屋草室，甚至將身為系主的問行象也遷出，與自己同棲。這裡也就有個意思，明明白白的，他仍然是底層的，仍然是站在劍院高層的對立面，仍然與多數還雨人同在。他很清楚自己的力量源自於低處，而不是霸占劍塔的那些無能的無恥之輩。尤其是昏庸無能的伏魔幬——

問天鳴會拉下他，而且也就是近日內的事了。他們已經策劃好，要舉一場暗夜戰事。他們要潛入寰宇塔，直接脅迫院主。這將是極其劇烈的手段。明王說起時，其他六人臉色陰慘。特別是衛覺色，整個臉都煞白。但卻也是覺色最是信問天鳴的判斷，他遲疑片刻，就表示自己願意捨命追隨，就為了問天鳴說過的這句話，「為了還雨劍院的下一代，為了還雨劍院的美麗將來。」是啊，為了還雨劍院的下一代，還有美麗的將來，多麼好的說詞。他們最終就都同意了。問天鳴其實沒想到那麼快，他壓根還沒有開始說服，就已經告功。或許是都煩膩了吧，對於此時僵局，不前不後難進難退，一切都懸在中間，無止境的中間。

而一切的一切，都開始於找回寰宇神鋒——據說寰宇神鋒並不是皇匠羅家的大師皇所鑄，而是其子冶煉的，但時光漫長啊，又有誰說得清楚分得明白呢？是以，它仍舊與極限天、道骨劍並稱為至乘三器。

加入傷系後，跟隨恩師練劍用武之餘，問天鳴還潛心研究劍院歷史。為了能夠更快融入劍院，占得一席之地，他確實心思用盡，對昔日往事也很是關注。他對伏無鋒特別有所感。歷代院主裡，他恐怕也只服伏始主，此人不止劍藝驚人，獨創寰宇無盡藏劍勢與鋒神九法，將劍院帶上高峰，還雨劍院從此進入輝煌年代，且還雄心策劃蓋七層高塔——那是極其艱難的工事，因此要到第二代院主伏銳見才竣工。但最教問天鳴認同的還是，無鋒始主的怪異鐵灰色左手。據卷錄文字，他由肘關節到手腕及於左拳的部位，比右手更粗壯，差足三倍。因為那隻巨手，伏無鋒少年時遭受無數譏笑與冷眼，被比擬為怪物，然此經驗反倒練其堅韌心志，不動不惑，勇猛但溫柔。別的都不講，單單如此，便足令問天鳴無限神往。

問天鳴又特別重視無鋒始主提出的，一生劍學。這四個字多麼決絕何等猛烈。（一生即劍，劍如一生。）問天鳴能夠想像，伏始主必是一為了自身信念、敢與天下為敵的絕對強大者。而且，始主對其母的懷念之情，也讓問天鳴甚是感動。無鋒始主年年在母親忌日都要去墓旁小廬住上十天半個月之久。問天鳴也很想這麼做，可惜不能為，在他沒有登上極峰之前，又怎麼能夠放縱自身，耽溺於懷父憶母呢。那是軟弱與墮落啊！

而就因為他十分關注初代院主無鋒事蹟，才突發異想——到了伏銳見時代就消失的寰宇神鋒，有沒有可能其實是被埋進始主之母的墓塚？他與衛覺色、司劍瞻遺乃暗地裡訪查，終於找到天晶湖旁某荒煙之處，有座無碑墓。當問天鳴說要掘墓時，衛、司劍都躑躅猶豫。怎麼能夠這樣粗暴地冒犯前人呢？他們都是本生，劍院歷史與傳承長久以來在他們心中都等同於神聖，就連思緒一向清晰的司劍瞻遺，也會犯同樣的錯。惟問天鳴可不是，他是一個外來者，他來到劍院，是為了成就自身，他可不認為伏家祖先有何神聖可言。畢竟，伏魔幬是他的仇人啊。當然，他沒讓覺色、瞻遺知悉他內在真正想法。

問天鳴其時對兩人曉以大義，「如果連我們都跨不出去，劍院還有什麼可能？我們不是為了自己，我們是為了恢復還雨人的光大歷史，為了讓還雨劍院重新走上輝煌。只要寰宇神鋒再現，只要找回劍院的象徵，我們就能重振還雨劍院。屆時，難道始主之母或始主院主會怪罪我們？你們已經忘了嗎，以前劍院的威名如何鼎盛，如何壯闊波瀾，你們難道不記得天下神鋒江湖還雨這八個字嗎？」

天下神鋒，江湖還雨。真的是許久許久以前，當時代表著還雨劍院是多麼威風八面啊，而今卻連還雨人都甚少提起，終歸劍院這樣勢弱是事實，誰有臉面提呢。

問天鳴曉得瞻遺和覺色都被打動了，他再追問，「神聖是什麼？」兩人面面相覷後，司劍瞻遺答以還雨劍院的悠久歷史與傳統，衛覺色則表示該是寰宇無盡藏劍勢、鋒神九法又或是初代無鋒院主。

笑意爬上問天鳴的嘴角，但沒人看得見。明王的語氣裡有著一種魔力，「神聖就是，我們擁有，可以守護我們所相信的一切價值的，強大。重要的不是別的，是強大。神聖就是強大！」

如此這般，他就是這樣說服衛覺色和司劍瞻遺的：惟有強大者，才足以守護神聖。而要能夠強大，寰宇神鋒是首要之物。他們仨漏夜開挖，問天鳴領頭進墓室，撬啟石棺。裡面有具衣物全腐爛了的骨骸。而一旁，果然啊！寰宇神鋒就在其中。劍院神物沒有流落他方，一直以來它就靜靜躺在還雨劍院裡，卻沒有人想到。兩百六十餘年了，它哪裡都沒去，就在這裡啊。原來當真是始主伏無鋒晚年將寰宇神鋒帶入其母的墓塚做陪葬，卻對外宣稱鎮院之寶在一次決鬥無意間摔落山澗，不知流落何方。伏始主可知就是此一想法讓劍院存續困難至此。失去號稱人間唯一的寰宇神鋒，繼任院主的本事也就一代不如一代啊。

問天鳴當下大喜若狂，舉起黑劍。而在他取得寰宇神鋒的瞬間，有個奇異莫名的感覺，像是有一道盛大但又無聲的閃電指向他的心，探入他的靈魂。他不曉得那是什麼。或許是錯覺吧。而覓見寰宇黑劍之後，他胸中還有一祕密壯志，既然寰宇神鋒都找得到，那麼《九鋒神心經》也必然不負苦心人，假以時日啊，也一定能夠尋得。明王問天鳴有信心，他會使得凋零的還雨劍院變回最完整，變成他一個人的天下，（我一個人，就是劍院，就是天下。）

此刻，明王在前頭，領著六人一起走過黑夜，走向劍塔。他們的目標明確。今次，依然是問天鳴的提議，他認為必須讓伏魔幬驚恐，必須讓他理解劍院新一輩的超群實力，讓劍院的權力結構完全翻覆，讓有能者居之，而非大多是忝居高位。司劍瞻遺或買通或立了什麼名目，總之清空浮屠室所在第七樓的所有人。據他說，這一夜的花費足夠養活幾十人一整年了。

他們分批進入寰宇塔。東西南北木梯直上。明王問天鳴走的是東梯，善始林在身後，夜風掃過，竹林密響。他也有些緊張。這一夜，（現在我走的路，是走向至高無上之路，還是邁進地獄深處呢？）眼看就要見分曉。

伏家主宰劍院三百多年，已經夠久了，其根柢已爛蝕，無論這個姓氏的正統起源有多麼無與倫比，終究如煙逝矣往矣。在更久以前，在唯一的異姓院主第六代舒院主接掌之時，就已種下禍根，傳言此人似乎俊美如神，但以堂堂一代院主之尊，處處動靜皆以其妻為主，何其可笑。再加上其子作為第七代院主，竟也跟乃父一個德性，為一女子竟與問家大動干戈，令人鄙夷。國色天香又如何，女人算什麼！劍院內戰後，還雨劍院也就再難有起色。這一對父子無庸置疑就是千古罪人。

其後，伏姓一族繼續任為院主，到了劍藝平庸、色厲內荏、無能又狂妄的伏魔幬，更一落千丈，江湖無望，成天就曉得窩在他的浮屠室，花紅酒綠，不理院務，放任系主們各自為政，劍院儼然四分五裂。大好劍院，怎麼能讓這等腐敗的血統摧毀殆盡。劍院裡，絕無人會站在伏魔幬那邊。他的無視現實摧毀了還雨人的信任，他的漫不經心毀壞了劍院本生的支持。暴君也似的他，葬送伏家三百四十餘年的宏大貢獻。伏魔幬實為伏家血統的汙點。伏家人作威作福，也該是償付代價的時候。而還雨劍院是伏家的這件事，今夜就會徹底改變。是的，關鍵的一夜。

布製面罩開始濕了，頭臉漸漸密著汗，悶不透風，問天鳴業已習慣。為了套好面罩，他甚至將髮剔除，如此方能夠更長久地戴著。布製面罩是頭頂上方套入的，有髮，則必然更容易汗淋漓。其實，問天鳴的頭髮一向稀疏，留著反倒顯得悲慘可憐，不若煩惱絲盡去。（而會有那麼一天的，有朝一日，我一定會揭去這只面罩，讓人人看著我的真臉目，卻不敢輕賤，無能忽視。）

七層階梯很快走完。問天鳴率先從東梯口出現。浮屠室外當真無人。司劍瞻遺辦事牢靠。其餘六人分別從西南北方位來到劍塔第七樓。角度問題，問天鳴不能看見覺色他們。但這裡寂著，足音輕微可辨，他聽得出誰在哪裡。明王向南走，立在浮屠室門口。裡面有一些動靜，他感覺得到。司劍瞻遺來到身邊。舒曉到了。鹿空知到了。房玄達到了。初命放也到了。然後是覺色。每個人神色都相當凝重。他們從未有過如許經驗。私底下，批評劍院院主是一回事，但直接與院主衝突又是另外一回事。

站得極近，五官因為氣勁流轉而高度敏銳的問天鳴，聽得見六人的心跳，與粗重的呼吸。每個人都很緊張。他也並不從容，但有面罩作為阻隔，誰也不曉其真實狀態。他是劍院七新的領袖，必須保持絕對冷靜。他徐徐地吐了一口氣，又慢慢地吸進一口氣。問天鳴往前踏步。他推開門，像是推開一道邊界，一道生死未知的神祕分野。七人魚貫而入，按照約定好，他們立即分散，占據各個角落，嚴防院主脫逃。

採正面突破的問天鳴，則直接衝進室內的中央，那兒有張大床，而伏魔幬正趴著一人的身上。兩人都赤條條的。問天鳴沒有迴避沒有閃躲。其他人也回過身來，看床的位置。伏院主的動作僵停。他身下那個明顯細嫩皮肉的人瞧不清臉，面朝下，採跪著的姿勢。瞅仔細，居然還是個男子。「你們，」伏魔幬氣勢洶洶，他起身轉體，眼神暴烈，「幾個，誰許你們擅闖！」劍院七新暫且都說不出話來，實在是眼前風景詭奇。

伏院主巨大的肉械，怒拔張狂，像是一把出鞘生殺的兵刃。他似是一點都不在意赤裸裸地被看見，甚而有些得意洋洋，他對自己的身體顯然極其自豪。確實啊，那雄壯的肉體，那黑狂紅野的器具，都在在令人無法忽視。

問天鳴看著伏魔幬裸身的當下口乾舌燥。同時間，他有了警戒之心。此人當真如外所說的平庸嗎？不說他渾身精實、強烈肌肉，就看他臨危不亂的模樣，便不像啊。明王心底立刻有了計較。他暗自摧動迷神大法，十二脈的暗氣與八經的明氣，進入人輪裡，交匯合流。問天鳴準備好面對一場也許會出乎預料的惡戰。在師尊的暗自傳授下，他不獨獨練傷神大法，他反倒一路從形神大法往上練，經由遊神大法、本系的傷神大法，至於第四種迷神大法。每多練一種大法，他的鋒神勁就會多一層微妙精深的變化，像是一層土的上頭又堆疊著一層土。充滿生機的沃土。如若他僅僅練傷神而不旁及於其他，問天鳴的劍藝恐怕沒法在年輕一代裡占得鰲頭，一切都肇因於師尊的大有見地。

沉默不久，「敢問院主，」問天鳴必須率先開口：「你這是在做什麼？」其他人還在驚愕失措裡。伏魔幬睥睨他，「明王問天鳴！你哪裡來的資格質問本院主！可笑！」問天鳴全神貫注，「不知道院主床榻上的，男子，是哪一位？」伏魔幬狂放大笑：「無論他是誰，你們今天都別想離開這裡。」問天鳴對他的威嚇不放心上，他專心地鎖著伏魔幬的眼神，他可不想被此人的其他部位分散注意力。但明王正暗自奇怪，一向扮演智謀者的司劍瞻遺仍舊無語。他不能看往別處，畢竟正與伏魔幬對峙。而問天鳴自是不知瞻遺的臉色已然異樣鐵青。

「你，」司劍瞻遺口音顫抖，「羞不羞辱？」問天鳴聽這語氣大感詫異，司劍是對誰說話？但他忍住沒去瞧另一方位的司劍瞻遺。面對意態沉猛的伏魔幬，問天鳴大意不得。他完全感覺到對方是頭雄獅。而司劍往前走，快到床前時，停步。他就站在問天鳴的左側。司劍瞻遺痛心疾首地說：「仰容，你起來！」仰容？司劍仰容？竟是司劍瞻遺的弟弟？是那唯一能與衛覺色列為同級的美男子？啊。原來是他。

床上那人一直擺著交歡的姿勢，上半身埋在被褥，下半身翹起，問天鳴眼角餘光且捕捉到他細長肉莖，正在委頓，其秀白美亮的臀部，緊實渾圓得不輸給任何女性，一口口水立湧上來，問天鳴慢慢嚥下去。決計不能分神啊！同行六人的臉部明顯流露噁心神色。但沒人看清楚明王問天鳴的表情，露出面罩外的雙眼亦無任何表達，他專心一致地監視伏魔疇。

嘆了口氣，床上男子坐起身，取過被單遮住肚腹，司劍仰容面對乃兄，一時無語。司劍瞻遺則是怒紅臉，也不知該該說些什麼。司劍仰容是瞻遺同父異母的兄弟，孰料竟在此與劍院院主荒唐胡混。司劍仰容俊美雖不及覺色，但也是院內數一數二的美男子，眉目間紅婉紫約的陰柔感，更勝衛覺色。司劍瞻遺好半晌才指著弟弟：「你，為何在此？」語音抖顫，不能自制。仰容苦笑：「兄長也看見了，又何必問？」司劍瞻遺說：「你怎麼能做此等，此等骯髒汙穢之事！」司劍仰容說：「我與魔疇真心相願，情歸彼此，哪裡是骯髒汙穢了。」司劍瞻遺痛斥：「兩個大男人交纏，這個，怎麼不是，如何不是！」舒曉也說了，「仰容你忒也胡來。」鹿空知直白講道：「你們現在所為之事，是對劍院的大侮辱！」初命放則表示：「若傳將出去，還雨劍院裡有人做此禽獸之舉，勢教我們顏面盡喪哪！」房玄達應和，「那確實是。」六人指責仰容之際，明王問天鳴保持沉默。

司劍仰容眼露哀傷，「我倆真心愛慕，豈是你們俗人可解？」司劍瞻遺痛罵：「說情講愛，不過是強辯。你今時所作所為，無不是對劍院的傷害。這等卑汙之事，提也休提！何況你還親為。」仰容搖搖頭，「哥哥，你不懂。」房玄達講：「我們劍院都是英雄好漢，怎能行此背棄人倫錯事？」司劍仰容丟了一個嬌紅紅媚橙橙的眼神過去，「英雄好漢又如何？英雄好漢就不行房？」鹿空知皺眉，「你們，二男子苟且，怎麼並論？」司劍仰容又說，「同樣的事我們是苟且，男女之間就不苟且？」初命放神色煞是不耐，「強辯無用。」舒曉大點其頭，「你就認錯吧。」司劍仰容語音疲憊，話聲漸小如呢喃，他的眼神黯淡，黑燃灰盡，「情愛是沒有對錯的。人在情愛裡，一切都是對的，一切也都是錯的。」

其他人聽了，只覺得莫名其妙。唯獨明王問天鳴心頭一痛，好像裡面的某個部分被撕裂。情愛都是對的，也都是錯的——彷彿道盡什麼，但其實又什麼都沒說。唯問天鳴瞬間有種被拆穿的滋味，有一半的他想去擁抱愛得如此青狂這般紫癲的司劍仰容。尤其是仰容眼中的陰翳，還有那將發未發的崩潰。死一樣的陰翳。那是太過長久壓抑而近於虐待的狀態。這個人的心智正衝過某個再也回轉不來的臨界點。但問天鳴必須忍住。他用盡心力將那一半拉住——他還有沒走的一半，想要復仇，想要稱霸的一半。不能輸給毫無意義的情緒。問天鳴使勁握劍至指骨發疼。

「既無用，就別白費口舌，」伏魔疇猛然暴喝：「你們也甭顧左右言他，」伏魔疇狂態畢露：「夜闖浮屠，其心必惡，盡誅爾等，有何不可？」現任院主踏步往前，直逼七新，「我倒看看你們能奈我何。」

問天鳴斷然拔劍，前撲，「動手！」他祭起神迷．知返變，不用本勢，直接展開小還雨變，手中長劍在空中招搖，多重劍影裡幻化出陣陣煙氣，灰撩亂白繚繞，往伏魔疇圍困而去。其他六人也紛紛動武。依附在棄系裡的衛覺色運用的自然是神棄，劍意踽踽，看起來簡約，但實際上劍路刁鑽無比；房玄家目前附屬於滅系——獨房玄宗例外，隸屬於傷系，房玄宗太晚加入劍院，用武本事不及他的堂弟達，這一次的祕密行動自然被明王排除在外——因此房玄達使的是霸道橫行的神滅，身前爆裂也似漲開如火如荼的劍光；司劍瞻遺則使出神迷本勢，一層劍幕疊著一層劍幕，瞬間生出八層劍幕；來自形系的初命放，動用神形．安命變，以守代攻，身前下起劍雨；鹿空知祭出神戰，威厲力凶，大劈大殺；舒曉以神裂．反戈變應敵，劍體由左而右畫著，僅只下半部的圓。

伏魔疇抓起床邊几上的大劍，猛進猛出，神遊．蛇神變，劍像是軟化了似的，一條條曲折神異的劍芒，從他手中滑出，彷若放出一窩蛇。明王問天鳴首當其衝，飄忽難測的劍勁纏上來，他的知返變瞬間被沖散，他旋即變招，神迷．燕爾變，優美劍光飛起，燕翔一樣的弧芒，掃擊伏魔疇的劍幻眾蛇。其他六新也一擁而上。教明王吃驚的是，在七人聯手下，伏魔疇竟能有招架之力，且隱隱約掌主動之勢。

伏魔幬的蛇之劍像是有毒牙一樣，精準地釘住每個人劍招的弱點，只有問天鳴與司劍瞻遺勉強能夠應付，其他五新無不被伏魔幬的蛇神變咬死，只能駭然後退，重振旗鼓。

這會兒所有人皆知曉，他們過往都輕忽伏魔幬的武藝。院主的本事不若他們想的那般低，相反的，他眼下所施展的劍藝，恐怕在院內是無人能敵。那為何呢？為何伏魔幬就那樣龜縮於劍塔，什麼事都不做，也不回應，任憑劍院日復一日的衰頹？莫非就為了一個男人？司劍仰容？一個男人，可以換一整個還雨劍院？天底下有這種道理嗎？劍院三百多年的歷史，無以計數的還雨人，竟比不上司劍仰容一人？

伏魔幬一劍之威令眾人駭異。他鐵了心今夜要讓七新葬身於此。伏魔幬劍鋒一轉，氣轉還神大法，天經的明氣轉進地脈，地脈中的暗氣流入天經，爾後明氣又竄回天經，暗氣也折返地脈。伏魔幬整個人像是大了一號，變得更壯更狂野更威猛。他的劍勢變為神還．歸真變，突如其來的，他手中的劍像是也長大了兩、三倍，儼然巨劍，暴然斬下。問天鳴他們可是惹醒了一頭睡獅哪，但事已至此，後悔莫及，只能全力狙殺，絕無退路。

明王問天鳴怒吼，「只有死，沒有退。」體內經脈迅速地流動，從形神大法、遊神大法、傷神大法到迷神大法，一層一層地疊上去，他揮舞著劍，用上神迷的小還雨變之一撲朔變，重重劍影升起，力抗歸真變。其他六人也紛紛使出壓箱技法，務求擊倒院主。但在伏魔幬巨大的劍砍下，劍院七新的劍勢全都無用處，被劈得零落，七人裡弱一點的鹿空知、初命放、房玄達、舒曉和衛覺色被伏院主神來的龐大一劍撞得飛起，一個個摔向牆面，當下七葷八素，初命放還直接昏厥。

明王苦苦撐住，他手裡神迷．撲朔變所幻化出迂迂迴迴的劍勢，被伏魔幬的劍威壓倒，但沒有完全散滅。他有太多的事沒有完成，他必須變得更強，必須報復，必須成為最強的那一個人，（我不能敗在這裡，我不能死在這裡。）而死的感覺，此時卻異常貼近。他知道伏魔幬的劍會帶來死。但問天鳴拒絕死。多年以來，死如影隨形。從天機用神殘虐明父王母開始，問天鳴就一直學著適應死亡的長相左右。他怕死。所以，他用盡全力去抵抗。用盡所有生命的力量去反抗死的到來。

「你們都該死，」伏魔幬臉上擠著赤狂紅烈的猙獰，「去吧！都去死吧！」殺機在他心中激盪無倫。他沒有保留。今夜適合大開殺戒。他只是想過自己的日子，什麼劍院光輝什麼天下武林都不干他的事。他只想要一個男人。一份忠貞隱密的愛情。偏偏就是有人要來打擾，偏偏就是有人闖進他的聖域。伏魔幬沒有理由放過他們。全部死吧！他立即下了決定，白心黑意地要斷絕這些闖入者的性命。伏魔幬用上神還・明暗變。這是神還勢變化的第二種。到伏魔幬任院主，還系劍學越發凋零，已經太難領會，還神大法能夠修練有成且掌握神還本勢者，鮮罕矣。唯他是例外。伏家所主掌的三劍系武藝，他無一不精。

明暗變既出，黑天白地的，視野的一半是墨暗的，像是所有的光都被抽盡，一半又是晃亮亮的，像是最清明的晝日。明王問天鳴為之怵然不已。眼前人的劍技，變招之快、劍勢之猛、氣勁之悍、境界之奇，決計不是他們七個人能比肩的，遠遠瞠乎其後啊。死亡近了。遮宇蔽宙的毀滅感大舉入侵。誰都逃不了。他不可以放棄，但面對伏魔幬，不只問天鳴如此，其他還清醒的五新也都自知無有生機。浮屠室內擠滿無數的明暗，完整吞滅的劍。

有人大喊：「別殺哥哥！」是司劍仰容的聲音。六新在時而暗無天烏無日時而又光鮮亮麗的劍勁下，再無力反抗，只是垂死之前的最後掙扎。他們盲目發劍，意圖攔阻伏魔幬那只有明暗無窮變化卻看不見劍的劍勢。沉沉的，伏魔幬的聲音在黑斷白絕的世界裡說著：「他們不死，就是我們亡。」而司劍仰容嚷著：「殺了哥哥，母親是活不了的。她指望著哥哥搶下系主席位啊。從小，她就只看著哥哥，期待哥哥。你不能——」仰容話語底都是無盡苦楚，無法壓抑不能終止。而伏魔幬毫無停手的意思，轉眼這七人必死無疑。他的哥哥葬身之時，母親也等同死了。司劍仰容喃喃著：「何必呢！這一切又何必至於如此。」一陣奔跑聲響起。伏魔幬大吼：「仰容，不！」

一半明一半暗的怪奇現象撤除。一切恢復正常。不過，問天鳴六人雖無死，但伏魔幬劍勢依舊餘威騰騰地將他們震飛，一個個撞牆滾倒。初命放這會兒甦醒過來，正要爬起。問天鳴等稍喘過氣後，也都站起，他們駭然相覷，不知還系劍藝竟是這般的終極可怖。七人眼中都是悔恨。他們不該來的。他們怎麼蠢到去惹出這等絕世劍藝。此時呢，問天鳴發現自己滾到的角落，赫然有一把黑劍——是寰宇神鋒。它就那樣被隨隨便便地擺在地上。伏魔幬是怎麼回事啊，劍院至寶，他居然這等漫不經心。明王問天鳴下意識拾起。又一道閃電劃過。黑爆紅裂的閃電。古怪的閃電。

爾後，一團暴風從室外捲回來，轟雷驚電的一聲暴叫：「殺！」伏魔幬兩眼血紅，劍勢又發，仍然神還．明暗變。同樣的一勢，但更瘋天搶地更無可招架。那是殺戮的完全。那是恨意與怒氣。此時的他，更加魔神也似的，無可匹敵。

七新遭遇到的是，超乎他們想像的究竟之藝。劍道的魔性絕對。他們當下並不知道司劍仰容發生何事，但想來決計不是好情況，否則院主又怎麼會狂亂已極地殺回。他們都知道眼前人已經喪失理智，像是一團爆炸吞襲瞬間而至。他們沒有可能活。早先幾招就高下立判，遑論此時此刻伏魔幬毫無保留的出擊。又明又暗的舉世劍潮磅礴洶湧而來。七人全然不知如何反擊，只能施出練得最熟的劍勢。衛覺色使神棄，房玄達是神滅，舒曉運上神裂，鹿空知耍著神戰，初命放為神形，司劍瞻遺自然是神迷，每個人都用上本勢，來不及選擇。

問天鳴則以迷神大法祭出神傷。無意識的。按理呢，他應該轉換為傷神大法，方能更為有效地發揮神傷，但危急之中，明王也顧不得轉換，體內鋒神勁遂以十二脈的暗氣、八經的明氣進入人輪的結構混合施出，直指眼前奇怪的黑混白沌。

而伏魔幬怒極攻心。什麼都不管，都不在乎。他的所愛跳下劍塔。仰容的武藝本就極差。他厭惡打殺，一向不認真習武。伏魔幬也任著他。但如果，如果仰容有好好習練還雨武學的話，即便跳下高塔仍不免骨折筋傷，但一條命絕對留得住。他早該強迫仰容多少練一些的。早該如此。而今都遲了。再也來不及。仰容只是一般人，而一般人跳下寰宇塔必無生機。伏魔幬沒有捉住他。仰容身上無著一縷。他就那樣往前一縱，頭也不回的，直落地面。

夜色甚深。渾身鋒神勁的伏魔幬感官能力極其敏銳，他聽見重摔的聲響，聽見骨與肉劇烈絞擰的渾濁。他聽見所愛的死。死是被聽見的。一旦聽見，他也就瘋了。萬毀不抵萬劫不擋的瘋。殺瘋了。所以他回頭就殺就斬就砍。

這裡。這裡原是他們情愛的隱匿之所。浮屠室是他們僅有的小極樂地。如今也毀了。所愛死了。一切都該陪葬。這座塔合該是地獄。讓這裡由上到下都長成地獄。仰容已逝。所有的所有都是多餘的。多餘的，就該殺。所有的，都該殺。

仰容本就疑懼，他生怕被發現兩人的關係。在伏魔幬而言，司劍仰容不是軟弱，而是溫柔。他的溫柔在這個殘暴世界裡不合時宜。仰容顧念著母親與兄長，他的父親本該是迷系系主，但死得早，系主變為叔叔所掌。母親私底下總要兩兄弟爭氣，奪回本屬於他們家的東西。然仰容對權位素無戀棧，且身小體弱，仰容母自然把所有期許都託付給司劍瞻遺。瞻遺是個好大哥，對弟弟仰容照顧備至，不許任何人欺侮他。仰容最擔憂的，莫過於讓母兄知悉他與院主的私情。他最悔恨的，也莫過於與伏魔幬之間的情愛。但他又無從抗拒。仰容深深地愛戀著伏魔幬。惟有在院主的身邊，仰容才能夠成為真正的自己。完整的自己。他這麼對伏魔幬說著。

伏魔幬喜歡司劍仰容的講法。他也有同感。他的完整是仰容給的。在和仰容祕密地同生之前，他總覺得有一部分的自己是殘損的缺漏的，有個致命的閃失。直到司劍仰容接受他。他們第一次在浮屠室親親密密交媾時，進入仰容體內的伏魔嶹總算知道自己是什麼，完全的他究竟是怎麼樣子，那會兒，才畢露地清晰起來。有了仰容，他一生的失敗都是詩意的，沒有了仰容，他一生就算再至高崇隆，也全無任何意思。

只是，他對仰容也有不滿，主要是仰容藏頭縮尾，極其懼怕被人察覺。他的愧疚感有時會激怒伏魔嶹。他們的情愛天經地義，對誰都沒有負欠。然仰容不做如是想，他經常惡夢，臉上表情總是陰翳，莫名就會哀傷哭泣，舉止慌亂行為緊張，也難得留在浮屠室過夜，得趕回司劍家。仰容活得就像個鬼影。幾乎只有兩人肉纏身綿之際，仰容才能夠恢復成他自己。但除去情慾盡出時，仰容是遍身不安的。他在他們的小極樂地裡，仍舊無法感覺安全。

對此，伏魔嶹無法妥善應對處置。但他確實暗自圖謀著，時日一到，他就要強行介入，安排司劍瞻遺成為迷系新主。他堂堂劍院之主，難道沒有這個權力嗎？如此一來，仰容應當能心安吧。

是的，伏魔嶹願全力使其放心。他的做法之一就是蟄居不出。這幾年間，他放手讓其他人在劍院生風生雨搞日搞月。他韜光，是為了讓還雨人不有所煩擾；他養晦，是為了讓劍院是非遠離身邊。他變成一個笑話一個恥辱也在所不惜。他的浮屠就是他的極樂。伏魔嶹願為盡其所有，只求一室無憂。他可以放棄院主身世放棄武藝，換取仰容此生相隨。但伏魔嶹很清楚，如果他不是院主，他就沒有能力保護司劍仰容。是故，伏魔嶹保持最低限度的運作。他還是牢牢地將遊系、棄系和還系都掌控在手。只要這三系為他所有，就沒有人能動搖其院主地位。

然而。什麼都沒有改變。仰容還是被逼死，被這七個人逼死，被他的兄長和母親逼死，被還雨劍院逼死，被男人不能與男人有情愛可能逼死。此生摯愛一死，伏魔嶹就猛虎凶獅的狠起來。被破壞的小極樂地，從今往後就是生殺地獄。沒有人可以獨善。伏魔嶹要所有還雨人都付出代價，他要拖著劍院的一切墮落深淵。

伏魔幬狂亂癲絕的心思，七新無從知悉。他們只是被痛襲。異象般的劍勢，席天捲地明衝暗擊，一眨眼工夫就讓他們遍體鱗傷千瘡百孔，衣衫損壞，鮮血橫溢。問天鳴的面具也被割破，瞬間被院主刃風劍嘯吹出寰宇塔。才爬起來的初命放，被滿室的劍潮囚禁得無以動彈，四面八方的巨大壓力使其當場又無知覺了。舒曉則是被瘋馬似的劍勁沖得裂痕遍布。房玄達猶如被重石搗中胸坎，七竅血流難止，眼看是不活。鹿空知佩劍脫手，兩條手臂被劍力狂勁砸至軟癱，連帶雙腿乏力，趴伏於地，有若臣服。司劍瞻遺置身於目眩神迷的無邊劍勢，從往至今的所有鍛鍊都不足以應付，他滿臉迷惘，絕望跪地。招法全無功效的衛覺色，面對那些明明暗暗無窮無盡的劍，只能閉目待死。

唯獨渾身浴血、汗流浹背的問天鳴仍舊勇猛，盲目的勇猛。他有太多的支撐，他的醜，雙親的死，師傅的付出，整個世界對他的厭惡，都讓明王問天鳴得以成為明王問天鳴。他可以死，但不能放棄，（如果我放棄了，就意味此前那些侮辱與傷害都是對的，那些卑微與賤視都是合宜的。）這是他的盾。一而再、再而三的，他在心靈深處層層構築的護盾。無堅可摧，直至他死。他唯一有的能夠跟誰比拚的就只有意志。他不能連這個都失落。死是唯一能夠毀滅他的存有。問天鳴舞著寰宇神鋒，意志力支撐他，繼續抵禦身前沒有可能止境的劍。死了也不放棄。

奇異的龐大深淵從天而降。不是在下面。深淵是在上面。伏魔幬的劍帶下來一個無可比擬的深淵。深淵籠罩一切。怪誕情況衝擊明王問天鳴的知覺。他的意識明白深淵是為何物，但此刻的劍大深淵卻又是他無從理解的。彷彿天上地下的關係就此反倒。事物逆翻。七新裡，惟有緊握寰宇神鋒的問天鳴，還能心思清明，注意到伏魔幬之劍的究極恐怖。

將死之際，問天鳴驟爾感覺到一股凶猛的震動。不是深淵所發，而是手中黑劍傳來。尚理不清楚發生什麼事之時，閃電就來了！這一次，不是溫和流動到體內的閃電，而是野獸般的閃電。被閃電擊中的他，體內有如遭轟炸。他感覺一股舉世無匹的力量強悍地扭轉著五臟六腑。汗水瞬間暴烈式的爬滿身體。時間瞬忽被拉長了。明明是短短一刹那，但總覺得漫長得有如永恆。無盡的痛楚反覆捶打問天鳴的身體。他忍不住哀嚎起來。

而當他叫喊的同時，寰宇神鋒環狀護手處的黑球奇怪地旋轉起來。高速。且一下子就開出火花。然後疼痛感消失。所有肌肉被擰著扭著的痛苦都不見了，似乎連大量泌出的汗水都縮回肌膚裡層似的。問天鳴神清氣爽。像是從酷烈的氣候瞬間移去宜人適居的場所。且有個完整而獨特清晰的視野來到他的內在。問天鳴乃無念之念無意之意地使出神傷・無雙變。

「噫！」伏魔幬的聲音在不停不斷不絕的劍勢後響起。他先是驚異寰宇神鋒的黑球居然轉了。他拿到寰宇神鋒後，試著運用，但就是達不到劍人一體，也就沒法兒讓頑固堅實的黑球轉動，他還以為是傳說有誤，不料卻是事實。其後是他對露出歪醜臉此人的劍招甚感不解。他是院主，對各系的聖法王勢本就有所掌握。而這人用的神傷稀奇古怪，主要是醜者的劍勁透著虛無縹緲之感，明明使的迷神大法，但卻又耍著神傷，不倫不類。然而又奇特出格，處處透著異絕感。素來看慣的神傷和神傷・無雙變在醜男子手中頗有大驚大喜。

莫非，聖法與王勢是可以打破順序，重新組合？莫非，運起形神大法時，也能祭出神裂勢？然伏魔幬的思慮一轉便逝。又回復狂怒狂悲的他，一點都不把問天鳴放在心上。伏魔幬深信自己的明暗變能夠徹底碾壓致死。

而問天鳴眼中異樣明朗地捕捉著伏魔幬的動作。是的，非常奇怪的事發生。他完全掌握到伏魔幬的劍。原本看不見伏魔幬的動作，但這會兒卻清晰可辨，劍怎麼發、怎麼移動、怎麼來到身前，他都一清二楚。有種神祕的力量直接打進來，開啟他。完全的開啟。明王問天鳴乍然脫胎換骨。他感覺到另一種時間。好像他跟伏魔幬分處於兩種時間。本來問天鳴被伏魔幬的時間徹底宰制，而今他脫身出來，回到自己的時間。甚至他的時間正在拖行伏魔幬的時間。對了，自己的時間似乎緩緩地穿入伏魔幬的時間。是的，時間滲透時間。

可是，為什麼時間會有兩種？是因為寰宇神鋒？黑劍給了他別的時間？

於是乎，伏魔幬赫然驚覺自己的劍居然不能夠使敵一舉斃命。伏魔幬的力量仍然是壓倒性的，然則問天鳴的劍勢不知為何就是陌生，明明都是寰宇無盡藏，但就是教他不可捉摸，那是無可名狀的。這不可能。還雨劍學從無如是用法，面醜之人是打哪兒學來的？明王問天鳴讓伏魔幬再次駭異。不過，基本上的差距太大，就算問天鳴奇變百出，且所出劍勢似可拆解伏魔幬招法，伏魔幬仍有信心在三劍之內使他喪命。

伏魔幬欲要變招之際，因為問天鳴突如的神來劍勢，緩過氣來的司劍瞻遺，倏然眼睛發直，費盡所有力氣大喊：「仰容你——」伏魔幬一聽，不由自主地回頭。他明知不可能，但還是忍不住要去確認，手中劍慢了，劍裡勁緩了。明王問天鳴絕不放過此一瞬。唯一能夠致命伏魔幬的剎那。錯過了，即便有寰宇神鋒內藏的奧祕之力相助，也沒可能與伏魔幬並駕齊驅。他必須掌握此刻生死一線的機會。

明王問天鳴咬牙，無恥也不管了，生存比原則更重要。他得活下來，才能再講原則。這樣可怕的敵人非殺不可。伏魔幬一日不死，問天鳴就無可能稱霸劍院。他對準伏魔幬背部，他怒賁肌肉，所有真氣所有鋒神勁貫注於此一擊：神傷。

九大神鋒之三，不變不異，他全副心神都投入了神傷——神亦可傷。殺神之劍。黑劍之前，天屠地戮。彷彿是奉獻所有靈魂的一擊。用神之傷。所有生機都將傷亡。無可挽回。黑球滾得凶猛，立即再噴花火。寰宇神鋒宛如一大片天寬地廣的黑暗。龐然巨獸的暗。而巨暗的核心卻又弔詭地有火。既是暗黑，又不止是暗黑，還有火光。紅豔豔的火。黑與紅的組合。暗中有火——炸開。明王問天鳴使出此劍後，就滾倒在地，氣竭力乾，再不能起。

也不必起。寰宇神鋒不思議地擴大著神傷的威力，精準地撞擊伏魔幬。有若可以無有止境繼續擴增下去的明暗變遽然撤去。夜依然夜。而伏魔幬詫然萬分地盯著胸前。當今劍院主雖運氣於背部，但黑劍貫穿他，無堅不摧的寰宇神鋒不是血肉之軀可以擋的。他原以為自己可以。畢竟，他的劍學武藝已臻神魔之境。但此生遭遇的最痛，從背後穿過胸前。痛得他眼前一黑。昏天暗地。他的內臟破損，赤血紅液狂噴。命也就要沒了。可嘆啊，他太看輕明王問天鳴的傾力一劍，也太忽略劍院之寶，心中有個後悔蒸騰而起，早知如此，他該要好好運用寰宇神鋒，而不是隨手胡亂擱著。早知如此。伏魔幬往前跌撞幾步，強猛身形倒下，腦裡的念頭閃現司劍仰容——完全的黑暗。抵達。

隔了一會兒，問天鳴率先站起來，搖搖晃晃。他的眼前一片煙雨。是頭皮激流而下的汗水。他聞得緊張與恐懼的味道。死裡逃生的味道。懦弱的味道。他的汗臭，非常鮮明地展現他是一個平庸者。真正的高手應該有辦法抑制汗水控制緊張。如果他不能絕對地掌握自己身軀，有什麼資格臻至絕世領域？他必須更嚴厲地錘鍊，他必須將所有弱點與缺陷消除。明王問天鳴的肉體必須是完完全全的。不過，那是明天以後的事。

是的，現在，（我活下來了。）是他活著，不是伏魔幬。他擊倒了擁有可怖劍藝的劍院之主。（是我。）是問天鳴贏了。氣力慢慢回來，雖然渾身痠痛。（但活著的人是我。）歪斜的臉上忍不住露出笑意。整張臉猙獰的笑著。

可笑啊，堂堂劍院之主竟栽在如此簡單的詭計。可憐啊，堂堂劍院之主竟栽在如此簡單的詭計。可恥啊，堂堂劍院之主竟栽在如此簡單的詭計。僅僅是一個名字，一聲呼喊，就奪去他的性命，這人就算武學至頂又如何。愚蠢絕頂！

而這樣的醜聞恰好拿來讓那些劍院高層更無話可說。一股得意之情衝上問天鳴腦門，轟轟作響。他笑得更樂了，那張醜陋的臉更形可怖，儼如鬼物。當然了，他得做一番只為劍院著想的偽裝，不被人看出來，這方面，就得看司劍瞻遺。現在，劍院裡形勢緊張。外有神刀闞日益逼迫，內有新舊兩派不可壓抑的衝突緊張感浮動，司劍瞻遺早就已經想好對策，只要依照其想法去做，就不會是問題。問天鳴對瞻遺的圖謀向來有信心。

他轉過頭，凝視倒在地上的同夥們。房玄達體下是一大灘濃稠的血，神仙難挽。初命放仍昏迷不醒。而劍傷遍布全身有若血人的舒曉、兩手已廢的鹿空知，以及脫力跪地的司劍瞻遺，正看著明王，三人俱露出震驚爾後鄙夷的表情。衛覺色先是不敢置信且嫌惡的眼神，但大敵當前得以倖存的他，乏力倒地，慢慢閉起眼來，黑暗重重地裹住他。明王問天鳴這才想起，他的面具被合該萬死的伏魔幬劍碎了。他回頭怒拔劍院死主體內的寰宇神鋒，衝向衛覺色身邊，探他鼻息。所幸祇是昏迷。

衛覺色是問天鳴所見美至無與倫比的人物。他一直以來，對男色情慾盡所能壓抑，而如今大戰過又狂悲狂喜後，心頭緊張盡除。他遂禁不住輕撫著覺色的臉。啊，無從思議的細嫩哪。但覺色看見他的臉。他本來有一張看不見的臉。現在被看見了。而衛覺色的眼神讓他明白一切。問天鳴眼中爆出怒火之花。你不該這樣的。若讓他掌權奪位，衛家這一世都別想重回劍院，（你就像你的祖先一樣啊，永遠被驅逐吧。）衛氏一族果真擁有被棄者的血緣，將繼續永不翻身無能重返，更不用提一窺還雨劍學的玄奧之秘，不會有的。問天鳴對自己立誓。明王的眼神是灰燼。但衛覺色不會死。是的，不是今天。

問天鳴站起身來。他回頭望定司劍瞻遺、舒曉、鹿空知。而醜是他的宿命。

「人性是平庸的。」腦中想起師尊的說法，「人性是再庸俗不過的東西。」明王問天鳴聽見了，他聽進去了。是的，師尊，他暗自忖著，（你說對了，人性是平庸的，一點都不高尚，一點都不可能神聖。人是全面性的平庸。正義如此平庸，邪惡也如此平庸。美平庸，醜也平庸。就連愛也是啊，師尊，情愛是那麼平庸無奇的東西。但我們都需要啊，我需要啊，不是嗎，師尊？）

總有一天，明王問天鳴對自己發誓，他會讓還雨劍院成為武林最大，屆時，他會宣告，男人可以喜愛男人。這是他的夢寐，他個人的心願。就因為醜，所以明王問天鳴無法被愛，無法成為武林的顛峰者，甚至無法振興還雨劍院。他不甘於此，他有仇要報，他付出那麼多，絕對有資格統率劍院。問天鳴朝三人走去。他先走到屢次昏迷的初命放身前，黑劍抵住其左胸，刺入，了結其性命。司劍三人駭然，司劍瞻遺啞聲喊道：「問天鳴，你這是在做什麼？」

只要握住寰宇神鋒，問天鳴就覺得有無盡的力量，（都死吧！）他們見到問天鳴破碎面罩底下的臉，（這些人該死。）問天鳴舉劍。他感覺體內的深淵愈來愈大，而那頭無可名狀的動物，也就愈來愈凶猛。而寰宇神鋒毫無遲疑地劈下。

狂墨之二

黑塔！荒廢失修傾頹已久、上半部已呈傾斜的黑塔，衛狂墨凝視良久。這裡就是曾經的劍之聖地啊。此地為至仁坪，原先是極其輝煌的，如今卻是全然破敗，不止高塔偏斜，周邊住屋一概無人聞問，全都被荒蔓野草植物占據。再加上另一側的竹林大量生長，群起高聳，大塊陰影將這一帶天遮日蔽，更為烏翳。即使現在天光得很，塔附近仍顯得暗影幢幢，冷森得緊。據聞它的外觀是琉璃瓦所造，閃閃發亮。然如今看來，狂墨甚難想像它也曾有過璀璨歲時。而黑塔本來應該有另一個名字，但後來的人都只叫它黑塔，抑或斜塔、破塔。眼下它也只配得起這樣的稱謂吧。

這座塔的形制長得就像寰宇神鋒一樣。狂墨知悉，神鋒座的鎮座之寶便源於此。他從父親那兒聽聞，七十五年前，神鋒始座答秋中年在百雪壁景立下衛家的根基，始座的劍學技藝乃是出自黑塔。似乎是始座少年時曾在至仁坪待過一段時間，武藝基礎都在此地學得——但這段經驗無人知曉具體，始座只模模糊糊提過。其後，衛始座離開至仁坪，回到故鄉，養晦韜光四十年後，方創神鋒座。當時，始座出身的劍派，一是陷入內部鬥爭之憂，二是被外患神刀關逐步進逼侵滅，終至滅亡。而神鋒座應運崛起，成為武林新勢力，到二祖衛麃金就已占住劍派正宗的位置，與神刀關遙遙抗衡。

狂墨一直夢想有朝一日，他會來到這裡，修復此塔，甚至在這裡立下神鋒座的旗幟，讓神鋒大旗跨出百雪壁景，使神鋒領域往西進擊，逆襲傲慢的五百多年大勢組織神刀關。他暗自想像，金黃色圓圈裡寰宇神鋒指著天的大旗，在此地飄揚的威風。倒不是神鋒座的氣派，就遜色於黑塔——神鋒座包含請君徑、萬人容納的天意場、主體建築人寰院，乃至座主寢居地真金樓，無一不是驚天的氣魄動地的氣勢。只是，那些都是前人的功績。狂墨暗自忖著要成一番大作大為，不能跟父親一樣。他不能只是承襲祖先的建樹，他想要變得更強更優秀。不過，他也只能揣在心中想著，沒有對誰吐露，包含妻子。而今真目睹傾斜之塔，他也就不得不死心，如此巨大規模，光要修護這座塔，所需鉅資數目之大，想來就咋舌。

這一天他是獨自來的。他的背上有寰宇神鋒。神鋒之寶，黑劍。擁有一顆奇異黑球的劍。但他始終覺得有隔閡，似乎與絕世神兵並沒有產生切實的連結。十二、三歲第一次摸著寰宇劍，父親衛溫讓他親手握握看，當其時，黑劍傳來一種妙而難言的波動——像是那把劍是有感覺的，（對了，它給了我一種感覺。）劍的感覺。或者說，一種感官也似的訊息。黑劍真正想說的話，少年狂墨無從理解。但他一直記得首回與寰宇神鋒真實接觸的紅滋紫味。其後卻再也沒有了，直到父親的劍祭現場，黑劍帶來閃電給他，但也是瞬起瞬滅，恍如錯覺。狂墨隱約意識到寰宇神鋒拒絕他，它選擇對他封閉。但怎麼可能呢，（劍如何選擇人？是人選擇劍才對吧？）狂墨對自己的知覺嗤之以鼻，即使揮之不去。

他帶著寰宇神鋒一年，這就意味衛狂墨正式接掌座主之位也滿一年，但就像他不能妥善利用黑劍一樣，座內還有許多事不由他掌控。主要是母親牢牢箝制他的緣故，尤其父親辭世到他二十歲的三年間，神鋒座事無大小全由舒綻掌控，更使得狂墨對神鋒事務難有著力之處。面對被尊為太母座的舒綻，狂墨經常覺得沉悶。再加上妻第三度懷孕，近來脾氣大得嚇人，他做什麼都動輒得咎，窒息感如影隨形。兩個女人又處處針鋒相對，狂墨無力施為，夾在中間，裡外都是錯，好若他生來就是大錯特錯，（生得平庸圓胖是錯的，生在衛家是錯的，生為衛狂墨啊更是錯得匪夷所思，都是錯的，關於我的一切事全部都是錯的嗎？）

衛狂墨只差沒有奪門而出。但為了一雙可愛嬌美的女兒，他得堅忍。晚花和青卷，一個兩歲，一個快滿周歲，大女兒牙牙學語，會走會跑，成天被打扮得花燦花爛，說話做事都有天然的優雅，小女兒才懂得扶著物體站著呢，不是要人抱，就是在地上快爬，精力十足，成天眉開眼笑，沒來由的一個人玩呢也能呵呵大笑。單單看著女兒們，被各種神鋒事務、婆媳家事損耗得沒氣沒勁的他，也就能恢元復氣。

有女兒們的存在，狂墨才能致力於使兩個女人和氣相處，但屢次居中調協，成效不彰，沒奈何，他想個名目，分開母親與妻的居所，減少她們碰面爭執的機會——原本他們都住在座主專用的真金樓，前幾日，狂墨藉口要修整真金樓，將妻女全遷至應得園。他有事便來回真金樓與應得園之間，一個人疲倦，總是好過家裡烏煙瘴氣。他堂堂神鋒座主，連自家事都治不能，況論號令數萬神鋒人。

其實，狂墨也曉得長久如此不是辦法，母親大有可能藉詞要有人相陪，命舒安識、舒扶生等遷入，反倒成狂墨鼓勵舒家鳩奪鵲巢。但他真是苦惱無比，這時他就深刻體認到父親為何說過的家務事暗潮洶湧遠比江湖爭霸還要凶險難擋。

也就是昨日午後吧，舒綻忽爾去至應得園，說要探探孫女倆，然一見著鹿舞荷，又一番冷嘲熱諷，說女孩可愛是可愛，但怎麼樣都不及一繼血承統的男孩，希望舞荷這回肚皮要爭大氣，別又讓衛家先祖失望云云。舞荷當場怒焰高張，疾言厲色喝止舒綻。舒綻哪理她，自顧說個不停。設若舒綻不是舞荷的婆婆呀，早已怒劍橫屍，哪裡容得太母座這等輕辱舞荷。

聽聞兩人吵得不可開交，狂墨從公事裡脫身，趕回應得園，恰見母親氣得渾身顫巍巍，眼神凶惡，而臉色紅烈烈的妻舞荷則是罵著，衛家也不見得有何了不起，神鋒七絕勢還不是從別人那兒偷來的，凡此。太母座一見衛狂墨來了，便說，「我早勸你了，別娶這樣無知妄言女子，她生不得一個男孩的玉體嬌貴，我們衛家那裡裝得下她。」舞荷滿腹怒焰更朱狂赤張，「是啊，我也偏說不嫁，偏偏你們衛家父子倆還要求我爹娘呢。」

衛狂墨真乃頭痛欲裂，她們這般吵，婆羞媳辱的，家醜還不由僕傭口中傳諸沸揚於外？怎麼她們就不願意為他多想想？而且更讓他氣惱的是，母親與妻竟在晚花、青卷面前爭執，令她們滿臉懼意，青卷癟著嘴，晚花已是眼眶淚轉。一股惡膽在肚裡就那樣陰祟祟地炸開。他當下賞鹿舞荷一個巴掌，火辣辣爆著。舞荷傻怔，撫著通紅臉頰，驚怒不已，眼神陰沉。母親臉上得意，正待說些什麼，狂墨轉頭目露凶光，請太母座回真金樓，此後若無所請，切莫再來此地。舒綻登時也楞住，她的獨生兒子此前從未這般忤逆過，盛怒下反而說不上話來。

衛狂墨神情堅決地要人送走舒綻——也應該到時候了，他不該再是事事聽從的少年，他業已二十一歲。他是座主，他的人生，他的所有事，都應該由自己作主。那個時刻，他真可謂威風八面啊，首次感覺到力量，感覺到他可以主宰一切。惟好景不過片刻，鹿舞荷立即跟他大算其帳，她可不是花拳繡腿，鹿家功夫也不是好生受的。他趕忙逃至真金樓。而太母座已經等著他，她怒氣騰騰地指天責地，說他如何之如何不孝如何之如何懦弱。面對母親聲淚俱下的演出，狂墨多大的本事，都煙消雲散。於是，拋下孕中狂怒的妻，拋下天哭地喊的母親，拋下輝煌的神鋒座，他隨隨便便搪塞個理由，逃命也似的來到黑塔。對上母與妻，他的大展神威，也不過片刻而已，春夢也似。

不管了，他都不管了。狂墨的心就合像這座黑塔一樣，陰翳、荒涼、孤絕，變成無人知曉的野景。來到此地，混亂的狂墨方自平靜一些。舉世的黑暗都在這裡，也都在他的心底。他純純粹粹是自己。他一個人。他是他的孤獨。是了，他是他的全部。沒有別人。他完完全全是自己。這個滋味多麼美妙。幾年前他聽父親說起黑塔時，就想來了。挺怪異的，他腦中一直清晰地浮現黑塔的形象，驅之不去，彷彿它在召喚他。明明就是一座破塔，可為什麼狂墨對它就是覺得親切異常？

他舉步往斜塔裡走去。它的頂端偏歪，不會湊巧他上去，就頹倒吧？對有這樣想法的自己，狂墨亦覺無稽。他苦笑。微光從殘破窗櫺灑入，稀薄渺小，灰暗感深深地盤踞塔內。但有光，就有路。藉著那些許弱光，狂墨仍可見物。他謹慎小心地往上爬。粗略看來，塔裡有四座長梯，分東南西北，斜直而上，可通行每一層。先祖答秋最早就是在此處修練劍藝，爾後在黑塔沒落後方行創立神鋒座，未知其時他在這裡經驗了什麼？在狂墨的理解裡，先祖必是個念舊的人，否則何需等到黑塔組織滅亡？而且還將此地亡命逃出的人，收入麾下，讓他們有棲身之所？有這樣的先祖，身為衛家人，他覺得無比榮耀。

他往上爬了許久，步步慎重，每踩一階，就要確認是否牢固，有些已開始朽壞，當時用的，想來都是品質極好的造材，否則怎能支撐這等之久？但他還是盡可能放輕放軟，免得真踩壞。費去好一番時間，狂墨方才抵達第七層，全身是汗。他覺得自己臭了，身黏體膩。而放眼大片暗黑處，東方儼如竹林的盛世，蔓延廣大，且往塔這邊長過來，也許再過不久，竹群就要貼塔。究竟什麼竹種，怎能生得這般高且密？塔最高處也被竹林蔭住。塔上風急，狂墨衣物被颳得獵獵作響。竹子搖曳，間隔處隱隱約約可見遠處似乎有個湖、有座聳高的山嶺，光線不足，也許等等去瞅仔細吧。狂墨沿著環廊漫步，瞭望周遭，西、北、南方散落破毀頹敗得更嚴重的低矮住戶群，應當有近萬戶吧，無甚可看。但可以想見，此地曾是多麼蓬勃發展，孰料多年後也就是這樣衰景亡致，而所有的盛大，都會邁向敗壞嗎？神鋒座亦然——思及此，狂墨忽然心中有一股冷。他不願想下去。

想到神鋒座，就想起家中的母親與妻女。唉。狂墨後來也不是不曉得啊，鹿舞荷嫁他，主要還是因為他是衛溫之子。母親雖反對，但一生難得背逆她的衛溫卻堅持。父親知悉，狂墨自小就對舞荷有著一份不滅不毀的心思。他渴求她。父親從未為狂墨做過什麼事，一直以來，狂墨都是受舒綻的管束，衛溫插不上手。但他病重之際，很想為獨生兒子作一點主，但願狂墨跟自己不一樣，不會終生受舒綻的箝制——這是父親親口對狂墨坦白的。於是，衛溫攜手狂墨，不顧舒綻各種暗中干預手段，硬是說服鹿家長輩，將舞荷娶入。

而母親氣急敗壞，她質疑指責著父親，「你總是這樣優柔寡斷，總是這樣放縱自己心軟，你就是想要當好人，想要多方面討好，既要對得起自己的良心，又想功成名就有大作為，好補償你那顆幾十年來過度自卑自傷的心，你這貪心的懦夫。」其時，狂墨就在現場，聽見母親這般近乎羞辱說父親，倍覺哀痛。父親斜倚床榻，臉上淒切，沒氣沒力。母親怎能在父親身微體弱之際，還對他如此不客氣？父親也沒做錯什麼，他不過就是成全狂墨的愛慕。母親最後扔下一句話，「你們永遠休想我會認這個媳婦！她不配！」轉頭，就走。

母親恨煞原本逆來順受的父親，生前最後竟膽敢違背她的意思，而且還鼓動兒子為一女人與她作對。母親一輩子要強，父親在位時，神鋒座大事小事都有她在後面拿主意。衛溫一世人不會不理，到了臨門死，為使神鋒大權不旁落於舒姓，耍了這麼一記回馬槍，教舒綻如何不狂怎麼不怒。狂墨思前想後，也就漸漸明白太母座的心境，也許不止是她恨煞父親的作梗，主要還是她面對父親嚥下最後一口氣時說的，「你這一輩子就該安安分分，聽我的，下輩子也一樣。」完全的占有，不能有一絲一毫閃離。狂墨那時才理解，舒綻對衛溫的情愛是關於征服，是關於至死無休。

衛溫跟狂墨的確很相似，兩人都長相平凡，也都能力平庸。然衛溫是個好父親。在狂墨而言，父親總是柔柔和和，未曾語嚴氣厲，說話和行事都慢條斯理，一派文靜儒雅。衛溫雖無氣魄，但人緣之好，舉世皆知，誰都十分願意與父親結交、共事。狂墨從未見過比父親更有親和力的人。有衛溫在，就有一派和氣，如果母親沒有從中作梗的話。

而母親樂於控制父親，父親似乎無可無不可。狂墨有記憶以來，從未見過父親嚴詞厲聲過母親，直到舞荷入衛家之事。父親呢？一生都言聽計從的父親，又是怎麼看待母親？他是不是最終受不了，圖著一次都好，也要反擊猛妻？是不是他終於發現如果再任由母親與舅舅張狂得意，衛家將再也無從掌握神鋒座？而狂墨再也沒有機會問清楚父親所思所欲，只能將父死前的遺命，牢牢留在心中，戒慎恐懼。

其實，狂墨比衛溫長得更差些，主要不是臉容，他們的長相同樣平庸，分別的是體型，父親是瘦削的，而狂墨一降世就是個胖大小子。母親險些難產，真是使足所有力，再加上接產者極有耐心引導，方自讓狂墨來到世上，是個巨嬰啊，倍大於一般小嬰，活似三個月的幼兒。舒綻的產處有可怕撕裂，大出血，調養數月，方得康癒。因為如此之痛楚才產出狂墨，舒綻對獨子之育養就不容他人置喙。且家中祖父、祖母早逝，也是獨生子的父親性情謙柔，處處和善，強悍的母親乃更是得勢，不僅僅狂墨起居照管，全係舒綻打點，且族中尚且漸漸發展出一切唯舒綻是握的態勢。父親的喪葬，以及狂墨的接掌座主典禮，皆是母親操辦，無人可左右之。神鋒座事無大小，她全要過問。太母座是神鋒人對舒綻的稱呼，自也是暗暗意味著，舒綻的重要性遠大於衛狂墨。

狂墨與舞荷的婚禮，舒綻不理不會，鹿舞荷也便罷了，但晚花和青卷的誕生慶事，母親仍是不聞不問，這就全然激怒了舞荷，也使得鹿家與舒家這些年的明爭暗鬥益形嚴重。終歸到底，座主的家務事，其實也就是神鋒座的事。狂墨亦心不快，但他不能跟母親商討，真要跟母親急了，他也怕背上忤逆不孝罪名——

再說，自小以來，他十分習慣母親的強勢，雖有父親遺命囑託，他也盡可能不願意與太母座正面對撼，畢竟何止他呀，他的父親還有神鋒人，不都聽命於舒綻嗎？對丈夫的懦弱與沉默，鹿舞荷無法原諒。她認為夫婿沒有擔當，懼母畏事，全不把她和女兒們放在心底。而第三胎究竟能不能是男嬰，更是讓舞荷費盡苦心，她真是求盡所有能求的、用過所有能用的，想方設法就是要懷上個男孩。

衛狂墨這方面並不強求，有無皆可，如果生下一個跟他同等俗庸的孩子，多麼可憐。幸好一雙女兒真是嬌甜得沒有極限，她們像足妻，打小即是美人胚子。他非常慶幸，她們跟他長得一點都不像，她們有圓核濕潤的大眼，她們有細緻的臉龐，她們有挺直的鼻，有秀麗的唇，不是圓胖的身形，不是細小的眼，不是毫無特色、有如平面的五官，真虧得她們不像狂墨啊。他非常感激妻，舞荷生得好，把她們生得這般出色。這樣不就夠了嗎？

總之，狂墨的日常裡無非是各種爭執，而即便是被母親壓制、被妻嫌惡，如不是鬧得不可開交，他還是樂於返家的。畢竟，兩個女兒都很喜歡狂墨，這就教他喜悅，更何況武林第一美女是他的妻。

他對她舞荷的痴迷是不可能抹滅的，她要什麼，他都想給他，在他能力範圍內，他真的會。但妻沒有這般思維。對她來說，成婚以後的一切都是計算，連床笫之事也是鹿舞荷講了算。他們真正的同枕共眠，不在新婚之夜，而是舞荷月事結束的隔日。他感覺到，她咬著牙給。每隔二十八或三十日，他就會與鹿舞荷有肌膚之親，被賜予恩典也似的。除此之外，她絕不讓狂墨親近。他也從未多索求，他只願長伴於她，對情慾倒是比較無所謂。只要她是他的就可以了。他想要珍藏她。他再怎麼平庸，這個絕色的女子還是他的。如此，狂墨就滿足了。

他們真正的第一夜——覷著他肥厚的肚子，鹿舞荷一臉的嫌惡，她要求狂墨穿上衣物。他們需要子嗣，她作為妻子該盡責的，她會盡責，但她希望他能夠配合。狂墨沒有爭辯，他又將衣物穿回。然後，他慢慢地進入她。舞荷閉著眼，忍著被往裡戳刺的朱疼赤痛。全世界的乾燥像是都聚集在她的裡面。彷彿她的體內是一座荒原。而他是另一座荒原。床上的他們是荒原與荒原。荒原要推進荒原，何其困難。

此前，狂墨從無行過房，煞是陌生，加上他緊張異常，器械又軟，要得其門而入真是嘗試了好一番功夫。整個過程，舞荷如若行屍，狂墨又何嘗不是走肉。他對她的念想不在此。他想望的是她歸屬於己，鄰近於他即可。他對情愛的理解，從來都是名分上，無關肉體。當晚，奮進過了，床被上有一灘紅，他曉得舞荷身體有初破紅，一切萬足。

狂墨對女體欲求挺淡薄，也不懂有何興味——為何那麼多男子有那樣多的性想慾望要消解呢？在他而言，不過是誕兒生女的行動罷了。而舞荷一直是乾荒。而兩人間也一直是她要他。是的，這尤其讓舞荷覺得恥辱吧。以她絕色，怎麼不是狂墨主動，卻是她索纏求綿？但為求子嗣，鹿舞荷也只能竭力忍耐。

四年前，在父親衛溫作主下，將鹿舞荷迎入衛家。武林第一絕色，是委屈她了。舞荷不甚喜歡與自己親熱，狂墨也是有自知之明的，平庸長相、身形胖大如他，很難擄獲鹿舞荷芳心。但他出身真金樓、應得園，他生來就是衛之座姓，就注定舞荷必歸於他。而為了生下能接掌神鋒座的子裔，舞荷必得付出代價。於是，她要他。她要他，不是他要她。她要，他就得給，給出他體內腹藏生之汁液。她的目標很明確，床第不過就是交子換女的方法。

至目前，狂墨與舞荷行夫妻之實不過十二次，他記得清楚明白。女兒們跟眼下妻腹中之嬰是何時有的，他也歷歷在目，畢竟，很容易記的，（唉，只願第三個孩子，會是出色的，萬萬不能與我相似。）衛狂墨暗自念禱。

思著想著，都是萬般難苦。他嘆口氣，步入最中間的屋子。幽暗中，些許微光裡，他第一眼就看見牆上釘著九張奇異面具。形式上都是畫著血紅二字、但字跡已然模糊的白色面具。他往前貼去，濛暗底細看發覺材質與設計相差頗多，第一個甚至是紙板製品，後來愈是輕薄，愈是製作精美。哪來的面具？以往的黑塔之主，莫非還要戴面具行事不成？環顧四周，就是個空幽幽的屋子，除了面具，沒甚特異。他隨手帶走最後一張面具，作為留念。爾後，往外行去。

身處坐北朝南的斜塔上，衛狂墨覺得孤獨、清靜，汗也已乾，風把身上的味兒朝外瘋掃。孤獨原來這麼美好。離開那些紛擾狂亂，重獲清靜，難能可貴。天下地上，唯他一人耳。觸目所至全然無人。再聽不到別人的怨懟、別人的失望、別人的責罵。所有人的期待與失落，都與狂墨再無相干。此時此刻，他就是孤獨。他的孤獨好滿好滿。他自在地呼吸，呼吸天光與陰暗，呼吸竹林的搖曳聲響，呼吸似有若無的湖水波動，呼吸自己的孤絕。前所未有的放鬆。狂墨圓圓胖胖的臉上，浮出迷濛的笑意，所有的肌肉都鬆解也似。他斜倚鬆鬆垮垮的窗台上，四處瞅視。

塔頂被籠罩在黑暗，但往外則是日光明媚，挺奇怪的風景。惟衛狂墨在此十分自適。他想著，塔其實挺高的，若然以往是琉璃瓦所做，那麼是如何清滌乾淨，保持絢爛？一般人有辦法攀這麼高擦洗？不知道治理此塔的人，怎麼解決這件事？他百無聊賴的想著。站在環廊邊緣，被濃黑裹著，狂墨從破窗探看，心清情爽。而做人實在太難，狂墨心中感慨不止，（在這裡多好，什麼也不來糾纏，世間已遠，再也沒有誰煩擾。）他就在這裡荒廢吧，他就在這裡，變成不是衛狂墨的衛狂墨，變回自己。他應該要躺下來睡，應該要跟這座黑塔同棲。愈想他就愈是覺得如此甚好。如此甚好。

聯翩飛想之際，狂墨赫然察覺有人來到。他眼角餘光有人影。奇怪。如何可能？他定睛一看，果真，且還是三批人分從不同方向而來。南方有二，西方一，北方則是三。狂墨皺起眉。是誰？南方之人來得比較急，很快靠近。西邊者悠悠哉哉，似在遊逛。北方仨亦然。怪矣，這等之巧，偏偏是這一日。不過，也無須太意外吧，此座黑塔，稍知武林百年變化，都會想親眼瞅瞅原本光輝燦爛的劍形塔，荒廢到何等程度吧。狂墨安下心，且看來者是誰。

衛狂墨凝睇下方。他運真勁於眼，視線廓然清晰，黑暗中亦有光。兩人組已到。被黑暗同有的狂墨，遽地發覺是司劍知命、樂天兩兄弟。他們如何會來？狂墨看不清他們表情，但兩人的動作慎重緊張，似有所謀，一到就四處張望，他們在找什麼呢？狂墨想著與他們間的恩怨，忽然有了明悟，（莫不是，他們是尾隨我而來？）一股寒慄鑽過心坎。他專注地想著這個可能性。

在舞荷入門前，司劍兄弟與她過從甚密。那會兒，據說鹿家是打算從他們倆裡挑一個當女婿。但最後卻是衛狂墨橫劍奪婚，從此司劍二人的眼中只有悶燒的恨意。再且，這兩人自小就對狂墨帶著敵意。比起狂墨，他們是出類拔萃，樣子長得好，學藝也快，狂墨什麼都不如司劍兄弟，但他的衛姓，卻足以壓倒他們。司劍知命就對他說過什麼不公平的怒辭。

狂墨立直身體，確認自己被濃密的暗黑圈裹。他幾乎要確定兩人不懷好意。西、北兩方來者，也是嗎？若然，他實陷入大危機。方才的愉快瞬間消溶。司劍兄弟似乎打算進塔搜索。狂墨一人對上司劍倆，實無把握。他得趕緊想個法子。但能怎麼做？他毫無頭緒。他只能一直凝目底下發展。而一旦司劍們闖進廢棄樓塔裡，他就無從監看。

這會兒，西邊那人看似悠然慢行，然速度奇快，不旋踵已然穿過頹敗群屋，來到塔前。狂墨當機立斷，趁六人在塔前對峙時，攜著面具，走下距離他們最遠的北梯，靜默潛行，盡可能不發出一點聲息。有些梯面已經生朽，難免發聲，猶幸周邊竹林搖曳頗響，可做掩護。他很快來到二樓，悄悄欺進塔的西南面，駐足睇看聆聽。

那人長得超群絕倫，俊俏不在話下，難得的是那種唯其獨尊的霸皇態勢，彷如天是他頂起的。其背上負有一刀，刀柄墨黑。此人的氣度，絕非平常人。司劍兄弟察覺有人，與之照面。方才他們與那人顯然有說些什麼，否則何以劍拔弩張？狂墨因移動而有一大段沒聽聞。此時，北方一男二女也到了——女子一大一小，前者年齡或是近四十，風韻迷人，後者是個二十幾歲的圓臉女子，相貌平凡。男子呢，則是少年，大約是十七、八歲。這三人都背著劍，少年則是負著雙劍，顯然也都是江湖人士。

這一來，就有三方人馬遽爾交會於斯。究竟是怎麼樣的時運，讓狂墨隱身黑塔，目睹這一切？他徐徐地呼吸，縮成暗影的一部分，維持低調無聲的模樣，教人難以察覺。

司劍樂天凶厲厲，他問著西邊來者，「你究竟是誰，快快答來？」那人沒有回話，濃眉一聳，眼神湛然，似在說著憑甚我要答你，睥睨意味濃也。司劍兄弟本就倨傲之輩，哪裡容得被莫名輕視？尤其司劍知命更是不客氣，「我勸你莫要嘴硬，免受皮肉痛。」默默注視著情勢發展的衛狂墨，聽著直搖頭，這司劍二人何苦逞意氣，無端樹敵？他們眼力忒差，竟看不出來人不可小覷，這種下馬威無用至極。

果然，那俊偉刀客理也不理，倒是眼睨著另外三人好一會兒，也不管司劍二人已然氣得七竅生煙，他開口，低嗓音，但有著一種迷人磁力。狂墨聽了，但覺酥麻，若他是女子，必是沉淪局面，他注意到北方來的女子，目中流露迷醉，但旋即又抹去。那人這麼問，「天驕三絕頂？」北方仨也不驚異。年齡較長的女子，不答反問，「閣下是神刀關新任至尊？」司劍兄弟此時才察覺原來兩撥人來頭不小，慎重以待起來。他們也自報名號。但絕頂人物與神刀至尊沒有答腔，看來是沒聽過兩人。司劍知命、樂天對視，眼中俱有熊熊火光。而狂墨則是暗暗吃驚，他沒聽錯，絕頂那邊說的是，新任至尊。

西邊的至尊，只回應三絕頂，「你們消息倒快。」圓臉女子道：「天機忘聲接掌之事，早已江湖轟動。」是嗎？怎麼狂墨卻不知曉？天機忘聲聽了一笑，「這倒也未必，我前日才接的關主，你們這邊立即就知悉，還與神鋒座共同安排這場伏擊，情報本事和野心不小。」絕頂三人怔然。年長女子發話：「天機至尊何出此言？」天機忘聲下巴斜抬，指定司劍兄弟，「這兩人複姓司劍，不就是神鋒座下，你們何必裝蒜？」司劍兄弟挺胸道：「我倆正是神鋒人。」天驕會少年皺了眉，目光嫌惡。司劍知命怒喝：「小子，狂妄！」

「哦，莫非你們並無計畫埋伏？」天機忘聲忽又開口。圓臉女子反問：「你為何又換一種說法？」神刀之主講道：「瞧你們互動，少年似是覺得另兩人可笑至極，輕鄙味濃厚，很難相信你們雙方能有衷誠合作。」狂墨心中打突，天機忘聲觀察敏銳不同一般，不止狂墨，三絕頂也都甚感驚異。只有司劍兄弟全然不是滋味，從頭到尾，至尊與絕頂都沒把司劍倆放在眼底。他們的怨怒也就愈來愈不能壓止，開始蠢動。他們拔劍，對著神刀關之尊、天驕會之首，拔出了劍。

天機忘聲猶是不理不睬兩人，他指著年長女子，「身負雙劍，想來妳繼承鳳雲藏之名？」又覷著圓臉女子講：「據聞當前的藏無神是女子，便是妳吧？」再望向少年，「天下藏鋒？」絕頂三人對神刀至尊的認出，十分之慎重。「如此，」天機至尊又道，「一切都是巧合？今天你們來是為了？」鳳雲藏回答：「自然是遊歷至仁坪。」「就這麼簡單？」天機斜睨鳳雲藏。天下藏鋒開口，有一種傾軋感，粗礪，大概是剛過變聲年紀，他說：「閣下又如何呢？莫不是來此截擊我三人？」至尊嘴角再度笑意凶猛，「神刀闢之主不做此等小人之事！光明正大對決，才是我心之所嚮。」

衛狂墨瞅著至尊的氣勢，暗自點頭，是啊，身為一派之主，本就要行事堂正，有萬夫強烈之概。他看著天機忘聲，想想自己，一陣赧然，無論哪點，他都遠遠不如塔下此人。神刀闢能夠有一位傑出無雙的闢主，（我神鋒座呢？我所帶領的神鋒座，真能有所成就？鋒刀之爭會不會就壞在自己手上？）疑懼叢生，絲絲縷縷暗影飛舞，塔裡的幽慘頃刻之間鑽入體內，宛如他就是荒廢的黑塔，黑塔就是他。絕望一點一滴滲透出來。

司劍知命、樂天再也不願承受輕視，他們一左一右往前，圍住天機忘聲。司劍知命對著三絕頂講道：「這不干你們的事，是我們神鋒人與這狂妄之輩的事，如何？」鳳雲藏微微一笑，「當然，請便。」司劍樂天則呵呵笑說：「別捲入我們之間比較好哦，刀劍無眼。」天下藏鋒擲出一對冷眼，滿臉受不了司劍倆愚蠢的樣子，似想反唇譏諷。藏無神卻拉拉天下藏鋒衣袖。絕頂三人物乃坐觀。他們也想看看渾身驕傲的天機忘聲究竟能耐如何。

天機忘聲鄙夷地講：「你們值得我出手？讓你們的座主來吧。」司劍知命大笑，「你是說我們那位寶貝座主啊？哈哈，哈哈，好笑極了。」他回頭覷著他的弟弟，「你說是嗎？」司劍樂天也笑得猙獰，「他能有什麼本事？不過是個生得好姓得巧的無能傢伙！」狂墨聽了臉上一熱，怒意騰昇。天機忘聲挑眉道：「看來神鋒座消亡之日不遠。」司劍知命怒斥：「天機小子，滿嘴胡話。」司劍樂天也講：「兄長，這人口齒不淨，我們拆了他！」神刀至尊淡淡然，「你們就連自己的座主都不敬不重，神鋒座還能不亡？又或者，」天機忘聲眼神凜然，「你們倆還能圖謀，取而代之不成？」這話一出，司劍兄弟倆身子微顫。縮在暗祟中的狂墨看得明明白白。司劍兄弟當真作如是想，確實該死。

衛狂墨盡可能維持心境平和，他不想要呼吸粗重被誰察覺。但這兩兄弟真是蠢得無以復加。面對外敵，竟還一心私怨，公然對神鋒座座主非議，不啻於宣告神鋒座內部大有問題。他以前怎會把這麼無知蠢輩當作對手？真是辱沒自己。

「你們想來，就快上吧。」天機忘聲擺擺手。司劍二人對看一眼，兄長知命即刻大踏步，搶先出手，劍起中鋒，大開大闔，正中一劈，用的是神鋒七絕勢的裂土分疆，氣勢不壞，頗具火候。而弟弟樂天則是腳走奇步，斜取偏鋒，祭出神鋒第五絕幽明異路，一時間至尊的身旁，蜂擁起多層劍影，好不熱鬧。司劍倆也不笨，一動手就是神鋒絕學的辣手。惟天機忘聲全不放在眼底，他就是拔刀，拔出一片刀光——一片鮮烈幻麗的猩紅刀光。

玄機神刀現形，一刀，也就只是一刀。一刀就有生死肉骨生寄死歸生殺予奪。刀如紅色洪荒一掃而過。神刀闕至尊也沒有多費力的樣子，刀像是河流，血紅河流暴漲，旋即消沒。刀又回到背上。

面對滿天撩亂刀紅的司劍兄弟，則是目舌瞠結，劍斷手傷，跪地痛嚎。天機忘聲理也不理，「有你這等蠢材在此，教人覽塔興致全消。」他轉頭去看天驕三絕頂，「你們也要試試？」神刀之主的眼神挑釁已極。十七歲的天下藏鋒，眼睛都亮了，雙手握拳。鳳雲藏卻笑著，笑得極其風和日麗，無傷無害，她說：「三十九天機破當真超凡，我們三人都佩服得緊。」而藏無神的手依然拉著眼中火燒火燎的天下藏鋒。「是嗎？」天機忘聲雙眼緊盯天下藏鋒：「可惜，可惜啊。」他轉身離開，又是那悠哉的步調，俄頃便去遠。

狂墨被天機忘聲那神降鬼臨的一刀，駭得險些呼吸停止，胸悶氣窒。神鋒劍學、寰宇神鋒可擋得了這一刀？縱使可以吧，他的七十二神鋒勢，也還沒練全呢，他可以怎麼做？如果天機忘聲的刀向著他，狂墨能活命嗎？

而司劍兩人還在叫，血流不住地湧出，傷勢不輕，狂墨猜測，他們的手筋怕是已被挑斷。司劍樂天左手按著右手，臉色白煞青慘，嚎了一陣子後，也就咕咚昏厥。也做出相同按壓動作的司劍知命還清醒，表情扭曲地朝弟弟那邊爬過去，喊著：「樂天、樂天醒來。」司劍樂天的血流難止，知命倒向樂天，想要用肩膊為樂天止血。司劍知命啞聲嚷叫：「救命，幫我，幫樂天，血，那些血啊。」而狂墨還在那一刀的震撼之中，久久不能反應。

鳳雲藏神色不改，「天機忘聲下手極重。」藏無神說：「也是這兩兄弟出言不遜、激怒對方的緣故。」天下藏鋒則齒冷牙寒地講：「他們自找的，無知無能之徒，有此下場，毫不意外。」他走向愈喊愈虛弱的司劍知命，陰惻惻一笑。「虧你還是堂堂劍客，流個血便這般驚惶，像樣嗎？幫你是吧，我來。」他朝知命的喉頭蹴擊。司劍知命登時沒了聲音，兩眼一翻，絕白的臉色抹過一層紅，往後仰倒，疊在失去意識的樂天身上。爾後，小絕頂回頭望定老、少絕頂，眼中是剛猛血氣，低吼：「你們為何不讓我動手？我們天驕難道會輸給那傲慢的天機忘聲！」

天下藏鋒話語一完，劍就來了。青藍色的薄劍，一抖、一振，一種奇異、尖銳的叫喊隨之而生，群魔亂啼百鬼夜鳴。一時間，聲音如烏飛兔走，狂墨耳鼓震動，險些心膽俱裂叫出聲來。

所幸猛殺虎戮也似的劍聲，沒有持續太久。天下藏鋒收劍。待少絕頂發洩過，鳳小絕頂才言道：「早晚我們都會跟他決一死戰，但不是現在。現在，還太早。」藏老絕頂也講：「天驕會的人馬還不夠，我們還需要一段時間。敵人不是一個天機忘聲，而是整個神刀關。在還不確定我們擁有絕對勝算前，再忍忍吧。」鳳雲藏口吻淡淡的，但語氣森森：「總有一天，天機忘聲會為他今時今地的驕傲，付出慘重代價。」天下藏鋒深吸一口氣，沒有答腔。

鳳雲藏抬頭望烏陰黑翳的斜塔，「我們也離開吧。今天不適合遊歷。」藏無神點頭附和。而聲調裡還潛有十足殺意的天下藏鋒說道：「這兩人，如何處置？」小絕頂向少絕頂確定，剛剛那一腳是否已奪走司劍知命之生？藏鋒否認。「我拿捏過勁道。他不能發聲，但性命無虞。」鳳雲藏點頭，她表示日後也許要與神鋒座合作，反正這兩人不是死於天驕會之手就好。鳳雲藏說：「任他們自生自滅吧。」藏無神也贊同：「神刀闕鋒頭仍健，唯有聯神鋒座制敵，天驕會才能壯大。」天下藏鋒收起濃豔殺意，撇頭轉身就走。鳳雲藏與藏無神相視一笑，也跟著離開。

於是，在短暫而迅速的交會、衝突以後，現場就餘下衛狂墨和兩個行將死去的同門。衛狂墨過了好一會兒，才下到地面，走出黑塔。他站在司劍兄弟跟前，低頭眄看。司劍樂天的呼息已停，活不了。司劍知命的胸口還有輕微起伏。

覷看著眼見不活的叛徒，狂墨思潮起伏。神刀闕之主稱號是至尊，能夠成為至尊的，無一庸俗。而狂墨的爺爺衛申古，被譽為劍老天，曾祖衛麃金是劍霸，始座笞秋則被封為劍神之神，神鋒座數代以來都傑出得足以與神刀至尊比肩，直到父親衛溫——被當作平凡之人的他，始終沒有另外的稱號。狂墨自問，難道他要如同父親般庸俗一世？他難道永遠都及不上天機忘聲、天下藏鋒等人嗎？

他想起父親衛溫。他一輩子平庸，至死父親都很遺憾自己不配成為衛家人，他的功業他的武學成就都遠遠不及自己的父親與祖父。父親死前還清醒時對狂墨最後說的話是，「我不是一個好父親，我從來不知道怎麼樣作為一名父親，我從來沒有好好地做過父親——你不要跟我一樣。」狂墨記得，父親的眼神有多麼的不甘、寂寥與荒涼，彷彿從來沒有活過，沒有真正的存在。

憶起父親，忽然心中就是悶絕。他自小就被母親管束，和父親相處的機會不多，他跟父親之間一直是陌生的。父親仙去時，他雖然萬分傷心，但也不覺得有什麼度不過的苦憂。直到此刻，狂墨驚覺父親在自己的心中，有著一塊無可動搖的位子。哀痛那麼深刻地搥擊著他。他的骨骸搖搖欲裂。但他不能跟父親一樣，他得要對自己的孩子盡心盡力，他不能跟父親一樣，他得要矢志於不凡。

（不。）不應該是這樣子的。他必須苦練，（必須如此，我必須死命地淬鍊自己。）至尊與三絕頂的功藝所到的境地，狂墨矢志看見。他要追上去。他是神鋒座主啊！沒有理由他是遜色的。以往他太養尊處優，事事倚賴母親，又有父親的關寵，他驚覺自己太墮落，（我從沒有真正為難過自己，沒有逼迫自己往最艱難的地方走去。）武林人活著，每一刻都艱難無比，都得為了能夠繼續生存而奮戰到底。憑什麼自己生而為衛家人，什麼都不用付出就坐享其成？憑什麼呢。決心在他的體內長出，迅速擴張。他的細眼裡第一次產生足夠的強度。

此時，「喀！」背後傳來聲響。狂墨急轉頭去看，恰目睹突出於右肩上方、環形護手裡的黑球驟爾滾了一滾。這是？他心中忽有所動。無鋒的黑劍，乍看一點神奇也無，還不如他任座主前慣用的厲色鋒。但實際上握著的時候，總覺得有個無可言喻的神祕事物。但他沒有真的與寰宇神鋒締合。沒有真正的渾然一體。完全完整的連接，還沒有發生。他與劍是各自為政，就像面前有個門緊緊關閉著，明明知悉後頭藏著舉世無雙的神祕風景，但就是不得而進，只偶爾會有奇怪的感應，好像它短暫地鏈結他。

經此一役，即便他未確實參與其中，只是旁觀。黑塔之行讓衛狂墨驚覺自己的能力實在不足，同時，他也將俊俏無雙的天機忘聲視為畢生大敵——姑且不論，神鋒座與神刀關的宿命糾纏，就單單是天機忘聲的氣勢，就勾引出狂墨的雄心壯志。何況，寰宇神鋒也有具體的反應。他背上寰宇神鋒以來，這是第一次寰宇黑球莫名自行轉動，彷若在對他預示些什麼。衛狂墨自言自語：「我一定要贏過天機忘聲。」

驟然，司劍知命動了。他從痛楚的深淵裡回光返照，視野裡出現衛狂墨。一直以來他最輕鄙的對象，就站在身前，一對小眼睛有著噁心的事物。而知命曉得死亡正在拖曳。他難活了。這多麼不公平啊，眼睛裡擠滿無聲的冤屈，像他這樣的人傑死了，而衛狂墨那種廢材卻能好好活著，不公平啊。最可笑的還是他居然想勝過神刀關至尊，荒唐至極！司劍知命用盡最後的力氣呻吟一樣地講道：「這輩子，你都遠遠不及神刀至尊，就是我們也在你，在你之上——」

一股被蔑視的怒氣，在心中升起。好哇！都將死了，還要如此侮辱他。狂墨慢慢拔起寰宇神鋒。狂墨激勵自己，此後他要發瘋一樣的練武。他的天賦不夠，但他可以死命的練。他將會用盡精力的練。狂墨發誓，他一定要比司劍兄弟更好，他一定要讓他們口服心服，（從今天開始吧！我要成為真正的座主，真正的高手！）而他還沒有殺過人。應該要號令天下、談笑間風生水起灰飛煙滅的神鋒座主，卻沒有殺過人。「就從這個叛徒開始吧！開始我的神鋒大業！」

衛狂墨怒睜著細眼，對著司劍知命的頸子，猛然一斬——

血狂噴的斷頭，乃滾開去，染出一地的朱紅。

照之二

她跟著房家人去採茶。清晨甫有些許薄白，他們一行十餘人已經抵達紅山上頭的茶田。照極喜歡空氣裡的濕潤感，還有將明未亮的天光，讓人心曠神怡。走在茶坡之間，整個人都有一種飛仙的意味，天地萬物都在跟自己締結些無可言說的祕密關係，再也沒有比這個更完整更舒適的了。她很難理解其他人怎麼會覺得辛苦呢？

此時此地，讓照有著徹底打開的感覺，就像她練劍練到心意與肉身最為和諧的一刻。如今什麼都不用做不用追求，就有如此自然深邃的體驗，不好嗎？看著幾個苦著臉、睡意混沌的初雪人，照反倒覺得他們煞是奇怪。

所有初雪人在武功劍法修練外，都得參與茶事、農作、漁獵之事，無誰可以例外，包括族長子女空晴與照也都一樣。鴻風非常嚴厲地執行這一點，就連他自己也會盡可能在繁忙的初雪事務裡，抽出時間投入。

到達茶園後，在房念舟伯伯的安排下，每個人各負責一段，照欣快地領命去了。她走向及於腰身的茶樹前，深呼吸，讓空氣與淡淡茶香湧滿鼻腔。繼而，開始採菁——照以食、中二指，運勁輕摘，取下枝上新綠的嫩芽，收於竹籠內。照的動作既正確且迅速，她彎腰，出指，收芽，一氣呵成。在她對面的是伏太初，採了好一陣子後，太初對照說：「妳這是採菁呢？還是在練劍？」初雪照聽得一愣，先望定太初姊姊，視線回到自己捏成劍訣的手指，（我剛剛用了劍法嗎？）

一頭短髮的伏太初，對照笑了一笑，逕自低頭彎腰繼續採菁。這位太初姊姊跟著房念舟學醫。念舟伯伯表示，再過不久，造派醫術精髓，她都將盡得。太初有難得的醫術天分，膝下無子的房念舟，打算將造派衣缽傳給伏太初。太初姊姊可有可無，似乎沒怎麼把造派大醫家的位置放在心上。念舟伯伯對女徒弟也是無可奈何。而父兄對房伯伯的評價極高，認為他將造派未來交付給女子，是非常突破性的思維與做法。

千百年來，從未有過一名大醫家是女性。房念舟獨抗眾聲，無懼無畏，全意孤行要讓太初躍居造派之首。這就意味，房伯伯要扛起所有的責難非議。大醫家之名之位，代代相傳，當世還活著的、足以擔當大醫家者，唯造、破兩派的執牛耳者。造派諸門生無不群起反對，破派更是落井下石，嘲諷造派無人矣，竟遣出一女子任此大位，可悲可笑。

以往女子若從醫，多是助手，或是專用於產胎接生。伏太初不然，房念舟放手讓她診治兩年多，救人無數，急症重病，沒有難得倒她的。太初姊姊今年不過二十五歲，已是許多人口中的活神仙，有謠傳說，單單是被她的雙手拂過，就百病不生。照聽過這樣說法，她轉告太初。伏太初當場忍俊不住說了，初雪照記得很清楚，「我是學醫，可不會法術。我只懂得用人的方法活人，要怎麼用神仙之術穿脫生死之界，並非我能在行。」但伏太初的明鏡法，確實練至清晰無礙，人軀內的病灶異象都難逃她法眼。

照明曉，太初不愛被人說是活神仙，醫術治技是苦練來的，不是念念咒摸摸頭就有用，那真是得下足苦功，絕無馬虎，稍一失手，生死立判。作為醫者，從來不與生俱來，從來不輕而易舉。照好幾次跟短髮姊姊深談，就發現伏太初的性格是大剛大烈的。伏太初是冰與火的組合，外在形象冷豔凜冽，內部則是火熱滾燙，隨時都沸騰。太初姊姊的心上在意的，不是自己的成敗，而是他人的生死。她的失敗，不僅僅是一個人的失敗，還是一個人的死亡，一個家庭的碎壞。姊姊的意志簡直鋼鐵一般堅毅，在母親以外，照最佩服太初姊姊。

念舟伯伯定於明年讓太初姊姊接位大醫家，他執意如此，眾多門徒再如何反對，終也無用，因是，這些日子，反對者的目標，漸漸從房念舟移轉到伏太初。有一陣子還有謠言說房伯伯與太初姊姊有染，故這般私寵云云。哼，就算是又如何！房伯伯無妻無子，太初姊也同樣孤自一人，他們若要作伴一生，又有何礙。初雪照頭一個就贊成，誰敢碎言碎語，她就跟他們沒完。

照覺得那些人也真不長進，不思進取自身醫技，只顧鬥爭他人，實是枉為醫者。而就是這些人用嚴厲眼光審視太初姊姊，他們且將最難治的病患送至伏太初那兒，虎視眈眈等著她犯大錯。（天底下就是有如此之多的平庸者啊。）照想。

甚至，就連太初的短髮，也成為他們攻擊的重點。她的不成婚，她的專心專志於醫學，在那些人眼中都有大問題。太初姊姊很早就立志一生奉獻給醫術，她對其他的事是半點不在乎，就連摘茶拔芽，都是為診治之故。姊姊認為茶可以定神清心，對穩定患者有大裨益，且舞翠茶日飲定量，還能健身養體，更是一寶。是以，她都會親來取茶，甚至跟房伯伯進行曬茶、烘茶、炒茶等製茶作業。姊姊幾乎犧牲一切自己的日常，全神貫注於醫術發展。那群人卻理也不理，竟管起她的短髮，什麼女子不蓄長髮不成體統。當時，姊姊只淡淡說了一句，「我欲為醫者，而不是女醫，髮之有無，不過身外，無關醫技。」照想，姊姊說得真是再好不過了！

太初姊姊留的是不及耳的短髮，在照所見的女子，獨獨她是短髮，顯得特異無比。在武林裡女子剪短髮，確實容易遭受為難。江湖男子要短髮就短髮，想長髮就長髮，無人聞問，但女子不然，若無本事與意志相抗，必要被迫留長。而且教人沮喪的是，說出閒言煩語的，不是男子，反倒是女子，她們大多抱定女人生來就是長髮，何必標新立異留短髮，何必要跟她們不一樣等等的說詞。聽到有人這樣碎話太初姊姊，照就會表明自己倒真想看看，她們剛出生時就能「天生」一頭長髮是什麼樣的情景？

說起來，聽父親提過，母親也是短髮。父親對母親短髮沒有意見，他歡喜她是自己喜歡的樣子。母親喜歡她自己，父親就會歡喜。照覺得，父親對母親的情感，深得足以克服所有的限制與常規。

父親講，「你們母親讓我再活過一次，變成截然不同的我。」這樣的話常掛在他嘴邊。母親仙逝後，多年來父親沒有再結姻緣，孤自過活，似乎沒有困擾。空晴和照長至十幾歲，心憐父親鴻鳳，怕他是顧忌一對兒女，他們與其長談，哥哥說得坦白，他並不介意多一個娘親，照也說自己會努力適應新母親。父親卻笑著說，「你們母親是不一樣的，沒有人跟她一樣。我跟婓繁共同生活過九年時光，已經夠了。能夠遇見一個人，彷如生命重新活過，已經沒有什麼好渴求。」

父親對母親的深情絕對，讓照更敬愛自己的父親，乃暗自想著，將來自己的夫婿，也一定會是這樣專一堅定溫柔。母親的種種特異行事，她從父兄那兒聽到許多，短髮也是一例。在十幾二十年前，女子剪去長髮，是大逆大忤之舉。母親的特立獨行惹來無數麻煩，但她沒有閃躲逃避。她始終以真實的自己面對外界接踵而來的挑戰。難怪太初姊姊會有感而發對照說，「從醫最難的，其實是對抗偏見。」

照也確實認真考慮過剪去及腰的長髮。短髮的自己會是什麼樣子，照是好奇的。但鳳雲藏對她一頭秀麗長髮很滿意。她跟他提起時，鳳小絕很感驚異，不解為何她非得要短髮變為另一個樣子不可呢？照也就沒有繼續想。她喜歡他喜歡她的樣子。他喜歡——這三個字具備無邊的魔力。對初雪照來說，這三個字也就等同絕無抗拒。

為了鳳雲藏，照愈來愈不像自己想要追求的形樣。她總是忍不住想迎合小絕頂。母親和太初姊姊都遭遇同樣的對待與困境，她們沒有放棄，可是照卻為一男人所好，便棄絕探索自己的另一種模樣，（唉，我遠遠比不上她們哪。）

母親在自己三歲的時候就病故。她對母親的印象非常淺薄，母親出身皇匠羅，是有史以來最負盛名、香火不斷的鍛鑄師一脈。無論武林如何巨變，都對羅家人造成不了影響。羅家的刀劍兵武，始終擁有江湖人趨之若鶩的最佳品質，七百年來不變。這麼悠久的歲月，真是不可思議。七百餘年啊，武林門派起起落落生生滅滅不知凡幾，獨大師皇一脈流傳至今，簡直不受時光影響也似。而母親就是羅家子孫之一。羅家當今主事者是羅織，羅織是照母親的親娘，亦即是照的外婆。但外界多不知此事，只因母親被外婆逐出家門之故。

父親鴻風提及這樁往事，細說過其中詳情，主要是母親想要學武用劍，背棄羅家人絕不習武的祖訓之故。織外婆在母親少女時，便百般阻撓，嚴令禁止，甚至揚言斷絕母女關係。但終究擋不住母親對武學的狂熱追索。最終，母親被趕出羅家，轉投獨犢，向照祖父初雪濤拜師學藝。母親是父親的師妹。藝成後，母親仍以羅姓行走江湖，但絕口不提與皇匠羅的關係。

不過，初雪家族跟羅家的關係還是很緊密的，畢竟一個有最佳的礦藏堅絕金，一個有最好的鍛鑄技術。只是母親再也沒有見過外婆，連帶的，父親和兄長以及照，也都沒有見過工匠大師羅織。

但初雪鴻風說過，他們的外婆仍是對初雪家很有心的，他的電掣劍，和空晴的麗天劍，都是她親力親為鑄的。父親的意思是說，羅大師臉面拉不下來，只能含蓄地透過這種方式，表達對她所斷離的女兒的想念與關心。母親那時已病重，睹劍而泣，她明白她的心意，但終究沒能再與她的母親見上一面，生死相隔。聽到父親講起這一段，照的眼淚禁不住流下。為什麼親愛的人，會沒法對彼此敞開心胸，而要遺恨終生呢？她記得父親只說了一句，「有時，愈是親密，就愈是無從諒解。」照委實不明白，這麼曲折隱晦的活著，又是何苦？

啊！山景大好萬物清新，她才是何苦費神想起人間俗事？照甩甩頭，髮亂舞，專心地摘好一排嫩芽後，她直起身，跟滿山的青青翠翠，一起呼吸，感覺胸坎也就鮮紅豔綠。環顧周遭，大夥都還在低身彎腰採。太初姊姊和房伯伯亦然。果然還是自己最快呢。她望著神情專注地選葉摘芽的太初姊姊，想起她剛剛講到的，究竟是採茶的自然動作裡，含蘊劍意？還是自己不知不覺就用上鋒雨還神？

繼而，照又憶起父親講過劍在於萬物的道理。不，應該說是母親說的。母親雖然是師妹，但父親對鋒雨還神劍的悟性不高，反倒是母親體會得多，後來反倒是母親無私分享劍法精義。父親說起昔日，都會強調哪些話或概念來自他的妻，而非自身。照以為，父親對母親的情愛已經是天高地遠的境界，甚至有如崇拜一般。像初雪人都得親自加入農務勞動，也是母親的提議，一方面要人從萬物自然地覷知劍法常在，一方面則是對用武之人提出警告。

父轉述母親的說法，「武學的非凡，不可脫離日常的平凡。劍法如何之高的人，仍然要生活，仍然少不得日常事物。劍法能夠改變天氣？劍法能夠種出稻子？劍法能夠降雨嗎？劍法能夠育養滿山的茶樹？劍法能夠生出魚嗎？」

照太常聽父親提這段話語，都能背了。當母親說出這番話時，父親的印象非常深刻，他大感震慄。而母親狂熱劍學，但的確不自外於人間日常。她一邊盡情劍學，一邊做好身為妻子與母親該做該為的。她沒有顧此失彼。

對母親來說，唯有深情於日常生活，劍藝才能精深無窮。

父親還極喜歡母親說過的一句話，「日常，才是人的無敵。」所以父親十分堅持初雪人必須體驗各種生計行為，而不是沉溺武學，誤以為劍藝高下就決定人生。人要吃飯，人要喝茶，人要有魚有肉，人不能單單憑著武功活下去。

日常，才是武藝的基實。

此時，照站著運氣，依據父兄指導傳下的鋒雨還神口訣，推動體內暗潮洶湧的真勁。父兄都支持照練武用劍。他們相信，女人的特質，有助於劍法的演進，以前的劍法都是雄性之力，都是男人的眼光手藝，但這樣的劍法太陳舊，無論是見識與進展，都停滯得太久。劍術的進化遲緩，跟由男性獨尊，而女性無緣接觸必然有大相關。照的底子打得好，無論是內勁或招法都足以逼近上乘。運氣周天後，她覺得身心圓滿。

獨犢。這裡原來不叫獨犢，紅山與白河也不叫紅山、白河。很久以前，也許有幾百年了哦，曾經也有門派在此發展，但在初雪先祖重返紅山白河之際，這裡荒廢久矣，獨犢茶也是一百年前才重入三大名茶行列。三大名茶有頗長一段時光僅剩沐情與玉露，主要是紅山一帶太多盜匪，茶園營生不易，也就紛紛散去。直到初雪人將此一帶靖平且命名為獨犢，茶戶才紛紛歸來適宜種植舞翠茶的紅山，而短短幾年間也就讓獨犢茶重回中天，連帶的，農作與漁獲也都興起，尤其是引白河灌溉的霞米，更為名聞遐邇。茶園、稻農和魚戶的加入，使得獨犢形成擁有千餘人定居的聚落，越發興盛，再加上白河底下堅絕金有限度的開採，更讓初雪家族的勢力壯大。

初雪人對這塊土地，都有深情邃感——是水秀山明的此地，養育初雪人及獨犢百姓。獨犢儼然此地人的母親。這種想法於母親斐繫在世時，達到顛峰。主要是先祖異樣曲折繁複的鋒雨還神劍法，只有她練成。而母親得以功成的原因在於，她將紅山、白河的風景融入劍意，意外事半功倍。近二十多年來，初雪人未有將八十一勢習全，直到母親。而母親將心得分享給父親，練劍多年的父親因而有突破，完成鋒雨還神的修練。此後呢，才篤定初雪人必須親行自然農漁茶事業的傳統。

照站在紅山上，底下是紅岩土，朱朱赤赤，眼前是一頭頭綠獅子趴伏靜寐，山紅樹綠，天藍得透明，白河遠方彎彎，心情大快，怡然自得。這裡是故鄉，她的身心棲居之地。照感覺自己與獨犢有一種非常深刻的密合，無可言說。

母親說的是萬物生劍，而不是劍生萬物之理，照此時此刻略有體會，雖然她只能隱隱約約曖昧地感知，而不能真的從萬物生長，目擊劍的無所不在。據哥哥說，劍術修為到一定程度，眼界大開，風來，風即是劍，雲走，雲也是劍，一片葉飄零、一滴雨垂降，落下都是劍。只要眼中有劍，劍就在。萬劍如一，劍心不分。父親也曾說，「唯有當劍與萬物做出最深沉的結合，才是鋒雨還神最完整、強大的時分。」父兄說得玄乎其藝，照卻始終沒能真正觸及那樣匪夷所思的境界。

而獨犢的人又可親可愛，素樸純淨。照只願棲身於這一片自然裡，不做其他貪求。畢竟，亂世久矣，能夠有安穩之境可居，已然萬幸。獨犢山河自給自足，單單是獨犢茶、霞米和鮮嫩的白河魚種，就可養活數千人口，獨犢人不能說大富大貴，但至少戶戶有飯吃有衣穿，鄰里間又彼此支援，難怪外界皆稱獨犢為小淨土。在兵荒馬亂之世，地處偏僻的獨犢，真可謂無憂福地。

初雪家族一方面最低限度採堅絕金，一方面善盡守護獨犢之責，也是此境能夠不受外患所苦的因由。是以，獨犢人樂於供養初雪家族，好讓他們無後顧之慮地抵禦強寇賊盜。

也許，故鄉的意義，是人。

有人，就有故鄉。有親愛之人存在的土地，也就是家鄉。

照喜歡如此這般忽然湧上心頭的體悟，幾乎是一陣蜜甜的醍醐。

採完茶後，所有人聚在一起吃茶飯，飲獨犢茶。滿山的清風，吹襲而至，髮舞衣揚。早飯結束，照跟正準備烘茶製茶的房伯伯、太初姊姊揮手，下山去也。她走在綠徑上，覺得如風瀟灑。孤獨是一件很美很安靜的事。她跟自身的孤獨非常圓渾地相對相應。這會兒的她喃喃語道：「我也想成為一名孤客，來去自由，無所羈絆。」

孤客獨行。江湖裡有一種特殊的群類慢慢崛起，名之為孤客。當武林愈趨於被隻手遮蔽的天驕會全面控制之際，不想要屈從的人即是孤客。而且大部分都是脫離者——他們脫離原來的門派，而那些門派大多被天驕會收服。換言之，孤客是跟天驕會作對的。一想到此點，照想要成為孤客的心，煙消雲散，（我怎麼能跟雲藏成為敵人呢？這輩子都不可能的。）她不會，他也不會。

想起小絕頂，寂寞突如而至。原本孤自美好感瞬間瓦解。她走向山腰處的一片緋櫻樹林，神情蕭瑟，方才的好心情，霎時而滅。照的眉目緊蹙，她和鳳小絕是可能的？一個女人與一個男人，為什麼不可能？但他是天驕的絕頂人物，一旦到那個位置，就是霸王，所作所為都是霸業至上，哥哥是怎麼說的，哦，對了，「他是天驕三絕頂，就永遠是天驕三絕頂。」空晴眼神黑憂藍鬱地說。但照不信。她不能也不願相信。

照認為鳳雲藏不一樣，他的心地很好，只是太長久，他活在天驕霸道的洗禮下，那麼多年，如何一夕間就能改變？她聽雲藏分享，在金風頂的嚴酷訓練生涯，真是慘烈，能夠活下來奪取、繼承三大絕頂之名，無不是從地獄的盡頭活回來的人。鳳雲藏說起那段暗暴黑虐的經驗時，照都要覺得發寒，光是聽，就覺得恐怖顛倒。沒有什麼可以相信，只有自己的身體，以及想要活下來的意志。為了生存，殺戮是日常。

雲藏陷入昔日回憶時，眼神一片空白，語音平板，「心要夠狠，下手要毒。只有惡魔，才能從那裡活著回來。」當他變成那樣空空洞洞，是照最感心痛的時候，於是，她用盡全力摟他，像是要把他的舊日痛楚，全部移轉到自己身上。

鳳雲藏也談及天驕前人們的許多事蹟。例如，某一代小絕頂因為一場戰事受創過重，不但臉上刮滿許多深淺不一的傷口，且身子有一部分癱壞，但還是堅持住作為鳳雲藏的責任，在選出後繼者後，選擇墜崖而死。為什麼要這麼做呢？「因為，她是名女子的緣故吧。」雲藏回答。照也就明白，她若不死，在崇尚爭奪的天驕會中，恐怕晚景悽慘吧。天驕會的壯盛，實在是付出太多的代價，不止是他們自身的，也損及整個武林。

天驕會立於金風頂，但真正的生活場所是，金風頂之下的風華谷。每年招募新人後，根據能力判斷，一批一批被帶上金風頂，必須在上頭撐過規定的時限，而且必須擊敗一定的對手，才能離開金風頂。從組合戰到個人戰，是很漫長的路。

金風頂上最著名的是，金屬一樣的風，刀鋒一樣的風，又冷又銳利，教人發狂。雲藏第一次上去是六個小組，每個小組有六個人，小組與小組之間對戰，三天內不得離開，這時間裡能夠完全擊倒其他五組的一組，才有可能晉升到下一階段，喪命的自無須理會，傷退或敗戰的，要不是等待下一次到金風頂廝殺的機會，要不就成為最底層的天驕人。雲藏說，「那是我生平第一次感覺，死亡是如許的真實。它就在風裡深深沉沉地飄搖著呼吸著，等待吞噬所有人。」

最後，雲藏所屬的組別勝利，六個人，重傷兩個，死了一個，剩餘的三個無不負傷。勝組如此，敗組就更慘烈，大半死傷。雲藏傷癒後，又被分入一個組合，第二次被趕上金風頂，五組，每組三個人，規定要待滿五天，徹底擊敗其他四組的一組往上升。一關一關，一組一組，到最後是個人之戰，四十九個通過六次金風頂試驗，最長久待足三十三天的強者，集聚金風頂。殺戮非常平庸、日常地在他們之間發生。

雲藏被照緊緊抱住，但口氣陌異，似乎整個人被過去牢牢吸啜住，「我以為，那是最後一次的互相殘殺，有些人還是以前組合的夥伴，但一到上面，每個人想的都是，要怎麼擊殺對方，要怎麼存活，各種手段陰謀層出不窮。你只能相信自己，你只能把所有的信任與溫柔剝除殆盡。你一定要變成邪惡舉世，才能活著。我撐過來，渾身是傷，但終究我是勝利者。結果呢，半年後，我又要跟四十八人到金風頂拚生拚死，一輪又一輪。我後來懂了，地獄不在下面，地獄在上面，那裡就是地獄啊。」當時，照不由激動地對著雲藏大喊：「好了，別說了，別再說了。」

想起小絕頂以往的經歷，照的身體就有無數的裂痕。他會變成三絕頂，也只是想要存活而已。他實在是不得不狠辣。因此，照相信自己能勸解他，他一定會慢慢從核心裡改變。不講將人層層劃分階級的三絕頂，以及其他什麼六王、十二霸、二十四主、三十六首、七十二將等的天驕嚴酷制度，就說天驕會叛徒一群一群被帶去黑山的轟頂台遭天殛而死、且天驕上位者還要觀禮這件事，照就不能接受。那真是無人道的舉止。鳳雲藏去過幾次，後來能推卻就推卻。雲藏會有這種反應，不就是本性溫柔的證據嗎？

他是天驕三絕頂，他是天驕會的核心人物，唯有小絕頂能左右天驕會殘酷不仁的風格行事。只有讓鳳雲藏的心完完整整回復溫柔，天驕會和武林才能擺脫酷虐無道的局勢。

天下一會，是天驕會的目標，天下只此一會，別無其他。鳳雲藏常掛在嘴邊的，天驕魂和霸道之路，即是將殺戮視為平常的邪惡之舉。天下地上這麼大，怎麼能盡歸一會呢？當所有人都變成天驕人，武林不就只有一種聲音、一種武學、一種身分？到那時，江湖不再是寬廣的，不再是有各種可能。只有一種可能。只容許一種可能的世界，是斷斷然不能接受的啊，不是嗎？

孤客就是要爭取不身為天驕人的自由，而像獨犢地界的人們，也都不願意被天驕會統治——相信武林還有眾多如此想法的人，不在少數。偏偏天驕會全意孤行，無視反對天下一會的聲浪。

來到林中的一棵樹下，照的心思和緩下來，雲藏的身影充滿她。緋櫻樹下，萬事圓滿。她躍上樹，取出密藏的明日劍，這把劍太醒目，現在還不適宜帶在身上。她懷抱無數的深情，撫摸明日劍，感覺自己正在感觸雲藏的手。

十幾日前，雲藏悄悄潛進紅山，與照幽會。他對她說，「妳這麼美，妳怎麼可能只屬於我，」那是多麼深情的傾訴啊，「妳的美，比我們所處的天地洪荒還要大，但願，此生此世，妳始終與我相伴廝守。」就在那一日，雲藏將明日劍捧著，遞給照，他那樣深情地對她傾訴，「這把劍不止是我的劍，它更像是我的手。從今天開始，我的左手就給了妳。只有妳能擁有我的左手。」

他給了她羅織大師做的劍。他把明日給了照。她則是將暗金色的初昇石，交予鳳小絕。雲藏說她是帶來日照的女孩，照亮他的灰暗時歲。對照來說，他原本是黑暗中的人，但渴望光明，他封藏得極深的憂傷深深地吸引她。

照在心中暗暗地把兄長初雪空晴與鳳雲藏做比較，他們都是俊美的，但哥哥就像他的名字一樣，萬里晴空，爽朗明亮，沒有任何陰影可以占據他。照一直很崇拜哥哥，小時候，她還想要當空晴的妻子呢。照將空晴視為男人的最佳代表，正氣凜然。然則，黑暗浪子也似的鳳雲藏，就是能蠱惑自己。雲藏遍體陰翳，舉手投足都是渾然幽黑，神祕如詩似歌。

撫摸劍的同時，她的裡面，又狂熱又潮濕。照覺得羞恥，但又覺得沒有必要羞恥。矛盾的感受撕裂她。有另外一名女孩長著，從她的裡面長出來，只要想起鳳雲藏，她就變得不是原來的她，另一個女孩從裡面走出來，取代了她。

她的情慾無法掩藏。啊，她的水淫火亂，她的紫情青慾，有一種分外深刻而窮凶極惡的甜，在初雪照的肉體蔓延生長開來。這就是她要的吧。她深愛的男子。她人生裡頭所有燦爛應該歸向的地方。她的一切。

但至今為止，他們都竭力壓抑自己。什麼事都沒有發生。她的身子不應該這麼輕易的給出。鳳雲藏也不勉強她。他們極其親密。但最後界線始終沒有真正地突破。何況她深恐懷孕——而伏太初兩天前給她一帖無遺湯的藥方，需得黃梁草、殘花枝、失麟果等等熬煮，濃苦得難以下嚥聞之欲嘔的稠液。照厚著臉皮要，太初姊姊沒有細問，只是深深睇視她一會兒，不多說什麼。也許是照的一切心思心事都清晰無遺。太初姊姊相信自己有判斷的能力，她果然是個好姊姊。

他們狂戀，身子火燒火燎。雲藏輕輕碰觸，就有幾千種顫慄全面進擊。啊，她該怎麼辦才好？情愛重複重複地點燃她。光天化日，她想著他。躲在樹冠，斜倚枝椏，她是個被焚燒的女人。

也許，下一次見面，也許就可以了。所有的所有都可以發生吧。他給了他的左手，她也給了她的初昇石。她想念他的一切。他們得約時間才能見面，鳳雲藏忙於天驕事業，照也才剛滿二十歲，而她非常思念她的小絕頂。

照忍不住撫摸自己，左手緊抱明日劍，右手往灼熱的下方遊去。自己的手，等同雲藏的手。肉體的手，加疊思念的手。手遊過腹下，遊過濃密的毛，再往下，往裡面，往自己祕密的極樂裡面去。

飛梵之一

「從今天開始，妳就叫飛梵。」還雨哥哥一邊說，一邊在沙土上寫飛梵二字。

她凝視沙上的名字。飛梵。她覺得是很美的名字。比她原來的凡兒好太多。凡兒，凡兒，平凡的女兒。為什麼她的母親要把她的名字取作凡兒？對母親來說，她真的一生出，就合該注定一世平凡嗎？女孩就只能平凡？

凡兒，多麼平庸哪。此時此刻以前，母親給的名字，於她來說，近乎詛咒。母親的寓意或也不是不能理解，還雨哥哥亦幾度解釋過，「福即是平凡，也許妳母親的一生太過動盪，所以反求無風無波，冀望妳能夠跟她不同，不必遭遇那些奇險怪難。」然則，沒有轟烈過的人生何其乏趣無味，她無法不如此想啊。

還雨哥哥的語聲在耳邊響起：「妳叫福凡兒，這名字說起來，確不大適合妳。應該另起個名字。畢竟，寰宇神鋒選擇的是妳。妳可感覺到裡面的聲音嗎？像是從幽暗眾林之中穿出來的奇異細語？」

有的，飛梵聽到了，那像是天啟臨降。當手碰到劍時，只有她能夠感知的天啟驀然而來。神祕難言的天啟，溶解成無以名狀的直覺直觀。而教她驚愕怪絕突兀非常的是，她居然能和劍心意相通，

（可是，劍怎麼會有心思？）

羅還雨也是驚異，昨天他親眼看見她與黑劍接觸的瞬間，有道閃光就在室內爆裂。但無人受傷。那是幻覺嗎？但他和她都確切目擊了。凡兒甚至在發光，宛如體內有道強烈的光源，整個人熾熱點

亮，室內如有烈日當照。

還雨當下就曉得，她就是它等待的人選。她是它的雀屏。半年前鑄好寰宇神鋒以來，某些神祕離開了。裡面有一大部分變得乾涸。黑劍的完成，淘空了自己。他與父親如出一轍，走向同樣的命運。母親為此非常緊張，要他決計不能再鍛鑄刀劍。還雨沒有理會。他始終不能原諒母親與房道的幽祕情事。他沒有親眼見過，但他們之間迷離流動的鬼影暗跡，誰都感覺得到吧。

而皇匠羅家第二代繼承者了解到，他必須為劍找到主人。不是誰都能使寰宇劍。他非常確定。他私下找了不少劍客、高手試劍。但人人都對這把非常不起眼的劍感到困惑與懷疑。六大劍主原本非常期待羅還雨鑄出更勝道骨劍、極限天的絕代神兵，沒想到只是一柄奇形怪狀、無鋒缺華的黑劍。運用起來非但不靈活，且又沉又重，劈砍時，根本不上手，難使至極。墨烈禮原先用的日上劍，就是形制寬厚的劍體，理應是最善使黑劍之人，但用起寰宇神鋒卻覺平庸無奇。

是以，人人都說，羅還雨白白浪費一塊至上鋼胚鐵胎，鑄了把廢劍。雖然寰宇神鋒硬度相當驚人，但除此外，似無長處。而當初，還雨真是絞盡心思才能夠進行捶打磨平拋光刻作等等。寰宇劍理應讓人著迷。特別是黑球的造製，花費他無數的工夫，慢慢在鈍重的環狀護手裡細細磨製，方才有這麼一顆神奇的黑色金屬球，雖則功能完全莫名。

但還雨從來沒有懷疑過自己的鍛鑄本事，他滿肯定這把劍是神物。只是必須非凡之人為它創造用法。它不只是劍，它是新武器，先武器。它是某種高妙的原型。這把黑劍是父親對他的考究，父親也許是故意不完成，對還雨有著不能直言的什麼期待吧。那些平庸者誤以為它無驚無奇，如此也好，愈少人知悉它的珍貴，就愈是不會引發激烈爭搶。它是廢劍，就廢劍吧。還雨不急，他沒有什麼好急的。劍有它的機緣，有它的神奇。它不會白白地誕生於世。

而原來黑劍有緣人就在身邊，一個小女孩，雪姨的女兒。不是別人。是他看著她出生的凡兒。一個注定不應該平凡的非凡女孩。雪姨難產而逝，死前只來得及說她為女兒取的姓名，未有透露生父誰人。房道全力搶救雪姨，仍不可回天。還雨知悉他盡力了，但仍舊遷怒房道。若不是此人，父親不會怨死，雪姨也不會失血致死，還雨從此心底憤恨難平。

而他一開始就把凡兒當成女兒一樣照養，找了好幾名鑲金台地剛產嬰的女子來哺乳，他要確保她的飽足，他要給她所有的最好，他要把對雪姨的思念都彌補在這孩子身上。她怎麼可能平凡！這女孩生來就該是不凡，她是雪姨的女兒，也必然會是他的女兒。母親對雪姨死於羅家，亦甚感歉疚，對凡兒的照顧無微不至，無論還雨動用了多少錢財資源，本來斤斤計較花費細項和用途的母親都沒有吭聲。母親亦無比寵溺著她。因為凡兒的緣故，這十幾年間，羅還雨和福宛昭還維持著表面的平和，不至絕離斷棄。

父親死後，還雨更是加強磨練自身的技藝。他要達到萬無一失的精準，不管是哪一個部分，從柴木、爐火、錘打等等，都絕不能有些許錯誤，他重複重複的操演。多年來的每一次鑄劍鍛刀，都是為了造出寰宇神鋒的練習。是的，和他的父親一模一樣哪，他們走在幾乎完全相似的路上。對鍛鑄魔瘋一輩子，至死不渝。並且同樣的，都有一部分熱烈心思投入在特定對象身上——父親是對母親無比深愛，羅還雨則是不曾疏於照護小凡兒。

在黑劍鑄好後，他便開始力衰神弱，很多事是不由心了，也百無聊賴。再也沒有未竟之事，也就再也沒有戮力而生的必要。他和這把劍的緣分是盡了，從父親那兒繼承來的天命，在為天石鋼胚找到最適宜的形體，也就再無此後。於是，任身凋零。他想念雪姨，想念她絕豔地躺在棺裡靜好的美，想念她拉著自個兒的手的溫度。他想念她的死。想念，想念，想念。除了劍以外，此一生他都默默追憶雪姨的身影。惟雪姨之女那會兒尚稚齡，無依無靠。他要撒手，總也得她成人吧。

現如今，她大了，寰宇神鋒選了她，還雨也給了她另一個名字。他一直相信名字不僅僅是名字。

名字的誕生，就意味著一整個未來的興起。在鬼雨森林裡，在還雨充滿回憶的這裡，雪姨的女兒就要脫胎換骨，她不是原來的福凡兒，她有新的名字。從此，她可以不再被指望、定義為庸俗。她應該要抵抗平庸，她應當變成超凡之人。羅還雨說：「梵這個字，即是眾生之聲，也是眾生沉默。而翱翔在諸眾的音與靜默之上，就是妳新名字的意思。」他煞費心思才找到飛梵二字，以撐托她此後的耀閃之路。

能夠變成飛梵，她欣然接受。

緊接著，羅還雨把寰宇神鋒交給她：「這把劍，從今日始，是妳的了。」

飛梵毫無意外。和劍之間有深刻連接的命運。她一摸到劍就清楚感應到了。還雨哥哥如今所說的話、做的決定，如同一早預定會這樣發生了。而她的人生，就從此時此刻全新開始。真正的開始。她接過劍，態度沉靜，露齒一笑。

羅還雨望著不再是凡兒的飛梵，倏地神恍思惚，像是見到雪姨又來到身前，對他露出純淨溫柔的微笑。他的身體稀薄，而靈魂雄厚。還雨像是隨時隨地都可以出發，前往雪姨所在的死。

還雨哥哥那樣凝視自己的時候，飛梵有種驚心動魄的感覺，像是某種不可知解的綿綿情意，（但怎麼可能呢？我還是個孩子，而哥哥已經是聞名於世的皇匠羅之主，他如何會鍾愛於我？）但超乎尋常的關愛，的確讓十三歲少女一則以駭然一則以悸動。飛梵自然很仰慕哥哥，如果他對自己有情意，她是千個樂意萬個願意。他是世上對她最好的人，有什麼不能給他呢？

她十三歲了，月事也來了，早懂得如何以棉巾自製赤纏墊於腿間，男女間的事雖還半懵半懂，但飛梵是有知有悉了，知道那會是怎麼回事。可她敏銳的心智模模糊糊感知到還雨哥哥對她的情感，無關慾望——裡面裝的都是千夢萬幻。

她跟哥哥沒有任何理由開始。倒是蓮音姊姊十分配得上還雨哥哥。還雨哥哥一年前親自造鑄了一把活色劍——雪白的劍身上浮現兩抹光澤，一是胭紅，一是碧綠，且隱隱有人形樣貌——將之贈與舒蓮音。飛梵頗為喜歡這個姊姊。她原先以為蓮音姊姊極有可能成為她的嫂子。但偏偏兩人之間沒有下文。現在想起來，哥哥贈劍反倒像跟舒姊姊訣別。

還雨哥哥身子近來一直不大好，經常精神無能集中，眼神渙散，且臉容遽衰，甚而到了形色壞頹的境地。哥哥老了，老得很快。半年前的他就像盛世，眼下儼然末世。哥哥如今彷若過著餘生。瞅著還雨哥哥，飛梵心傷懷悲，奇異的念頭飛閃而過。

而人生盡是被生老病死的——

面對生老病死，人都是被動的，被動的降生、被動的老去，被動的病，被動的死。人並不主動趨向生老病死。這四個字，意味著人的宿命性。命運是存在的。生老病死即是命運的證據。

想到這個，十三歲的飛梵就覺得恐怖，（人是不可能自由的，人是不可能有生命以外的可能。人被固定在人生，人被限制在命運裡。無有可能的人生，一輪又一輪的生老病死接踵以至。而不可突破改變的人生有意義嗎？）

但劍——這把劍，黑得有怪透晶瑩感的劍，給她能夠突破命運的感覺。有它，似乎人生就不可能僅是幾十年，似乎她將會是永恆的一部分。人要怎麼成為永恆的一部分呢，她無由曉知。但確實那種微妙的感悟，就在心上。尤其在摸及寰宇神鋒時，更是前所未有的照亮。恍若啊劍正待把永恆的意志交給她。飛梵如是想，或許劍開啟了她的身體，也開啟了她的靈魂，更開啟了她的人生。劍開啟她之所以是她，之所以是飛梵。

寰宇神鋒讓飛梵大不相同。新的名字，新的人生。福凡兒合該消散。她必要對得起名字和劍，要從裡到外都截然不同，要徹底地蛻生。

「這把黑劍並不鋒利，妳也知道了。」瞧著飛梵捧住寰宇神鋒，羅還雨說：「這是因為它不需要。

它無與倫比的硬，也就舉世無雙。沒有它不能擊毀的事物。只要運用得當，鋒口鈍重的寰宇神鋒定是人間最終極的武器。因為硬的緣故，這把劍即堪稱絕對神物。還有顆黑球，神祕未解。它絕不是無用的裝飾，但該怎麼用，我亦無有頭緒，妳得靠自己去摸索。」

劍在飛梵手上，不再像第一次一樣，有著奇異電光浪蕩環繞。那些倏忽來去的閃電在頭回接觸，暗自轉移到飛梵體內。而當飛梵握劍，便有電流也如的戰慄瞬間通過，好像切實接通什麼，世界的明暗度驟地改變。

本來分歧的，現在統合了。彼此回歸。她和劍是一體不分。

他們是完整的。他們是最深的密合。

羅還雨眼神迷茫：「福飛梵，但願非凡真能成為妳的福氣。」

飛梵卻皺起眉。她從不覺得自己有何福氣，從小孤兒，若非羅家收養，早就飢寒而死。再說了，與其追逐看也看不見摸也摸不著、簡直虛無縹緲的福分，她更想伏倒在堅實大地上，感覺自身的力量與技藝如何生長出來。福氣是好的機緣，機緣跟生老病死相似哪，都是被動的。而她此一生必須是主動的。她渴求完全的追逐。以是，「既然名字改了，姓氏何妨也變動呢，哥哥，」飛梵對羅還雨開口：「我想要改姓為伏。」

她學還雨以手指在沙土上比畫，寫下新姓氏。

「伏，飛梵。」羅還雨讀著。她要將雪姨給予的姓換取為別的，是了，她不會重複雪姨的人生。祝福她吧，雪姨。她既不需要福分，也不需要平凡。她有她的人生。飛梵是她的女兒，但不止是她的女兒。她還是她自己。還雨心念胡跳亂動，不能控制。寰宇神鋒奪走他的生命力。他正在慢慢零碎。他很清楚每一道思緒每一條肌肉都在脫離掌握的感覺。變得不是自己。跟飛梵一樣，他也不是原來的了。他是全新的。但這個新的自己，卻異常的老舊。他一點都不想要適應，他就想要放棄。

飛梵顯見對摘除福姓一點也不痛惜。血緣是太過虛幻可疑的東西，情感才是真正堅實的存有。有還雨哥哥跟宛昭婆婆的善待，便足以飛梵長成至今，失怙如她並不覺得有什麼憂傷難處。再進一步說，飛梵全副身心都忙著劍藝突破，哪裡有閒餘去置理。是以，她從不好奇追問母親的過往，父親是誰，她對此很是淡薄。反倒還雨哥哥老愛跟她提母親獨絕的優美種種。

此外，還雨哥哥與羅皇匠、宛昭婆婆的關係，令她感到驚心。哥哥與宛昭婆婆對飛梵何其用心溫柔，但彼此之間卻是隱隱綻露凶暴危險。皇匠即便離逝了，卻像是仍對還雨哥哥有所宰制。血緣又有什麼用呢？它是束縛，是可怕咒詛。她暗自慶幸無須經歷這些，（孤生獨命多麼好哇，我像是生來便擁有無羈無束的天命，如此一來更能無包袱地全神貫注劍道長途哩。）

職是之故，她說：「還雨哥哥，從現在開始，我要成為伏飛梵，我就是伏飛梵。」她的眼神烈如火，她的語氣鋼鐵也似。被菁焠過被錘鍊過，她已然是一把絕世的劍。

飛梵有足夠的明白，在別人的人生裡，她不過是一個輕輕吹過、隨風而逝的名字。但在自己的人生裡，她是主要的，是唯一的角色。終歸是自己的生命史。寰宇神鋒徹底改造她。她不再是十三歲。雖然身體是，但時間，那把劍把時間給了她，多出來的時間讓飛梵不可能只是十三歲。她的思維一下子就成長。成長是老。還雨是真的老了，最終的朽壞等著他。但飛梵不是老。她是熟成，她比大多數人多了一大段時光。無以估計的時光。還雨亦曾被黑天石鋼胚餽贈時光，他十分了解飛梵的變化。

在他感到欣慰的同時，心中越發確定自己便要迎來死之將至。一旦莫以名狀的時間意志，被移轉到下一個人身上，原來的擁有者霎時就會裂解也如。是了，她被開啟，他就得被關閉。開啟和關閉是同時發生的事。他樂意接受，接受使命與力量轉換到飛梵那兒。他不曾想過拿回，何況那也是根本做不到的事——誰有本事奪回時光的意念？他想做的、可做的都已做過，還雨沒有遺憾。

黑天石裡頭的精魂，選中父親羅至乘，那是第一個，爾後是自己，然後是飛梵。他不得不明白。

他所感應到的神祕召喚，全來自它。因為它蟄伏在身中，所以做什麼都得心應手，如有神來。父親何以後來急遽衰老、長年病，他都懂了。但還雨不悔恨。他的人生還是他的。他對雪姨的心意不是它帶來的。那是他本來的東西。本來就有。

他百般檢視，非常確定它無涉於情感選擇。它只能締造靈光乍現，只能左右思緒。它僅是適時推動，而無法全面介入生命。還雨不在乎被神祕意念掌控，但對雪姨的情愫必須全然是他自己的，否則就太可悲。到頭來，真正重要的，是一個人，而不是一把劍。如果可以重來，他會為她放棄鍛鑄，放棄神異的鋼胚鐵胎。唯雪姨畢竟已逝，衰老與死亡亦悄悄地包圍過來。

其實，眼下還雨還是能鑄造，他提出的樣式與設計，仍會是江湖最拔尖的想法，但怎麼樣都缺乏意願。就像現在他若是想要，舒蓮音定會同意伴他終身。但何必呢？對她也就是寂寞作祟罷了。那樣溫柔的女子，害苦她作甚。

以往心智的強悍渺遠，而今他只盼著能靜靜思念雪姨，其他的，盡皆遠走吧。

而伏飛梵舞起寰宇神鋒，在光與影之間。她青春凶猛。所有事物對她來說，都剛要開始。人生與劍法都是無比嶄新的狀態。在飛梵的世界，太多新的存有與發現需要凝視關注，即使它們長遠以前便已出現人間。

還好在飛梵十歲的時候便將明暗神訣傳給她，羅還雨做對了。明暗神訣讓飛梵的基底穩固。當時，她對武學綻露濃厚奇異的興趣。雖然沒有想過黑劍會選擇她。但命運——命運的決定總是出人意表。

這麼多年來，羅家也攢積不少祕笈——羅家人並不練武，除了二哥羅還家。但二哥並非真的鍾情武藝，猶如飛梵。他只是想逃離水深火熱的鍛鑄場所，其實只要能夠離開羅家，二哥去哪兒都無所謂。二哥深信身為羅家子孫是詛咒，他極其厭惡礦石、工坊、爐火等等。關於火焰和燃燒時的各種臭味，以及金屬拚搏的作為，二哥都絕無好感。另外，也許，還雨私下推測，二哥離開的另一個原因，是察覺到母親和房道之間不可告人的愛慾吧。

今年傳來消息，羅還家正式接掌玄刀學。雖貴為掌門人，但羅還家的刀法根本不出色。而出身羅家的背景，讓玄刀學極力籠絡羅還家。玄刀學以為只要有神兵利器就能壯大門派，故積極地想與皇匠羅成姻聯親。由此，即能看出玄刀學的武藝水準何其低落，更不用說羅還家既無武學天賦，習武又太晚，壓根達不到高手境界。羅還家資質平庸，只圖日安常逸，一生沒有追求。但他確實過得順心得手，畢竟遇見玄夢聽，又兩情相悅，也就足矣。

還雨作主，讓飛梵遍閱羅家的收藏。反正她不是羅家的人，又有何妨。再說了，那麼多武學精要葬埋羅家，豈不可惜。能夠給的，羅還雨都毫無保留的給了。他對雪姨的缺憾，悉數補還在飛梵身上。

而飛梵正依照口訣調配體內明暗之氣，讓性質輕盈的明氣上飄，使沉重的暗器朝下方流動。明暗分流，可意識敏銳，耳聰目明，四肢靈動。她相當上手，能夠瞬間集中意念，推動明暗二氣的千流萬動。

還雨哥哥以前提過，明暗神訣是修補術，宛昭婆婆創來緩解羅家子弟代代相傳的奇怪能力。飛梵真的瞅過還雨哥哥施展金屬怪奇功，並不是他受到威脅，而是為了鑄造黑劍，他刻意讓自己的身體硬化，不受任何外界影響。還雨哥哥進入絕對清靜的冥想境界，為了確定寰宇神鋒的構想。羅家神功於哥哥來說，儼如閉關大法。飛梵還試過敲擊他，真是人身成鐵，哥哥化作各種金屬的總和，脖子的部分是銅，五官是金，頭顱是銀，軀幹則是鋼，四肢是鐵，堅硬得不可思議。當時，還雨哥哥自我禁閉七天七夜，等到從硬肉身出關後，雖神清智明，但體衰力弱，若無明暗神訣調養，怕要臥床呢。

飛梵親眼所見，方相信人可以變身金屬。但她不怎麼確知，這般怪奇的能力究竟是餽贈呢，抑或是某種不可預期的怨咒？而且，為何宛昭婆婆和羅還家沒有這種怪異能力，只有還雨哥哥有？

另外，明暗神訣實在有個重大缺陷，就是它沒辦法增累明暗氣。明暗神訣只能應用體內的氣，無法向外援引，也不能從內培養。似乎明暗氣的總量生來多少就是多少。這頗古怪。任何一種技藝的錘鍊，都該是可以累計的。如若不能，何以稱之為技藝。她練明暗神訣三年了，氣仍和從前一樣，不增不減，沒有任何進展。要走上武道之路，她必須讓氣有持續擴長的可能，否則遇見氣勁雄厚的高手，劍術再奇特百變，也是枉然。唯現階段解決不了，畢竟是內在疑問，可不是外部招式能隨意試著變動。飛梵也不痴心妄想於宛昭婆婆將神仙關的明還神氣傳授給自己。

因此，氣的部分，暫不理會。她現今只得盤算如何演繹出一套劍法。她在某本祕笈裡讀到，劍法是從外在的天地萬物，回返到內心的直觀。她喜歡這個觀點。劍法的奧義確該應是如是——

劍法是，劍與萬物的融接。

寰宇神鋒是羅家父子兩代合力冶煉鍛鑄的新武器，他們傾一生所能要製造的絕世。絕世，就意味絕頂於世間，又或者是絕滅於塵世。新武器將為江湖帶來不可預期的改變，改變使用的人，也改變整個武林吧。這把黑劍或如哥哥堅信的，將是一終極武器。它可不能交給會濫用它的人。哥哥信任她。還雨哥哥這麼轉述他父親說過的話語，「你將來要鑄造的新武器，將從黑天石鋼胚煉出的曠世奇兵，該是天地洪荒宇宙的武器，該是眾生的武器，也就是，所有時光蘊含其中的武器。」

以前對此煞感困惑啊，劍與時間如何能有關係？什麼是所有時光都在一把劍裡？新武器如寰宇神鋒，當真有那樣子的神祕奧妙？現在飛梵就明白了。寰宇神鋒的確有著讓人體驗到時光悠悠的力量。因於此，她腦中才閃現這般念想：一套絕世劍法也該能與時間有所融接，（應該是這樣子的吧。）

舞著舞著，她舞著劍，像是與寰宇神鋒一起在時間的無量之中漫遊，感覺自己被吸進去。寰宇神鋒牽引著她。它的裡面有更深的什麼。劍將她帶入無窮的裡面，她被帶到不可思議的盡頭，她穿過盡頭。渾沌黑暗的深處。

而宇宙降臨。

如來如去，如有神來，如有神去。

許多奇妙的思議跳入思緒底。一下子她就沉浸到最深。她罔顧倦憊極了、遂倚坐在一株鬼雨木、閉眼而憩的羅還雨哥哥，伏飛梵一心一意探索無窮無盡以後、不可言傳的絕祕境界。劍誘發所有的神奇。體內似有無盡寶藏可供挖掘。而手裡的黑劍持續在空氣中、陽光裡、林蔭下舞動不休。寰宇神鋒一分一寸地打開更深沉的部分，同時也開啟了她。

劍乃觸及著某些不可觸及。劍如神。劍是自己的神。劍一個細節一個細節地為她展示移動、軌跡、滑翔、流轉……飛梵放任自己的手，做出各種動作，以感知黑劍運使的最佳模式和組合。明暗氣組成一小輪一小輪的迴旋，肉身裡形構出一小天地。

劍與自己的精神往來，她的身體就是她的天上地下。

跟著劍一起發掘劍法的她，彷如活在無人世界，彷如身處無人時光。

全然忘懷羅還雨、鬼雨森林、所有劍以外的事物，甚至她的身體、她的心智也都被遺忘。時間像是不存在。這裡沒有她。這裡沒有這裡。她與劍進入一種無盡。無可描述。

無盡是超越。無盡是極天際地後的神異。無盡讓深藏在肉身裡的天然空間甦醒，與宇宙洪荒重新產生連結。劍讓她找到自我。劍讓她脫離自我。劍讓她越過自我。劍讓她發現無盡在體內。劍也讓她找到劍法。

如此不可講述的無盡將會顯露成一套劍法。

有如神祕的懷孕。她還不懂什麼叫懷孕，但這就是了吧。一有了這樣的想法，神智忽然回來了。她發現自己正在旋轉。她在旋轉的姿勢裡旋轉寰宇神鋒，有所騷動的黑球也在旋轉。且黑劍揚劃的圈圓，連連綿綿有若蒼穹臨降。為何如此？飛梵深感驚異。而她尚無從得曉，此刻所施展的，日後即是寰宇無盡藏劍勢的第一式，她所創開天闢地劍學法門的第一招：神形。

她緩緩停下急轉的自己和劍，臉身皆汗，黏膩難受。她喘急。無盡的意念逼迫做出匪夷所思的動作，激烈非常，對軀體甚是損耗。調整呼吸，深深凝目黑劍，有一明悟升起，（跟寰宇神鋒相遇，）她相信，（會是此一生最重要也最美好的事。）而當她把剛剛的體驗完整化造為一套劍法，（那將會是最好的劍法。）她驟而陷入狂喜之中。

而最好的劍法如同時間一般，時時刻刻保持流動變化，會觸動啟發，會生生滅滅，會像時間就是時間的毀壞，會終結，但又不真的完全消失，會留下某個影像、印象，或者想法，也會有長遠作用，滅亡以後，仍舊在人的記憶底運作，堅持到底，甚至直接是技藝的本身。

完全未知的劍法。一無所知的劍法。

劍就是詩，劍就是時間。

劍就是龐大的時光，時光的初始，如有來，如無來。如來之來。

劍是無盡，時光也是無盡。

跟萬物同在的劍。這是她想要達到的目標。

她不曉得要多久或要怎麼做，但她願意窮盡一生去嘗試。這必是她的生命原則，她必須忠於。劍道將成為她的信仰。這把劍會跟著她一起邁進。這套還沒有名字的劍法，值得窮一生之力去創造。

一生劍學。這四個字在腦中突如生成。是了是了，是這樣了。

飛梵慢慢自狂歡也如的體悟平靜下來。此後，路程迢遠哪。

使完劍，她依照明暗神訣靜靜調息，無多久，聞到身上有血味。莫非月事來了？七天前才來過啊。飛梵愕然。出門時，可沒想到得帶赤纏。如何是好？想想，伏飛梵身影一溜，滑到某棵鬼雨木後，使黑劍斜倚於樹，解開裙頭瞧，確實褲下染紅。但無腹痛啊。旋即思及，啊，是初破紅吧？聽人提起過，劇烈動作可能導致如此。

而沒有初破紅，就不是完整的女人。對男人來說，沒有初破紅就不等於純潔。不純潔即是不完整。飛梵聽了就覺得奇怪，男人都想要做女人的第一個男人，並見證初破紅。可是，女人在初破紅以後就不完整了，男人還要？

女人在這個武林裡，像是並不存在。看不見的女人，不存在的女人。唯飛梵要成為宛昭婆婆一樣的女人，有龐然存在性的女人。那些情情愛愛，窮極無聊，飛梵壓根不想擱在心上。她沒那種閒工夫度理。是的，沒有初破紅就沒有，反正她沒所謂。

飛梵把褲下翻起，確認略有滲透，但量不大，沒那麼明顯。把帶來拭汗的軟巾取出，本要往臉上擦，但遲疑一下，改墊在褲底，又穿回。以衣襟將臉頸的汗盡可能抹去。還是不想在還雨哥哥前顯得狼狽哩。也不知道身上的味兒，哥哥聞了覺不覺得臭？飛梵擎起黑劍，又回到剛剛的地方。還雨哥哥正睜眼望來，眼裡是疑問。飛梵也不知道怎麼解釋，僅只搖頭，原本因為用劍至喜而鮮赤的臉，更是潮紅。

羅還雨沒有追問，心想女孩畢竟是長大了，該是身子有急，去便溺吧。她小時候的屎尿，他也不知把過多少了啊。羅還雨沒打算取笑自己一手帶大的女孩。想起她嬰兒時期的模樣，床鋪上滾爬、嘴笑眼也笑、開口爹爹爸爸亂叫，心兒就甜。不能跟雪姨有結果，至少能夠在一小段時期假裝自己是父親。但她三歲後，還雨就不許她喊他爸爸，改讓她叫自己哥哥。而這會兒呢，飛梵已來到十三歲。也該有些男女之別了。再說了，這年紀的孩子臉皮極薄，即便她是寰宇神鋒選中的天命之人，也還是個女孩，不小心惹惱了，也是不妥。

羅還雨靜默地從隨身帶來的包裡，取出方圓絕息，遞給飛梵。飛梵慶幸還雨哥哥沒問下去，她接過來，大口吞噉。方才的與劍同舞，精力大折損，的確需要補充食物，還是哥哥細心。還雨哥哥今天準備的食物，形狀外方內圓，口感酥脆，但內餡是柔嫩的蛋蓄、甜粉，十分美味。「坐著吃吧。」還雨說。飛梵一邊吃一邊落坐距離羅還雨一步左右。但願哥哥沒嗅到汗臭。

還雨見飛梵吃得心滿意足，想著雪姨的手藝真是沒話說，方圓絕息也是雪姨傳給他的。少年時的他，還有心思餘力跟雪姨學廚藝，雖然只學了幾樣，後來也只親手做給飛梵吃。但他不介意別人學，雪姨對食材煮食的想法，也該廣為流傳，因此羅家遂有幾道獨門料理，挺受歡迎。飛梵也學，但最終能做的只有拿舌。「反正有還雨哥哥做嘛，我吃得著就好。」她說。

還雨哥哥現時瞅自己的眼神，充滿無比的慈祥與溫柔，飛梵心中也就暖熱騰騰。有傳言，飛梵是福宛昭和房道的私生女，畢竟太可疑了，如是不相干的孤兒，為何要百般照顧，近乎縱容？兩、三個月前她直言問過，但還雨哥哥那時說了，「妳姓福，只因為妳母親確實也姓福，她是我母的遠親。不要因為妳是孤兒，就懷疑妳的幸運。我待妳好，不為妳是我的誰。」伏飛梵也就相信羅還雨講的，其實就算當真是房爺爺和宛昭婆婆的私生，她也不以為意啊。

等到飛梵吃完，羅還雨又從囊裡取出小爐、茶盅和茶壺等。他讓飛梵去拾一些小枯枝，就地要煮茶。「我們在這裡飲一壺熱茶吧。」想起雪姨陪他走在鬼雨森林裡的羅還雨，無限懷念地說著。飛梵樂於從命。

他們看著火花生成。羅還雨小心地撥動枯枝，水一滾，他就取下水壺，注入放好茶葉的茶壺，迅速將第一泡茶液倒在地上，跟著又注水，等幾次呼吸，倒進茶盅，又沖注第三次，動作不徐不疾，頗有門道。而茶香滿溢，令人心曠神怡。

飛梵專注望著，這套動作以前看習慣了，不覺得怎麼，但今日卻格外有奇怪的聯想，總覺得這裡面也有劍。火與葉片舒展，詩意非常。飛梵的手自然揮舞，模擬眼前的形象。她舉目所及，無一不劍。那就是萬物皆劍了，她忖思著，但，（不對，劍無法容納萬物，劍不等於萬物之主。相反的，應當是劍生於萬物，劍在萬物中體現才是。）

還雨倒沒有想過她竟能夠在茶與火裡讀劍。他只想要與飛梵共飲雪洗茶。雪洗茶有使膚色明亮的功效，雪姨素來嗜飲。還雨拾茶盅，倒茶液於兩茶碗內後，要飛梵自取一碗。她停下動作，拿茶，飲了。

飛梵從小耳濡目染，即便興趣不大，也略有品味。雪洗的沁香後韻，煞是迷人。雪洗茶得來不易，若非皇匠羅家，還真是喝不著。在一尊堂的掌握下，雪洗茶的量素來遭受嚴密控管，價錢非常之高，尋常人真是窮一生也飲不得。

不獨是雪洗茶如是，三大名茶皆在六大劍家的控制，雪洗由一尊堂獨攬，沐情是墨家日上門所制，玉露為司家金相御的範疇，非有本事或富貴者，無能得之。飛梵對此也有疑慮，憑什麼辛苦種茶的，非要受制於江湖門派不可？她是個對武學有大熱烈的人，但不代表她認同暴力。武學不等於暴力。她沒辦法認可一個組織運用自己的力量欺壓榨取他者。幾時做出這些名茶的茶戶，才能夠擺脫武力的控制呢？

還雨哥哥忽然開口：「總有一日妳該創建門派，全心全意為劍學傳承奉獻。」此後，她只有她自己能依靠了。他期許，她既然要走向武學長路，就要壯志凌雲，要闖天越地，終能比擬一關雙天六家劍主，甚至更優勝之，大光大耀。

飛梵卻沒有成門立派的意思。劍學是孤獨的，孤獨地探索和追尋無限。無限已經是那樣動人的事，她不以為還有必要去競逐其他。組織什麼的，無謂至極。是的，對飛梵而言，創造一個組織，就跟血緣一樣，看不出有何必要。不是顯得綁手綁腳嗎？再說了，她一直覺得門派是無比自私的地方，不管是排位列階還是敵我劃分都是異常強調自我優越的做法。她的私欲不需要用如是方法滿足。

舉頭仰望，天際如許之廣，色青澤白，再遲一點，夕日將落，無邊絢爛，又或者晚夜，掛空的二十八星宿明亮璀璨，足與無盡的暗黑敵抗，那又是何等的強意絕志！有了無邊無盡如她，又怎麼會想要世俗的成就呢？對了，想至此，飛梵進一步思考著，是否有可能從日月繁星裡變化出劍法？每一招都隱隱呼應星辰運行？

（劍法有極限嗎？如果有，劍法的極限在哪裡呢？我的一生如果能夠逼入那個極限裡，要付出什麼代價都可以，都無比值得。）飛梵的眼中綻裂神光，像是整個人要飛越開來，直入雲霄。

飛梵像是遁空入無一樣的出神，而未聽聞羅還雨說著遺言一般的話語：「時間是不停不停的迴旋，所有的事物都在重複著，重複的創造，重複的毀滅，沒有什麼是新鮮一如初生的，但也沒有什麼是真正的陳舊老朽。傷害如此，喜樂亦如此。我去了，又有什麼關係？」什麼是終結，什麼又是開始呢？羅還雨病厭於世，總覺得生也好死也罷，其實不過都是天循地環，自然而已。

對人來說，生老病死就是時間，身體就是時間。人的身體是時間的證據。望著少女臉上的光焰，還雨哀傷而平靜地想，青春很短，相較於此後人生的漫長，青春不過是一瞬間。

而時光悠悠走過，只是走過，連綿不斷走過，且把帶來的一切全部帶走。

在如劍一般的時光裡，誰不受傷？誰不天毀地滅？誰不是神魂俱散呢？

餘碑之一

狼遊也如的舒餘碑與房明皇，來到魔嶽——這是個黑暗名勝。據說，頂峰有顆怪石，能夠引來雷電轟劈。餘碑心性喜於冒險，一聽明皇提起有這麼個古怪之地，就拉著房明皇，趕了五天四夜來到此山。他們到了山腳下，房費盡力氣扯住餘碑，「你當真要上去？」舒餘碑也不回頭，「我們都已經來到這裡了，不看看石引天地異象，何等可惜啊。」他眼光雪晶白瑩的，好若只是隨興旅覽旅覽罷了。房明皇素知好友脾性，這人啊，年齡已屆三十，但行事仍是個絕不瞻前也無意顧後的大孩子，活脫脫一猿猴，難能控制。沒奈何，明皇也只能隨後跟上。

他們走在扭曲的山徑上，真是隨地焦黑，彷若連山也粉身無數碎骨難盡過，像是走在地獄。房明皇感嘆地表示，如此奇景，不愧是魔嶽云云。餘碑東張看西望顧，但眼空神無，其實並未認真地瞅，只是視線的遊來移去，他一邊走，一邊打了個哈欠。房明皇距離他半步，看得明白，就連到魔嶽這般凶險之境，其好友也是一副可有可無的模樣，看來要引起他的熱興烈趣，委實難矣。

他生來就是舒家大少爺，而且是天縱奇才，學什麼做什麼，都是輕而易舉手到擒來，人生無艱無難。年紀輕輕，一出道就是萬丈輝煌萬世絢爛，不可一世，到了他二十五歲，江湖人就拿他與何振諭、天機狂人、墨破禪等並論。

提起仙劍室主人何振諭，距今二十一年前崛起，不過十年工夫就有天下第一劍之譽。而天機狂人身為神刀之尊，將天機變二十四刀擴展為三十九天機破，重振神刀關聲勢，力壓雄霸武林多年的還雨劍院。墨破禪是他的得意門徒，據聞三十九天機破的威力業已不在天機狂人之下。雖然不是公論，但舒餘碑與這三人無疑並列，乃是目前的武林四大高手。許多人都在推測究竟誰才是真正的天下第一？明皇想著，有朝一日，餘碑終究會跟仙劍室主人何振諭、神刀至尊天機狂人、極刀墨破禪等分個高下吧。武林凶惡，終究是由不得你不戰不決的。

但房明皇深悉，餘碑壓根不在乎自己究竟排不排得第一，他覺得天下第一是假的，無敵更是最可笑。稍早，他就講了：「這個江湖，真的有勝利這回事嗎？你今日擊敗了誰，明天誰擊敗了你。勝負來來去去，有誰可以永遠勝利、完全勝利？何況，活在時間裡的人，真的有任何足以被名之為戰勝的一刻？面對時光，人不都是慘敗的嗎？爭什麼鬥什麼，都只是可笑小把戲。時間來去，萬物灰滅。」這番話倒是灑脫，但其實是沒有事物能夠留駐在他心中。餘碑的心是空的。房明皇比誰都清楚。

他從未看過比舒餘碑更被動、更無所謂的人。餘碑的的名氣，全都是被動得來的。他沒有主動追求過。反正沒人會是他的劍下之敵，反正有的是慕名而來非得與他動手的人。別人要打，他也就打，打著打著，也就顛峰。十九歲踏入武林，短短六、七年間，遠近馳名，渾然巨型新星降世。他是天打他是雷劈，像是給競逐武林聲名的人一個徹頭徹尾的教訓，好讓他們曉得何謂真正的天一般高手、神也似劍客。他的活色劍很快就變成第一名劍，人人爭著目睹，舞起來、具有紅男綠女交歡之影的劍身，他的天上人間劍術，更是讓王葉劍居大領風騷，這幾年間鋒頭完全壓過王葉舒的宿敵還雨劍院。

舒餘碑外表光鮮裝扮亮麗，瞧起來人模人樣，一絕世佳公子。惟私下的部分，著實萎靡、骯髒。這人啊可以十數日不澡不更衣，黑膚烏皮，人身皆垢，他也自在其樂。若非有明皇替他梳理、張羅，餘碑定定必一落拓漢子，頭頂亂髮，身上全虱，臭不可擋。不過也奇怪啊，就算餘碑邊幅亂凌，也還能吸引女子投懷，形貌俊秀的他，舉手投足都有教人眼珠直瞪的美感，就連一個哈欠也能風靡。明皇伴在他身邊久矣，完全見證餘碑如何顛倒眾生，所到之處盡是瘋魔癲狂，半夜要爬到餘碑身上的女子夜夜皆有，總有誰渴求餘碑施歡。說來可笑，明皇有時還得阻一阻想要夜闖的女子，說裡面還有人呢。

而餘碑就像被動應戰一樣，來者不拒，但從未為哪個女子動心過。後來就有巷傳弄言說道，餘碑根本一木石，又硬又挺，但也僅止於此，他全然不懂溫柔，就是躺在那兒任憑女子馳騁，再怎麼激烈潮濕，也誘不起他的反應。但這樣的議論仍舊阻攔不了願意獻身的女子，暗夜蜂擁。彷彿他的身體是黑暗的沃土，深深地吸引萬家女子翻耕，但從未被真切地開墾過，沒有人可以在裡面真正地植種出生機。他獨自活在他的絕頂裡。沒有別人在的絕頂。他是他自己的曠古。「人生到底有多百無聊賴啊。」舒餘碑經常這般說。

身世、女人或劍術，一個男人能有的，他都有了。他是人人豔羨的絕世人物。但卻一點都不快樂。他沒有滿足。餘碑是完整的荒廢。他沒有發現任何意義。人生是可疑的。堅實的武學，也沒有帶來更具體的命運。他棄厭無謂的責任與使命。他是王葉舒的公認繼承者，但他可不一定樂意，只是沒反對，但也沒承認過。女人暗來黑去的情情愛愛，是最好的人生調劑。餘碑的日常，就是天下闖蕩江湖跋扈。他無往不利，他是天生劍武奇才。他就是他自己。他要為自己完全自由的活。

但什麼是自由呢？當他做什麼到哪裡都沒有任何障礙，自由又能在哪裡？他的行動是自由的，但他的心靈沒有。他感覺到一徹底乏味命運的籠罩。一個巨大的籠子活生生地困住他。

自由亦是武學劍道的至高真理。可是餘碑輕輕鬆鬆就到了最好。他不知道極限在哪裡。沒有人可以跟他比擬，他也無意與誰相較。他就是能把所有來到身前的事物完全操握。舒家的瓊宇劍法已是不凡，到了餘碑之父舒啟丈手裡，又做一次大革新，創朝露神功，立天上人間劍術。而餘碑甚至練得比他父親更好。他跟舒啟丈的關係一向不大好，到了餘碑更勝乃父後，其驚人才賦使他打心裡瞧不起自己的父親，也就更疏離，至於母親或其他親友也同樣陌生，餘碑對親情毫不在意。舒家素來傳統是門主得王葉劍，少門主持活色劍，但在餘碑遊歷武林以後，就有「活色躍一，王葉其二」的說法。

當餘碑運起朝露神功，體內真勁生意盎然，一旦發出，敵對方無不心曠神怡，彷若遭受一神祕洗滌，心純思淨，渾身晶瑩分明。朝露神功被譽為有革面洗心之效，再熾烈的戰意與殺機都會被驅走。天上人間劍術亦神異無比，起手勢近似瓊宇劍法，劍招係由腳底發勁，節節震盪而起，劍光有如在空中造出一夢幻樓閣，但天上人間劍術又多了三點變化——往昔舒家劍法講究瓊宇炫目，但重點在於稠密劍勁制敵，而天上人間所幻異的虛空樓屋，一方面更為華麗絕對，另一方面則以之困敵，儼然罩落一巨大屋宇；其二是劍光組成的幻麗蜃樓會炸裂，噴出無數的天上劍泉；最後是劍有嗡鳴異響，可擾敵心神。王葉舒得以在短短幾年壓制還雨劍院，全憑朝露神功與天上人間劍術。

餘碑曉得有一種說法是，父親與上一代仙劍室主人何夕花頗有淵源。兩人相戀，但終究無正果，何夕花情傷後，大病辭世。而舒啟丈兩套功法的奠基則是源於仙劍。因此，王葉劍居被說是偷師女人的劍學。有記憶以來，父親對此非常敏感，如若誰膽敢公開議論，他不但要大張旗鼓地闢謠，還會不惜親自動手，讓人曉得此類竊語會招惹出什麼死生後果。

一百七十年前，舒啟丈的祖父不僅將玉葉劍改為王葉劍，玉葉居之名易為王葉劍居，自有謀王圖求霸業的意思。王葉舒的輝煌、強盛，一直是舒啟丈的第一大事。舒啟丈對身為王葉舒傳人，非常自豪，不容他者閒語褻瀆自家本事。但在餘碑來看，學女人就學女人吧，又有何關係。女人的劍不是劍？女人的技藝不是技藝嗎？餘碑覺得父親的盛怒與舉動甚是無謂。

再說了，仙劍室十萬分隱密，罕有傳人行走，雖人盡皆曉，仙劍絕藝計有湧泉劍式、絕哀樂劍法、錦衣劍法三種，內藝則名為明還神氣，但又有誰見過？後來，揚名立萬的何振諭奪天下第一劍美譽，也僅現身短短十年間，其人戰遍武林各大劍派，包含還雨劍院，能夠眼見的人幾乎沒有。每個與何振諭對決的人，皆未生還。仙劍武學也就眾說紛紜，曖昧費解。十一年來，何仙劍銷聲匿跡，究竟還有沒有這號人物，乃至只聞其名未睹其跡的仙劍室，俱是存疑的。

仙劍室，那是女子的聖境。據說仙劍室規條，只收女子入門，傳女，不傳男。但這一代的仙劍何振諭，又是什麼意思？而何故仙劍沒有找上王葉劍居？這裡面就有了許多的猜測，包含有一段時間，江湖人語道：莫非何振諭即是何夕花與舒啟丈之子？父親則詛天咒地說自己絕無與何夕花歡好，豈有可能生子，云云。舒餘碑倒覺得有個同父異母的兄長，也是無妨。這樣挺新鮮的，有何不妥？不過，年紀相差太多，父親怎麼樣也生不出應當與他近齡的何振諭吧？而隨著仙劍不履江湖，此一謎團終是無解了。不過反正，餘碑也未必真的想要探源。

其實，天上人間劍術委實濃情密愛，餘碑很難相信父親創制此劍法時，心中沒有萬千柔情似水思慕。舒啟丈必是深深地與誰有過一場轟天動地情事，才能打造這般深刻的愛之幻影戀之迷離。很諷刺的是，餘碑自己知曉，他可沒有經驗過刻骨銘心，對他而言，女人來去如潮，有時大潮，有時小浪，終歸都是有的，但沒有一個讓他有滅頂的感覺。他也費解，明明對男女情愛無謂如他，卻能把天上人間劍術用至極致，難道，（我心中對情愛仍舊有不滅的信念？）否則又怎麼會達到連父親都不能攀越的劍術顛峰呢？但，（這是可能的嗎，我還有在乎的事情？這世上還有值得我等待、追尋的情愛？莫非，我在等待？等待一個絕無僅有的事物來到眼前？我此生長久的無聊，只因為真正有趣的，還未來到面前？）思及此，餘碑覺得心坎裡的荒涼更深更黑了。（唉。）

舒、房二人愈來愈接近魔嶽之頂，一顆巨大異常的怪石矗立，如絕嶺之上又另起了一山巔。那石頭有幾十人合抱的龐然啊！明皇仰頭一望，心中驚駭難止，此巨石從何而來啊？他為之卻步。此時無雷電轟擊，而且大白日的，也不會忽然就變成暴雨狂風之日吧？可巨怪般的岩石，猶然教他心寒。餘碑繼續前行，一無所懼。明皇甚感惶恐，急忙拉住舒餘碑，「這裡，也就可以了。」沉湎在恍思惚緒裡的餘碑回頭望房明皇，「仍未到最頂啊。」明皇搖搖頭，「上面危險。若遭雷擊，如何便好？」餘碑抬頭瞭看，「天雷若至，何等壯景！」明皇哭笑不得，「那也得留住性命在，才能目睹。」餘碑似乎不打算理睬，就要邁步。這回可不能任他胡來，房明皇使盡力氣扯住餘碑，「止步，止步！你就聽我一回吧！」幾乎是哀求的口吻。但求刺激、好讓自己有鮮烈活著意味的餘碑，覷見好友眼中幾欲奪眶而出的淚，嘆了一口氣，不再往前。

驟然，天清雲白的風景一變。巨變。黑雲大旗大鼓地來，一下子壓得天際烏墨也似，雷聲在遠處，如暴獸悶吼。妖異幻麗的閃電落下，像是一道絕美的撕傷。黑與白的對比，淒迷如詩。爾後雷也就到了，彷若山搖地動的到。

房明皇以為山頭就要裂開，自己就要墜落深淵，心狂跳，呼吸窒礙，他差點栽倒，連忙伸手搭住舒餘碑。身處白日黑夜，房明皇才知何以魔嶽是魔嶽，感覺身軀跟著雷打電炸就要支離破碎，他整個人貼上餘碑，簌簌抖顫。餘碑倒好，也無心驚也無駭，沒事人似的直盯著電光在怪石上打出大蓬火花。雷電都被招引到怪石上頭，激烈糾纏，劈啪響聲不絕。怪石的震動，也導致魔嶽的震動。餘碑立穩，考慮著要不要飆前，拔劍相對？然房明皇緊緊靠倚，餘碑得使勁甩開友人才能前撲，瞧友人如是之驚懼，他倒也有些不忍心。

際此雷轟電閃，房明皇忽爾縱容自己脫口說出：「我的心中，有你。此一生，也就非你莫屬。可你知曉嗎？」巨大的聲響，他的話語似乎只有自己能聽見。才講出口，他就後悔了。縱然餘碑聽見了又能如何呢？明皇很了解摯友，餘碑對女子的漁色獵豔，他還少看了嗎？更何況雷動山晃，如何可能聽見？房明皇對餘碑細表情愫，只是枉然。

但實際上，餘碑聽見了，卻沒有任何動作。是的，即便雷狂鳴電亂轟，他還是聽見了。唉。但他又能如何。隱隱約約，他早就感覺到明皇對自己的特殊情感。可餘碑當真是沒有那樣的想法。他一時也不知如何便好，只能裝作未聞。且他是男子之身，明皇亦然，兩個男人如何相依？縱然餘碑是個無所禁忌者，但若要對另一男子實那親密之事，也是萬古不得。他保持沉默。

雷電倏來忽去，幾個呼吸間，又回復平靜，連雨都沒下呢。明皇依依不捨地離開餘碑的背。房明皇眼巴巴地看著餘碑，餘碑回視，但裡面幽幽蕩蕩，無著一物。餘碑又慢慢把目光轉為魔嶽之頂，凝望異石。明皇的眸子裡落寞難掩。

餘碑開始武林狼遊的那一年，外出採藥的明皇與之巧遇，當時他才十五歲，情難自禁地跟在餘碑身後，也就這麼多年。他陪在餘碑身邊，出生入死，好幾回餘碑負傷，都是他不休不眠照料的。明皇也有幾度危殆，深陷凶機，亦是餘碑奮力救回，不讓明皇受害。跟著餘碑完全是忘情之舉，明皇沒有後悔過，再說吧，餘碑的確重視和明皇間的友誼，他也就沒能怨懟什麼了。

雷擊電飆結束，餘碑對明皇伸手。明皇下意識就要把手搭過去，但餘碑說：「酒來——賞雷覽電，豈能無酒！」房理會過來，手往囊裡探，取出麗汁酒。舒餘碑拎住酒壺，大口吃酒。明皇要他喝慢些，「珍世之酒，怎能胡飲？」餘碑也沒理會，醇厚圓熟的酒液，入喉如歸家。房明皇看了卻直搖頭，這麗汁酒極不容易得，就跟三大名茶一樣，要有門路、手段才能得之，有俗諺云：麗汁佳人，入口多情。如果沒記錯，一壺麗汁酒抵得過一把皇匠羅家的最精緻刀劍，但餘碑卻像是喝水一樣，可惜可憾。舒家大少爺就是舒家大少爺，天下一人，任他跋扈。這人啊，似他這般放縱，臨老時，難免叢生百病，明皇委實替他憂心。

麗汁酒於舒餘碑來說，也就是酒，只是比一般的酒更香，後勁更強罷了。萬事無味啊。他瞧嶽頂，覺得這巨石也怪可憐的，只能固守原地，被轟被炸，動彈不得，再龐然再雄威又有何用，還不是任雷電宰制？而他多麼想像天上的雷電，飄忽來去，無人知曉。浪蕩啊浪蕩，遍地居無隨意定所的歲月，在他原來的想像裡，應該是多變的，豐饒有趣的，但根本不是那麼一回事，地上的日子，怎麼過都是一樣的，也許天上會是截然不同。（有沒有辦法抵達天上呢？人間是沒有自由的，天上應該有的吧？）他想。

自由，自由才是武學的最高奧祕。武學使人挑戰極限。但極限是什麼呢？極限以後，應該是自由。少年時，他非常篤定，尤其是練習天上人間劍術，他感覺得到裡面有個神異的境界等待他翻闖。可是等他到了現在的位置，就再也沒有了。天上人間也是稀鬆平常。他的劍法已經來到極限。天上人間劍術進無可進，他怎麼修練，都感覺不到再有可能性。當他窮盡此套劍法的所有變化之際，世間於他，就再也無甚驚奇。是啊，都是可知的，可預見的。他跟別人動手過招之前，就已經可以精準曉得自己會在第幾招擊敗對手。這人生有什麼樂趣。所有東西都是固定的，多麼匱乏的人生。

「不過如此，」舒餘碑望著魔嶽怪石，喃喃著：「不外如此。」講完，他隨手扔開丁點不剩的酒壺，碎裂於地，掉頭便下山。房明皇搖頭，快手快腳將碎片拾好，以免有人誤踩，肉傷腳裂，再忙慌跟上。

兩人一路無語來到山腳下，餘碑停住。房明皇總算能喘口氣，餘碑腳程頗快，明皇追得吃力。他跟已然為當代高手的餘碑可不同，明皇沒練過武功，只能依靠家傳口訣調理體內紊亂的氣息，慢慢呼吸。

而舒餘碑茫然四顧，立在魔嶽之底，他竟有無所適從之感，十一年了，從十九歲至今，他成天遊遊蕩蕩，就為了找出世上有何值得之事。結果？有一種淡淡的死在他體內騰駕。他想死嗎？也不是。唯到底有什麼是他非活不可的呢？真正麻煩的就在於此。沒有非活不可，也沒有非死不可。人生。窮極無聊的人生。長長的無聊的一生，他這輩子活到現在，有什麼是值得呢？有什麼讓他非追尋不可？

時間，時間。時間是那麼無謂那麼無有意義的東西。時間包圍著他。時間沒有自由。時間不給人解脫。時間是人最大的囚。他還要活多久才能卸除這樣的乏困？一輩子無趣無味，還不如死了。但餘碑體內的死還不夠壯大。似乎連死都是無聊的。如果死，可以讓他自由，他也就死了，有何不可。但他能夠確定嗎？死是一件比活更有意味與樂趣的事嗎？他想像不到。沒有人可以告訴他，死到底有趣與否？死後的世界會是人真實的醒來？還是完全的昏暗？抑或是原來人生的重複再來？

他的心狼著。他就想著去荒原去過孤絕至上的生活。他跟他的孤獨為伴，天開地闊，沒有留戀，沒有執著，一切盡付時光長河悠悠慢慢，反正沒什麼是有意思的，他絕塵棄世又何妨呢。但麻煩的是，這個世上似乎沒有一個可以讓他真正狼的地方。哪裡還有荒原？哪裡沒有人？哪裡沒有時間？他要的究竟是什麼？餘碑也說不上來。總之，所有事物都極其平庸乏味。十九歲的時候，他離家出走時，相信人間會有一個什麼，讓他極度樂意活著。他想要某個絕對的東西充滿自己的生命。劍法不是，女人不是，名聲不是，地位不是，這些都不是，都不能充滿他，反倒讓他愈來愈虛無。當前此刻，他想不出自己還有哪裡可去？

明皇緩過呼息，走到餘碑身旁，側首瞧他，目擊餘碑滿眼的空無，非常心疼。他什麼都有，要什麼就有什麼，但他卻是最孤絕的人。他的孤絕是至高的。他像是獨自活在無人的世間，沒有誰能夠吸引他。他的孤絕是無上的。他像是從天邊降臨的神，面對凡俗，毫無興致，只得一日一日消生磨死。可是他終究是人，一個活生生的人，但生命缺乏，沒有足夠的理由活著，沒有愉悅，沒有哀傷，沒有足以擊倒他的狂喜或狂悲。房明皇想著，再也沒有比活得像是個神更痛苦的事。變成神的人，或許是最悽慘的。

舒餘碑的目光掃過明皇的臉，身子轉圈，又凍在他們身後的巨怪黑石。房明皇生怕他又異想天開到上頭劈雷砍電，也沒多想，脫口而出：「我們不如去裸璃塔瞅瞅？」餘碑的眼神還是幽幽空空的，但總算有點反應，「還雨劍院？」房明皇大點其頭，「是啊，據說由伏無鋒所建的此塔，極其華美璀璨，另外還有絕世的伏家女子，怎麼樣都值得一探究竟吧？」餘碑略生起一些興趣，「也好。聞名已久，未曾去過。」舒餘碑邁步。倒是明皇又有點後悔，畢竟，王葉舒與還雨劍院交惡是不爭的事實，尤其餘碑不久前才與一旅還雨劍院人馬對峙，殺傷對方不少成員，隨後才馬不停蹄地急赴魔嶽。如今他們直接闖至還雨劍院，是不是過於挑釁？但只是，遠遠地看看，應該無妨吧？明皇暗自安慰自己。然則，餘碑是他拉得住的嗎？

王葉劍居立足於大鳳嶼，而至仁坪在大鳳嶼的西北方，魔嶽離大鳳嶼不過一個時辰的行程，房明皇想到此，就問舒餘碑，「是不是該回家看看家中長輩？」餘碑斜睨了明皇一眼，沒開口。明皇也就懂了。他沒再繼續問。舒餘碑挽起房明皇的手，把通透輕盈的真勁渡過去，拉著他飛奔起來。這是明皇最喜歡的時刻。餘碑的氣就在自身裡，無比親密，令人陶然。他分外分外渴望能這般無止境地相伴奔馳。但沒半日工夫，夕落之際，他們已來到至仁坪外的無期崖，終究是不可能永遠的啊。餘碑放開手。輕飄飄的感覺即刻散去，明皇又感覺到肉身沉重，地面堅實。

崖外，是大片大塊的空闊。餘碑站在那兒，強風吹拂，髮揚衣舞，有若飄然仙人，彷若下一刻就要凌虛渡去。他的風采，明皇瞧得著迷，眼底癡狂爆裂。餘碑望著崖下，凶險絕頂的山澗，人若掉落，必然無命。不知道如果是自己墜崖，能不能生還？他的朝露神功和天上人間劍術，能不能與萬丈深淵搏鬥呢？死的念頭渺渺小小地糾纏著餘碑，鍥而不捨。再這麼下去，生死無謂的自己，恐怕真要一頭撞上絕險。

忽爾，一大片熾爛在眼前炸開。餘碑抬頭。眼前是被落日點燃、幻象光彩的高塔。還雨劍院的裸璃塔。先有神刀關壓境，後是王葉舒處處與之敵對，還雨劍院深陷腹背受敵困境，但這座塔啊，真是華美絕倫，塔的劍之外型本就受注目，再加上以琉璃瓦工法堆造，更是璀璨得教人目亂神狂。不過，餘碑卻想到，像這樣的塔必然要費上許多心力精神和錢財才能維護，單單是裸璃塔的外部清洗，就是一大大難題。尤幸還雨劍院人員都是些練過武的，攀上越下想來也不是辦不到的吧。

隨著餘碑的視線遠遠瞧去，房明皇也是讚嘆不止：「壯麗啊，這塔！」餘碑想著，不知道高塔上的風景如何，新不新鮮有不有趣呢？他舉步往塔方向走去。明皇也跟著步往前頭的山彎。無期崖被他們遺落在後頭，繼續它的沉默幽深。

房明皇彳亍前行，心中滿是猶豫，餘碑不久前才與還雨劍院激戰，鹿異任、鹿隨風兩兄弟都敗在他的劍下，餘碑雖沒有殺傷二人，但此等挫敗屈辱武林人是不可能吞下來的，更何況還雨劍院與王葉劍居近幾年的衝突日益增多。明皇很想扯住餘碑。但舒餘碑的眼神正在燃燒，這個時候的舒家大少爺通常是無可阻攔的。這些日子，他遏止了多少餘碑想做的事啊。最近，餘碑的行為愈來愈古怪，似乎被黑暗的什麼追擊著，老是做一些凶惡危殆的事，各種麻煩都被他招惹過來。誰都會想要去看魔嶽，但正常人會想要走上能聚雷集電的怪石嗎？

以明皇對餘碑的了解，他這會兒向著還雨劍院走去，絕不是要開戰，他一定是想要到高處去。對明皇來說，餘碑就是一個不斷追尋最高的人。他一生都在探覓最高。他永遠都想要往更高的地方去，永遠不滿足。

就明皇所悉，還雨劍院也不是沒有能人，鹿家兄弟還不是最傑出的，像問寒數、問逐水、司劍恭等，都是不易與的。王葉舒對上劍院頗有斬獲，但也有幾度被這幾位名劍手擊退驅逐。當然餘碑跟他們又不一樣。畢竟武林公議是將他與仙劍室主人何振論齊列，同時還與墨破禪齊名。真要動手，明皇對舒餘碑有最大的信心。然問題是，他們正推進的場所是還雨劍院的腹地與核心。那座塔。如劍之塔。最好最強大的還雨劍客都在那兒。他們來到無期崖已是大不智，繼續行前，恐怕禍事難免。過了那個彎，他就該拉住餘碑，誓死也要扯他離開。

而餘碑忽然定住。滿腹憂思的房明皇，撞上餘碑充滿強韌感的背部，被一陣驚心動魄襲擊。他略退一步，往前探看。在山彎處立著一名甚是美麗、但帶著病容的少女。餘碑木像也似的站著。房明皇覺得怪哉。

舒餘碑動彈不得。他早感知到山彎那邊有動靜，也不以為意。但少女現身時，有一道奇異的閃電，驀然直接劈進他內心深處，宛若某種深沉而神祕的開闢。她的出現，是不可預知的，是未知的。餘碑覺得悸動。天也翻了地也覆了的悸動。

三十歲的舒餘碑，遇見年方滿十五的伏仙歡。餘碑還不知道她將是他一生的夢想。他畢生珍愛的女子，就是還雨劍院的代掌院主伏仙歡。而女子之身的仙歡正憂鬱於武林組織沒有人能夠容忍女人執掌牛耳的局面。再者，仙歡還年輕，更沒有辦法鎮守劍院，院內各家族蠢蠢欲動，若非有問寒數全力支持，還雨劍院早就不屬於伏姓。她異常苦惱，她不能讓父親全心奉獻的劍院亡滅在自己的手上，但她又實在無可著力。體弱的她天生就不適合練武用劍，還雨劍學她是沒法掌控的。剛才與司劍恭的對峙，更讓她精疲力竭。他一直逼迫她，說唯有他才是劍院的未來，只要他娶了她，他絕對會光大還雨劍院云云，所幸有逐水哥哥出來解圍，仙歡才得以逃脫。她愈來愈厭惡那些把她視為禁臠或權位階梯的人。她不止是還雨劍院的代掌院主，她的真實人生是伏仙歡。她是伏仙歡啊。可有誰在乎呢！

就在當前此刻，迎面而來一男子，俊極秀極，帶著非世間的意態出現，恍如天上來，一身都是淋漓的超凡感。這個男人是誰呢？仙歡詫異，劍院裡絕無這等人物。她盡力記住所有還雨人，她從未見過他。他的眼神原先是一片虛空，深遠得沒有任何世俗，徹底封鎖。但隨後，陌生男子的眼神忽然被打開。深邃透明的門戶像是崩垮一樣的。他的眼瞳映著她的身影。伏仙歡與之對視，心頭難忍地化作一頭雀鳥，彷彿就要飛翔，同時，臉頰被點燃，紅豔朱豔的，她頭一回有著古怪的滋味。彷若她與他活在相同的命運裡，而他的開啟也開啟了她。

而他正陷入深深的、深深的狂迷底。她的存在比裸璃塔還要燦亮絕對。她是荒原，充滿生機與不可知的荒原。他確實化為一頭狼，可以在荒原狂飆的狼。他終於找到人生的意義，人生的全部。

她是閃電，劃破他的一切。閃電凶猛，有若野獸般的閃電。他的人生終於有未知的時刻降臨。她是一記絕世無倫的劍法，她是最大、無疑也將是最終的驚奇，十五歲少女完全擊穿他的心。幻麗無方的她殺了自己。她殺了時間。她殺了他的時間。他此前的時間都已死去。從今往後，他的時間只為她存在。餘碑的心中升起狂喜，他終於知道他該追尋什麼。

他這一生原來都在等待一個女人出現——她就是伏仙歡。

問天鳴之一

他醒過來，從黑暗的盡頭，從最接近死的邊緣裡，意識慢慢回到身體——天鳴奮力地張開眼睛。他不能輸給死亡。如果輸了，就等同於背棄逝去的雙親，（我要活著，活著才是正義，才是正確。）明天鳴從無邊無際的幽黯中抽身。他怒張雙眼，瞪著眼前，隔了幾個瞬間，失焦的眼神聚集。他猛坐起來。整個人彈開床面，將要撞上牆。他伸手一按，止住去勢，雙掌一扭，身子輕盈地翻了個圈，往旁一側，又坐回床上。他驚訝，所有的動作都流水行雲一般，發於自然，止於自然，貫通合一，（這是怎麼回事呀？）

默察體內情勢，明天鳴發覺，天經開闊、地脈雄厚，且人輪轉動不息，先前阻滯難暢的經脈赫然變得完整如一，像是它們生來就是這樣子。於是，恍若長夜漫漫，忽然閃過一道閃電，萬物驚奇。記得師尊說過，「練氣用勁需得明氣如日照，暗氣似月夜，兩氣貫通，通行全身，流動自然，達到天可陰地可陽的境界，要用裡面，懂嗎？用裡面去貫通上面與下面，讓明暗雙氣自動流轉，充盈全身經脈，不消不竭。若能長久如此，則可逼近如來大境。」

他還不曉得什麼是如來，但此刻，他的身體確實有種天然運行如宇似宙感。原本練鋒神九法處處碰壁，不得進展，眼下卻無礙無澀，真勁天然運行、生長。天鳴還在費力思考，過了幾次呼吸的時間，混沌的腦袋慢慢開明，這才想起，對了，無疑是開輪的效果，是師尊為他施密法所致吧。他的人輪被強迫開啟。是這樣了，師尊在他將要失去意識前說的最後一句話也來到腦中，「過了開輪這一關，你就不再是明天鳴。以後，你就改叫問天鳴吧。」

開輪是師尊首創的祕密手法，不為他人知的，那是直接以鋒神勁破經闖脈，並於肚臍內側創造人輪的奇異手段，凶險非常。明天鳴求師尊破例使用，他必須更快，他不能再耗費時間，需要一下子就能突破練功限制。天鳴已經十二歲，而劍院本生七、八歲就開始練人輪，通常得花三到五年的時間才能使人輪生發，其後再練一、兩年，促使人輪轉動，至此，真氣方能上行天經下遊地脈。沒有人輪，練氣是無用的，也不可能真正開始鋒神九法，而若無鋒神勁搭配，寰宇無盡藏劍勢也祇是斷牙失爪之虎狼，徒有架勢，無實切強悍。

師尊自然曉得天鳴復仇心切，再加上劍院內部動盪，各系爭權互鬥不止，覆滅危機感迫近。伏魔幬院主不管事，任由還雨劍院繼續頹迷，往日風光強盛都是舊夢，再也難返。問行象也是不得不孤注一擲，他所掌的傷系在院內九系是最弱的，問家人才凋零，師尊壓根無力重振，面對劍院的傾覆在即，他憂心忡忡。恰是此時，天鳴含恨而至，少年有決心有意志，只求有機會，讓自己能對天機用神和伏魔幬報復。他立誓這一生要讓虧待他和雙親的人都付出慘痛代價。問行象如獲至寶，畢竟開輪危險凶惡，尋常人等根本不敢嘗試，唯獨天鳴無所畏懼。

神刀闕對雙親的欺辱與殘殺，天鳴無從忘懷。那恨是一輩子，不，是幾輩子都洗不清。也就不到一年前的事，但似已是永恆。永恆之恨，永恆之傷。當天機用神拔刀，隨手一揮——父親的頭顱便飛將起來，但非全部，而是一半，刀削去父親鼻子以上的部分，血泉狂噴，頭臉的上半部滾在半空，落地。天機尚且提馬而立，雙蹄重重落下，踏爛父親頭顱的那一半，而剩餘的一半還連在頸上，明父軀體往後一倒。背部也中一腳的王母目眥盡裂，抱著臉顏破碎的父屍，當場噴出一口黑血，昏迷不醒。原本明父胸口已受天機惡徒一腳，其實就只剩半口氣，但十七、八歲的神刀少主就是停不下來，非得要用更殘酷的方法，凌虐無還手之力的平凡人，並洋洋得意，雀躍不已。

在雙親死去之際，天鳴心底有了火焰熊熊的決定。此後，做事必須夠狠夠絕，為了復仇為了強大，他必須成功，必須成就大事，必須對天下人證明父母對他的厚愛是再正確不過的，是絕對值得的。因此，即使還雨劍院對不起他，他還是投入劍院裡——他的醜，是生來如此，但又是外力所害，源自於劍院，源自於伏魔幬。

天鳴十歲某一天，在飽受鄰里小孩羞辱欺壓之後，大哭回家。他將所有的怨氣憤怒都發洩在雙親身上。明父什麼都沒說，只是上前用力地抱住天鳴，不管他如何掙扎拳打腳踢，父親都沒有放開。他的動作堅定，他的沉默讓天鳴感到徹底的包容與安心。天鳴臉上依然絕望，眼神仍舊魔瘋，但確實冷靜下來。王母在一旁流著淚，彷如告解地對他說道，「天鳴，你爹和我很對不起你。但你不是天生如此，你絕不是。如果不是我懷孕時不小心倒了伏魔幬一碗湯，少院主勃怒下，擊我肚腹一掌，也不至於此。」那是天鳴頭一回聽到這三個字，（伏魔幬！）當時王母走過來，用盡全力地緊摟天鳴，「你不是天生怪物，你的醜不是你的錯，也不是你爹和我造成，是被人所傷。你本來會擁有一張正常、甚或俊俏的臉。千萬別怪自己，也別怪爹媽。」

平靜下來的明天鳴問清楚詳細經過。明父王母其時都在還雨劍院，明父是雜役，王母是僕傭，成親後住在圍繞劍塔的方正屋群裡，王母已懷孕七月，正準備迎接孩子的到來。她負責伺候時方十一歲、但練功已頗有火候的少院主。伏魔幬性情古怪，脾氣忒大，動輒打殺。明父原想要讓王母在家休養，但生孩子要錢，能夠多一份職工，總是好的，何況院主家給的酬勞是別人的兩倍啊。且王母認為，再如何她是懷胎婦人，伏魔幬縱無良，也不至於對她動手吧。孰料，禍事轟然臨頭。

事發後，還是問行象延來房玄家的醫者緊急護胎，但腹中的天鳴被入體勁氣掃中，醫者乃斷言：必有缺殘。而內腹受損的王母，日後亦無法再孕。過了一個月，天鳴早產，一生出，果如醫者所言。這期間若不是問行象協助，且為他們從當時院主那兒爭取一筆款子，讓他們遷遠劍院，躲到算策山下，他們恐已在至仁坪或抑鬱或瘋狂。明父沉聲地強調：那位傷系之主是天大的好人。他要天鳴記住，他對明家的恩情，永銘不忘。爾後，父母雙亡，明天鳴也就投奔問行象。師尊毫無遲疑，收他為徒。

這就是一切的起因。一名少年隔著母親的肚皮，踢爛自己的臉，另一名少年當著他的面，砍飛、踩壞父親的一半頭臉，母親也傷死。兩個武林大組織，神刀闕，以及還雨劍院。他宿命裡將致力破壞與取代的組織。該死的伏魔疇，就是他讓自己變成這麼醜！該死的天機用神，是他讓自己變成無主孤兒，只能寄託到別人籬下！（不可以原諒，不可能原諒。）天鳴會看在師尊的份上，不毀亡劍院，但他要將還雨劍院完全踩在腳下，並且徹底殲滅伏家。

少年天鳴想到往事不免魂傷，憤慨於他們家接二連三的悽慘，哀憫於明父王母的勞累悲愁，生了一醜孩子，艱苦地墾務農作，只求過活。（為什麼就是雙親和自己要遭遇這一切呢？為什麼不是別人？父母這一生又有何意義和價值？他們是不是白活？人這樣慘活，能有什麼意思？）但師尊極其認真回應天鳴，「你就是他們的意義與價值。你就是他們活著的意思。他們跟你一起度過十一年歲月，他們看著你愈長愈大，看你牙牙學語，看你翻身，看你爬走，看你立起，看你行路，這些絕不白費。」那會兒，天鳴摸著自己的臉，「但我的臉，我的醜——」問行象揮手，像是要甩掉盤繞天鳴念頭裡的灰暗陰翳，他的話語無與倫比地真摯，「你的醜，不足以阻礙他們對你的全心付出。他們覺得你醜？他們曾經讓你有過這樣的感覺？你難道不是最清楚？」一字一句，清晰記得，而師尊飽含情感的聲調，無可反駁。

（就從現在開始，）床上的十二歲少年忖道，（我就是問天鳴了，我就是還雨劍院傷系的一員，我就是問家的人。）惟他不會忘懷自己的原始家姓，（我的第一個名字是天鳴，它是爹和娘賜給的，它永遠會在。）而他總有一日會把明王放回去，他對自己立誓。雙親對他的珍惜與犧牲，問天鳴銘記在心，此一生會為光大榮耀父母而生、而戰，絕不言退。至於現在，暫時他就以問為姓氏，師尊的厚愛，他也非報答不可。再說，從問姓，才能在傷系站穩。問天鳴環顧周遭，師尊去哪兒呢？得謝過師尊的再造恩德。畢竟，開輪重新創造他——一個強大的他。

問行象這幾十年來都在暗自整理九種鋒神練法，盼望九法如一。自有劍院九系以來，鋒神九法便化整為零，每系只練一種大法，殊為可惜，問行象對此深有不滿，他認為，應該一種一種練上去，將九法視為一整體，而不是孤自為陣。然問行象在傷系卻沒有培養出一個足以接續他做法與理念的門徒。有耐性有毅力有意志地朝向不分系練法的傳人，甚為難尋。問行象自己也有好幾次面臨明暗氣內部衝激的危殆，稍一不慎，就是爆體而亡的下場，也無怪乎前人要分系而習。此外，不止鋒神九法奧義難解，就是三十六道寰宇無盡藏劍勢也繁複異常，因勢成招、講究悟性，更是大難為。

目前，劍院的鋒神九法，是每一系都分派其中一法，譬如形系練形神大法，遊系連遊神大法，以此列推。《九鋒神心經》的丟失，實為還雨劍院的重創。據說，往日院主、劍院繼承者、副院主和各系主都能夠直接閱讀《九鋒神心經》，進行修練。但如今，還雨神功只能由前人親傳，無典可讀，實在隔靴搔癢。而師尊深以為，鋒神九法更像是九種階段，九重境界。如果按順序來練，定會發現其中萬奧千妙。可惜的是，還雨人只能依據各系劃分練單一之法，而不是九法累進。

天鳴本該從恩師所在的傷系出發，但恩師卻不許他這麼做，恩師要他從形系開始待，一步步往遊系、迷系、裂系、戰系、棄系、滅系乃至還系，練好鋒神九法。每個還雨人可以自由來去各派系，以學習鋒神九法，但這麼做的人很少，畢竟是太費時間的事，而且院內人普遍相信，沒有人可以練成整套鋒神九法，只要將其中一種練好，就已經足夠成為高手——實是非常消極的想法。也有一大票人認為，其實哪一種大法都無所謂，反正都能使出寰宇無盡藏劍勢不就得了，聖法太艱澀，還不如勤練王勢，盡情發揮個人特質來得快又好云云。但恩師不做如是想，他總認為還雨武學必須按部就班。師尊深信，如若天鳴能循序漸進地練到還神大法，定然能夠大突大破。師尊對天鳴這麼說過，「現在的劍院，就需要從無序裡創造秩序。」

全面地練，才是還雨劍院復興的大關鍵。其理念是：九法如一，神功自來。問行象堅定於這樣的思維，但無人理會，遑論認可。每系還是只求專精於該系的獨一勢法，就講伏家所掌的還系吧，即使是殘損的還神大法，只能做到明氣進入午未申酉戌亥六脈三十六穴、暗氣通過丙丁戊己庚辛壬癸八經二十四門，根本無從完全，但單單是以這樣破碎的還神大法，施展第九大神鋒勢神還——原來除本勢外，還有三種變化，如今僅餘一種變化——威力就已經足夠驚人。還系人窮盡一生就想把一本勢一變勢練得出神入化，哪裡還顧得到別的？其他系的心態與想法亦然。

但都是本倒末置啊，問行象以為。他想要促使劍院返回更早之前，在沒有九系誕生之前——是的，劍院必須返回初代院主伏無鋒的作為，這是師尊的信念。但沒有寰宇神鋒，沒有《九鋒神心經》，都是大傷大創，還雨劍院也因而日益衰敗，無從復甦。可問行象多年精研，終有開輪密法此一斬獲。如今，問天鳴安然通過試煉，正可以說明師尊的觀點是對的。如果能有更多的傷系門生開輪，則劍院大壯或是指日可待。

問天鳴離床，下來走動，覺得渾身是勁。在開輪之前，他可說是被自己的身體拒絕，所有體內門戶都緊緊關閉，彷如黑暗囚禁，眼下軀體裡呢，則是大片深邃大塊明亮。師尊的本事這般之大，將自己脫胎換骨，如此能為，怎好屈居一系之主？理應整個劍院都予師尊管理呀——天鳴更進一步想像，若師尊密法能夠流傳，則還雨人勢壯輕而易舉，人人都能在短時間裡人輪開而天通地透，功力大進，神刀關又何所懼哉？是的，得找師尊研議此事。

諸念生揚時，外頭有腳步聲響起。兩個人。其中一個聽來像房玄宗。問天鳴一轉身，看見房裡桌几上放著他的布製頭罩——問天鳴滑過去，抄起，套在頭上，動作迅疾。來人還沒到門前呢。

師尊的聲音在外頭：「天鳴，可醒了？」來的竟是師尊？問天鳴頗感訝異，問行象的足聲素來穩健有力，怎麼會變得虛浮？問天鳴步至門邊，拉開門。眼前確是師尊。那是臉色慘灰的問行象。天鳴甚感震驚，心下立生不安。他趕緊迎入師尊，伸手欲攙。但問行象擺手拒絕，他自行走到椅前，轉身，緩緩落坐。問天鳴和師尊同時開口，一個是「師尊，你身子可好？」，一個是「你醒來感覺如何？」兩人對視，天鳴只覺心中暖熱。

問行象要天鳴和房玄宗都坐下。問天鳴坐回床邊，示意房玄少年坐師尊旁的空椅。房玄少年跟問天鳴的年紀所差無幾，但兩人還沒有太多交情。房玄家一直想要加入還雨劍院——破派醫者認為，醫武合一才能夠解生釋死，而還雨武學與破派醫理頗有互通之處，可供借鏡。且破派醫理再精深微妙，遇到勢大力強的組織，依舊要被宰制，因此用武練功是必須。在問行象斡旋下，房玄入院成真，頭一個就是房玄宗，歸入傷系門下，天鳴與房玄宗分屬師兄弟。

問行象乃對天鳴解釋，開輪之法雖完成，但自己損耗過巨，問天鳴恐也已種下病根，日後體軀必有極大影響。少年宗依據師尊的吩咐，盡可能診治，減低問天鳴的傷害。

房玄望著問行象，後者對他頷首，少年宗即開始說明，師尊施法後，天鳴渾身劇顫，拳腳亂打，全不受控制，不得已下，他急忙撬開天鳴的嘴，放入半顆朽木丸——這種朽木丸，專以使人渾身僵止之用，主要是治療傷口時劇痛難耐，防止患者下意識動作，阻礙醫診進行。塞入朽木丸，問天鳴方得平靜。全神貫注施法、無可制止天鳴狂亂的師尊，也才能繼續疏經通脈，默想人輪之象，在天鳴臍內鑿開真氣源泉之地。爾後，天鳴昏迷，至今已三天兩夜，師尊日日來看。天鳴聽完，向師弟宗點頭致意，後者微笑以對。

房玄宗的這個師兄，甚難親近，鎮日戴著頭罩，不見臉目，只有雙眼與嘴露在外，古怪至矣，加入劍院短短幾個月時間，就有怪面人的稱號，說是他的臉面燒傷，不得外露，否則會腫癢難擋。唯師尊卻特別珍視他，異常保護，就連師兄昏迷時，亦下嚴令，不許任何人擅自入內，這幾日師兄不醒，皆是師尊獨自進房看望，需要有人照護，才喚宗進入，幫忙處置便溺或餵食水，但師兄的臉上一定好端端套著頭罩。

師尊常言，問天鳴有絕世資才，必能振興還雨劍院武藝。同樣是十二歲，但問行象就挑中天鳴開輪，而不是房玄宗，他暗地吃味，不過看過密法施行的情況，房玄宗反而慶幸不是自己。他用暗無天術診斷問天鳴發現，其內天經地脈雖疏通流暢，但因為被師尊強行介入生成人輪，彷如腹中被埋進一新器官，五臟六腑乃受到擠壓，皆有裂損。按宗的判斷，師兄日後必要受病痛折磨，甚而早逝。這種會損身害命、也不知施法後能否醒來的開輪技藝，還是別妄試的好。

問行象嘆道：「我此生恐怕無能再施展一次開輪。」天鳴不解。師尊看了房玄宗一眼，後者又代為說明：「師尊臟器受損，要全然痊癒，幾無可能，怕會影響天年。」天鳴震慄。他望著問行象，在父母雙亡後，唯一重視他、帶給他親情的人——莫非自己真是禍劫，跟自己有關者，都要遭遇不幸？胸中一股狂熱就要綻裂。他勉力穩住自身情緒，想了想，決定繼續追問師尊的生壽期限。房玄宗看向問行象。

師尊嘴角微彎，「人哪裡有不死的？死，原來就是生命的一部分。但說無妨。」房玄宗慎重地表示，依他目前的醫術能力來看，問行象若能好好靜心調養休息，最多還能再活十幾二十年。「十幾二十年？就算是十年也很夠了，」問行象相當灑脫，「這十年，我們就要讓還雨劍院起死回生，重返天下神鋒江湖還雨的光榮。」而天鳴的眼淚濡濕面罩。他只想著，十幾二十年，只有這麼多。

想起母親對明天鳴說過的，「你長得醜，不是你的錯，這是天生的，人不應該為自己天生的樣貌負責，你要答應娘，你活著不能因為醜這件事就放棄人生。在娘親和爹來說，你從來不醜。」而從不覺得他醜的，除了明父王母外，只有師尊。母親在父親慘死後，昏厥不醒，但還剩餘一口氣，神刀人離開以後，天鳴滿臉是淚地爬過去。王母迴光返照，她眼底都是不捨，對其後再也無法保護他而心痛。王母對天鳴說，「去還雨劍院找爹娘的恩公，去找——為了感念他的恩德，從今天開始，你必須把他當作你的至親，就像我們——你進了劍院就要忘了我們——我們是沒用的，我和你爹本事有限，在江湖裡是小卒，我們——」母親話沒說完，魂斷命歸。

而他視之為明父王母化身的師尊，最多也只能活二十年。天鳴不是無知地以為師尊可以長生不死。但師尊現在還不到四十啊。天鳴斷斷無法接受。這是不對的。他重視的人，不能久遠地留在他身邊，是不對的，（不應該是這麼殘酷的，不應該一直是我。）心中怨恨不止。問天鳴決心改變這一切。因為，一切都不一樣了。他還活著，他被重新創造過。

他依舊醜，然師尊創造天鳴的重生，雖然師尊也在自己的體內締結了毀滅。但天鳴有信心解決師尊的問題。再貴的藥物、再難延請的醫者，他都會找來。他要成為劍院領袖，他將獨霸武林，他的意志必須凌駕所有事物之上。死，就在身前身後，虎視眈眈，一直以來都是這樣的——但他要戰勝死亡，（死亡沒法阻止我。它必須對我畏懼。）問天鳴深信自己可以動用所有力量讓師尊活下來。他一定可以。

「好了，」確認天鳴狀態後，問行象起身，「武學之路永無終止，隨時都是起點。明日開始，你要以最嚴厲的標準苦練。一會兒就是用膳時間，好好吃食。」天鳴也請師尊勿要過於操勞。問行象揮揮手，示意問天鳴不用送，離開房裡。天鳴對跟在問行象後頭的房玄宗說：「有勞師弟照顧師尊。」房玄宗說他一定會的。問天鳴聽著他們的足音，漸漸走遠。

掩上門戶，天鳴解下布罩。師尊對自己的再造之恩，更強化他變強的信念。為了不辜負師尊，從此，他必須是絕世人物。這時，醒來也有一會兒，忽然有些內急。

他往房裡另一側行去，穿過一扇門，走到木桶前，他解褲掏械，暢快地洩出濁黃尿液，帶有濃臭。問天鳴抬頭。他看見鏡子——鏡子。他的敵人。他的原形，他的真身，他的罪惡是醜陋。一張歪斜扭曲的臉，左邊燒熔也似，右邊則是被猛地扯拉提高，兩邊落差之大教人怵目，且有指頭大小的瘤如天外飛來，直砸臉上，也就肉生根留。他的身體變得大不相同，但臉還是一模一樣，沒有更壞，也絕不可能更好。他就長這樣，天荒地老。

鏡子非殺不可！他始終痛恨鏡子。水面也是他的大敵。或者說任何會反射影像的，都是無可饒恕。包括人眼。一雙雙眼睛。在問天鳴看來，那些眼睛都是鏡子。鏡子。（該死的萬惡的鏡子——為什麼這裡有鏡子？）他舉手，遮住眼前。

天鳴疾速後退，退回房裡。他環顧室內。啊，換了房間。這裡不是他原來的住房。此房雖然依舊素樸，也不比先前的大，但比諸先前與另外兩人共居的舊屋，已好上幾倍，器物桌椅也都有所講究，而且看起來是獨居戶，顯然不是一般人等能夠進住。師尊對自己的重視，殆無疑義更上一層樓。不過，問天鳴並不在乎這這種舒適。

他滿臉哀傷滿眼怒火地戴上面罩。他只在意必須沒有鏡子。他要住在一個沒有鏡子的房間。天鳴迅速確認房裡沒有鏡子。就只有如廁之地擺著一隻野獸般的鏡子。會抓傷他的野獸。靜物之獸。

他折回去。面對鏡子。裡面是他。戴著布頭罩也就無缺無陷的問天鳴。他運氣右手，捏拳握緊，正中揮出，猛惡勁氣打出——不止鏡碎聲響，就連牆壁也被痛擊凹了個大洞。地上都是碎片。他踏上前，看也不看，用勁於右腳，瘋狂踩踏，務求鏡碎的徹底消失。最好連自己的醜臉也消失，（消失啊，消失以後，我才能完整。）

對了，好像是這樣子的，活到現在為止，他最無比渴望消失的，也許不是天機用神，不是伏魔幬，而是他自己吧。自己的臉。體內動物一般的深淵活著狂躁著。方才的美好感受全都失落了。現在他又變回那個需要明父王母安慰的醜孩子。他醜，就是活該，就是邪惡。他醜，就應當任人凌辱。他醜，就必須不幸。（不。不。不啊。）內在發出劇烈嘶吼。但天鳴咬牙忍住。他不能喊叫。他不能。感覺牙齒也要鏡碎也似了。感覺飢餓絕倫。

但他分明不是從前的自己。他不是明天鳴，他已經是問天鳴。天鳴掉頭離開。木桶旁留下一堆粉末。沒有可能照見任何影像的粉末。腳上勁將之完全化解。他走出自己的新屋，往餐廳行去。餓了。飢餓感突如來襲。他得吃東西。

問天鳴走來起如龍似虎，有若一團暴風吹進吹出。一跨出門戶，天鳴又怔然。這裡不是外頭。這裡是塔內。他在寰宇塔裡。他已經脫離外頭的方正屋群，搬進裸璃塔。他走在環廊上，往窗外一探，發現身在三樓。師尊竟安排一處塔房給他。天鳴一方面感於師尊的看重，但一方面覺得自己在這裡格格不入。他一出門，就看見環廊外人來人往。每個人都停下腳步望著他。

在這裡的人，大都是劍院本生。問天鳴認得某些人，有司劍兄弟，瞻遺和仰容，也有舒曉、鹿空知、初命放等。這些少年他全都認得。但彼此陌生。其中，他對司劍仰容特別有份奇異感覺——這名俊美得有若絕色女子的少年是同類。問天鳴一眼就知道。不可說、也無從相認的同類。天鳴強作鎮定，還好他有頭罩，只要眼神冷硬，不虞被誰瞅見虛實。只要遮住臉，就沒有弱點，問天鳴心中就有最完整的壯悍。

「人性是平庸，」師尊前些日子這麼說過，「人性是再庸俗不過的東西。」問天鳴完全理解。他太習慣被各種惡意對待。鄰里間沒有小孩要同他遊戲。他一直很孤獨。往日裡是哀愁是怨恨的，但如今確實珍惜孤自時光，不被干擾不被評斷。醜不應該等於惡。但對大多數人來說，醜就是惡。他何其無辜。而孤絕至上就是他的救贖。除了明父王母師尊以外，他不與任何人有關係。如此一來，他就是無敵吧。

去除庸俗的人性，只追逐極限，讓武藝使自己最強化，他就能攀上人間絕頂。師尊尚有一理念是：萬眾皆人，同一無分。問天鳴則想著，等到自己去至最高的位置上，屆時所有人都在他之下，自然無有差異。

天鳴輕快步下階梯，幾乎是滑下去。與他錯身的人，只覺得他如風似水。問天鳴抵達一樓的餐室。這是他第一次進塔用餐。過去幾個月，他都只能待在塔外屋群裡吃食，哪裡輪得到他。

不慌不忙，他步入餐室。裡頭，好幾排長桌、長椅布置著，最多應該能夠容納近百人同時用膳。當前，只有零星幾人坐著。問天鳴聽過，在此食用，只消擇一椅位落坐，自有人會捧來食物。他也就找了個位置。無多久，就有一僕傭端來木盤，上頭有三塊長餅，和一大杯茶色金黃、帶花香味的茶，還有一酒瓶。來人將酒瓶取起，淋酒液於餅，跟著莫名在上頭點火，長餅遂燃燒。天鳴不知所謂，但他不動，靜觀其變。火很快自滅。僕傭說明：「今天用的是玉露茶，以及如火如茶餅。」說完帶著酒瓶離去。

問天鳴吃食。他把餅塞進嘴裡，只顧著填飽體內的餓獸，也不理會美味與否。他跟本生不同，不講究什麼食物精美，對他來說，能夠溫飽，已足矣。農家歲月時，天候決定豐收與否，他們家的田地勉強只能養活三人，飢餓是常見的事。很快他就把三塊長餅吃完，面罩上都是餅粉細渣。他一氣吃完，洶湧的飢餓才慢慢退去。他開始飲用玉露茶。

喝茶時，腦中驟爾浮現動物——對了，黑羊呢，他帶來劍院的黑羊？天鳴這會兒才想到，他從爹娘養的黑羊群，帶了兩頭最小的到劍院，放養在他住的方正低矮瓦屋。他想著，自己換了一個地方住，小黑羊該怎麼辦？開輪以後，恍如隔世，新生如他，依舊戀故。那一對羊也還不大，得餵食。天鳴需要回到原來的屋子處理。問天鳴倏然起身，往外便走。門口，一少年正待入內。

宛若就要將要直接撞進一首情詩——問天鳴險些無法呼吸。和少女也似的司劍仰容相比，眼前少年雖然亦是唇紅齒白、膚色雪嫩，但臉略略陽剛，尤其是下巴長有一處凹陷，讓少男有雌雄一體的奇特美感。每每遇見他，天鳴都萬分想要撫摸那兒。此俊美少年，名為衛覺色。問天鳴凝睇著衛覺色，哀傷像是動物一樣在心胸裡在眼中四竄無門，他的身體有如牢籠。此一生，他距離覺色何其遙遠。本來他的臉那樣醜那樣歪斜，跟覺色已是天差地別。而當天鳴聽從師尊的建議戴著布製面具，他就再也無法如常地接近人。他必須活在面具底下。衛覺色低著頭，一抬眼，就是怪面人，其眼神怵然臉色驚慄。

問天鳴靜靜地走過衛覺色身邊。甫進還雨劍院，覷見衛覺色的狂野悸動，已然可以壓制，無須飛快逃離。覺色身上有著一股恐怖的吸引，先前總讓天鳴不可自已，癡迷遠望。現在，他對自己的宰制變薄。這時，天鳴遽爾意識到自己和以往的確有所不同，他不再是十二歲。他的心智也被擴張了，開輪似乎不僅僅是打造全新的身體結構，連內在層次也被激化。可以這麼形容吧，渾渾噩噩的他其實是被閃電劈開，也就露出嶄新的自我，未完成、還有待探索的自我。

他迅速成長了，可以想得更多想得更遠。天鳴想著，如他一般獨特奇異長成經驗，絕無僅有。他必定是曠絕古今，唯己一人，（不可能有誰跟我一樣有類似的體驗，我是最不可思議的。）

他往自己的房子行去。一間粗陋但獨立隱蔽的屋宇。那裡有沒有語言沒有美醜判斷的黑羊。知道他的原貌他的來歷他的悲傷與醜陋的黑羊，無有條件地接受本來的天鳴。

其實，師尊的重視，天鳴曉得，仍帶有一定程度的計算，他的根骨他的毅力他的復仇意志，都讓天鳴在師尊眼中無可取代。但師尊終究不像小黑羊，師尊不可能全然自然面對他。美醜不容易超越，縱然師尊有許多不凡見識，目睹天鳴的臉聲色不變。但他敏銳意識到，師尊對自己臉容的情緒。任何人都很難對他的尊容無動於衷，不管是嫌惡、恐懼或同情。但黑羊沒有。黑羊沒有美的認識，也不會有醜的觀念。

醜是宿命，醜使問天鳴變成怪物。而人要怎麼在被視為怪物的狀態下，繼續堅持自己的道路？天鳴就特別喜歡聽師尊談還雨劍院伏始主的種種事蹟。入院以來，他很快地崇拜起伏無鋒，即便他是伏魔嶹的遠祖，但這個人也是怪物，生來有巨大左手，仍舊能成就功業，不受自身的殘缺和他人的歧視所困。問天鳴認同這個人，尤其是聽到一生劍學的說法，更是激烈。這四個字多麼決絕、何等猛烈意志龐大無匹。一生即劍，劍如一生。他也可以是這樣子的。他決定自己應該變成那樣。

天鳴開鎖，邁入屋內。而死亡在裡面。他能夠感知。它正在盤旋著。定睛一看，果然，兩頭羊倒在地上。他趨前探摸。其中一隻黑羊剛剛斷氣，尚有餘溫。另一隻則仍有一口氣在。也許啊，也許他不吃那幾塊餅，就能來得及救活牠。他的眼淚又要湧起。天鳴趕緊出外，將預備的食草拖入，遞給倖存黑羊吃。牠眼神迷離的咀嚼，很慢，但逐漸加快。費了一點時間，牠脫離死亡制約，輕輕細細對天鳴咩叫一聲。問天鳴的胸坎熱烈，還有一隻黑羊陪著他，他跟雙親的聯繫尚未中斷。他另外舀了水，捧進來給黑羊喝。牠的生命從那一線間被搶回。

問天鳴凝睇死去的黑羊。他不喜歡失敗。他不喜歡被死亡擊敗的感覺。父親死了，母親死了，這個世上最可惡的就是死亡，（我要變得強大，舉世的強大，誰也不可為敵的強大，連死亡都奈何不了我的強大，我，就是強大，我，就是神聖的意志。）他走到外頭，拿著斧頭回屋，掩上門，拔下頭罩，兩眼流露出難得的真情，背對著倖存羊，猛然對著羊屍脖子猛然砍下，羊的斷頸處立刻鮮血噴濺。

他以手指蘸著黑羊鮮血，在他的布製頭罩，右臉的位置，寫下略顯歪斜的明王二字，重新戴上。他拿著斧頭，轉身面對還活著的黑羊，牠的眼神裡面沒有任何變化，仍然是無盡的接受。

而明天鳴在今天，在這個時刻死了，才是徹徹底底地死了。

狂墨之一

父親的葬禮。今天一早起來，他就立刻清晰地意識到這件事。好像他睡著時，這件事沒有片刻離開。他在真金樓二樓的房間裡醒來，孤自地從床上坐起，環顧淒涼冷清。（啊，父親走了。）他領會到成為無父者的莫名空虛。他那與人親和的父親，真的走了嗎？淚水滾著，從眼眶滾出，滾落他圓肥的臉頰，滑過嘴角，（父親啊，你真的已經不在了嗎？）

是的，父親不在了，狂墨不也已經親自確認過了嗎？衛溫的屍骸現在已經躺在天意場的正中央，躺在劍形石棺裡，沒有體溫，冰冷，臉身皆灰白無血色。他看過，腦海中異樣清晰地浮現衛溫的死，汗毛直豎。

這是第一次他如此貼近死亡。這幾天看著父親臉容，他總是忍不住想，（死亡究竟是什麼，是喪失遺落剝奪，還是全然的占據，甚或是還原？也許死亡是人變回原來的樣子？只是一個單純的靜止的物體？死亡是帶走，還是帶來？死亡是把溫熱取走，還是把凜寒吹入？）他非常困惑。衛溫還在人寰院大廳時，狂墨便屢屢趁別人無注意，暗地觸摸腫大、冰冷的遺體，他想要確認死亡是如何搶走他的父親？

（父親是被死亡包覆住，還是死亡就在他的裡面呢？）他一點都不能理解死亡，一點都不能理解為何父親非死不可。他只是病了，修練神鋒功的人，難道不能擊退死亡？他們不老說著，神鋒絕學有通天地接鬼神的能耐，怎麼父親會死？

狂墨奮力搖搖頭，要甩開腦中嗡嗡然的質疑聲響。他離開床，腳步虛浮，頭昏腦脹，像是頭顱裡雲霧撩亂。他勉強立穩，深呼慢吸。這間屋明明該是夫婦之好的場所，但舞荷在另外一間房，這裡愈形空蕩蕩。他們還是沒有同房。她不願意，他也不勉強。反正遲早的事，反正已經是注定的。他已經擁有她。誰也改變不了她屬於他的事實。何況，近日來他憂煩於父死與父後，也實在沒有心力與舞荷多有親往密來。

不過是七天前，他才和舞荷成親，一切如夢似幻，有若雲蹤天上。他和舞荷的婚禮十分簡陋，按理不應該是這樣子，少座主成親原是神鋒大事，然偏偏母親暗中作梗，不予配合。母親反對狂墨迎娶鹿舞荷，她雖不能公然抗命座主的決定，卻用了諸多說詞推卻。然一旦她不處理相關事宜，衛溫與狂墨其實也莫可奈何，這種事他們從來不理會，根本不知如何籌辦，最後只能草草舉行劍證儀式——父親手中捧寰宇神鋒，他和舞荷向黑劍叩拜，接著他們雙手交握，再由父親持劍輕拍他們手部，也就完成謹受神鋒祝福的嫁娶。

說起來，堂堂少座主婚式只有這樣，委實黑倫灰類，體統全失。衛溫拿舒綻沒辦法，也只能對外藉口說自己病累，此時不宜鋪張，簡單也就行了。鹿家自然覺得不受重視，大為光火，其他神鋒人也頗覺怪異，但任誰都知道舒綻的脾氣，也沒有人會在此時妄蹚渾水。倒是舞荷卻覺得如此很好，異常地不看重儀式。對她和家族而言，重要的不就是成為少座主之妻嗎？其他又有什麼緊要，何況她對要在大庭廣眾下與狂墨演宿飛恩愛，委實太難為了。至於狂墨就更易與，只要鹿舞荷能夠變為自己的妻，其餘一概無所求。

但成親當夜父親就病重，三日後凌晨辭世，母親就更有理由怪罪舞荷，她疾言厲色，在左右無人時對狂墨怒斥，「那是個不祥不吉的女人啊，都害了你爹，還執迷不悟嗎？」當下，衛狂墨實有動搖，但他又想起父親在狂墨成親前私底下對他講的，「莫要過於聽從你母親的話，他們舒家想要在神鋒座坐大，只有你能箝制，你勢單力薄，衛家人丁也少，謹記拉攏外姓協助，在舞荷為妻這件事上，你斷不能有疑。」父親最後還說了，「有時候，家務事暗潮洶湧，遠比江湖爭霸還要凶險難擋。」狂墨也才十七歲，不甚明白父親所指，畢竟母親和舅舅也都是為使神鋒壯大而奔波辛苦，父親哪裡來的怪念異頭？唯狂墨本就是慣於聽話，遂把衛溫這番話密藏心中。而衛溫死前的一番話，終究是撬開狂墨——原來一直以為關係良好的雙親，並不如自身所想的和樂。

他執起厲色鋒，離開二樓，往樓下移動。真金樓共三層，樓下是大廳，專用於處理神鋒事業、接見各方人馬，一旁附有食膳房與澡室，二樓是座主子女所居，三樓為座主寢房與練武室。由於狂墨是孤子，也就等於整個二樓都是他所據，他高興住哪家房就哪間房。這讓他又想起，十歲左右時，母親就提議過讓表弟舒扶生住進二樓，好與狂墨作伴。父親托詞怕吵，推去這件事。當時他未有多想，但現在思來也奇怪，真金樓只許為座主用，帶進舒扶生，不也有舒家亦能入駐座主樓的意味？再說吧，狂墨也不怎麼喜歡這個表弟，就像不喜歡司劍樂天、知命一樣。這幾個人和舞荷都很親近，大夥兒的年齡相近，玩在一塊兒也沒什麼，但舞荷自小就是美人，十幾歲就出落個絕世樣，誰不有想妄啊！狂墨滿確定表弟也一定偷偷打著這樣的念頭。所幸，他們都來不及。最終，舞荷還是他衛狂墨的。

狂墨想起成親前，司劍兄弟在暗夜的一角落截著他的事。當時，司劍知命目露凶光，他對狂墨低吼著，如他不是座主之子，是絕沒有可能奪到舞荷，「你有哪一點比我好？」知命像是要噬人的狗一樣，「你哪裡比我好？」司劍樂天則用極度鄙夷的眼神看著衛狂墨，一語不發。司劍知命像是身體炸裂一樣地說著：「這不公平，不公平啊。」狂墨能夠理解他們的憤怒哀傷，但，（是啊，是不公平的，）他想，（人生來就不一樣，不一樣就不可能公平。你長得俊好，學武天賦也不凡，這對我來說，又哪裡公平了？）狂墨當下只淡淡地回了這麼一句話，「人本來就不可能公平。」而怕真的起衝突，司劍樂天硬是拖著兄長，走了。

父親逝去，似乎讓他遲鈍如荒野的心智，有一大部分迅速推進。往日很少思前想後的狂墨，忽然腦海就有各種運作。未來的未知，往日再怎麼樣都有父親擋著，但現在不是，他就要變成座主，他不能夠再跟以前一樣。

衛狂墨一直是聽話的孩子，母親怎麼說他怎麼做，而父親的溫柔則是給了他最穩定的精神基礎。他是個不怎麼麻煩人的小孩，到了少年時期也依然，成天安靜，但他也沒有太多出色的地方，無論是相貌還是武藝能力，他都是泛泛之輩。母親常對狂墨說，「你必須更有野心，要變得更強，你生來高人一等，你的能力絕不僅於此。」

唯他的性格原來就不喜爭鬥。父親曾對狂墨這般講道，「無須勉強練武，你沒有那樣的資質，就別耗損自己，適得其反。」衛溫卻示意他可以做一個能夠協調所有人、找出神鋒座最好未來方向的座主，而不是成為殺神戰狂。父親講了，「協調眾人是非常難為的一件事。堅持在夾縫中做非做不可的事，且對善良充滿理解力與想像力的人，就是俠。保持你的溫柔吧，孩子。」

他察覺得太晚，在更早之前，雙親或許就已經分歧。惟狂墨還是很難相信母親會算計自己，將神鋒座變為舒家的天下。衛狂墨是獨子，母親舒綻總共懷四次胎，前三次都是小產，凶惡肚痛後排出血塊，她非常憂心自己的地位。衛溫特地延請造派醫家長期地為舒綻診治調理，好不容易到第四胎，才有了狂墨。孕胎時的不適經驗，也是要到懷狂墨時才肯定原來這便是腹中有胎的反應，此前雖也有頭昏、噁心、腹痛、嘔吐徵兆，但都沒有像懷狂墨時般的激烈，難食難眠，她時常脹氣，嚴重起來腹部都是硬的。再加上，狂墨又是個巨嬰，生產真讓舒綻委實苦頭吃足，險些命要不保，種種凡此。

這些事他已聽過太多回，無論是自己如何從母親的體內產出，又或者那些不知是哥哥還是姊姊的死胎，母親都會鉅細靡遺的講，「那是我一生裡最可怕的時刻啊，」舒綻的眼神變得迷離恍惚，「我聽見啵一聲，從體內，從下腹，有個我怎麼樣也忘不了的爆裂，那是微小的聲響，但也是最巨大的，像是有個東西猝不及防的破了，我感覺自己失禁，孩子，你知道嗎？就像我的身體破了一個洞，有好多的液體傾洩著，不可阻擋的往下奔流，彷若我的裡面有洪水，紅鮮赤烈的洪水。」母親解褲，底下就滑出各種紅黑組合的塊物稠體，還有膠狀物，甚而是一個手掌大小的黑紅乳白的袋狀物。

著魔也似，母親總是要繼續講下去，也不理會狂墨的驚駭，「而你父親什麼也不知道，什麼也不管，我就孤伶伶一個人，在室內，肚痛了一個時辰之久，聽見身體發出那種恐怖的破裂，慌張惶恐地面對血胎，無所適從，孩子。」

母親每次講到如何排出血團的場景，都會令小狂墨夜半夢惡，老是夢見自己化成一鮮紅黑團的血塊，還帶著乳白的膠狀從母體裡排出，一點一滴，支離破碎。死亡在裡面，死亡既是赤鮮的紅，也是黑褐的。而死亡的源頭，跟誕生他的地方是一樣的。所以，他跟死亡是一起的嗎？孩童時的他思及此，寒徹顫慄，萬不能自已。

因著懷孕與生產的痛苦，足令舒綻非常寶貝兒子，她總愛跟狂墨強調，她是如何之如何艱辛才得到一麟子。這樣的母親，會如父親暗示一般，將衛家的神鋒座偷天換日成舒家囊中物？母親怎麼可能背叛狂墨？她是何等珍愛自己啊！

現在的神鋒座沒有座主，他要到二十歲才會是座主。母親以狂墨還少不更事為理由，硬是壓下他的即時繼承，五義老也都甚是聽從母親的言語，再加上在座內舉足輕重的舅舅舒安識也表態支持，認為理應由舒綻輔助，代掌神鋒座云云。討厭至極的舒扶生，眼中則是看好戲的表情。而舞荷對此相當不滿，她指著他的鼻子，「你都已經結婚了，哪裡年少？」但狂墨並不積極活動他人，做出反論。他不想跟母親起衝突，只求能日常安靖。然母親卻休想將舞荷逐出真金樓，這點他可絕不退讓。

狂墨經過人寰院，往天意場移動，目睹在母親和舅舅指揮下忙得不可開交的諸眾，神鋒劍祭是頭等大事，當然有許多事要準備，比如牲禮、食果、花束、皿具、祭衣等，還有要招待給來祭之人的後宴，也是得動員多人張羅。衛狂墨卻一身清閒，似乎沒有人在乎他。狂墨獨自來到天意場，神鋒大旗在環狀廣場飄揚，圓周上立著四十九枝旗幟，他往中央行去，（那裡有我死去的父。）

時辰還沒有到，天意場還空蕩蕩，未見人蹤，朝祭者都還被擋在金黃大門外。據說皇匠羅與造派醫、破派醫等的代表都來了。還有，天驕會三絕頂也親來致意。神鋒座的死對頭神刀闕，則絕無可能來。狂墨聽說過，羅家的人天生有一種能力，在危急時可以把肉身化作金屬——也許他們能夠幫助父親？父親昏迷之際，他曾對母親這樣提議。而舒綻對狂墨的此一念頭嗤之以鼻，（「這僅是傳說，人怎麼可能變為金銀銅鐵？你莫要再胡思亂想，那不過是皇匠為求自保，故意對外訛傳罷了。」）

眼下，只有他一人面對石棺裡的父親，還有石棺後方豎插於地磚的寰宇神鋒。與父親道別的日子，已經到了這樣的時刻。（最後的時光，父親。）而他寧可寂寥地送走父親，不要做華麗鋪張的儀式。或許一個人的葬禮更適合、貼近狂墨想要的。父親並不屬於他人。那是他的父親，不是其他人的父親。對狂墨來說，衛溫的第一身分從來不會是別的，而是他的父，（但這麼想，是不是太自私呢？父親就只能屬於我嗎？或者，父親該當屬於母親？屬於衛家的血脈相連？屬於神鋒座？還是屬於整個武林？）狂墨備覺迷惑，他想著，（難道，父親不能只是屬於他自己嗎？人要屬於自己，究竟會有多難？）

他默默凝望父親許久良久長久。此後，就是無父的時光。他覺得迷失。有一團慘霧慢慢地掩過來，從逝去父親那蒼白的臉容，從那依然臃腫的平庸屍體處。死亡可有改變什麼？衛溫好像一切如常，只是睡著，而顯得白慌慌。（父親啊父親，死亡跟你發生關係以後，你是什麼呢？）周遭開始縈繞灰黑灰黑的愁雲，漫然無邊。狂墨滿懷困亂，（人死後究竟去了哪裡？多年以後，我也會死去吧？多年多年以後，我會更明白一點嗎，關於死亡？關於父親去哪兒？）

人事變化之快，讓人惶然無從。七天前的大婚之日，狂墨還喜氣洋洋，他夢想的事，終於成真。

不是虛妄想望。過了那天，舞荷就是自己的妻子了舞荷是狂墨畢生所欲的女子。

衛狂墨打小時候就胖，無法改變的胖，雖然不能說是肥厚到如何離奇的體型，但他就是個胖小子。而鹿舞荷從來沒有給過他好臉色，縱然是神鋒座主衛溫之子。然他為她癡狂至今。對狂墨來說，鹿舞荷猶如天仙一般。他的心中從來沒有過別的女子，由始至終都是她。他對她的情愛是忠貞的，忠貞得如鋼似鐵。他會對她好，沒有任何人比他更能給她更多。所有的事物，狂墨都會抵死拚活為她爭取。他滿確信自己對舞荷的感覺。為她，狂墨可以大突大破。

他一直不喜歡自己的名字。他的姓氏已經是莫大的壓力，沒承想父親還給他一個極其醒目的名字。他以衛姓為榮，但名為狂墨實在是對不起這超凡的兩個字。他一點都不狂，一生皆無有可能揮灑自如，他只是個中規中矩的繼承者，能夠守好基業已然萬幸，更遑論開疆闢土。狂墨自知，他是個平凡庸俗人物，對武藝的體悟也很弱，有一天沒一天的練著，並不專心一志，獨獨對鹿舞荷的喜愛，專一不移。

母親舒綻一方面極其寵溺放縱狂墨，一方面又教養要求嚴厲，狂墨實在是難以適應，她喜歡對他宣告，「你是高人一等的，是你去選擇、成就，要記得你生來就高人一等，你是衛家繼承者，你是神鋒座的未來之主。」何其輝煌的歷史落在身上，總覺得自己只是條黑影的狂墨，越發自卑。舒扶生、司劍兄弟等人其實都比他優異太多，他不打算欺騙自己，這幾個無論人才或武藝都比狂墨好太多。在這等情況之下，他要怎麼信服母親的耳提面命？他無法真心不疑地飲下迷湯。狂墨的心坎乃迅速升起極黑濃的痛鬱，難以苦忍啊。

衛狂墨拔劍。他拔出腰間的厲色鋒。那是羅家後人對寰宇神鋒的複製，極其相似，只是劍色有別，改黑為紅，但同樣是採無刃口、異樣堅硬的形制。狂墨舉劍過肩，右手緊握劍柄——他也是複製的，狂墨知曉。他何嘗不是父親的複製，而父親又是祖父的複製，一路往古老時光溯回，（那麼，誰是最初？誰是全新的人呢？一切的一切，會有最初嗎？最初的人，最初的時光，有嗎？）

詭譎的念想碾過腦海，一波接一波。太陽穴猛然糾緊，針刺一般的痛。他需要揮舞，需要豔得慘烈的劍光，燃亮自己，驅灰逐暗。他不應該沉陷，不應該被拉入內在的無光深淵。

他持劍前指，神鋒勁注入劍身，至劍尖，暗自化為一環形氣狀，如盾似牌，這是守正不撓。跟著厲色鋒一抖，勁力變為球形，一甩，球體真勁脫劍而出，此乃還君明珠。再來是絕妙好辭，劍走龍蛇，捺撇轉勾點彎挑按束，彷若空中寫字，每個劍字儼如噬人飛獸。狂墨的紅劍高速圈轉，奔灑出無盡劍雨，祭出神鋒七絕勢之四風雨如晦。爾後是幽明異路，劍影幢幢，彷如鬼魔張揚，慢中有快，快中有慢。心情激盪下，狂墨的劍式急走不停，一氣呵成，又轉成裂土分疆，正中劈下厲色鋒，神鋒勁分由兩端襲出。最後是正本清源，他兩手持劍，正中刺出，空中劃圓，一圈緊接一圈，同樣大小的劍圓，工整一致，化出密纏的劍勁。

對於神鋒七絕勢和神鋒功，衛狂墨的進境有限，但畢竟長期浸淫，威力還是有的，特別是心激神動此刻，更是意與神隨，劍與身合，遂有一驚奇的演繹。紅劍因為詭奇的應合變化，劍的速度越發快，移動宛如紅色閃電。衛狂墨破天荒地完全放開自己，那個原來笨拙的自我倏忽離逝，一切遂變得靈活。衛狂墨將精氣神悉數投入，變為劍的本體，彷若化作奔雷馳電的速度。

再怎麼魯鈍，他也還是有下過苦功的，日以繼夜修劍煉氣，輪穴不虛，外氣與內息乃調混如一。真勁修煉，武林每家法門不同，但互有影響，如今也是大同小異。據聞在始座的學藝階段，神鋒功的源頭，並非江湖常見的方寸輪穴，而是別的什麼，至於為何，不得而知。總之，當前每個神鋒人都需要根據神鋒功口訣練氣，即所謂：與天地暗合，開肉身明亮。

停劍歇止的狂墨，頭一回有種自己能夠操控神鋒絕武的意識，劍法與自身總算有清晰的連結。他陡然領會，原來情緒與情感能夠強化神鋒七絕勢，甚而令神鋒勁流轉自如。他只使七種正勢，其餘變化，並無施展。狂墨領悟力不好，至今只學到正勢。不過，當著父親靈前，狂墨對自己的劍詣還是滿意的。至少他完完整整地從守正不撓到正本清源都使全，沒有疏漏，也沒有謬誤。這是他練武多年以來，最心神合一的一次。而他也就完成一個人的悼祭儀式。將厲色鋒插回腰上劍鞘，爾後，默默流下眼淚。

這會兒，舒安識走進天意場，來到狂墨身邊，拍拍他肩膀。這是他的舅舅，但父親卻讓他要防備——唯狂墨很難把他當敵人。但此時，狂墨也就不知道怎麼該面對舒安識，只得靜默以對。舒安識慰解他，莫要過於傷心，神鋒座的將來就全看狂墨，云云。舅舅一直很照顧自己，也非常敬重母親。他有可能做出危害自己的事？然父親的遺言又怎麼能置之不理。而狂墨多麼想要忘懷衛溫說過的話，之疑心暗病，處處都是凶兆危機，教他惶惑終日。低首拭淚，狂墨不發一語，以掩藏內心的諸多掙扎。

「神鋒祭就要開始了。」舒安識望著石棺中的死姊夫，要外甥快去準備。狂墨點頭，也就離開。他走回人寰院。舒綻正忙完一段落，憩在椅上，癱軟也如。她的雙眼紅腫，顯然是哭過好長一回吧，狂墨想。他步向母親。舒綻渙散的眼神對上他，眸子裡淚光閃動。母親還是非常著意父親的，他心中的猶豫不決頓時空散。會不會所有的疑思都只是父親老了病了，故亂言胡語？即便衛溫說這話那時節，眼清臉明，然狂墨就是忍不住要這麼想。他靠近母親，像是回家。也不管眾人耳目，舒綻就直接摟著蹲低身、單膝跪地的狂墨，把他的頭按在自己的胸前，摩挲狂墨。而他就像是個貪乳的孩子，依偎著呼吸著。母親動情地低喊：「你父死了，這往後啊，就你跟我了。」

狂墨原來陶迷在舒綻充滿哀傷感的懷抱，重溫兒時情景，可母親的這句話令他驟爾甦醒，從最甜美的凹陷裡抽身，他的身體老實地變成僵硬。而舒綻不知無覺地繼續抱著，忍情不住地輕叫細喊，「我的孩子，我們要相依為命啊，你只有我，母親也只有你啊。」（可是，）狂墨拚命壓止心中的話語，（還有我的妻子，我的舞荷，我還有她，我們還有她，妳的媳婦。）但他知悉，此時此刻母親最不想不願聽到的就是妻的名字。她一直拒絕她。而狂墨一時片刻實沒法兒解決家務難題。

舒扶生來到身邊，喊著：「姑姑、表哥，時候已至。」舒綻放開狂墨，眼淚收乾——哭泣似乎是一件收發自如的容易事兒。扶生手捧一面鏡子，舒綻對鏡，整髮弄妝。狂墨站到一旁，臉面盡是母親身上的味，彷彿那縷薄又輕絲線般的香氣，是他們僅餘的聯繫。母親理好自身後，發現狂墨身上穿的還是一般衣物，責怪地擲出一個眼神，她吩咐人立即取祭衣。也就一會兒，就有人伺候狂墨穿上祭衣。那是特殊製作的衣服，在胸腹處畫著神鋒座之徽：金黃色圓圈有指天的寰宇神鋒，只有在祀懷先祖、送別座主時才穿用。

舒綻走在前，衛狂墨跟著，後頭才是表弟和端著各式祭禮的五、六十神鋒人，浩浩蕩蕩一行來到天意場。神鋒大門已啟，陸陸續續有觀禮者被引導進入，沒有多久，場上就或坐或站了數千人，竊竊聲不止，但整體是肅穆的，還算是安靜。舒綻、狂墨等人圍著石棺，成一個圈，舅舅此時也加入，還有五義老，以及各家氏之首。當然，舞荷也沒有缺席，她已是媳婦身分，真是苦了她，成親沒有幾日，就要面臨如是沉重之事，狂墨心疼自己的妻。神鋒座的重要人等都面向棺中的衛溫，其餘執禮捧物的則是依序環著圈。狂墨聽說過，神鋒祭有繁多儀式要進行，不許出錯，眾人皆是戰戰兢兢，生怕辱喪神鋒座的臉。

不過對衛狂墨來說，真正緊要的只有兩件事，他也反覆演練過，其他的就交由別人去執行了。他是將來的座主，本無須做太多。狂墨自顧沉浸在傷哀的情緒，懷想父親種種事往。

這幾年父親的身體明顯差了。造派醫者以明鏡法勘過父親體內，說是臟腑炎發難休，且有異樣腫脹物。醫者說，父親是一邊憂鬱攻心，一邊又怒恨襲肝，若情緒不得宣洩，身亦無法可治，只能用昂貴藥材調理，暫時保住一時。換了破派醫者也類似的見解，說是怪腫與臟器黏附太深，若是用暗無天術侵入，極可能傷心損肝，不可妄為。父親倒看得開生死，他也不強求。兩派醫者遂也只能開一些破派藥方，圖個舒緩與壓制。看來溫和平靜的父親會有什麼鬱怒呢，以前還不懂醫者之言，現在狂墨可懂了。

母親的暗地裡反制，讓狂墨與舞荷之事備受爭議，但父親還是力排眾議，非要讓狂墨遂心從願。衛溫或也是知道自己日子不多，故展現罕有的強悍，全不顧舒綻的意思。原本行事保守、事事要照傳統規矩走的衛溫，在兒子親事上屢有突破，幾乎推反他一生的處事風格。父親確認衛鹿聯親之後，似乎身子更弱，整日臥床，胸疼腹痛，藥石無用，只能取房玄家的朽木粉麻身痺體，減緩痛楚。但結婚之日，父卻能精神滿腹主持，毫不見病容。狂墨還喜見父的病情大見起色，孰料那一晚，衛溫陷入昏睡，再無甦醒。

成婚當夜，狂墨苦守父親身旁，長達三天，寸步不離。舞荷可也大器，要他去盡力伺候，無須掛慮她。母親對舞荷的偏見著實太深，說什麼她被當成天之嬌女養，難馴難柔。他對她的一片癡情，定能讓舞荷深有感受，轉性化格。畢竟，她們倆都是狂墨在世上最重要的女人，一個是他愛得死去活來，一個是無與倫比愛他。狂墨想，總有一日，她們會因為他而好好相處。他有信心，自己將會扭轉母親對舞荷的觀感，他也會改變妻對於婆婆的怨怒和不馴。

而父死，對狂墨來說打擊重大。這些年，尤其到衛溫力主狂墨與舞荷成親一事，父子之間就有更強的連結。此前，狂墨自然與舒綻較為親密，跟衛溫總有隔閡。眼下完全推反過來，惟一切已是不及。父走了。衛溫在那三天裡，肚腹莫名鼓脹，彷若懷胎十月，且堅實異常，嘶嘶的喘氣聲教狂墨萬分緊張，像是下一刻就會全然終止。狂墨寢難安穩，生怕父呼吸不出不進，他拿把矮凳，守在父床邊。許多醫者來看過，個個說無力回天。他亦全程忍住噁心，為父清屎理尿，不假誰人手。他前所未有地感覺到父親對自己的重要性。他不知道父還會不會醒來，但他必須在現場，等待結果——父的身體還活著，但父這個人的精髓已經不在了，狂墨的確意識到業已是最後的時光。

狂墨睡睡醒醒，到第三日中午時分，情緒、意志和體力都到極限，灰暗全然地籠罩所有景觀，眼圈大黑，皮膚油膩，渾身臭腥，筋酸骨疼，父房更是充斥便溺氣味。狂墨的心智慢慢在碎裂著，（什麼時候，才會有結果呢？）暗幽的腦海閃過這樣的想法，緊隨著的是一刺痛。狂墨陡然意識到他正在想什麼——結果？似乎他隱隱期待著最終時刻趕緊到來，而不是當前此刻的不上不下。沉昏的他，被自己的念頭驚醒，（那是我的父，我怎麼能想著他死？我怎麼能只顧著自己想從這樣無望的狀態脫逃，怎麼可以呢？）爾後，父就死了。衛溫一口氣上不來，身體劇烈抽動，喉間吐露意義不明的喑啞，喀喀喀，爾後停頓，斷氣。當其時，衛狂墨只能慌然無措呆看著，良久，良久。

狂墨後來也就沒法原諒自己在父死前想的事情——父是因此而死嗎？因為狂墨暗自想著要解脫？（原來我真是這麼醜陋的人啊，原來父子之情這麼不堪一擊，這麼輕薄脆弱。）狂墨懊悔難止。而生命中會有多少憂慮恐怖的事，他要怎麼樣才能不壞不毀？他要怎麼樣才能成為一個更好的人？他要怎麼樣才能維護自身的溫柔？母親呢，母親在哪裡？與衛溫結褵多年的舒綻，只來探視過一次，神情詭譎，眼中鬼生魅長。狂墨覺得她好冷、好陌生，一點都不像慈愛自己十幾年的母親。

有人在呼喚，狂墨聽見。隔了幾個眨眼瞬間，狂墨才意會過來。有一盞華麗酒盅在眼前。他就伸出手，接著。啊，他該執行送行儀式，不能老是在失神游離。狂墨上前，捧定酒盅，裡頭裝的該是百年麗汁酒吧，神鋒座也只有一壺，不為飲用，而是作生死餞別之禮。麗汁酒為麗汁果所釀，風味濃郁，口感滑順獨特，似如絕世佳人肌膚，且有一撲鼻暗香，存放百年，尤其珍貴。如今，風一拂呢，廣場上人人都聞到一股醉香，恨不得投身微醺，直入暈波眩濤。但狂墨的感知如封似閉，全無反應。走到棺前，他將酒捧近父的唇，略沾，後撤，復又走向寰宇神鋒，盅倒，酒液潑向黑劍，爾後有人上前，收走酒盅。

狂墨獨對鋒圓刃潤的寰宇神鋒。他慎重緩慢地拔出厲色鋒。他以厲色鋒輕擊劍的黑球狀護手。劍祭儀式。一個人的祭禮。（父啊，你走吧，但願你走得安心平靜。）他在心的深處全力呼喊著，（父，我父好走啊！）

此時，忽地就有一股奇奧的電光竄起。如閃電過境。狂墨差點把持不住用慣的血紅佩劍，眼見要出糗，趕忙用勁拿穩厲色鋒，總算沒丟神鋒座的臉。他後退，退回原來的位置。

而圍成環圈的神鋒人開始走，以石棺為中心，繞圈走，必須行滿四十九圈。

剛剛是怎麼回事？似乎沒有人注意到寰宇神鋒的異狀？狂墨覺得古怪。但他又不能問。儀式還在進行中。那究竟是什麼？真的是閃電嗎？感覺像是活物？但他這會兒並沒有察覺體內有何異狀。會不會是自己傷心過度、太疲累之故？幻覺出現？狂墨一邊不得其解，一邊眼神忍不住瞟向隔幾個位置的舞荷——啊，她是自己的妻，每每意識到這件事，狂墨就驚異得難以自已。此間事了，自己得戮力補償她這些日子的委屈啊。

而此時此地，狂墨得先盡責地作為一個兒子，送自己的父親，最後一程。

照之一

神鹿鏡緣取出千嘆糕，雖然遠遠不及照童年記憶裡母親所做——母親的千嘆糕，就是獨一無二，不能取代——但照還是吃了，走了大半日的，才到鬼雨森林，也實在餓了。而在她咬食糕點之際，兩件事先後發生，有一陌生的男子從林中陰影分離出來，鬼靈也似的，她差點沒噎著。還有啊，幾乎是同一時間，她赫然察覺自己的月事來了——不偏不倚的，就在那男人現身之際，像月事是被嚇來的。（又是這樣子的。）照臉上就慢慢傾斜出一陣一陣的煙青雨白。月事一直讓她很煩惱，別人家的，都是固定的，而她呢就是有時早，有時晚，沒個定律。生似它喜歡時二十天就來了，不喜歡，就跛拖個四十幾日，才遲來姍姍，也不甚理會她的苦困窘難。也就此刻啊，兩腿間陡然濕熱，她聞到血腥味。月事簡直是堂堂皇皇駕到。（怎麼會又是這種時候？唉，怎麼今天又穿了白衣白裙呢？）

抬頭看著眼前的男子。照滿臉滿身的憂愁，浪氾湧泗。她似水的年華啊，卻老是潮血橫溢、濫發不收，時時刻刻都得慎防身體暗地裡讓自己出醜。血味可是新鮮得都要天知地曉了。練武之人，哪一個不是五官敏銳啊。不過，男子眼神倒是毫無變化，無明覺狀。若果是就再好不過了，她會稍寬心些，否則給人識破，多麼難堪。哼，但如若他那般不長眼，竟膽敢有所表示，她可就，哼哼，要給他難看了！

今日出發往鬼雨森林之前，就有一些肚子悶苦，因此先在股間束好赤纏，底下有物填充的感覺不大好，但，嘿，這一次她可就沒被月事算計到了，雖則白衣裙實大失誤。起初剛有潮來，真是醜事不斷哪，時不時就被人目擊裙褲沾有大片紅血朱跡，有好幾回她只得喬裝成有什麼尖銳之物戳傷臀部，可終究不是人人採信，在場人好幾個眼中都露出疑惑，但她總不能就認自己月紅崩落吧。現在照有經驗多了，知曉怎麼對付潮來潮去倏忽不定的月事，稍覺不妥，便預行準備。照出門遠行啊，帶的最多的，可不是衣物，而是赤纏。

可憐哪自己，無論去到哪兒，月事總如影隨形跟，她簡直得把月事當敵人一樣對待。畢竟驀然而來的血潮，就不講腹部緊悶、黏稠的不適感，單單是別人見一臉嫌惡，就讓照恥辱極了。武林女子實在艱難，行遊天下要考慮的事，何其之多，浴洗和便溺、月事與赤纏就夠煩惱，哪像男子們全無顧慮，就地解決也無所謂，無人窺望無人非議。思前想後就一股氣惱生起，（憑什麼呢，月事潮來也是生理自然現象，也不是我願意如此這般。怎麼我就要東遮西掩，畏前怕後的，男子卻不必？）

照恨恨地咬起牙來，眼底就綻裂某個烈焰般的意味，瞪起眼前背上負有雙劍的男子。幽暗冷冰的他，神情也就青詫白異，兩人陌生得緊，嬌美少女與自己無故無隙吧，何故眼露凶光？

在著名的鬼雨森林，在那些充滿鬼臉紋理的林樹之間，照遇見的此名理應大她數歲的年輕男人，（非常的鬼雨，）她想，（眼前男子活生生就像鬼雨森林生出來的人。）照忍不住自報姓名，爾後問起他的姓名。寂靜幾個瞬息，他才回答。很斯文的聲音，很細的字。照聽見但又像是沒聽見。彷彿他的話語一吐露就化在空中，消解於鬼雨樹的沉默之間。照來不及把它組合成可供認知的姓名。「你說，你叫什麼名字？」照再一次確認。

「鳳雲藏。」那個男子講。照想，哪個鳳，啊，腦中立刻電閃出正確的三個字，鳳雲藏，她自然聽說過，實際上是如雷貫耳，武林人很難不曉得這個名字，天驕三絕頂之一，小絕頂。

有個人站上前，將照藏在自己的身後，對定鳳雲藏，蓄勢待發。照都忘卻身邊還有一個神鹿鏡緣哩。短短幾句話的時刻，神鹿徹底地被照所遺忘。她的眼中只有名為鳳雲藏的男子。神鹿也是個俊小子啊，照曉得他對自己有一份心思，含蓄但明確。哥哥空晴也說，他們倆很登對。她也的確不討厭神鹿。奇怪，照覺得不對勁，為何自己會閃神至斯？因為眼前的陌生人？情緒來得急也去得快，照開始思索此刻正在經驗的事。

初雪照與兄長空晴受神鹿門之邀，前來交誼。神鹿門與初雪家族，算是世交，淵源甚深。神鹿家第一代是衛晚花，她為紀念自己的母親，以及他父親主掌的神鋒座，自改姓氏為神鹿，創神鹿門，立基鑲金台地，與皇匠羅相鄰，以一手神鹿劍法名傳於世。神鹿晚花是近代江湖最具代表性的女子，她證明就算是女性，也能夠有一番武林事業，對江湖女子有甚大激勵。

而初雪家凰停先祖之妻為衛青卷，即是神鹿晚花親妹。凰停先祖受藝於晚花、青卷之父，在神鋒座被寄予厚望，惜神鋒座後來為天驕會所滅，凰停祖只得西走回鄉，回到紅山、白河之境，設法於荒廢中自立爐灶。初雪家並沒有成立門派，只是在獨犢安身立命，不問武林事，與積極介入江湖的神鹿門不同，但兩者間有深固情誼，互為援應。

今次，父親讓哥哥和她出外造訪神鹿門，除遊歷江湖長見識外，亦有讓照和神鹿鏡緣相處的盤算，以及存著空晴與照能不能拜見羅織的心思。空晴兄妹都曉得當代最著名鍛鑄師羅織大師，就是他們的外婆。皇匠羅傳承七百年的歷史，頭一回有女子成為鍛鑄師之首，羅織的手藝、巧思，被所有鍛鑄師公認第一，不止是因為她姓羅，而是真有武器本事與經商能耐，皇匠羅在她主持下，不但維持原有地盤，更聲勢擴張，獨步天下武器鋪坊，就連橫行霸道的天驕會，也多有顧忌——畢竟他們也需要有人為其製兵作器。羅家每隔幾代就有奇才，實是皇匠羅能夠長存至今的關鍵。

母親羅斐繁出身羅家，罕有人知，但父親從不瞞他們，關於母親與外婆交惡情狀，他們亦知之甚詳。其實，照不怎麼明白，按理外婆織該是個心思活躍之人，否則怎麼可能會承接起皇匠羅，工坊數以百計、鍛造徒子鑄製徒孫，遍地開花，可為什麼她沒法接受想要練武用劍的斐繁呢？照是困惑的，

（女子習武，是那樣匪夷所思的事嗎？女人鍛鑄跟女人用武不也一樣，不都是突破眾人思維、刻板印象的事？）

而設若母親更年輕時就能練劍，循序漸進按部就班，就不會造成大患。有些根基需要趁年少時奠定，過一定年齡，難有大成。但偏生羅斐繁有大志，又專心又執著，於是無可避免逼迫自己到極限。父親說過，母親的全神貫注心無旁騖，讓她劍法大成，但也種下傷身病根。是以，照十分想當面問問外婆織，究竟為什麼她不能接受母親想要成為的樣子呢？

遺憾的是，到鑲金台地多日，皇匠羅對於初雪兄妹的參訪，仍是緘默以對，無回無應。顯然羅織仍舊沒有接受她的女兒叛出，成為武林女劍客的事。照也想著，有沒有可能外婆不是反對母親練武？而是不能接受她背離鍛鑄師的使命？而也許啊，他們不應該打擾她晚年的平靜，也許她和哥哥應該接受她就是只是羅織大師，而不是他們的外婆？

可這並不影響照對羅織的景仰。從小她就對能夠自立自強自有事業的女性，充滿憧憬。她的母親是，她的外婆也是。照從小就想要跟母親一樣獨立自主，行劍天下，遊遍四海。她要作為一個完全自由的人。她是女子，但她可以不受限制。身為女子，不是生來就要被規限的。她有她可以成就的自由。還有跟母親斐繁齊譽並稱武林雙俠女的墨明心，照也欽佩。聽說墨明心的後人是名孤客，（啊，孤客這個詞語多麼的美，是沒有困限的自由之人，以孤獨為業，孤自地客旅天下人間，怎麼想都教人豔羨哩。）

其實，歷代天驕三絕頂也不乏女性。不過，那些身為絕頂的女子並不女子，她們所使，都是男人的劍技絕藝，她們致力於全然變成男人，而不是以女子之心之身用武。

而她最打從心底崇拜的人，終歸是母親。其實何止是照，就連父親鴻風、兄長空晴也都跟她一樣。父鴻風總這樣說，「這是女性在崛起的武林年代，妳放手去做吧。不要有所顧忌，全力追逐自己心中所想所欲。」他不以保護之名限制照的行動，他把鋒雨還神劍法的所有精奧，傾囊傳授，他教給照的，跟教給空晴哥哥一模一樣。父從無偏心。有時候，照會以為父親是母親生命的延續。母親的所有意志、心願都在父親體內持續活著。父親的人生不為其他，就只想把母親想像的新武林，實踐出來——女人也可以自由行走、自由練武，不被排拒隔離。

在初雪家族、在獨犢裡，還是有許多聲音，說女人的價值、女人的天命都在於家族，怎麼能夠自私地追求己身成就，云云。面對許多的反彈，父鴻風毫無動搖，他耐心地周旋，盡心地鼓勵獨犢女子，為自己奮發，而不是為了男人為了家庭為了孩童。女人的自身，就是圓滿，不必假於男人或家中。照從小就在這樣的理念生長。她覺得再自然不過。雖然，女子無用的觀念，普遍性壓倒性的多，但照懂得她不比男人下等。她的劍法，有她細膩密合的調性。同一套鋒雨還神劍法，在父親、哥哥與她自己用來，都是不一樣的風格。

爾後，獨犢地界亦慢慢變了，比較多的初雪女子、獨犢女性無懼非議，或習武用劍或農耕漁獲，總之不藏躲屋宇，不作為沉默幽影。她們都勇於做自己的光天、行自己的化日。也有不少男性十分贊同，像兄長空晴就很支持照，相信照能夠為自己的人生負責，走出她的女兒路。雖則，不斷有侮辱與傷害的事在發生，有些男人就是針對女性的鋒頭，暗地裡施壓抑或公然唾棄輕賤。照就知道，有不少練武女子被充滿惡意的男人們，殺傷甚或強暴。

一切只因為女人想當女人，不想要成為男人的附屬。為何女子非得接受這樣的對待？這是個怎麼樣的世間？少女的心朦朦朧朧想，（如果有一個沒有傷害的地方，沒有偏見歧視，沒有恐怖顛倒，沒有奇奇怪怪壓迫，那會是多麼好的事。）

照滿確信女人的劍法，與男人的不同，別有生趣與意境。她記得第一次練鋒雨還神劍法，像是體內有一道細細薄薄的電流通過，感覺體內有光，閃光乍現，所有身體的角落都被燃亮。或許可說是內在的視野，被徹底地打開。非常驚奇。在練劍之前，她從未有過這般體驗。原來，劍可以打開自己。劍法打開一陌異未知而原生的世界，就在身體深處。當然，劍同時也開啟別的。

練劍即練氣。鋒雨還神劍法最特別的地方，就在於練劍時，就能養氣。勁氣的累積，不在靜坐吐納，而是劍招一運轉，就能積累真氣。劍氣一體，招勁共合。每一招都包含一個口訣，從形神勢、變神勢、戰神勢到裂神勢，所謂一勢十六變，每一勢都有十六種變化，最後一招正神勢則是有十七變，總八十一勢，非常繁複細瑣的劍路。這套劍法太奧妙精深，除先祖凰停無人可學全，更遑論使用，百年來的唯一例外，不是初雪姓後人，反倒是母親斐繁。

父親總強調母親說過的，「劍在於萬物，而不是萬物皆劍。」乍聽之下，兩者並無不同，但父親說其間大有差異。母親認為鋒雨還神劍法的源頭，就在天地萬物自然風景中。初雪人要做的是，從萬物生長看到劍，風中有劍，雲裡有劍，水面是劍，火花亦劍，所以，「劍在於萬物，就意味劍由萬物而生，並非劍生出萬物。」

可照還不能體驗。她只覺得裡頭有深意，但她不解，也不能實際上化為劍法。萬物怎麼能夠與劍法扯在一塊兒？對照來說，劍有殺傷之力，帶著毀滅與死，怎麼能夠是一種創造？劍有可能是一種人的創作，一種關於萬物的創造嗎？

此外，照也追問過父親，母是否也有怪異金屬能力——人能夠變鋼成鐵的羅家神藝？父鴻風否認，斐繁從來沒有顯現過。但父強調，羅家工藝可打造出刀槍不入的冑甲，無異於金剛之身，或許此一傳聞就是起源於此吧。唯初雪照呢更寧可相信，許久許久以前，羅家的人是真有那種怪奇本事，能化身鋼鐵，無堅可摧。她總感覺，歷史是混沌，被時間淹沒，所有的事件，都是曖昧模糊，真實往往是消逝的，留下來的，未必就是事實。她就繼續相信自己所相信的吧。人生需要神祕，沒有一點兒神祕，一切都清楚斷然，有什麼意思呢。

神鹿鏡緣聲音在耳邊響起，他自報名號，然後沉聲問小絕頂：「你來鬼雨森林作甚？」後者陰陰暗暗的眼，如夜一樣深濃，他回覆：「你神鹿門少主來得，我來不得？」神鹿一滯，無言以對，但仍擋在照身前，似生怕來人傷她，非常著意。照卻從神鹿身後移出，面對鳳雲藏，「你凶得很啊！」鳳雲藏一愣，少女的心思風雲變幻，方才還火燒火燎地瞪視自己，這會兒眼神清澈，嗓音柔甜，竟反倒怪罪起他來了？鳳小絕不知怎麼地語塞，步上神鹿鏡緣後塵。

「你來這兒做甚呢？」照對鳳雲藏提出同樣問題。小絕頂幽深邪異的目光，似無法抵禦照的直視與率真口吻。靜了須臾，不知不覺就答起照，他是要拜訪皇匠羅，談一筆武器鑄造，只是途經此林，忽然想起傳聞鬼雨林木十分特殊，也就興起來觀覽，云云。「就你一個人？沒有隨從、護衛？天驕三絕頂不是遍地敵人嗎？」照頗詫異小絕頂獨自行動，在她想像中絕頂三人應該前呼後擁才是。少女的天真口吻，激起一股豪壯，霸氣在鳳雲藏臉上滿布，「哼，誰人膽敢對我動手，豈不知我明日黃花雙劍的威力！」

照移向前，「明日和黃花劍？」她探看著鳳雲藏背部的劍，目光閃閃。「這也是外——羅織大師親鑄的劍？」小絕頂點頭，他灰暗的眼神詭詭異異，對於少女接近，頗不自在。照全沒注意到與鳳雲藏的距離，僅止三步，「給我瞧瞧，行嗎？」

關於外祖母打造的劍器，初雪照的興趣一向濃厚。照也想要有一把外婆織鍛鑄的劍，父親有電掣劍，兄長也有麗天劍，獨獨自己還沒有呢。而外婆年事已高，年近七十，好幾年沒有再鍛刀鑄劍，改交由子孫輩主理，半退隱也似。如今要有羅織親手做的兵武，再難不過。照最想要的劍，是像凰停先祖的佩劍厲色鋒，可惜它早已變鈍，如今供奉收藏於初雪家祖祠。不曉得除外婆織以外，羅家還有沒有人能夠重造一把厲色鋒呢？

神鹿鏡緣神色緊張，緊跟著照，手按在腰側劍柄上，他們面對的人是江湖三魔王，可不是善心人士啊。鳳雲藏的冷眼，掃過神鹿鏡緣按劍的右手，譏諷之意閃現。隨後，小絕頂的眼神轉回身前。奇之怪極，面對初雪照，素來冷凝的雲藏，竟毫無辦法自然應對。她的眉眼毫無遮攔，藍清白潔，就只是單純的好奇，沒有貪婪沒有惡念。那是一個純淨的女孩。他的手不自覺往後移動，輕拍劍鞘底部。「鏘」的一聲，青銅劍身、太陽形制護手的明日劍，彈至空中，回落。小絕頂看也不看，右手上舉，接劍，掌握時間點甚為巧妙。可初雪照表情沒有任何變化，是了，他們家的鋒雨還神劍法是江湖一絕，哪裡會驚異小絕頂而今的手法？自己又何必露這麼一手？

初雪照攤手。苦笑終於還是露出在臉上，鳳雲藏無奈地遞出劍。她身上若有似無地有一股奇絕的魅力，促使他一再退讓，幾乎心甘情願。這又是為什麼呢？他要什麼女人沒有，所有天驕會的女子都是三絕頂的，即便是六王十二霸二十四主，他要誰，誰不都是熱情熱願地交出身子。為了排遣日以繼夜的爭殺惡鬥，鳳小絕總是流連不同的女子，掠取短暫的溫存溫柔，而絕不重複同一個。

為何如今要為素昧少女破這許多例？他的絕傲都到哪裡去了？三絕聚頂天下王霸啊，他的王霸而今安在？一直以來灰苦黑鬱的視野，怎麼變得明亮許多？他心中的地獄被暫時驅散，暖和的金黃光芒，從少女的眼中、表情淌流而來。

「這是青銅？質地夠硬嗎？」照一邊自言自語，一邊揮動劍。神鹿鏡緣仍在戒備，傳聞中的三絕頂，一個個都是跋扈如妖魔，凶殘霸道，豈會這般親近易與？其作為定有後謀，他得保護初雪照。

鳳雲藏則全不把神鹿放在眼底，他的整副心神，莫名地都集中在照身上。看她舞劍的樣子，自在輕快，和明日劍萬分熟稔，頗有一體感。使著明日劍的她，才是他的明日吧——小絕頂腦中遽地滑過念頭。有一股衝動驀然生成，差點脫口而出，這把明日劍就給妳吧。但雲藏用力忍住，這麼荒唐失常的事，不是堂堂一個絕頂人物該做、會做的。真要開口，還不貽笑大方，準會被武林人笑談，自己為一女子就連護身劍器也可拋，必是軟弱之徒，屆時各方挑戰必多。

照只專注在青銅劍。她很快就想到明日劍的青銅，一定不是一般的青銅。外婆織的技藝直逼天工，想來同樣的材質，在她手中定有不同表現。「金屬是有靈魂的，」羅織曾公開說過：「鍛鑄的終極本事，就在於你能不能深入那些藏在礦石間的金屬，聽懂它們所發出的祕密話語。」這是母斐繁轉述給父，而鴻風又說給照和空晴聽的。照很喜歡這幾句，總覺得羅織有著很大的智慧，才能夠講出這般平淡溫和、但又不可思議的話語。

可是，外婆對待母親的態度又截然不同，這跟立場甚或年齡有關嗎？人有可能一直保持溫柔？到了蒼老的時候，人最難懂得和維持的，會不會就是溫柔？多麼想當面跟外祖母確認啊，可惜不能如願。

對了，鳳雲藏不是說要和皇匠羅談買賣？照靈光一閃，如果她喬扮成隨從，有沒有可能混進席中，見緣慳的外婆？她眨眨眼，眼神佻皮。但旋即，又搖搖頭，唉，好像有點魯莽，若是被人察覺，豈不是惹出更大麻煩？外婆就是沒有意願見她，怎能強求？她已不是小孩，不可莽撞胡來。想起父親一再教導的，尊重就意味，他人的選擇如同自己的選擇。思前想後，照還是決定把這個突來念想，拋諸腦後。

些微日光穿過層層疊疊的樹蔭枝椏，來到林中。原本陰翳得無天無日的樹林，忽然就見光。光灑在人體。對鳳雲藏來說，光是死的，人是活的。他素來厭惡光。光都是虛無，都是假的。真正龐大而堅實的，從來是黑暗。黑暗是生命裡最硬最久長的事物。黑暗是安全的，黑暗讓他著迷。他體內的黑暗凶猛，讓他得以存活，甚至成為三絕頂之一。可現在鳳雲藏卻不怎麼確定。當稀微光線抵達女孩那兒，一切都活起來，活得白牙黑爪神紅魂紫。黑暗變薄。

光是夠深刻，也夠強烈的。小絕頂對此變化結舌難已。有生以來，頭一回他有著這樣的感覺。身前女孩的每一個眼神、動作都在悄悄改造他。這是對的嗎？這是有可能的嗎？

照把明日劍遞回給他，沒有一點遲疑，像是給回一把普通的劍。鳳雲藏張手接過。如這樣的一把劍，能夠引起多少腥血風雨啊，偏偏照的神情再自然不過，借了就該還，如是而已。

對初雪照來說，明日劍殆無疑義的好，不過那不是她的劍。她還是更想要無刃無鋒的劍，像厲色鋒。她練劍用武，可不是為了傷殘他者。照只是單純地對劍法的境界有著一份追求罷了。她要練的不是生殺殘暴，她要練的是劍的無用之用。什麼是無用之用呢？在照的想法裡，不用於殺傷，就是無用之用。她很小的時候就有這樣的想法。

主要是初次練鋒雨還神劍法，當那道閃電，充滿驚奇感的小閃電，驀然打進來，身體的暗處亮了一亮，有個東西被點燃或者開啟，然後人生裡的頭一回月事就來了，大量湧出，褲底全都沾紅。第一時間只覺得恐怖，反應呆愣，隨後緊接而來的念頭，卻是劍法引發血。劍來了，血也來了。劍跟身體的關係，也許出乎所有人意料的密切。從此，她面對生命之中驟然而然，很難不注意到彼時暗示也似的巧合。

因此，劍必須是無用，否則將會惹生無數的傷害、鮮血與痛楚。

後來呢，身體紅潮的追擊，總在最緊要關頭造成難以收拾的窘態，更使照悟得，原來劍學再何如之如何的超群，還是阻止不了月事來潮。本事無論如何大，人生的萬般難堪，依然是無可解決的。身體有它自身的意志與運行規矩。劍法開發人身，但不代表武學足以完全掌控軀體。劍與身軀之間，還存在著祕密地帶。故此，照遂越發堅定劍是無用之用的概念——

用劍於無傷之境，才是劍法的至高精神。

父鴻風極喜照的觀想，說她與斐繁真是母女連心啊，斐繁亦曾說過自己最想練成的境界是無劍之劍，與照的無用之用，恰是暗合。最上乘的劍法，不往外，只朝內。劍法鍾鍊的是自己的心。劍法的修為在於身安心靜，神形渾然。

的確如此，照隱約感覺到，劍法是了解自己最好的方法。隨著劍的修為，照好像就能理解更多自己那些被隱藏起來的暗面。劍法是接近自己不為人知暗面的途徑。隱密而未知。

她喜歡練劍——劍法對她來說，是一種純純粹粹的喜歡。照喜歡劍法與自己互相滲透的奇奧關係。她不關心劍法成就可以帶她到多麼高的武林位置。她不在乎。她只是享受劍法帶給她的種種內在神祕的充實。

劍法是一種無上智慧的體現。劍法修煉訣要，不在於招式，而是關乎劍與人心的深邃思維。她講不清楚，但總有這樣的感想。劍法應該是對人生的開拓，而不該是封鎖。太多用武人都被自身的武技囚困住了，只一味追求更強最強，忘念人生不是只有劍藝武學。有時她也不曉得自己為什麼有這些古怪的念頭，而且她沒辦法具體地把握劍法與己身的幽微狀態。她是有些非常獨特的觀照，但還不能落實於劍藝。她也還在困惑與追尋。

（而劍有可能溫柔嗎？還是劍從來、必然殘暴？當劍與劍法密切無分，劍還是劍？又或者劍已變成法？那就是無劍之劍？無用之用跟無劍之劍是一樣的嗎？一種溫柔的劍法在武林裡有何意義？劍法能夠重造武林？武林永遠只能是殺人見血的世界？武林能不能是別的樣子？若有一套劍法、有一群用劍人走上無傷無殺之路，江湖人願意改變？當劍法的精神變為收解暴力，劍的用途又該是什麼？擁有最大的暴力就是強這件事，會在武林銷聲匿跡？凰停先祖決定不為其師向天驕會復仇，也不立門派，爾後創造鋒雨還神劍法，會否就是想要行舉世溫柔的理念？）

唯照練起鋒雨還神劍法，還是老有一股殺意，鋒利四放。但照相信，此一劍法在母親手上應當是溫柔的吧。父親很常講述母親的劍學理念，她曾經說過，「練劍，練鋒雨還神劍法，就意味著得把自己變鈍，人的心志不需要像是鋒芒，成天畢露閃耀輝煌，只是凶惡，只是賣弄。相反的，人的心志應當一如鈍器。鈍鈍的，才有可能理解到鋒利的真實狀態。」利與鈍，練劍的人真有可能把自己練鈍嗎？照不那麼確知。

尤其是眼下武林，非常接近地獄。那些被貪婪悲傷絕望占滿的他人，就像地獄。但溫柔地理解他人，或許就有可能讓極樂之地發生。一種所有人都能獲得平靜的極樂之地。母親這麼以為，父親這麼相信，照也願意這麼堅持下去。

照的腦裡掠過許多思索之際，鳳雲藏只是望著她的容顏，像是可以定定的瞧一輩子，他對她裡面的柔嫩有著極大的好奇。她的天真天然都勾引起他的興趣。不是為了征服，而是單單為了對初雪照了解更多。有這樣的感受，他暗暗吃驚。

鳳雲藏看著照，照也回望，並想著，鳳雲藏的人生，是不是也被強大的執念綑縛，不能掙脫，只得用盡生命所有的事物去交換？多麼可憐啊！他們看不到風光，看不到人，看不到天地萬物，只看得到自己——一輩子只有這種選擇，毫無別的可能，狹隘得令人悲傷。照突然對他生起憐憫之心。他一定過得很壓抑而痛苦吧，變強了，卻一點都不自由，反倒被高處牢牢地限制。

照的眼神，讓鳳雲藏的心不知道怎麼地乍然就酸澀，彷彿有非常隱密的一部分自己，被包容諒解。自己何時這般多愁善感？在暴虐武林，這可是致命傷啊。打從成為小絕頂鳳雲藏以來，他不曾感覺自己如此脆弱無助。而鳳雲藏的確喜歡她的——姓名。她是一個帶來日照的女孩。她不可思議地讓他充滿情感。他感覺以往的歲月自己如妖似魔，而現在作為人的那個部分，正要返回。也許、也許他還是萬分渴切心中是有溫柔的——這是可以的嗎？這是可能的嗎？

男人的眼神有著劇烈的動盪，照本想再跟他多說一些話。但兩股間又有血流。（啊，赤纏該不會滿了吧，得離開，找個地方換新的。）照盡可能控制臉上不出現驚慌。她對鳳雲藏說了一句後會有期，斷然轉身，就要離開鬼雨森林。一直插不上嘴的神鹿鏡緣，眼中驚喜，看來照沒有把鳳雲藏放在心裡，才能說走就走。他立刻跟上。

照的決絕，讓鳳雲藏措手不及。這女孩怎麼說變就變呢？不是眼裡還柔情款款嗎，何以下一刻赫然離去？鳳雲藏著實費解。眼看她走開，小絕頂的臉上蜂擁大塊情緒，遲疑猶豫躊躇無奈挫折傷感。初雪照很快就要走遠，彷彿就要從他的生命完全撤退。他可以忍受這樣殘酷的事嗎？喉嚨裡口舌間有凶猛的顫動。鳳雲藏上前一步。他喊著：「下一回，我會去——」他高聲喊：「獨犢拜訪。」

照聽見。隔著四十九步的距離。她停下。神鹿也不得不煞住步伐，他臉上一白。但照沒看見。照已經回頭望定鳳雲藏。她細嫩的頸微微一彎，頭略偏斜地瞧著鳳雲藏。「哦，為什麼呢？」照反問。

「就為了——」鳳雲藏的眼神灼灼，定在照臉上。他沒繼續說。

那道熾熱的眼神，猛紅烈紫地打進她的心中。照覺得炸裂。體內充滿小小的炸裂。微弱細碎的炸裂。好多好多的粉碎。（生命中充滿太多的驚奇，）照想，（鳳雲藏也是其中一個？）他會不會是她人生裡最大的一個，還不知道，但當前此刻，他突如其來的坦白，就讓照的日常出現極狂烈的驚奇感，彷若整個世界要搖撼，所有的景觀都在移動。跟著他移動。好像，好像愛情要來了。男女情愛是什麼呢，照突然覺得自己懂了。現在就是愛情。被他帶來了。那是個灰暗凜冽的男子。好像剛從地獄回來。但照的心為之顫動不息。

神鹿鏡緣就有種被徹底遺忘的感覺。他的神色黑憒白恨。今時今日原是他和照的日子，為何一切都不如預期？為何應該是美麗無倫的同遊，卻變得這般難熬？火紅如鐵的恥辱，燙著他的心口、他的臉面。該死的天驕絕頂！

宛如宣誓一樣，鳳雲藏說著：「妳記得，無論發生什麼事，我都一定會去。」

（我不會忘記，我怎麼會忘記呢？）照想著，（這麼美麗的時間，不會被遺忘的。所有的時間，都將被牢牢地記得。）她的青春之心如此堅信，（所有的時刻，都在我的記憶裡活著。所有的時間。）

她的青春正盛大，面對時光，照如入無人之境。

青春還很長，還有無盡的時光在前方，像是不會老，也不可能會死。

「好啊，我等你。」照說，而且露出絕對甜美得讓人驚心動魄的笑靨。

後記：武俠的極境

寫《劍如時光》時，家中歷經幾樁死生大事，風飄雨搖，千危萬險，似乎就要被現實惡浪撲擊淹沒，靈消魂解。而夢媧也從少女變作人妻、旋即成為母親的種種變化，更是驚心動魄。《劍如時光》其實是我一邊記錄她如何與惡意的世界、自身母體奮戰，一邊又要維護得來不易的甜蜜生活。再加上我長期罔顧身體，廢寢忘食地寫，也是一樁大壞大敗之事。

而身體在以前的武俠是缺席的。所有傷苦盡付談笑生死，不值一哂。病者或老人的武功造境，亦往往不被時光左右，愈傷愈老就愈是強大，十足反現實。二十世紀的武俠大家們，集體創造無敗無傷的美妙幻境，人造花也如供人娛樂賞覽。如此一來，時間在武俠是消失的，是無能力的，像歷史的副作用。過往的武俠終歸沒有深切凝視真實人生，無怪乎一直被視為與當代生活無關的虛無之物。

唯武俠不是往昔懷舊事物。武俠可以是當代，就在此時此地發生。武俠的極境，不在於仙來魔去的幻想體驗，反倒是日常，是身體，是生老病死，是時間的如來如去。此所以《劍如時光》寫下大量生活片段，與及人生底下所潛伏的無常。

誰不都是帶著傷勢而活呢？那些愁雲烏翳不也是時光一部分嗎？

於是，身體元素在《劍如時光》幾乎是惡狠狠展現，關於衰老、病痛、懷孕、分娩，以及各式各樣人生傷害，難避難免。每一種人生，都是每一個人自己的凶狠啊——

又殺又破的身體史，就是生命史。

而武俠去歷史化，追求武俠當代性、現實感，把武俠當作武俠主義小說那樣寫，擺脫既定舊有武俠類型小說路線，使武俠從武俠（刻板認識與模式）解放，是近幾年來我試圖為武俠新演化所做的事。

昔往的武俠是亮面，無論作為通俗讀物，又或俠客主題（邪惡必敗），都講究光滑暢快的興味。武俠如今最難解在於書寫者、閱讀者與評論者的偏見——太多人認為武俠已寫無可寫、必遵從於市場與讀者公約、只能通俗消遣且無須高深無能莫測云云。然武俠並不陳腐，並非沒有能力對現今階段社會與人類生活樣貌提出問題與思維。實際上，我在場目擊武俠的生機盎然，它與當代人生命有著更近距離接觸的姿勢。

讓武俠前進到人生暗層，我以為非常必須。

《劍如時光》也就演變為武俠主義小說。

這是一部關於時間的武俠小說。談論時間，理解時間，想像時間。時間究竟是什麼？時間如何運作？時間跟人的關係是什麼？而時間跟日常與身體又是怎麼一回事？所有關於時間我所能寫的，都放在《劍如時光》。

《劍如時光》另一主題是失敗，這裡面的人物，都是失敗的。其一，在時間面前，沒有人是成功者。其二，他們各有各自的失敗處，有沒辦法成為母親的母親，有顏面醜陋導致心神瘋魔的強者，有被家族使命與母親完全操控的平庸者，有一心一意想要改變戀人兇暴作法的純真女孩，有妻子離世後迅速瓦解變老的掌門人，他們都失敗，而我就像他們一樣，也有同樣微不足道的失敗。

關於失敗，如同身體一般，在武俠也鮮少被看見的。成功才足以定義英雄。人人都對成功有所渴望，無論聲譽、財富抑或權勢，都是此前武俠小說與武俠人賣力赴往的所在。二十世紀武俠，本質上也確實是成功的。武俠過去被許多人需要，是成功的最佳幻影範本。但到我這個時代，與其說世界需要武俠，不如說是我需要武俠。世界已經別過頭去將武俠徹底遺棄，將親愛的目光投諸在更多後起媒介，如漫畫、電視、電影、遊戲乃至當下方興未艾的各種網路、手機新娛樂形式。《劍如時光》同時也在質疑成功與失敗的界定。

而我極其認真看待的，始終是武俠本身價值，而非市場價值。武俠作為類型小說的可能性已被幾代武俠人消耗殆盡，但武俠作為武俠主義小說的起點，可以由我開始——那將是美好困難的冒險、探勘與思索的長路。

武俠主義小說，即是正視武俠藝術性，把武俠書寫當作一門學問、一種志業而寫，要窮盡武俠更多的可能性，要追索武俠更多的想像力。武俠是夾縫中的文學，武俠是人的藝術。

武俠主義小說，也就是以文學概念對武俠重新定義的小說。我專注地想要寫出無法被電影、電視或其他任何媒介改編的武俠。作為武俠人、小說書寫者，這不是基本的自豪嗎？武俠自有價值，無須依附影像化，難道不該是唯一標準嗎？

武俠構成我靈魂的完整元素，武俠是我生命中最美好的信念。

我就是武俠，武俠就是我。

而我相信，武俠主義小說必須不為自己而寫，不為他人寫，只為武俠而寫，為武俠那些未知數，為武俠的無窮盡無止境，為心目中關於武俠的信仰。武俠的風景還有太多、太多了。我正練習慢下來寫，寫一路跌跌撞撞搖搖晃晃困惑躊躇遲疑躑躅的，那些真實的東西。它們全部都是武俠。是這樣了，武俠主義必須遠遠甩開武俠（類型）小說的宿命，走向一嶄新的命運星圖。

沈默

當代名家・沈默作品集1

劍如時光

2019年5月初版 定價：新臺幣450元

著 者	沈 默
叢書編輯	黃 榮 慶
校 對	吳 美 滿
	林 夢 媧
內文排版	極 翔 企 業
封面設計	朱 疋
編輯主任	陳 逸 華

出 版 者	聯經出版事業股份有限公司
地 址	新北市汐止區大同路一段369號1樓
編輯部地址	新北市汐止區大同路一段369號1樓
叢書編輯電話	(02)86925588轉5307
台北聯經書房	台北市新生南路三段94號
電 話	(02)23620308
台中分公司	台中市北區崇德路一段198號
暨門市電話	(04)22312023
台中電子信箱	e-mail：linking2@ms42.hinet.net
郵政劃撥帳戶第0100559-3號	
郵撥電話	(02)23620308
印 刷 者	文聯彩色製版印刷有限公司
總 經 銷	聯合發行股份有限公司
發 行 所	新北市新店區寶橋路235巷6弄6號2樓
電 話	(02)29178022

總 編 輯	胡 金 倫
總 經 理	陳 芝 宇
社 長	羅 國 俊
發 行 人	林 載 爵

行政院新聞局出版事業登記證局版臺業字第0130號

本書如有缺頁，破損，倒裝請寄回台北聯經書房更換。 ISBN 978-957-08-5306-3 (平裝)
電子信箱：linking@udngroup.com

長篇小說 創作發表專案
國藝會 NCAF PEGATRON 和碩聯合科技股份有限公司

國家圖書館出版品預行編目資料

劍如時光/沈默著．初版．新北市．聯經．2019年
5月（民108年）．592面．14.8×21公分
（當代名家・沈默作品集1）

ISBN 978-957-08-5306-3（平裝）

857.9 108005395